秦山里的中国

一座核电站的强核报国之路

丁晓平 —————— 著

浙江教育出版社·杭州

图书在版编目（CIP）数据

秦山里的中国 ： 一座核电站的强核报国之路 / 丁晓平著. -- 杭州 ： 浙江教育出版社，2024. 9. -- ISBN 978-7-5722-8181-5

Ⅰ. I25

中国国家版本馆 CIP 数据核字第 2024NN9617 号

本书图片由中核核电运行管理有限公司(秦山核电)提供。

秦山里的中国
一座核电站的强核报国之路
丁晓平 著

QINSHAN LI DE ZHONGGUO
YI ZUO HEDIANZHAN DE QIANGHEBAOGUO ZHI LU

责任编辑 江 雷
文字编辑 骆 珈
责任校对 洪 滔
责任印务 陆 江
美术编辑 韩 波
封面设计 张伯阳
版式设计 丁晓平

出版发行 浙江教育出版社（杭州市环城北路 177 号 联系电话：0571-88900339）
图文制作 杭州林智广告有限公司
印刷装订 杭州捷派印务有限公司

开 本 787 mm × 1092 mm 1/16
印 张 28
插 页 8
字 数 600 000
版 次 2024 年 9 月第 1 版
印 次 2024 年 9 月第 1 次印刷
印 数 1—30 000 册
标准书号 ISBN 978-7-5722-8181-5
定 价 78.00 元

---

60 年来，几代核工业人艰苦创业、开拓创新，推动我国核工业从无到有、从小到大，取得了世人瞩目的成就，为国家安全和经济建设作出了突出贡献。核工业是高科技战略产业，是国家安全重要基石。要坚持安全发展、创新发展，坚持和平利用核能，全面提升核工业的核心竞争力，续写我国核工业新的辉煌篇章。

——习近平（2015 年 1 月）

鸟瞰秦山核电基地

写在前面的话

来吧！我们一起去秦山

秦山在哪里？秦山为啥叫秦山？秦山与秦始皇有关系吗？在没有来秦山之前，我的脑海中，始终萦绕着这些疑问。其实，不仅仅是我，包括本书的读者朋友或许也有这样的疑问，即便今天在秦山工作和生活并自称为“老秦人”的人们也曾经有过这样的疑问。

比如，现任秦山核电党委书记、董事长黄潜是浙江义乌人，1987年从江苏工学院（今江苏大学）毕业前夕，当听到自己被分配到秦山核电站工作时，作为班长的他有点不愿意。为啥？他在农村长大，父母都希望他毕业后可以到大城市工作，而那些学习成绩没他好的同学都被分配到大城市去了，他不禁有点迷惘地摸着自己的脑袋，一脸疑惑地问辅导员：“秦山在哪里呀？”

比如，中国核工业集团有限公司原总经理顾军回忆说：“我是1983年8月13日从上海交通大学毕业被分配到秦山核电工作的。当时班上没有一个人知道秦山在浙江海盐，后来我找到了秦山核电上海办事处，才知道秦山在哪里。行李由办事处带过去，但人要自己过去。我们是秦山核电招聘的第一批大学生，一共六个人。当时去秦山的汽车站在徐家汇天主堂的前面，两块四毛钱一张票，从上海到秦山一百多公里，要开四个来小时。从上海出来，一路颠簸，出了上海后全是石子路，搞得满头都是灰。后来有了经验，再从上海乘坐公共汽车到海盐，会准备一条毛巾捂着口鼻……现在海盐和秦山核电的变化真是天翻地覆。这是中国改革开放带来的变化，同时，也有秦山核电发展30多年对区域经济建设的推动。"

再比如，原核工业部部长蒋心雄回忆说："为了让秦山核电项目取得国务院支持，我请李鹏同志到秦山去看看。在方家山那个山谷，蒙蒙细雨中，秦山核电负责同志于洪福向李鹏同志汇报，这个地方可以摆几个机组，那个地方可以摆几个机组。李鹏同志说这个地方可以发展，之后他又到周边看了看，当时的秦山是荒山荒地荒滩。第二天的报纸报道了领导同志视察'泰山'核电站。因为记者不知道秦山，外界也都不知道浙江嘉兴有个秦山，只知道一个'泰山'，这个'秦'跟'泰'的字形相近，所以就报道成'泰山'，后来又作了更正。"

瞧！记者们都把"秦山"误写成了"泰山"，可见秦山在那个时候没有什么名气。的确，那个年代，秦山很偏僻，没有多少人知道秦山。然而，秦山核电基地所在地——海盐，却是千年古县，素以"鱼米之乡、丝绸之府、礼仪之邦、旅游之地"著称。

海盐距上海118公里、杭州98公里，地处杭州湾西北，位于长江三角洲东南端，以太湖为中心的碟形洼地边缘，乃钱江潮源，"海滨广斥，盐田相望"，因"向海而生，煮海为盐"而得名。海盐有南宋建设的东南沿海最古老的港口之一的澉浦港，有明朝修筑的被誉为"海上长城"的五纵五横鱼鳞海塘，真可谓物华天宝，人杰地灵。三国大将步骘，东晋文学家、史学家、《搜神记》作者干宝，唐代诗人顾况，元代戏曲家杨梓，现代教育家和出版家张元济，被誉为"三毛之父"的漫画家张乐平，"改革先锋"步鑫生，"眼镜大师"吴良材，当代作家余华，他们都是海盐人。武侠小说大师金庸的老家就在与海盐相邻的海宁袁花，距离秦山不远，其小说中诸多人情风物、历史掌故也有海盐的影子。

"金平湖，银嘉善，铁海盐"，这是嘉兴本地家喻户晓且流传悠久的一句俗语。这句话的解释版本不一，但不生产铁的海盐生产的五金紧固件确实在全国闻名。20世纪80年代，海盐就被国务院列入沿海经济开放区，是中国综合实力百强县，涌现了一批经济效益比较好的企业，如海盐丝织地毯厂、海盐衬衫总厂、海盐丝厂等，尤其是"用一把剪刀剪开了城市经济改革"的"步鑫生神话"更是让海盐闻名全国。

海盐是浙江最早的建制县之一，始建于公元前222年。而秦山之所以叫秦山，传说是因为秦始皇曾来这里登山眺望东海。那是公元前210年农历二月十八，秦始皇巡幸至此，见此地五峰孤峙，草木丰茂，溪水潺潺，枕海坐原，为东南观海胜地，于是命丞相李斯驻兵于此，建立行宫，并树碑立山，曰“秦驻石碑”。不过，李斯之碑早已不见踪影，碑文也未流传于世。503年，一位名叫史敬素的诗人来到秦山，在秦山立碑铭文，给后人留下了《秦驻碑》。碑文曰：“前贤灼灼，后圣茂哉。始皇承天，越授帝命。业超上古，歼周灭郑。七雄靡余，六国是并。功齐太古，道深前王。埒炎均昊，美冠颛黄。通灵七代，敬构商堂。纵圣凝神，将纪百几。晻蔼余辉，蜚声万祀。”据海盐地方志记载，唐、宋、元、明、清历代均有文人墨客歌咏秦山、感叹始皇。因而秦山又叫秦驻山、秦逕山、秦望山。

秦山位于东经120°57′，北纬30°26′，地处海盐县东南部，濒临杭州湾。秦山高不过百米，其东、南、北三面临海，唯有西面为平原，五峰参差，先自南而北，复由东而西，连成一体，依次为出云峰、和风顶、百顶峰、仙草峰、火炉顶。出云峰，海拔172米，峰旁有明代法云寺，传说规模宏大，有九进十三殿，遗址尚存；和风顶，海拔154米，东北临海，绝壁凌空，山岙有秦皇庙，建筑宏伟；百顶峰，海拔152米，山腰有龙潭，水清味甘，不盈不竭；仙草峰，海拔135米，山中盛产秦兰，为秦山独有之兰花品种；火炉顶，海拔86米，为五峰最低者，现已推平成为秦山一期扩建方家山工程的地基。秦山核电基地共有秦山一期30万千瓦级压水堆、秦山二期4台60万千瓦级压水堆、秦山三期2台70万千瓦级重水堆、方家山工程2台100万千瓦级压水堆等4种机型9台机组，分布于秦山山脉的西北部、东北部和南部，群堆林立，世界少有，蔚为壮观。

秦山传说如此悠久、风景如此美丽，怎能不令人神往？林木葱葱，芳草萋萋，鲜花盛开，大地芬芳，在朋友的陪同下，我们徒步登山，寻踪觅古。朋友是一位民间文艺家和博物学家，也是土生土长的海盐人，从小就在秦山脚下长大。他告诉我，秦山有“三宝”——秦兰（兰花）、沙里根（一种具有退烧功效的多年生草本植物）和沙虎（一种小型蟹类），如今很难觅得。登山的路线是朋友特意安排的，这是一条民间传说中的秦始皇御道——从丰山村东北的迎驾桥沿着海盐的母亲河秦溪东行，过祖龙桥（俗称严家桥，祖龙即秦始皇），经夏家湾行至秦始皇庙旧址，上仙草峰（仙草即秦兰，传说秦始皇妃子死后化作秦兰），然后沿着一条由“神仙”凿开巨石而形成的通道——石弄，登上著名的观海胜地和风顶，最后攀登至官厅头，观赏秦山日出，俯瞰韭王门怒潮。现在，沿着这条两千多年的古道石弄，我们一路前行，登临和风顶，观沧海，看日出，可谓喷薄如虹，气象万千。唐朝诗人薛据曾作诗《登秦望山》：“南登秦望山，目极大海空。朝阳半荡漾，晃朗天水红。溪壑争喷薄，江湖递交通。而多渔商客，不悟岁月穷。振缗迎早潮，弭棹候长风。予本萍泛者，乘流任西东。茫茫天际帆，栖泊何时同。将寻会稽迹，从此访任公。”岁月悠悠，古人的诗词怎能不勾起我们无限的想象呢？传说中的秦山美景仿佛在现实中复活。

在山顶，朋友又告诉我一个历史传奇，当年秦始皇在登顶秦山时还留下了一个伟大的梦想。修建过万里长城、骊山陵寝、咸阳阿房宫的秦始皇，在秦山观望东海，眺望杭州湾南岸，雄心勃勃地提出要在这里建造一座跨海大桥去会稽祭祀大禹。这个设想不能不令我震惊，实在是一个令人想都不敢想的奇伟创意！据南宋绍定三年（1230）编纂的《澉水志》“秦王石桥柱”记载：“旧传，沿海有三十六条沙岸，九涂十八滩，至黄盘山上岸，去绍兴三十六里，风清月白，叫卖声相闻。始皇欲作桥渡海。”虽然2200多年前的杭州湾水域没有今天这么宽阔，但在那个全靠人工劳力的时代，秦始皇要在这里建造一座跨海石桥，也堪称是一个伟大的创意，真可谓是“英雄造事令人惊”（康有为语）。

秦始皇的设想虽未实现，但其当年命令文臣武将建桥的石柱尚留海中。唐代诗人独孤及到秦山看到石柱后，曾作诗《观海》：“北登渤澥岛，回首秦东门。谁尸造物功，凿此天池源。澒洞吞百谷，周流无四垠。廓然混茫际，望见天地根。白日自中吐，扶桑如可扪。超遥蓬莱峰，想像金台存。秦帝昔经此，登临冀飞翻。扬旌百神会，望日群山奔。徐福竟何成，羡门徒空言。唯见石桥足，千年潮水痕。”在明朝的时候，“石桥足”依然存在于海盐县杭州湾的沙海之中。明朝《续澉水志》记载：“旧有石柱十二，今尚存一，没于沙中。”据史家考证，自东晋之后，杭州湾北岸逐渐内削。两宋至元期间，海进猛烈，塌陷加剧，致使海盐境内的黄盘山、大小金山均脱离大陆而成海岛。到了明朝，海潮已逼近武原镇，海岸距离县城的城墙仅半里。也就是说，那时的海盐已经被海水淹没了五六百平方公里的土地，相当于现在海盐县一半的面积。沧海桑田，海进人退，宁海镇、望海镇已沉睡水底，杭州湾的海平面从秦始皇驻跸秦山时的36里变成了36公里。清康熙五十八年（1719）八月海潮大退，人们看见了被海水淹没的石铺街道、商肆民居的遗迹和大量钱币、瓷器、砖瓦等物件。1997年出版的《嘉兴市志》记载：“20世纪30年代，海盐澉浦海滨出土一石柱，上刻有字，据当地人云即秦时所遗。”

如今，秦始皇登临秦山时在杭州湾建造跨海大桥的梦想，在历经2200多年之后终于变成了现实。北起嘉兴海盐、南至宁波慈溪的杭州湾跨海大桥如同一道彩虹横跨杭州湾，成为沈阳—海口高速公路（G15沈海高速）的重要组成部分。杭州湾跨海大桥全长36公里，桥面为双向六车道高速公路，2003年6月8日开工奠基，2008年5月1日通车运营，短短5年时间就完成了建造，创造了世界桥梁建设史的奇迹，成为中国土木工程的名片和著名地标。现在，只要晴日，你无论是站在秦山之巅，还是立足岸边海塘，杭州湾跨海大桥就可映入眼帘。大桥如一条巨龙横卧波涛之上，守望东海，护佑一方平安。

当然，在海盐，人们最引以为傲的还是秦山核电。9座现代化的反应堆，如同9颗巨大的螺丝钉，把秦山牢牢地钉在杭州湾畔，听潮起潮落，看斗转星移。

2023年5月1日，杭州湾进入禁渔期。受秦山乡亲之约，我乘坐秦山渔民的皮筏子下海，穿过汹涌的波涛，登上了与秦山隔海相望的姊妹山——白塔山。这样，我就可以站在东海的海岛上，西望秦山。一路上，我和我的朋友为核电站到底会不会产生核辐射等进行了辩论。他悄悄地跟我说，现在秦山核电附近的海域中很难再找到牡蛎、海螺了。而我，为了写秦山核电，在北京就已经做了许多功课，对核电知识进行了恶补，因此相信核电是安全、可靠和清洁、环保的。于是，我们打赌，如果在白塔山找到牡蛎和海螺，就说明他的担心是多余的。事实胜于雄辩。谁也不会想到，就在白塔山简易的码头四周，我就捡到了两个巨大的海螺壳，他也找到了五六个漂亮的牡蛎壳，有的外壳上还生长着藤壶。而白塔山上的茶树、枇杷、竹笋，长势喜人。

全球主要的候鸟迁徙路线有8条，其中有3条经过中国。秦山核电所在的浙江海盐，地处浙北，是“东亚—澳大拉西亚”全球候鸟迁徙路线中的重要一站，每年有大量候鸟经过秦山核电所在地。对环境非常挑剔的白鹭，年年都是这里的常客。同行的村民告诉我，秦山和白塔山都是白鹭的理想栖息地，每年11月下旬到次年3月，成千上万的白鹭都会来这里过冬、繁衍生息，春去冬来，逗留120多天。秦山核电注重厂区环境综合整治，先后投入大量资金用于核电厂后区、公司大门等区域的绿化，为生物多样性创造更好的环境。现在，厂区环境越来越优美，越来越多的白鹭来到秦山，或在天空自由自在地盘旋，或在核电厂周边水域安静地觅食，或成群结队在树木丛中挺立，相映成趣，蔚为壮观，与秦山核电高耸的白色建筑、美丽的乡村田野、青翠欲滴的山峦，还有蓝天、白云、大海、沙滩，交相辉映，成为一道美丽的风景，吸引着众多摄影爱好者，还曾有电视台来拍过纪录片。

秦山核电基地围墙外，就是农民的庭院，距离核岛（核电站安全壳内的核反应堆及其相关的各个系统的统称）最近的农户仅610米。这里建有千亩菜园，葡萄、草莓种植基地。核电厂旁边还有文溪坞、澉东村等“五味村”和“万奥农庄”等大型农场，这些农业观光旅游景点还是浙江省美丽乡村建设示范基地，每年接待几十万上海、杭州和苏州等地的游客。“十三五”期间，海盐县空气优良率连续5年位列嘉兴市第一，连续4年荣获“美丽浙江建设优秀县”，成功创建“国家生态文明建设示范县”。近几年来，海盐县空气质量综合指数3.44，排名多次位居嘉兴市第一名。良好的生态环境让人们的生活更加健康，海盐的人均期望寿命已经达到80岁，超过浙江省平均水平。秦山核电周边还有好几个长寿村，百岁老人们亲眼见证了昔日僻壤野寨全部变成了现代化的新农村。

回来的路上，朋友不再跟我争辩了。坐在皮筏之上，我们趁着落潮的洋流踏上归途，享受着杭州湾波涛的起起伏伏。在波峰浪谷间，朋友悄悄地告诉我：“我在白塔山找到了秦山三宝之一的沙里根，生长得十分茂盛。”看得出来，他今天十分开心。现实再一次给了他一个漂亮的回答——秦山真是一个好地方，秦山核电既安全可靠又清洁环保。

“山不在高，有仙则名。水不在深，有龙则灵。”昔日的秦山，没有因为秦始皇的驻跸而名扬四海；今日的秦山，却因为“中国核电从这里起步”而闻名天下。正是因为“大气如海，淳朴似盐”的海盐人民，以敢于“第一个吃螃蟹”的勇气和担当，接纳了中国人独立自主建造的第一座核电站，才有了中国核工业二次创业的新天地，才有了这“国之光荣”。

在海盐，秦山核电自主设计建成了我国第一座原型压水堆核电站（30万千瓦级），实现中国大陆核电“零的突破”，被誉为“国之光荣”。2021年9月3日，秦山核电厂1号机组运行许可证获批延续20年，成为中国大陆第一个获得延续运行资格的核电站。秦山核电成功践行了“消化、吸收、再创新”国家战略，自主设计建造了60万千瓦级商用压水堆核电站，成功实现我国核电装备国产化的重大跨越。秦山核电建成了中国第一座70万千瓦级商用重水堆核电站，以总工期最短、投资最省的出色成果，实现核电建设运行管理与国际接轨，被誉为“中加合作的成功典范”。秦山核电完成了2台100万千瓦级压水堆扩建，实现核电“从30万千瓦到100万千瓦”自主发展的历史跨越。秦山核电代表中国核电第一次走出国门，先后负责巴基斯坦6台核电机组的调试试运行、培训、技改，成为“南南合作的典范”。秦山核电参与调试的具有我国完全自主知识产权的“华龙一号”海外首堆——巴基斯坦卡拉奇核电2号机组于2021年5月20日正式投入商业运行，助力“一带一路”建设，成为中国民族工业的国家名片。

今天的秦山核电，9台核电机组（包括2种堆型、4种机型）总装机容量666万千瓦，年发电量约520亿千瓦时，是我国运行时间最长、机组数量最多、堆型最丰富的核电基地，也是中国核电“走出去”的先行地，先后获得“国家科技进步奖特等奖”“中国工业大奖表彰奖”“全国五一劳动奖状”等一大批殊荣，并被中央和国家机关评定为“全国爱国主义教育示范基地”“全国科普教育基地”“全国青少年科技教育基地”等。2020年，秦山核电与海盐县双双获评“全国文明单位”和“全国文明城市”，成为它们40年来携手并进、共融发展的美好见证。

秦山核电坚持安全发展，到今天已安全运行30多年。2023年，秦山核电9台机组有8台达到世界核电运营者协会（WANO）综合指数满分，运行管理水平位居前列，且9台机组平均能力因子达96.8%，排名全球6台机组及以上核电基地第一名，创造新的世界纪录，其负荷因子达到95.23%，处于世界先进水平。秦山核电坚持绿色发展，践行“绿水青山就是金山银山”理念，发挥核电零碳优势，累计安全发电超8100亿千瓦时，安全运行超160堆•年，减排二氧化碳7.5亿吨，相当于植树造林约512个西湖景区；秦山核电坚持创新发展，拥有各种专利817项、各类标准106项，拥有反应堆水下特种维修技术以及钴-60和碳-14生产的自主核心技术，走出了一条中国特色的核电高质量发展之路，成为中国核电自主发展示范高地和新时代中国核电精神文明高地，努力建设世界一流的核电基地。

被誉为中国核电事业“红船”的秦山核电，是中国大陆核电当之无愧的发源地。2021年，在庆祝中国共产党建党百年的日子，秦山核电也迎来了安全发电30周年。三十载生生不息，三十载树立楷模。在世界核电的海洋里，秦山核电像一个勇敢的水手，弘扬伟大建党精神和红船精神，秉承“强核报国，创新奉献”的新时代核工业精神，坚持安全发展、创新发展、绿色发展、企地融合发展，全力发挥先行优势、人才优势、技术优势、管理优势、文化优势，体现了干在实处、走在前列、勇担国任、勇立潮头的卓越品质，许下了“再造一个新秦山”和打造“零碳未来城”的宏伟愿景，以“国之大者”再造“国之硬核”，在中国式现代化道路上不断提升新质生产力，以“国之情怀”再续“国之光荣”。

习近平总书记在浙江工作期间，曾3次考察秦山核电，2020年还亲切接见了获得全国文明单位的秦山核电代表，2021年亲笔对秦山核电的汇报信件给予批示，“老秦人”备受鼓舞，信心倍增。

秦山核电，作为中国核电的长子，中国核电从这里起步，既实现了“零的突破”、世纪跨越、国际接轨，也经历了栉风沐雨、柳暗花明和凤凰涅槃，真可谓是艰难困苦、玉汝于成。“雄关漫道真如铁，而今迈步从头越。”从无到有，从小到大，从弱到强，从跟跑、并跑到世界领先，秦山核电到底是如何起步的呢？是怎样一步步发展起来的呢？又是如何一步步走向世界的呢？未来

又将走向何方？“文章合为时而著，歌诗合为事而作。”恰逢我国第一颗原子弹成功爆炸60周年、喜迎中国核工业创建70周年和秦山核电开工建设40周年，带着这些疑问，我走进了秦山，为你，也为我自己打开了这本中国核电的传奇之书。

来吧，现在就跟着我一起来到海盐，走进秦山核电基地，走进“中国核电的摇篮”。我相信，在秦山，你一定能看见一个最熟悉又特别感到新鲜、最热爱又特别令人感动、最真实又特别难以想象的中国，因为秦山有你心中乃至骨髓里最崇尚、最信仰的中国作风、中国气派、中国精神，以及“强核强国，造福人类”的梦想……

目录

CONTENTS

起部

零的突破

001

第一章 "二机部不能光是爆炸部" ……002

01 "开业之石"与"毛粒子" ……002

02 十万大军，群星闪耀 ……006

03 周总理的嘱托："六亿三，学个乖" ……009

04 "百鸟在林，不如一鸟在手" ……017

第二章 第一座核电站名字叫秦山 ……023

05 "728工程"正式命名秦山核电厂 ……023

06 "全体起立！咱们站着开会" ……027

07 "你们中国人，能造原子弹，建不了核电站" ……033

08 "咱们工人有力量" ……035

第三章 "杜拉风波"敲响警钟 ……040

09 一份内部简报惊动了中南海 ……040

10 "林业部部长能撤，赵宏为什么不能撤！" ……045

11 打赢设计"攻坚战" ……052

12 独立自主是经济账，更是政治账 ……062

第四章 "武装到牙齿" ……071

13 大会战，在除夕拉开序幕 ……071

14 常规岛不"常规" ……077

15 从"KNOW-HOW"到"KNOW-WHY" ……081

第五章 中国核电从这里起步 ……087

16 秦山时刻：1991年12月15日零时15分 ……087

17 "T4事件" ……092

18 秦山春晓，核电花开 ……096

承部 世纪跨越 099

第六章 核电站，掀起你的“盖头”来 ……100
19 “走到天边，不如秦山西边” ……100
20 切尔诺贝利，“环球同此凉热” ……104
21 “人在做，天在看” ……108
第七章 秦山二期有“玄机” ……114
22 “彭大胆”为何“彭拍板” ……114
23 杨柳山上的“三大真经” ……119
24 “秦山愚公”又移山 ……124
25 逼上梁山，独立自主 ……127
第八章 “一定要把核心技术掌握在自己手里” ……131
26 “平湖会议”不平常 ……131
27 “核心技术拿钱是买不来的” ……136
28 搬掉“两座大山” ……146
29 马神庙1号的灯光 ……148
第九章 国产化“智”造“大国硬核” ……153
30 失败，只是向成功更近了一步 ……153
31 “老秦人”不怕“卡脖子” ……159
32 国产化就是要实现现代化 ……165
33 “我们不是上帝” ……170
第十章 “中国核电建设困难的总和” ……173
34 “三个提前介入”打破国际惯例 ……173
35 “冲锋号吹响了，后退就是溃败” ……179
36 “公鸡下蛋”与“要建争气站” ……184
37 打破“鸡生蛋”悖论的“掌上明珠” ……191

转部 国际接轨 201

第十一章 恰希玛的故事不是传说 ……202
38 秦山发电才15天就出口“巴铁”……202
39 “没有金刚钻，别揽瓷器活” ……208
40 “中国人只要想做，就会创造奇迹” ……214
41 “南南合作”的成功典范 ……220
第十二章 重水堆之“重” ……230
42 移师螳螂山，引进重水堆 ……230
43 “交钥匙”目的是“造钥匙” ……236
44 “老秦人”下达“停工令” ……239
45 大干100天，创下新纪录 ……244
第十三章 “中国人的成功故事” ……250
46 “杂牌军”也能打胜仗 ……250
47 “99%的功劳要归功于中国人” ……258
48 为啥在7月1日寄出公开信……264
49 中国人的8兆瓦 ……269
第十四章 中国核电发展的“老母鸡” ……272
50 “一颗螺丝钉的大讨论” ……272
51 “黄金人”是这样炼成的 ……280
52 “选我所爱，爱我所选” ……290
53 有核电的地方就有“老秦人”……304

合部 零碳未来 313

第十五章　一个从摇篮到旗帜的地方 ……314
54　从30万到100万，梦想照亮方家山 ……314
55　以优秀作起点，以卓越为蓝图 ……322
56　秦山有块“小石头” ……329
57　秦山“换脑”，中国有了OLE ……335
第十六章　大气如海，淳朴似盐 ……340
58　中国核电城：由核而生，因核而盛 ……340
59　核电小镇有颗“蕴含能量的宝石” ……349
60　企地融合的“邻喜”典范 ……353
第十七章　成就是秦山最美的同位素 ……359
61　伽马刀装上了“中国芯” ……359
62　不信邪！彻底丢掉“洋拐棍” ……365
63　解决“卡脖子”，挑战全球第一 ……371
64　创造美好生活，助力“健康中国” ……378
第十八章　从“国之光荣”到“国之名片” ……391
65　核电“红船”何以勇做“领跑者” ……391
66　秦山为始，创新在先 ……398
67　零碳未来城，守护绿水青山 ……406
68　“国之大者”再造一个新秦山 ……415
后记　比万家灯火还要亮 ……425

起部
零的突破

第一章

“二机部不能光是爆炸部”

01 “开业之石”与“毛粒子”

什么“二机部”？什么“爆炸部”？

“二机部不能光是爆炸部”，这句话听起来很吓人呀！

别急，笔者绝对不是在这里搞噱头。要知道，这话可不是我说的，而是周恩来总理说的。

要说秦山核电的故事，不能不从“二机部”说起。

“二机部”全称为中华人民共和国第二机械工业部，是1952年分拆中央人民政府重工业部的职能而设立的，主管兵器、坦克、航空工业，首任部长为赵尔陆。然而，熟悉历史的朋友们可能会知道，这个“二机部”与本书并没有多大关系，它不是“二机部不能光是爆炸部”的那个“二机部”。

那么“二机部”为啥“不能光是爆炸部”呢？“爆炸部”又是个啥意思呢？

其实，笔者和读者朋友们一样，对这“二机部”的历史也不熟悉，于是就有了打破砂锅问到底的好奇。那好，故事就从1955年的一次绝密会议说起。

会议的时间是1955年1月15日下午3时。

会议的地点在北京中南海颐年堂。

会议的主持人是毛泽东主席。

这次会议，名为“中共中央书记处扩大会议”，出席会议的人并不多，主要有刘少奇、周恩来、彭真、邓小平、李富春、薄一波等。[1]

会议主要是听取李四光[2]、钱三强[3]和刘杰[4]关于中国原子能科学的研究现状、铀矿资源情况的汇报以及有关核反应堆、原子武器、原子能和平用途等的讲解，讨论发展原子能事业问题。

会议伊始，毛泽东开宗明义地笑着对

李四光和钱三强说：“今天，我们这些人当小学生，就原子能有关问题，请你们来上课。”

接着，李四光拿出地质部专家从野外考察带回来的黑黄色铀矿石标本，递给毛泽东、周恩来等中央领导，并说明铀矿地质与我国的铀矿资源及勘察的情况。接着，刘杰作了一些补充，讲了在广西发现铀矿的经过。

按照周恩来的建议，钱三强随即用放射性探测仪和铀矿石为毛泽东作了一场小小的现场演示。钱三强后来在回忆文章中写道：“我把带去的自己制造的盖革计数器放在会议桌上，把铀矿石装进口袋里，然后从桌旁走过，计数器便立刻发出‘嘎、嘎、嘎’的响声，这时全场的人都高兴地笑起来……”

在一阵欣喜和惊叹之后，钱三强又向毛泽东汇报了世界几个主要发达国家原子能发展的概况，以及我国近几年开展原子能科学研究和聚集、培养科学技术人才的情况。他特别谈到，在原子能科技方面，目前我们虽然很落后，但是有党和国家的支持和强有力的领导，有苏联的援助，我们有决心和信心赶上去。

被称作“开业之石”的中国第一块铀矿石，是1954年10月在广西花山采集的。早在这一年的2月，李四光、刘杰、何长工、宋应等地质部领导，在征求当时在地质部担任顾问的苏联专家组组长库索奇金的意见后，成立了普查委员会第二办公室（简称“普委二办”），负责筹备铀矿地质勘探工作。随后，普委二办负责人高之杕迅速组织技术队伍，调集刘兴忠、杨士文、曾卓荣等，在地质部顾问苏联地质专家菲•拉祖特金的指导下，带着中国科学院近代物理研究所组装的全国第一台放射性探测仪——盖革计数器，开展勘探工作。这年7月，他们在辽宁海城调查时发现了放射性异常，采集了标本，但经计算，此地的铀矿富集度不高，没有利用价值而放弃继续勘探。同年10月，他们来到广西富钟县花山矿区，在黄羌坪发现了铀矿，并采集了中国第一块铀矿石。这两次野外考察，让拉祖特金特别兴奋，第一次高兴得剃掉了胡子，第二次亲自把铀矿石标本带回北京，秘密地锁在自己办公桌的抽屉里。

这天下午，在看完钱三强的演示，听取大家的汇报和意见之后，毛泽东说：“我们国家，现在已经知道有铀矿，进一步勘探一定会找出更多的铀矿来。新中国成立以来，我们也训练了一些人，科学研究也有了一定的基础，创造了一定的条件。过去几年其他事情很多，还来不及抓这件事。这件事总是要抓的。现在到时候了，该抓了。

❶《毛泽东年谱（1949—1976）》第二卷，中共中央文献研究室编，中央文献出版社2013年版，第337页。本书中涉及毛泽东谈原子能事业的有关历史资料均来源于《毛泽东年谱》《毛泽东传》等。

❷李四光，地质学家。时任全国政协常委（1954年12月任副主席）、地质部部长、中国科学院副院长、中华全国自然科学专门学会联合会主席。

❸钱三强，核物理学家。时任中国科学院副秘书长兼近代物理研究所所长、中国科学院学部委员。1956年11月又任第三机械工业部副部长。

❹刘杰，时任中共地质部党组书记、副部长。

只要排上日程，认真抓一下，一定可以搞起来。”

说到这里，毛泽东看了看大家，问道：“你们看怎么样？”

在听到中央书记处领导同志都一致赞同发展中国自己的原子能事业之后，毛泽东满怀信心地说：“现在苏联对我们援助，我们一定要搞好！我们自己干，也一定能干好！我们只要有人，又有资源，什么奇迹都可以创造出来！”

为了开好这次原子能工作会议，周恩来作了精心又充分的准备。就在前一天下午，也就是1955年1月14日，他专门邀请李四光和钱三强到中南海西花厅他的办公室进行谈话，详细询问了我国铀矿资源勘查情况和核科学技术研究情况、核反应堆和原子弹的基本原理，以及发展原子能事业所必须具备的条件。

1月15日的这一次中央书记处扩大会议开了3个多小时，结束时毛泽东高兴地请大家吃晚饭。毛泽东特意安排了他喜欢吃的豆豉腊肉等6个湖南风味菜，荤素搭配，主食就是大米饭加小米粥。平时很少喝酒的毛泽东，这一天也格外高兴，专门备好了红葡萄酒。他举杯，站起来向大家祝酒：“为我国原子能事业的发展干杯！”

席间，毛泽东还从哲学的角度谈了粒子可分的问题，向钱三强提出了“原子核是由质子和中子组成的，那质子和中子又是由什么组成的”这一当时科学家们都还在苦苦探索的问题。

毛泽东说：“从哲学观点来看，物质是无限可分的。质子、中子、电子也应该是可分的，一分为二、对立统一嘛！”他鼓励核科学家们进一步开展这方面的科学研究工作。毛泽东的这一论断，是对当时“质子和中子是构成原子核的基本粒子，是不可再分的”这一理论观点的巨大挑战。

半年后，美国科学家第一次发现了反质子，一年后发现了反中子。毛泽东的预言和判断得到了证实。随后，随着物理科学的进步和不断发现，毛泽东关于物质可分、粒子可分的见解被世界科学界所公认。1977年，诺贝尔物理学奖获得者、美国著名物理学家格拉肖在世界第七届粒子物理学讨论会上，提议把“构成物质的所有这些假设的组成部分命名为‘毛粒子’（Maons），以纪念已故的毛泽东主席”。这在世界科学史上是没有过的，因为从来没有用科学家或者发现者之外的人的名字作为科学概念来命名科学的新发现，唯一的例外就是毛泽东。

毫无疑问，1955年1月15日中共中央书记处扩大会议是一次历史性的具有里程碑意义的重要会议，中国要发展原子能事业的重大战略决策就这样定下来了。当时，抗美援朝战争刚刚结束，大规模经济建设刚刚开始，新中国的经济力量还十分薄弱。但历史已经证明并将继续证明，毛泽东、周恩来等老一辈无产阶级革命家作出创建和发展原子能事业的战略决策是英明正确的。这是一个伟大的战略决策，它改变了中国，也改变了世界。诚如1988年邓小平在谈到中国必须在世界高科技领域占有一席之地时所指出的：“如果60年代以来中国没有原子弹、氢弹，没有发射卫星，中国就不能叫有影响的大国，就没有现在这样的国际地位。”

新中国的原子能事业就是在这样的情况下秘密开启了。

自中共中央和毛泽东在1955年1月15日作出创建发展中国原子能事业的战略决策后，中央指定国务院第一副总理陈云、中央军委副主席聂荣臻、国务院第三办公室（简称“三办”）主任薄一波组成三人小组，负责指导原子能事业的建设工作。

1月31日，周恩来主持召开国务院第四次全体会议，通过了《国务院关于苏联帮助中国研究和平利用原子能问题的决议》。同年4月，中国政府派出以刘杰、钱三强、赵忠尧等人组成的代表团赴莫斯科，与苏联签订了《关于苏维埃社会主义共和国联盟援助中华人民共和国发展原子核物理研究事业以及为国民经济需要利用原子能的协定》，确定由苏联帮助中国建造“一堆一器”，即建造一座热功率为5000—6000千瓦（实际为7000千瓦）的实验重水反应堆以及一台磁极直径为1.2米、可以产生能量为2500万电子伏特的α粒子的回旋加速器。1958年9月27日，经过全国大力协同，“一堆一器”正式移交使用。

万事开头难。对原子能事业如何进行规划和实施全面管理？采取怎样的管理体制？建立怎样的管理机构？这对中共中央和中央政府来说，都是一个新问题。

这一年的5月7日，刘杰和钱三强在向薄一波并中共中央呈报关于与苏联谈判签订原子能科研协定的情况时，对原子能事业的管理体制机构问题提出了一份建议：“为了更有效地组织原子能事业的建立和发展，最好在国务院领导下成立原子能委员会或类似的机构，对各项工作统一规划，分工进行，密切配合协作。”

1956年7月，周恩来向中共中央和毛泽东报告，根据中国的国情，参照苏联的经验，建议成立原子能事业部。11月16日，经毛泽东同意，成立原子能事业部的方案提请第一届全国人大常委会第51次会议审议通过。因保密工作需要，最终定名为第三机械工业部（简称“三机部”）。

当时，从管理不能过分集中的工作角度考虑，三机部主要负责铀矿地质勘查、铀浓缩厂、反应堆和后处理厂等，其他工作如铀矿开采与选冶、天然金属铀生产、核专用设备仪器制造、工业设计与建筑安装等相关协作工业，采取“统一规划、分散经营、密切协作、加快速度”的原则，由煤炭部、冶金部、化工部、建工部、一机部等分别设立机构，按照机密单位进行管理。但是，在工作实践中，各部门都深感工作开展十分不便。1958年2月，经国务院同意，又将其他相关部门的机构、人员、职能陆续归到二机部。从此，二机部就成为全国原子能事业的统管部门，统一领导和管理核科学技术研究、铀矿资源勘查、铀矿开采与选冶、铀同位素分离、铀转化、核燃料元件制造、核武器研制、核工程研究与设计和建筑安装施工、核专用设备仪器制造、核安全防护等。首任部长由宋任穷担任。

1978年中共十一届三中全会以后，全党全国工作重点转移到社会主义现代化建设上来。1981年3月，国务院领导在国防科委《关于调整原子能工业发展方针的请示》上批示：“同意原子能工业逐步转到为国民经济建设服务的方针。”从此，中国核工业发展进入了新的历史时期，开始以和平利用核能与核技术为主导的第二次创业。1982年，国务院机构实行改革，决定将二机部的性质对外公开，并改名为核工业部。1988年，随着我国社会主义市场经济体制的建立和完善，政府职能的转变，企业经营机制的转换，核工业部改名为中国核工业总公司（简称“中核总”），向企业化经济实体过渡。1999年，国防科技工业进行重大调整，国务院批准5个军工总公司改组为10个企业集团。7月，国防科技工业十大集团公司在北京宣告成立。中核总改组为中国核工业集团公司（简称“中核集团”）和中国核工业建设集团公司（简称“中核建设集团”），完全按企业化经营管理。2018年1月，党中央、国务院作出中核集团和原中核建设集团合并重组的重大决策，新的中核集团建立起先进核能利用、天然铀、核燃料、核技术应用、工程建设、核环保、装备制造、金融投资等核心产业以及核产业服务，新能源、贸易、健康医疗等市场化新兴产业，形成更高水平的核工业创新链和产业链，显著提升了我国核工业的资源整合利用水平和整体国际竞争实力。

也就是说，中国核工业的管理机构经历了三机部、二机部、核工业部、中核总和中核集团的转变。关于中国核工业的这些故事，现在还有多少人知道它的历史呢？

02 十万大军，群星闪耀

历史都隐藏着秘密，但秘密不一定都能进入历史。

毛泽东说：“人民，只有人民，才是创造世界历史的动力。”

对新中国的核工业来说，也是如此。现在，中央制定了政策，建立了机构，安排了领导，理顺了关系，但关键是建立队伍，吸收和培育人才。

人才是事业成败的决定因素。

1949年新中国成立时，全国核科技人员只有10个人左右。待中国科学院近代物理所（原子能研究所前身）成立一年后，才聚集到30来个人，且大多数是从欧美留学归来的硕士、博士等研究人员。也就是说，1955年1月15日，中共中央书记处扩大会议作出创建发展原子能事业的战略决策的时候，最缺乏的就是核专业的科技人才。

1955年1月31日，周恩来主持国务院第四次全体会议，特别指出要“积极地促进原子能的和平利用”，认真进行原子能的研究工作。他强调要进行有关原子能科学的教育。“注意对现有的物理学家的使用，要号召专家归队，从行政部门把他们解放出来。科学院对学成回国的留学生的录用，有优先权。”他还就如何加强干部原子能知识教育、集中一大批大学生转学物理学、大学生分配优先给中国科学院以及专家归队等问题作了具体部署。[5]

当时，许多科技干部对放弃自己所熟悉的专业、改行搞原子能心里拐不过弯来，想不通，甚至有抵触情绪。钱三强就现身说法，给大家讲“原子能与人的改行问题”。他以自己学生时代放弃报考上海交通大学电机工程专业转而报考清华大学工程物理系的亲身经历，说明改行搞原子能的重大意义。

二机部部长宋任穷、副部长刘杰对此更是高度重视，亲自做干部思想工作。宋任穷说：“我叫任穷，到二机部上任，还带一个‘穷’字，请大家和我一道过穷日子，咱们艰苦奋斗拿出成果是国家的光荣，民族的光荣，也是我们自己的光荣。”

在党中央、国务院的坚定支持下，全国一盘棋，采取了三条措施：一是继续吸收国外留学人员回国工作。经过中美两国政府多次谈判，美国政府终于取消了不准中国留学生离开的禁令。1955年后，又有数十名留美核科技人员回国投身核科学研究事业。二是由中央下令从国内各部门、各省市的领导机关、研究所、工厂和高等院校抽调一批专业相近、水平较高的科技人员，改行参加原子能事业建设。三是由高教部负责抽调200多名留苏学生改学核科学与核工程专业知识；从国内各大学物理系抽调100名品学兼优的三年级学生，集中到北京大学改学核物理和放射化学专业知识。与此同时，把1955年接收的20多个专业的104名大学生，安排到中国科学院物理所等10多个研究单位实习培训。1956年又吸收大学应届毕业生196人，在分配工作之前，组成北京大学技术干部训练班，补学原子能专业知识。上述人员力量加上近代物理所的研究人员，构成了新中国核工业创建初期的科技队伍。在他们当中，既有学术造诣高深、蜚声国内外的老科学家，又有行业知识渊博、工程经验丰富的老专家，还有品学兼优、勤奋肯干、年富力强的新中国自己培养的青年科技人员。

中国核工业队伍的组建，不仅得到了中央领导的直接关心，而且得到了国家机关各部门、地方政府和军队的大力支持。

据统计，从1955年到1964年，先后从全国各工业部门和各省市抽调18批干部，共选调了1万多名干部和1万多名高中级技术工人。其中最多的有两次：第一次是1956年4月，为充实和加强铀矿地质队伍、原子能研究所和核工程研究设计院等单位的力量，抽调了1895名党政管理干部和科学技术干部，其中局处级等党政干部1040名、科学技术干部815名、俄语翻译40名。第二次是1958年9

[5]《周恩来年谱（1949—1976）》上卷，中共中央文献研究室编，中央文献出版社1997年版，第445页。本书中涉及周恩来谈原子能事业的有关历史资料均来源于《周恩来年谱》《周恩来传》等。

月，为组建核工业各厂、矿、院、所，中央直接下令抽调干部和技术工人16899名，其中党政管理干部2579名、科学技术干部3292名、中高级技术工人11028名。

其间，在地质部组建的铀矿地质局及其所属的各地质勘探大队、在冶金部组建的铀矿冶局及其所属的三矿两厂、在中国科学院组建的原子能所、在建工部组建的北京第三研究设计院和建筑安装公司，均由国务院下令陆续调拨到当时的三机部（后改为二机部）统一组织领导。另外，又陆续将北京综合仪器厂、上海光华仪器厂、苏州阀门厂、大连523厂等22个单位成建制地从北京市、上海市等原单位调拨到核工业部。调入的总人数达7万人，其中党政管理干部1万多名、科学技术干部5700多名、技术工人5万多名。与此同时，又从每年应届毕业的大学生中选调了一大批专业技术人员，充实核工业的科技队伍。当时，每年调入核工业部门的大学生有1500至2000多名。从1955年到1964年，选调的大学毕业生共有17860名。

党中央一声令下，广大青年干部和技术人员打起背包就出发，到祖国最需要的地方去。这就是那个火热的年代最动人的梦之旅。前前后后，林林总总，奉命加入核工业的科技干部、职工有10万余人。

在秦山核电，笔者采访了于洪福、姚启明、林德舜、张怀麟、方诗经、宋建国等诸多“老秦人”，还有像欧阳予、彭士禄、赵宏、陈曝之、夏祖讽、钱剑秋、张华祝、李永江等一大批在秦山核电工作过的“老秦人”，他们都是在那个年代接受祖国的挑选，放弃在北京、上海、大连等大城市的生活和工作，或奔赴西部边陲，或扎根大漠戈壁，或钻入深山老林，从五湖四海走到了一起，成为中国核工业的第一代开拓者、实干者、奉献者和见证者。

1960年苏联撤走专家前后，为实现“自力更生、过技术关”的目标，在中央的支持下，二机部又从各部门和各地方抽调了两批中高级科技骨干。1960年3月抽调了106名高级科技专家，1962年9月抽调126名高级科技专家，其中就有郭永怀、龙文光、俞大光、张兴黔、程开甲、陈能宽、张宏钧、任益民、赖祖武、经福谦等，保证了我国第一颗原子弹研制工作的全面展开。同样，为了加强核燃料系统、铀矿采冶系统和建筑安装系统的技术力量，1961年7月选调了局级干部69名、中高级科技骨干121名，1963年1月选调了局级领导干部18名、中高级科技骨干226名，其中就有姜圣阶、张沛霖、陈国珍、曹本熹、汪德熙、吴焕林、吴世英、吴征铠等。据不完全统计，后来他们当中有80多人当选中国科学院院士或中国工程院院士，其中朱光亚、周光召两人成为国家领导人。

毫无疑问，从“两弹一艇”到走出国门的中国核电，中国核工业创建70年之所以能够取得两次创业的辉煌成就，最重要的因素之一就是有一支政治忠诚、信仰坚定、素质过硬、吃苦耐劳、善作善成，经受了各种考验和锻炼的优秀的干部职工和科技人才队伍。

道路由来曲折，征途自古艰难。新中国的核工业并非一帆风顺，始终面临着国际霸权主义、帝国主义的要挟、讹诈和打压。尤其是在1960年7月苏联单方面撕毁中苏合作协议的情况下，刚刚起步的核工业成了“半拉子”工程。但在中国共产党的坚强领导下，经过广大科技工作者的砥砺奋斗，中国核工业人完成了“两弹一艇”的艰巨任务，创造了中国奇迹。

在这里，我们不妨回顾一下新中国原子能事业自力更生的“极简史”。

——1955年4月，地质部第三局成立之后，地质部先后在长沙建立了309大队，在乌鲁木齐建立了519大队，开始了轰轰烈烈的铀矿地质勘探和铀矿找矿事业。

——1958年，309大队在广东翁源县和江西全南县交界的新桥发现了我国第一个花岗岩型铀矿床。随后，所属核工业261大队在江西抚州相山发现大型塌陷式火山岩盆地和“双混合”的成矿模式，打开了新中国铀资源的“聚宝盆”。与此同时，“找矿大军”先后在江西上饶的坑口、新疆的伊犁找到了大型铀矿，在云南临沧找到超大型锗矿。同年5月31日，中央确定建立“三矿一厂”，即在湖南郴州、衡山和江西上饶地区各建立一个铀矿，在衡阳建立一个铀水冶厂。

——1963年11月24日，在西北核武器研制基地完成了小规模的整体聚合爆轰中子试验。

——1963年12月29日，完成扩散厂原料六氟化铀生产技术攻关，生产出提供第一颗原子弹用浓缩铀所需的大部分原料。

——1964年1月14日，被誉为“宝中宝”的核燃料高浓缩铀（丰度90%以上）铀-235在兰州铀浓缩厂诞生。

——1964年10月16日，中国第一颗原子弹爆炸试验成功。

——1966年6月初，钚-239提取试验成功。

——1967年6月17日，中国第一颗氢弹爆炸试验成功。

——1970年12月26日，中国第一艘核潜艇“长征一号”下水，实现了毛泽东“核潜艇，一万年也要搞出来”的夙愿。

03 周总理的嘱托：“六亿三，学个乖”

也就是在中国第一艘核潜艇下水的这一年，周恩来总理提出了中国要解决能源短缺问题，就必须要发展核电、建设核电站。

自20世纪60年代中期开始，作为经济大都市的上海，开始出现能源告急问题。1970年2月初，周恩来听取上海市领导汇报工作，当听到由于缺电导致工厂减产时，他明确指出：“从长远来看，要解决上海和华东地区用电问题，要靠核电。”其实，国家提出建设核电站的设想并不晚，与发展“两弹一艇”也是同步的。

1955年制定的《原子能计划十二年大纲》中提出：“用原子能发电是动力发展的新纪元，是有远大前途的。在我国今后的10年内需要以综合开发河流、利用水力发电和火力发电为主，但在有条件下应用原子能发电，组成综合动力系统。估计建设原子能电站30万千瓦。”1956年1月，周恩来在国务院的一次会议上满怀激情地说：

“科学技术新发展中的最高峰是原子能的利用。原子能给人类提供了无比强大的新的动力源泉，给科学的各个部门开辟了革新的远大前途。”

然而，从设想到现实，有时候只有一步之遥，有时候却需要几代人的艰辛努力。

在中国核工业“两弹一艇”的任务完成后，周恩来语重心长地对二机部有关领导说：“二机部不能光是爆炸部，要搞原子能发电。”

也就是说我们搞原子能事业，不仅仅是搞核武器，还要搞核电站。

周恩来的嘱托，真正开启了中国核工业和平利用核能、建设核电站的梦想。

1970年初，周恩来提出在国内要搞核电站，要靠发展核电解决上海用电问题。2月8日，上海市传达了周恩来总理的指示，确定有关部门实施“728工程”，即秦山核电厂建设工程。[6]

熟悉历史的人们都知道，20世纪六七十年代，中国的政治、经济、社会和外交遭遇了巨大的曲折和挫折，内外交困。

1966年3月6日，上海市经委、科委打报告给聂荣臻元帅，说：“遵照毛主席‘备战、备荒、为人民’的指示和赶超世界先进水平的需要，我们打算在上海建立一个实验性核动力反应堆。”同时，报告说：“上海电力需要量大，目前需要90万千瓦至100万千瓦，其中70万千瓦是火力发电，每年需耗煤300万吨，油13万吨，这些燃料来自四面八方，均需长途运输，一旦战争爆发，调动必将发生困难。采用原子能发电，则能保证战时重要部门所需电力的供应。”

对上海方面的需求，二机部当即表示在技术上给予支持。随后，二机部、水电部、清华大学又先后提出了建设核电站的方案。此时，上海市也集中一批核工程技术人员，开始了核电站的预研工作。

“一年好景君须记，最是橙黄橘绿时。”的确，1971年的“橙黄橘绿时”，对欧阳予来说是一辈子也忘不了的。自他被迫丢掉“小原子”，下放到湖北荆州“五七干校”劳动锻炼去“修理”大地球，已经有两年时间了。就在这个秋天，他忽然接到了一封“急速回京”的加急电报。电报是二机部发来的，让他立即动身赶回北京。那时候没有高铁，从荆州到武汉，再从武汉到北京，路途上就要三四天时间。在北京站一下车，来接站的同志把欧阳予直接送到了位于三里河的二机部，领进刘伟副部长的办公室。

多年不见，老朋友简单地寒暄了几句，刘伟用严肃而又热切的

[6]《周恩来年谱（1949—1976）》下卷，中共中央文献研究室编，中央文献出版社 1997 年版，第 347-348 页。为方便叙述，本书涉及秦山核电厂的对外表述除涉及厂名的固定称呼外，统一称秦山核电站。

眼神注视着欧阳予，说：“中央决定在华东建一座核电站，要一个负责电站设计的技术负责人，部里推荐，报请中央同意，由你担任技术负责人。”

面对部长坚毅的目光和坚定的语气，欧阳予来不及多问，也来不及多想，更不敢拒绝，就答应了。他没有忘记，1955年夏天，正在苏联莫斯科动力学院攻读热电厂自动化专业博士研究生的时候，我国驻苏联大使馆的同志找到他，希望他做好向原子能专业方面转向的准备。“国家要我学啥就学啥。”他毫不犹豫地答应了。恰好莫斯科动力学院当年也开办了核电站专业，欧阳予从此与核科技事业结缘。

1957年，欧阳予开始研究核反应堆工程，这是涉及物理、热工、流体力学、机械、结构力学、控制工程、辐射防护、电工等领域的综合学科，必须既善于分析，又善于归纳，才能掌握技术关键。

1958年，欧阳予作为中国方面的反应堆工艺设计总工程师，与其他同志一起再次赴苏联参加中苏合作建设我国第一座核反应堆的工程初步设计。令他没想到的是，设计工作刚刚起步，苏联“老大哥”就翻脸了，终止了合作，欲扼杀中国核工业于襁褓之中。不过，任何困难都阻挡不了中国人民前进的脚步。1966年，我国自行建设的第一座核反应堆顺利投产。

想起这些往事，欧阳予感慨万分。现在，他终于又听到了核工业的召唤。

回到二机部所属“728工程”研究设计院（即上海核工程研究设计院，以下简称“上海核工院”）担任总工程师、总设计师，干起了老本行，44岁的欧阳予精神十足，仿佛一下子回到了十几年前，反复思考中国第一座核电站该如何自主设计的问题。就在这时，国际原子能机构召开了和平利用原子能的第三次会议。欧阳予迅速将这次国际会议的英文资料调出来，认真阅读，发现压水堆[7]技术成熟，结构严谨，安全性较好，具有可操作性。

现在，问题来了。中国第一座核电站到底应该采取哪一种堆型[8]呢？

那时，上海市方面已经基本确定“728工程”采取熔盐堆的堆型设计方案了。熔盐堆是一种液体燃料堆型，以熔化的氟盐混合物为燃料、石墨为慢化剂。从理论上讲，熔盐堆是既能发电又能把钍-232、铀-238转化为裂变燃料的反应堆，利用率比较高。

当时，美国《核能》杂志发表文章说，熔盐堆是如何好，可以在生产过程中实现燃料增殖，省去昂贵的核燃料元件制造过程。用

[7] 压水堆全称为“加压水慢化冷却反应堆”，指以加压的、未发生沸腾的轻水（即普通水）作为慢化剂和冷却剂的反应堆，是核电站中应用数量较多、容量较大的堆型。

[8] 堆型，即核反应堆的类型。核反应堆的划分有多种方法，根据慢化剂（减速剂），可分为石墨堆、重水堆、压水堆、沸水堆、有机堆、熔盐堆、铍堆；根据燃料类型，可分为天然气铀堆、浓缩铀堆、钍堆；根据中子能量，可分为快中子堆和热中子堆；根据冷却剂（载热剂）材料，可分为水冷堆、气冷堆、有机液冷堆、液态金属冷堆。

当时热衷搞熔盐堆的专家的话说，就是“又吃鸡肉又吃鸡蛋”。然而，这仅仅是理论。在核技术十分先进的美国，熔盐堆当时也尚处于研究阶段。更重要的是，熔盐堆的放射性很难封闭，熔盐对主管道的腐蚀性很强，作为科研开发尚显困难，若要运用到实际中建设核电站，当时还不具备可操作性。

是搞熔盐堆，还是搞压水堆？

1971年11月底，奉命来上海主持“728工程”技术工作的欧阳予犯难了。就在这个时候，欧阳予受邀在北京参加了一个核动力研究相关的会议。会议的主持人是研究核潜艇的彭士禄。于是，欧阳予灵机一动，在会议间隙，把“728工程”设计方案遇到的争论、自己搞压水堆的设想，向彭士禄和盘托出，希望他能够说服上海方面，帮压水堆方案说说话。

豪爽耿直的彭士禄一口答应：“好！我到上海放他一炮。”

欧阳予为什么请彭士禄？彭士禄是何许人也？

彭士禄是中国共产党早期领导人、农民运动先驱彭湃烈士的儿子。在那个年代，用他自己的话说是“没有尾巴好抓，没有头发好揪”的人。更重要的是，彭士禄是刚刚下水的中国第一艘核潜艇的总设计师，是核反应堆设计领域的权威。

和欧阳予一样，彭士禄以优异的成绩获得留学苏联的资格。1951年，他先是在喀山化工学院化工机械系学习，后来又转到莫斯科化工机械学院，1956年以全优的成绩获得“化工机械优秀工程师”称号。就在这一年，来苏联访问的陈赓大将把彭士禄等八九名即将毕业的留学生召集到大使馆谈话，转达了周恩来总理的意见，希望这批留学生改学原子能、核动力专业。陈赓问彭士禄：“你愿意改行吗？”3岁时母亲被反动派杀害、4岁时父亲在上海牺牲，8岁时被捕入狱，出狱后沦为乞丐，吃百家饭、穿百家衣，15岁时被周恩来找到后接到延安的彭士禄，没有忘记自己的出身，没有忘记党的培养，果断地告诉陈赓：“只要祖国需要，我当然愿意。”1956年9月，彭士禄和董茵、韩铎等5名留学生被选送到莫斯科动力学院，就读核反应堆专业。

“从未在晚上12点以前就寝过，我们要学的东西太多太多了，一头扎进去，就像沙漠中的行人看到了湖泊那样。”彭士禄一辈子也没有忘记，当时苏联教授每教一节课，中方要另外支付80卢布的报酬。“80卢布啊！这是老阿妈用血汗钱供孩子上洋学堂，我们能不努力吗？”

1958年，彭士禄学成归国，被分配到北京原子能研究所工作。

1962年2月，他开始主持潜艇核动力装置的论证和主要设备的前期开发。那时，中国在核潜艇建造领域的知识几乎为零，一无图纸资料、二无权威专家、三无外来援助，包括彭士禄在内，几乎所有人都没有见过真正的核潜艇到底长什么样，不得不靠“自教自学”。

1965年，由于国家的需要，彭士禄等一大批科技人才从祖国的四面八方汇聚到四川西南部的大山深处，在一个代号为“909”的基地开始了核潜艇陆上模式堆的研制。“一万年太久，只争朝夕。”

1970年8月30日，仅仅用了5年时间，核潜艇陆上模式堆顺利达到满功率，同年

12月26日，中国第一艘核潜艇成功下水。

中国建造核电站，究竟该走哪一种技术路线？

毫无疑问，彭士禄当然有发言权。

1972年4月，时任六机部七院719所副所长兼武汉分部负责人的彭士禄到上海出差，处理核潜艇设备的后续问题。这一天，上海“728工程”筹建处主任赵嘉瑞、党委书记万钧和上海核工程研究院的缪鸿兴、沈壬辉找上门来了，说：“彭总，请您听听‘728工程’堆型方案的讨论会好吗？”

彭士禄爽快地说：“一定前往！”

次日，彭士禄准时出现在上海南昌路52号科技会堂小礼堂。彭士禄在业界还有两个外号，一个叫“彭大胆”，一个叫“彭拍板”。看到彭士禄来了，与会的80多名代表报以热烈掌声。

在汇报会上，大家对堆型的选择进行了热烈的讨论。主持会议的赵嘉瑞介绍说：“到底是上熔盐堆，还是上压水堆，我们讨论了好几天了。彭总建造了我国第一艘核潜艇，在这方面是权威，在科技工作中，既有胆识，又科学求实。我们欢迎彭总讲话！”

彭士禄心中有数——力主压水堆设计方案的欧阳予，此前已经在北京跟他说明了一些情况。他开门见山地说：“我是‘二杆子’，不愿看人脸色说话，实话实说。熔盐在常温下为固体，450多摄氏度时才是液态，所以它很难成为反应堆散热剂。高温时易导致放射性物质从管道中泄漏；温度低散热剂便固化，无论启堆、维修都很难。熔盐堆属下一代堆型，发电效率高，再生核燃料多。身为科技工作者，我理解、敬佩你们年轻人的创新精神和工作热情，对大家取得的设计成果也感到高兴，应该鼓励。但为了尽快研制出核电站，我们必须考虑技术和材料的可行性。大家的思路没问题，只是超前了，不具现实可行性。比如载热剂、密封、后处理、材料等问题短期无法解决。另外，熔盐把核燃料溶解在盐里腐蚀性很强，我们没有抗腐蚀的材料。周总理不是说让我们实事求是吗？今天我们就好好讨论一下，选择哪种堆型是实事求是的。”

辩论会充满了火药味。争论双方，先小声后大声，叽叽喳喳变成了吵吵嚷嚷，面红耳赤，以致听不清对方在说什么。彭士禄不说话，边听边记。会上会下，彭士禄利用各种机会与大家广泛接触，以科学精神引导大家：反应堆发展方向，是“傻瓜堆”，无论怎么操作，谁来操作，都不会出事。“傻瓜堆”最适合于核电站，因为它安全。谁有可能成为“傻瓜堆”呢？无疑是有成熟理论、科学计算式和实践经验的堆型——压水堆。

太阳西下了，已经是黄昏时分。人们期待着彭士禄最后的发言。

彭士禄旗帜鲜明地说，目前世界核电站有压水堆、沸水堆、重水堆、快中子增殖堆和气冷堆，尚无熔盐堆！中国压水堆技术成熟，我们核潜艇采用的就是压水堆嘛！核电站为什么不利用这个现成的经验与原理，偏搞无把握的熔盐堆？我不反对研究先进堆型，问题是我们目前没这个能力；我不反对赶超国际先进水平，但要建立在科学可行的基础上，否则，就是冒险。

彭士禄心平气和地说：“技术问题有争

议很正常，要深入研究，趋利避害，选择切实可行的技术路线。眼下如何设计建造核电站？最科学、最快捷、最安全、最可行的工作思路应该是我们掌握的堆型，即压水堆，容量30万千瓦。”

大多数与会工程技术人员赞同彭士禄的意见，赞成放弃熔盐堆方案，提出了建设10万至30万千瓦压水堆原型示范电站的意见。

就在这次会议召开半年后，美国也宣布熔盐堆下马。于是，中国各方面都统一了意见，压水堆成为“728工程”的第一预备方案。

欧阳予回忆说：“选定堆型后，又要商定规模，最后确定为30万千瓦的规模。第一个核电站定为30万千瓦是很大胆的。苏联的第一个是5000千瓦，美国的第一个是9万千瓦。我带领大家在全国制造行业搞了实地调研，从设备制造能力、加工制造水平、核工业系统能力等方面得出结论，通过努力是可以搞30万千瓦的。此外，当时国内火电厂的机组能力也是30万千瓦，表明我国已经基本具备30万千瓦核电站常规岛[9]相关设备的制造能力。经过一年多的调研，1973年11月，二机部正式将压水堆30万千瓦的方案报到国务院。”

彭士禄回忆说：“1973年间，上海市和二机部先后两次向国务院提出改变堆型方案的报告，专门聘请我担任‘728工程’技术顾问，通过当初科研和设计人员的设计论证，逐级向上海市主管单位及中央报告。1974年3月31日下午，他们终于接到通知——立即到人民大会堂新疆厅等候向周总理汇报。最后，中央批准了欧阳予及其同事提出的电功率为30万千瓦的压水堆建设方案和设计任务书。”

1974年3月31日，北京人民大会堂新疆厅。

作为中央专委会主任的周恩来，亲自主持并听取上海市“728工程”赴京汇报小组汇报。叶剑英、李先念、邓小平、谷牧和国家计委、国防科委、国防工办、一机部、二机部、水电部、冶金部、中国科学院的有关领导出席了汇报会，共计30多人。由彭士禄、欧阳予、缪鸿兴、艾丁等负责技术汇报，陆碧珍、施家鹏等技术人员也参加了。

这是周恩来第三次专门为“728工程”主持汇报会了。此前的两次分别是在1970年12月15日和1971年9月9日，都是他亲自主持中央专委会，听取上海市“728工程”赴京汇报小组的汇报。与其说这是汇报，不如说这是一次“面试”。

为了开好这一次汇报会，周恩来在看了事先提交的纸质报告后指出：一要听汇报，二要做个模型看看。接到周恩来的指示，欧阳予和同事们又准备了两个月，汇报资料包括可行性方案、设计方案、

[9] 常规岛即核电装置中汽轮发电机组及其配套设施和它们所在厂房的总称。其主要功能是将核岛产生的蒸汽的热能转换成汽轮机的机械能，再通过发电机转变成电能。

设备制造能力和准备就绪的模型。

下午3点，新疆厅的大门准时打开了。

“总理来了！”不知是谁小声地说了一句。只见周恩来迈着稳健的步伐走了过来，还是那么风度翩翩，还是那么和蔼可亲，目光炯炯，精神矍铄，只是身体更加瘦削了，脸上的老年斑更多了一些。这个时候，彭士禄、欧阳予并不知道周恩来已经身患重症。

“大家坐，大家坐。”周恩来热情地跟大家打招呼。他缓缓落座，十分专注地微笑着打量了一圈。忽然，他眼神一亮，站了起来，缓步走向彭士禄的身边。然后，他高兴地对邓小平说：“小平同志，我给你介绍一下，这是彭士禄，彭湃同志的儿子。”

“哦。”邓小平走过来了，跟彭士禄握手，一脸的惊喜，默默地注视着他。

看到自己关心培养的烈士遗孤，已经成长为国家的核物理学家，周恩来十分欣慰。

“好，现在开始汇报吧。”随着周恩来一声轻轻的吩咐，缪鸿兴抱着一卷图纸站了起来。他有点儿怯生生地走到总理面前，把图纸摊在地上，开始汇报。

缪鸿兴是欧阳予的副手，担任上海核工院副总工程师。1960年毕业于哈尔滨军事工程学院舰船电气专业的他，留校筹建核潜艇核动力教研室。1967年，因为上海市要搞核电站，教研室大部分奉命搬到了上海。“728工程”开始后，缪鸿兴所在的上海市物理研究所就变成了“728工程”设计队。

“你们坐下来说吧。”周恩来一边说，一边招呼工作人员，“搬一把椅子来，他站着讲，我们坐着听，这不合理嘛。”

缪鸿兴内心激动得怦怦跳，不好意思地说：“总理，模型很小，要不请大家过来看吧。”

周恩来说：“好，我们大家围成一圈。”

在汇报堆型的选择时，缪鸿兴提到从熔盐堆改成压水堆，花了很长的一段时间，争论了好久，走了不少弯路。

周恩来一句责备的话也没有，轻轻地说：“那不要紧，试验嘛，总要经过摸索的。”

在听取汇报的过程中，周恩来认真审查了《上海“728”核电工程建设方案》《“728”核电站设计任务书》。他特别关心核电安全问题，不停地提出一个个问题。

“如果反应堆出事故，安全壳会不会炸裂？万一壳子破裂了怎么办？”

欧阳予站起来，向周恩来等领导人认真解释了压水堆的安全性能问题。他说，堆芯中主要物质是不可燃烧的水，安全壳是钢筋混凝土，有足够的预应力。核电站反应堆的结构和特征与原子弹完全不同，采用低浓度裂变物质作燃料。也就是说，核电厂内进行的是受控核裂变，其可裂变物质仅3%至4%的富集度，远远低于核爆炸所需的90%以上富集度，在极端情况下，都不可能像原子弹那样发生爆炸。

“核电站排出的废物怎么处理呢？”

彭士禄站起来，认真解释了核废物的处理问题。他说，核电站放射性浓缩物将在电站经过严格的专业固化包装后，在专门的与生物圈隔离的中低水平放射性处置场采取深埋或放在山洞里的处理方法。

“会不会影响地下水？会不会给子孙后代造成危害呢？”

对此，彭士禄一一作了回答。针对周

恩来关心的废水、废气问题，彭士禄说，核电站放射性废水、废气将受到严格的监控和处理，净化后的废水、废气几乎接近放射性天然本底，达到国家环保标准后稀释排放，不会对环境造成影响。

周恩来一再叮嘱道：“在核电站设计和建设的过程中，对其废水、废气、废物的处理应作长远考虑，一定要以不污染国土、不危害人民健康为原则。”他反复强调“建设核电站应该坚持安全、适用、经济、自力更生”的原则。

当听说核电站要扩大初步设计，人手不够时，周恩来马上问道：“刘伟部长来了没有？”

刘伟立即站了起来。

周恩来说：“你们马上派人去支援上海，越快越好！彭士禄，你们也派人去，谁去得快就受表扬，去得慢受批评。”

说到这里，周恩来又站起来，饶有兴致地走到核电站模型跟前，边看边问。他说：“搞核电站，光搞会战不行，要建一个基地。”

在核电站模型前，周恩来足足站了十分钟。他若有所思地问道：“经费都落实了没有？”

欧阳予小心谨慎地回答：“总理，因为实验和科研开发以及提高设备制造能力有限，整个‘728工程’建设费用比较大，我们估算了一下，大约需要六亿三。”

听完汇报，周恩来略微沉思了几秒钟，一挥手，说：“投资六亿三。六亿三，学个乖，值得。”

汇报结束时，周恩来语重心长地说：“建设第一座核电站的目的不仅在于发电，更重要的是通过这座核电站的研究、设计、建设、运行，掌握核电技术，培训人员，积累经验，为今后的发展打好基础。对于这项工程来说，掌握核电技术的目的大于发电。”

4个小时的汇报会结束了。此时此刻，天安门广场华灯初上。周恩来抬手看看手表，说：“已经7点多了，你们肚子饿了吧。请外地的同志留下来，我们一起吃个便饭吧。我请客。”

这顿晚饭其实也很简单，四个菜，两荤两素，油饼、稀饭。周恩来请欧阳予、彭士禄、缪鸿兴等几位年轻科技工作者与自己坐同一张桌子，亲切地和大家交谈，还不断地往每个人碗里夹菜。坐在总理的身边，欧阳予有一种如沐春风的感觉。这时，大家关心地问道：“总理，您身体好吗？”

“不太好，晚上睡不着觉，手脚老是发凉。有时就只好喝点烧酒，才能入睡。”周恩来真诚地说，“你们很年轻，更应该注意身体！”

谁也没有想到，两个多月后，身患重症的周恩来就告别了曾经工作生活了25个春秋的中南海西花厅，到医院接受治疗，一面同疾病“苦斗”，一面坚持工作，处理国内外大事，直到生命结束。

所幸中国核工业人没有忘记，也没有辜负周恩来总理的嘱托。

04 “百鸟在林，不如一鸟在手”

一波未平，一波又起。

1978年12月，党的十一届三中全会召开了，中国从此改革开放。然而，也就在这个时候，关于如何建设核电站又产生了分歧，国内出现了两种截然不同的意见。一种说我们自己干不行，不如买来轻松；另一种说我们自己能干出核电站。

建议购买国外核电的人认为：“你们肯定干不成，你们能干原子弹，干不成核电站！”有人还讽刺上海核工院说：“你们设计队都是一些教师，画图纸像画漫画一样。”

听了这些风凉话，作为“728工程”总设计师的欧阳予非常生气。但他没有跟这些人计较，而是冷静下来，据理力争：“我们设计队的人员结构非常合理，一是核工业系统调来的有核科技实践经验的200人，二是从上海工厂来的有制造经验的人员，还有高校和科研院所来的人员，教师画图可能不行，但理论基础扎实！”

的确，这个时候，对参与“728工程”的每一个人来说，大家只有一个共同的心愿，那就是早日建成中国自行设计和建造的核电站。但是，核电站与“两弹一艇”建造过程中已经做过的其他核反应堆工程相比，技术难度显然要高得多。核电站反应堆对温度、压力、功率密度、质量指标和可靠性、寿命等要求更高，安全设施和系统也更加完善、更加复杂，对环境保护的要求也极其严格，同时还要按照法律规定，受社会舆论的监督。在对比了国际上压水堆核电站的技术难度与我国技术水平和制造能力以后，欧阳予和他的设计团队心里都明白一个不争的事实，那就是我们与国外的综合技术相比，差距还是很大的。但这并没有让他们丧失信心。为什么？

生活需要辩证法，什么事情都应该一分为二地来看。欧阳予知道，我们也有有利条件。他说：“我国已有初具规模的核工业科技体系，已能制造部分重型和精密设备，包括30万千瓦的火电机组。问题是设法填补差距和解决面临的技术难题，这项工作做好了，不仅能推动核电工程，而且能带动整个核工业和机电工业水平的提高。”

在困难面前，欧阳予带领上海核工院技术团队与全国几十个科研、设计、制造单位进行了多次研讨，拟出了264项科研试验项目和26项旨在提高工厂制造能力的技术提升项目，报经国家主管部门纳入计划。

那么，为什么还会出现反对的声音呢？

中国的核电技术到底是靠“自力更生”，还是靠“全资引进”呢？

这里有一个时代背景。当时，西方国家的核电站技术日臻完善，急于向外输出，中国这个潜在的庞大市场当然成为他们关注的对象。早在1964年，我国就曾组织水电考察组考察了法国和瑞士电力行业，看到法国相当重视发展核电。1972年8月至9月，时任北京电业管理局局长的李鹏在法国参加国际高压大电网会议时，再次对法国核电站的发展进行了解。回国后，为了尽快掌握核电技术，他建议引进压水堆核电站设备。1978年12月4日，时任国务院副总理邓小平在中法两国政府签订一项为期7年的关于发展经济关系和合作的长期协定前，会见法国外贸部部长让·弗朗索瓦。邓小平在回答法国记者提问时表示，中国已决定向法国购买两套核电站设备。核电站技术复杂，安全要求非常高，引进国外先进核电技术的意向确定后，有人对中国自己建设核电站的能力提出了疑问，再一次引发了关于要不要再搞“728工程”的争论。

走什么样的道路才能加快中国核电事业的发展呢?

反对“自力更生”的一方认为:“‘728工程’与目前国际上运行的压水堆核电站相比，经济指标落后，不利于我国今后高速发展核电站建设，不利于赶超世界先进水平。”更令人吃惊的是，一些人妄自菲薄地断言:“中国搞不成核电站，只有买国外的。”在他们看来，综观世界核电技术发展，我国自己再搞30万千瓦核电站的意义不大，应以国际先进技术为起点，没有必要一步一步地从头搞起。既然已经决定引进90万千瓦系列的核电站，再搞这样一个技术上把握不大、发展前途渺茫的大项目，是不合理的。如果仅仅为了学习技术而花六七个亿投资，是否值得?为了避免浪费，加快步伐，争取时间，不如用“728工程”的这笔资金来搞核燃料的浓缩加工和勘探，“728工程”应该下马。

吃馍不必从种小麦开始。国家实行改革开放，对外技术交流合作的大门洞开，抓紧一切时机把全人类的优秀文明成果吸收引进，搞点“拿来主义”，为我所用，无疑也是合情合理的选择。发达国家已经经过长期摸索、试验，形成了成熟的90万千瓦的压水堆技术方案，中国是否还有必要从头再来?这的确是一个值得深思的问题。

然而，赞成“自力更生”的一方认为:毋庸置疑，引进国外先进技术当然有利于加快我国核电事业的发展，但是引进国外技术往往受到国际政治、经济因素的制约，特别是核技术具有一定的敏感性，并不是我们一厢情愿就能得到的。如果坐等先进技术，时间就会白白浪费掉。况且，我国已经掌握导弹核潜艇研制的压水堆技术和经验。尤其像“728工程”自1970年提出以后，我国相关部门在科研、设计、设备制造上已经做了大量工作，而且国家批准的数亿科研经费已经花去了三分之一，岂有说下马就下马的道理?更重要的是，“728工程”是一座原型堆[10]，它还不是系列化的核电站，对于掌握技术，培养我国自己的核电站建设队伍，消化、吸收国外先进技术是

[10] 核反应堆型的开发一般要经过三个阶段:实验堆、原型堆和商业堆。在新堆型的研发过程中，由于所采用的部分重要系统、关键设备在技术上尚不够成熟，有些实验离开反应堆无法进行，或虽然可以进行但难以取得满意的结果，因此必须建立一座原型堆，作为开发核电技术的手段，在堆上进行一些重要的实验，获得准确的结果，通过建造和运行来验证、示范，并进行必要的改进，技术研发更加完善，从而使投资商建立信心。

非常必要的。诚如周恩来总理所言：“对于这项工程来说，掌握核电技术的目的大于发电。”

欲致鱼者先通水，欲致鸟者先树木。你要引进国外的先进技术，自己必须具备消化、吸收的能力。就像士兵在战场上打仗，如果手中的洋枪洋炮不会使用，成了摆设，那照样不能打胜仗。因此，如何实现人与武器的最佳结合，才是根本性问题。然而，有些人简单地以为，先进技术的吸收就像人的消化系统一样，只要吞进肚子里，肠胃消化系统就能自动吸收。其实，这是不可能的事情。殊不知，“能不能买东西”和“会不会用东西”是两码事。20世纪70年代的中国，是一个工业基础、科学技术包括组织、管理以及整个社会系统的运转水平都还落后的国家，盲目引进会不会吃囫囵吞枣、因噎废食的苦果呢？

核电工程不仅要高技术、冒高风险，同时还要高投入。依靠引进，从掌握国外技术直到生产出自己的产品，绝不是一件容易的事情。日本从引进到自主生产，大约花了10年的时间，而且还是在买了美国专利的条件下。

当时，世界上已有25个国家拥有核电站，但自己能够建造的仅仅只有美国、苏联、英国、法国、德国、加拿大等少数几个发达国家，如果我们不通过自己实践建造核电站来掌握真正的核心技术，即使是引进几座，今后也无法真正满足国内需要，而且耗资巨大，像我们这样一个依然贫穷的国家，又能买得起几座？

论战双方，各抒己见，互不相让。正反双方的理由都是为了国家利益，神圣崇高。孰是孰非？谁也说服不了谁，官司打到了中央。

1979年1月13日，由时任国务院副总理谷牧出面，召集持不同意见的各方代表开会讨论，集思广益。

经过会议讨论、协调，有趣的事情还是发生了——会议最后的表决结果是：一机部、水电部、国家建委主张“728工程”下马；国防科工委、二机部、国家计委坚持自力更生干下去。结果是3比3平。

双方形成了这样的平局，这是谷牧没有想到的。

“728工程”到底是上马还是下马呢？主持会议的谷牧实事求是地用这样一番话结束了这场官司。他说：“728工程”是一个原型堆，搞这个工程主要是为了掌握设计和制造技术。鉴于现在已经铺开了摊子，有了初步的成绩，在国外的技术专利没有拿到之前，这项试验研究工作不宜草率下马。否则，花了两个亿，毫无成果。说到最后，谷牧还留下一句话：现在不下决心下马，如果短期内能从外国拿到专利再最后下决心。

至此，“自力更生”和“全资引进”的争论，暂时搁置下来了。一位核电专家发自肺腑地说：“我们中国人好走极端。一说自力更生，就百分之百的国内制造；一说引进技术，又把一切希望寄托于外援，甚至明明自己能干的也不干了，妄自菲薄，丧失信心。”这是有过切肤之痛的人才能说出来的经验之谈。

彼时，中国大陆第一座核电站的前途依然未卜。

3比3的结果，对“728工程”的支持者来说，不是一个坏消息。因为中央并没有明确要求工程下马。没有下马，就可以继续干下去。

值得一提的是，此前经国务院批准，国家计委、国家建委、国防科工委作出决定：“为尽快建成我国第一座核电站，‘728工程’定为二机部直属项目，由二机部全面归口负责。”根据要求，上海市把建设核电站前期准备工作移交二机部。

分管此项工作的二机部副部长王介福根据部党组意见和要求，开始抽调技术力量，组织核工业自己的建设队伍。王介福来到上海，在上海市委、市政府的大力支持下，迅速把人员、设备、设计图纸和方案甚至工作场所全部接管过来，同时他又开始组织人员到上海、浙江、江苏等地积极开展核电站的选址工作。

就在中国人围绕核电站是“引进”还是“自主”建造争论不休的时候，遥远的西半球发生了一件意外事故，使暂时搁置的争论又发生了新的变化。

1979年3月28日，美国宾夕法尼亚州的三哩岛压水堆核电站2号堆出现了堆芯失水烧毁的重大事故，一时间在世界引起轩然大波，一些不明真相的团体纷纷组织游行示威，从而刮起了世界范围内的反核浪潮。消息传来，一股“恐核”的情绪迅速弥漫在中国大地上，再次出现反对修建核电站的声音。

三哩岛核事故到底是怎么回事呢？现在都清楚地知道，这起事故是由一系列的偶然因素造成的，本来只是一次小小的故障，却因为多次人为操作失误而导致事态恶化。所幸在这次事故中，由于主要的工程安全设施都自动投入，加上反应堆安全壳的包容作用，释放到环境中的放射性物质不多，人员无一伤亡，对周围环境和公众未造成任何辐射伤害。

虽然三哩岛核事故并没有对环境和公众产生危害，却在世界造成了极大轰动。显然，不少人谈“核”色变，究其原因还是对“核”的不了解。这也十分正常。就连笔者在不了解“核”和核电站之前，同样也心存疑虑。这就像远古时代的人类对“火”的恐惧一样，就是因为自然界的“火”对原始人类造成了巨大伤害，后来人们认识了“火”，且掌握了“火”，“火”就成了人们日常生活的必需品和改造世界、改造自然的工具。“火”发展了人类，“火”造福了人类。和平利用核能造福人类，也是人类认识和掌握自然界的伟大创造。

一朝被蛇咬，十年怕井绳。尽管我们根本没有看见“蛇”，而且是外国的“蛇”咬了外国的人，但在中国造成的恐惧感似乎超出了我们的想象。

“核电站不能搞了，太危险！”

“连美国这样先进的国家，都出了事故，我们的技术不知落后人家多少倍。”

一时间，谈“核”色变，“核电猛如虎”的言论笼罩着中国社会。一位中央领导甚至在高层会议上公开否定了核电站建设，他认为搞核电站，就像弄来一只老虎，让人感到不安宁。这无疑给“728工程”亮起了红灯。

中国大陆第一座核电站再次面临下马的危机。

不过，时代在进步，人们的认知也在前进。一场“实践是检验真理的唯一标准”的大讨论，如火如荼，促进了中国人的思想大解放。解放思想，实事求是，一切向前看，成为中国人民的口头禅。中国知识界迎来了一个“科学的春天”，人们开始走出迷茫和彷徨，走出迷信和狂热，尊重知识、尊重人才，更相信真理、相信科学。

安全当然无小事，但没有必要投鼠忌器，大惊小怪，在认识上走极端。在核电安全问题上，有位中央领导在一次与二机部领导会面时，用风趣的话表达了他对核电站安全所抱的科学态度。他说：“我听说在核电站工作和周围的人一年所受的辐射，相当于照一次X光的剂量，这有什么可怕的呢？俗话说：‘叫花子担心，百万富翁反而不怕。’美国有多少核电站？日本又有多少核电站？人家不怕，我们倒怕，这叫荒唐。”

与此同时，国防科工委、二机部等部门多次上书中央和国务院，要求不要停止“728工程”，同时又开展核电安全宣传，驱散美国三哩岛核事故在人们心理上产生的迷雾。

大家知道，党的十一届三中全会后，随着全国工作重心转移到以经济建设为中心，中共中央对国防科技工业的战略调整进行了精心部署和安排。按照邓小平的战略思想，国防科技工业实行了“军民结合、平战结合、军品优先、以民养军”的方针。1979年12月，邓小平在审阅国防科工委关于发展核电站问题的请示时，出于军转民的需要和核安全的考虑，针对“728工程”上马还是下马的问题，认为继续搞是应该的，“我认为由二机部抓总，较为妥当”。

在核电安全问题上，谁说话最有分量呢？当然是科学家。

钱三强、王淦昌、朱光亚、王承书、李正武、彭士禄、姜圣阶等科学家纷纷发表意见，倡导发展核电。

1980年，二机部副部长、中国核学会副理事长姜圣阶在《中国必须大力发展核电》报告中疾呼：“我们具备发展核电的条件，妄自菲薄、小看自己的倾向，必须克服。”

10月29日，二机部副部长、核物理学家王淦昌给时任国务院副总理张爱萍和其他中央领导写了一封信。在引进核电站问题上，他有这样一段精辟的论述：

> 正确的引进政策应该充分考虑以下三点：一是我国还很穷，整套买，买不起；二是我国已经初步形成原子能工业体系，有一定的自主能力，所欠缺的只是建造大型核电站的关键技术、关键设备和特殊材料，根本不必整套买；第三，引进的主要目的不是引进电力生产能力，而是引进核电技术，最终建立自己的核电工业体系。
>
> 我们的核电方针，必须放在我国已初步建立的核工业体系上、具备了自己建造核电站能力这一基本点上，千方百计爱护它，支持它，使它强大，而不应该忽视它或另起炉灶。

在信中，王淦昌认为这一重大工程依赖全资引进的决策是欠妥的，不应该是全套进口，而应该在实现技术转让的前提下引进关键设备和特殊材料。为此，王淦昌还在《红旗》杂志上发表题为《发展核能是解决能源问题的出路之一》的文章，对中国发展核电的必要性和可能性作了精辟的分析，倡议我国把核电列入规划，争取在

20世纪末发展到一定规模，让其在“四化”[11]建设中大放异彩。

是啊！“百鸟在林，不如一鸟在手”。

建造“728工程”这样的原型堆核电站，对于掌握核电核心技术，培养自己的核电建设队伍，消化、吸收国外的核电技术是非常重要的。说白了，它不是花钱建造一个核电站的问题，而是关系到如何保住我国在“两弹一艇”研制中建立起来的核工业产业体系和十几万军工队伍吃饭问题。

保工业体系，保人才队伍，是压倒一切的政治问题。在国务院召开的几次讨论发展核电问题的会议上，一些领导只算经济账，而张爱萍算的是政治账。张爱萍作诗明志：“原子核能不可怕，科学技术驾驭它。广泛应用力无穷，为民造福振中华。”他明确表示坚决支持发展核电，支持“728工程”。在充分听取各方面的意见后，他专门向当时主持中央军委日常工作的党中央副主席叶剑英并中央专委上报了《关于发展核电站问题的请示报告》，对这种新型能源的优越性、经济性、安全性，以及中国核电的发展规划与起步等一系列重要问题，进行了全面系统的阐述，建议中国应该搞自己的核电站。他在报告中说：有些事关系国家大计，必须办，咬紧牙关也得办，但是有些同志，往往从小事做起，步履匆匆，犹犹豫豫，把时间耽误了，因此齐心协力加油干，这个很重要。不久，邓小平在新华社内参上看到有关情况报告后作了批示：“我认为继续搞下去是应该的。”

1981年11月，国务院在汇总各方面的意见后认为，中国要靠自己的力量搞核电，依靠自己的力量与引进技术相结合，反对“728工程”成套进口核电站，当前首先把原型堆核电站搞上去。随后正式批准了“728工程”重新上马，并将此项工程列入国家“六五计划”的重点建设项目。这时，湖北、湖南、辽宁、浙江等省也相继打报告给国务院，要求把核电站建在本省。

1982年8月19日，新华社发布了“728工程”上马的消息。

[11]“四化”，指四个现代化，即工业现代化、农业现代化、国防现代化、科学技术现代化。

第二章

第一座核电站名字叫秦山

05 “728工程”正式命名秦山核电厂

上海市漕溪北路502号，是当年上海轻工业大楼所在地。上海核工院就驻扎在这里。

1974年，根据周恩来总理的批示，上海市委、市政府加快了“728工程”的筹建工作，汇聚了一支来自院校、研究所和工厂的共计800多人的技术队伍。

1978年6月，经国务院批准，根据国家计委、国家建委和国防科委《关于核电站建设工程由二机部全面归口负责的要求》，上海市将筹建“728工程”的人、财、物全部移交二机部新成立的“728工程筹建处”。

那个时候，“728工程”属于保密范围。这个筹建处的领导小组人数不多，最初只有5个人，分别是来自八二一厂的陈曝之、四〇五厂的纪文顺、陕西省核工业局的谢恩吉、八一二厂的吉怀刚和二三公司的孙德林。接到二机部“火速进京”的电报后，他们在北京集合，领受任务，就马不停蹄地赶到了上海，走进了漕溪北路502号。

接手“728工程”筹建工作，陈曝之他们要完成的第一个任务就是为它找“家”。

在北京集合的时候，他们从二机部了解到，国家有关部门组成联合工作组曾到上海、浙江、江苏选址，认为江苏江阴县长山可作为厂址。于是，他们把选址的第一站放在了长山。十里长山，北依万里长江，地域开阔，人烟稀少，地理条件相当优越，的确是建造核电站的好地方。但是，在沟通过程中，恰逢美国三哩岛核电事故发生了。核污染没有漂洋过海，却给正在内蒙古召开的全国能源对策会议蒙上了核的阴影。于是，陈曝之带领的筹建处与江苏省领导的谈判，就难以达成共识了。回到上海，上海市政府非常积极，希望把中国第一座核电站建设在上海境内，地址任意挑选。经过商量，初步达成奉贤县金山石化厂附近海滩的选址意向。

1979年初夏，陈曝之、谢恩吉带领“728工程”筹建处的徐怀慷、严文康、宋全彬等十多位技术人员来到奉贤海边勘察。只见这里是一大片芦苇荡，郁郁葱葱，景色宜人，如诗如画。但高高的钻井机在芦苇荡深处竖立起来，勘测人员在这里接连打了3个地质探桩，钻头一直钻到地下70米深处，仍然见不到岩层。勘测人员知道，这可绝对不行，因为核反应堆的基础，必须构筑在基岩上。

江苏不行，上海不行，浙江不行吗？要知道，当初“728工程”筹建就是为了解决上海缺电的问题，厂址就不能选得距离上海太远。不过，陈曝之他们知道，早在1975年10月的时候，“728工程”的第一个设计方案就是参考美国西屋公司等3家美国核电公司的选址方案，准备将中国大陆第一座核电站厂址选在浙江省富阳县七里泷杨家垅的一条山沟里。可是，当地的老百姓害怕在自己家门口建造核电站。不少人担忧，地方政府部门也怀疑：核电站是否会污染美丽的富春江。于是，已经准备开始炸山动工的工程又泡汤了。

这个时候，尽管中央、政府部门和科学界围绕第一座核电站到底建造什么样的堆型，要不要自力更生等问题，发生了多次争论，但是“728工程”筹建处始终按照二机部的要求，一直没有停止选址的步伐。

1979年6月底，陈曝之他们先到了浙江嘉兴的海盐县，在澉浦镇转了一圈，发现一个长山，山头都比较小，不过眼前的长山河倒是淡水资源十分丰富。接着，他们沿着沪杭公路往北走，来到了夏家湾，看到了一片辽阔的海滩，在海滩上还有两个大山头，山上林木葱葱，山下有一大片西瓜地。他们就把车停在夏家湾，走到海滩边上去看一看。在西瓜地的瓜棚里，陈曝之一行与瓜农聊了起来。瓜农告诉他：那两个大山头，一个叫秦山，一个叫杨柳山。这里是双龙岗，茂盛的山林叫青龙，黄灿灿的沙滩地叫黄龙。据说，秦始皇来过这里，所以叫秦山。

告别瓜农，陈曝之爬到高处望了望，直觉告诉他，这里的地形地貌基本符合建设核电站的条件。他高兴得手舞足蹈，大声对同事说：“秦山，这里好，这里好啊，可以在这片海滩上围成一个海堤，形成一个‘沙发座’，再开一点山，就可以建核电站了。”

陈曝之是湖南湘乡人，脾气倔。他17岁考入湖南资江商业学校学习经济管理，1951年毕业后被分配到一机部基建司财务处工作，后来他硬是靠业余时间到北京建筑工程学院深造，改学工业与民用建筑专业，想要投身到新中国热火朝天的国家建设中。见陈曝之高兴的样子，经历了核电建设一波三折的同事跟他开玩笑说：“要是建成了，给你发一个5吨重的大奖章哟！”

第二个星期，陈曝之又带领另外一拨人跑到夏家湾，大家都认为选址在这里可以。可是，因为国家计委正在讨论核电要不要搞的问题，选址的事情就无声无息了。就在这个时候，二机部首任核电局局长文功元来到上海。

陈曝之赶紧抓住机会，告诉文功元，自己在浙江海盐的秦山发现了一个十分理想的核电站厂址，想请他去看一看。文功元十分爽快地答应了。要知道，当初四〇四厂选址筹建工作，就是在文功元的主导下完成的。所以，一听说为核电站找到了“家”，他二话不说，就兴冲冲地跟着陈曝之从上海驱车4个多小时，赶到海盐秦山选址。

陈曝之回忆说：“那天下着小雨，他一去，就把海盐县政府惊动了。海盐县政府办公室主任兼科委主任陆又铭给浙江省政府报告：二机部有个局长来我们这里选核电厂厂址。浙江省政府知道后，便在1979年末、1980年初发了一份公函，欢迎二机部来浙江选厂址。1980年1月，二机部马上回复一份文件说共同选址，这样就和省里联系起来了。”

既然有了联系，那就开始工作。但是，要想给核电站找一个落地生根的家，还真不容易。特别是要建中国大陆第一座核电站，没有那么简单。随后，二机部和浙江省领导又经过两年多的时间，进行多次商谈，才逐渐把选址确定下来。

作为二机部分管基建工作的副部长，王介福首先赶到杭州。在浙江省委办公大楼，王介福见到了革命老战友、浙江省副省长翟翕武。抗日战争时期，他们在山东一起打鬼子，一同出生入死。十多年不见，有说不完的话，诉不完的情。

交谈中，翟翕武也把自己对核电站安全问题的担心和盘托出：“上有天堂，下有苏杭。老王，我这里可是咱们中国最富饶的土地了，可不能有一点点安全的闪失呀！”

1937年参加革命的王介福，曾经担任过中国驻匈牙利使馆参赞，后来离开外交部任二机部五〇四厂厂长。对任何一位负责任的领导来说，核电站的安全都是必须首先考虑的问题，也是他自己必须首先要向他们解释清楚的问题。

王介福说：“老翟，你放心，外面传说的那些所谓辐射呀、爆炸呀的，不要相信。要真有这么危险，苏联人、美国人、法国人，还有日本人和韩国人，为啥都在不停地扩建呢？”

翟翕武说：“老王，不是我信不过你。一说起核电站，老百姓就想到原子弹。在中国，核电站毕竟是新鲜事物，大家还没有这方面的科学知识啊！”

王介福说：“你说得对，我们二机部就是要扩大核电科普知识的宣传。我希望我们一起来做这一项工作，让核电知识走进千家万户。”

翟翕武说：“老王，我们都是提着脑袋打鬼子，干革命的，都是生死之交。你当过外交官，又长期在核武器领域工作，我相信你，你觉得值得做的事情，我当然要支持。”

王介福说：“老战友，我拿人格来担保。”

翟翕武说：“好！我马上跟铁瑛同志报告。”

翟翕武很快就说服了时任浙江省委第一书记铁瑛，同意把中国大陆的第一座核电站建在浙江。浙江省初步拟定嘉兴、温州、台州三个地区7个县共16个点供二机部选择。随后，“728工程”筹建处的赵志堂、陈曝之带领一班人，风尘仆仆地疾驰浙江沿海，从临海的梅见、里沙巷、外沙巷，到三门的健跳铁冠山、凤凰山，到永嘉县的埭上、埭下、浦边、黄田岙，再到瑞安县的马屿四甲山、宝香山、连潭山，乐清县岐头山，再到温州的龙湾、金岙。经实地勘察、综合分析后，认为还是嘉兴海盐的秦山和长山两个点比较好。

1981年5月，二机部副部长周秩带领核电专家团队来到杭州，向浙江省委、省政府领导介绍了核电站的安全性、可靠性和经济性，得到了省领导的认可。浙江省同意先以秦山、长山两个点作为厂址对象，进行地质、地震、水文、气候等资料的搜集和整理，并实地进行地质勘察工作。在浙江省委建委、水利厅、电力局、地震局、钱塘江工程管理局、嘉兴地区和海盐县等有关单位的大力支持下，勘察工作进行得十分顺利。

9月，中国船舶工业总公司上海勘察设计院完成了野外10.14平方公里面积地质测绘；10月，提出了《728工程地质勘察报告（选厂阶段）》和《728工程物探工作报告》。同时，上海核工院编写了《728核电站工程选址环境影响评价报告》和《728核电站工程选厂报告》。这些报告在第一时间分别报送给国家建委、有关部委和浙江省委。

1981年12月24日至28日，国家建委主任王德英在杭州主持召开30万千瓦核电站厂址方案复查会议，初步同意定点海盐秦山，但应继续开展调研工作。12月28日，会议决定向浙江省委汇报。首先由周秩就厂址勘察情况及安全防护问题作了汇报，接着由国防科学技术委员会副主任朱光亚、浙江省省长李丰平和副省长翟翕武发言。最后，铁瑛在讲话中指出，第一个核电站建在浙江，我们欢迎。

但是，就在这个时候，国家水产总局提出了异议，对核电站厂址选在东海岸边的杭州湾表示忧虑。为啥？他们担心核电站会有污染，把附近的舟山渔场给毁了。要知道那个时候，舟山渔场的年捕鱼量占全国海洋鱼产量的70%，国家水产总局领导的顾虑，完全可以理解。

为此，二机部、国家水产总局和“728工程”研究设计院、浙江省环保局联合派人赴日本考察。因为日本的核电站就建造在海边。他们想知道，核电站周边的海域会不会遭受污染？附近捕捞的鱼类可不可以吃？

到了日本，在吃饭时，负责接待的日方有关部门负责人指着餐桌上的海鲜说：“这些鱼就是在核电站附近海域捕捞的。你们的舟山在哪里？”当他得知舟山距离秦山有200多公里时，日本朋友笑着说：“这对日本来说，就已经是国外了。”

经过这次赴日考察，国家水产总局的疑虑终于消除了。谁知，有关部门又给“728工程”筹建处送来了一个坏消息。他们提供的资料表明：在杭州湾、萧山一带，有一条从黄海延伸过来的地震断裂带，秦山核电站厂址正好落在这条地震断裂带上。这个消息，真的是如同地震，一下子把大家搞蒙了。如果把核电站建在地震断裂带上，万一地震震塌了核反应堆，后果不堪设想。

在勘察选定厂址时，“728工程”筹建处已经请浙江省地质部门查阅过秦山附近地域1000年来的地质历史资料，据此推算，在未来100年里，秦山地震的烈度不会超过1级。现在，有关部门提出了这个问题，安全工作，非同儿戏，非同小可。于是，陈曝之又带着同事一起跑杭州、跑南京、跑北京，请教地质专家，又请航测部门研究。最后，经过航测部门查阅资料，大家终于搞明白了，原来所谓的地震断裂带只是若干亿年前地球变化的一条古老的痕迹而已，吊在心中的一块石头终于平安落地。

1982年5月，新任核工业部部长张忱带着周秩、王介福、赵宏三位副部长与浙江省委领导商谈了联名上报厂址问题。

6月1日，浙江省委召开省委扩大会议，专题讨论秦山厂址定点的省部联名报告草签问题。会议由铁瑛主持，陈作霖等省委常委全体同志及有关同志参加了会议，核工业部的刘伟、周秩等列席会议。在这次会议上，浙江省委常委对核电站厂址定点秦山的议题专门进行了投票，出席的9名常委均投下了自己庄严的一票。投票的结果是7比2。按照民主集中制和少数服从多数的原则，会议通过了秦山厂址的选定工作。

时任“728工程”筹建处办公室主任的方诗经，作为会务人员亲历了此次会议。他告诉笔者，这次投票是十分严肃的，其中的一张反对票是分管林牧渔业的副省长投下的。由此可见，核电安全的科普工作要想深入人心，不是一件简单的事。

会议一结束，由翟翕武、周秩分别代表浙江省、核工业部在对国家经委、城乡建设环境保护部的联名报告上进行了草签。

为什么选定秦山作为中国大陆第一座核电站的厂址呢？陈曝之认为：“核电厂的厂址一般要具备五大条件。第一，地基要好。就是要有一个整体的基岩，软地基就不行。第二，用水方便。核电站用水量比火电厂用水量要大1.5倍，用海水冷却比较方便。第三，大件运输方便。核电厂最大的大件有200多吨。大件怎么运输？海盐这个地方，可以从上海港运到金山石化，金山当时有600吨的吊车，大件吊下来之后，再经几十公里就可以运到海盐。第四，核电站附近最好人口少一些。海盐面临杭州湾，杭州湾那面一半没有居民，相对来说，人口少一些。第五，离电网比较近，送电方便。海盐离华东电网的距离只有一二十公里，离杭州的距离也比较近。这五个条件，符合核电厂的要求，所以我们当时就选了海盐这个地方。”

11月2日，国家经委下发了关于30万千瓦核电厂（代号“728工程”）厂址报告的批复，同意厂址定在浙江省海盐县秦山。

11月27日，“728工程”正式命名为“核工业部秦山核电厂”。

06 “全体起立！咱们站着开会”

上海中山南二路969号，在20世纪七八十年代，这里是二机部零三招待所。

1982年5月15日，于洪福坐了三天两夜的绿皮火车从大西北的戈壁滩来到了上海，住进了零三招待所。

半个月前，时任四〇四厂副厂长的于

洪福接到了北京的电话，核工业部副部长周秩要找他面谈工作。周秩是四〇四厂的老领导，于洪福不敢耽搁，穿着厚厚的棉大衣赶紧从一个名叫低窝铺的小站登上了由乌鲁木齐开往北京的70次特快列车。

到了北京，赶到三里河，走进周秩的办公室，于洪福才知道给他安排了新的任务——去参与筹建秦山核电站，担任核工业部“728工程”筹建处主任。在大西北戈壁滩工作了18年的于洪福一点思想准备也没有，第一反应是两眼一抹黑，心里没底。

“周部长，我是学化工的，搞放化后处理的，核电站主要是核反应堆工程，我行吗？”

“谁干过？我也没有干过，我们都没有干过嘛！”周秩一脸严肃地说，“这是部党组决定的。关键是你年轻，这是一大优点；第二，你这个人干事泼辣、认真，不会的可以学嘛。这个事就这么定了。你先回四〇四交接工作，过完五一就去上海报到。”

于洪福是1964年10月从化工部大连化学工业公司调入二机部的，被分配到核武器研究生产基地四〇四厂，担任车间主任，参与了为原子弹提取核材料的工作。他说：“当我们生产出的材料做成的核武器爆炸成功的消息传来时，那种高兴的心情，就像自己的孩子出生一样。”

“服从命令，服从分配”早已刻进于洪福那一代人的骨子里。现在，于洪福要从大漠戈壁前往海边渔村，由搞原子弹改行搞核电站。响应祖国的号召，一大批核工业人从西北来到东南，“孔雀东南飞”了。于洪福下定决心，无论遇到什么艰难险阻，凭着对党和事业的忠诚，凭着要干出一番成绩的信念，一定要把这座核电站建成功。

5月的上海，细雨霏霏，暖风徐徐，绿树葱葱。从荒凉戈壁到繁华闹市，于洪福一脚从冬天跨进了春天。到了招待所，与“728工程”筹建处的领导班子一见面，于洪福才发现班子成员竟然全都是自己认识的老朋友，临时党委书记俞潜，副书记赵志堂，副主任陈曝之、周振远、钟兆府等，盛稼戎、姜惠如任副总工程师，章永根任副总会计师，大都是在四〇四厂共过事的老同事。这一下，他更加有信心了。这个时候，“728工程”筹建处已经从各个单位抽调了50多人，下设政治工作办公室、基建、生产准备、供应、后勤财务5个工作组。同时，他还悄悄把老部下俞忠德找来，说：“帮我找一些有关核电站运行和建设的书籍资料给我看看，我要好好学习学习，不懂就从头开始学，开始干啊！”

秦山核电站终于上马了！在上海闹市待了四五天，于洪福有点待不住了，他想尽早去秦山，到实地看一看，因为那里才是他的战场，才是未来扎根的家。5月20日，于洪福和陈曝之乘坐筹建处唯一的一辆北京吉普出发了。从上海到秦山，100多公里的路程需要4个小时左右。“汽车跳，海盐到。你上车，就睡觉。”这条老沪杭公路是连接上海和杭州这两座美丽城市的大动脉，全长216公里，1922年开始分段修建，历经10年于1932年全线建成通车。沿杭州湾北岸线路段，蜿蜒曲折，亦充当海堤成为抵御海浪的第一道屏障，砂石路面因多年行车而不太平整。来到秦山，听了陈曝之的介绍，于洪福感到秦山的确是一个好地方。

1982年11月27日，核工业部（1982年

5月，二机部正式更名为核工业部）将“728工程”命名为核工业部秦山核电厂，原筹建处正、副主任改称为厂长、副厂长。于洪福就成为秦山核电厂第一任厂长。

12月3日，于洪福带领第一批先头部队浩浩荡荡地进驻海盐。第二天，俞潜带领后续人马抵达。

对于秦山核电厂的进驻，海盐县委、县政府和海盐人民给予了大力的无私的支持。他们把海盐接待能力最强、条件最好的县政府招待所让了出来，作为秦山核电厂的临时办公之地。说是最好，其实也就是两栋老式青砖小平房，一幢简易的二层小楼，还有一间仓库作为食堂。这就是秦山核电厂“安营扎寨”的地方。对海盐政府和人民的悉心照顾，于洪福十分感动，虽然办公简陋，但比自己在戈壁滩上搞军用反应堆时睡地窝子、睡帐篷不知好了多少倍。

当年的秦山，都是荒山荒地荒滩。蒋心雄回忆说，秦山核电先干工程，之后再搞其他的基础设施和生活设施。国家领导人来了，我们没有地方接待，就在县招待所里招待。那个年代，县城招待所的条件十分简陋，四面通风，被子都不够，房间里所有的东西甚至连沙发垫都用上了。“当时是春节过后，招待所的同志只知道黄酒要加热，中午吃饭的时候，他们竟然把啤酒加热，加热以后的啤酒一打开就喷了，喷了领导一身。”

如今，当年的海盐县政府招待所早已换了新颜。笔者在海盐采风期间，就住在这里，巨大的玻璃窗户向阳而开，眺东海，观日出，波光粼粼，蓝天白云，远处的杭州湾跨海大桥也尽收眼底，真是漂亮极了。

40年前，于洪福他们进驻这里的时候，完全没有这些浪漫和诗意。那是一个凛冽的冬季，潮湿而阴冷，没有暖气，更没有空调。这让大西北来的汉子们受不了，都冻得哆哆嗦嗦的。即使在河西走廊低窝铺那样的戈壁滩，在那个“春暖花不开，柳绿燕不来，风沙漫天舞，一天四季在”的地方，暖气还是有的。北方人不习惯南方的冬天，坐也是冷，站也是冷，屋里比屋外还要冷。不过几天，许多人的手、脚，甚至脸上都生了冻疮。

12月4日，人员基本到齐了。秦山核电厂召开了第一次全体职工大会。会场就设在招待所那个最大的房间里，简易的木桌拼接成主席台，台下放着从食堂搬过来的长条凳，50个人济济一堂，刚好都能坐下。天气实在太冷了，大家都冻得不愿意进屋里，都想在院子里多晒一会儿太阳。开会的时间到了，不得不进屋子，不一会儿屋子里就响起了跺脚的声音，先是轻轻的零星几下，接着噼里啪啦，不久就连成一片了。为什么？太冷了，跺脚取暖啊！

于洪福看不下去了，也听不下去了。这跺脚的声音已经盖过了讲话的声音，这会还怎么开？

“全体起立！咱们站着开会。”于洪福见大家实在冻得坐不住了，在主席台上带头站了起来，吼了一嗓子。这一下，大家仿佛解放了似的，都高兴地站起来了，似乎心里还真暖和了一些。

谁也不会想到，秦山核电的第一次动员大会竟然是站着开完的。会后，于洪福和班子成员商量，决定给每个房间购买一个煤炉给大家取暖。

动员大会，也就是誓师大会。会上，

秦山核电厂临时党委重点强调了加强职工队伍的思想作风建设的问题，号召在全体干部职工中开展“五大讲活动”。何谓“五大讲”？即：第一，大讲工程建设对取得成套经验、掌握核电技术、培养人才及引进消化国外技术等方面的重大意义；第二，大讲中央、国务院和有关部委、省市的重视、关怀和期望；第三，大讲工程建设同核工业部“保军转民”的关系；第四，大讲工程建设与实现党的十二大提出的总任务、总目标的关系；第五，大讲工程建设任务的艰巨性和紧迫性。号召大家发扬当年搞第一颗原子弹时期的奉献精神，艰苦奋斗、顽强拼搏，为开拓中国的核电事业贡献力量。

在秦山核电科技报告厅的会客室里，87岁的于洪福红光满面，两道浓黑的剑眉透露着岁月的沧桑和力量。跟笔者讲起41年前的往事，他依然如数家珍。那时候，于洪福才46岁，是核工业部系统比较少有的几个正厅级年轻干部。从大连选调到大西北时，他还是共青团中央委员，在北京受到过毛泽东、周恩来等老一辈革命家的接见。

对在南方生活的北方人来说，那时候海盐的冬天不好过，其实夏天也好不到哪里去。一出门就热得一身汗，黏糊糊、咸腻腻的。再加上蚊虫叮咬，一叮就是一个红疙瘩，又痛又痒。

不过，生活条件再苦，对于吃过苦的人，都不算苦。以苦为乐，苦中作乐，在他们这一代人身上不是形容词，都是真实的写照。再说了，浙江省、嘉兴市、海盐县政府，包括当地的老百姓，对来自四面八方的核电建设大军，特别关心、特别支持、特别照顾。浙江省副省长翟翕武、嘉兴市市长周洪昌，把核电站建设作为分内事来办，不仅做好各项配套服务工作，还经常来工地看望，把住房、粮食、蔬菜都尽量给他们准备好。

钟兆府搬家的时候，托人从上海买了10块蜂窝煤带到海盐，用了三四天，用完了再到海盐县城去买，才发现这里燃料极度缺乏，根本无法解决近300户家属的生活燃料供应问题。尽管海盐县政府竭尽全力，但面对一下子涌进来这么多人，确实一时难以解决。海盐县物资局局长任义增把上级调拨的仅有的一点煤油拿出一部分分给了秦山核电厂的职工，让大家能用煤油炉烧饭吃。

1983年5月的一个大晴天，翟翕武来秦山核电厂调研。于洪福、俞潜、钟兆府等人陪同他参观。他们选择从夏家湾翻山，走进厂区。爬到半山腰上，于洪福、俞潜提醒钟兆府说：“老钟，你不是有困难要和翟副省长汇报吗？”

翟翕武说：“你们刚来，肯定有困难，说吧。”

钟兆府说：“翟副省长，我们现在有300多户职工来海盐了。可是我们没有煤也没有油，没烧的，吃饭是个大问题。海盐县没有指标了，无法供应，解决不了。你怎么也得给我们批点液化气呀！”

“你要多少？”

“300户。”

“好！你写报告。我来批。”翟翕武十分爽快地答应了。

钟兆府也不客气，赶紧就地取材，从笔记本上撕下一页纸，以秦山核电厂的名义写了一份报告。翟翕武当场批复同意。

第二天，他加盖了公章，到宁波镇海石化办好了液化气供应的手续，总算初步解决了生活燃料的问题。

1983年6月1日上午10时，“轰隆”一声巨响，承担土建施工的中国核工业第二二建设公司（简称“二二公司”）第二工程处，在秦山双龙岗点响了开山第一炮。只见大地震颤、土石腾飞，秦山山脚的一处山岩瞬间被炸开一个大豁口。

轰隆隆的炮声翻开了秦山核电站建设的崭新一页，标志着中国自主设计建造的第一座核电站破土动工了。

为确保土建施工质量，核工业部副部长周秩在1982年2月就向二二公司正式下达了秦山核电站的施工任务。彭建认被任命为第二工程处主任，负责秦山核电站的土建工程施工。彭建认清楚地记得：“1983年初，秦山核电工地还是一片不毛之地，不通水、电，路况也不好，有200多米的路段在涨潮时不能通车。6月1日的开山炮响，虽然标志着建设大军开始移山填海，但是现场还不具备土石方开挖条件。怎么办？ 8月24日，党委书记吴沛然和我主持召开了党委扩大会议和职工大会，号召党员干部、工人紧急动员起来，为完成土石方开挖的年度计划而奋斗。”

“全体职工总动员，苦干实干下半年，团结一致齐奋战，确保完成30万！”在动员大会上，二二公司喊出了自己的雄心壮志，统一了全体职工的思想。与此同时，公司第一次实行了“完成定额工作量提取奖励”的办法，多劳多得，大伙的积极性大大提高了。实践证明，精神鼓励加物质鼓励，如同双轮驱动，马力倍增。

3个月前，爆破高级工程师许振江和他的团队就制订好了一套适合秦山基岩地质和核电厂基础施工需求的爆破计划和开挖方案。瞧！这第一次洞爆，他们挖了200米深的炸药填埋洞，又在洞中挖了大大小小的小洞。然后，按照设计逐一在每一个洞中预埋好炸药。准备就绪，引爆！好家伙，一下子就炸了几万立方米土石方。连上海地震监测中心都监测到了，还以为海盐发生了3级地震，赶紧给浙江地震局打电话报警。

随着开挖的进度，根据核电站站房地基的特殊需要，二二公司在施工方案上果断决定改大爆破为深孔爆破，从上而下，10米一个台阶进行爆破，对预留边坡采用预裂爆破，为提前进入核岛基坑负挖创造条件。到10月1日，秦山核电站工地初步实现了水、电、路“三通”。12月31日，顺利完成了年度施工计划。

那个时候，秦山核电站厂区占地2438亩，其中92%是山地和海涂，拆迁86栋部队营房约9500平方米，拆迁当地居民各种房屋3154平方米；生活区占地220亩（含建设单位），需拆迁居民9户。如何做到“三通（通水、通电、通路）一平（场地）”是摆在于洪福面前的第一项工作。厂区需要从海盐县城架设一条12公里长的通信电缆，开通挂拨全国各地的长途电话，安装1台120传真机的电力载波设备。生活和施工用水由长川坝深井泵房供给，在厂区修建两个储量各200吨的高位水池。同时，从海盐县城架设一条专用输电线路，提供安全可靠的厂区施工电源。

筹备工作大大小小、林林总总，都需要于洪福一班人来协调、调配、指挥。于洪福很会做思想工作，喜欢跟群众打成一片，尤其是如何与当地老百姓搞好关系，他很有一套。再加上，班子团结，工作起来有滋有味、井井有条。比如，“三通”的电线要经过村子、预埋的水管要经过田地，难免就会占用或损毁村民的土地、道路等。每当这个时候，于洪福总是站在一线，冲在前面，从不摆架子以势压人，平心静气地和村民“讨价还价”，尽可能地给予他们满意的赔偿或补贴。因为说话算话，从不失信，久而久之，当地的老百姓都信服他。

想起往事，于洪福跟笔者说：“秦山核电站是我们国家核电的开篇之作，没有经验可供借鉴，当时可以说是两眼一抹黑。建造核电站是一个十分庞大复杂的工程，由于是第一个，一切都是摸着石头过河。建设过程当中，项目管理主要内容、模式、主要程序到底有多少个关键节点，我们都不太清楚。这就给管理程序、计划安排、现场施工过程控制带来很多问题，还有核电站的质量、安全、设备材料的特殊要求等方面，都是当时面临的严峻考验。”

1983年7月6日，为加强秦山核电工程现场的组织领导，搞好各方面的协调配合，核工业部与浙江省政府协商，在杭州召开秦山核电厂工程现场指挥部第一次扩大会议，宣布成立秦山核电厂工程现场指挥部，由赵宏担任指挥长，厂长于洪福、副厂长陈曝之任副指挥长，陈曝之兼任办公室主任。因为秦山核电工程复杂，在组织工程施工中，指挥部决定采取国际上常用的多级网络管理办法。同月，秦山核电厂在上海金山召开工程一级网络编制会。会议明确：秦山核电厂负责工程一、二级网络计划编制，三、四级网络计划由施工单位负责。按照工程一级网络计划，总工期定为52个月，即于1989年6月并网发电。其中土建工期24个月，设备安装工期17个月，调试工期11个月。

“明知山有虎，偏向虎山行。”这就是核工业人的使命和担当。面对困难，于洪福和他的战友们没有退却，而是迎难而上。他自己带头跑现场，上山头，下工地，抓施工，鼓励大家勤跑、勤问、勤看、勤沟通、勤汇报，为秦山描绘了一幅“愚公移山”的新图画。

对建好中国大陆的第一座核电站，所有参与的核工业人都感到一份光荣和责任。核工业部建设与安装工程局（简称“建工局”）特意派出了二二公司第二工程处承担土建工程任务，二三公司第三工程处承担安装任务，浙江火电建设公司承担常规岛发电机安装任务。二二公司和二三公司的这两个处都是在核工业四〇四厂、八二一厂土建与安装过大型反应堆的优秀施工队伍。30多年来，这两队人马就像一对亲兄弟，转战西北、西南，为中国“两弹一艇”作出了卓越贡献。早在1982年底，他们就带着“创业的队伍”的光荣称号、带着曾建设过“国家争气企业”“大庆式企业”的业绩开进了秦山荒芜的海滩。在秦山，两支队伍按照施工总设计及相关的施工技术方案，建好了各自的加工厂、预制厂、实验室、焊化室、探伤室，对面临的技术难题进行了预先试验和攻关。

瞧！工程现场，一幅幅画面令人震撼。

——风钻工人抱着钻机，浑身都沾满了黑乎乎的机油，一阵风来，钻出的石灰随风起舞，粘在浑身的机油上，整个人儿成了黑白相间的泥人。扎钢筋的工人，手提肩扛，爬上爬下，风雨无阻，走在简易的脚手架上，如同杂技演员在走钢丝，令人胆战心惊。

——工地上没有浴室，工人们就自己搭一只烧水的锅炉，用篾席围挡起来，洗澡的问题解决了。工地上没有食堂，伙房就临时搭建一个大窝棚，露天吃饭，席地而坐，三五成堆，其乐融融。

——海盐本地的工人，也顾不上回家，吃住都在工地上，家属从家里赶来了，帮忙洗衣做饭。核电站的领导们下工地来了，他们提着水壶送来了开水，抬着饭桶菜桶送来了饭菜……

彩旗飘飘，热火朝天。你追我赶，争分夺秒。工人们知道：推迟一天发电，就损失几十万！这是光荣，也是责任，更是使命！

“做埋头苦干事，创惊天动地业，中国驾驭核能的第一代人”的巨幅标语格外耀眼夺目，不能不令人对现场的3000多名建设者肃然起敬！

人山人海，无怨无悔。首战告捷！谁能想到，100多万土石方竟然提前50天就完工了！一位为土石方估过工的德国工程师第二次来秦山时，看到就凭这些简陋的设备施工，青龙岗、黄龙岗在短期内被夷为平地，其建设速度之快世界罕见，惊叹地为中国工人竖起大拇指，连称：“奇迹！中国人了不起！”

现在，因为科技的进步，有了先进的设备，或许再也很难看到3000人同时劳动的场面了，它已经成为一张永不褪色的老照片，镶嵌在历史的记忆中。

07 “你们中国人，能造原子弹，建不了核电站”

1983年的夏天，就在秦山工地上移山填海的炮声隆隆响起的时候，一条非官方消息正在四处流传：广东进口的大亚湾核电站上马，秦山核电站下马！

听到这个消息的时候，赵宏震惊了！他不相信自己的耳朵：“不可能！这个来之不易的国产化核电建设项目，怎么能说下就下呢？”

“绝不能让秦山核电站下马！”赵宏暗暗地下定了决心。

“你们中国人，能造原子弹，建不了核电站。”外国人在国际和平利用原子能会议上所说的话，一直敲击着赵宏的心灵，让他耿耿于怀。

这一年，赵宏50岁，刚刚步入天命之年。这个浓眉大眼的男人，给人的第一印象就是敦厚稳健、敢作敢当，有一种天塌下来都能顶得住的感觉。

1933年出生的赵宏，少年时代曾经憧憬着自己能够成为小说里的英雄，仗剑行侠，救世济贫。1949年10月1日，在天安门参加开国大典，第一次听到了国歌、看到了国旗，他热血奔涌，立志发奋读书要为新中国贡献青春。1951年，赵宏从北京高级工业职业学校土木建筑工程专业毕业，被分配到北京市建设局工作，不久接到重工业部新成立的五四钢铁公司（今包头钢铁公司）的调令，担任土建公司工地主任。

1955年，他又被派往乌克兰克里沃罗格钢铁厂学习。一年后回国，分配到冶金部北京建筑研究院，23岁的他却主动申请回到包头。

1959年4月，正在武汉出差的赵宏，又奉命带领经过组织精挑细选的25名同志，从冰天雪地的包头来到了西北重镇兰州。这一次，临行前，没有人告诉赵宏去干什么，只知道是二机部来挑选的。当时，赵宏也不清楚二机部是干啥的。在兰州建兰饭店，赵宏见到了神秘的二机部工作人员，想问问情况，结果人家只说了两句话："你们还要继续向西走，你们去的单位是四〇四厂，什么时候走就等着吧。"谁知，还没有去四〇四厂，赵宏就接到命令，带领大家奔赴茫茫荒原，建设酒泉卫星发射基地。直到一年后的1960年9月，赵宏踏上了西去的列车，走进了大漠戈壁，成为四〇四厂安装工程处的负责人，才知道干的是制造核武器的秘密事业。

20世纪60年代初开始，中苏关系恶化。考虑到国内像四〇四厂这样一大批军工企业和军用装备生产厂大多是由苏联专家参与选择厂址修建，已经无密可言，过去被认为安全的地方，或许在某一天就成为最危险的地方。于是，党中央决定将这些秘密军工厂或进行转移，或另择地点再建一套生产线。就这样，赵宏临危受命，奉命入川秘密创建八二一厂。1973年，赵宏奉命转战上海，到金山建设上海石化总厂。1977年，赵宏调回北京，任二机部四局（基建局）施工处副处长，主持工作。

1982年4月，正在中央党校学习还剩两个月就要毕业的赵宏，被任命为核工业部副部长，分管基建、劳资、物资、教育等工作，接替王介福、周秩两位副部长，全面负责组织实施秦山核电站的建设工作——抓设计，出图纸，开土石方，组建营运和基建队伍，调入土建、安装骨干力量，研究设备订货。赵宏全力以赴地投入到秦山核电站的建设中。

刚刚出任副部长才一年时间，正想着带领中国核工业人在第二次创业中大干一场的赵宏，却听到秦山核电站要下马的消息，他怎能不震惊?!

"不可能！我赵宏绝对不让它发生！"

赵宏明白，这样的消息能够传到他的耳朵里，绝对不是空穴来风。于是，他赶紧去找主管核工业的国防科工委副主任伍绍祖。伍绍祖是清华大学工程物理系毕业生，学的就是核专业，懂得核电站的科学原理，也明白我国自己搞核电站的重要性和必要性，更知道和理解自力更生建造核电站的难度和艰辛。伍绍祖立即向张爱萍作了报告。

对秦山核电站建设，张爱萍一直是坚定的支持派，就在不久前的4月30日，赵宏和国防科工委副主任丁衡高还陪同他视察了上海核工院。张爱萍的嘱托依然在赵宏的脑海中萦绕："你们'728工程'是我国第一个核电站，要集中力量大力协同，一定要搞成功。这和1964年炸响第一颗原子弹不一样，过去是秘密搞的，现在是公开搞的，1989年建成也捅出去了，这就要求我们全力以赴，保质、保量、保进度，如期建成投产发电。自上而下都要有这样明确的认识。我国的核电事业90万千瓦已决定引进，30万千瓦已列入计划，都要把基点放在自力更生上，不能把希望完全寄托于外国。”

接到伍绍祖的报告后，张爱萍很快就向中央领导写了报告。

1983年12月17日，陈云在国家计委关于《国内自己搞核电站的有关情况》上作出具体批示：不管广东核电站谈成谈不成，自己必须搞自己的核电站，再也不能三心二意了。

邓小平在陈云的批示上画了个圈，表示同意。

对秦山核电站建设的这一段小插曲，赵宏后来回忆说：“中央领导专门召开了一个小的座谈会，张忱部长、姜圣阶和我到中央领导的办公室，对建设核电站的能力和困难进行了详细汇报，对建设成功与否进行了分析。中央领导当时就表示同意建设核电站，并说那就当练兵吧。”

怎么是“就当练兵”呢？赵宏心里犯嘀咕了。但不管怎么说，秦山核电站建设项目保留了下来。赵宏兑现了自己对自己的诺言。

08 “咱们工人有力量”

来到秦山核电，你一定要去秦山海堤走一走。

大海，阳光，沙滩，还有美丽的仙人掌，那里是校园歌曲中外婆的澎湖湾吗？

在美丽的杭州湾，秦山海堤已经成为一道美丽的风景线。它与相邻的明代鱼鳞海塘一起，伴着潮起潮落，真正让你体会到建筑是石头的史诗，是凝固的音乐，在跨越百年的美学反差中惊叹人类利用自然、战胜自然的智慧，看到了守护安澜、为民造福的伟大创造。

中国的钱塘江是世界著名的观潮胜地，浪大潮急，十分壮观。“苏湖熟，天下足。”钱塘江杭州至海盐段，在明清时代就修筑了古海塘，被称作“天下第一塘”，与万里长城、京杭大运河一起被称为中国古代三大建筑工程，是鱼米蚕桑之乡、杭嘉湖平原千万亩沃土抗洪御潮的屏障，也是护卫民众生产、生活安全的生命线。

那么，对于当时的秦山核电站来说，如何建筑一道海堤来镇住太平洋汹涌的潮水呢？

面对东海杭州湾大潮的挑战，承建单位钱塘江工程管理局的技术人员迎难而上，勇立潮头，不仅把这道防波海堤作为工程项目，还把它作为科研项目来攻关。他们博采众长，取法乎上，采用的技术令人叫绝。

第一层3米高的堤坝，他们参考巴西筑堤的办法，把每根1.6吨重的扭“工”字形消浪块，分4排密密匝匝地扭抱起来，将汹涌而至的浪潮碾成碎末抛回大海。第二层堤坝则是用四脚空心块形消浪块，排列成4行、宽5米的斜坡，阳光下，犹如一幅巨大的几何图案，明暗相叠，煞是好看。

秦山核电防浪海堤占地800多亩，总长1818米。它巧妙地将造地和防浪相结合，在两层堤坝上分别铺出海拔3米和8米的两条水泥路面。两条水泥路面都能承载20吨的载重车辆通过。毫不夸张地说，秦山海堤绝不亚于任何城市的一条通衢大道。如果可以，在两侧栽花种柳，再架上漂亮的路灯，海风拂面，那份浪漫和温馨，或许在外婆的澎湖湾里也是难以找到的。张爱萍在秦山海堤上走了走之后，欣然题词“漂亮的海堤”。

关于秦山海堤的建设，当年跟踪采访秦山核电建设的记者丁燕讲述了这样一个小故事：1985年4月，在浇灌3米平台混凝土时，发现有一块混凝土比设计要求低了3厘米，虽然在误差允许的范围内，但不符合全优工程的质量标准。海堤工程处的领导毅然决定，将这62.5平方米的混凝土全部炸掉，重新浇灌。不过，在保证质量的同时，他们也精打细算，降低成本，节约了400万元的投资。

让秦山海堤设计和建造者高兴的是，工程获得了水利部、建设部优秀设计奖和国家质量银质奖。

像秦山海堤建设一样，核电站工地经过近10个月的爆破、开挖、浇灌护坡，在移去半个秦山之后，核电站终于拥有了一块合适的基岩。

1984年6月1日，秦山核电站核岛建设拉开序幕，基岩的负挖开始动工。

所谓负挖，就是在水平0米的核岛基岩上，向下开挖20米深的基坑，用以初步保护核反应堆的安全。

负挖完成后，核岛厂房就将建造在这块坚固的基岩上。

1985年1月24日，汽轮机厂房建设开工。

3月8日，核岛底板钢筋绑扎开始。

在核岛底板上扎钢筋，是一件非常不容易的事情。整个核岛的基础底板有一个半足球场那么大，厚3米多，全部都要用钢筋作骨架，密密匝匝地铺扎好以后，再浇筑混凝土。

那个时候，机械化程度不高，吊运钢筋的吊塔又无法靠近核岛的基坑，从核岛底板负19米到负2米，需要绑扎钢筋3000吨，这些钢筋全靠人力一根一根背上去。更何况，核岛基础用的钢筋都像甘蔗那么粗，20多米长，走的又不是平常路，而是脚手架，还要攀附着钢筋架往上爬。脚踩跳板，晃晃悠悠，颤颤巍巍，脚下全部是5米高密密匝匝的钢筋头，如果稍不留神摔下去，后果不堪设想！

3月的秦山，依然寒冷，加上海潮来袭、海风劲吹，更是苦了钢筋工。扎钢筋看似简单，其实是一个心灵手巧的活儿。活儿要做得干净利索，右手一般都不能戴手套。手一摸到冰冷的钢筋，感觉像皮肉都冻得粘在上面。工期短，任务重，他们每天早晨7点半开工，晚上11点半才收工，每天干整整16个小时。午饭和晚饭都是在工地上吃，每次吃饭时间也只有半个小时。他们哪像是在吃饭呀？只能是囫囵吞下去的。

密密匝匝的钢筋扎起来了，像是一个钢铁的森林。因为“林木”太茂密，施工的空隙十分低矮，大家就只能蹲下来干活。一天就把一副手套磨烂了，腿脚都肿了，手指头一按就是一个坑。

在秦山工地上，妇女也是半边天。一开始，女工们看到自己脚肿成这个样子，吓哭了，但还得一边哭一边干。这哪里是工地啊！这是战场，她们是突击队！是尖刀班！有一个女钢筋工名叫唐玉琼，刚刚30岁，瘦瘦小小的，之前在四川安岳县粮食部门工作。爱人从四川八一六厂调到秦山，她也跟着丈夫从老家调到核工业系统，到了秦山。一到工地，给她发了一个垫肩，干钢筋工。她当时就傻眼了，以前从没有干过啊！怎么办？“嫁鸡随鸡，嫁狗随狗。”她嘴上跟爱人说，“要是换上别个老婆的话，那可处处得跟你算账！当初我爸妈要你调到地方去，你不去。现在我跟着你来干这活，我要累死啦！”

其实，唐玉琼也只是在累的时候跟爱人发发牢骚而已，从没有真的埋怨过。她的爱人是司机，经常跑长途，上幼儿园的女儿就只能她一个人管。她尤其害怕的是星期天加班，托儿所不收孩子，没得办法，她就把孩子带到工地上。在工地上，她用铁丝一头捆在女儿的腰上，一头拴在基础坑边一个棚子的柱子上，正好让女儿在坑边可以看得见她。其实，核岛的基础坑有7层楼那么深，往下看人只看到一点儿人影罢了。女儿看不到妈妈就要哭。唐玉琼跟女儿说：“宝贝，妈妈就在下面，你要小心，不要乱动，一滚下去就没命啦！”到了吃午饭的时候，她赶紧跟班长请假，说：“我的孩子还在上面，我得给她点吃的呀！”说着就赶紧朝上跑。爬上来一看，女儿睡着了，一脸的鼻涕眼泪。

第一次在秦山听到这个故事的时候，我的眼睛湿润了。此时此刻，在键盘上复述这个故事，我依然热泪盈眶。

核岛底板主要是为防止核泄漏、防地下水。设计要求长85.3米、宽89.6米，面积7643平方米，体积3万立方米，要保证标高、厚度都不相同的核岛钢筋混凝土承重底板无裂缝，难度之大不言而喻。

俗话说，办法总比困难多。技术人员查阅资料，反复试验，终于找到了对策。他们提出将整块底板分成2段、9层、14块进行混凝土浇筑以及向水泥浆里拌入粉煤灰的办法，终于有效地降低了混凝土的水化热升温和混凝土硬化过程中的最大水平拉力。

粉煤灰从哪里来呢？是否又要增加成本呢？其实，粉煤灰就是火电厂废弃的炉灰经过磨细加工而成的。这东西，火电厂正愁没办法处理呢。如果把它们堆在田里，就占了土地。如果把它们抛弃到江河里，就会淤塞河道。现在用它来做浇筑的添加料，真是废物利用，一举多得。

可是，新的问题来了。粉煤灰这种东西质量非常轻，不沾水时老是往天上飞。沾了水以后又无法与水泥浆搅匀。令人心烦的是，1985年的春雨也像这粉煤灰一样不听话，比往年来得更早、下得更久，一下就是两个月，把第一阶段土石方挖运时争分夺秒、流血流汗抢来的50天全部冲走了。工期越来越紧张了，工人和技术人员只能对着工地上一座巨人般矗立的建筑物——搅拌混凝土用的搅拌楼发呆，坐等搅拌楼的设计单位派人来增加相应装置。

电气技师王运来知道这件事后，心里很不是滋味。他想：请设计搅拌楼的单位派人来，当然省心省事，自己也不用担风险。但是，今后施工中万一出了故障，再请人家来修理恐怕就来不及了，工期与质量还怎么保证呢？于是，他主动请缨，决定自己带人啃下这块“硬骨头”。随后的几天时间里，他在工地的小屋里给自己关了

“禁闭”，老婆、孩子、家里的事都暂时放一边了。他连饭也不回家吃，饿了就啃几块饼干，渴了就喝点开水。

“粉煤灰是在密闭的搅拌机里与水泥搅拌的。要想使粉煤灰与水泥拌匀，是采取用水送料，还是用风送料呢？又该如何准确地控制其填料比例呢？”王运来苦思冥想，忽然想起洛阳仪表厂制造的一种电子秤用的是“叠加”称量的原理。这个原理就像粮店零售大米，称15公斤早稻米后，口袋一扎，再加5公斤晚稻米混匀了，秤上一称就是20公斤。这个思路用在搅拌楼准确地控制“双掺”填料比例上，无非就是增加几个继电器嘛。也就是说，改变原有的电路，把叠加应用到电路上去。

在屋子“闭关”了7天，画了几十张预想的设计草图，王运来带人到搅拌楼，用原有的那套搅拌机做起了试验。他们用一台秤称水泥、粉煤灰，待水泥的分量加足后，水泥投料门就关上，粉煤灰的投料门就自动打开，这时，总重量的指针正好自动指到所需的数量上。调试一次性成功啦！就这样，王运来在蛛网一样密匝的线路里多添了几只继电器，就解决了粉煤灰与水泥拌匀的问题，满足了施工的需求。

王运来的这项混凝土搅拌楼技术革新，不仅节约了几十万元经费，还获得了秦山核电站“勇于革新、提高效益”奖，“双掺”装置技术获得了核工业部科技进步三等奖。后来，国家经委还奖励公司10万元，这位“五一劳动奖章”获得者高高兴兴地拿着属于他的120元奖金直奔新华书店，寻找新的金点子去了。

1985年3月20日，秦山核电站核岛主厂房底板浇灌第一罐混凝土。按国际惯例，这标志着核电站正式进入建设阶段。浇筑工人站在6米高的钢筋上，水泥灌下去，用振动机仔细地把水泥浆振匀，细心的程度就像给襁褓中的婴儿喂辅食。

从3月8日开始扎第一根钢筋，6月26日下午4时，核岛主厂房底板施工完成，比当初计划提前了4.3天。

4天时间虽然不多，却是一次完美的自我超越。一个外国参观团来了，又竖起了大拇指，说：“这是坐火箭的核岛底板施工速度！”

核岛底板完成了，现在摆在他们面前的是安全壳筒体和穹顶混凝土浇灌了，这是防止核泄漏的最后一道屏障。直径28米、结构总高73米的安全壳穹顶，空间曲线84米，灌浆高度为62米，预应力张拉每束200吨，共1009束。如此大的跨度、高度和强度的施工，在新中国的工程建设史上还是第一次。

在1米厚的安全壳混凝土结构中，筒体预留的1009个孔洞成纵、横、竖三维布置，所以预应力穿束、张拉是用锚具穿钢束再用千斤顶强拉，工作具有一定的危险性。戴着一副深度近视眼镜的杨仕昌负责这一技术性很强的工序。由于他们只有300吨千斤顶，无法按设计定的成束穿束，只能改用单根穿束。杨仕昌就自己动手设计加工制作了7台单根钢索穿束机，成功地应用在施工上。这项科技革新获得了总公司技术进步一等奖。

丁燕当年亲自登上了安全壳穹顶，见到了放弃去约旦援外赚外汇的工程师王志林，也见到了杨仕昌，见证了安全壳预应力穿束工作的艰苦和危险，还原了施工现场的画面：“施工开始了，二公司经过专门培训的一批身手矫捷的年轻工人上岗操作。穿束工作有一定的危险性，孔道里涂上石墨润滑剂，一不小心钢束就会‘哗’的一声穿出伤人。尤其是竖束，在下面工作的人员一点也大意不得，动作要与高处的作业人员同步。切断钢索时，砂轮纤维弄在身上特别痒，再加上站在负8米的廊道里，又有水又有蚊子。灌浆时水泥浆若是淋下来，弄得人面目全非……”

要说苦吗？连问一声都是多余的。杨仕昌的儿子也是干张拉的。一次，父亲见儿子蓬头垢面回家躺倒就睡，关心地问了一句：“加班拿多少奖金？”

儿子瞪了父亲一眼，说：“钱有多大马力？钱能买我的青春？”

听见儿子如此干脆的回答，杨仕昌内心顿时涌起一股热流。他知道，儿子长大了，成熟了。面对这样的回答，我们没有理由不把尊敬的目光投给这样的年轻人！

在秦山，不仅有这样的父子，还有这样的父女、夫妻、兄弟和姐妹，很多很多。他们默默无闻，但他们在秦山洒下的汗水、泪水和血水，就像难得一见的秦兰，灿烂地开放在“老秦人”的心田……

写到这里，不禁让我想起了少年时代经常唱的革命经典歌曲《咱们工人有力量》。鲜为人知的是，这首著名的革命歌曲所赞颂的就是中国的电力工人。那是在1947年辽沈战役决战的前夜，青年音乐家马可到东北解放区的佳木斯发电厂体验生活。发电厂的工人们“为有牺牲多壮志”的革命精神和“敢叫日月换新天”的革命干劲，感染了音乐家。他彻夜未眠，创作了这首属于中国工人阶级的第一首歌曲：“嘿！咱们工人有力量，每天每日工作忙。嘿！每天每日工作忙，盖成了高楼大厦，修起了铁路煤矿，改造得世界变呀么变了样！哎嘿！发动了机器轰隆隆地响，举起了铁锤响叮当；造成了犁锄好生产；造成了枪炮送前方。哎嘿哎嘿，嘿呀！咱们的脸上发红光，咱们的汗珠往下淌……”

是啊！这首经典的老歌不正是秦山核电建设者们的真实写照吗？

第三章

“杜拉风波”敲响警钟

09 一份内部简报惊动了中南海

对秦山核电来说，1986年是一个多事之秋。

差一点儿，整个工程就下马了。

新年的钟声刚刚敲响，秦山核电站就有了大喜事。1月5日，中共中央政治局委员、国务院副总理李鹏专程来秦山了。这天，晴日朗朗，但风很大，天气很冷。

这天上午，李鹏听取了厂长于洪福、总工程师欧阳予的汇报，听得很认真，并就工程的总投资、技术参数、设备制造、预测发电成本、职工队伍培训以及发展前途问题，一一进行了详细询问。在谈到工程进展时，李鹏强调：“要实事求是，不要赶进度，在进度与质量发生矛盾时，以质量为主，安全第一。”在谈到核电厂设备落实情况时，李鹏说：“设备制造一定要讲究质量，注意精打细算，降低成本。”他希望有关协作单位齐心协力，把核电厂建设好。

核电工程已经开工9个月了，安全壳筒体已经高出地面8米。当天下午，李鹏来到核电站工地参观，和工人们亲切交谈。最后，他指出：“要在实践中摸索出自己的一套经验，走自己的路，同时吸收国外的先进技术，把我国第一座核电站建设好。”

当年随蒋心雄陪同李鹏视察的核工业部政策研究室主任郑庆云回忆说：“回上海后，李鹏同志还把发展核电的整体想法与蒋心雄、周平等同志进行了交流。他说，想把核电站建设都交给核工业部。水电部现在整天忙水电、火电都忙不过来，哪有时间研究核电。你们就不一样了，党组首先研究这个问题。这样，30万职工的积极性就都调动起来了。在上海宾馆的会客厅里，挂有苏轼的一首五言律诗，其中一句‘许国心犹在，康时术已虚’，李鹏同志反复念了两遍，对大家说，这正好反映了核工业战线上一些老同志的心情。核工业部现在保军转民，你们的战略地位很重要，但目前有困难，处于低潮，要保存力量，把核这个事业继续下去。”

进入4月，作为秦山核电站工程进度象征的核岛建设已经完成了将近一半，3台塔吊围绕着这个巨大的圆形建筑紧张而有序地忙碌着。然而，就在这个时候，一股来自西伯利亚的“寒流”给正热火朝天搞建设的秦山带来了巨大的冲击。

4月26日凌晨，苏联切尔诺贝利核电站4号反应堆机组因人为操作失误发生爆炸，堆芯熔毁，石墨砌体燃烧，引发大火，大量放射性物质外泄，波及欧洲多国，导致237名工作人员受到超剂量辐照，其中134人出现急性辐射病征兆，有2人在爆炸时直接身亡。灾难引发的恐核心理在世界泛滥。

消息很快传到中国，传到秦山。一天，秦山核电厂党委办公室就接到了外部人员打来的质疑电话：苏联切尔诺贝利核电站爆炸了，你们秦山核电站技术上过关吗？建成后是否安全？是不是也会发生爆炸？万一出现了核泄漏怎么办？那些乏燃料（即辐照核燃料）如何处理？

言语之间，对由中国人自己设计的核电站显露出极大的怀疑和不信任，来自各方面的质疑此起彼伏。尤其是国内许多原本就对我国自力更生建设核电站放心不下的人更加产生了疑虑。

5月9日，中共中央、国务院、中央军委迅速派张爱萍，带领伍绍祖、朱光亚、蒋心雄、赵宏、姜圣阶等有关领导、专家，来秦山核电站、上海核工院和部分设备制造厂检查工作。

这天，检查组的专机是从北京直飞嘉兴的。飞机一落地，张爱萍一行就驱车直奔秦山核电站工地现场，听取了欧阳予、陈曝之和上海市物资局总工程师陈正琛等负责人的汇报。

在工地上，大家一五一十地向张爱萍汇报了施工技术上的种种情况。交谈中，专家们对张爱萍介绍说：“苏联切尔诺贝利核电站是早期石墨水冷式反应堆，体积庞大，直径超过10米，高达25米，足有8层楼高。这样庞大的反应堆要罩上一层密封的安全壳是困难的。所以，苏联石墨反应堆没有安全壳。而事故的悲剧，恰恰发生在这里。秦山核电站的设计是压水堆，完全不同于切尔诺贝利核电站。我们的压水堆设置了三道屏障，第一道屏障是燃料锆合金包壳，第二道屏障由反应堆冷却剂系统构成的压力边界，第三道屏障是内衬8毫米厚钢板、壁厚1米的钢筋混凝土安全壳。所以，核辐射突破这三道屏障可能性微乎其微。退一万步讲，如果反应堆出了故障，也有足够的一系列措施，阻断核辐射。”

听完介绍，张爱萍一再强调：“安全第一，安全第一，安全第一，安全第一。”

在场的人们听得十分真切，张爱萍一口气连说了四遍！

5月12日，张爱萍一行结束检查，并为秦山核电站现场题诗一首：“天上银星闪，海上白盐滩。核电光天地，祖国添新颜。”

临走时，张爱萍充满感情地说：“大家要站在为我们中华民族的振兴、为祖国为人民的幸福作出贡献这个高度，要有革命的高尚品德和情操来办这件事。没有这样一个精神，我们祖国的建设根本不可能取得成功。我们应该拼搏、奋斗、牺牲，把我们全部精力乃至我们的生命贡献到这个事业上来。”

回京后，检查组一行给党中央、国务院、中央军委专门写了报告，认为秦山核电站建设进展顺利，具有相当充分的安全保障措施。但也有不少薄弱环节，要求上海核工院审查设计并找出遗留问题和存在隐患，秦山核电站应尽快制订质保大纲，编制程序和质保手册。

6月20日，蒋心雄向参加六届全国人大常委会第十六次会议的人大常委会委员们作了中国核电建设情况的汇报，实质上是就切尔诺贝利核事故引发的疑虑，向人大代表所提的问题进行解释。

在会上，蒋心雄十分客观地说：“苏联的这次核电事故是世界核电史上最严重的一次事故。它所造成的核污染和给苏联经济上带来的损失，要比1979年美国三哩岛核事故所造成的损失严重得多。但是，它对各国核电建设带来的消极影响，可能要比三哩岛核事故小。因为，各国对核电站的认识已有了很大的提高，安全措施也正在不断地完善中。”

随后，蒋心雄又对我国建造核电站的安全措施和政治、经济上的意义，作了全面的解释。经解释，与会的绝大多数委员，对我国继续进行核电站的建设，都表示了赞同和支持。

8月，浙江省副省长率领人大代表40多人，以及国内著名的焊接专家、结构专家组成考察团，花了整整两天时间，对秦山核电站的建筑和设备一一进行仔细检查。

其实，这个时候，党中央、国务院有关领导和部门是极其重视核电建设事业的。这一年4月，核工业部第18次部党组会议决定，准备启动秦山二期核电站的筹建工作，将秦山核电厂划分为秦山核电厂及秦山核电厂工程指挥部两个规格相同的企业，秦山核电厂受核工业部核电局领导，工程指挥部受中国核工程公司领导，以便集中专门力量、明确责任，保证秦山核电一期和二期工程建设顺利进行，保证生产运行准备工作顺利进行。

7月2日，当时的秦山核电厂副厂长张怀麟被任命为厂长。9月，成立中共秦山核电厂指挥部临时委员会，于洪福调任党委书记兼秦山核电厂工程指挥部指挥长，任期4年。

作为核反应堆工程专业的老专家，张怀麟是在秦山核电站浇灌第一罐混凝土前夕，经姜圣阶力荐，1984年12月从八一六厂副厂长的位置上选调来的，担任秦山核电厂第一任总工程师。1985年他被任命为副厂长，负责生产准备工作。

张怀麟身材瘦削，腰板挺直，说话办事里里外外都透露出一种干练、洒脱，是一个典型的技术干部。

新官上任，对张怀麟来说，还真不是一个最好的时候。在国外，切尔诺贝利核事故的阴云还没有散去；在国内，质疑、反对自主建造核电站的声音依然不绝于耳。

让张怀麟没想到的是，麻烦事儿还在后面。而且，给他带来麻烦的是一个外国人，名字叫杜拉。

下雨了。淅淅沥沥，下了一天一夜。

1986年11月3日上午8时30分，张怀麟准时来到海盐县城的海盐宾馆。他今天是来迎接一位尊贵的外国客人——南斯拉夫克尔斯科核电厂总经理杜拉。杜拉是受国务院领导和有关部门之邀来秦山的。

接待任务是核工业部布置的，目的很明确，就是希望通过互访，使得中南两国的这两座核电厂结成友好关系，从外国人那里学到技术和管理经验，培训人才。

瞧！身材高大、英俊潇洒的杜拉已经站在宾馆大门口等候了。

上了车，穿过市区，沿着海边的老沪杭公路向秦山核电站施工工地前进。谁知，小雨下个不停，路上的车辆多了起来，走走停停，停停走走，小车在凹凸不平的公路上颠簸着，高高低低，晃来晃去，时间就这样一分一秒地过去了。看着窗外的雨，看看眼前的路，张怀麟急得像热锅上的蚂蚁，可是又实在没有办法，只能干着急。再看看，坐在身边的杜拉，似乎比自己更有耐心，一副若无其事的样子，丝毫没有责怪和埋怨。张怀麟却知道，这是西方人最忌讳的，什么叫效率？什么叫现代化？短短的一条10公里的路，竟然走了将近2个小时，临近中午11时才抵达工地现场。

终于抵达了，小车停在距离反应堆厂房不远的空地上。谁知，打开车门，杜拉一脚就踩进了泥浆里，锃亮的黑色皮鞋一下子染成了黄色。工地没有一条像样的道路，一脚泥一脚水，杜拉也没有计较。就这样，他们深一脚浅一脚地走着，在一堆堆建筑材料中绕来绕去，才走进了正在建造的核反应堆厂房安全壳里。

一进门，只听见电机轰鸣，钢铁与钢铁碰撞的声音此起彼伏，电焊火花闪烁，此时安全壳筒体内正在进行内衬钢板的喷砂除锈施工，燃烧升起的烟雾缭绕，碎沙和粉尘在空中弥漫飞舞，既刺耳又刺眼还刺鼻，让人无法开口说话又让人无法睁眼观看，只得简简单单地绕一圈，就退了出来。

“现场的环境太恶劣了！”张怀麟知道，这就是工人们在争速度、抢工期，玩命地干啊！这样的场景他再熟悉不过了，无论在他工作过的四〇四厂还是八一六厂，不管是在戈壁大漠还是深山老林，从技术员一直干到副厂长，就是这么走过来的，核工业人一代一代就是这么干出来的。中国工人，向来拼的就是吃苦耐劳的品德和一不怕苦二不怕死的精神，不太讲究工作条件。但是，现在核能民用工程不能这么干了，建造核电站要按法规办事。1984年，国家成立了核安全局，姜圣阶任首任局长。经过一年多的调查、准备和编写，我国第一版国家核安全法规于1986年正式公布了。

表面上的平静难以掩饰内心的翻江倒海。出了门，张怀麟已经从杜拉的表情中读懂了什么。他悄悄地跟随行的同事严文康嘱咐道：“你对他们说说，赶紧把通风机全部打开，这样的环境怎么干活呀！”

转了一圈，回到宾馆，张怀麟看得出，一路上几乎没有发表评论的杜拉心情还算不错，对秦山核电站工地的脏乱差似乎也很理解，也并没有因为堵车、泥浆影响他第一次来中国核电站访问的愉悦，两个人继续展开友好的交流。经过协商，杜拉承诺克尔斯科核电厂将为秦山核电站免费培训第一批主控室操纵员和各专业的运行管理骨干，同时邀请张怀麟访问克尔斯科核电厂。

结束对秦山的访问，杜拉在核工业部外事接待翻译陪同下返回上海，他的夫人一直在上海等他。

在上海，杜拉认真总结了访问秦山核电站工地的情况，提出了5点建议：一是应该给予电厂建造领导班底中的主要领导人足够的权威，并应得到上级政府部门的直接支持。二是按现在的建设日程安排，秦山核电站于1989年建成投产发电，这不切合实际。三是现场工程施工和材料管理混乱，安全壳筒体混凝土浇筑工程及道路施工等项目，按照南斯拉夫核电厂施工所遵循的标准，无一项工程是可以接受的。四是现场工程施工技术力量薄弱，应急速配备技术素质高的专家参加工程项目管理和技术培训等生产准备工作。五是应加强施工工程质量检查并严格工程验收的规章制度。

这时，杜拉对陪同的外事项目官员说："我不知道秦山核电站以及它的上级领导，是否欢迎和愿意接受来自外界的批评和建议。"

看到杜拉这些中肯的意见，陪同的外事项目官员当即表示，一定将这5点建议上报给核工业部。

杜拉叮嘱道："我希望你回部后酌情向有关部长进行口头反映，但不要写书面报告。回国后，我将致函中国核工业部。"

生活往往就像一场戏剧。在上海的宾馆，杜拉在跟夫人闲聊时，谈了自己对访问秦山核电站工地的真实感受。他说："秦山核电站可不能出事故，万一出事故的话，中国的压水堆的声誉就毁了。这一毁不打紧，世界的压水堆的声誉也会连同它一起毁掉的。这简直就是一场灾难！"

谁知，杜拉的这句夫妻间的闲谈，被随同的这位中方外事接待翻译听到了。回到北京，他立即把杜拉所说的话，加上自己陪同参观时的感受，写了一份内部的书面情况报告，向核工业部作了汇报。

蒋心雄回忆说："我们的接待陪同的工作人员写了个简报，说外国专家看了核电站建设现场以后很感慨，说'恐怕这将来是一场灾难'。这份材料翻印了20份。这样的简报一出，到了电力部一位同志的手里，结果电力部的一个老领导给中央写了半页纸，说如果不管一管核工业部秦山核电站的建设，将来可能就是一场灾难。这半页纸连同简报一块送到中央去了以后，多位领导同志作了批示，其中国务院主要领导批评较严厉。"1987年4月7日，新华社印发了一份关于秦山核电站主体工程质量的内参。4月8日，国家主席李先念批示，要保证安全，做到万无一失，必要的时候可以推倒重来。

什么叫"核无小事"？

杜拉的一句话，竟然捅了马蜂窝，一下子就捅到了中南海。

切尔诺贝利核电站的重大事故风波未息，秦山核电站又被国际友人说成是"灾难"，虽然在公开场合没有人把这两件事放在一起比较，但在那些反对独立自主建造核电站的人们心中已经把二者之间画上了一个大大的等号，当然更多的是问号。

秦山核电站的建设，又走到了十字路口。

这就是秦山核电历史上令人铭心刻骨的"杜拉风波"，也叫"杜拉旋风"或"杜拉事件"。

"杜拉风波"敲响了中国核电建设的警钟。

10 “林业部部长能撤，赵宏为什么不能撤！”

1987年1月29日，是传统节日——春节，农历大年初一。

在北京南礼士路，核工业部春节团拜会正在招待所举行。窗外，噼里啪啦的鞭炮声此起彼伏；室内，祝福的歌声笑声掌声经久不息。多年不见的老领导、老同事，欢聚一堂，喜笑颜开。

这个春节，赵宏忙中偷闲，哪儿也没有去，终于有机会和家人好好团聚一下了。自从1982年担任核工业部副部长以来，几乎每个春节都在外地忙碌着，他喜欢到生产一线和工人们在一起。

这时，办公厅的一位秘书快步走进了团拜会会场，径直走到赵宏身边，轻声地耳语道：“赵部长，中南海打电话来了，请您过去一趟。”

赵宏一听，心里“咯噔”了一下。他知道，肯定是秦山核电站的事情。因为元旦一过，国务院就派以国家经委副主任林宗棠为组长的15人检查组，对秦山核电站建设工地进行调查。在出发前，林宗棠专门给赵宏打了电话，说：“赵宏，我们要去秦山检查工作，我们去的时候，希望你不在现场。”赵宏跟林宗棠也是老朋友了，两年前的春天，也就是在核岛主厂房底板浇灌第一罐混凝土的时候，他曾和林宗棠一起去德国洽谈进口核电站的项目。赵宏明白林宗棠打这个电话的含义，爽快地答应了：“好！我不去。”

的确，“杜拉风波”还没有平息，依然在持续发酵。

1986年11月18日，李鹏在简报上批示：对杜拉的反映，必须引起我们足够的重视，否则，我们将负历史的责任。

对于如何处理“杜拉风波”，李鹏十分慎重，认为要做调查研究，再作出科学决策。

12月31日，张爱萍也就简报作出批示：“杜拉提出的这几个问题，同我们今年5月一起到秦山检查所发现的问题大体相似，这证明我们共同在秦山、嘉兴和上海研究的解决办法并未落实。做工作，对所负责的任务，不只是讲话、批条子，要具体组织落实，经常蹲在现场，发现问题，解决问题，浮在上面是不行的！我已不负责参与你们这方面的工作，仅从爱护这项事业出发，仍向你们直言，望参考之。”

张爱萍的话，言语谆谆，语重心长。

1987年1月5日，国务院负责人作出批示：“李鹏同志，这些反映值得注意，你现在很忙，能否另外指定一位同志认真去检查一下。告核工业部，切不可盲目乐观，麻痹大意。”

第二天，李鹏立即回复：“准备派一个比较超脱的组，即核工部以外的组，去认真检查一下。拟指定林宗棠或黄毅诚同志去一趟。”

1月8日，蒋心雄带领核工业部检查组到了秦山。同一日，国家核安全局副总工程师林诚格率核安全局一检查组也赶到秦山工地。

1月20日至25日，林宗棠率领国务院调查组，受李鹏的委托，在秦山工地、上海核工院、华东电力设计院、上海锅炉厂、上海汽轮机厂、上海第一机床厂等生产核设备的厂家，展开了全面调查与审验。

林宗棠调查组的专家都是国内一流的。他们特别对核反应堆安全壳穹顶混凝土质量作了重点检查。这是一次极其严格的全面质量检查。中国核电事业迈出的第一步是否立得住？通过这次检查，将有一个全面的、权威的结论。

检查的结果到底是什么？赵宏不知道，也不想去打听。他知道，秦山核电站建设工程开工一年后，出现了各种各样的问题。但是，在心里，赵宏是有数的，对这支队伍也是放心的，大家有热情，有勇气，有担当，因为所有人都知道建设秦山核电站是中国核工业人的第二次创业，是一项光荣的、关系到中国核工业前途命运的使命任务。

离开团拜会会场，赵宏即刻奔向中南海国务院会议室。一进门，看到在座的同志个个表情严肃，赵宏感受到了气氛的紧张。他没有说话，悄悄地坐到自己的位置上。会议由林宗棠代表调查组向李鹏汇报。调查组专家们一致的意见是，秦山核电站建设工程整体质量合格，但确实存在不少问题，必须严肃对待，认真解决。调查组还提出了一个建议，让赵宏去当厂长。

赵宏忐忑的心终于可以放下了，深深地舒了一口气。

会议结束时，李鹏说："赵宏同志，你是搞基建工作的，对现场比较熟悉，你就去秦山，好好抓一抓这个项目。人家都叫经理，你也别叫厂长，就叫经理吧。我告诉你，如果秦山核电站工程建设出了事，我就拿你是问！"

李鹏说话语速不快，比较温和，但"拿你是问"这句话让赵宏铭记在心。

国务院领导任命一位副部长级别的领导干部去担任一个基层单位的总经理，这在新中国的历史上也是少有的。赵宏掂量出这个决定的分量。这是中国政府对独立自主设计建造自己的核电站的决心和信心。在感受到信任的同时，赵宏也感受到了压力。现在，由分管变成了直接去第一线，赵宏没有丝毫犹豫，只要祖国需要，就是豁出命去也在所不惜。在秦山，他曾对那些对核电站建设持怀疑态度的人大声说过："如果秦山核电站不能安全运行，这个历史责任由我来负！"

2月21日，国务院以国发〔1987〕5号文件的形式，正式批转国务院调查组的调查报告。调查结论是："秦山核电站的工程建设取得了较大进展，工作是有成绩的。但在工程质量和管理上，决不可盲目乐观，麻痹大意。一定要贯彻'安全第一，质量第一'的方针，切实采取有效措施。"

3月2日，根据国务院文件精神，核工业部决定成立秦山核电公司，实行总经理负责制，任命赵宏兼任秦山核电公司总经理。

历史大任落到了赵宏的肩头。

临危受命，舍我其谁。历史的责任，不是谁想承担就能承担得了的。

1987年5月，黑龙江省大兴安岭地区发生特大火灾，林业部部长被撤职了。

一次，从北京飞往新疆的飞机上，李鹏和蒋心雄陪同中央领导去考察。这位领导在谈到秦山核电站建设出现的问题时，严肃地问道：“这个项目是谁负责？”

李鹏说：“是赵宏。”

“撤了他不行吗？林业部部长能撤，赵宏为什么不能撤？”

李鹏缓缓地答道：“这个人我认识，他能够干工作，再让他工作一段时间看一看吧。”

留给赵宏的路只有一条：只许成功，不许失败！

跟秦山核电站的建设者们一起摸爬滚打几十年了，赵宏知道秦山核电站建设过程中出现的问题，不论大小都不是偶然的，而是必然的。秦山30万千瓦压水堆核电站，是一项开创性的高难度、技术密集的重大工程项目。与我们国家建设过的其他核反应堆工程相比，核电站工程质量标准更高了，技术难度更高了，总工程量也更大了。建筑和安装公司面临的技术难题也更多，责任更重。

但问题出在哪里呢？回过头来看，问题不在于领导，更不在于那些经受风吹日晒、为建设中国自主设计的第一座核电站拼尽全力的一线职工。问题出在那时候大家还不懂得怎样建设现代化的核电站，有热情、有干劲、有情怀，但没有经验，更缺乏一种意识，一种能够规范施工行为的程序意识。

时任核工业部建工局总工程师的刘述英，作为驻秦山核电站工地工作组组长，搞了几十年的核工程，最让他引以为憾的是没有搞过一座核电站。正是带着弥补遗憾的心情，他毫不犹豫地来到秦山，实现中国核工业“零的突破”。亲身经历之后，他感慨万千地说：“科学实践证明，核电站和核潜艇建造工程是核工业工程中科技含量最高、质量要求最高、建造难度最大的工程，远比核工业基地建设的要求高、难度大。”

也就在“杜拉风波”发生的这一年，国务院颁布了《中华人民共和国民用核设施安全监督管理条例》，成立不久的国家核安全局也发布了《核电厂厂址选择安全规定》《核电厂设计安全规定》《核电厂运行安全规定》《核电厂质量保证安全规定》等有关核电建设方面的规范性文件。

没有规矩，不成方圆。

有了规矩，就要按规矩办。

就任总经理后，赵宏到秦山做的第一件事就是建章立制，组织参建单位学习国家法规，尽快出台自身的工作规定和程序规定，建立健全质量安全保障体系。赵宏和同志们一起按照国家法规着手建立起了一套完整的质量保证体系，也是中国核电第一套完整的质量保证体系：设计、设备、施工都必须有经过批准的完整的质保大纲和细则；参与人员必须有资质；使用材料必须合格；各项工作都有可追溯性并设立专门人员及时监督，最后按项目一项项进行验收……层层监督、环环相扣，确保工程质量合乎要求。同时，他们编制了58个质量保证程序，46个实施细则，要求所有参与建设单位必须按照《秦山核电厂质量保证大纲》的要求，制定出各自的质量保证大纲，并递交秦山核电公司评价认可。

彭建认回忆说：“当时组织技术人员编制了《秦山核电厂建筑施工质量保证大纲》，并在此基础上编制了《核岛筒身施工质量保证程序实施细则》。实施后，各工序穿插紧密，职责明确，效果显著，不仅保证了施工质量，而且加快了工程进度。公司成立了全面质量管理核心小组，各工区、各厂区成立了质量管理小组，对全体施工人员进行全面的质量管理教育培训，共培训了13次，建立了质量控制体系，确保了工程施工质量。”

在工程质量上，赵宏从来没有任何妥协。被怀疑存在质量问题的工程，有的返工，有的重新做试验，并加强国际合作交流，重新审查，增加安全系统的安全系数。

比如安全壳筒体混凝土质量问题，赵宏请来了中国建筑科学研究院建筑工程材料及制品研究所的专家，还请来了冶金部建筑研究总院的专家，对安全壳筒体20米以下混凝土的总体抗压强度、施工缝、局部冷缝混凝土的结合力、设备闸门和应急人员闸门周围管道和钢筋密集区混凝土的密实性，等等，进行了全面检测。

当时有人说，请一家就行了，何必请两家？

赵宏坚决地说：“一定要请两路。若只请一路，则一家之言，就不够客观。请两路，两家结论是否一致？如果一致，才过得硬！”

两路专家来了。两家单位对各自检查获取的数据进行分析，认为秦山核电站工程安全壳筒体混凝土的质量符合设计和规范要求。随后，核工业部科技委邀请专家对上述检查结果进行了审查分析，专家同样认为检测结果是可信的，反映了安全壳筒体混凝土内在质量是合格的。

那个时候，赵宏住在秦山核电公司的招待所里，205号房间是他的办公室兼卧室。但让他没有想到的是，这一住，就是整整6年。

这6年，只要在秦山，赵宏坚持每天晚上看完中央电视台《新闻联播》之后，就开会。所有参建单位都要总结当天的工作进展，汇报发现的问题，提出改进的意见，能解决的现场解决，解决不了的由赵宏出面协调解决，如果赵宏解决不了的就立即上报督促解决。毕竟，有个核工业部副部长的头衔，办事还是方便多了。

每天的会议要开，每周的一次大会依然要开，赵宏要做到每一个阶段、每一个技术难点、每一次设备研发攻关，甚至每一个人员的特点都要了如指掌。这为他在关键时刻迅速作出准确判断和果断决策提供了科学依据。

在现场管理上，赵宏提出了分工负责制，四位副经理中，陈曝之负责现场施工，钟兆府负责设备及采购，张怀麟负责生产准备和人员培训，方诗经负责生活后勤保障。林德舜是公司临时党委书记，负责企业思想政治工作和党组织的建设。各有分工，各司其职，有职有权，有责有担。赵宏有一句大家喜欢听的口头禅：“你们是出力干活的，有问题、有困难找我，我来解决；工作中有了成绩也是你们的，有批评、有责任我一个人担着！”

就这样，秦山形成了强有力的指挥系统和稳定的工作格局，有人私下里说陈曝之、钟兆府、张怀麟、方诗经是赵宏的“四大金刚”，赵宏听了，哈哈一笑，说：“‘四大金刚’有什么不好，‘四大金刚’就是秦山核电站的四大骨干力量、四支建设队伍嘛！”

林德舜是1986年6月被核工业部党组任命为秦山核电厂临时党委书记的，45岁，正当年。19岁就加入中国共产党的他，本想成为一名救死扶伤的医生。高考时，校长动员他报考国防科技专业，后来他成为中国科学技术大学的一名学生。上学期间，时任外交部部长陈毅元帅来校作形势报告，说：“我现在口袋里缺两样东西，一是没有钱，二是没有核武器。在外面和人家打交道就不硬气。如果有这两样东西，中国的国际地位就会大不一样。”听了陈毅的报告，林德舜立志参加国防建设，在分专业时选了爆轰物理工程专业。大学毕业后，他就去了祖国最需要的地方，投身新中国核武器研究实验事业，与核工业结下不解之缘。

虽然在核工业领域工作了20多年，但对核电站的建设也还是陌生的。来到秦山，林德舜似乎没有赶上好时候。这不，苏联切尔诺贝利核事故刚刚发生，世界掀起恐核浪潮。就在有人断言中国要花20年才能建成秦山核电站，有人怀疑中国人自己建的核电站是否安全的时候，“杜拉风波”发生了。

现在秦山核电公司成立，党委还是临时党委，林德舜继续担任临时党委书记，组织开展“四整顿一加强”（即整顿领导班子、整顿管理、整顿现场、整顿作风和加强队伍建设）活动，按照投资节余和劳务收入来提取奖金，极大地提高了职工的工作积极性和责任心。

与此同时，组织动员职工积极参加全国总工会、共青团中央、全国妇联、中国国防工会和核工业部共同发起的“三保两比”（保安全、保质量、保工期，比效益、比协作）劳动竞赛活动，统一思想，端正态度，查找差距，营造团结干事的文化氛围。

就在这个时候，又一个棘手的问题迎面袭来——“大小牛腿”出了问题。

何谓“大小牛腿”？“牛腿”是小型钢结构支架的俗称，即核电站核岛厂房承载环形吊车（简称“环吊”）和通风平台网架的支撑结构，支撑环吊的“牛腿”叫“大牛腿”，支撑网架的叫“小牛腿”。如果“牛腿”的问题不解决，就不能上环吊，就会直接影响施工进度。

核电建设无小事。“小牛腿”问题出现的当天，时任二三公司总经理关纪群就与总工程师王中勤、陈培田等人立即赶到了现场。很快，“牛腿”问题惊动了核工业部、国家核安全局，一批又一批的核电、设备、设计、施工专家来到了秦山，分析出现问题的原因。

“我们不推卸责任！杀头坐牢我们去。”关纪群说，“出了问题不要紧，但必须进行科学分析，找出问题的根源，以绝后患。”

在施工“小牛腿”的时候，就发现了层状撕裂，这是比较严重的焊接缺陷。“小牛腿”的材料跟“大牛腿”的材料不一样，是从日本进口的，这种钢材在轧制过程中因里面含有夹层，在焊接结构中属于Z向受力。秦山核电公司高级工程师王相礼分析认为出现问题的原因有三个：第一是材料引起的；第二是设计的结构存在问题，从焊接角度看，是不合理的；第三是施工上也有不当，应该热处理。

如何处置“小牛腿”的问题呢？1987年6月24日，秦山核电公司在北京举行论证会。专家们指出：设计方面，“小牛腿”的结构应力考虑得不够周详。材料方面，这种钢材应做焊前试验，不能凭空推理材料性能是否满足工程要求，材料使用前未办理材料代用手续。要求施工公司在现场拼装，增加了施工难度。焊接时全面开花，没有在安装焊接前做试验，失去了发现问题的机会。虽然“小牛腿”修补方案可行，但是鉴于“小牛腿”缺陷修补后的观察期长达6个月，有碍工程进度，于是，赵宏同意欧阳予归纳的集体意见——“小牛腿”必须全部推倒重来，重新制作换新。

“大牛腿”已经打到混凝土里面去了，拿下来是不可能的。1987年8月5日，秦山核电公司又在北京召开“大牛腿”问题的座谈会。经过讨论，考虑到设计时“大牛腿”按直接锚入混凝土计算，在最不利荷载组合时的安全储备仍然很大，因此采取的处理原则是保证“牛腿”的承载能力及“牛腿”与复面的密封性，消除缺陷，不留隐患，可以不用返工。

“大牛腿”和“小牛腿”从发现问题到处理完毕，从混凝土浇灌停止到恢复，花了10个月时间，耽误了工期。

但是二三公司毕竟是一个有着光辉历史、雄厚实力的公司，最终，他们在严格保证各项施工技术指标的前提下把失去的时间抢了回来。

“牛腿风波”后，关纪群建议，把从筒体上卸下的24根“小牛腿”保存下来，作为永久纪念，时刻警醒大家：质量就是生命。

秦山核电站的工程建设备受世界关注，来参观的外宾越来越多。

7月10日，联邦德国核电建设专家弗莱厄博士应邀来中国访问，在林宗棠的陪同下来到秦山。弗莱厄博士曾参与过10多座核电站的建设，他仔细地看了核反应堆安全壳穹顶，用手指掐掐混凝土墙，看到秦山核电站的设计遵循国际原子能机构的法规和导则，采用了美国机械工程师协会标准规范，施工现场管理很好，道路平整通畅，材料堆放有序，工人操作认真，比前一年有了很大改进。

参观结束，弗莱厄博士高兴地说：“你们的核电站，与联邦德国第一个核电站的质量情况差不多，质量没问题。你们不是‘中学生’，我看你们‘大学’都已经毕业，你们现在是‘研究生’了！你们完全可以以自己为主，我们只需要做个参谋就行了。”

“你们现在是‘研究生’了。”弗莱厄博士的一句话把大家都逗乐了。

9月9日，国际原子能机构总干事汉斯•布利克斯、核专家肖德勃兰特来秦山核电站建设工地参观。布利克斯一行兴致勃勃地登上45米平台，俯瞰工程全貌，山海苍苍，海天一色，很是雄伟壮观。他对中国人独立自主建造的核电工程，非常满意，一边走一边跟赵宏高兴地说：“你们建造第一座核电站，工程技术人员很多，以后可转到第二座核电站去工作，而第一座核电站积累起来的经验很重要，当第二座核电站建好时，就有了第一座核电站的运行经验，还能决策好第三座核电站。”

布利克斯曾任瑞典外交部长，离开秦山后，前往中国香港访问。在接受记者采访时，他多次公开发表讲话：秦山核电站的设计是好的，是符合国际要求的，秦山核电站的技术人员很有水平，工作做得很好，可以保证安全运行。

访问期间，布利克斯想方设法为秦山核电站提供了一切可能提供的资料和援助，还派人来秦山进行核安全文化的培训。对此，赵宏非常感动。他说：“这是在秦山核电站最艰难的时刻，给予的最诚挚和友好的帮助。”

10月5日，美国核管会专家、美籍华人梁楚玉夫妇来到秦山核电站，在参观了施工现场后，激动地说：“中国的核电站，包括台湾的8座在内，只有秦山核电站是中国人自己设计、自己建造的，只有秦山核电站的建设没有请外国人，这是值得骄傲的，这也是受世界瞩目的原因。”

10月7日，秦山核电站建设工程现场整顿和治理初见成效。李鹏主持国务院核电领导小组会议，并听取汇报。国家核安全局及参建单位分别进行全面汇报。

在这次汇报上，国家核安全局首先发言，在经过半年多全方面考察后，对秦山核电站建设工程各项工作给予充分肯定，他们得出的结论是：问题已经查清，并得到了解决，赞成工程建设继续进行。赵宏详细汇报了8个月来秦山工地的情况，对如何查明问题，又是如何解决问题，进行了翔实的说明。随后，姜圣阶代表核安全局发言，他说：秦山核电站的质量，从国家核安全局的方面来说，是可以接受的。

会上，李鹏从秦山核电站安全壳穹顶施工开始讲起，谈到了中外专家的意见，谈到了安全壳穹顶钢衬里的焊缝问题，谈到了工地的管理、进度、工程的预算调整等情况。现在，有国内混凝土权威和著名核专家权威性的鉴定结论，有国际核专家对工程质量的公正意见，有赵宏对秦山工程全面的、详细的报告，他放心了！最后，他作出了“迄今为止，秦山核电站工程质量是合格的，是可以让人放心的”这一结论。

秦山核电站终于从“杜拉风波”中走出来了，中国核电事业的第一步站稳了。

说完工程情况后，李鹏关切地问赵宏：“还有什么困难吗？”

“有。钱不够。”赵宏好像提前做好了准备似的，马上说道，“过去我们没经验，想得太简单了，要求也想得低了，现在从设计到施工再到设备，增加了很多安全措施，科技攻关项目多了，费用加大了。对设备制造和采购价格缺乏必要的了解，原来预算的8.15亿元已经远远不够了。”

李鹏眼睛盯着赵宏，问道：“你说多少够？”

现在，赵宏腰杆直了，更有底气了，果断地回答：“12亿。”

李鹏沉思了一下，微笑着说：“好。给你12亿！”

李鹏非常痛快地答应了，没有对赵宏的诉求提出任何质疑，因为他对核电工程建设成本核算同样心中有数。不久，国家计委正式下文将秦山核电站工程概算调整为12亿元人民币。实际上由于后期物价上涨、外汇额度紧张等问题，投资资金又不够了。经过决算，最终的投资是17.75亿元人民币，比12亿多了一大截。即便这样，30万千瓦，平均每千瓦时耗资约5900元人民币，比进口核电站还是便宜了很多。

当天会议结束后，赵宏立即用长途电话把北京的消息通知了秦山的同事们。

来自北京的喜讯，迅速传遍了秦山的每一个角落，整个工地一片欢腾，许多“老秦人”激动得流下了热泪……

11 打赢设计“攻坚战”

对于“杜拉风波”给秦山核电站带来的巨大影响，杜拉完全不知道。

杜拉回国后不久，张怀麟就想赶紧马不停蹄地完成回访，希望杜拉能兑现关于南斯拉夫克尔斯科核电厂为秦山免费培训操纵员和业务管理骨干的承诺。这不，他马上带着盛稼戎和俞卓平来到了南斯拉夫。

对张怀麟的来访，杜拉非常高兴。但是，杜拉心里一直隐藏着一个小九九，在中国访问的时候，他没有公开说出来。现在，中国人来了，而且是要找他谈主控室操纵员和各专业运行管理骨干培训的事情，杜拉感觉是说出这个秘密的时候了。要知道，在核电站领域，主控室操纵员被称作“黄金人”，因为培养一名主控室操纵员所花的费用与培养一名飞行员差不多。

“张先生，你是中国秦山核电厂的厂长，我是南斯拉夫克尔斯科核电厂的厂长，我们可以有更深入、更平等的交往与合作。”会谈一开始，杜拉用了一套非常熟练的外交辞令，摆出友好的姿态。

张怀麟微笑着点头，表示同意，说：“我这次来到贵厂，就是真诚地希望你们能够为我们中国培养出更多、更优秀合格的核电站主控室操纵员和专业管理人员。”

谁知，杜拉没有接张怀麟的话说下去，话锋一转：“我们的合作应该有更广泛的领域。我希望贵厂能够为南斯拉夫克尔斯科核电厂的核废料运到中国处理做一点工作。”

这一次，杜拉没有拐弯抹角，而是开门见山，直奔主题，说完两眼紧紧地盯住张怀麟，等待着他想要的答案。

谁也没有想到杜拉会提出这种不合理的要求，这让张怀麟感到十分震惊，没有丝毫的心理准备。

张怀麟稍微想了想，微笑着说：“杜拉先生，我虽然是秦山核电厂厂长，但不能代表中国核工业部，更不能代表国家和你谈这个问题。因为我来贵厂前没有得到这方面的授权。我这次来只是按照我们已经签好的协议，具体落实贵厂为我们提供培训的安排计划。”

不卑不亢，绵里藏针。张怀麟婉言拒绝了杜拉的要求。

隔着会议桌，张怀麟能够感受到杜拉有些失望甚至是有些愤怒，但他还是很客气地说：“张先生，我们希望你向国内汇报一下，我们可以好好商量一下。”

显然，杜拉不仅是一个核电专家，还是一个非常善于打交道的商人，他不想把自己的需求弄得很僵，还非常寄希望于中国人帮他们解决这个问题。的确，这件事情实在是太敏感了。

谁知，过了几天，杜拉发现张怀麟的态度丝毫没有改变，也没有向他传递中国政府的任何信息。这时，他也明白了像核废料处理这种国际敏感问题并不是两家企业之间就能解决的问题，而是国家行为。

3天后，杜拉还是说话算话，和张怀麟再次坐到谈判桌前，商谈培训计划的落实方案，最终答应为秦山核电厂提供主控室操纵员35人、管理人员15人为期一个月的培训。

杜拉在美国接受了多年核电站管理和企业管理的良好教育，也是中国同行的好朋友。按照协议，南斯拉夫克尔斯科核电厂为中国秦山核电厂无偿提供上述人员的培训服务，培训内容涉及核电厂启动、停止等运行操作、调试规程、化学监督、生产管理等方面。

来自秦山核电厂的35名“黄金人”和15名管理骨干知道这次培训机会来之不易，他们牢牢盯住自己的预定目标。说是免费培训，但是培训时，主控室的控制台却不允许他们上机操作，连摸都不能摸，只能看，只能问，所以他们只能拼命地学，拼命地记，拼命地抄，能学明白的就学懂弄会，学不明白的就抄录下来，再慢慢消化。就这样，他们不仅学到了南斯拉夫核电站运行和管理的知识，还带回了大量的技术资料，为秦山核电厂的运行人员编制培训教材、调试和运行规程以及管理程序提供了宝贵的参考依据。

南斯拉夫之行，让张怀麟更加迫切地感到中国必须尽早掌握并研制出自己的核电站全范围仿真模拟机，否则在核电站运行人员培训和职工队伍的培养上，必将处处受制于人并付出昂贵的培训费用，甚至影响中国核电事业的发展。

时间来到了1990年夏天，秦山核电站工程建设进入了尾声。

这一天，赵宏找到张怀麟，说：“老张，电站再有几个月就要发电了，运行人员的培养和培训设施还是要靠我们自己。全范围模拟机是件大事，除了自己用以外，还要培训巴基斯坦恰希玛核电站第一批上岗的运行人员，如果赶不上他们培训的时间，我们还要把他们（指巴方人员）送到第三国去培训，那我们的经济损失就更大了。所以，你要尽快着手把它搞出来。”

研制中国自己的模拟机，这是张怀麟的一个夙愿。秦山核电站是我们中国人自己设计建造的，自然就应该有我们自己的全范围模拟机来培训运行人员。

但是，谁都知道，研制生产一台全范围模拟机谈何容易？请外国人来设计制造，张口就是2000万美元，最低也要1500万美元，相当于1亿多元人民币，这简直是漫天要价，是秦山核电站难以承受的。随后，张怀麟从东北到海南，四处寻找能够做模拟机的机构。当他听说武汉热工研究所拥有制造技术，就立即跑到武汉洽谈。可是在见面交流之后，对方觉得秦山核电站的这种全范围模拟机研制起来比较麻烦，且无法保证在1995年前完成，张怀麟只好空手而归。随后，张怀麟又找核工业内部其他能够从事仿真技术制造的单位，也是刚刚起步，缺乏足够的技术支持。

33年后的2023年4月25日下午，在秦山核电科技报告厅，张怀麟与笔者谈及这些往事的时候，从他温文尔雅的讲述中，笔者能够听到他内心的那一份忧患和渴望，以及源自肺腑的志气和勇气，如同火山一样在喷涌。

就在这个时候，张怀麟大胆地作出了一个决定，把学成归来的高级操纵员王日清调任秦山核电公司培训中心副主任，负责全范围仿真模拟机的开发和研制工作。王日清是秦山核电站第一代运行值长[12]，一个见证了中国大陆第一座核电站并网发电历史瞬间的人。1991年12月15日凌晨，当时他作为秦山核电站高级操纵员、主控制室当班值长，向全世界宣布了秦山核电站并网发电成功的消息。

让张怀麟感到特别欣慰的是，王日清勇敢地接受了任务，向他立下了“军令状”，说：“张总，搞不出咱们自己的模拟机，我就去跳东海！”

张怀麟要的就是这个决心。他对站在面前的王日清心里油然而生一种敬意。

来秦山的核工业人，真是好样的！他们来自大江南北，说话南腔北调，但到了秦山，他们只有一个目标，老一代核工业人制造原子弹造的是“争气弹”，新一代核工业人就是要把秦山核电站造成“争气站”。

不用说，困难重重，压力多多。

这时，张怀麟和王日清听说广东珠海有一家亚洲仿真控制系统工程有限公司，做过火电厂的模拟机，具有开发秦山核电站全范围仿真模拟机的实力和愿望，且能够保证时间。1992年1月25日，邓小平到珠海考察，专程到亚洲仿真控制系统工程有限公司看望科技人员，并提出了“科学技术是第一生产力”的著名论断。于是，张怀麟就带着盛稼戎、王日清开始与对方进行接触。经过多轮谈判，他们在1992年初签订了合作研制协议。

核电站的运行是一个高度复杂的系统，仿真智慧和核电运行的要求，特别是核反应堆堆芯物理要求，必须有机地融合在一起。在研制过程中，张怀麟和盛稼戎、王日清与对方研制人员团结协作，同时聘请一位美籍华人叶博士作为专家指导，在技术方案的确定和关键技术的攻关上集思广益，通过自主攻关、引进技术、优势互补，成功地解决了仿真技术难题，历时33个月终于研发成功，提前3个月完成任务，各项功能和技术指标均达到或超过国际通用标准。

秦山30万千瓦核电机组全范围仿真模拟机采用模块化结构，实施标准化设计，整体模型划分为25个分系统，每个分系统由若干个软件模块组成，采用二群、三维堆芯物理模型，使数值精度和计算速度有量级的飞跃。仿真模拟机软件编写源程序250000条，数据库计算点39300个，设置399类1109个故障点，超控点6000个，整个仿真机可用率99.2%，高于国际上相应仿真模拟机的指标。而且，这

[12] 值长，是电厂生产岗位的一种职务，是当值安全生产的第一责任人，主要负责在当值期间确保电力设备的安全运行和生产操作的正确执行。

台模拟机可以通过初始条件的选择，从启动停止、负荷变化等各种工况开始培训。在学习操作过程中，还可以冻结暂停，以便于授课者深入讲解和学员之间的讨论。同时，模拟过程还具备回放、重操、放慢、加速等功能，大大提高了培训效率。那些已经走上操纵员岗位的运行人员也可以回炉接受训练，提高分析判断故障的能力和操作处理事故的技能和经验。

1995年夏天，秦山核电公司派出蒋国元、方通球、朱晓斌、余修敏等科技骨干到珠海参加模拟机的验收工作。这是一支由秦山核电站第一批值长和操纵员骨干组成的年轻队伍，也是一支担负着培训核电站新操纵员重任的承上启下的年轻队伍，是一支让张怀麟、王日清感到放心和欣慰的年轻队伍。1996年1月，全仿真模拟机运抵秦山现场开始安装调试，3月即为第一批来华学习的巴基斯坦恰希玛核电站主控室操纵员进行培训。

秦山30万千瓦核电机组全范围模拟机，是中国自行研制的第一台核电站全范围仿真模拟机，仅仅花费545万美元，1995年通过国家级火炬计划项目验收，随后通过中核总的成果鉴定及验收，使中国成为世界上少数几个能够制造核电站仿真模拟机的国家。该项目被列入1995年全国十大科技成就，1998年荣获国家科技进步奖二等奖，填补了国内空白。

这仅仅是模拟机，核电工程的开创性、复杂性、技术密集和高度的安全要求，远高于此，给设计者提出了一系列高难度的课题。秦山30万千瓦机组由反应堆和大约200个系统组成，包含大大小小设备约3万台件，仪表和控制平台1.76万台套，阀门1.17万个，它们互相用管线连接，组成200多个系统。牵涉到的专业学科有反应堆物理、热工、水力、机械、电气、仪控、化学、放射性剂量、环境保护、“三废”处理等，门类众多。设计上要使这些设备、部件、仪表等各得其所，相互接口得当，由它们组成的系统能正确发挥其功能，互相协调，安全可靠，难度很大。毫无疑问，这是一场“攻坚战”，需要设计人员下苦功夫才能打赢这场艰难的“战役”。

1981年初，“728工程”重新上马后，欧阳予和二机部的蔡明恩等108名工程技术人员，在这年9月就完成了《“七二八”核电站开展工程建设的可行性报告》，其防护屏蔽以及三废处理系统可以完全达到国家放射防护规定的标准。报告指出：“核电站的实际放射性影响是微不足道的，它比常看电视的影响还小，远远小于每天吸20支烟所受的辐照。即核工业辐照致癌的可能性不到十万分之一！”

“728工程”需技术攻关和研制的主要设备包括燃料组件、堆内构件、压力容器、控制棒驱动机构、蒸汽发生器、稳压器、主泵、主管道、环形吊车、汽轮机、发电机等，共15项。为此，欧阳予全面研究和审定了所需要开展的380个项目科研中的试验，带领科技人员全面系统地摸清、攻克工程设计上的技术难关，排除了2000多个设计技术问题。其中，他组织解决了吸收中子的控制棒所用的合金材料、核燃料装卸机构、可伸缩的密封组件、铀燃料元件等关键技术课题360余项，包括重大技术课题30余个。

欧阳予说：“初到秦山，我和其他技术人员一样，住在简陋的二人间。一年后，才拥有单独的办公室。那时候，我全身心地投入工作，办公桌上摊着图纸，墙上钉着图纸，书架上架吊着图纸，茶几上还堆着厚厚的几叠图纸。”

1987年初，核工业部副部长赵宏受命兼任秦山核电公司总经理，欧阳予任总工程师兼第一副总经理。李鹏告诉蒋心雄：“出了问题，我就拿他们俩是问！”

蒋心雄又加了码，对赵宏和欧阳予说：“你们俩出上海和秦山要经过我同意。”

不得不承认，当时尽管我国已经掌握了军用核反应堆技术，在全国几十个科研设计单位、大专院校和工厂的协作下，共完成了420多项重大科研项目，为设计提供了可靠依据，但还没有自己的核电规范和技术标准，国际上对核电关键技术又保密甚严，更加增加了设计上的困难。在这种情况下，欧阳予带领整个设计团队，结合中国国情，创造性地提出了一系列独具特色的技术措施。

核燃料组件是核电站反应堆的核心部分，欧阳予参与并主持了设计研究。他回忆说：“首先，在设计中我反复比较国外同类产品的优缺点，决定采用有利于堆芯安全的设计。其次，我与核材料专家张沛霖一道，指导燃料组件的攻关和试验、检验等工作，直到试制成功。我国首次设计研制的核燃料组件，经过这么多年的运行，性能依然良好，满足了秦山核电站的技术要求。”

核电站二回路汽轮发电机组在热试车冲转中是否需要另行设置调试供汽锅炉，历来是国外核电站设计建设中有争议的技术问题。当时，除德国一些核电站外，绝大多数国家的核电站依靠另设燃油调试锅炉供汽。经过严谨认真的分析论证后，欧阳予决定秦山核电站取消调试供汽锅炉，在热试车中，直接依靠一回路热试车过程中主泵旋转机械加热和稳压器的电加热，使蒸汽发生器二次侧产生积聚的蒸汽进行汽轮机热试车冲转，实现了秦山核电站汽轮机和发电机热试车一次冲转成功，不仅为国家节省了几百万元的经费，还实现核岛与常规岛的联合试车，达到了国际先进水平。

秦山核电站工程由上海核工院承担总体设计、反应堆一回路核岛系统和设备设计以及电站公用系统设计，华东电力设计院承担二回路系统设计，上海市政设计院承担海水、淡水取排水系统设计，北京核工业第二研究设计院（简称“核二院”）承担固体废物处理系统设计。

时任上海核工院院长曹德宏回忆说：“秦山核电站是我国第一座自行研究设计的核电站，由于国外对相关技术封锁，我们缺乏资料，当时科研、设计、施工交叉进行，这不符合国家规定的工程建设程序，造成频繁修改设计，影响了施工进程。解决‘边科研，边设计，边施工’的问题是关键。国家计委国防局在确保安全和质量的前提下，要求我们在1987年6月30日前必须完成设计，不再作重大修改。国家需要就是命令。上海核工院科研设计人员倍感光荣。我们怀着强烈的责任感，严格贯彻‘安全第一，质量第一’的准则，兢兢业业，团结一心，争分夺秒，冒着严寒酷暑，精心组织，精心设计，结合实际，大打设计‘攻坚战’。完成施工图册416册、图纸18928张，同时完成反应堆压力容器、堆内构件、蒸汽发生器、控制棒驱动机构、燃料组件等核电站主要设备的施工设计和290项非标设备的施工设计，设计图纸53类、338套、15196张，按期交出了合格答卷。”

负责秦山核电站一回路研究和设计工作的朱霞云，时任上海核工院三室副主任，承担了中子物理启动仪的研制工作。但是，在工程建设上报的设备采购清单里，中子物理启动仪写在了设备采购进口清单中。当时，国家外汇储备少，能不买的就不买、能省就省，少花钱也是办事的一个原则。

到底是买，还是不买呢？

赵宏征求大家的意见。一征求，意见来了，两种，而且截然相反。一种意见认为：我们自己研制的中子物理启动仪已经取得成功，可以用自己的，不需要进口；另一种意见认为：中子物理启动仪是关键设备，国内研制的还没有经过考验，万一不行，损失更大，还不如买进口的，性能稳定，保险系数大，安全可靠。

两种意见，相持不下。

赵宏十分慎重，没有轻易否定任何一方的意见，而是把设计负责人朱霞云找来，专门就中子物理启动仪的有关技术问题进行了详细询问。他最后问道：“到底行不行？”

“行！我保证能行！”朱霞云本着实事求是的精神，坚定地说，“我们研制的中子物理启动仪各项性能指标达到了设计要求，与国际同类产品具备可比性，不需要进口。请您放心！”

听到朱霞云的回答是如此斩钉截铁，赵宏信服了。

就这样，赵宏采纳了朱霞云的建议，确定秦山核电站的中子物理启动仪采用“中国智造”。

负责秦山核电站核反应堆物理设计的，是上海核工院高级工程师李丕丑与他的夫人李慧珠。李慧珠担任一室主任工程师。他们负责参与核反应堆两大程序的设计，也都是核电站可行性报告的撰写人。

李慧珠本来是北京航空学院（今北京航空航天大学）的教师，来上海参与“728工程”之前，就搞过核反应堆和核潜艇设计。那年夏天，中央提出要学院派一部分同志去上海支持搞核电，怀孕的她就挺着大肚子跟随丈夫一起，拿起背包就出发，成为上海核工院出色的专家。

到了上海，李慧珠夫妇带着老人和两个孩子一家三代住在一间只有12平方米的小屋里。但是，他们没有抱怨。尽管夫妻俩在核科学上搞起来头头是道，可是在生活上，却相对显得有点笨拙。屋子太小了，他们无计可施，就装了一个双层床。家里再也没有啥家具了，各种书籍倒是不少，桌上、床上、地上，能摆、能放的地方，都是书。连买的大米、青菜也都只能混放在书堆与书堆之间了。每天夜里，李慧珠怕灯光影响老人和孩子，她就把设计工作搬到厕所里去做。在昏黄的灯光下，她画呀，写呀，算呀，常常忙到深夜，几乎夜夜如此。

李慧珠夫妇生活拮据，但性格豪爽，面对朋友同事出手都非常大方。1983年的一天，老同事张永钱在食堂买了一个蛋糕。她抢过来放在桌上，对周围的同事说：“来，今天我请客，过50岁生日。”张永钱说：“慧珠，你搞错了，你今年才49呢！”李慧珠一边把菜票付给老张，一边笑着说：“我没弄错，我算是提前过了50大寿吧，来来来，大家来吃蛋糕！”一阵笑声中，蛋糕很快就被快乐地瓜分了。谁知，就在这一年，就在他们研究的核反应堆物理设计技术完全成熟的时候，李慧珠生病了，倒在了工作岗位上。1983年9月30日，离开了人世。张永钱后来伤心地说："李慧珠不该提前过50大寿，我不该让她付那个蛋糕的钱。"实际上，李慧珠早已劳累过度，她一心扑在工作上，根本没有心思也没有时间好好改善伙食，提升一下生活标准。医生检查的结果是"营养不良的情况已经到了令人吃惊的程度"。丈夫李丕丑悲痛欲绝，一直责备自己没有照顾好妻子。同事们没有忘记这位挚爱的战友，为了铭记她为核电工程所作的贡献，第一设计室在一套重要的设计程序"TWODFD"的扉页上，写下了这样一行文字——"谨以此件纪念李慧珠同志"。

我想，这是世界上最好的祭奠了。

负责核反应堆本体设计和运输设计的，是上海核工院二室主任杜圣华。在研制过程中，杜圣华带领骨干张裕林、刘加昆、宋文辉、苏耀祖等，日夜鏖战，却遇到了一个必须攻克的大难题——堆芯燃料棒，即装填核燃料的锆合金管，这是中国核电反应堆的技术空白，也是外国核工业保密度最高的技术。

按照秦山核电站工程总体设计要求，核岛的核反应堆堆芯共有121个燃料组件，每个组件要放204根锆合金燃料棒。在装入核燃料时，每一根合金管需要装290块核燃料芯块，每一块芯块比一粒感冒胶囊大不了多少。一个组件共计59160块芯块，整个反应堆共有715万块核燃料芯块。

原子的结构很像太阳系。它的中心是原子核，周围环绕着一些带负电荷的电子。原子的质量几乎全部集中在原子核上。原子核由一些带正电荷的质子和不带电的中子所组成。当一个中子轰击铀-235原子核时，该铀-235原子核将分裂成两个质量较小的原子核，同时产生2至3个中子和射线，并释放出约200兆电子伏特的能量。而1公斤铀-235全部裂变释放的热量等于2700吨标准煤完全燃烧释放的热量。这就是人类和平利用原子能的原理所在。

根据上述技术原理，我们就不难发现，在核电站核反应堆里，核裂变所释放的热量其实都是在装填着核燃料的锆合金管之间流动。也就是说，每一根细细的锆合金管，都需要承受150多千克的压力。这就是核电厂最初的力、最初的能量，实际上就是核电厂的心脏。

锆合金管的冶炼试制完成后，杜圣华带领研究团队立即投入材料的腐蚀试验，以检验合金管的各项性能。首先，他们带着管料来到北京，到研究性反应堆里进行辐射考验。随后，他们带着管料一会儿奔波在巴山蜀水之间，一会儿又埋头钻入各大有色金属研究所的车间、试验室。从1976年开始做前期试验和外围工作，到1986年试验结束，整整花了10年时间，终于完成了22项设计、62个子项目，并研制出了合格的锆合金管。

当年采访过杜圣华的记者还记得，他的嘴唇上方还隐隐约约看得见一小块豁口，那是他在一次排除设备故障时留下的。生硬的铁器砸在他的上嘴唇上，鲜血瞬间洒在他心爱的设备上……同事搀扶着他走进医院，缝了好几针。从医院回来，他又投入紧张的试验当中。

亲历秦山核电站建设的人们都体味到了独立自主的艰难，也品味了独立自主的珍贵。上海核工院一室主任刘正伦对秦山核电站的设计工作，打了一个既形象又特别恰当的比喻：“你要吃炒肉丝，你就得从养猪苗开始干起！”

蒸汽发生器的设计任务，欧阳予交给了刘家钰。这台设备的重要性，刘家钰是清楚的，它是核电站一回路系统和二回路系统的纽带，如果它发生故障，二回路就会受到放射性污染。但是，它的设计关键在哪里？刘家钰和他的同事徐金康等人在接到任务后，心里一点数也没有。

很少有人能比刘家钰更幸运的了。为什么？因为没有人比他更早亲眼看到过西方国家建造的核电站。那是1972年10月，他去瑞士和联邦德国考察核电站。不用说，那个年代科技人员出国，是一件稀罕事儿。作为上海市的代表，刘家钰参加了国家组织的一个核工业科技考察团，先到瑞士开了一个国际学术会议，然后实地考察了几座核电站。由于政治阻隔和意识形态的偏见，西方对中国科技工作者实行严格的保密措施，只让他们远远地欣赏壮观、洁净、雄伟的核电站建筑群，不被允许进入核电站内部，只能望“核”兴叹。

一切还得从零开始。从1976年到1984年，刘家钰带领他的团队，查资料、找材料、定方案、寻场地、做试验……同志们戏称这是经历了“八年抗战”。与他们一起并肩作战的，还有七院第三和第十一研究所、成套设备研究所、机电一局、上海锅炉厂、材料所、北京钢院、上钢五厂等十多个兄弟单位数以百计的战友们，大家从来不讲价钱，不计盈亏，不分主次，一个命令下来，就拧成一股绳，结成一条心，一起干起来。

刘家钰少言寡语，说起话来也是轻言细语，干起工作来，更是细心，设计、制图、计算、选材、试验、分析……他从来只牢记一条“准绳”，那就是国际标准。他常常跟他的团队和合作者们说：“我们搞的是‘核Ⅰ级设备’，安全上，在我国属于最高标准，不掌握这个标准，马马虎虎搪塞过去，将来出了事故，我们就将成为历史的罪人！”

时任上海核工院副总工程师童鼎昌，是反应堆压力容器的主要设计者。他清楚地记得，那个年代在国内要找到一本有关核电站设计、核反应堆的技术文献，简直是大海里捞针。单单为了做一个部件的设计，他们列出了100多个试验项目。科技工作来不得半点马虎。对于这个阻止反应堆放射性物质外泄的关键设备——高10.7米、直径3.9米，重达216吨的庞然大物，工作压力高达15.2兆帕，在核反应堆的核心位置必须具备抗高温、抗高压、抗辐照、抗腐蚀能力，因为它一装上去就得在几十年时间里持续、可靠运行，哪一个工程师敢掉以轻心？

秦山核电站核反应堆的控制棒驱动机构，是由一名叫高际运的女研究员负责研制完成的。驱动机构是核反应堆在运行时，驱动中子吸收棒（控制棒）以控制核反应强度的极重要部件。国外核电站的该构件的技术都属于绝密范围，不向他国转让任何资料，也不出售任何样品。

毕业于北京航空学院的高际运留校任教，因为参加“728工程”大会战，和爱人陈鉴墅响应号召，从北京调到上海。接受设计任务后，从哪里开始呢？高际运走进了上海科技图书馆。找呀找，找呀找，一个书架接一个书架地找，一层楼接一层楼地找，终于有一天在一本书中找到了一幅外国核电站的简图，简图上有一架瘦高的机械，这正是她找了好几个月的核电厂核反应堆的驱动机构图。这幅简图没有尺寸，没有精度，没有公差，当然也没有文字说明，仅仅只是机械的一个外形图而已。高际运却如获至宝，赶紧把这份宝贵的资料借回家，拷贝计算，没日没夜地忙开了。不久，第一份核反应堆的驱动机构图就设计完成了。

随后，高际运和同事李云丽、胡振孝、朱龙兴、吕珍珍一起来到上海先锋电机厂开始试制工作。可是，驱动机构的控制棒长5.7米，中间是空心的，在加工上遇到了困难。高际运跑遍了上海，没有一家工厂能够加工。她跑到北京，北京的专家帮她与六机部联系，六机部的专家介绍了一家制造大炮的兵工厂，说："炮厂做炮筒子是长项，炮筒中间也是空的嘛，也那么长、那么细，应该有配套设备。"高际运马不停蹄地找到这家炮厂，将控制棒的情况作了说明，炮厂领导说："行，可以加工。"不久，控制棒就试制完成了。

试制成功了，不等于完成了任务。要知道，控制棒在电磁铁的驱动下，要上上下下走完100万步后不报废，才算合格。让高际运没想到的是，在第一次试验时，控制棒走完了99万步，结果在最后一万步的时候卡壳了。

高际运有些恼火，心里骂道：天哪，只剩下一万步了，为啥不坚持坚持呢？为啥就这么不争气呢？骂归骂，气归气，控制棒还卡在那里不动窝呢！赶紧拆下来看看吧！拆完了又装上，死马当作活马医，再试一试吧！一试，又跑起来了。这一次，竟然超过了100万步。然而，不能高兴得太早。等大家欢天喜地再拆开来一检查，固定控制棒销子断在了里面！没办法，只能修好后，重新做试验。可是，再做试验的时候，因为机台震动得厉害，不锈钢与不锈钢之间容易咬死，再加上有强大吸引力的三对电磁铁互相干扰，造成控制棒老爱卡壳。

这令高际运伤透了脑筋。她甚至怀疑是自己的设计出了问题。于是，她又对着试验台反复琢磨，和同事们一起研究，最后发现原因是自己的设计中没放缓冲片。

问题找到了，赶紧做出了缓冲片，安装到驱动机构上后，再试验，就这样一步步地往下进行着。没想到的是，新的问题又出现了——先锋电机厂的热态试验台温度不够，而且试验台的水是不流动的，无法模拟出真正核反应堆中高温高压时控制棒的实际运行情况。高际运和同事又带着试验棒去了北京，在核工业部第一研究设计院（简称"核一院"）高温高压全流量动水台做试验。谁知，当试验温度达到近300℃时，控制棒又出现了卡涩现象。

高际运哭了。

哭有什么用？哭也解决不了问题呀！高际运急忙给上海打电话，向欧阳予和设计院院长求救。欧阳予立即赶到北京，与核一院的科研人员一起研究分析，可大家一时间也找不出原因。他们就介绍高际运她们去某军用核反应堆的试验工厂试一试。于是，高际运千里迢迢赶到四川的试验基地，可是卡涩的问题还是没能解决。

高际运当场又哭了，憋都憋不住，劝也劝不住。

是啊！谁能懂得这背后的酸甜苦辣？

还是那句话，一切都是从零开始的，这是中国研制民用核反应堆控制棒驱动系统真正的第一步，没有人告诉你应该怎么做，也没有人告诉你可以怎么做。如此重大的研究课题，千斤重担，竟然压在一个人身上，不容易啊！哭归哭，压力再大也得干，要不就不是高际运了。

这时，也有人劝道：“同志啊，这驱动机构，依我看呀，还是去搞进口的吧，既省事，又不要负责任、担风险……”

这话听起来怎么也不顺耳。就在这个关键时刻，国务院领导批示：“发现此事，不但不应该批评，反而应该表扬，不要追查责任，不要给大家压力。”

听到中央领导的批示，高际运又哭了。

最后，在欧阳予、童鼎昌等的大力支持下，召开专家研讨会，进一步帮助高际运团队进行分析研究，反复试验，终于找到了原因，试验获得了成功。

当看到自己设计的驱动机构在秦山核电站正式启动运行时，高际运难以控制自己的情绪，激动得泪流满面……

负责反应堆安全壳自主设计的是上海核工院土建工程设计师夏祖讽，他的遭遇也饱含艰辛和泪水。曾经有半年时间，他吃不香、睡不着，所有的辛酸和委屈也不能对人诉说。这是为啥呢？

原来，当安全壳建到30米高时，有人写信给中央，反映安全壳混凝土有问题（即“杜拉风波”）。国务院派来了检查组。这个时候就有人说，安全壳搞不好，是要被“枪毙”的。面对这样的传言，夏祖讽感受到了从未有过的压力。但他内心又是很自信的，对自己所做的事情心中有数，确信设计是经得起考验的。

安全壳是核电站防御放射性物质外泄的最后一道屏障。夏祖讽是1974年选调参与“728工程”负责安全壳设计工作的。他回忆说：“我和同事们做的关于安全壳设计试验的方案得到了秦山核电工程总指挥赵宏副部长的重视和大力支持。他特意在上海金山海滩为试验找了一片空地，又在当时的土建工程公司里找了技术人员协助我工作。我根据掌握的资料，自己做了设计。当时没把握，还请来权威人士开会讨论。有领导的支持，有建筑工地的人无条件的帮忙，需要材料，秦山核电工程指挥部就将材料送过来。当时，很多人都无法坚持，但我始终认为，别人能做的，我们也应该能做，总有成功的一天。当时没有机械设备，参加试验的十几个人全靠手工劳动，将近一吨重、数百米长的钢束硬拉到海滩上。测试的时候，每根钢束穿束阻力很大，300多公斤重的阻力，没有卷扬机，靠我和工人们人工拉进拉出，终于完成了试验。尽管吃了苦头，但在我看来，我们通过磨炼掌握了许多知识。1982年，我和同事们完成了安全壳的设计方案。”

安全壳的结构设计体现了土建结构设计中复杂的荷载工况。夏祖讽带领设计团队秉着“不污染国土，不危害人民”的精神，将每一项工作都做到极致。现在已经建到30米高了，怎么就出问题了呢？

夏祖讽并没有盲目相信上级检查组的结论，而是据理力争，与他们详细讨论了施工缝的处理方案和意见。他回忆说：“以我为主设计的安全壳施工缝，是按照国家建筑研究院编制的混凝土施工规范做的。我把图纸拿来核对，与规范毫无差错。检查组专家又提出了混凝土质量问题，要在混凝土安全壳上取样，就是专门打个洞，把混凝土样本取出来。我坚决不同意这么做。我认为混凝土质量不好，在表面上看有一些小洞，可如果要在本体上取出来一大块，那以后这个洞怎么处理？在我的坚持下，检查组同意在工地里的一个试验段取样，因为混凝土质量是完全一样的。为了检查安全壳的强度，检查组做了一比一的安全壳根部截面模型试验。试验进行了一段时间，检查组那位专家想知道安全壳究竟做得牢不牢，结果把他设计的反力架弄坏了，因为反力架的强度不如安全壳根部截面承载力大，但我设计的安全壳完好无损。专家反复测算和试验，证明我主持设计的第二代预应力混凝土安全壳符合安全标准，达到了合格要求。”

如果说设计师是核电站的灵魂，那么总设计师自然就是魂中之魂。欧阳予严谨而大胆地提出设计要与科研实验、开发相结合，并经科研试验检验才能创新的设计指导思想。要结合中国国情，综合借鉴别家长处，在设计上走自己的路。他强调：“解决自行设计中的技术关键，只有通过自己的研究和开发，才能不仅知其然，而且能知其所以然，掌握技术上的主动权。”

在秦山核电站整个工程建设中，欧阳予带领的设计技术团队总计先后排列出了380多项科研试验项目，精心设计的施工文件装订起来多达1092册。那里面饱含着无数的酸甜苦辣，浸润着他们的汗水与心血！在8年时间里，他和同事们一道，送走了一个又一个夜晚，又一次次迎来了充满希望的黎明，在一次又一次的试验、分析论证和设计研究中，排除了一个个关键性的技术障碍，142项成果获得了国家和部级奖励，打赢了一场又一场设计的“攻坚战”。

12 独立自主是经济账，更是政治账

改革开放，中国的大门打开了。在中国核工业人二次创业的征途中，一方面，科技工作者如同久旱逢甘露，开始如饥似渴地学习世界先进的技术；另一方面，企业家们也开始走向世界，与各国企业展开了合作与较量。

那个年代的中国，工业基础薄弱，产业链不健全，制造能力当然也相对较弱，高质量的核级设备制造有一部分无法完成。秦山核电站的部分关键设备只能从国外采购。当初，中央之所以把“728工程”的研究基地放在上海，就是看中了上海的重型机械制造能力和作为经济中心城市对外交往的优势，以及水上交通的便利。现代工业是开放式的合作，自力更生、独立自主不是闭门造车，并不是所有的部件、设备都必须由自己生产，那不符合经济、科技和社会发展的规律。也就是说，采购外国设备，利用国外技术，与独立自主并不矛盾。

当时，国家经委从我国机电行业实际出发，对秦山核电站30万千瓦核电机组进

口关键设备制定了三条原则：一是技术难度甚大，国内不具备设计和制造条件的；二是设计和制造时间不能满足工程进度，质量得不到保证的；三是国产比进口费用高，经济上不合算的。同时，国家经委审核确定了堆内构件、核燃料组件、控制棒驱动机构、蒸汽发生器、稳压器、应急柴油发电机、核燃料装卸机、汽轮机、发电机、主泵、压力容器等15项非标主设备，其中9项是国内设计制造，6项是国外制造。[13]

经费有限，必须精打细算才能完成采购任务。然而，这钱要花起来也不是一件轻松的事情。

进口设备必须经过商务谈判。谈判不仅需要资本，也需要实力，更需要智慧。谈判组在实践中逐渐探索形成了一套自己的比较科学的工作程序，一般分为三步走——第一步是进行技术交流、资料交流和国际市场调查；第二步是外方报价，货比三家；第三步是实地调查，查看该公司的设备水平和人员素质。完成上述三个步骤，才最终决定是否接洽谈判。

主泵是核电站的重要设备。联邦德国KSB公司是世界著名的核电站主泵生产厂。日耳曼人的确非常自信，谈判桌上张口闭口都是“他们的质量绝对是世界第一”，所以价格上几乎没有讨价还价的余地。他们对考察团说：“你们放心，买我们的产品绝不会吃亏的。”在考察团专门考察该机型主泵在其他国家核电厂的运行情况后，秦山核电站决定采购KSB公司生产的主泵。

谁知，当德国人生产的主泵运到秦山现场，开箱验收时，发现泵轴尺寸和设计都存在缺陷，必须送回德国进行返修处理。这是国际通用的召回制度赋予买方的权利。经过双方沟通核实，德国厂家没有推诿扯皮，承认了错误，并且诚恳地告诉中方：你们把这个轴送回德国吧，修好了再给你们送回去，来回所有的运输费用、修理费用全部由德方承担。

然而，谁也没有想到，德方那边的问题协商解决了，中方内部却对是否送回德国返修产生了分歧。这时，有人不无担心地提出来，德国海关是否也会像之前美国海关一样，送得进去，却拿不回来。如果拿不回来，那么造成的损失谁来承担？

面对这种担心和质疑，赵宏分析道：“我们应该尊重德国人的意见，既然德国人承认了自己的问题，他们就会负责任。而且，主泵在第一次出关时，德国海关并没有阻挠。更为重要的是，这个泵轴的问题我们自己确实解决不了，总不能因为主泵

[13] 由国家审核确定的15项非标主设备及其设计建造厂家分别是：1. 堆内构件，上海核工院设计，上海第一机床厂制造。2. 核燃料组件，上海核工院设计，核工业812厂制造。3. 控制棒驱动机构，上海核工院设计，上海先锋电机厂制造。4. 蒸汽发生器，上海核工院设计，上海锅炉厂制造。5. 稳压器，上海核工院设计，上海锅炉厂制造。6. 应急柴油发电机，大连机车厂设计，大连机车车辆厂制造。7. 核燃料装卸机，上海核工院设计，上海起重运输机械厂制造。8. 汽轮机，上海汽轮机厂设计、制造。9. 发电机，上海电机厂设计、制造。10. 主泵，联邦德国凯士比（KSB）公司设计、制造。11. 离心上充泵，联邦德国KSB公司设计、制造。12. 环形吊车，联邦德国PWH公司设计、制造。13. 主安全阀，日本冈野阀门厂设计、制造。14. 主管道，上海核工院设计，法国FAMSB厂制造。15. 压力容器，上海核工院设计，日本三菱重工神户造船厂制造。

而影响全局吧。”因此，赵宏主张按照德国人的意见，送回德方返修。

可是，提出反对意见的人依然不放心，对赵宏说：这是你的决定，你要签字并承担一切可能发生的后果。

“好！既然我是总经理，我就必须对秦山核电站负责！”赵宏坚定地说，“这个字我来签。”他当即拿来一张白纸，在上面工工整整地写道：“赵宏决定将主泵送回德国返修，如果出现问题而影响核电站建设进程，赵宏自愿承担全部责任。”写好了，他又郑重地签上了自己的名字。

赵宏的判断没有错，德方厂家修好后，按中方要求又重新做了检测，在完全合格后及时发了货，顺利运到秦山。这次，产品的尺寸和设计都合格了。赵宏心中的一块石头也落了地。

核反应堆压力容器是核岛第二道安全屏障，由童鼎昌负责设计，委托日本三菱重工神户造船厂加工制造。从1984年7月至1986年11月两年半时间里，中方共派出12批团组，赴日本对压力容器制造进行了各种检查。根据设计要求：压力容器试验时，单位面积受压219公斤，需持续24小时后，无破损、无变形，才算合格。每次试压时，都必须有中方的验收代表在场。所以，供需双方都不敢有丝毫疏忽。

压力容器制造完毕，日本制造商代表对中方负责验收的储运科科长年洪斌说：“我们把这位‘日本姑娘’嫁给你们了。可是，船到上海以后，你们怎么把它接到‘新郎’的家里去呢？”

1986年11月，为了把这个长10米、宽5.43米、高5.7米，重216吨的大家伙运回中国，专门租用了上海远洋运输公司的“黎城”号货轮。这艘5000吨位的货轮，空空荡荡的船舱里，只装着这一件“宝贝”，它孤零零地被180道钢缆紧紧地固定住，由两名船长亲自坐镇看护，而且每隔20分钟就向秦山报告航情。进入上海港后，港监打破万吨级以上轮船才护航的惯例，派出水上警察和两艘护卫船只护航，平安抵达了上海金山码头。

说起上海金山南门码头，这里不得不多说两句。本来，这个码头是上海市为金山石化工程大件转运而修建的，起重能力达600吨，完全可以满足秦山核电站大型核设备的中转。当年，金山石化创建的时候，赵宏是第一批创业者。钟兆府一眼就看中了这个地方。

1986年初，国务院领导在上海市领导陪同下视察秦山核电站建设情况，要求上海市委、市政府支持秦山核电站建设。时任上海市市长江泽民回来后马上召开由主管副市长、市经委主任、核电办主任、交通局局长、港务局局长、大件运输公司经理、金山石化总厂部门领导参加的大件和燃料组件运输协调会，要求上海全力做好保障工作。钟兆府参加会议并详细汇报了核电设备的数量、运输要求以及亟待解决的问题。会议结束，上海市有关部门立即发动起来，积极配合，在金山选了两个中转点：一是金山南门码头；二是金山火车站。这两个理想的大型设备和核燃料装卸场地作为中转站，为大件核电设备和核燃料的水路、铁路、陆路运输创造了条件。

现在，从日本神户接回来的“日本姑娘”，可以从上海金山转运到秦山安装了。日方获悉后，又专门派来了两名运输专家，一位叫森本，一位叫友原。他们到达上海后，便直奔秦山实地考察，钻桥洞，走公路，上驳船。他们不放心陆运如此贵重的压力容器，一再强调说：“核设备压力容器陆上运输60公里以上，是世界上少见的。”可是，从上海金山到秦山距离100公里，日本人的这种担心是可以理解的。要知道，核反应堆压力容器共有200多个接口，孔径、角度、位置，都是经过设计师反复勘测、计算、验证的，绝对不能搞错任何一个接口。搞错一个，就无法安装了。因此，像这样一个“宝贝疙瘩”，日方对运输安全表达了担忧，也是负责任的表现。不怕一万，就怕万一，如果弄得责任不清，双方都会受损。

日方专家在两次勘察上海金山至秦山公路的运输线之后，提出了自己的运输要求：“金山至乍浦的路面太狭窄，需要拓宽；其中9座桥梁需要重建和加固；部分砂石路面需要改建成沥青路面。”同时，他们提出要搞一次模拟运输，需要耗费9万元。

困难难不倒“老秦人”。经过90天的调研、勘察，他们对上海金山到秦山的水路、公路、桥梁及空中障碍，一一进行了测量，制订了稳妥的运输路线。

压力容器启运的这一天，上海市和浙江省27个单位和部门协调联动，上海和嘉兴警方各自出动3台警车，海盐县出动4台警车，上海线管所出动4辆高架车，还有指挥车辆、保障车辆等，大大小小几十台车一路浩浩荡荡地向秦山进发。谁知，车到乍浦，突然受阻了。

为啥？一个绝对意料不到又特别棘手的问题变成了“拦路虎”——半个月前，乍浦公路段对路面进行了保养，重铺了一层沥青，使得路面一下子增高了20厘米。地面增高了，路铺新了，本应该不是问题，关键是路段中间有一道凌空横架的雷达站专用线，线的结构是“钢绞线”，毫无松动余地。当初，储运科在勘察时，经过测算是可以“扣卡扣”地通过的，现在路面增高了20厘米，卡脖子了。

庞大的车队像一条巨蟒一样停止了蠕动，所有的人都皱紧了眉头。时间不等人，更何况在这样一个日流量达2000辆的交通要道上。经过商量，最后还是找到了一个办法——降低平板货车的液压缓冲装置，以最平缓的速度，平稳地通过这道“拦路虎”。虽然这个办法很简单，但是在当时十万火急、束手无策的情况下，确实也算是急中生智“冒”出来的灵感！

就这样，经过水运、陆运、短驳，历时13天，行程192公里，人工排除障碍228处，终于把这位“日本姑娘”接到了秦山。

其实，像压力容器这样又高又大又重又娇气的“宝贝疙瘩”，秦山还真不少，比如最长的环吊轨距34米，最宽的设备闸门直径达7米，最重的蒸汽发生器重220吨……它们又是如何运到秦山的呢？

接着阅读下面的精彩故事，你就知道“老秦人”真是“创业艰难百战多”。

说起“钟老板”，在核工业制造厂家和供应商那里，真可谓是无人不知无人不晓。

“钟老板”是何许人也？

“钟老板”不是别人，正是钟兆府。这位在核工业战线工作了几十年的山东大汉，常常把“中装西穿”，上衣外套的扣子一粒不扣，敞开胸怀，露出浑圆的“将军肚”，大家送给他一个绰号“钟胖子”。

1981年11月，钟兆府和陈曝之进京开

会。会后，周秩叫住钟兆府：“调你到上海‘728工程’筹建处，行不行？”

“怎么不行？行！”

周秩比较了解钟兆府，钟表面上看似是一个粗人，但办起事来心细如发，交给他的工作，可以放心。听了这样斩钉截铁的回答，周秩笑了：“你去以后有两个任务，一是生产准备，二是设备采购。”

“这两个任务，哪一个都不轻松。”钟兆府心想。一个是管人管技术，一个是管钱管设备。

自1984年12月张怀麟调任总工程师分管生产准备工作、行政处长方诗经提拔为分管行政后勤工作的副厂长后，钟兆府就全力以赴负责设备采购工作。他把家在海盐安顿好了，在上海漕溪北路502号的零三招待所要了一间房子，就连吃带住带办公“安营扎寨”了。

对核电站设备采购，钟兆府一开始想简单了，觉得不就是个采购嘛，照单抓药，按照设计院的设备采购清单到供应厂家去买不就完了嘛！可是，当他拿到采购清单时，傻眼了！整个清单上共有5万多台设备，这些设备在哪里？到哪里才能买得到呢？这时，他才真正认识到自己肩上的担子有多重！理想很丰满，现实很骨感。摆在他面前的现实很残酷，许多非标设备还停留在设计图纸上，而这些设备的比例占了全部设备的50%，占整个设备投资的90%。一切都是从零开始，从图纸设计、科学试验开始，难就难在这里！

对需要进口的设备，国家经委已经明确要求委托核工业原子能公司承办。对国内生产的设备，钟兆府就得自己承担了。怎么办？那就是一个“笨”办法，一家一家地跑，一家一家地看，跑完上海跑全国。

上海第一机床厂是专攻精密仪器设备生产加工的企业，总工程师陈英民第一次打开反应堆堆内构件设计图纸的时候，眼前一黑——看不懂！搞机械制造加工20多年了，还没见过设计如此复杂、要求如此之高的机械设备。没办法，他就把设计院的同志请过来，对图纸和要求进行详细的解释和说明，边学习、边记录、边比较、边对照。经过反复分析论证，陈英民大胆地向设计院和钟兆府提出了三点意见：一是有56项工艺要进行科学试验，有试验结果后才能有制造的把握；二是要有制造手段，必须先盖一幢地基深20米、高度21米、装有75吨起重天车的密封性能好的总装车间；三是要自己设计制造一台专业机床，以满足核级设备加工和焊接。

陈英民的要求实事求是，一点儿也不过分，反而让钟兆府一颗高悬的心放了下来。为什么？这是核心的核级设备制造，对中国人来说还是第一次。什么叫自力更生，什么叫国产化，答案就在这里！

钟兆府马上和上海核电办公室联系，确定上海第一机床厂为核电站核反应堆堆内构件研制生产单位。上海核电办公室将国家计委批给上海市的1.3亿元核电设备国产化技术措施费，拿出300万元划拨给上海第一机床厂，用于盖厂房、科学试验、加工制造设备、培训人才等工作。同时，应陈英民的请求，钟兆府从自己掌握的设备费中拿出30万元，作为56项工艺科研经费。

从1981年开始准备，到1986年完成全部试验，具备堆内构件开工制造条件，用了整整5年的时间。1986年，钟兆府代表秦山核电厂与上海第一机床厂正式签订堆内构件采购合同，合同金额为2400万元。1989年4月，上海第一机床厂完成生产任务并通过国家级验收。

核级设备，不是儿戏。安全第一，质量第一，没得商量。因此，如何在设备采购中做到“质量控制”，这是“钟老板”考虑的第一个问题。

担负核电设备采购工作的人员毕竟不是科班出身，对核电设备的科技和安全法规不甚了解。与任何一个行业一样，入行就必须学习，学习要靠培训。钟兆府就采取“请进来”和“走出去”的办法，通过开办国际原子能机构来华讲习班、联邦德国TUV质量培训班、核安全法规学习班和秦山核电公司质保大纲学习班，把海内外专家请进来授课；同时组织30多个国内核级设备制造厂有关人员参加联邦德国TUV公司质保专家举办的专业讲座，并在这些工厂建立与秦山核电公司质保体系相联系的设备制造保证体系。

根据质保大纲要求，钟兆府带领采购团队编制采购流程，使秦山核电设备的质量在制造过程中就得到监督和保证。他们先后制定设备采购程序20个、材料采购程序9个，对33个核级设备制造厂在设备制造、验收、运输、保管过程及材料采购过程中进行全面质量管理，共同遵守。根据核安全导则要求，钟兆府采购团队与16个厂家承制的63项设备达成1090个控制点、见证点协议。在上海第一机床厂生产堆内构件过程中共设置了140个控制点，其中停止点16个，把安全和质量变成大家共同追求的目标。与此同时，根据核工业部颁发的《驻厂代表手册》要求，钟兆府先后向国内24个厂家派出40多位驻厂代表，对设备制造进行全天候、全流程的监督、监造、监管。对非标设备的生产，驻厂代表必须从设备的运行操作和维修等方面，主动对设备结构、性能、考核参数等方面提出自己的建议，积极参与各种工艺攻关试验和性能验证工作。

在设备制造进度的控制上，钟兆府把目光盯在了制造厂和制造厂的工人身上。他采取了3项措施：一是制订网络计划。要求制造厂在签订质量控制协议后，对所承制设备的每一道工序编制科学合理、详细周密的网络进度计划。这个计划同时纳入整个核电站建设的网络计划。二是建立奖励机制。申请一笔专项经费，对保证工期进度的单位和个人进行奖励。对制造进度分阶段加以控制，每完成一个阶段的生产任务就进行考核，按期奖励，提前嘉奖。三是坚持每周召开一次协调会。帮助制造厂及时解决遇到的困难和问题，谁耽误谁负责。这些措施保证了设备生产保质、保量按进度完成。

过去，大家都习惯于军工设备采购，经费实报实销，很少讨价还价，也习惯于计划经济，缺乏成本意识。但是，现在核电站建设是民品工程，就要考虑到每千瓦的造价。要知道，中国自主建造的第一座核电站到底需要多少钱，很多人都睁大眼睛“盯”着呢！这不仅仅是一本经济账，还是一本政治账，它将会影响到中国核电事业的发展前景。因此，投资控制是摆在赵宏和钟兆府面前的一个新课题、新考验。

作为秦山核电公司总经理，赵宏决定把工程建设总投资在内部实行分片承包，与土建、生产准备、设备采购和行政后勤签订内部承包责任书，对投资进行有效控制。尽管中国的商品市场正在逐步放开，增加了投资控制的难度。但这的确是一个好办法。刀刃向内，才能开源节流。

为了实现承包目标，钟兆府要求各部门制定严格的管理制度，确定“三材”结算价格和价差的计算方法，制定了适应承包的核算程序和方法，加强资金管理。十年下来，这个手上有钱却又攥得很紧的“钟老板”，这一“紧”就为国家紧出了7000多万元。

当秦山核电站30万千瓦核电机组1991年12月并网发电，“钟老板”终于可以坐下来歇口气的时候，他为他的采购团队默默地算了一笔账：国内专用设备采购合同签订了1206个，共计188个制造厂；国内标准设备采购合同签订了1292个，共计491个制造厂；国外进口设备采购合同签订了110个，共计81个制造厂，分布在美国、英国、法国、联邦德国、日本等11个国家和地区。

1989年4月20日，《解放日报》在第一版发表了这样一则消息：“我国第一台30万千瓦核电站的蒸汽发生器在沪制成。中国核工业总公司昨天代表国家，给制造这一世界核电工业尖端设备的上海锅炉厂颁发了产品合格证。秦山30万千瓦核电站关键设备中，蒸汽发生器是最复杂、制造难度最大的设备之一。目前，世界上只有美国、联邦德国、法国等少数国家能制造。上海锅炉厂经过多年努力，终于成功地生产出我国第一台合格的核电站蒸汽发生器。”

然而，谁也不会想到这篇洋溢着民族自豪感的新闻背后，却隐藏着一个随之而来的难题，那就是如何把这个又大又重又娇气的“宝贝疙瘩”，从上海万无一失地转移到秦山。

根据秦山核电站建设安装网络计划，赵宏要求钟兆府必须在4月30日前将蒸汽发生器运抵秦山核电站建设施工现场。4月16日，钟兆府召开了由41个单位参加的协调会，审核运输方案，确定运输时间为4月28日，各单位按接口分工做好起运前的准备工作，确保运输安全。上海市交通办公室像以往一样，对秦山核电站的建设给予大力支持。黄浦江下游的“向阳4号”大浮吊正准备启航来搬运。可是，黄浦江上有一条跨江的11万伏吴泾高压线，两头最高点为70.8米，中间最低点是43.3米，而“向阳4号”的“身高”为46米。也就是说，吴泾高压线必须停电，“向阳4”号才能安全通过。吴泾高压线一断电，浦东一大片工业用电和民用电力都得断供，需要进行极其麻烦的调整，许多企业因此要面临损失，真可谓“牵一发而动全身”。

现在，会议已经确定启运时间为4月28日，停电的命令也已经下达，为这天上午10时。发出的命令不能随便更改和收回。

4月28日一早，钟兆府带着他的采购团队来到了黄浦江畔。只见，江风呼啸，浊浪排空，惊涛拍岸。谁也没有想到，一场百年不遇的暴雨早不下晚不下，偏偏在这天上午降临了。据上海气象台观测：这场暴雨创造了上海市115年来4月份降雨量的最高纪录。从1时47分至18时30分止，降雨量为76.7毫米，已超过1874年的纪录。

乌云翻滚，电闪雷鸣，狂风大作。暴风骤雨中，钟兆府站在黄浦江边，任凭雨水顺着他的脸颊滑落，任敞开的上衣在风中飞舞。承担卸车装船任务的“向阳4号”浮吊高大的吊臂在风中摇晃，船员们拼尽全力仍然无法如期完成计划。这一不可抗拒的自然力量打乱了41个单位的统一计划。情况万分紧急，现场如同战场。是运，还是不运?

在码头上，钟兆府立即主持召开各方面人员参加的协调会，在听取各方面的意见后，拍板决定：一旦风力减弱，符合安全要求后即起吊装船。逆水上行，不能动摇，4月30日必须运至工地。

谢天谢地，中午12时左右，风力逐渐减弱，趁着风力再次减弱的间隙，“向阳4号”摇曳着它高大的身躯，从吴泾高压线下一头钻了过去。下午2时，庞大的“向阳4号”浮吊摇摆着巨大的手臂终于把蒸汽发生器装上了拖轮。起航了，拖轮在“沸腾”的黄浦江中艰难地行驶。

谁知，百年不遇的暴雨导致内河水位急剧上涨，装载蒸汽发生器的拖船从黄浦江转入紫石泾河后，在金山县境内的金卫桥前又被“卡”住了。这条长达20公里的内河，河面宽度只有5米。金卫桥是一座石孔桥，桥洞净空高度为6.4米。但现在水涨船高，实际净空高度与方案要求相差了50厘米，装载蒸汽发生器的拖船无法通过金卫桥，不得不再次停航。

此时，已经是4月28日傍晚7时。雨还在下，风还在刮，如果等水位自然降低至少还要三四天，不仅5月1日安装就位的计划要落空，而且船队会阻塞航道，影响河道运输。

十万火急！钟兆府有些无奈地拿起电话，向赵宏报告：“赵部长，船过不去，我实在没办法了。”

接到钟兆府的电话，赵宏只说了4个字：“我按时要！”

被逼上梁山的钟兆府立即在附近的金山饭店召开紧急会议，议题就是一个——过，还是不过？怎么过?

一种意见认为：还是停在桥边，等待水位下降再过，保证设备的安全比保证工期更重要。不就是推迟两三天安装嘛，也耽误不了什么大事，但如果设备损坏了，后果不堪设想。

另一种意见认为：停船等待，固然保险。但这一要耽误工期，二要影响航道。

钟兆府心里也在想：等水退，住宾馆，当然又安全又安逸。但是，耽误一天工期，就是上百万的损失。我们搞核工业搞核电是为了图安逸吗?！这次，我还得想办法，过！

想着，他又点燃了一支香烟，看了看时间，已经是深夜12点了。这时，他站了起来，把手一挥，大声说道：“过！给船舱压重，降低高度，就可以安全通过。”这确实需要有一点儿冒险精神，才敢拍这个板。

钟兆府一个电话打出去，正在待命的供应处王厚地科长、汽车队的许歌扬队长，一呼百应，司机们、工人们个个像奔赴战场的士兵。两个小时后，两辆“三菱”从金山南门码头把15吨的环吊大铁块拉了过来。

谁知，到了现场，才知道，雨大路滑，吊车从两边无法接近河中的拖船，这“配重块”送不到拖船上去。无奈，这个方法只好放弃。

接着，钟兆府在金山饭店连夜召开运输协调领导小组第二次紧急会议，决定采用注水压舱方案。

这时，钟兆府再次打通了赵宏的电话："赵部长，我有办法完成任务，但我要先向你报告，因为万一出现差错，我个人负不起这个责任！"赵宏问道："你采取什么办法？"钟兆府大声回答："第一步，注水压船；第二步，用人力拉船。""这个方案，你们研究可行吗？"赵宏接着问。"可行。但有风险！"钟兆府坚定地说。"我同意！但你们要确保万无一失，保证设备的安全，保护人员的安全。"赵宏果断地命令。

有了赵宏的"尚方宝剑"，钟兆府更加有信心了，马上连夜组织实施。首先，他要求打开车上船上所有灯光，对蒸汽发生器再次进行定位加固；其次，在密切监控船体倾斜度的情况下，开始向船舱注水；最后，发动职工到附近农村，挨家挨户找人拉船，准备拉船绳索和工具。

这时，在钟兆府、年洪斌的指挥下，核电站保卫处、消防队火速赶来，迅速向船舱注水，保卫处的梁奎、赵立勇，消防队长张兆国带着消防队员们拼命地忙碌起来。29日凌晨4时，随着150吨江水注入船舱，船体缓缓地沉了下去，终于达到了可以穿越桥洞的高度。但是船体因为"水往低处流"的缘故产生了倾斜，一头高一头低。看到这样的场景，站在桥上的年洪斌跟同事开玩笑说："如果今天这蒸汽发生器翻在了桥下，我们全都不用回去了……"

面对险情，钟兆府果断地要求船老大解除"拖头"——拖船前面的牵引船，采用原始的人力方式拉船穿过桥洞，这样做比柴油发动机产生的震动要小得多。按照钟兆府的安排，100人平均分为两组，河东一组，河西一组，像纤夫一样拉着船走，一点一点地慢慢走。同时，安排几十个人站在船上，一边掌握着船体的平衡，一边为岸上的拉纤者呐喊助威，为安全通过桥洞做好准备。

拖船艰难、缓慢而又平稳地前进着，前进着……2个小时过去了，100人只拉了15米，终于进了桥洞。

这时，只见站在船上的几十条汉子们高高举起了自己的手臂，齐心协力地用手撑着桥洞壁，冒着危险，顺着水势，拼命地往前推着……钟兆府和船老大在桥面上俯身呐喊指挥着：向左，向左……向右！右边顶住……

蒸汽发生器终于整个儿地钻出了桥洞，只花了1分多钟的时间！

这真是漫长又难熬的1分钟！

这真是惊险又惊喜的1分钟！

站在桥上的年洪斌看着蒸汽发生器完好无恙地穿越了桥洞，长长地舒了一口气，轻轻地跟钟兆府说："钟总，今天，我们总算能回家了。"

钟兆府嘿嘿笑了，点燃一支烟，快步走下了金卫桥。

4月29日，早晨6时，钟兆府登上汽车，跟着载着蒸汽发生器的专车，风雨兼程，踏上了返回秦山的路。这天下午4时，蒸汽发生器安全准时地送到了秦山施工现场。

抵达秦山核电站大门时，钟兆府远远地看到赵宏带领公司领导早已整整齐齐地站在门口，迎接他们的凯旋。那一刻，他的眼睛湿润了……

第四章

“武装到牙齿”

13 大会战，在除夕拉开序幕

1988年的春节，赵宏没有回家过年。

除夕，这一天，赵宏是和工人们在秦山核电站的工地上度过的。

赵宏真是一个拼命三郎！身为副部级干部，自己不回家过年，也不让工人们休息，埋怨的声音肯定也是少不了的。

为什么大过年的还干活？是作秀吗？

当然不是。在除夕这一天，秦山核电站决定吊装安全壳通风平台网架（简称“网架”）。这是核电站工程一次关键性的吊装，标志着大会战的序幕悄然拉开。之所以选择这个时间节点起吊网架，是赵宏和公司领导班子以及参建单位二三公司一致确定的，为的是避开工地上人群的围观和新闻记者的采访，以免吊装时分散操作工人的注意力。

这个时候的秦山已经大变样了——核岛即将封顶，一座巨大的、灰白色的圆筒建筑耸立在秦山脚下。旁边的汽轮机厂房的运行平台、行车梁也刚刚完工，还没有来得及建围墙，一根根水泥柱如同大地拥抱天空的手臂，显示着钢筋水泥拔地而起的力量。两台塔吊缓缓旋转着长臂，把钢筋、水泥送进核岛巨大的圆筒肚子里。工地的主要道路已经铺设了水泥路面，但还有一些施工现场裸露着黄土地的胸膛。马达声轰鸣、起重指挥的哨音脆亮、卷扬机哗哗地吵闹着，汇成一首核电建设的大合唱。工地上，最醒目的还是那一块红底白字的标语——“质量是秦山核电站的生命”。

秦山核电站工程项目划分为55个子项，其中除常规岛和海堤工程外，核岛及所有公用安装工程共计40多个子项均由二三公司承担。其中最为重要的是反应堆厂房，即核岛，它是整座核电站的核心。核岛不仅设备数量多、重量大，高温、高压的设备和管道多，而且主体各部件的同心度、精密度要求高。此外，它还有大量的自控系统和各种电缆，复杂的电气仪表和电控设备对密集度、精密度等要求极高，同时对施工环境的清洁度和防护安全度要求也很高。更为重要的是，核反应堆运行时处于强放射、强腐蚀以及高温、高压状态，不易检修，一旦发生事故，对人和环境造成的伤害是难以估量的。怎样才能确保核电站万无一失？

核电建设无小事。关纪群回忆说："我和决策层提出了一个'永远的保质期'的概念，就是说秦山核电站不能出一点事故，也不能留一点隐患，要永远确保质量。我们要做核能造福人类的开拓者，不做贻害后代的罪人。二三公司采取的质量保障措施是'武装到牙齿'。工地上最醒目的标语是'质量是秦山核电站的生命'，质量教育更是每逢大会小会必讲。思想认识到位了还不够，制度上的保障更是一环紧套一环，环环没有松懈。公司要求秦山工地上的每项工作都要有记录，无论出现什么问题，都要能找到当时的操作人员。技术人员在工程交底时要详细讲解质量要求，工人施工要按照要求自检、互检、小组检，工地上还有人专检，专业的质量检查人员就有近200人。"

如何"武装到牙齿"，又如何保证"永远的保质期"？

材料供应是质量的第一道关口。为了把好材料供应关，二三公司建立了严格的材料保证体系，为材料供应部门配备了质保工程师、质检员和材料档案管理员。采购材料时对合格的供应商也要精挑细选，由材料、技术、质量三个部门共同严格审查。在审查中不看企业名气，不看材料品牌，连钢铁行业老大哥鞍钢提供的材料也不能免检。在材料检验时，供应商仅仅提供合格证是不行的，工地上的化验室还要取样化验，复检合格后方能入库。对于入库的每一批材料，都要进行编号，以备必要时检查、追查。

一家经过层层质检终于拿到合格证的供应商，高兴之余给工地的领导送来了一些肉脯，关纪群二话没说，就给退了回去，还让人转告对方："他要想干就别搞这一套！"他还给公司领导班子成员立下一条规矩：供应商请吃饭，一顿也不能吃。甚至当地老乡给工地送来了一些花生，关纪群依然照章办事，全部送回去。即使是当时的核工业部领导来工地，也只能在工地食堂花粮票吃饭，坚决不搞迎来送往那一套！有人说："老关，你的这些要求有些苛刻了。"关纪群笑着说："我提出'永远的保质期'，不是说给别人听的，它也不仅仅是一个概念。"正是因为有这样一个廉洁自律的领导集体，有一支纪律严明的施工队伍，才为秦山核电站建起了坚不可摧的质量堡垒。

寒冬腊月，岁尾年头，大会战开始了！

北风凛冽，天还没有大亮，地面上结着一层坚硬的冰。天气寒冷，有零下两至三摄氏度的样子，嗖嗖的海风从杭州湾吹过来，像小刀子一样。看样子又要下雪了，这对吊装可是一个考验。要知道，这样的天气，对起吊像网架这样的大体积设备是很危险的。如果吊在半空中的网架正好被风兜住了，就变成了一片"帆"，拽倒塔吊都是有可能的。

接到吊装任务通知后，负责吊装施

工的二三公司第三安装公司（简称“三公司”）总工程师王中勤吃也吃不香、睡也睡不踏实，因为他要在吊装方案上签字，为整个方案负责。他早早地赶到施工现场，看到二三公司总工程师陈培田也来了，他们就蹲在网架前，仔细检查一个个连接点。两位“老安装”头戴安全帽，脚穿毛皮鞋。陈培田蓝色棉袄外面还扎了一根牛皮带，威武得像个战场上的将军。大战在即，两人默契地不多说一句废话。

早晨6时，工人们都进了场。参加吊装的机装队50多名工人在队长李正国的带领下，忙忙碌碌地做准备。网架像只巨大的网球拍，被拆成一块块，然后再一块块地被吊到核岛顶部，再进行拼装。

赵宏也来了，他站在核岛前，上上下下左左右右观察了一遍，好像突然想起了什么似的，对关纪群说：“在核岛顶部50米的高空作业，尽量调单身工人上去。正是年关，有老婆孩子的，难免想着办年货什么的，万一分心，失手从高空摔下来，那不砸了锅？”赵宏是“老基建”，心总是这么细。

9时整，北风也突然停了。大家一阵狂喜，都说：“好机会！真天助我也！此时不干，更待何时？”

“起吊！”说干就干，随着赵宏的一声令下，网架缓缓升空。

这时候，老天爷突然翻了脸，下雪了，纷纷扬扬的，越下越大，漫天飞舞。幸好，虽然雪很大，但是风很小，不太影响吊装，工地上忙碌依旧——哨音阵阵，红旗飘飘，雪花纷纷，一派战天斗地的壮观画面映入眼帘。

冷的天，热的血。50多米的高空，核岛顶部的工人们手、脚都冻僵了，但他们顾不上与老天爷计较了，当然也没有诗人的浪漫，那都是别人眼中的风景。

就这样，11时左右，第一片网架终于安全就位。网架吊装成功了，大家手舞足蹈，高兴得忘了劳累和严寒。午饭后，他们又对第一片网架进行了加固、拼装。

除夕是团圆之夜。工地食堂为奋战一线的工人举行会餐。五湖四海，天南海北，团聚在秦山。赵宏酒斟满杯，举杯祝福，大家额手称庆。看到工人们朴素的笑脸，赵宏内心多了一丝欣慰，也有一丝内疚。

正月初二，网架吊装准备继续进行。可是，雪下得很大，秦山工地上银装素裹，白皑皑一片。

一大早，李正国来到搁在地面上的网架前，他发现积雪足足有10厘米厚。副队长陆来忠也很担心，他和李正国商量：“是否需要暂时停吊？新春佳节，出个意外事故，可不吉利呀。”商量来商量去，最后还是下定决心接着干，工期不等人呐！再说，现在正是数九寒天，雪哪有消停的时候。干吧！小心点就是了。鼓足干劲，干他个酣畅淋漓，来一个开门红。

说干就干，工人们一个个在蓝布棉袄外面拦腰拴上了一根绳子，抵御风雪钻入棉袄里面，看上去都像石油工人的榜样王进喜。热火朝天地干，身上都热出了一身汗。就这样，第二片网架，在红旗下，在哨音中，在雪花里，又安全就位了……

网架吊装完成后，接下来就是吊装安全壳穹顶。

在核电站建设所有的吊装项目中，穹顶吊装是难度最大的，绝对是一门技术加艺术的活。为什么，因为安全壳穹顶像一只倒覆的“大镬”，要罩住核反应堆顶部。这只倒覆的“大镬”高达9米，直径为36米，重144吨，要凌空吊上55米高度，相当于20层楼，你说难不难？更何况，那时秦山工地上使用的塔吊是核工业四七一厂生产的，叫“三个100”——即能吊起100吨、回转半径100米、起重高度100米。显然，“三个100”载荷不够，根本吊不了。

吊装安全壳穹顶的任务，是由机装队起重工程师陈廷祥负责预案设计并指导吊装完成的。陈廷祥是四川绵阳人，初中毕业参军入伍，当过空降兵，退伍后经推荐上了大学，学习机械。早在1983年，秦山核电站筹建之初，陈廷祥有机会到法国、日本参观过核电站，尽管都是一般性的介绍，但也拿到了一些广告照片，对他来讲如获至宝，有事无事就对着这些照片一遍一遍地看，一遍一遍地琢磨。在法国，他看过法马通公司的穹顶吊装，是把“大镬”对剖开的，半片半片地吊装，送上核岛顶部后再拼装完成，但左右两片中间的缝隙大得可以钻进脑袋。吊装过程中，安全壳穹顶也变形了。日本核电站的穹顶吊装，则是把“大镬”拆散成一小片一小片，吊到反应堆顶部后，再搭支架进行拼装。

现在，秦山核电站的穹顶吊装该怎么个吊法呢？是学法国，还是学日本？学日本，要在核岛顶部搭建支架，吊装完成要拆支架，太繁琐。学法国，穹顶容易变形，还露有缝隙。当年韩国的核电站就是采用法马通的方式吊装，结果穹顶变形得厉害，无法就位，只好又请法国人来处理。法国人告诉韩国人：得放下，重新处理，先付款30万美元。

的确，穹顶吊装，最怕的就是两件事，一是变形，二是就位不准。陈廷祥、王中勤和关纪群他们商量来商量去，一时也拿不定主意。有一天，陈廷祥忽然灵机一动：咱们既不学法国人那么对剖，也不学日本人那么零拼，咱们来它个水平一刀，把“大镬”切成上下两半——上部顶盖像电饭煲的盖子，重72.5吨；下部是只巨大的项圈，重71.5吨。

真是奇思妙想啊！这水平一刀切得好！在审查穹顶吊装方案的会议上，来自核工业部、国防九院、上海核工院等部门的60多名技术专家，来了一场华山论剑。在会上，陈廷祥和专家们你问我答，你来我往，整整开了三天。陈廷祥舌战群雄，方案终于通过。神经始终处于高度亢奋、紧张状态的陈廷祥失眠了，老是觉得两耳嗡嗡作响，牙松动了，牙根痛了，牙龈萎缩了，后来这个才30出头的人，两颗大牙、三颗门牙、三颗臼齿，陆续都被拔掉。

距离吊装时间只有四天时间了，反应堆上还有五六块钢条要上，还有四五百块木板要铺。这时，赵宏来了，笑着问道：“只有四天时间了，你们能完成准备工作吗？你们二三公司有不怕吃苦的传统，从未被工程吓倒过呀！”

机装队、起重队一商量，地面、穹顶、安全壳顶，三处同时展开，准备工作提前一天完成了。

1988年3月18日，是吊装安全壳穹顶的日子。天公作美，风和日丽。

一大早，秦山山腰的公路上，站满了前来围观的群众和各路新闻记者。照相机、摄像机都齐刷刷地对准核岛，只等一声令下，便开始记录历史性的时刻。

瞧！施工现场，机装队的师傅们在反

应堆前忙上忙下。吊装指挥长唐发玉、彭佑铭肩披鲜红镶黄条绸带，手执指挥小红旗，镇定地立在塔吊前。

瞧！赵宏来了！刘述英来了！二三公司经理关纪群、党委书记刘海升和副经理周成雪、陈培田、王中勤，也全来了。他们穿戴整齐，一样的安全帽，一样的工作服，一样的翻毛皮鞋。

9时整，指挥若定的赵宏，对周成雪下达了吊装命令:“开始吧！”

周成雪得令后，当即用电喇叭发出命令:“起吊！”

站在指挥起吊位置的指挥长唐发玉吹响了哨声，指挥旗舞得刚劲有力。吊车司机闻令后，当即按动电钮，只见拼装台上的安全壳穹顶稳稳地离地升起。

此时此刻，所有人的心都被这空中的庞然大物给揪住了，近千双眼睛不约而同地注视着这个“项圈”，现场一下子变得格外安静，只听得见塔吊电机的隆隆声和自己的呼吸。白云在蓝天飘过，红色的“项圈”在继续上升，鲜艳亮丽，5米，10米，20米……55米，没有出现异常现象。于是，指挥长唐发玉发令“停车”……仅用40分钟就一次吊装成功，工地上掌声雷动，欢呼声响起，如大海的波浪，此起彼伏……

4月24日，采用同样方法将上半部“顶盖”吊装就位，与下半部“项圈”相吻合，成功实现安全壳封顶。

一转眼，夏天就到了。

7月17日12时50分，秦山工地上热浪袭人，工人们都在宿舍午睡。突然，“轰隆”一声巨响，惊动了整个工地。

半梦半醒中，工人们都意识到：出事故了！于是，纷纷从宿舍冲出，顶着烈日和热浪，朝工地奔去。大家到了出事地点一看，顿时都惊呆了，只见百吨大塔吊的吊臂坠落在地上，像一个断臂的巨人。

再过一个月，核岛里的重要设备压力容器就要开始吊装了。前期，核岛内首先需要为之安装大小构件，光是18米平台就还有100多吨材料没有进入核岛。塔吊瘫痪了，等于断了秦山工程的“手臂”。

事故一出，每个人的心都像灌了铅一样沉重。

“砸锅了！”出了这么大的机械事故，进度赶不上，奖金也黄了，还要受处分。队长、书记都写好了请求处分的报告。可是，奖金没有了也好，请求处分也罢，都解决不了要在8月31日前起吊压力容器这个严峻的任务啊！

关于这场塔吊事故和后续的抢修工作，二三公司三公司《工地简报》有过翔实的记录：

战幕拉开以后，正当18米平台上，275吨吊车组装干得热火朝天之时，一场意外的事故发生了。7月17日，现场百吨塔吊于中午1时许，塔吊臂因故自行坠落。这意外打击给我们造成了极大的被动。公司当晚召开了紧急会议，当即决定组成三路人马，一路调查事故原因，一路外出求援，一路准备抢修百吨塔吊。当外出求援无望时，只好组织精兵强将进行抢修。为了把损失降低到最低程度，我队又将人力组成抢建、抢修两路人马。抢建由张登勇班、唐发玉班、焦锡成班担任；抢修由起重谭定银班、朱必义班，钳工李乐贵班，铆工刘同林班，另有电气队一个班承担。担任抢建任务的班组做到歇机不歇人，人拉肩扛，有时哪怕是最原始的操作方法，只要是能赢得时间，再累也心甘情愿。18米平台3号至4号立柱间4根角铁支撑，每根重十几吨，就由唐发玉班在退休老工人杨烈享同志的指导下，从燃料贮存厂房2号楼顶，用人工滚杠移位的方法，分解移至50吨吊车伸臂处，运往18米平台底部……一天下来，浑身上下沾满油泥。油泥最多的要数谭定银同志，为了抢时间连洗工作服的时间都没有。谭定银同志说：“一天干下来，浑身像散了架，哪还顾得上洗衣服，上床就睡着了，明天还要拼呢！”

事故调查第二天就有了结果，“罪魁祸首”谁也不会想到是太阳——塔吊是因为烈日的曝晒发生了热变形，致使刹车松开，吊臂上的承重钢丝失去了作用，吊臂自行坠毁。都是太阳惹的祸！钢铁都被毒日头烫软了，可见当时作业环境之恶劣、工人之苦。接着，寻求外援的人马回来报告，浙江省周边的工地，没有百吨的塔吊可以借用。结果只剩下最后一条路——抢修大塔吊。于是，赵宏果断地命令机装队副队长陆来忠，负责带人抢修大塔吊。

关于抢修大塔吊的情景，陆来忠后来接受采访时回忆说：“那段日子连续高温，37摄氏度、38摄氏度、39摄氏度……公司已开始上半天班了，可是我们每天从早上6时干起，一直干到晚上9时。中饭、晚饭都在现场吃，全在毒太阳下晒啊……我们只有一个想法：一定要完成上级交给的任务！58岁的杨烈享，爬在塔吊铁骨架上，在70米的高空，挥动12磅的大锤，打废销子。工人们的工作服上，油呀，汗呀，最后都变成了一层层的污渍。一件工作服，足足有五六斤重。我们得爬上高空，把塔吊一节节往下拆。从塔吊上取下钢丝绳最危险，又滑又沉，一不小心，把人连带摔下来。公司的领导把冷饮、凉水都送到塔吊前，不让我们蛮干，怕我们现场中暑啊！我们在烈日之下，挥动12磅大锤打啊，钻进塔吊拆啊……干到后来，有的人嗓子哑得发不出一点声音。到了8月30日，参加塔吊抢修的同志，个个掉了十多斤肉，瘦了一大圈，掉了一层皮！”

工人们就这样没日没夜通宵达旦地干，饿了渴了，吃一点点心，喝一点水；困了，就在水泥地上铺一张报纸或者一件雨衣睡下。蚊子咬了，根本顾不上打了，就让它喝饱吃足吧！终于，抢修大塔吊和抢建18米平台的工程同时完工。最后，公司没有处分他们，谁还忍心处分呢？只是各自在几个队领导的500元承包奖中扣除了300元。

百吨塔吊修复了，秦山工程的“手臂”又伸展开了。

8月31日上午，压力容器吊装按计划进行。压力容器是核燃料组件的“保护伞”和“防护衣”，是核反应堆的第二层保护壳，也是核电站防止放射性物质泄漏的重要屏障。这个“笨重”的家伙高10米，壁厚20厘米，重216吨，是只圆顶厚壁的大铁筒，它的底部共有30根通量管，裸露在表面，是用来吸收放射性中子的，极其“娇”又极其“贵”，经不起一丝一毫的碰磕。它的吊装成功与否直接关系到秦山核电站能否按期并网发电。

瞧！姜圣阶亲自来了！赵宏带着秦山核电站的领导班子，关纪群带着陈培田、张木森等，都来到了现场。中央电视台、浙江电视台、上海电视台等7家电视台和报社的30多名记者也来到了现场，见证这难忘的时刻。

上午9时，赵宏发出命令：“开始。”

紧接着，周成雪发出指令：“起吊！”

吊装指挥长杨烈享、副指挥长唐发玉同时吹响口哨。吊车司机闻令后，当即按下电钮，在新闻媒体的见证下，275吨龙门起重机吊钩将压力容器连同运输托架一起垂直提升到一定高度，水平运移到18米平台的轨道平板车上，经过设备闸门进入反应堆厂房，再由环吊准确地放置在专设的“V”型翻转架上。

成功了！压力容器又是一次性吊装成功！

顿时，工地上响起热烈的掌声……

压力容器吊装完成，标志着秦山核电站进入全面安装阶段。

14 常规岛不“常规”

“说白了，核电站就好像是烧开水。”走进秦山核电站常规岛参观时，时任秦山核电党群工作处处长卫毓卿和现场一位年轻的小伙异口同声地跟笔者说的这第一句话，让我大吃一惊。怎么可能呢?!

核电站作为高科技的现代化工业，都是“核”级设备、“核”级技术、“核”级人才和“核”级管理，怎么就变成了好像“烧开水”了？如此神秘甚至让人心生“敬畏”的核电站，让他们说得如此云淡风轻、若无其事。这简直是开玩笑吧？

当我走进常规岛，看到巨大的汽轮发电机时，我终于明白了“烧开水”的含义。简单地说，核电厂由核岛和常规岛、电厂辅助设施（BOP）等部分组成。反应堆就相当于一个烧开水的锅炉，汽轮发电机就是利用反应堆所产生的热能来发电的动力设施。在反应堆内的核燃料通过可控的链式反应，持续产生热能，然后将流经一回路的压力达15兆帕（即150个大气压）高压的水加热到310摄氏度左右，再通过蒸汽发生器将热量传递给二回路的水，生成5至6兆帕（265至275摄氏度）的蒸汽，推动汽轮发电机发电。通俗地把它说成是“烧开水”，倒也挺形象。

秦山核电站核岛建造安装的故事也基本讲完了，现在，还要讲一讲常规岛设备安装的故事。

常规岛的设备安装，最难的是汽轮机的安装。为啥？因为，这种将蒸汽转变成动能的奇妙机器，在它工作时，几十吨重的转子以每分钟3000转的速度高速旋转，其垂直方向的振动，却不允许超过20微米，即一根普通头发丝直径的四分之一。

此前，核工业部系统还没有安装过功率达30万千瓦的大型汽轮机组。在国内，安装汽轮机的专业队伍主要在水电部。

赵宏立即向水电部求援。他亲自登门，找到副部长姚振炎。

一见面，赵宏就开门见山地说："老姚啊，这次你们水电部一定得帮帮我呀！"随后，赵宏对姚振炎说了自己的想法——在水电部物色一支专业队伍，承担秦山核电站常规岛部分的安装任务。

姚振炎一听，顿时来了精神，一口答应了。他告诉赵宏，就在秦山核电站不远的北仑港，有一支技术十分过硬的火电安装队伍——浙江省火电建设公司（简称"浙江火电"）。因核电站常规岛的大部分安装与火电厂完全一样，因此这份工作他们肯定可以胜任。

赵宏将信将疑。姚振炎马上拿起长途电话，直拨浙江省电力局副局长丁有德。就这样，经姚振炎牵线搭桥，赵宏与浙江火电联系上了。

回到核工业部，赵宏向蒋心雄汇报，决定派时任五公司经理张世贵前往北仑进行接洽，真实目的是想实地考察一下，看看浙江火电到底有没有安装常规岛设备的能力。

到了北仑港，接待张世贵的是浙江火电副总工程师、老资格的火电安装工程技术专家程德元。随后，他又参观了镇海发电厂，了解到浙江火电1985年、1986年连续两年被水电部授予"火电功臣"称号，已经成功安装了70多台汽轮机组，被水电部部长钱正英称赞为"一支年轻的、有希望的队伍"。

回到北京，张世贵向蒋心雄和赵宏作了报告，相信浙江火电具备安装秦山核电站常规岛的技术能力。

随后，水电部请丁有德和浙江火电经理王仲炎正式来京洽谈。洽谈中，水电部核电局领导郑重其事地向王仲炎阐明了秦山核电站常规岛不同于火电站的地方。他说："常规岛并不常规啊！常规岛的任何事故都将影响核反应堆的正常运行。30万千瓦核电机组，由于热力参数低、蒸汽量大，其设备等级实际上相当火电60万千瓦的机组。而且，需要安装的汽轮机，有巨大的汽水分离再热器，有许多要求很高的快速动作阀门，管道直径大，管壁厚，安装工作量甚至大于60万千瓦机组。而且，从目前进度来看，常规岛的安装工程任务重、工期紧、技术难，而且它的成败直接关系到我国未来核电事业的士气，也直接影响到我国核电事业全局。"

听完介绍后，王仲炎犹豫了一下。最后，他爽快地答应了。

浙江火电自此成为中国第一支登上中国核电舞台的火电建设队伍。后来，王仲炎回忆当初的犹豫时说："承接秦山核电站常规岛工程，对浙江火电不是没有困难，而是困难很多。我们公司当时已承建台州、镇海、北仑三大工程，再要增加一个秦山，无论在施工技术、劳力方面，压力都很大。况且，干部、工人的思想也不统一。许多人从未接触过核电设备，对'核'抱着深深的疑虑和恐惧。从来都是搞火电，现在搞核电。质量要求高，施工难度大，工期紧，工程效益少，可是，责任极重。秦山核电站可是个'通天'的工程啊，动辄'惊天动地'，搞这样的工程，谁的心不'悬着'？"

1987年6月，浙江火电派出一支生气勃勃的队伍，正式进驻秦山工地。负责带队的是公司党委书记柯毓柱、工程师朱光伟和程德元、工地副主任黄祖荣。

那时秦山核电站的常规岛厂房还没盖顶，墙也没砌。水泥柱和几层运行台面，就像一个露天的大舞台。安装队的汽车把人员、工具箱、常用资料、生活用具送到秦山工地，一时找不到卸货的吊车。于是，大家搭跳板，用肩扛，用手抬。朱光伟去找了辆铲车，先装轮子，上好油，开到仓库卸货斜岛上，利用铲车卸货。

生活条件就更艰苦了。总务科派来的食堂大师傅跟队伍进了场，可是食堂还没搭好，“失业”了。于是，大家就临时用几只汽油桶改成灶头，没有柴草，就用工地上现存的煤球。煤球的火太猛，煮出来的面条都成了一坨坨的面疙瘩。没办法，柯毓柱他们临时决定，先在二三公司食堂里搭伙。可是，人家二三公司的人都是“川军”，无辣不欢。比如，麻婆豆腐，就是二三公司食堂川菜的代表作。大家搭伙吃第一顿饭时，哎哟，辣得朱光伟和首批进场的100名浙江子弟“嗞嗞哈哈”、鼻涕眼泪一齐流。

常规岛的安装是从1987年下半年开始的。工期两年，1989年内必须完成。

汽轮机安装，技术要求特别高。

秦山核电站核电机组属于中温中压机组。浙江火电也是第一次装这种中温中压的大型汽轮机机组。热机处汽轮机本体班班长姚坤权说：“该机组技术是美国进口的，设备是国内制造的，这里面，常常有些地方连不起来，出一些不大不小的岔子。”因为机组技术是引进美国西屋公司的。按美国西屋公司规定，洼窝找正，拉钢丝，用千分表校正。可是，姚坤权他们觉得美国人的方法太繁琐，倒来倒去，不容易找正。于是，他们采取压铅丝法，把保险丝剪成短短的几截，填在夹板洼窝底部，用力一压，然后一道道测量，用这种方法，就简单得多了，而且准确率更高。

除了技术软件和输油系统是从美国进口的外，秦山核电站的汽轮机其他部件，像高压缸是韩国进口的，凝汽器钛管、钛板是日本进口的，主蒸汽管是联邦德国和美国进口的，其余部分都是国产的，“中西结合”，安装起来，有几个部分就非常棘手。

凝汽器的安装就让热机处工程师徐百顺他们大伤脑筋。凝汽器的作用是把在汽轮机里做过功的蒸汽冷凝成水，再通过给水泵把冷凝水返回蒸汽发生器二次侧。这家伙真大，有4层楼那么高，底面积有100平方米。装配凝汽器是在厂房外进行的，热机处副主任邹基力带领班长何岳、技术员张宝元等先搭起龙门吊，再进行安装。谁知，凝汽器整体装配好以后，却拖不进厂房去。大家七嘴八舌，有的说，把地梁打了；有的说，早知道这样，应该拉到厂房里面安装；有的说，应该安装好主要部件以后，再把它拖进厂房里接管道、装阀门。

怎么办？现场太狭窄，又没有吊车，根本行不通。徐百顺急得老毛病又犯了，不得不回家休息了几天。程德元的电话就跟过来了，隔天催他一次，那声音把话筒震得嗡嗡直响：“方案！我要你拿出凝汽器的吊装方案！”弄得徐百顺在家烧饭也想着如何把凝汽器吊进去。几天后，徐百顺回到秦山工地，他们把凝汽器下部连接，上部松开，总算吊进去了。凝汽器吊进去以后，钛管全部现场拼装。3.5万根管子，工作量相当大，两头要胀管，要焊接。7万只焊口，透水试验，没有一只漏水。这技术真是杠杠的。

常规岛，确实不常规！

犹记得苏联的切尔诺贝利核电站，就是因为在常规岛汽轮机做甩负荷试验时，工作人员操作失误，引起了核岛重大事故。所以，常规岛与核岛一样，质量要求特别高，容不得半点马虎。因此，秦山核电站在全国首次推行了从美国引入的质量保证法，严格流程管理。比如：一台设备安装好后，必须由秦山核电公司质检处、浙江火电公司质保处、该项目安装人员三方现场会同，根据资料和安装记录进行验收，签字。质保办公室主任、高级工程师张金灿说："没有办法，我们质检部门这'恶人'不得不做。因为我们是在造核电站，要为子孙后代负责啊！"

1987年阴历腊月二十八这一天，王仲炎找到准备回杭州过年的黄祖荣，要他立即带人返回秦山工地，返修循环水管。为啥呢？原来，黄祖荣他们在安装循环水管时，是按常规电厂的要求施工的。就在一天前，秦山核电公司质检处发现了隐患，要按照国家核级要求施工，为防止海水腐蚀，核电站循环水管的焊缝需要再烧一道焊层。

水管返工，本来不是什么难事儿，可是这大过年的，工人都已放假回家了，谁还有心思返回工地来干活呢？黄祖荣笑嘻嘻地对王仲炎说："王总，过年后再干吧？"

"不！今天就给我回来！"王仲炎说，"我知道，我现在找你，有点不近人情。但是，为下这个决心，我也想了好久。没办法，常规岛安装是有严格工期的。"

听王仲炎较真了，黄祖荣跟他急了："电焊工已回萧山过年去了！"

"回萧山过年了，也得把他们给我叫回来！"王仲炎也急了，提高嗓门说，"难道你不明白，秦山核电站的施工，是我们公司质量上一个台阶的一面镜子吗?！"

听王仲炎这么一说，黄祖荣不好再说什么了。于是，他立即联系质检处吕林根，钳工李国强，焊工来晓鹊、许尚华、朱建国、于建明、张锦明等人，请公司专门派了一辆大客车把他们从萧山接回了秦山工地。他们烧完一道缝又一道缝，一口气干到了除夕夜。干完后，大客车又把他们一个个送回老家过年。他们虽然一个个又脏又累，但一想到能过一个安稳年，心也就踏实了。

安装高压开关站气体绝缘开关设备（GIS），是由高压班长潘国良带队完成的。GIS的全套设备都由日本进口，没有一件备品。当时，潘国良带了7个技工、4个学徒工，突击施工。负责指导安装的，是一位日本技师，名叫板口敏野。这个日本人很负责，自尊心也很强。

有一次，潘国良他们做设备的耐压试验，可压力就是上不去。他和负责电气安装的高级工程师吕子兴都怀疑："会不会是设备的原因？"板口敏野听了很不高兴，脸立即沉下来，说："不可能！我们的产品绝对可信！"吕子兴相信自己的判断，坚定地说："肯定是设备的原因！"结果打开设备检查，一看果然是里面一只螺栓松了。板口敏野当即就"唔"了一声，不再说什么。

板口敏野心有成见，一直认为中国工人干活松懈，不负责任。但自从在秦山工地看到潘国良他们不怕苦、不怕累的那股生龙活虎的干劲，就改变了认知，心生佩服。

有一次，潘国良钻进母线筒清洗、接线，额上像黄豆般大的汗珠一粒粒滚落，把工作服都湿透了。站在一旁的板口敏野用温度计测量现场温度：42℃！他不由得竖起大拇指说：“你们真厉害！中国人能干！”

施工过程中，板口敏野要求极其严格，反复交代，设备里头哪怕一根头发丝掉下去，都要破坏绝缘，要做到绝对的清洁。在一次清理时，有个工人怀疑设备里面掉进了一片小纸屑。当时，设备已经封固，螺栓也已全部拧紧。板口敏野听说后，果断地说：“打开，重新检查！有也好，没也好，再检查一遍！”大家都表示同意。重新打开设备后，潘国良用吸尘器仔仔细细地打扫设备的角角落落，结果并没有发现任何小纸屑。然而，板口敏野非常高兴地说：“你们能向我说出你们的怀疑，这太好了！你们有责任心！”

经过磨合，时间长了，熟悉了，也有了感情，板口敏野对潘国良他们说：“我对你们要求严格，也是没办法。我跟你们每个人的角色是一样的。我出来，也有担子。出个事故的话，我的老板就会辞退我。”

临回国前，板口敏野诚心诚意地对潘国良说：“来中国前，听说中国人是很爱扯皮的。相处到现在，我完全认识到这是误会，你们干活很卖力，责任心很强。中国工人很棒！”

15 从“KNOW-HOW”到“KNOW-WHY”

在国际科技工业界有一个术语叫“KNOW-HOW”。意思是说，知道怎样干。

在秦山核电基地采访，听到了这样一个故事：有一个亚洲国家，早就有了核电站，而且数量还不止一座，都是耗费巨资从西方国家买回去的。他们几乎不用出什么力气，几座核电站就矗立在他们的国土上了。他们派人到西方生产国去学习操纵，西方制造商告诉他们：要发电，按那个按钮就可以了；要停止，按那个按钮就可以了。然而，有几个好学之士就想进一步了解情况，想“KNOW-WHY”（知道为什么这样干）。对不起，西方制造商客客气气又干干脆脆地告诉他们：无可奉告。这样一句典型的外交辞令，导致这个亚洲国家的核电站管理者，面对这几座漂亮的厂房，只能处在“知其然，不知其所以然”的状态中。

但这样的状态，无疑不符合秦山核电站设计建造的初衷。而且西方国家出于自己的考量，对中国独立自主建造核电站的消息高度关注。1982年，上海核工院的一位高级工程师被公派到美国一家专门搞核电设计的EBASCO公司学习。在那里，美国同事真诚地对他说：新中国成立才30多年，就能搞自己的核电站，不容易。他在美国学习的时间不长，却6次在美国的报纸上看到秦山核电站建设进展情况的报道。尽管秦山核电站只有30万千瓦，比西方建造的100万千瓦的小得多，但在美国人看来，这是中国人自己建造的。也就是说，中国人已经“KNOW-HOW”。

其实，对中国人来说，仅仅“KNOW-HOW”还是不够的。也有人提问：如果我们引进了国外技术，知道了它的诀窍，是否还需要自己的研究和开发工作呢？欧阳予认为，仍然是十分需要的，只是工作方法上会有所不同。国外把技术诀窍称之为“KNOW-HOW”，但“KNOW-HOW”不等于“KNOW-WHY”，即知其然并不一定知其所以然，这样并不是真正的掌握。所以，即使引进外国先进技术，也应在吸收和学会使用它的基础上，进行研究，寻根问底，消化吸收，摸清来龙去脉，这样才有技术上的主动权，日后再往前推进，才能有所创新。

因此，如果你不仅“KNOW-HOW”，而且“KNOW-WHY”，在跟人家谈判交往、做生意的时候，腰板就硬了，底气就足了，就有了讨价还价的资本。要不然，你只能狠狠地挨宰。美国专门制造核电设备的西屋公司，有一位权威的美籍华人专家来到上海看了中国主泵轴密封试验台架，知道了中国人具备了核电设备生产的实力。回到美国后，就跟西屋公司的领导层说：中国人脚踏实地，一项一项干得很有成就；我们再不抓紧跟中国人做生意，说不定哪个时候，中国人就不要我们的东西了。

核电站反应堆一回路主管道是直径840毫米、壁厚72.5毫米的耐高温高压不锈钢管道，它的焊接是核电站工程建造的关键工艺技术。因为连接主泵的主管道有16个焊口，是核级设备，安装与焊接有一套严格的操作和管理程序，包括人员培训、焊接程序、无损检测等。本来，日本三菱重工答应以10万美元向中方转让技术。赵宏也同意购买这一套焊接程序，就专门赴日本讨论相关问题。谈判过程比较顺利，三菱重工同意了，日本通产省也通过了，但是到了日本外务省，却不予批准，说是如果要卖给中国，就必须附加一个政治条件。即：今后凡是在中国国内建造的核设施都要由日本方面派人来检查和监督。

岂有此理！赵宏一听，拍案而起，大声怒斥：“你们日本人建核电站要让我们中国人监督吗？”

这是主权问题，绝对不能让步！赵宏转身离开了谈判桌，狠狠地撂下了一句话：“回去。不谈了！我们自力更生，依靠自己的力量一定可以焊接好主管道。”

回国后，赵宏和欧阳予商量，拿出钱来在秦山工地现场建立主管道焊接攻关实验室，邀请著名焊接专家、清华大学教授潘际銮做顾问，协同攻关。欧阳予带领王相礼、吕华祥等人成立了攻关小组，从组建焊接攻关实验室开始，主持制订了技术攻关方案和要求，并对关键工艺作出决策，同时挑选了优秀焊工进行实物试验和技术培训，根据试验和取得的大量检测数据，终于摸清并掌握了主管道焊接的技术诀窍。中国人自己完成的主管道焊接质量完全符合标准，得到了国际原子能机构安全评审专家的赞赏。

核电站建设是一个综合的整体工程，设计要符合国际原子能机构的安全设计标准，同时也要满足核安全标准，符合法规要求。反应堆的燃料元件研制工艺复杂，保密程度和技术安全要求特别高，真正能够制作燃料组件的国家并不多。我国自行研发的燃料组件，在金属研究专家张沛霖院士的指导下，由上海核工院设计、四川宜宾核工业八一二厂完成了研制工作。

那时候，张沛霖已经70多岁了，腿脚不便，艰难地往返于东北和四川之间，给核工业人留下了深刻印象。多少年以后，赵宏深有感慨地回忆说：“燃料组件的研制，不仅解决了秦山地区的核电站组件问题，同时还解决了从法国进口的大亚湾、岭澳核电站的组件问题。田湾用的是俄罗斯的技术，但是我们也解决了它的组件问题，如果没有秦山的这种探索和尝试，我们就不可能设计出适合法国、加拿大和俄罗斯堆型的燃料组件。”

阻尼器，又叫减震器，是核电站的关键设备之一。经过衡量，秦山核电站的阻尼器选择在美国订购。经过友好谈判，很快就与美国企业签订合同。一手交钱，一手交货。按照合同，中方在支付货款后，美方厂家也将阻尼器打包发货。可是，到了美国海关，货物却被扣留了。咋回事啊？一问，理由只有一条——这是敏感设备，美国政府不允许出口到中国。

秦山核电站采购人员马上找到供货公司，人家双肩一耸、两手一摊，摇摇头，无奈地说：这不是我们的问题，政府卡了，我们也没办法。

在关键技术和设备上的“卡脖子”，秦山核电站经历得太多了。得知情况后，赵宏一点也不生气，那咋办啊！只有自力更生嘛！他把欧阳予找来，两人一起商量对策，决定自己干。随后，技术人员开始加班加点查找资料，仔细研究论证、试验，很快就将阻尼器的设计图纸拿出来了，在国内制造出了完全合格的产品。

1989年，是秦山核电站主、辅设备制造验收和现场设备系统安装关键的一年。秦山核电站绝大部分重要核设备，都是中国国内自主研发制造的。

核电工程是一个集体项目，是动用国家力量和集中优势办大事的生动案例。秦山核电站的200多个系统中，有大小设备3万多台（件），涉及设备制造厂商580多家。特别是核电站的主要核级专用设备，安全性能要求高，制造难度大。全国有关工厂和科研单位攻克了许多难关，严格执行质量保证大纲，按质按期为秦山核电站提供优良合格的产品。上海第一机床厂首先提前生产出精度要求较高的堆内构件。上海锅炉厂保质制成两台蒸汽发生器和一台稳压器。上海汽轮机厂生产出30万千瓦饱和蒸汽汽轮机组。上海电站辅机厂生产了海水冷却的凝汽器。上海电机厂提供了30万千瓦双水内冷发电机组。上海先锋电机厂生产出37台磁力提升式控制棒驱动机构。上海水泵厂为核电站提供三种核Ⅱ级泵。上海起重运输机械厂生产出第一台核燃料装卸机。上海四大阀门厂和苏州阀门厂提供了大量各种规格的核级阀门。上海重型机器厂、上海钢铁三厂、上海钢铁五厂、钢铁研究所、有色金属研究所等单位为设备制造成功研制了各种规格的大型锻件、管材、板材和棒材。八一二厂生产出第一炉核燃料组件和堆芯控制组件。北京综合仪器厂提供了安全保护系统和控制棒电源系统的仪表。大连机器厂生产了核燃料运输、贮存设备。西安机器厂生产了燃料操作设备和核Ⅱ级容器。经过中国人自己的努力，秦山核电站的设备国产化率按项目计算达到90%以上。

秦山核电每一台设备制造和安装的背后，都有故事。

参与秦山核电站建设的每一个人，也都是有故事的人。

1990年3月，秦山核电站基本上完成了一回路主辅系统安装，接着进行系统冲洗和分别调试。11月5日，反应堆一回路主系统水压试验一次成功，标志着工程进入全面调试阶段。

核电站的调试工作是一项庞大繁杂的系统工程，技术密集，又是国内首次运行调试，难度大。这时，有人建议说：好不容易建成了，调试工作是关键，是不是聘请外国专家驻厂指导。日本、联邦德国、南斯拉夫等国的核电专家也多次自我推荐。

秦山核电公司总工程师钱剑秋坚决反对。他说："秦山核电站是我们中国人自己设计和建造的第一座核电站，必须将设计和运行结合起来，我主张自力更生进行调试。"同时，他积极呼吁上海核工院参加调试，因为上海核工院对工程设计意图和技术细节理解透彻，有利于解决调试中的问题。

经慎重考虑，赵宏采纳了钱剑秋的建议。于是，秦山核电站成立了调试办公室和调试专业组，由钱剑秋担任调试队队长，时任上海核工院副院长的耿其瑞担任副队长，俞忠德和孙光第分别担任调试技术组及管理组组长。上海核工院抽调80多人，和核电厂部分运行维修人员一起，组成了一个联合调试队。初步确定调试项目，编写调试细则，收集和翻译了430万字的外文资料，选编运行手册和培训讲义，先后有900多人参加了培训，主控室操纵员31人分批到西班牙和南斯拉夫进行培训和实习。

1935年12月出生于南京的钱剑秋，1964年从南京下关电厂被选中参加核工业基地建设，在大西北的戈壁滩和大西南的大三线核基地，一干就是21年。钱剑秋是20世纪60年代苏联专家撤走后中国自己建设的第一座生产核燃料反应堆八〇一反应堆的第一代值长，也是第一任生产科长，他主持编写了第一代反应堆的工艺规程和管理制度。

1985年，时任八二一厂总工程师的钱剑秋奉命来到北京，核工业部两位副部长同时找他谈话，说："你既懂电又懂核，党组决定调你到我国大陆第一座核电站，负责核电站的生产组织和设计建造工作。"不久，未来得及去秦山报到的钱剑秋，就被派往日本敦贺核电站学习调试技术。一年后，钱剑秋回国，到秦山核电站担任第一任生产副厂长兼总工程师，并挑起了联合调试队队长的重担。

拒绝请外国专家来指导调试的钱剑秋，相信依靠自己的力量可以完成中国人自己建造的第一座核电站的调试工作。核电站系统多、设备复杂，光调试文件就有1000多份。他和副队长耿其瑞一起，依靠联合调试队的技术骨干，从组织调试到编写全部调试管理技术文件，逐一落到实处。他白天和大家一起工作，晚上审批文件，还承担所有大型试验的总指挥。那段时间，钱剑秋夜以继日地工作，始终处于战备状态。他形容自己是一只"燃烧的太阳鸟"，把全身心都献给了核电事业。长期住在海盐，很少回家的他，工作疲惫时也会思念远在南京的亲人。夜深人静的时候，他就播放一段孙子、外孙们的录音，来排解工作的压力，享受一下天伦之乐。

是啊，有人把核电建设者形容为“追赶太阳的人”，其实他们人人都像一只“燃烧的太阳鸟”，燃烧自己，光芒照亮了自己，也照亮了别人，点亮了万家灯火。

为了搞好试验，掌握第一手材料，钱剑秋与调试人员一起下现场工作。时值盛夏，厂房内的电梯和空调还没有安装好，整个核岛就像一个蒸笼。只要一个电话呼叫，他就立即飞奔到15.6米高的主控室；只要听到一个警告信号，他又得扑向负17.4米的核辅助厂房。50多岁的钱剑秋在11层楼之间上上下下地奔跑着。在楼梯上，一个年轻人碰到他，调皮地跟他开玩笑说：“钱总，您这么大岁数还来回跑，我们心疼哦。”他笑着说：“心疼就好好干，别跟我耍嘴皮子。”说完，汗流浃背的他，继续向楼梯上爬去。

毕竟是我国第一次自己设计核电站，没有经验，现场一开展调试工作就会发现问题：有的是设计本身不太合适，存在缺陷；有的是施工、安装有问题；有的是设备标准变了，图纸和实际不是一回事，原有的标准一改，所有的工作都要重新来；有些是调试中出现的问题。现场人员一天要开好几个会议，跟参建单位一起讨论。不过，核工业系统有一个光荣传统，就是干什么事情都是团结协作。有什么问题，大家一起商量，一起想办法解决，但不论问题大小，都得及时处理。

实践是最好的老师。“老秦人”认定一个道理，那就是任何事情不及时处理就会变成大问题，会影响大局。没有解决不了的问题，就看怎么处理，办法要适合工程当时的情况，适合当时的条件。联合调试队在钱剑秋、耿其瑞等的领导下，组织专业人员编写调试大纲和调试细则，厂院密切配合，顺利完成了全部251项调试项目，其中40多个是重大调试项目，取得了6个具有里程碑意义的重大试验一次成功的好成绩，在调试方法和试验深度上均达到了国际先进水平。后来，秦山核电站调试获得国家科学技术进步奖三等奖和中核总科技进步奖二等奖。钱剑秋主持编写了500万字的中国第一套核电厂主控室及系统岗位的运行规程、事故处理规程和生产管理制度，锻炼了我国第一批核电厂反应堆操纵员、运行人员和生产管理人员。在此期间，钱剑秋先后获得“秦山核电站蒸汽发生器设计与研制”和“秦山核电站调试”两项国家级和四项省部级科学技术进步奖，获得“有突出贡献中青年专家”“核工业劳动模范”等称号。

时任上海核工院院长曹德宏回忆说：“完成了核电站设计图纸，不等于就完成了任务。为进一步保证核电站建成，我们核工院还要面向基层，配合施工现场组成设计队，及时解决建造、安装中的各种技术问题；配合设备采购，及时解决采购设备、新材料的技术问题；要参与设备调试，与业主共同组成调试队，编写调试大纲、调试细则。秦山核电站有各种设备5000项、约30000台件，其中非标设备540项、4576台件，非标电气仪表设备1938项、11091台件，进口设备105项、925台件。调试过程中要把200多个系统连接起来，同时将设计制造、施工、调试数据资料进行反馈，这个过程很艰辛，但也积累了经验、增长了知识。据统计，上海核工院在设计后的现场服务总计达180075人/日，还不包括出国驻设备厂监造设备。设计人员结合实践，大胆负责，谨慎细致，一步一个脚印，解决相关技术问题，获得好评，同时也提高了上海核工院在核电技术方面的核心竞争力。”

一个个数字看似十分枯燥，其实十分生动。

数字的背后，是智慧，是汗水，更是精神，也是历史。

1989年2月13日，时任国务院副总理邹家华视察秦山核电工程，欣然题词——“国之光荣”。

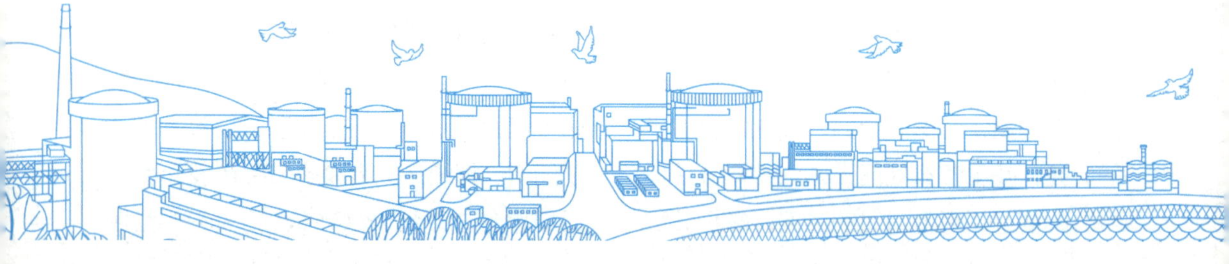

第五章

中国核电从这里起步

16 秦山时刻：1991年12月15日零时15分

“无论过去多少年，每当我想起秦山核电站建设中那些不为人知的故事，都好像再次回到那激情燃烧的岁月。”从上海特意赶回海盐接受采访的姚启明，在秦山核电科技报告厅会议室一坐下来，就说出了自己对秦山核电的那份热爱。面对这位身材魁梧、浓眉大眼的“老秦人”，笔者很难想象，他已经近90岁了，但完全能想象得到青年姚启明绝对是帅哥一枚。

采访结束时，我们互加了微信，他给我发来了两张照片：一张是1990年12月拍摄于核工业部八二一厂供应处铁路桥上，他背倚桥架，一身深蓝色的中山装，每一个扣子都扣得严严实实，一头浓密的黑发茂盛蓬勃，犀利睿智的眼光目视前方，透出一种难得的自信和果敢。另一张是2021年12月，他登上秦山，背景是核电站洁白、高大的核岛建筑群。他头戴鸭舌帽，身穿灰色夹克外套，慈祥谦和，满怀深情。

姚启明是江苏苏州常熟人，一口吴侬软语与他的大个头形成了某种反差。谁能想到，这样一位老人，曾经荣获全国能源工业特等劳动模范、第二届军转民优秀企业家（金奖）称号，当选第八届全国人大代表。

时间回到第一张照片的1990年12月。时任八二一厂厂长的姚启明正在北京开会。会议结束时，核工业部干部司司长突然找到他，说：“蒋心雄部长下午两点找你谈话。”

赶到三里河，走进核工业部大楼，跨进部长办公室大门，姚启明看见蒋心雄好像等了他好久似的。

都是老熟人了，蒋心雄开门见山，说：“老姚，总公司党组已经定了，调你到秦山核电公司任第一副总经理，去秦山核电厂当厂长，协助赵宏同志，明年把秦山核电站的电发出来。”

“蒋部长！”对这个突如其来的决定，姚启明感到有些意外，“让我到秦山，八二一厂怎么办？新项目谁来管？”

的确，地处四川广元三堆镇的八二一厂，是一座为中国“两弹一艇”建设作出重大贡献的神秘央企。这些年，在姚启明的精心治理下，在保军转民政策的支持下，民品开发有声有色。现在让他去秦山工作，撂下近万人不管，他有些不放心，思想上一时还有些转不过弯来。

“老姚，秦山能不能发出核电，关系到核工业的大局，关系到咱们中核总的前途和命运，派你去是党组对你的信任。八二一厂在你的治理下，已经走上正轨，发展态势向上向好，党组已有考虑和安排，你就放心吧！另外，党组已经和四川省委、浙江省委都沟通好了，四川同意放你，浙江也欢迎。给你的时间确实不多了，压力肯定是有的。”

“没有更合适的人选了？”姚启明还有点依依不舍。

“老姚，不要犹豫了。明年1月3日报到。我给你一把‘尚方宝剑’，你就放手大胆地干吧！”

蒋心雄一锤定音，姚启明也就不再多说。他平静地告诉我：“我当时已经56岁，已经进入‘知天命’的年龄了。就这样，带着一年发电的‘军令状’来到了秦山。”

一年时间，保证秦山发电。核工业人就是一群没有穿军装的军人，时刻服从命令。军中无戏言。姚启明当然明白，作为中国核工业“军转民”的代表，秦山核电站能不能按时建成发电，既标志着核工业第二次创业能不能成功，也标志着核工业在新的起点上能不能跑好第一棒。祖国在看着秦山，人民在看着秦山，外国人也在看着秦山！与其说这是“军令状”，不如说是“生死状”。

然而，想干好、想干成，又谈何容易！姚启明有点儿“蛮牛掉进水井里——有劲使不上”的感觉。从1985年3月20日正式开工，到现在已经5年多了，按照1983年7月制订的建设工程一级网络计划，秦山核电站建设总工期为52个月，1989年6月就应该并网发电了。可是，工期却一推再推。每推一次，都像是往压在“老秦人”心中的巨石上又重重地踩一脚，令人压抑。现在，接下“军令状”的姚启明，别无选择。

1991年1月3日，姚启明准时报到。等他赶到海盐秦山宾馆时，已经是午夜时分。

赵宏正在等待他的到来。

一下车，姚启明直奔赵宏的房间：“赵部长，我来了。”

“我可是等你一晚上了。”伏案工作的赵宏看见姚启明进来，便连忙起身笑呵呵地说，“我已经安排明天上午开干部大会，宣布总公司党组对你的任命。你就接手干吧！”

对赵宏，姚启明当然非常熟悉了，也十分敬重。他们身上有着相似的性格和品质。姚启明是一个敢说敢做、敢于担当的人，也是一个可以让上级放心、让下级信赖的人。去年夏天，赵宏就曾找过姚启明，想调他来秦山工作，现在终于来了。在来秦山之前，姚启明对秦山核电站的现状进行了认真分析：从时间上来看，秦山核电厂的建设进度已到了现场调试的关键阶段；从规模上来看，秦山核电公司有员工1800多人。他对秦山核电站在一年内并网发电，是有信心、有把握的。

“赵部长，有你在，我有信心完成总公司党组交给我的任务。”姚启明的话说到了赵宏的心坎上。赵宏现在需要的就是这样的搭档。

“老姚，你有管理大企业的经验，你就放手干吧，我全力支持你，有问题有困难我给你顶着！”赵宏果断地说。

33年过去了，说起往事，姚启明的记忆依然清晰如昨。他说：“来到秦山核电厂后，我很快发现，核电厂在生产和规范方面还有很多不够完善的地方，极大影响了工作效率。在进行了缜密的调研后，我们迅速开展了后来被职工们津津乐道的‘双整顿’活动，即整顿生产秩序和整顿厂容厂貌。”

来到秦山，姚启明在头3个月扎扎实实、认认真真地做了两件事：一是埋头学习，把节假日、周末和晚上凡是属于自己的时间都用在了熟悉图纸、设备和文件上；二是在工地的角角落落东走走西看看，做调查研究，了解最真实的现状。

没有调查研究，就没有发言权。一调查研究，问题就发现了。

那个时候，因为发电日期一推再推，职工中渐渐弥漫起焦急和失望的情绪，并且逐渐“传染”到各个部门各个角落，劳动纪律日渐松懈。看到松、散、乱的状况，姚启明问自己：如果任其发展下去，这支队伍还能有什么战斗力，还怎么能够打好并网发电这一场硬仗？

有了调查，就应该敢打必胜，接受挑战。

3月8日，是国际劳动妇女节。这天白天，姚启明为女职工们举办了一个简短的庆祝活动。这天晚上，他主持召开了公司党政领导会议，会议的中心议题只有一个，那就是一切为了并网发电，对组织机构、工程收尾与调试、生产准备、精神文明建设、后勤保障、公司会议制度等方面进行讨论研究。他要求各级领导首先要抓好岗位责任制的建立和健全工作，抓好工作纪律和劳动纪律的教育，同时决定在公司开展“双整顿”活动。

姚启明说：“从领导干部做起，让领导干部深入基层，密切联系群众，转变工作作风，以身作则，以上率下，层层发动，树立榜样。我想领导干部做到了，职工就一定也能做到。我有这个信心！”

姚启明从领导干部这个“关键少数”抓起，从群众关心的小事情上抓起，从日常习惯养成上抓起。比如要求打出或接听电话的人，必须首先自报家门，做好电话记录，有求必应，有事必办，并安装录音电话备查。1991年6月28日，姚启明签发《关于加强岗位纪律和文明生产管理的通知》。这是一份措辞严厉、事无巨细的刚性文件，涉及劳动纪律、岗位纪律、生产安全制度、公共设施、岗位卫生、夜间值班等方方面面，要求领导干部和机关工作人员带头执行，并把执行情况与奖金分配结合起来，每一名员工都必须老老实实按规矩和制度办事。

规矩一个接一个地立起来了，问题一个接一个地解决了，时间长了，人们习惯了、接受了、自觉了。干部职工的作风有转变，信息通畅了，行为习惯变了，精神面貌变了，主人翁意识渐渐增强了。

多年的大厂厂长工作经历，让姚启明成长为一名成功又成熟的现代企业家。这也是在秦山核电站即将并网发电的关键时刻，总公司调他到秦山的原因。临危受命，他深深地懂得，解决问题，不仅要治标，更要治本，不仅要篱笆高筑，更要善于疏导。对秦山目前出现的问题，有职工的问题，但更多的是管理的问题，是怎么管的问题。姚启明说，领导干部就是要以身作则，敢抓敢管走在前面。

回顾过去，姚启明感慨地说："这次整顿进行了几个月，把劳动纪律抓好了，整个制度都建立起来，包括生产计划、机修计划，建立了一套生产需要的各种制度。经过'双整顿'之后，从企业管理角度来讲，公司逐步走向一个生产经营型的企业。这从今天看来是太简单了，但当时的作用确实非常显著，可以说立竿见影。"

"纲举则目张。"来到秦山，姚启明还发现了一个问题，那就是无论是"728工程"筹建处还是工程建设指挥部，无论是秦山核电厂还是秦山核电公司，党委书记换了好几任，班子也换了好几茬，可是党委却一直是临时党委。1991年4月，公司党委向中共浙江省委递交了《关于召开首次党员代表大会的请示》，把"临时"的帽子摘掉了。8月，秦山核电公司第一届党代会胜利召开，林德舜当选为党委书记，姚启明、姜善金当选为党委副书记，郭坦新任纪委书记，周茂功任纪委副书记。新一届党委把实现秦山核电一期工程年内并网发电作为一个重要工作目标提了出来。加强党的领导，强化党委班子建设，是姚启明在搞好"双整顿"的同时，提高党委威信、组织威力的另一个重要抓手。

如何激发全厂职工"爱国、爱厂、爱核电"的劳动热情，如期实现并网发电呢？秦山核电公司党委在全厂掀起"秦山光荣我光荣，我为秦山争光荣"活动，号召全体党员和广大职工树立高度的事业心和责任感，争分夺秒，坚定信心，发挥积极性、创造性，增强质量意识和安全意识，提高工作效率，确保目标的顺利实现。

1991年8月8日，秦山核电站反应堆首炉121组燃料组件顺利完成装料。

1991年10月31日，秦山核电站首次临界试验获得成功。

1991年12月，秦山核电站进入并网发电的关键时刻。

然而，谁也没有想到，就在这个节骨眼儿上，主蒸汽快关隔离阀出现了故障。12月10日，钱剑秋火速赶到现场。这是从瑞士进口的一台关键设备，当时在场的瑞士专家见到匆匆赶来的钱剑秋，耸耸双肩，双手一摊，十分遗憾地说："钱总，没法修了，得马上到瑞士再买6个新部件，不然不好用了。"

按照计划，再过4天，就要并网发电了，钱剑秋急得直冒火："要到瑞士去买？花钱不算，时间就得好几个星期，开什么玩笑！"

钱剑秋知道，在这个时候，跟外国专家讲道理犹如秀才遇到兵——有理讲不清。经过深思熟虑，他认为依靠自己的力量可以修复。

"我们自己修！"钱剑秋斩钉截铁地说。

钱剑秋的想法得到了欧阳予的大力支持，他们不谋而合，完全相信自己的队伍能够修复故障。

听说中国人要自己修，瑞士专家连忙把秦山的情况迅速电传公司总部。

瑞士即刻来电告知中方：“你们自己修，自己负责。”

“我们自己修，责任当然由我们自己来负！”

就这样，钱剑秋亲自带领机械队的工人和技术人员迅速制订抢修方案，发扬连续作战的作风，持续工作了40个小时，终于在12月12日清晨解除了故障。

1991年12月15日零时15分，秦山核电站实现并网发电一次成功。这是一个被历史铭记的时刻。

这一天，人民日报社、光明日报社、经济日报社、工人日报社、解放日报社、浙江日报社，从中央到地方，各大媒体的记者都来到了秦山。从这天午后开始，核电站主控室里就已经坐满了人。蒋心雄、赵宏从北京赶来了，欧阳予、姚启明、林德舜也来到了现场，大家共同期待着这一时刻的到来。

丁燕作为秦山核电站的老朋友，也早早地开车赶来了。她以《秦山之光》为题撰写的新闻通讯，记录了当时的历史画面——

16时，怀揣发电操作证的华东电力局3位专家刚刚抵达，秦山核电站总设计师欧阳予健步迎上，旋即开始筹划并网。在秦山招待所，刚从北京赶到秦山的中国核工业总公司总经理蒋心雄正和副总经理兼秦山核电厂总经理赵宏互相交流国务院关于并网的指示和发电准备情况。

与此同时，主控室里，28岁的电力操纵员张初明站到了自己的岗位上，中国第一个自行研制的核电站将由他亲手开启。秦山核电厂总工程师、调试队总指挥钱剑秋已在指挥椅上坐了几小时，从仪器仪表上观察各项试验的进展情况。专程赶来现场“保驾”的有上海汽轮发电机厂、浙江火电公司、华东电力设计院、北京电力科研所和承担秦山核电站主要设计的上海七二八院（即上海核工院，引者注）、武汉一〇五所等设计单位。

18时19分，华东电力局总调度从上海来电，许可秦山核电厂改变运行方式。华东电力局3位专家在主控室对参加并网工作的浙江火电公司人员进行长达2小时的考试和答辩。经验丰富又心细如发的女专家吴晓梅在亲自检查所有电气仪器仪表感到满意后，交出并网操作证时，时针已转向22时。

23时50分，钱剑秋总工程师转身向后排就座的蒋心雄、赵宏等领导汇报：“为保证正常运转而安排的3次虚拟并网全部成功，可以正式并网了。”

席地而坐的30多名记者闻声“霍”地跳起来，摄像机、照相机、采访话筒纷纷对准电功率表和电气操纵台。

零时03分，总调度许可将发电机出口开关从冷备用改运行。

零时10分，总调度许可一号发电机组并网。

高级操纵员王日清沉着地举起话筒：“我是当班值长，我宣布：秦山核电站即将进入华东电网，请各位坚守岗位，忠于职守，确保反应堆系统顺利并网。”

时间一分一秒地过去。所有人屏住呼吸，等待中国核工业史上这一永恒的瞬间。系千钧之力于一身的张初明看到核功率是118兆瓦、核同期表上指针顺时针转到一定角度时，毅然按下自动准同期启动按钮，自动并网装置投入工作后，刹那间形成一个强有力的核脉冲，1.5万千瓦电量胜利并入华东电网。至此，中国大陆无核电的历史于1991年12月15日零时15分宣告结束。

一年，整整一年，姚启明立下的“军令状”，如期完成。姚启明回忆说：“部里的领导、省里的领导，各方面的人都来了，中国自己设计、自己建造的第一个核电站发电了，填补了中国核电的空白。如果用一个词来形容一下发电那时候的心情的话，最贴切的就是四个字：‘非常激动’！”

这是历史性的时刻！和姚启明一样，在并网发电的一刻，在场所有的人都高兴得跳了起来，心情无比激动。时任运行部常规岛组主值班员田庆红回忆说：“主控值长宣布并网发电成功后，我们把所有的设备又复查一遍，精心检查，然后大家都坐在值班室里，监视着设备运行参数是否正常，当时是一小时巡检一次。等到天快亮了，值长要求我们再次巡回检查一次，保证设备万无一失。下班前，接到值长命令，要求下班后大家先不要回家，去坐倒班车，倒班车会在海盐县城转一圈。当时我们的倒班车前面挂着一个特别大的红花，后边有两辆车随同，车队沿着朝阳路、海滨路转了一圈。”

秦山核电站30万千瓦压水堆核电机组并网发电，实现了中国大陆核电“零的突破”，中国因此成为继美国、苏联、英国、法国、加拿大、瑞典之后世界上第7个能够自行设计、建造核电站的国家，开启了中国和平利用核能、核工业“军转民”的新一页，载入了共和国的史册。

消息一经发布，世界震惊了！美国《基督教科学箴言报》不相信中国自己设计的核电站能够发电，就专门派来两名记者，看一看秦山核电站是不是真的发电了。到了秦山核电站，他们在实地参观采访后，跟姚启明说：“以前不相信，我们亲眼看到了，现在相信了。”

17 “T4事件”

什么叫“担当”？

词典里的解释是：接受并负起责任。

姚启明的解释是：别无选择，承担风险。

1992年，是秦山人充满期望的一年。欢庆并网发电的锣鼓声和爆竹声还在耳边回荡，压抑多年的情感如同温泉一样汩汩地从心间暖暖地喷涌着。核电机组顺利完成各个功率阶段的调试任务后，自7月17日起从25%到50%再到75%的功率平台稳步上升，逐步迈向30万千瓦电功率运行。

秦山的角角落落都朝气蓬勃，日子像阳光一样灿烂。

是啊！怎能不高兴呢？

“中国人能造原子弹，建不成核电站”的讥笑、嘲讽和质疑，言犹在耳。

如今，中国人像制造“两弹一艇”一样，在西方的嘲讽和怀疑中，独立自主地实现了自己的梦想。

秦山核电站建设和运行获得的成功，长国人志气，树国家威风，标志着中国核工业人第二次创业的成功，有经验，也有教训，来之不易，是巨大的精神财富。鉴于秦山核电站作为第一个自主建造的核电站，在设计、建造、运行方面所取得的成功，国务院核电领导小组决定8月15日在秦山召开现场会，总结建设经验。这当然是大好事，也是一个喜事。

然而，谁也没有想到，晴朗的天空突然阴云密布。

8月9日，秦山现场会正在积极筹备之中，再过一个星期就要召开了，谁知，就在这个时候发现反应堆一回路的补水情况有异常，本来大概4个小时补一次，现在发现2个小时就要补一次了。不对啊！这些水跑到哪里去了？这是怎么回事呢？要知道，核电站运行还不到一年时间啊！

现场会马上就要召开了。真是哪壶不开提哪壶，事故就在这个关键节点上不知不觉地发生了，该如何处置呢？

不用说，谁都能想象得到，很快就形成了两种处理意见。一种意见是开完会再说，因为这实在是一次难得的荣誉和展示自我的机会。另一种意见是查清问题原因，停下来进行全面整治。

遇事冷静，不推不拖，这是姚启明的性格。作为厂长，他丝毫没有犹豫，立即向中核总报告了情况。中核总指示：“请秦山核电公司先拿出具体意见。”

既要积极，还要稳妥。姚启明迅速决定召开秦山核电公司安全委员会会议，充分发挥民主集中制的作用，进行评议表决。结果，经过13名委员民主投票，其中有12名同意和支持停下来检查，进行全面整治。

8月19日，根据秦山核电公司的意见，国务院核电领导小组发出了《关于国务院核电领导小组秦山现场会延期召开的通知》。

9月1日，中核总总经理蒋心雄，副总经理赵宏、黄齐陶和总经理助理马福邦来到了秦山，听取了欧阳予和姚启明的汇报，同意实施彻底整治方案，并决定成立现场领导小组，欧阳予为组长，姚启明为小组成员。

停机停堆后，有关技术人员到反应堆压力容器顶部进行仔细检查，发现有几个反应堆控制棒驱动机构的耐压壳出现裂纹，且此裂纹为贯通性，所以出现渗漏。将耐压壳从压力容器顶盖上切割下来，经过检查分析，确认产生裂纹原因是壁厚太薄，只有4.5毫米厚，在高温、高压和不断震动的工况下，局部受力超过了其极限强度而致断裂。为了消除这一缺陷，就必须更换为增大壁厚的耐压壳。可是，秦山核电站没有这种钢管，国内一般的地方也找不到这种钢管。

问题的确非常严重，同时，姚启明也感到一丝丝庆幸。当初选择停机停堆进行全面整治的选择是正确的，要不然后果不堪设想。

——这就是秦山核电站建设史上著名的“T4事件”。

现在，核电站停堆停机已经两个月了，何时能够修好发电，姚启明心里一点底都没有。为啥？因为，他们找了浙江，找了上海，找了武汉，找了东北，在国内能找的地方都找了，就是找不到能够制作驱动机构耐压壳的这种钢管。

可是，这一时半刻从国外进口也没有那么容易。苦思冥想之际，姚启明忽然想起自己在八二一厂当厂长时，与四川江油长城钢厂曾经有过往来，他们是生产镍铬合金特钢的，可以生产这个管子。可是请人家专门加工这种特殊的钢管，量太小了，赔钱的买卖恐怕他们也不会干。

9月，姚启明带着徐俊栋、朱瑞法和上海核工院的材料专家张晨，飞赴四川成都。姚启明之前在四川的名气也很响亮，是著名的企业带头人，所以他决定“倚老卖老”，厚着脸皮直接去省政府找分管工业的副省长蒲海清。

都是老朋友，姚启明也不遮掩，开门见山地向蒲海清介绍了秦山核电站目前遇到的困境，急切地说明了自己的来意：“蒲省长，能否请江油长城钢厂为我们加工这批钢管呢？”

听完姚启明的汇报，蒲海清的神情严肃起来。他当然知道中国人自主建造的第一座核电站的影响和意义，当即表示支持。他说：“老姚，你们先去看，长城钢厂有没有你们想要的管子。如果没有现货，省里可以下文件，给你们生产，支持你们！”

在四川工作20多年了，姚启明对江油长城钢厂的技术和能力非常了解，现在又得到了副省长的支持，他心里终于有底了。

到了长城钢厂，负责人也非常配合，十分爽快地说：“我们现在没有你们要的现成产品，但有符合你们要求的锻钢件。”

“能不能尽快给我们加工一些符合我们要求的合金钢管呢？”

“可以是可以，不过，至少需要一个月左右的时间，不知你们可等得及？”

“好，希望尽快加工，越快越好！”姚启明和大家一商量，这是不得不接受的事实，因为这批钢管的质量要求太高了，工艺也十分讲究。

“好！我们马上为你们加工。”

一个月后，江油长城钢厂终于按时完成了钢管的加工，委托八二一厂派车把钢管从江油运到了秦山。

钢管的问题解决了，接下来就是焊接。要知道，核工程的要求都是核级的。在焊接之前必须做焊接工艺评定试验，试验合格后报国家核安全局同意才能实施钢管焊接。工作流程一步也不能少。

焊接试验是在上海锅炉厂进行的。一个电焊工程师、两个技术高超的电焊工，昼夜不停地做试验，直到农历小年夜试验全部做完才回家。

在正式焊接时，发现合金钢管接口处由于材料受热再冷却后向内收缩，使管径变小。情况反映到姚启明那里，他立即找到检修部主任冯明源：“老冯，你们是学机械的，你看能不能在套管内加一个膨胀头，焊接的时候夹在里面，让钢管不向内收缩，焊好冷却后再取出来。”

姚启明出了“金点子”，冯明源回去后很快就设计、加工出了膨胀头，一试，效果很好。他高兴地向姚启明报告：“姚厂长，你的主意是对的，问题解决了！”

就这样，这个技术难度不高却影响进度的小障碍顺利地跨过去了。

秦山这边开始焊接新钢管，上海核工院那边正在进行驱动机构磁力提升器的重新设计和制造试验。谁知，还没达到规定的功率要求时，磁力提升器的线圈就烧毁了。

听到消息，姚启明马上带上电气专家和机械专家赶往上海。

在试验现场，打开烧毁的磁力提升器，原因很快就查明了，线圈的出线和进线并线时距离太近，形成局部电流增高将绝缘层击穿，烧了。姚启明马不停蹄地赶到生产厂家——上海先锋电机厂，拆开一台准备出厂的磁力提升器，一看，发现里面出线、进线并线的距离都很近。

看到这里，姚启明有些生气：“你们上海先锋电机厂是全国最好的电机生产企业，怎么会犯这样的低级错误？”

电机厂的人回答：“这不怪我们。设计院只给了我们设计图纸却没给说明书！”

设计院的人一听，急了：“这是基本常识，你们是‘老电机’了，还用我们的说明书吗？”

两家人争起来了，姚启明哭笑不得。他对上海先锋电机厂副厂长和车间主任说：“不要纠缠谁对谁错了，我们也没有追究你们责任的意思，我们要的是解决问题的办法。你们看怎么办？我的意见是重新加工。”

“姚厂长，这么多台磁力提升器重新加工肯定是来不及的，时间太长对你核电站损失很大。我们返工，按要求重新绕制线圈。你看怎么样？”上海先锋电机厂副厂长提出了自己的意见。

姚启明说：“质量要保证！”

电机厂副厂长答道：“请你放心！你的责任就是我的责任。”

“好！我要的就是你这句话。”姚启明大声说。

交涉完毕，姚启明把朱瑞法留在上海先锋电机厂监督返工。姚启明是一位心细的人，也是一个有人情味的人，考虑到工人们返工要连夜加班加点，他给朱瑞法特批了1万元专项经费，给电机厂的工人们买些方便面、水果和香烟。这是关心，更是鼓励，很温暖人。要知道，秦山核电站能够早一天发电，从经济角度来说，一天的效益就是几百万元。结果，本来需要3个月的工期，只用了一个半月，设备就全部返工完毕检测合格交付使用。

1993年3月12日，驱动机构耐压壳修复工作全部完成，秦山核电站在停堆停机8个月之后重新并网发电，比原定3月25日的计划提前了13天。

电厂又顺利发电了，姚启明感觉顿时浑身轻松了不少。妻子、孩子都说他头发白了许多。的确，这8个月，一路走来，姚启明感觉并不比当初来秦山立下“军令状”的那一年轻松。

5月13日，姚启明从赵宏手里接过秦山核电公司总经理的接力棒。

7月24日，秦山核电站30万千瓦压水堆机组提前完成全年发电任务。

12月15日，秦山核电站1993年累计发电17.4亿千瓦时，机组负荷因子达到66.23%（设计标准为65%），提前2年达到设计发电能力。

18 秦山春晓，核电花开

秦山核电站满功率发电后，每年可向华东电网（包括上海、浙江、江苏、安徽三省一市）输送核电约20亿千瓦时。

1995年7月13日，秦山30万千瓦核电站工程正式通过国家验收，成为中国核电发展和核能和平利用史上的里程碑。

这一天，时任国务院副总理吴邦国出席了验收仪式，并亲笔题词“中国核电从这里起步”。

无论是并网发电，还是通过国家验收，对姚启明来说，工作都还是刚刚开始。他知道，秦山核电站的设计、建造、运行，都得益于党和政府的关心和支持，得益于全社会和广大建设者的关心和奉献。现在，并网发电的目标已经实现了，但秦山核电站仍然离不开各界的关心和支持，而这种关心和支持体现在哪里呢？

对核电企业而言，姚启明认为，最重要的一点应该体现在税收和价格上。

从1992年开始，姚启明和同事余惠浓每次到北京，总要到财政部大楼里走一走、看一看、说一说，和中央国家机关有关司局的同志们，讲一讲“零的突破”的重大意义，讲一讲自主创新，讲人才培养，讲后续发展。

当国家有关部门了解到核电技术、自主建设的困难和未来发展的时候，也理解了姚启明提出的要求与国家的政策是相吻合的。最后，姚启明为秦山核电公司、为秦山核电基地的发展和未来争取到了增值税先征后返的国家财政优惠政策。这个政策，既让秦山核电公司在并网发电后渡过了最初的几道难关，也让以后的核电企业在争取国家政策时有了统一的标准，从而变得更加顺利、更加便捷了。

1994年4月1日，秦山30万千瓦压水堆核电站正式投入商业运行。由原型堆变成商业堆，取得良好的社会效益和经济效益，揭开了秦山核电站的历史新篇章。可在投入商业运行之前，姚启明心里很不踏实，为什么？还有一个问题没有得到解决，那就是电价问题。

核电站发电后，核电价格一直是试运行价格，即每千瓦时0.20元。那么，投入商业运行后应该是多少呢？

在1993年，由于工业原材料及运输价格上涨，国家计委和电力工业部决定上调火电价格；浙江省将加工企业的电价调高到平均每千瓦时0.39元。根据1992年国务院核电领导小组组长办公会议纪要关于“秦山核电站上网电价，原则上每度电比当地煤电价格高二至三分”的指示精神，1994年元月，姚启明决定向浙江省物价局报告：在浙江省加工电价基础上加0.03元，核定核电价格为每千瓦时0.42元，从1993年7月1日起执行。

然而，随后的谈判却并不顺利。听了汇报，姚启明认为关键是地方同志没接触过核电，对核电不了解。于是，他找到赵宏，说：“我们要交点学费，想请省物价局、电力局的同志到国外考察，看看国外核电站是如何核定电价的。”

赵宏答应了，委托核工业总公司财会部牵头组织。

1994年冬，考察团从德国归来。核电价格谈判进入快车道。可是，谈到0.30元的时候，谈判再次陷入僵局。这时，姚启明忽然想起浙江省副省长张启楣。这一年年初在北京参加全国“两会”时，他们分在同一个小组，两人相识相交。

1995年初夏，姚启明给张启楣打电话，说：“张省长有时间吗？我想向你汇报核电电价的问题。”

张启楣说：“我有时间。你带谁来谈？”

“我谁也不带，自己来。”姚启明回答。

“那好，我也不带，就咱俩谈。”

张启楣向姚启明发出了邀请。一放下电话，姚启明立即赶往杭州，径直奔向张启楣的办公室。一进门，姚启明向他详细介绍了核电站建设、运行成本及发展情况。谈到最后，张启楣同意经有关部门研究后将电价调整为每千瓦时0.35元。

姚启明不虚此行，电价确实从0.20元涨到了0.35元，已经十分不易。但是这个电价，与姚启明心中的0.42元，还有7分钱的差距。他没有灰心，决心继续找更高一级的领导来解决这个问题。

1996年7月1日，姚启明通过中核总副总经理陈肇博找到正在中央党校学习的浙江省省长柴松岳。在听取姚启明的汇报后，经过有关部门调查研究，柴松岳同意将核电价格调整为0.42元。

姚启明的愿望终于实现了。

0.42元，秦山核电站的上网电价一直延续到2019年。

秦山，就这样成为中国核工业第二次创业的新起点。

1997年，在全国科学技术大会上，“秦山30万千瓦核电厂设计与建设”荣获了国家科学技术进步奖特等奖。时任国务院总理李鹏亲自向赵宏颁发了奖状。当李鹏微笑着热情地伸出手臂，两双温暖的手紧紧相握时，赵宏的眼睛湿润了……

今天，当你漫步秦山，在30万千瓦压水堆机组正对面的山麓上，可以看到“老秦人”1992年在这里树立的一块纪念碑。

纪念碑名曰“秦山春晓”。四个大字，苍劲有力，风骨卓然。在它的背面，用秀丽端庄的正楷镌刻着这样一段“秦山核电站简介”的碑文：

秦山核电站是我国自行设计建造、自行管理的第一座核电站，一九八二年十一月经国家批准定址秦山。一九八三年六月破土动工，一九八八年八月开始设备安装，一九九〇年十一月反应堆主系统水压试验，一九九一年三月非核蒸汽冲转汽轮机达每分钟三千转，六月安全壳强度和泄漏率试验，七月首炉核燃料组件入堆，十月反应堆首次临界，十二月十五日并网发电，连续获得六个一次成功。

秦山春晓，核电花开。

秦山，中国核电人的故事刚刚开始……

承部

世纪跨越

第六章

核电站，掀起你的“盖头”来

19 “走到天边，不如秦山西边”

听到这样一个真实的故事，非常有意思。

故事是中国核学会监事、原海盐县核电事故场外应急办公室主任徐浏华先生告诉笔者的。他说：“上海某著名医院的一个全国知名教授带着家人到海盐来旅游观光，在参观海盐几个景点以后，我们偶然跟他讲，海盐还有一个核电厂，他很有兴致，就提出要去看看。去看看就看看呗，结果不去不要紧，一去问题就出来了。到了秦山核电公司大门口，他显得左右为难：到底该不该进去？进去以后有没有问题？到里面会不会受到放射性辐射？我可以真实地讲，他足足犹豫了25分钟，他考虑到自己的身家性命，考虑到对家庭家人负责，最终还是没有进去参观。这说明，尽管是全国知名的专家，但专业知识隔行如隔山，他对核电知识也很不了解，所以也很害怕核电。”

这样的故事对“老秦人”来说，已经是见怪不怪了。由于对核电知识的欠缺，在中国多地都曾发生过不该发生的事情。比如，2011年3月11日，日本福岛核电站发生事故后，国内许多地方发生了“抢盐风波”；2013年，广东江门鹤山有一个投资370亿元的核燃料产业园项目，因为公众不了解真相，群起反对，结果把这个项目搞没了；2014年，广西也有一个地方，因为群众不了解核电，对白龙核电厂建设也提出了反对的声音。在秦山采访的日子里，笔者还了解到，国家电力投资集团公司准备投资建造的江西彭泽核电厂，也收到了隔江相望的笔者的故乡——安庆市望江县民众的“邻避”诉求。

为什么会发生这些见怪不怪的故事呢？秦山核电在建设过程中，有没有遇到这样的故事呢？海盐县的人民群众对秦山核电站的建设又是一个什么样的态度呢？

其实，发生这些事情的原因也很简单，就是公众对核电站缺乏科学的基本认知。要知道，秦山核电站建设之初也曾遭遇过当地不熟悉核电的老百姓这样那样的阻力，也走过一条从反对到接受再到支持和喜欢的道路。

谈核色变，是人之常情。对没有参观过核电站的人们来说，一提起“核电”很可能都会想到“危险”二字。这是人们“恐核”心理下意识的自然反应。的确，在对核电站不了解的人们的脑海里，核电站一定是远离城市和村庄，周边几公里范围内都是隔离的“无人区”，在核电站工作的人都像电影、电视和新闻中所宣传的那样，都是“全副武装”，穿着沉重的辐射防护服，既神秘又危险。

在海盐县秦山村村部，笔者见到了村党支部老支书袁胜利。1991年12月15日，他应邀到现场见证了秦山核电站30万千瓦原型压水堆核电机组并网发电的历史时刻，被誉为“中国核电第一个农民代表”。谈及中国自主建造的第一个核电站落户秦山的往事，他也深有感慨。

“走到天边，不如秦山西边。”袁胜利说，“我们秦山村是千年古村，世世代代住在秦山山坳里，有点世外桃源的感觉，小富即安。1983年，听说这里要建一个核电厂，当时大家都议论纷纷，说什么的都有。为什么？核电的出身不好啊！是原子弹，大家也知道，日本就是被美国的原子弹炸了，广岛、长崎的惨状都知道，死了很多人。我们老百姓很害怕，有一种恐惧感。”

那时，由于资讯不发达，包括袁胜利在内的村干部，对核电站的了解几乎为零，对核电根本没什么概念，只知道是用核来发电，其他一无所知。核电是用核发电，原子弹也是核，所以秦山核电站在破土动工的时候，遭到了村民们的强烈反对，而且反对的声音越来越大。袁胜利说：“当时大家是到村里来反对，不是直接到现场去。有的直接骂村里的干部，说村里没有阻止，甚至对镇里的干部也意见很大。他们说，你们是为了保自己的乌纱帽，把核电项目建在秦山村。”

村民们的反对声，让村干部们倍感压力。如何才能排解村民的疑惑和担忧呢？袁胜利的体会有两点，一个是要现身说法，另一个就是要帮助老百姓了解核电。他和村干部们一道，耐心地做村民们的思想工作，宣传核电的科普知识。他跟村民说：“搞核电的人是国家的高科技人才，换句话说，他们不怕死，我们一介草民还怕什么死？再说，要死他们先死，因为他们零距离，他们比我们还要近。操纵反应堆的，都是本科生、研究生，学历都很高。还有，这是中国自己建造的第一个核电站，是国家的重点建设工程，放在我们村里，应该是我们的骄傲。如果大家不支持，那么重点工程根本实施不了。再换句话说，我们作为国家的公民，也得要服从国家建设的需要。”为了让村民了解核电，每逢过三八妇女节、五四青年节、七一中国共产党建党纪念日和十一国庆节等，他们就分别组织妇女代表、共青团员、共产党员到核电厂去参观，看看核电厂是怎么发电的。秦山核电一期工程，就在村民既服从又反对的声音中平稳地进行着。

袁胜利清楚地记得，有一次朱光亚来

秦山考察。他轻车简从，走到秦山林场时，看到很多农民在山里劳动，就停下脚步跟村民们聊了起来。他和农民一起，席地而坐，平易近人，跟大家讲核电与原子弹的区别，讲核电站发电的原理，讲核辐射的影响，娓娓道来，通俗易懂，村民们听得认真，谈得很开心，也很放心。后来，当村民们听说跟他们聊天的这位老人是中国核科学事业的主要开拓者之一、被誉为“中国工程科学界支柱性的科学家”和“中国科技众帅之帅”的朱光亚之后，他们着实吓了一跳，感到很幸运也很幸福，连连说没有想到。村民们相信这样的科学家，也崇拜这样的科学家。

百闻不如一见。凡是到过秦山核电基地来参观的人们，都亲眼看见了——在秦山核电厂区内，所有的员工的衣食住行与我们一模一样，平平常常地在核岛、常规岛等各自的岗位上工作。而在秦山核电周围方圆5.25公里“应急计划区”的社区和村庄，有2.2万村民在这里生活、劳动，他们日出而作，日落而息，车水马龙，炊烟袅袅……的确，今天的秦山，诚如村民们所说：“走到天边，不如秦山西边。”

来到秦山，走进核电站，如果没有进入核岛看看核反应堆，对我来讲，当然是最大的遗憾。非常幸运的是，在秦山核电采访时，刚刚晋升秦山核电总经理的尚宪和跟笔者说，五一期间一厂就要停堆换料，你可以进去看一看。

或许对“恐核”的人来说，是很害怕走进核岛的。但是，我决定还是做一次“冒险”，体会一下“核老虎”究竟长什么样。为此，我决定在秦山再等两天。

这一刻终于等来了。并不是所有人都能进入核岛的，即使是秦山核电的工作人员。比如，今天陪同我进入核岛的梁工，同样必须经过严格的专业考试，才能具备进入核岛的资格。梁工是一位退伍军人，父母都是“老秦人”，是名副其实的“秦二代”。进入核岛前，细心的他还专门发了一条短信鼓励我：“真的没关系的，您放心！”

这是我第一次进入核反应堆厂房，当然也是第一次全程观看堆芯换料的全过程。进核岛的程序非常严格和复杂，先是到接待处换上一双防砸鞋，领取门禁卡，通过三道安检门岗。第一道门岗是不锈钢三角闸，刷卡、输入密码或人脸识别后进入厂区。第二道门岗需要经过严格的证件检查和身份验证后，发给你一顶安全帽，留下手机、手环等各种电子产品和个人随身物品，才能进入核岛厂房。这里的门岗是不锈钢做成的一道道横杠式的栅栏门，从头到脚包围着你，在刷卡、输入密码后方可进入。进入封闭的核岛辅助厂房后，要做的第一件事就是登记，然后去更衣室更换衣服。除了内裤之外，里里外外全部都要换上特制的外套和内衣，同时穿上一双高筒的红色袜子，戴上专用工程帽。更换完毕，再次进入安检门禁，领取通行证的同时，工作人员给每人配发一个测量辐射的个人剂量计，装入上衣口袋，并用胶条粘贴固定，以免滑落。随后，跟随陪同人员穿过两三道铁制大门，登上电梯，上升到6层20米平台，再七拐八拐穿过几个走廊，进入核岛反应堆隔离闸门前等候。

隔离闸门是由特殊的防辐射钢铁铸造的，足有四五吨重，单凭人力是无法推动的。隔离闸门是内外两扇，核岛外侧一扇，内侧一扇，打开这一扇就必须先关上另一扇。出入人员就站在这两扇门之间，来回摆渡，先出后进，井然有序。进入核岛反应堆，还必须再次做好登记。核岛中心区域，有一个巨大的穹顶，中心位置是核反应堆的水池。在这里我足足观看了2个小时，看着技工师傅们坐在悬吊上通过电脑在操作机器人进行燃料棒水下更换工作。蓝色的水池平静如镜，一切都是智能化运作，如行云流水。参观结束后，必须在出口登记个人剂量计检测的辐射剂量数据。我看了一下，自测仪上的数据显示为0.005mSv[14]，而陪同我参观的梁工的数据则是0.004mSv，大家都远不到一次X光辐射的剂量。他说，这些数据都将被永久记录保存。

何谓辐射？辐射就是以电磁波或高速粒子的形式向周围空间或物质发射并在其中传播的能量。辐射按其能量的高低及电离物质的能力，分为电离辐射和电磁辐射；按产生的方式分为天然辐射和人工辐射。说出来，或许读者朋友们都不相信，辐射其实无处不在，人类无法躲避辐射，关键看是否超过剂量限值。比如人类所赖以生存的太阳，其光和热就是由核反应产生的辐射。

天然辐射主要来自三个方面。第一个来源就是宇宙射线，我们坐飞机就会受到宇宙射线的照射；第二个来源是土壤、岩石和饮水中的放射性元素，我们居住的房屋、走的路、喝的水、吃的食物、呼吸的空气，都可能含有微量的天然放射性元素；第三个来源是人体内部，我们身体本身就含有放射性核素钾-40，一个成人的体内约有100克钾元素，其中万分之一是放射性同位素钾-40。这些天然放射性造成的对人体的辐射叫做天然本底照射。平均每人每年的天然本底照射有效剂量约为2.42mSv，个别高本底地区可以达到10mSv。联合国原子辐射效应科学委员会（UNSCERA）2008年公布的调查结果显示，不同途径天然本底照射对剂量的贡献不同，依次分别为：食入占12%，宇宙射线占16%，吸入（氡）占20%，陆地外照射占52%。比如，一个人乘坐飞机从北京到巴黎，单程受到的宇宙照射剂量约为0.02mSv。还有人工辐射，包括我们到医院去做健康体检、治疗所做的X光、CT、靶向治疗等。一次X光胸透的照射剂量可以达到0.02mSv，一次CT的照射剂量为1—10mSv。

中国居民平均每人每年受到的天然本底照射有效剂量约为2.4mSv。国家推荐人工放射性使公众所受到的辐射剂量年限值是不超过1mSv，也就是说在天然本底2.4mSv的基础上，公众额外增加的剂量不得超过1mSv，医疗照射除外。卫生部门建议，一年做CT

[14] 辐射剂量的国际单位比较常用的是希沃特（Sievert），它是以瑞典著名物理学家希沃特姓氏命名的。在放射防护中，通常使用毫希沃特（mSv）、微希沃特（uSv），1Sv＝1000mSv＝1000000uSv。

的次数不应超过5次。核电厂周围的公众每年接受的额外剂量约为0.01mSv，远低于天然本底的照射剂量。显然，生活在核电站周围是非常安全的，完全没有必要害怕。

离开核岛时，按进来的程序逆向完成返回，换好衣服。出门的安检口是一个形似电话亭的智能门禁，脱掉防辐射外衣后，经人脸识别和自动检测得到语音提示“没有污染”后玻璃门才打开，你才算真正地走出了核岛。随后，又回到更衣室，换好自己的衣服，原路返回，再次经三道安检口离开核电厂房。

核岛参观就这样“有惊无险”地结束了。亲眼看了核反应堆，既满足了自己的好奇心，又体验了核电站的安全性，更多的是让我感受到了中国核工业人的智慧和精神，确实是高科技，令人震撼，令人惊叹。

20 切尔诺贝利，“环球同此凉热”

切尔诺贝利核事故是一场巨大的灾难。然而，比灾难可怕的是谎言，比谎言可怕的是遗忘。

讲述切尔诺贝利核事故的书籍已经很多很多，其悲剧性的后果及其给人类心理造成的负面阴影，至今没有消失，且因为网络发达，真真假假的信息泛滥，使得切尔诺贝利核事故的故事变成了传说，仿佛背后隐藏着许许多多不为人知的秘密，越来越神秘，令人越发恐惧。就像笔者本人一样，绝大多数公众对核电科技的了解都是一张白纸，完全停留在道听途说、一知半解或人云亦云的状态，也很少有心思去刨根问底搞个明白，毕竟它距离我们的日常生活比较遥远，只是当一个故事听听罢了。荣获2015年度诺贝尔文学奖的白俄罗斯作家斯韦特兰娜•阿列克谢耶维奇用与当事人访谈的方式写作的报告文学作品《切尔诺贝利的祭祷》，再次引发世界的关注。

在采访和写作本书的过程中，笔者也在不停地问自己：核电站到底是不是安全的？作为一名报告文学作家，笔者觉得，人类需要文学艺术的人文关怀，也同样需要理工科技的技术支撑，因为它们都是科学，像太阳和星星日日夜夜照耀着我们。正因此，笔者深深感到本书的采访和写作，除了向中国核工业人致敬之外，十分有必要为读者做一些核电知识的科普，掀起核电站的“盖头”。

切尔诺贝利核电站的事故到底是怎么发生的呢？

1986年4月26日，切尔诺贝利核电厂4号机组在进行一个为提高安全水平的试验过程中，由于其先天性的设计缺陷和运行人员多次严重违反运行规程，反应堆堆芯引入过量的正反应性而导致功率暴增，随即发生剧烈爆炸而解体，并伴随大量的石墨着火。大量高温的放射性物质冲破本不牢靠的反应堆厂房直抵云霄，在来自黑海的西北风作用下扩散至欧洲各地，尤其给白俄罗斯、乌克兰和俄罗斯三个前苏联的加盟共和国造成了大范围的环境污染，并直接导致数十人死亡，酿成了人类利用核能以来最为严重的核事故。

也就是说，切尔诺贝利核事故是由一个为提高核电厂安全的试验所引发的。试验本来是为了测试在汽轮发电机组跳闸及丧失厂外电源的情况下，在备用柴油发电机提供应急电源前，依靠汽轮机的转子惰转能为反应堆安全系统（尤其是主泵）供应多长时间的电力。事实上，早先在其3号机组上就做过该试验，但由于在试验过程中电压下降太快，没有获得成功，于是安排在4号机组停堆检修前利用特制的发电机励磁调节器重新做试验。可能基于这个原因，当时的试验人员把它看成一个简单的电力试验，而未充分考虑可能会给反应堆安全带来不利影响。

切尔诺贝利核电站爆炸发生后，一开始并没有引起苏联当局的高度重视，远在莫斯科的领导人和核专家得到的信息只是“反应堆发生火灾，但没有爆炸”，因此响应迟缓。距离核电厂最近的普里皮亚季镇的人们和往常一样生活，全然不知巨大的灾难已经发生。

4月26日事故发生当天，苏联成立了一个事故调查组，在当晚抵达现场时，已有2人死亡、52人送医。此时，调查组才有足够的证据判定反应堆被摧毁，电厂周围已出现了极高的辐射照射。4月27日早晨，也就是在事故发生整整24小时后，当局才发布了撤离普里皮亚季居民的行政命令。当天15：00，超过53000人被撤离到基辅周边的村庄；28日，撤离范围扩大到电厂周边10公里区域。在事故发生后的第10天，人员撤离扩大到30公里区域。1986年至2000年间，大约有350400人分别从白俄罗斯、乌克兰和俄罗斯遭受严重污染的土地上撤离，被重新安置。

在切尔诺贝利核事故发生后7个月内，苏联当局动员了大批的清理人员对核电厂及其周边30公里范围内遭受严重污染的土地进行了清污处理。清理人员主要来自军队，大部分人员并未意识到辐射的危害，且事先未得到良好的培训，辐射防护条件很差，因此都不同程度地遭受到超过辐射剂量限值的照射。尤其是在建造遮盖损坏堆芯的“石棺”过程中，需要清理核电站爆炸时从反应堆喷射出来落在附近建筑物屋顶和地面上的强放射性碎片，虽然一开始是利用机器人进行遥控操作，但机器人在强辐射环境下故障频发，不得不让清理人员冒着生命危险去进行人工清理。他们身穿厚重的铅衣，每人每次至多只能工作40秒，不断进行轮换，强放射性的碎片清理工作持续十多天才最终完成。

直到1989年底，切尔诺贝利核电站的清污工作才算结束，总计有60万名清理人员参与其中，据估计超过30万人受到大于500mSv的辐射剂量照射。

切尔诺贝利核事故发生后，由于苏联当局对事故细节和有关信息的严密封锁，各国无法对事故形成准确认识。但是，国际社会对核电厂安全愈加关注，更强烈地要求及时获得有关核电厂运行及事故情况的信息通报。1990年，国际原子能机构（IAEA）、经济合作与发展组织核能署（OECD/NEA）联合开发了一个用于快速通报核电厂事件严重程度的等级表，即国际核事件分级表（INES），并于1991年上线测试，1992年正式运行。按照国际核事件分级表的分类法，切尔诺贝利核事故被定为最高级：重大事故。

切尔诺贝利核事故造成的灾难，给当时的乌克兰、白俄罗斯和俄罗斯造成了巨大的经济损失。由于当事各国的经济体制以及1991年苏联解体后持续的高通货膨胀水平和不稳定的汇率等因素，只能对事故造成的经济损失进行估算。毫无疑问，其数字极其惊人。

切尔诺贝利核事故，宣告了石墨反应堆的终结。事故发生后，在国际社会的大力帮助下，苏联对在役的16台核电机组进行了设计和运行方面的安全改进和变更。毗邻切尔诺贝利核电厂4号机组的1号、2号和3号机组分别于1996年、1991年和2000年陆续停役，整个核电厂宣告关闭。

切尔诺贝利核事故造成了巨大的社会、政治、经济损失，让当事各国付出了惨重的代价，严重削弱了公众对核电的支持及对核安全的信心，使全球的民用核能行业迈入了长达十几年的寒冬期。美国和欧洲爆发了声势浩大的反核运动，电力公司纷纷取消核电订单，意大利、奥地利、比利时、德国等国家相继出台限制核电甚至“无核化”的政策。1986年至2002年，美国和西欧（除法国外）再没有开工建造新的核电厂，直至21世纪初化石燃料价格高涨及全球气候变暖效应显现后，各国才纷纷重启核电厂建造计划。然而，世事难料，2011年发生的日本福岛核事故，让全世界核电发展再度陷入低潮，直至四五年后在中国、印度、阿联酋等国家开始缓慢复苏。

对中国核电事业来说，1986年是多事之秋。就像“728工程”正在热烈论证之时，1979年3月28日从太平洋东岸的美国传来三哩岛核电厂事故一样，这边秦山二期刚刚获得国家批准立项，切尔诺贝利核电站在4月26日发生了爆炸，“恐核”情绪一下子遍及世界，自然也波及中国。彼时，中国正在从法国法马通公司引进三环路90万千瓦压水堆技术，准备在深圳建设大亚湾核电厂。时任中核总办公厅主任汪兆富回忆说，那时，香港出现了30多个“反核”组织，百万人签名反对大亚湾核电站上马。甚至有“专家”发表“高论”说：“大亚湾核电站将使香港成为一座死城！”据大亚湾核电站第一任董事长王全国回忆：“当时中央一位驻港高级官员要求广东停建核电站，甚至提出将大亚湾改成同等规模的火电站，所有资金由他向香港方面筹措。我回答他：既然这样，我们各自向中央打报告。广东一连打了四份报告，在其中一份报告上有好几位中央领导画了圈但都没有表态。可能是最后一份报告送到了邓小平同志那里，他的秘书打来电话，传达了邓小平同志的指示：‘他们吵他们的，我们干我们的。’在大亚湾核电站命运攸关的时刻，邓小平同志亲自作出了核电站要继续建下去的决策。”

事实上，中国政府兴建任何一座核电站，都是在十分慎重、科学论证的基础上作出的决定。1986年7月，邓小平明确批示：“中央领导对建大亚湾核电站没有改变，也不会改变，中央充分注意电站的安全问题。”邓小平的这份重要批示，对刚刚起步的中国核电建设事业起到了定盘星和压舱石的重要作用。

“环球同此凉热。”切尔诺贝利核事故造成的巨大灾难，证明了核安全无国界，地球上任何一处发生的核事故，其影响都是世界性的，一损俱损。而从某种程度上而言，切尔诺贝利核事故发生在美苏两个大国长期冷战对峙的局面下，苏联的封闭体制也是造成事故的客观原因，长期游离于国际核安全主流之外，科学技术上的故步自封导致反应堆设计、建造和运行都带有先天性的致命缺陷。不过，吃一堑长一智。教训也是教科书。切尔诺贝利核事故，促进了全球核工业界的团结和协作。1989年5月15日，为了跨越国界和意识形态的限制，来自144个运营核电厂的电力企业代表齐聚莫斯科，仿照美国核电运行研究所的模式，通过了世界核电运营者协会（WANO）章程，建立了一个新的国际组织，致力于打破国家的地理藩篱与意识形态的人为限制，通过合作、交流、分享、反馈等手段提高全球范围的核电厂运行安全与绩效。正是在世界核电运营者协会的大力协调下，自1989年起，超过1000名来自苏联的核工程师分批参观访问了西方的核电厂，结束了东西方阵营在核安全领域长期隔离的局面，为全球范围内的核电运行安全奠定了重要基础。更重要的是，切尔诺贝利核事故直接催生了核安全文化，在国际原子能机构的大力倡导与支持下，各核电发展国家对核安全文化进行了深入的研究与探索，取得了不俗的研究成果。

在这里，有必要简单讲一讲美国三哩岛核事故的原因、经过及其影响。

1979年3月28日凌晨，该核电厂2号机组二回路上的汽轮机脱扣，此后的几分钟、几小时、几天内，由于设备故障、设计缺陷、操作失误、认知不当等原因，酿成了美国商用核电史上最严重的事故。三哩岛核事故造成了严重的堆芯损坏，2号机组反应堆堆芯中超过20%的核燃料发生熔毁，约20吨的二氧化铀堆积在压力容器的底部。幸运的是，反应堆压力容器保持完整。大量放射性物质被释放至反应堆冷却剂系统，继而逃逸至反应堆厂房和辅助厂房。好在得益于安全壳的良好屏蔽和密封保护作用，最终释放至周围环境中的放射性物质对公众的辐射健康影响极其微小，没有造成任何人员伤亡。因为处置的不及时、信息的不对称和媒体不恰当的推波助澜，三哩岛核事故在美国激起了巨大的反核浪潮，"终结了美国的第一核纪元"，成为美国核电发展史上的一个分水岭。一方面有百万人的游行示威，另一方面则有核工业的大佬们纷纷站出来声援核电，其间影响最大的是被誉为"氢弹之父"的爱德华•泰勒。7月31日，他在《华尔街日报》实名刊登了一个横跨两个版面的广告："5月7日，三哩岛核事故几周后，我专程到华盛顿驳斥拉尔夫内德和简•方达有关核电不安全之不实宣传。吾已年届71，一天工作20小时，力所不逮，翌日心脏病发作。可以说，我是事故唯一的健康受害者……"

诺贝尔物理学奖获得者、美国国家科学院院士、美国第12任能源部部长朱棣文在接受访问时说："我宁愿住在核电厂附近，也不愿住在火电厂旁边。"

21 “人在做，天在看”

切尔诺贝利核事故引发的“恐核”阴云，当时同样也刮到了秦山的上空。

一时间，母鸡不生蛋了，母猪不孕了，鸟少了，海鱼不能吃了，孕妇流产多了，癌症发病率高了，掉发秃顶的人多了，我们天天抱着原子弹睡觉了，秦山村成“铁塔村”了，甚至有村民提出要移居外地……乱七八糟的谣言、五花八门的诉求，在海盐疯传。

核电站真的那么可怕吗？核电站到底安全不安全？

“砍柴不误磨刀工。”为了写好这本书，在秦山核电基地采访的日子里，笔者专门去位于海盐县秦山街道的核电科技馆参观学习。笔者必须带着这样那样的疑问，在自己基本了解核电原理的基础上，懂得核电站到底安全不安全的问题，才能真正完成这本书的采访和写作。写“核”必须言“核”，谈“核”必须信“核”，才能抵达“核”目标。

在中学上物理课时，我们就知道：原子是由带正电的原子核和带负电的电子组成的。原子核包括带正电的质子和不带电的中子，由于质子和中子的质量比电子大得多，因此原子核几乎占有原子内的全部质量。但有趣的是，原子核在整个原子的体积中仅仅占有非常小的一部分。如果把整个原子比作一个标准篮球场，那么原子核就只有一粒芝麻的大小。然而，这个“芝麻大小”的原子核所蕴含的能量却大得惊人。

核能为什么有如此大的能量呢？

1905年，物理学家爱因斯坦在相对论中指出，质量只是物质存在的形式之一，另一种形式就是能量。质量和能量相互转换的公式是$E=mc^2$（E代表物质具有的能量；m代表亏损的质量；c代表真空中的光速）。这一公式揭示了核能来源的物理规律。1938年，德国化学家哈恩和施特拉斯曼发现了易裂变核素铀-235的核裂变现象。铀-235原子核裂变前后，发生质量变化的同时，释放出巨大的能量。这一规律的发现，使核能的利用走向现实。虽然一次核反应亏损的质量极小，但是按照爱因斯坦的质能方程计算，1公斤铀-235全部发生裂变释放出的能量约合2700吨标准煤完全燃烧时所放出的能量。显然，将这部分能量运用于发电，必将为人类解决能源危机起到非常重要的帮助。

那么，核裂变又是怎么回事呢？

核裂变是指由质量较大的原子核，分裂成2个或多个质量较小原子核的一种核反应形式。用中子轰击易裂变原子核，如铀-235原子核，它就会分裂成2个（偶尔3个）较轻的原子核，同时释放出2个（有时3个）新中子，并释放出很大的能量——原子核结合能。在核裂变过程中所放出的中子有三条出路：一是飞走；二是被无效吸收，不引起新的裂变；三是被铀-235原子核吸收引起新的裂变。现在，以选择第三条出路为例，即1个中子引起裂变后产生的中子，再被吸收引起新的裂变。如果选择第三条出路的中子数目是1，裂变反应就会继续下去，称为“链式反应”。如果大于1，反应就越来越强；如果小于1，反应就越来越弱。设法增减第一条和第二条出路的中子数，就可对“链式反应”加以控制。要维持“链式反应”，第一条出路的中子数不能太多，因此按一定比例和一定布置的裂变物质和其他物质只有达到某个体积时，才有可能维持“链式反应”，这个体积称之为“临界体积”，其中所含的裂变物质的质量称为该系统的“临界质量”。而核电厂的能量就是来源于核裂变。⑮

那么，核电厂的电是怎么发出的呢？

第一次走进秦山核电站常规岛厂房参观时，工作人员就曾告诉我：核电站就是“烧开水”。的确，通俗地讲，核电厂与煤电厂发电的主要区别就是锅炉不一样，煤电厂的锅炉是烧煤的锅炉，核电厂的“锅炉”是核反应堆，或者说是“核锅炉”，它的专业术语叫“核岛”，是指安全壳及其内部全部的设备或系统。核岛中的核心是堆芯，主要由燃料组件及控制棒驱动系统组成，核裂变反应发出的热量被堆芯中的水所吸收，通过一回路流经蒸汽发生器，将热量交换给二回路中的水，转化为蒸汽，驱动汽轮机运转，并带动发电机发电。二回路以后的流程与煤电厂是一样的。为了安全起见，堆芯放置在钢制压力容器中，压力容器、一回路管道、主泵及蒸汽发生器都放置在安全壳中。安全壳由预应力钢筋混凝土构成，先进的设计还在预应力钢筋混凝土安全壳内增加一层钢制安全壳，可以承受商用飞机的高速撞击。

道理就是这么简单。一句话，核反应堆就是核电厂的“锅炉”。作为产生可控核裂变、释放出巨大核能的装置，核反应堆产生的热量经

⑮ 与核裂变相对应的是核聚变。核聚变是指由质量小的原子，主要是指氘或氚（氢的同位素），在一定条件下（如超高温、高压和高密度），发生原子核互相聚合作用生成新的质量更重的原子核（如氦），并伴随着巨大的原子核结合能能量释放的一种核反应形式。太阳的光和热就是由核聚变产生的，它的内部连续进行着氘、氚聚变成氦的过程。氘、氚聚变所释放的能量，是同等质量铀-235裂变所释放能量的4倍。在人类生活的地球上氘广泛分布在海水中，每升海水中约含有34毫克氘，通过聚变反应产生的能量相当于300升汽油的热能。据测算，地球上海水中含有40万亿吨氘，足够人类使用上百亿年。氚可以通过氘中子反应或锂（锂-6）吸收中子反应产生，自然界中锂也很丰富。因此，可控聚变反应堆一旦成功，则可能向人类提供最清洁且又是十分久远的能源。“国际热核聚变实验堆（ITER）计划”是全球规模最大、影响最深远的国际科研合作项目之一。ITER装置是一个能产生大规模核聚变反应的超导托卡马克，俗称“人造太阳”。2006年5月，经国务院批准，中国ITER谈判联合小组代表我国政府与欧盟、印度、日本、韩国、俄罗斯和美国共同草签了ITER计划协定。2023年4月12日21时，中国科学院合肥物质科学研究院等离子体物理研究所核聚变大科学团队正在运行的世界首个全超导托卡马克EAST装置成功实现403秒稳态长脉冲高约束模等离子体运行，创造了新的世界纪录。8月25日，新一代人造太阳“中国环流三号”取得重大科研进展，首次实现100万安培等离子体电流下的高约束模式运行，再次刷新中国磁约束聚变装置运行纪录，突破了等离子体大电流高约束模式运行控制、高功率加热系统注入耦合、先进偏滤器位形控制等关键技术难题，是中国核聚变能开发进程中的重要里程碑，标志着我国磁约束核聚变研究向高性能聚变等离子体运行迈出重要一步。

过热交换、驱动汽轮机和发电机运动转化为电力。

核反应堆按照中子能量不同、燃料不同、慢化剂和冷却剂不同，可分为多种类型。按燃料循环可分为铀-钚循环和钍-铀循环。铀-钚循环中按发生反应的中子能量不同可分为热中子反应堆和快中子反应堆。热中子反应堆中按载热（冷却）剂不同可分为水冷堆和气冷堆。水冷堆按慢化剂不同又分为轻水堆和重水堆。现在比较主流的反应堆技术是热中子轻水堆，轻水做慢化剂和冷却剂，其中又分为压水堆和沸水堆。中国采用较多的是压水堆技术路线，顾名思义，压水堆中堆芯所在的压力容器高压达150个大气压以上，保证工作水温达到310℃。

如此高的温度，而且持续运行，人们自然担心核电站会不会爆炸。核电站是如何控制核反应堆来保证安全的呢？这是一个大问题。

一座核电厂要保证安全和正常生产，总希望它的核裂变反应速率和功率可以按需要来调节，更重要的是要保证反应堆的功率不会超出把热量带走的能力，否则反应堆就可能因为过热而烧毁。同时，要随时监测和控制核反应增长速率不能超过允许值。反应堆功率的大小，与反应堆内中子的数目有直接关系。所以核反应堆功率的控制，就是中子密度的控制。控制中子密度的方法，就是选用吸收中子能力比较强的材料，在需要吸收中子时把它插进核反应堆。在需要提升功率时，再适时地把它提起来。目前，常用的能吸收中子的控制材料有镉铟银合金、金属铪、含硼的不锈钢或者硼玻璃，这些材料可以做成棒状，必要时在核反应堆内上下移动，这就是核电人所讲的控制棒。控制棒根据需要上下移动，主要是在需要快速调节功率和启停堆时使用，停堆时把它插进核反应堆，启动堆时把它提起来。还有一种控制材料是硼酸，可以放进冷却水里。所以，当需要使功率变化时，可通过调节硼酸浓度来控制中子密度，从而达到控制核反应速率和堆功率的作用。

走进秦山核电站的核岛，我们看到在压水堆核电厂的核反应堆里，除了核燃料、控制棒之外，还有大量的水。而且，这些水呈现湖蓝色，煞是好看。压水堆的核反应堆里为什么要用水呢？

要知道，核裂变过程可以产生新一代的中子，这些中子的任务是引发下一代的核裂变。可是核裂变产生的中子速度很快，与铀原子核发生反应的机会很小。因此要想办法把中子的速度减慢。能使中子速度减慢的材料有石墨、金属铍、重水和轻水（普通水）。其中，轻水最容易得到，最便宜，也最好操作。而且，水在核反应堆里还有一个重要使命，就是把核裂变产生的热量带出来。这一点很容易做到，因为水本来就是液态，很容易流动。所以水在核反应堆里，既是使中子速度减小的慢化剂，又是载出热量的冷却剂。

当然，有人会问这样一个问题，有了火电、水电、风电，还有太阳能，为什么还要发展核电呢？核电有什么好处呢？

这个问题非常重要。核能是低碳、高效、经济的能源。第一，核能发电过程中，不会向大气排放二氧化碳等温室气体，不排放二氧化硫、氮氧化物等有害气体。第二，一台100万千瓦轻水堆核电机组一年发电80亿千瓦时所需的燃料约为30吨，只需要一辆卡车就可以运输，而同样级别的煤电机组则需要300万吨煤，相当于5万节标准火车皮的运量。核电站的这一特点使得我国紧张的公路与铁路运输得到一定程度缓解，储备燃料风险和成本大大降低，并且铀资源在大自然中存储丰富。第三，就发电成本而言，核电综合成本（含乏燃料处置成本）可以与脱硫煤电相竞争。目前，美国已完成建设处于还贷期的运行核电厂，其1千瓦时电的运营成本仅为2至3美分。除此之外，相比水电、太阳能、风电等清洁能源，核电厂具有占地面积较小、年发电小时数高（太阳能年发电小时数约1500小时，风电约2000小时，水电约3300小时，核电约7800小时），发电量大且稳定（不受光照、昼夜、风力等自然条件限制）、对电网影响小等特点。另外，核能发电每千瓦时税收高，投资回报稳定，对银行还本付息可信度高。更为重要的是，核电是战略高科技产业，是能源发展战略性民族工业，对国民经济、国防建设、高端装备制造、电力安全和国家创新都具有重要的拉动和促进作用。也就是说，发展核电是和平年代保持和拥有强大核实力的重要途径。

正是因为核电存在的价值和意义，中国人始终没有停止独立自主、安全高效、绿色低碳发展核电的脚步。

核电安全吗？

时任秦山核电环境应急处处长朱月龙说：“我是1984年从清华大学毕业后被分配到秦山核电工作的。这些年，我比较大的感受是老百姓对核电看法的改变。别说老百姓，早期我们核电站的很多员工，对‘核’，尤其核电站发电以后的安全环保性也是存在疑虑的。提到‘核’，老百姓的第一个想法就是核电安全吗？在当时的环境下，这样的想法也是可以理解的。30多年来，随着秦山核电站的发展和安全运行，现在公众基本不会再提这样的问题，可以说秦山核电站的安全稳定运行增加了公众对核电的接受度。”

生活就是辩证法。生活也需要辩证法。

1986年切尔诺贝利核事故所带来的“恐核”阴云，不仅帮助人们更清楚地认识了核电，而且让人们更加懂得了如何去安全地建造和运行核电站。

也就是在1986年这一年，林德舜调任秦山核电厂党委书记、总经理。他深有体会地说：“建设核电站，首先要解除当地群众对核电站的恐惧和误解。我们核工业第一代主要是造原子弹、氢弹。第二次世界大战的时候，美国在日本的广岛和长崎扔下了两枚原子弹，令人印象深刻。加上过去核工业保密，不宣传，人们都是通过原子弹、氢弹来了解核工业，因此对核有恐惧心理。但实际上，核电站是利用原子核裂变以后产生的能量来发电，跟搞原子弹是两码事。但是，海盐人对核电站了解不够，社会上对核电站的了解也比较少。后来我们针对这个情况做宣传，比如县里开大会或者乡镇开会时我们就去讲，去宣传。我还到县人大作报告，给大家讲核电站到底是怎么回事，解除大家的顾虑。我们还经常把县里、乡镇各部门的领导请到核电厂参观，请他们看看核电站到底是什么样。通过一系列的核电知识普及和宣传，海盐居民对核电从陌生排斥转变为熟悉接受。后来，海盐的一些未婚女性找对象时，我们核电的小伙子成了香饽饽。”

在秦山，中国核电科普“达人”徐浏华举例告诉我：“瑞士这个国家不大，却有5座核电厂。瑞士总人口的1%都居住在距离核电站反应堆5公里范围内，10%居住在15公里的范围内。瑞士政府监测结果显示，居民每年受到的辐射剂量在0.01mSv以下。”

秦山核电基地的辐射监测情况如何呢？

“秦山核电30年的安全运行，为秦山以及国内其他核电站持续稳定的建设运行打下了良好的基础。”朱月龙说，“从数据角度来讲，秦山核电站的放射性排放量与国家规定的排放量相比，控制要素中最高的一项也只有国家规定的18%。历年来，秦山核电运行对公众个体剂量影响约为国家限值的1%。这些数据从另一个方面说明了秦山核电是安全环保运行的。另外，自秦山核电运行以来，政府环保部门一直对秦山核电实施监督性环境监测，态度从不信任转变到信任。一开始他们对我们秦山自己测量的一些排放数据包括监测结果并不十分信任，总是觉得有问题。但是通过长期的监督监测，政府环保部门完全认可了秦山的监测结果。秦山核电的环境实验室是国内建成的第一个针对核电站周围环境进行监测的实验室。通过30年的运行，我们建立了完善的环境监测系统和监测方法，在国内核电同行中确立了领先的地位。近10年来，绝大部分的新建核电站的员工都来秦山核电环境实验室实习或培训。有效的环境监测结果，增强了政府和公众对秦山核电的安全环保性的认可。”

那么，秦山核电基地周边的辐射剂量是如何监测的呢？

“人在做，天在看。”徐浏华用这么一句民间俚语作了回答，既朴素客观，又形象生动、通俗易懂。他解释道：“秦山核电自1991年12月运行发电以来，浙江省环保部门和中核集团在秦山地区分别设立了两套互相独立的监测系统，共23个监测点，24小时连续监测核电站的周边环境进行监测。”

“环境辐射监测范围有多大呢？”

“秦山基地环境辐射监测陆地取样半径为50公里，重点在30公里以内，海洋取样半径为10公里，重点在2公里以内。对大气、生物、土壤、水介质样品实施有计划的采集、实验室处理，由环境检测实验室完成分析测试。秦山核电设置了14个无人辐射监测点，24小时自动连续全天候地监测空气质量、辐射剂量，每30秒将这些监测点的数据传送汇总、存储和分析并及时上送。”

“14个点监测数据结果公布吗？”

“公布的。”

“公布在哪里呢？”

“公布在中核集团的网站上，全球所有人都可以查看。”

“数据准确吗？有没有人监管呢？”

“数据当然是真实的。国家核安全局、中国国家原子能机构、国际原子能机构都在监管。同时，为了确保数据准确，国家环境保护部委托浙江省环保厅在秦山核电周边设置了9个无人辐射监测点，监测数据也及时上传汇总在浙江省辐射监测站数据处理中心。”

“他们的数据公布吗？”

“数据每天都公布。”

“公布在哪里？”

“公布在国家核安全局网站上。而且，

这两套监测体系是完全独立的，监测数据也分别公布。任何人都可以在这两个网站上查阅。”

数十年的监测数据表明，秦山核电从第一台机组1991年12月运行以来，空气质量、辐射剂量水平一直处在正常范围内。几十年来，秦山核电用“安全第一，万无一失”赢得了海盐人民的信任。

现在，当你走在海盐的大街小巷，如果问及秦山核电是否安全的问题，几乎所有的海盐人，他们的回答就是两个字——安全。

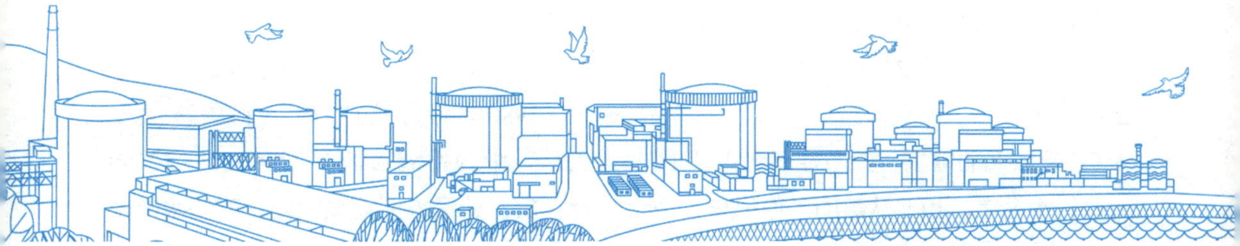

第七章

秦山二期有“玄机”

22 “彭大胆”为何“彭拍板”

“彭大胆”来秦山了！

“彭拍板”来秦山了！

一副黑边眼镜，一头银发向后梳拢，整饬的衣服上搭着一条已经磨起球的素色围巾，脸上始终挂着谦和的微笑……这就是那位主持设计建造出中国第一艘核潜艇的“彭大胆”吗？这就是那位指挥引进法国技术、与中国香港合资联营筹建中国第一座百万千瓦级核电站——大亚湾核电站的“彭拍板”吗？想当初，秦山核电一期在“728工程”论证阶段，正是因为他据理力争，才最终说服大家采取了压水堆技术路线。现在，秦山二期立项了，听说又是由他来担任筹建工作的总指挥。

他就是革命先烈彭湃的儿子——彭士禄。

“干惊天动地事，做隐姓埋名人。”彭士禄这个名字，和他从事的工作一样，一度都是国家的机密。1982年，世界第一艘核潜艇美国“鹦鹉螺”号总设计师海曼•里科弗来中国访问。他会见了中国许多著名的核动力专家，但不无遗憾地说：“就像两颗彗星不相遇，你们的‘真神’没有出来。”他说的“真神”就是彭士禄。一些外国报刊称彭士禄为“中国核潜艇之父”，但他本人却不认可这种说法。他说，我若成为“之父”，成百上千作出卓越贡献的核潜艇设计者、建造者又是什么呢？中国核潜艇研制成功，绝不是一两个人的作用所能及的，它是集体智慧的结晶，没什么“之父”之说，我充其量就是核潜艇上的一枚螺丝钉。

谁说无人知晓？青史早已留名。

1986年4月，切尔诺贝利核事故发生后，中国香港百万人签名发动示威游行，反对建设大亚湾核电站。时任水电部副部长、总工程师的彭士禄，刚刚卸任广东省核电站建设指挥部总指挥，调任核工业部任总工程师、科技委第二主任（副部长级），开始负责秦山二期核电站的筹建工作。其间，他因公赴香港，大批香港媒体记者包围了他，问道：“核电站会不会爆炸？”

彭士禄微笑着，打了一个比方，肯定地回答道：“原子弹里的铀含量高达90%以上，好比酒精；核电站里的铀含量约为3%，好比啤酒。酒精用火一点就燃，而啤酒是点不燃的。”

彭士禄这个绝妙又形象的比喻，一下子堵住了煽风点火者的嘴巴。此后，又开展了一系列科普宣传，香港媒体关于核电站新闻报道的倾向发生转变，反核风波逐渐平息了。

筹建秦山二期的决定，是核工业部根据国家计委的指示在1985年底作出的。郑庆云回忆说：“1985年末，核工业部在北京京丰宾馆召开工作会议时，接到国家计委主任宋平的指示，要求核工业部研究在秦山核电站（秦山一期）基础上建设60万千瓦核电站的可行性。经反复研究确认后，责成我和计划司张志峰同志起草给国家计委的回复报告。不久，中央财政领导小组办公会确定：‘七五’期间，核工业部在秦山扩建两台核电机组，每台容量为60万千瓦，可列入计划。”

1986年1月18日，经国务院常务会议研究，根据我国经济和社会发展中日益凸显的能源供需矛盾和能源结构现状，确定了“适度发展核电”的方针。会议决定，在秦山地区建设两台60万千瓦核电站（即秦山二期）。

1986年4月，正是在切尔诺贝利核事故在全世界吵得沸沸扬扬的时候，彭士禄来到了秦山。

这一年，彭士禄已经61岁。不过，有了在深圳大亚湾核电站“摸着石头过河”的经历，他对打赢这场硬仗多了几分底气。

来到秦山，彭士禄并没有像传说的那样，这也拍板那也拍板，而是亲力亲为做调查研究。他走到哪里随身都带着一本枣红色的16开大小的硬皮笔记本。好奇的同事就悄悄地翻开看一看，不看不知道，一看吓一跳，只见他的笔记本上字迹清清秀秀、数字工工整整、图表清清楚楚，分门别类地记录着世界各型核电站建设的地址、年份、规模、投资和运行情况的主要数据，记录着大亚湾、秦山一期、秦山二期核电站的有关资料，以及他对中国核电发展的构想，数以万计的数据、信息都一一记录其中。每当讨论到有关问题的时候，他总能从那个硬皮笔记本里查到需要的数据、实例，来说明他的观点。而他对每一个问题的分析，总是有理有据，令人信服。

从理论计算到方案设计，从土建开挖到关键设备，从工程进度到成本造价，从生产运输到安装调试，小到汇率、公式，大到核电站参数，事无巨细。彭士禄记录和计算的数据包罗万象，细致入微。例如：1克铀相当于多少克煤、多少克石油？60万千瓦发电量，用铀是多少吨，用煤是多少吨？甚至包括核燃料运输等问题。大大小小演算的数据多达6万多个。因此，彭士禄的小本本就像是一本百科全书，被大家尊称为“天书”。那时没有计算机，彭士禄的大脑就是一台超级计算机，里面装着整个核电站几乎所有的数据和细节。这需要怎样的体力、脑力和心力？其实，他笔记本上写的几页纸，往往是他起草了10多页草稿才浓缩出来的。

一座核电站仅核岛系统，就需要4万多个零部件。如何确保项目建设的科学性、可行性、操作性和经济性，有条不紊地精确开展和推进各项工作呢？彭士禄说，那就必须全面了解和掌握各项工作的关键数据和相互关系，比如基础价、浮动价，力求每千瓦电的成本具有国际竞争力，做到心中有数。因此，他亲自制订工作计划，包括各个部件的生产时间、到货日期、安装时限，包括运输路线、安全检查、反馈机制、应急预案等，应有尽有，责任明确，具体到人。当时，参与大亚湾核电站谈判和建设的外商都很怕彭士禄，说“他太强了，技术和经济都懂”。但做一个明白人又谈何容易？这是彭士禄平时爱学习的结果。他时刻注意从各种书籍、报刊上搜集资料、数据，只要与核电有关的，他都要认真阅读、研究。

面对彭士禄的小本本，人们都说他不是在工作，而是在拼命。面对这位年过花甲的“拼命三郎”，大家看在眼里，疼在心里，无不肃然起敬。一天，秘书问他，数据计算工作可以安排工程师或其他同志做，您为什么要披星戴月地亲自计算？他嘿嘿一笑，说：“自己计算可以确保心中有数，决策时就可以得心应手。工作中我习惯一鼓作气，这样的工作效率高。习惯了嘛。”

经常有人问彭士禄：“为什么敢于拍板？”

彭士禄回答：“其实有个秘诀，一定要用数据说话。”牢牢掌握实验数据，是他大胆决策的科学依据。“彭拍板”可谓是有勇有谋，一个个重大工程背后的运作机理被他掰开了、揉碎了、穷尽了，自然就有底气拍板。对这个称呼，彭士禄总是哈哈大笑：“我胆子是大，敢拍板，但我是有根据的。”他的“根据”就是数据，而且是一手数据。他曾经这样要求自己：“凡工程技术大事必须做到清清楚楚、明明白白、心中有数，一点儿也不能马虎。但人总不完美，对事物总有几分模糊。这时就要不耻下问、调查研究、收集信息，通过试验来搞清楚。”

用数据说话是彭士禄的底气，这是“彭大胆”敢于做“彭拍板”的重要原因。在他看来，凡事有七分把握就“拍”了，余下三分通过实践去解决。彭士禄经常跟身边的同事说：“科学研究，最重要的就是讲数据，没有数据不要跟我讨论这个问题。那么为了一个数字争来争去、吵来吵去也不行，民主是对的，但不能老犹豫不决。我就是专门搞数据出身的，都讲数据。所以，吵完了我就拍板了。我负责！错了，我就完全负责；对了，功劳归你们。你们可以大胆给我吵架，但最后我说了算，所以，都叫我‘彭拍板’‘彭大胆’。”

与其说彭士禄是“彭大胆”“彭拍板”，不如说他是“彭明白”。彭士禄的老战友钱觉新一辈子最佩服的人就是彭士禄，他对记者说：“老彭拍板的事情经过实践验证总是对的。我曾经问过老彭，你怎么什么都懂啊？老彭哈哈一笑，说人无完人，怎么可能什么都在行，但要懂逻辑思维，我是根据掌握的大量数据作出的判断。”

的确，从引进消化吸收国际先进技术到自主研发核心技术，几十年的时间里，彭士禄带队打赢了一场又一场核工业领域的拓荒之战。比如，从第一座核潜艇陆上模式堆到第一艘核潜艇（401核潜艇），从第一座自主建造的核电站的技术路线（秦山一期）到第一座引进设计的百万千瓦核电站（大亚湾核电站），再到筹建的第一座自主建造的商用核电站（秦山二期），这位投身于中国核电事业的功勋卓著的科学家，接连开创了中国五个“第一”，而这每一个“第一”都是他带着科研人员“摸着石头过河”，遇到重大问题很难决断时，都是他敢拿主意，勤于担当，勇立潮头，真干实干出来的。

仰望星空，脚踩大地。人们都羡慕彭士禄创下那么多“第一”，也有人问彭士禄：“难吗？”他总会回答说：“靠大家，就不难。”他还说：“科技人员最珍惜时间，时间是生命，是效益，是财富。有些问题只有赶快定下来，通过实践再看看，错了就改，改得越快越好，这比无休止的争论要高效得多。”

彭士禄研读了一系列经济学文献，对利率、浮动率、投资概算、付款、利息、还本等经济学课题都进行了学习。他还利用宴会、闲聊等各种场合向外国人请教。经济学入门后，他提出了投资、进度、质量三大控制，并为投资和进度控制建立了数学模型。一位经济学家回忆，彭士禄能从与各国投资者的交谈中，东一句西一句地问到了核电站各系统的价格比例，再阅读参考资料，把比例关系的数学模型建立起来了。这样，只要算出一个子系统的基础价格，其他系统的基础价就估算出来了，大大减少了计算量。

筹建大亚湾核电站期间，在与外商谈判遇到分歧时，彭士禄总能在台上列出数据、画上曲线，用数据论证价格和付款方式的合理性。

彭士禄很会算经济账，用最少的钱办更多的事。比如，在找外国顾问公司时，他用不到100万美元的价格与3家公司签订了服务合同，让3家公司各自作出评估报告，中方再组织工作人员听取学习。怎么评估、怎么做商务价格贷款、怎么搞标书……经过这样的学习，自己的人才就培养出来了。

筹备秦山二期的数据计算工作告捷时，花甲之年的彭士禄体重下降了20多斤，人瘦了一圈。由于长时间的超负荷工作，他少年时代遭国民党反动派毒打留下的脊柱旧患复发了，一时无法直立行走，不得不住进了北京304医院。

在秦山，“彭大胆”还是那样大胆，“彭拍板”也还是那样拍板。

本来，秦山二期最初决定也像大亚湾核电站一样，通过引进外国技术来建造。但在与日本、德国谈了一年多仍没有谈出结果的情况下，彭士禄给国务院领导写信，提出光靠外国不是办法。

1986年7月，国务院核电办明确了“以我为主，中外合作”的方式建设秦山二期核电站项目。彭士禄说：“后来就确定搞60万千瓦，自力更生、以我为主来设计建设秦山二期核电站。一定要把技术掌握在自己手里！”

1986年12月8日，彭士禄向核工业部蒋心雄等领导提交了《关于秦山二期工程筹资问题的报告》。在报告中，彭士禄详细列出了秦山二期的经济预算、电价、筹资问题和厂址选择。

谁也没有想到，秦山迎来了一个寒冷

的冬季。

秦山一期30万千瓦压水堆核电站的建设正如火如荼，又要筹建第二座自主建造的核电站，而且是60万千瓦压水堆的两个机组。中国人，行吗？

世界都在睁大着眼睛看着中国，看着秦山。

就在秦山二期刚刚获国务院批准、人马尚未到齐的这个时候，杜拉先生于11月3日来到了秦山。读者朋友，你或许还记得前文，“杜拉风波”一下子惊动了中南海，秦山迎来了前所未有的风波考验。

身为筹建秦山二期工程的总指挥，“杜拉风波”确实给彭士禄敲响了警钟。彭士禄知道，如果核电站主体工程预应力安全壳混凝土浇筑质量确实存在问题，按照国际惯例，必须推倒重来！推倒重来，那就意味着人力、物力和工期的损失，甚至可能导致整个工程前功尽弃。

“质量是否合格？只有用科学数据来判断。”彭士禄还是相信数据，他信赖这支参加过中国第一座军用反应堆、核潜艇陆上模式堆、核潜艇基地建设的施工队伍。他认为，秦山一期缺乏核电工程的建设经验，质量监督管理在事后不在事前，浇筑施工的组织管理、工作程序与发达国家相比确有问题，但安全壳混凝土浇筑质量，符合国际原子能机构制定的质量标准。从科学管理的层面来说，我们真的感谢杜拉先生，安全是第一位的，必须按程序、按规律办事。事后，经过国务院组织的专家团队的检查测试，证实了彭士禄的判断是正确的。

核岛安全壳难题尘埃落定，但其他问题仍困扰着秦山一期的建设者们。核电安全，除反应堆外，当属一回路和二回路安全问题。彭士禄凭借扎实的理论功底和丰富的实践经验，指导解决核电站一回路系统和二回路系统中一系列技术难题。面对新问题，只有自主创新才能推动工作。在现场，他不断地鼓励大家：“同志们，只要科学设计、科学试验、科学分析，就能找出解决问题的办法。”虽然，彭士禄不负责秦山一期的工作，但他主动请缨，亲自研究、试验，建立了核动力装置静态和动态主参数计算法，在主参数的选定、关键设备的选型和各系统的合理匹配等方面有很高的理论与实用价值。为了验证秦山核电站设计性能，彭士禄带领大家一起研制了一系列新材料和新设备，建立了零功率试验、燃料组件水力试验、反应堆模型试验等几十个装置和设备，开展了400多项试验。

秦山一期的“杜拉风波”没有影响“老秦人”的信心，也没有阻挡中国核电人的脚步，更不会阻挡中国核电人强核强国的梦想。

1987年10月10日，国务院批准了秦山二期工程项目建议书。时任国务院领导在国家计委《关于审批秦山核电二期工程项目建议书的请示》上批示：“工程建设拟采用‘以我为主，中外合作’，部分引进国外先进技术的方式，设计和施工的技术难点，拟向国外提出咨询，总体设计由国内承担。”

1987年10月13日，核工业部研究决定成立秦山核电公司二期工程筹建处，于洪福任筹建处主任。

1987年10月29日，国家计委正式立项，并将秦山二期列为国家“八五”计划之内的重点工程。

1988年7月20日，中核总成立核电秦山联营公司，由彭士禄出任董事长，法人代表为总经理吕德贤，副总经理为叶奇蓁、于洪福。

现在，虽然十八般兵器还没有全部到位，但舞台毕竟搭起来了。“彭大胆”又该如何在新的舞台上演好“彭拍板”呢？

好戏还在后头，大家拭目以待。

23 杨柳山上的“三大真经”

秦山二期首次实践了“以我为主，中外合作”的核电发展方针。历史实践证明，这一方针是非常正确的，指导我国自主发展民族核电，对外既不依赖又不排斥，意义十分重大而深远。

也就是说，在土建、安装、设备制造、调试过程中，如果自身没有掌握的技术和设备制造，通过中外合作的方式加以解决，凡是中国自己能干的都自己干。

但事情并非那么简单，说白了，一切其实还是从零开始。

“雄关漫道真如铁，而今迈步从头越。”来到秦山，彭士禄又是如何“从头越”呢？

坐在秦山核电科技报告厅会议室里，于洪福掰着指头跟我说：“彭士禄在秦山二期有三大贡献。一是选址，确定了在杨柳山建设秦山二期；二是提出了股份制，建立了董事会制度；三是进行了初步设计，亲自计算了核电站主参数，为秦山二期的创建打下了良好的基础。”

那好，我们就一件接一件地来讲一讲。

“如何才能确保秦山二期工程可持续发展？”

一上任，彭士禄就把这个问题抛给了大家，通过个人座谈、集体讨论、调查研究、实地勘察等方式，征求大家的意见和建议。在和大家的沟通和交流中，他一再强调，选好厂址，对于核电站来说具有牵一发而动全身的作用。在调查、论证、研究、制订切实可行的工作思路和工作方案的过程中，大家发现传说中的“彭大胆”对各种意见和建议，既未表示反对，也未表示赞同，似乎不像“彭拍板”了，变得小心谨慎了。只见他深入群众，计算数据，现场讨论，甚至跑到尚未进入科技人员“法眼”的地点考察。不过，有一点是大家都看得见的，那就是他和大家一样，都感到时间紧、任务重，希望早日把厂址确定下来，争取早日开工。

早就听说杨柳山是一个不错的厂址。这天，彭士禄叫上于洪福等人一起，驱车来到秦山南麓的杨柳山。

站在山脚下，彭士禄抬头看了看远方，大海在阳光的照耀下，是那么的辽阔，波浪在起伏中闪烁着点点金光，鸥鸟在海天之间自由自在地飞翔，一幅美丽的图画尽收眼底。

“走！我们直接上山顶。”说着，彭士禄脚下生风，走在了最前边。

沿着杂草丛生的山间小道，他们披荆斩棘，爬上了山顶，累得气喘吁吁，满头大汗。站在山顶，举目远望，远处蔚蓝色的波涛一浪高过一浪地奔腾而来，泛起的银色浪花一波一波地涌向海边；近处巨大的崖壁几乎直上直下，陡峭嶙峋。大海与大山之间一马平川，开阔舒缓，满眼绿色，是一方难得的处女地。

“好地方，好地方，真是好地方！”彭士禄喜形于色，笑着对于洪福说，“洪福，你看，那里还有那四棵参天大树呢！”

“嗯，看到了。这里真是一块好地方！”于洪福对秦山这一带也比较熟悉，秦山一期厂址位于秦山北麓，当年是陈曝之带着他来看的，是一个天然的好地方。在秦山一期的旁边，还有一座方家山，那也是一个不错的地方。但是，现在上面提出秦山二期的厂址规划在确定2台机组的同时，还要预留2台机组，也就是说要选出一个能够容纳4台机组的厂址。显然，方家山虽然施工条件比较方便，但那块地方不够用。

“洪福，那是四棵树吗？”彭士禄轻轻地问道。

“是的，是四棵大树。”陪同人员异口同声地回答。

“不！在我眼里，那不是树。”彭士禄忽然话锋一转，表情变得神秘起来。

“彭总，那是什么？”大家急忙好奇地问道。

“是反应堆！没错，那是四座反应堆！”说完，彭士禄哈哈大笑起来。

“反应堆？”大家一下子被彭士禄的幽默给蒙住了，但很快都反应过来，齐声说，“对！是反应堆，四座反应堆！”

下山了，大家一路欢声笑语，仿佛打胜仗的队伍凯旋。

不日，彭士禄就安排于洪福带领有关部门和人员，对这块风水宝地进行专业考察，同时乘坐船只从海上观察，请来航测飞机从空中察看，进一步了解海航、军队是否有规划，摸清周边居民情况等，拿到翔实的勘测数据。接着，他们又进行了大气排放试验、海水扩散试验、地质回填沉降试验等，写出了专业的试验报告。

1988年3月，核工业部组织了联合选厂组，召开了第一次会议，对杨柳山、方家山两个厂址，从技术上、经济上和长远效益上作了分析评估，并在此基础上委托核二院编制厂址选择报告和环境评估报告。6月，联合选厂组第二次会议召开，经过综合评估，同意并通过核二院编制的两份报告，推荐杨柳山作为秦山二期的厂址。

真是天遂人愿，一路绿灯。1988年9月和11月，浙江省人民政府和国家核安全局分别批准了秦山二期工程厂址——海盐杨柳山，明确要求在秦山一期附近的杨柳山上再建两台国产化60万千瓦压水堆商用核电机组，并预留有再建两台核电机组的余地，把秦山建成我国第一个核电基地。

有人说彭士禄是一个明白的“糊涂人”。其实，彭士禄心里揣着两笔账，一笔是公事的“明白账”，另一笔则是私事的“糊涂账”，用他自己的话说：“做一个明白人谈何容易？他要有超前意识，对问题有新思路、新见解；对工程技术能亲自计算主要技术经济数据；对工程进度能说出某年某月应办哪几件关键事；对技术攻关能亲自挂帅出征，出主意，给点子……但当一个糊涂人则更难，难得糊涂。凡对私事，诸如名利、晋升、提级、受奖等，越糊涂越好。”

彭士禄淡泊名利，他的人生坚持“两

不要”“两要”，即不要名、不要利，但要把核潜艇造出来，要把核电站建起来。他挂在嘴边上的一句话，就是说自己一辈子只干了两件事：一是造核潜艇，二是建核电站。这两件事，无不是惊天动地的大事业——核潜艇是大国重器，于无声处壮国威；核电站是战略性高科技产业，事关国计民生。

厂址选定之后，秦山二期工程项目就开始上马了。那时，随着改革开放的深入，国家重点工程项目的实施逐步由计划经济转向市场经济，这对习惯了计划经济运行模式的核工业系统来说，是脱胎换骨的变革，一时间工程项目骤减，科技人才和先进设备大量闲置，人才纷纷外流，大家感到失落、心气不足、忧心忡忡。

国家批准秦山二期工程的设计发电能力是两台60万千瓦，发电量是秦山一期的4倍，但面临着两个前所未有的难题，一是建设周期短，二是建设资金严重不足。秦山二期两台60万千瓦机组要148亿元人民币投资。当时中核总刚刚转型，经济实力很薄弱，要投资就得靠国家支持。然而，国家有关部门明确告知，没那么多钱，需要自筹资金。

那时，部分国有企业已经开始搞集资和股份制，彭士禄坚持参考大亚湾的运作模式运行，建立董事会制度，筹集资金。他说：“钱从哪里来？当然不能再依靠国家拨经费，只能采取市场经济的运行模式，自筹资金。这就需要进行股份制经营探索实践，走出一条全新的发展道路。”

彭士禄大胆提出秦山二期要建立董事会制度，建立与秦山一期完全不同的工作思路和管理模式。他说：“投入与产出比，是秦山二期建设成效的唯一评判标准。我们的工作目标是具有国际竞争力，持续获得丰厚的经济效益。”

那时，中国尚未颁布公司法，没有可以遵循或借鉴的工作原则和具体要求，只能结合工作实际，“摸着石头过河”。在秦山二期，彭士禄决心将市场经济原则与核工业企事业单位的人才优势、技术优势、经验优势、设备优势相结合。于是，他主动向电力不足的安徽省、浙江省、江苏省和上海市宣讲绿色廉价的核能的必要性、可行性和操作性，邀请大家共同投资、利益共享。彭士禄把三省一市相关人员请到秦山来座谈，并承诺：“大家只要来投资，将来核电厂发电了，一定以最优惠的价格卖电，同时每年还能分得股份红利。”

听彭士禄讲得热血沸腾，激情澎湃，大家都表示感兴趣。但是，一提到要大家先掏钱，都说有困难，拿不出那么多钱。

“彭大胆”不愧是大胆，不气馁，不打退堂鼓，提出了“一对一”说服的“单兵教练法”。怎么个“教练”？就是他自己带着于洪福一班人一起，一个星期内马不停蹄地跑了安徽省、浙江省、江苏省和上海市，登门拜访，说服三省一市有关部门一起来投资。

俗话说，人就怕见面。这“一对一”的“单兵教练”还真管用。后来，中核总、华东电网、浙江省、上海市、江苏省、安徽省按不同比例出资，规范化改制为核电秦山联营有限公司，为这一项目后来的发展打下了良好的基础。

彭士禄说，搞任何一项核电工程，既要懂设计、懂经济、懂辩证法，还要有安邦定国的理想，否则就管不好这个工程。

的确，彭士禄不仅钻研工程技术，还善于用工程数理的方法，把十分复杂的经济学问题，简化为一个简单明了的公式，或一条更直观的曲线。彭士禄建立了一套独特的经济学数学模型，来解答核电站建造中的诸多问题。在工程论证期间，彭士禄仔细计算了60万千瓦时核电站的主要参数以及技术、经济数据，他亲自算出的一级参数就有100多个……有人说，他是董事长干了总工程师的活。

彭士禄在他撰写的《核能在我国能源中的地位》一文中，全面地阐述了有关成本、时间、质量控制方面的理论。既是科学家，也是经济学家——这是与彭士禄共过事的人们对他的评价。

在董事会上，在施工现场，彭士禄逢人都反复强调："核电站是知识密集、技术密集和资金密集的企业，是大型工程项目，它的建设必须在国家统一规划和集中领导下，加强各部门之间的合作，发挥中央和地方的积极性才能办好。摆在我们面前的主要任务是集中各方面的人才，积极支持秦山核电站和大亚湾核电站的建设。我们应该把这两座核电站建设成为成本低、速度快、质量好、经济效益高的核电站，否则，核电就会没有竞争性，没有生命力，核电站的发展就会受到阻碍。核电站要达到较高的经济效益，在建设期间就必须严格执行三大要素的控制：成本控制、时间控制和质量控制。我要求秦山二期必须严格控制工程质量与工程总进度。如工期推迟一年，直接损失就达4.3亿元，即每天损失近120万元。"

核电建设是庞大的系统工程，要把各路建设大军、各方力量组织好、协调好、管理好，绝不是一件轻松的事情。在于洪福看来，秦山二期的"玄机"就是抓好彭士禄提出的"三大控制"——质量控制、进度（时间）控制和投资（成本）控制。他甚至把这"三大控制"称作"三大真经"。他告诉我："在秦山二期建造过程中，这三大控制我们都做得比较好。我个人觉得最好、最突出的是投资控制。投资控制中设备投资又是关键，设备投资控制住了，投资的50%就控制住了。秦山二期最后的设备投资不是占总投资的50%，而是46%，不要小看这四个百分点，那可是好多个亿的钱。"

敢为人先，勇立潮头，这是"彭拍板"的性格，也是他的优势。那时候，社会主义市场经济体制机制还没有完全建立健全，彭士禄率先引入工程建设的"三大机制"，即：业主负责制、招投标制和工程监理制，得到了中央的认可和支持。

为什么要引入"三大机制"呢？我们来听听彭士禄怎么说——

"业主负责制——秦山二期核电站从建设到最后发电，全部责任均由业主负责，业主会感到自己担子重、责任大，一些条例、规定等都与自己的责任联系在一起。我将业主分了三个层次：第一个是决策层，重大的决策由董事会定；第二个是管理层，董事会定下的东西由总经理部负责贯彻执行；第三个是执行层，就是具体来实施的层面。有了这三个层次，业主才能够保证不出事，这是组织上的保障。

"招投标制——招投标一定要是业主负责。这个项目由业主负责，就要由业主负责招投标。秦山二期的思路是，设备招投标也由业主负责，核电站投资控制，占比例最多的是设备、材料，占整个建设投资的50%。

“工程监理制——找一个国家认可的、有国家监理资质的权威监理部门，来监理我们的核电工程建设项目，才是公正、公平、公开的。监理部门对业主建设的核电工程项目出现的质量问题等，都有责任进行监理，而不是业主自己监理自己。”

彭士禄提出的“三大控制”和“三大机制”，体现了他的智慧与洞察力。他用超前预测的方法作出决策，经实践证明都是好的、对的方法，不仅为大亚湾核电站工程打下了良好的基础，而且为秦山二期工程及后续核电站的建设奠定了坚实基础。实行这“三制”的结果，秦山二期概算资金没有超标，工程建设进度提前，特别是秦山二期3号机组，提前了5个月发电。这样的速度和质量国内当时没有，在世界上也少有。当然，这是后话。

瞧！“彭拍板”“彭大胆”又回来了！

在当时实行招投标制，彭士禄也因此得罪了一些人。但是，他是个急性子，看准的事就拍板决定。

的确，引入招投标制，彭士禄遇到了非常大的阻力。当时，核工业系统的单位，职工缺乏市场竞争的意识和勇气，很多人习惯于按计划经济的通行做法，主张设备应定点生产。有的持观望态度，有的明确表示反对，争论得很厉害。

胆子大一点，步子快一点，要做第一个吃螃蟹的人，都是需要勇气的。面对反对的声音，“彭大胆”毫不妥协，坚持设计和设备全都要实行招投标制，开启了中国核电建设招投标制度的先河，探索出了中国自主发展核电事业的新道路。时任国家计委主任黄毅诚也很支持，并且强调要公开招投标，而不是假招投标。

然而，“彭拍板”发出的招投标的呼喊，响应者却寥寥无几。即使打电话广而告之，前来询问招投标的人也是小心翼翼，将信将疑，效果很不明显。看来，解放思想真是一件不容易的事情。如何才能改变人们固有的思维模式，换脑筋呢？副部长级的“彭大胆”，再次使用“一对一”说服的“单兵教练法”，主动登门动员，一家一户地跑，挨家挨户地说，与有关研究机构解释沟通，鼓励他们积极参与竞标工作。每到一个单位，彭士禄就说：“我的同志哥，你们是中国核动力事业的龙头单位，在中国核动力史上具有不可替代的地位和作用，所以，我坚信大家在市场经济形势下也能再创辉煌。希望你们‘两条腿走路’，既能出色地完成国家下达的军工任务，又能在市场经济的大潮中游刃有余，充分发挥人才优势、技术优势，努力打造成为国际核动力行业的排头兵、先锋队。”

真情最能打动人心，彭士禄的大道理小道理，说得大家心里热乎乎的。在他的鼓励和推动下，中国核动力研究设计院（简称“核动力院”）初战告捷，凭借自己的实力顺利竞得了核反应堆一回路的项目。

说起这次招标，背后还有一个鲜为人知的故事。

要知道，自1970年中国第一艘核潜艇下水后，核动力院因为缺乏业务，陷入近20年的低谷期，因此全院上上下下对这次招标工作十分重视。当时，他们投的是三标段，也就是核岛反应堆一回路的主系统。大家夜以继日地做方案，还派出20多人的队伍来到北京。谁知，招标会召开在即，核动力院听到私底下传出来的“风声”——即使核动力院中了标，也不会真的能够获得这个项目。据说，有上级单位希望由上海一家核电设计院来承担这个任务。为啥？因为大家普遍认为，核动力院是做核潜艇的，你就做好你的核潜艇就行了，别到核电这个市场来搅和。

核动力院投标团队听到这个小道消息后，顿时像泄了气的皮球，灰心失望了：“如果是假投标，我们大老远从四川赶来干啥子嘛?！”

小道消息害死人。得知消息的彭士禄赶紧派人找到核动力院的同志，亲口作出保证：“我们是真投标，希望你们回去认真准备。”

听了彭士禄的话，核动力院投标团队说：“本来没有什么信心了，如果没有彭总那一句话，我们就要打退堂鼓了。”

最后，招标的结果出来了，核动力院以91.33的得分大幅领先。后来，他们说，即便彭士禄自己手中的5分投给了其他单位，核动力院也依然位居第一名。由此，核动力院真正踏上了军民结合、高速发展的道路，在市场经济大潮中迈出了至关重要的第一步。而中国核动力系统的科研单位和建筑企业，也从此开始了凤凰涅槃的二次创业历程，一路高歌，走向世界。

你瞧！这真是一位有勇有谋的“彭拍板”！

你瞧！这真是一位敢干能干的“彭大胆”！

24 “秦山愚公”又移山

“‘愚公’，不好了，有人跑到工地上闹事了！”

“愚公”是谁？愚公就是于洪福。接到施工队打来的电话时，他正在医院里。这个周末，他正在陪妻子体检。

对妻子，于洪福心里有很多愧疚。当年，两个年轻人响应祖国的号召，从海滨城市大连来到嘉峪关外的戈壁滩，参加原子弹的研制事业，相识相恋相爱，一路有你，相伴一生。他们是同学，青梅竹马，感情也特别好，妻子非常支持他的工作。不幸的是，妻子在1978年突发脑出血，抢救过来后留下了后遗症——偏瘫。由于工作忙，他始终没有能够照顾好生病卧床的妻子。36年中，从40几岁到80岁，妻子人生的一半时间都是在床上度过的，直到2015年1月去世。

在秦山采访的时候，于洪福并没有告诉我这一切，也从未提及他的妻子。直到我开始写作本书的时候，才从一些资料中获知，不禁油然而生一种敬意。

1986年，于洪福转战秦山二期，当筹建办主任。这一年，他50岁。

五十而知天命。在秦山一期的这四年，令他刻骨铭心。之前来到秦山，他干的第一件事就是“惊天动地”的移民开山的工作，现在到了秦山二期，他干的工作又是移民开山。中国古代有“愚公移山”，于洪福姓于，于和“愚”谐音，都是在移山，于是大家就戏称他是“秦山愚公”。

此番再战杨柳山，于洪福二话没说，以绝对服从的报国精神，披挂上阵。有了在秦山一期的经验，他对这项新的任务信心满满。那时，秦山二期公司总部在北京，于洪福负责现场工作。不过，这一次，他的队伍没有从前那么大了，他从秦山一期挑选了八个人——王式勋、陈祯祥、夏鸿畅、薛其飞、田淑卿、谢韫霖、叶敏、杨贤义，包括他自己在内，一共九个人，就轻装上阵了。不过，实际到位的却是“八个半”人。为啥？因为杨贤义是秦山一期计划处副处长，必须兼顾两边的工作，一时间脱不开，所以就成了“八个半”。

现在，在彭士禄的带领下，秦山二期的厂址确定下来了，于洪福就开始准备工程现场的土石方开挖和“四通一平”工作。

“秦山愚公”又开始移山了。征地，搬迁，移民，这些求爷爷告奶奶的得罪人的事都来了。这不，好不容易有个周末的时间陪妻子来医院，电话就打来了。为啥事？

到了现场，于洪福一问，原来是有几个村民因为征地补偿款没有及时发放，就跑到工地上要钱来了。怎么办？曾任秦山二期副总经理的方诗经回忆说，当时有人建议请武警或公安来采取强制措施。但是，于洪福没有这么做，他说：“抓人容易放人难。我们是一辈子的邻居，彼此分不开，还是要以情感人，让利于民，互利互惠。”

的确，于洪福的人缘好、口碑好，秦山的老百姓信任他，也感谢他。谁让他的名字叫“洪福”呢？每当遇到矛盾困难，村民们在得到满意的答复后都会微笑着说：“托于总的洪福了。”于洪福则笑着回答：“秦山核电托大家的洪福了。”

在秦山，于洪福好像是一张名片，也像一张路条，说出来村民们就信、就认。有精明的村民知道核电建设大军来自五湖四海，尤其以四川人居多，他们就开起了小酒馆、小饭店，连饭店的名字都叫“洪福”。

进入杨柳山，需要绕过秦山。当时没有现成的路，要修路又没有征地，没有地怎么修路，没有路施工机械怎么进入场地，没有机械如何进行土石方开挖？因此，作为国家核电建设的重点工程，秦山二期建设需要大量用地，这就涉及征地和拆迁。如何顺利、及时地征用工程所需的土地，做好农民和工厂的拆迁工作，成为工程顺利实施的关键。

秦山村老支书袁胜利告诉笔者：“秦山一期正在土建施工，秦山二期也走上了议事日程。杨柳山是一座独立的山，它进出是没有道路的。当初筹建的时候，于洪福总经理到我们村里来跟我们说，秦山二期筹建一个企业，首先要三通，第一路要先通。他看来看去没有其他道路，只有从我们秦山村通过最方便，因为现成有一条路可以利用，所以来跟我们商量。商量之后我也提出这么一个建议，用路是可以的，大型工件运进去，最起码50吨，我们当时的桥也比较小，你要建路干脆就把这条路建好，然后把桥也建好。后来他答应了。当时搬迁也涉及我自己的家，作为村干部，我二话不说，毅然带头搬迁。在征地和搬迁的那段时间里，每天的事情真的是千头万绪，每一件都需要认真地去解决，在这个过程中，我把握的原则就是国家利益和村里利益要兼顾。”

于洪福充分发挥自己在秦山一期与地方领导和群众建立的良好关系，采用青苗补偿等让利于民的实惠措施，拓宽机耕路，铺上石子水泥，修成了一条进入厂区的必经之路——秦桃路。

施工机械车辆的进出道路解决了，今后进入厂区的正式道路、厂内职工上下班的路怎么走呢？这是于洪福认真思考的一个重大问题。按照原来设计总图的布置，是拓宽秦山镇路，经过杨柳村，抵达杨柳山厂区。但是，这样一来，职工上下班要绕行4公里，而且拓宽道路，就需要征地45亩，拆迁移民几十户，加上拆除路边的建筑、移栽树木等，都需要经费，是一笔不菲的开支。

本来经费就紧张，钱从哪里来？

七嘴八舌，两种不同的意见摆在了桌面上。一种是建议修一条山间公路，一种是提议修一条隧道。两种意见僵持不下，怎么办？双方都希望得到彭士禄的认可和支持，于是就请“彭拍板”来拍板。

建议在山间修路的一方，跟彭士禄表达了自己的初衷和心声：“彭总，我们建议修山间公路，不仅是周期短、投资少，也是为了方便周边的老百姓的出行，促进经济发展，改变他们的工作和生活环境。当地群众也有强烈要求。”

建议在山间修隧道的一方，跟彭士禄算了一笔账：“在秦山与杨柳山之间，开挖一个隧道，直通施工现场，不仅大大缩短了员工上下班的时间，还将大大加快工程的进度。彭总，你不是说过‘时间就是金钱嘛’！”

听了两方面的意见，彭士禄没有急于拍板，他也想听听于洪福的意见。

于洪福说：“彭总，如果在秦山中间打通一个隧道，岂不是一个省钱、省地、省时的好办法呢？将秦山一期和秦山二期连成一片，对将来秦山基地的整体规划也有利。”

到底采用哪一种方案呢？彭士禄的经济学在核电系统是出了名的，他的“天书”上都有一本账。

充分征求了双方的意见，彭士禄拿出了自己的意见。他说：“大家在工作中能结合当地群众的需求考虑问题，积极为他们排忧解难，这很好，我举双手赞成。我们在核电站开发建设中就应该自觉地、力所能及地为群众办实事，把实事办好。建设一方，造福一方。这个问题我想过，我们可以结合未来的发展战略，为当地群众修一条开放路、致富路、幸福路。”接着，他话锋一转，强调说：“在山间修一条公路，速度快一些，经费少一些，但运输途中车辆需要不断地转弯，上上下下，起起伏伏，危险系数高；挖隧道呢，进度稍微慢一些，费用也高一些，但道路平坦些，缩短了里程，节省了时间，车辆和设备安全系数高。所以，从安全和长远考虑，我赞同建一条穿山隧道。”

彭士禄拍板了，皆大欢喜。

彭士禄经常告诫大家，搞任何一项核电工程，我们既要懂设计，懂经济，懂辩证法，还要关心建设人员的生活疾苦，关心当地百姓的渴望诉求，要有安邦治国的理想和悲悯的情怀。如果核电站建设延误一天损失多少，你心里没数，你就管不好这个工程。在秦山二期建设中，彭士禄以他独有的个性、超凡的胆略，在浙江省政府的支持下，昂扬拍板，将在国防建设中作出贡献的、施工技术超群的二二公司、二三公司5000人的临时户口挂在嘉兴市，由秦山二期出资，全部落户到海盐，不仅满足了稳定秦山核电工程队伍的要求，解决了历史上建筑施工单位建完就走、满地游离的困境，还为工程建设者提供了固定的生活家园。从此，秦山核电也就拥有了一支打不散的核电工程建设队伍。

1992年5月1日，秦山二期主干道隧道工程正式开工。北段隧道由二二公司二公司施工，南段隧道由二七二大队和二六二大队施工。两支队伍都采用了光面爆破、激光测量仪控制洞体开挖技术，在挖掘中采用了半秒雷管等先进工艺和技术，工程进展安全顺利。整整两年，1994年5月1日，秦山二期主干道隧道建成通车。这条全长963米的隧道笔直地从秦山底部穿过，将秦山一期和二期连成一体，不仅满足职工上下班需要，而且工程大件设备运输也非常顺畅。邹家华来到现场，亲笔题词将这条隧道命名为“秦山隧道”。

1993年5月，秦山二期土建工程开工。队伍到齐了，登上了杨柳山，又要移山填海了。于洪福感觉自己这辈子似乎就是一名开山工。当初来勘察的时候，他就已经想好了，如果把这座小山挖平，填高海滩，把核岛、常规岛建在山体的基岩上，这里不正是梦寐以求的建设4台机组的理想厂址吗？说干就干吧！“秦山愚公”一声令下，只见杨柳山上如千雷劈波、万狮狂吼，地动山摇……历时两年，昔日的杨柳山不见了，现场土石方爆破挖运达660多万立方米。1995年5月，秦山核电二期工程场地平整工作基本完成。负挖工程于1995年6月开工，11月完工，共完成土石方挖运76万立方米，填平补齐用混凝土2.2万立方米。

伫立海边，于洪福浮想联翩，他想起了彭士禄那天带他们来看山时所讲的“四棵树”的情景。是啊！现在“四棵树”已经不见了，不久的将来，四座雄伟的核反应堆就会在这里拔地而起……

功成不必在我，功成必定有我。等秦山二期建成的时候，彭士禄和于洪福都早已功成身退。然而，他们的故事镌刻在秦山之上，像涓涓流淌的秦溪流淌在“老秦人”的心间……

25 逼上梁山，独立自主

“只有独立自主才能靠得住！”这是所有亲身经历过秦山二期创业的人们发自肺腑的真言，也是箴言。

秦山二期在设计建造的技术路线上走过弯路。到底是和德国合作，还是与法国合作，争论了很久，到1989年，西方国家打着民主自由的幌子、戴着意识形态的有色眼镜，对中国采取经济制裁和科技封锁，对外合作的谈判工作中断。

本来，在1988年1月的时候，秦山二期工程根据国家确定的“以我为主，中外合作”方针，在实施招投标制后，经评标委员会评标，就已经正式确认由核二院为总包院、核动力院和华东电力设计院为分包院，由中原核电建设公司（简称“中原建”）负责核岛、常规岛、BOP工程的土建安装总承包，二二公司、二三公司和二四公司及第五安装工程公司（简称“五公司”）、浙江火电为分包单位，准备开工建设。同时，秦山二期工程首次在核电项目中引入了工程监理，由核工业四达监理公司承担建造、安装阶段全过程、全方位的监理，并提前制订了质量保证大纲。在质量控制中，由监理公司协助业主严格审查施工方案，坚持旁站监理，及时发现和处理问题，避免发生质量事故。

“以我为主，中外合作”本来是双轮驱动，两个轮子一起转，现在“中外合作”的轮子因为西方的科技封锁转不动了，只剩下“自主”这一个轮子了。

1989年8月，国务院核电领导小组发文指出：“目前对西方一些国家政府的制裁和压力，我方应采取两手准备，即一方面继续坚持对外开放的方针，做好外方工作，尽量争取外援；另一方面为争取主动，立即组织国内力量，大力协同，以大亚湾核电站为参考，利用已获得的比较充分的法国资料，同时吸收秦山核电一期工程（30万千瓦）和大亚湾核电站的有关设计、建造经验，以我为主开展设计。”

既然别人靠不住，那就依靠自己！现在，设计自主化、设备自主化、建造自主化是秦山二期核电站设计与建设者们的最大课题。

逼上梁山！用这句话来形容秦山二期走独立自主的道路，一点也不过分。

自主创新必定是一条充满艰辛的道路，唯有披荆斩棘，才能一往无前。

1989年10月，秦山二期可行性研究报告（自主方案）编制工作完成。1990年2月，秦山二期自主方案总体设计文件的编制工作正式完成。1992年8月，秦山二期自主方案初步设计最后完成。1992年11月，秦山二期工程初步设计通过国家审查。

按照工作程序，秦山二期此时就应该可以申请开工了，然而没想到的是，这个时候正好赶上了国家调整基建项目，所有未开工项目一律不再颁发开工许可证。尽管当时上级主管部门采取了“杀一群鸡，保一头牛”的措施，砍掉了一批小项目，挤出有限的资金保证秦山二期工程的进展，但也仅仅是杯水车薪，工程前途未卜。

作为施工现场的指挥，于洪福向董事会提出，要保住秦山二期工程项目，最基本的是要确保“三个不停”：一是设计不能停；二是设备谈判不能停；三是现场施工不能停。而要确保这三项工作不停，就要限制进度，维持最低的工作量，而且必须有一定的资金作保证。

1995年2月，时任中核总副总经理张华祝负责分管秦山二期，主要工作任务就是在各相关部委协调的基础上落实资金筹措方案，负责联营合同和公司章程的修改。他回忆说：“钱从哪里来是个问题。当时蒋心雄总经理经常向国务院领导汇报，邹家华副总理非常支持，并作出重要批示，要求国家计委落实。资金筹措过程中有两个重要的会议。一次是1995年7月12日在秦山，主持人是当时国家计委的一位副主任，分管投资。会议有中核总及浙江、上海、江苏、安徽、华东电管局等几方人员，主要讨论资金筹措问题。会议提出的方案是由6家出24亿元，通过银行贷款88亿元，再加上出口信贷。但由于各省市出席会议的代表没有获得足够的授权，答应把会议的精神带回去，因此没有形成最终结果。同年8月16日在中核总秦皇岛培训中心，国家计委的这位副主任又将几家召集在一起开会，最终确定了股比。”

这两次筹资会议对秦山二期顺利建设起到了重要作用，解决了关键的资金问题。

郑庆云回忆说：“秦山二期立项后，因资金困难迟迟不能开工。当时中核总提出与地方合作，吸纳地方资金，组织股份制核电公司。但中核总的资本金还没有着落。于是，再次组织财务司、政策研究室和核电秦山联营公司谋划办法。最后提出，利用秦山一期煤代油资金，滚动发展秦山二期的想法，并责成政策研究室起草报告，向国务院领导和国务院有关部门汇报。时任国务院副总理邹家华同志在听取中核总汇报时说：‘7.4 亿元的煤代油的钱，计委可以研究这个问题。依我看，没有什么可争的，都是国家的钱。首先要肯定，这笔钱谁也不准拿走，就用它来搞核电。’又经过整整两年的反复努力争取，最后，国家计委以煤代油专用资金办公室的名义下发了《关于将浙江秦山核电站一期工程的煤代油基建贷款本息转为浙江秦山核电站二期工程中央项目资本金的通知》，确保了二期工程资金到位，推进各项工作顺利进行。”

为了筹集资金，彭士禄带领于洪福和公司副总会计师王进奎到三省一市游说，同时在中核总领导和董事会的授权下，找上级主管部门，最后直接找到中央领导，为工程争取到了一笔笔宝贵的资金。在筹集资金的过程中，于洪福先后三进中南海——其中一次是找时任国务院副总理朱镕基，两次是找时任国务院副总理邹家华。

说起这段“要钱”的故事，于洪福眼睛里闪过一道光，那里面有辛酸，也有幸福。他说：“有一件事我至今记忆犹新，觉得很有意思。那次我要进中南海见邹家华副总理，跟邹家华的秘书吴秘书联系，他说给我安排，要我这一周不要离开北京，只要邹家华副总理有空，哪怕挤出10分钟，他就给我打电话，让我赶紧坐车进中南海。结果我等了5天也没有电话。我们在北京有个办事处，有两辆车。这一周办事处其他人办事也要用车。我因为还不知道究竟要等多少时间，就对他们说：车你们拿去用吧，该上哪就上哪。刚好就在这两辆车全部出去的时候，吴秘书来电话了，叫我马上去。我说出租车能进去吗？他说，那不行！我去找核二院的领导，他们说有一台老上海车，但是破的，早就淘汰了，看能不能开。我对司机说只要能开进去，回来无所谓。谁知，车开到中南海门口，警卫不让进，就因为车破。我只好打电话给吴秘书让他出来接我一下。吴秘书出来接，我们才进去。到了停车场，我们的车一停下来，别的司机都出来围着我们的车子转，乐呵呵地问：你这个车怎么进来的？”

在中央领导的关心和帮助下，秦山二期的这笔启动建设资金终于得到落实。

根据新的国际国内形势，秦山二期工程建设的方针也作出调整，设计由“中外联合设计”改为“自主设计”，并将参考电站的三个环路改为两个环路。这样的改变，对工程设计、建造等各方面都提出了诸多技术挑战，尤其造成了后来的图纸设计困难。在设备采购方面，秦山二期也改变策略，国外部分核心设备采购从原定的“一国采购”改为“多国采购”，以招标方式邀请国外多家供货商投标，根据供货商的信誉、经济实力、技术水平、贷款条件及报价进行综合评定，做出最终选择，保证“以我为主”的话语权。国内制造部分采用业主自主采购、扩大国内分包、合作制造、独立研制等多种方式，大力推进设备的国产化。他们组织人员在对国内外潜在的设备供应商进行摸底的基础上，执行供方评价，对120多个国内外供货厂家进行了评审。

1995年12月15日，国家计划委员会正式批准秦山二期工程开工。

不可否认，20世纪90年代初期，国家实行宏观经济调控政策，经济环境压力加大，导致秦山二期的工程设计和工程筹资工作一波三折，设计困难重重，进度十分缓慢，从1986年至1996年，前后足足用了10年的时间。即使到了1998年，尽管已经开工一年多，可杨柳山的工地现场依然冷冷清清，实际工期与计划相差太多，人们不敢预言秦山二期的未来，忧心忡忡。甚至有人开始质疑秦山二期建设的合理性，扬言秦山二期是一个“建不成的半截子工程”，将会是一个烂摊子。

秦山二期，走到了十字路口。

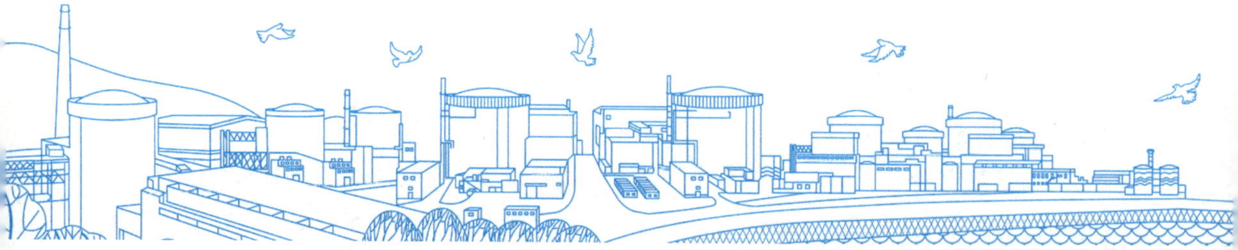

第八章

“一定要把核心技术掌握在自己手里”

26 “平湖会议”不平常

1996年2月1日，再过半个多月就是一年一度的春节了。

嘉兴，平湖。核电秦山联营有限公司第三届第二次董事会就在这滨海小城召开了。忽然来了这么多辆小轿车，忽然来了100多位外地人，小城似乎一下子平添了节日的气氛，变得更热闹了。

春寒料峭，乍暖还寒。与会的人们并不轻松，脸上也看不出来过节的喜气，只有凝重和焦虑。这次会议的主题是确定总投资148亿元的秦山二期在完成“四通一平”之后，能否“按时开工”的问题。因此，这是一次关系到秦山二期前途命运的会议。这就是秦山核电历史上著名的“平湖会议”。

很多年以后，还有人好奇地问：作为业主的核电秦山联营有限公司为什么把这样重大的会议安排在距离秦山40公里的邻县平湖举行，而不是安排在海盐，更没有安排到北京？显然，这是一次无论在时间和地点上都是精心挑选的会议。

从1986年1月到1996年1月，秦山二期的工程准备，已经整整用去了十年。这十年，有两件事对秦山二期的进展产生了重大的负面影响。一是1986年4月的苏联切尔诺贝利核事故，“要不要继续发展核电”成为世界范围内的争论焦点，秦山二期是继续干还是下马？是采用引进项目还是自主建造？一直争执不休，导致工程前期准备工作几乎无法进行。二是1989年之后，西方国家对我国实施经济制裁，秦山二期工程建设在招投标、设备与技术标准等方面遇到了前所未有的困难。

平湖会议就是在这样的背景下召开的，主要议题是为土建、安装和调试分配时间表。中核总、核电秦山联营有限公司和各股东单位、设计建造参建单位的领导、专家参加了会议。走进会场的人们神情严肃，步履沉重，深知责任重大。据说，在这次会议之前，作为控股单位的大股东中核总已经多次讨论，认为秦山二期工程对于优化我国能源结构、实现核电建设国产化、保存核工业队伍和核技术力量都具有重大意义。根据我国当时的情况，建议工程在1996年6月1日开工。

责任重于泰山。现在，对与会的人们来说，秦山就是泰山。

为什么？

“九五”计划期间，中国共有4座核电站陆续开工，广东岭澳核电站采用外国设计中外合资，连云港田湾核电站设备全部从俄罗斯进口，秦山三期是引进加拿大的“交钥匙”工程；唯独秦山二期是自主设计、自主建造的，而国产化的先天属性注定了秦山二期要与“艰难”始终相伴相生。

的确，与会的6家股东单位和设计、建造单位的领导及专家们心里都明白，秦山二期工程当下所面临的困难不是一张纸能够写完的，也不是一次会议能够彻底解决的。为啥？当时就有人将秦山二期国产化遭遇的困境总结为“五难”：一是图纸难，秦山二期60万千瓦商用压水堆是以大亚湾90万千瓦压水堆为参考，将三环路改为二环路，绝不是砍掉一个环路那么简单，会带来土建结构力学、反应堆安全设计、热功率计算等各方面的问题，需要重新设计。二是采购难，进口设备从原定的“一国采购”改为“多国采购”，目的是打破西方国家垄断式的漫天要价。秦山二期的大件设备来自8个国家，而小件设备则涉及20多个国家。从不同国家进口设备使采购经费下降了30%，钱是省了，但出现了设备接口方向、管径尺寸不配套的问题，都需要在设计中重新消化，增加了设计的难度。三是资金难，由于部分资金难以到位，钱付不出，人家什么都不卖给你，造成已签合同的进口设备拿不到技术参数，导致许多系统的布局无从下手。四是交货难，设计难、资金难的叠加，自然导致订购的关键设备无法按时交货。而我国当时机械电子化水平与国际水平尚有差距，特别是有些核级设备采用的新材料还得从试制开始，更是难上加难。五是缺经验，核电60万千瓦机组商用堆大家都没干过，世界也没有先例，秦山二期业主管理只有秦山一期的有限经验，只能在摸索中前行。这“五难”环环相扣，捋顺了都很不容易，更别说开工了。更重要的是，工地现场所储备的施工图纸仅仅是整个工程图纸量的6.8%，按照核电厂施工的国际惯例，图纸到位率最低应该达到60%，方可具备开工条件。

的确，面对“五难”，围绕着是否在6月1日“按时开工”这一关键节点，平湖会议的与会者争论得十分激烈，面红耳赤，会议开得十分艰苦，也十分纠结。

相当一部分人认为，相信科学，实事求是，秦山二期无法按时开工。只要熟悉核电建设规律的人都知道，如违反常规开工，不出3个月，还是要停工或返工。

会议伊始，张华祝说话了，直接向制约工程开工的“瓶颈”设计总包单位发问：“二院，你们认为图纸什么时候出齐？”

通过激烈招标竞争获得工程设计总包院的核二院无言以答，同为设计分包院的核动力院、华东电力设计院也选择了沉默。

不是不敢回答，而是“五难”真的太难了。不是主观上不作为，而是客观条件制约了作为。

会议陷入了短暂的沉默。

过了一会儿，有人说话了。大家扭头一看，是核二院副院长倪武英。这个斯斯文文的男人，看上去有些柔柔弱弱，一副老花眼镜背后的眼神却透露出严谨、坚毅与执着。这位出生于浙江的农家子弟，当然为在家乡建设核电站感到自豪。他操着一口吴侬软语，不紧不慢地说：“我认为开工条件尚不完全具备。按照常规要求，核电站工程要在主设备合同生效后18个月，施工图设计完成60%以上才能开工。而秦山二期工程的蒸汽发生器、汽轮机等主设备合同现在还没有生效，反应堆厂房因为缺少主设备载荷无法进行结构计算，施工图设计也没办法进行。目前，所完成的设计施工图仅达总数的6.8%。在这种情况下开工，势必造成千军万马等图纸的后果。”

核二院作为秦山二期工程的设计总包院，承担着重要的设计工作和对分包院的协调联系工作。倪武英知道，这项工作的复杂、繁琐和艰难。秦山二期工程共有300多个系统，分包院核动力院和华东电力设计院负责近90个系统和6个子项的设计工作，其余220多个系统和85个子项的设计工作都由核二院承担。

倪武英的发言，使会场再次出现了沉默。与会的100多位代表中，有原核工部的老部长，有各大股东单位的老总，还有各单位的领导和专家。沉默中，人们在思考：违背常规开工，重重困难会难以预料，但是，如果再拖延下去，很可能会遇到工程夭折的危险。

很快，就有人提问：“说条件不具备，那要等到什么时间才行？”

接着，又有人说：“图纸不能满足开工条件，跟设备的多国采购有关。可是，再拖下去，情况会有什么变化谁能预料？”

“现实已经不允许再等了，只能先干起来，让设计单位多克服困难吧，慢慢适应，逐步完善……”

“你不开工，永远不知道哪对哪错！”

“只有在‘上’的过程中，对图纸的认识才有可能不断完善。”

“你说等图纸差不多到位了再开工？等几个月？未来不确定因素太多了，而且在等的过程中，前面的既定因素也会发生变化。”

的确，力主开工的人，不是不讲科学，不是不讲实事求是，而是缘于太了解国情了。

“这三环路改成二环路，还需做300多项重大修改。修改设计，费工又费时，还不如改成90万千瓦得了，目前国际上最成熟的堆型是100万千瓦核电机组。”

“这位股东，之所以改成60万千瓦，那是因为我们自己的制造业技术还跟不上。要知道，咱们的汽轮发电机只能做到60万千瓦，跟不上啊！”

“是啊！说起来轻巧，国家计委重新立项要多少时间？万一重新立不了，咱们这支核电队伍就喝西北风了。”

的确，秦山二期现在已经不再是讨论上马与下马的问题了，如今都已经十年过去了，还在这里打圈圈，如果觉得按时开工艰难就继续拖延，说不定就有可能把秦山二期项目搞丢掉了，把核电建设的队伍搞散了、搞垮了，甚至搞没了。与会者都明白如何为国家保留这支“军转民”的核工业队伍，才是最需要解决的问题。

在完成的设计施工图仅达总数的6.8%的情况下，听到大家依然主张按时开工，倪武英就不再强调设计的困难了，也在大会上作了表态：“服从会议决定。”但是，他心里最担心的是——对投资148亿巨额的工程项目，决不能有半点儿疏忽。压力实在是太大了，可是时间不等人啊！

根据最初的安排，秦山二期总的建造时间是72个月，其中土建为25.5个月，其他为安装、调试时间。现在，由于施工设计供图严重滞后，平湖会议的议题转为对原定的时间进度安排是否需要调整的问题。

要不要调整时间进度安排呢？如果要调整，又是如何来调整呢？

按照国际惯例，建造一座核电站的周期需要72个月，也就是6年时间。这个时间，包括设计、建造、安装、调试全流程、全过程的整体性完工。秦山二期工程建设的工期就应该是从1996年6月1日至2002年6月1日。从会议讨论来看，与会人员中，绝大部分还是同意维持原来的安排，认为前期土建为25.5个月，后期安装和调试的时间分配也是合乎国际惯例的。

“我认为，这个时间安排必须进行调整。”就在这时，会场上有人说话了，声音铿锵有力，似乎不容置疑。大家抬头一看，说话的是核电秦山联营有限公司主管基建工程的副总经理刘明涛。

刘明涛1964年毕业于湖南大学土木工程系，响应祖国号召进入核工业战线，来到大西北的四〇四厂，后又转到八一六厂，一直都从事基建工程工作。1983年来到秦山，干的还是老本行。刘明涛是一个典型的湖南“蛮子”，性格是出了名的直爽。大家都知道他不好惹，遇到不合理的事情敢于站出来说话。其实，生活中的他，是一个十分随和、开朗的人。

看到大家都在认真听，刘明涛清了清嗓子，说：“我说时间安排必须调整，有一个前提，就是保持总工期72个月不变，只是将土建工期由25.5个月增加4个月，调整为29.5个月，而安装、调试时间相对缩短一些。”

刘明涛为什么要提出这个建议？难道安装、调试工作就可以随便缩短吗？因为曾担任过秦山一期工程基建处处长和计划处处长，刘明涛对核电站工程建设的全流程都十分清楚，对土建工程更是了如指掌，对秦山二期当前面临的国内国外各方面的环境、矛盾也相当了解。更重要的是，秦山二期工程的土建施工图纸现在只出了6.8%，特别是反应堆厂房的堆内结构施工图大大推迟，这就制约了土建在25.5个月的时间内实现反应堆厂房封顶。

一石激起千层浪。刘明涛的意见立即在平湖会议上引起了激烈的争论。大家各持己见，相持不下。这时，有人悄悄地劝刘明涛：“这是上级已经定好的，如果不行，先就这么干着，到时再调整调整也是可以的。”

谁知，刘明涛湖南“蛮子”的脾气来了，强烈地坚持自己的意见，他甚至轻轻地拍了一下桌子，希望引起人们的注意，说：“我认为，这是关系到整个大局的问题，如果不这样做，就会带来四大严重后果。”说到这儿，他站了起来，声音也提高了八度，掰着指头说：“其一，这个计划是不可能实现的计划，缺乏指导意义。其二，后面安装工作和设备供应工作受到严重影响，安装人员进场了，设备到货了，怎么办？其三，大量资金被提前支付，多付利息。其四，计划会被一拖再拖严重影响士气。”

这一二三四，刘明涛说得句句在理，四大严重后果都扎在心上。

会场顿时安静下来，人们似乎只听到自己的呼吸。连吸烟的人，也下意识地把香烟从嘴巴上移开，任凭烟圈袅袅。大家都静静地坐在那里，仿佛在听一场演说。

接着，刘明涛十分冷静说：“说句实话，秦山二期6月1日按期开工，是需要我们有一点冒险精神的。但是这种冒险必须建立在科学的基石上。有些同志可能不十分清楚，但我是管这个的，我基本上是清楚的，我不坚持，就是失职！”

大家听刘明涛这么一分析，讲得确实有理有据，基本同意了他的意见。于是，一份极为独特的二级网络施工进度表产生了——土建29.5个月（延长4个月），安装25个月（提前压缩2.5个月），调试15.5个月（提前压缩1.5个月），总工期72个月保持不变。

的确，这是一张具有挑战性的时间表和路线图！实践最有说服力，经过两年多努力，土建工期比29.5个月提前了5天完成任务，可见刘明涛工作水平之高、计算之精准，也让大家看到了一个耿直坦荡、敢于担当的人。

的确，秦山二期面临的是背水一战！

“好！为了核电国产化事业，那就走一步险棋吧，计划不变，秦山二期6月1日按时开工！”张华祝当机立断。

毫无疑问，这是一个大胆的决策！这是一个充满冒险精神的决策！充满着巨大的压力与挑战！

主持平湖会议的张华祝下定决心，一锤定音。说着，他拿起笔来，第一个在平湖会议的会议纪要上郑重地签上了自己的名字。

掌声响起来了！

这是核工业人为自己的勇气和担当鼓掌，为艰难的中国核工业国产化鼓掌！

张华祝站起来，微笑着分别与来自上海、浙江、江苏、安徽的5家投资方的董事紧紧握手，感谢他们在秦山二期最困难的时候给予的信任和支持。此刻，人们或许才明白“老秦人”的用心良苦——之所以把关系到秦山二期前途命运的这一次会议放在平湖召开，而没有选择北京或者海盐，就是既要淡化核电原来的部属企业的色彩，又要让大家无拘无束畅所欲言。作为一个现代化的股份制企业，投资者必须充分权衡利弊，真正实现民主集中，作出理智抉择，毕竟推迟一天发电，就是上百万元的损失啊！

1996年6月2日，秦山核电二期工程举行隆重的开工典礼，时任国家核安全局局长黄齐陶向于洪福颁发“民用核设施建造许可证”。出席开工典礼的时任国务院副总理吴邦国按下混凝土布料机启动按钮，为秦山二期1号机组反应堆厂房浇筑下第一灌混凝土。李鹏总理发来贺信说：秦山二期的开工建设“标志着我国自主开发建设核电厂迈上了一个新台阶”。1997年3月23日，2号机组反应堆厂房浇筑第一罐混凝土。

秦山二期由此迈出了中国核电国产化重大跨越的第一步。

27 “核心技术拿钱是买不来的”

果不其然，开工不到半年，秦山二期由于施工图纸跟不上，多国采购造成设备出现接口问题，此前预见到的“五难”变成了现实，根本无法保证正常的施工进度和施工秩序，由此造成的设计、施工、采购等各部门的困扰和问题简直多如牛毛，杨柳山上一片萧条。

站在杨柳山上，远眺杭州湾，那是一种什么感觉呢？

对临危受命的李永江来说，那就像是在战场上指挥千军万马奋勇作战的将军，遭遇到了弹尽粮绝、四面楚歌的境地，剩下的就只能是肉搏战了！

是吹响冲锋号，还是吹集结号？

望着一望无际从远方滚滚而来的波涛，李永江内心涌起一种悲壮。

1964年，李永江从哈尔滨工业大学毕业，被分配到核工业四〇四厂工作，从最基层的技术员到总厂党委书记，在那里一干就是30多年。1995年调至核电秦山联营有限公司，1996年底任公司总经理，主持秦山二期这项国家重点工程建设。他知道，秦山二期是我国自主设计、自主建造、自主管理和自主运营的核电项目，也是“九五”期间同期建造的四座核电站中唯一的国产化项目。他说：“如果说在戈壁滩上我感受到的是神秘和荣誉，那么在秦山我感受到的则是艰巨和责任。”

——“我早就说过，国产化就是不行嘛！”

——“还没搞两天就停工了，还干不干得成？”

一时间，牢骚来了，埋怨来了，冷嘲热讽，议论纷纷。

面对压力和挑战，以李永江为首的总经理部决定：“工程不能停，在确保工程质量的前提下，有条件要上，没有条件创造条件也要上！”

为了有效地解决问题和推进工作，在刘明涛的建议下，李永江率领总经理部定期召开各个单位的高层协调会，集中倾听各方面的意见，然后再进行决策。那时候，作为业主单位，秦山二期的各种会议开得实在很频繁，几乎没有过空闲的双休时间。而每个周二晚上召开的各单位施工协调会，施工、设计、监理、业主悉数都参加，及时提出问题，研究作出决策，各方必须执行。这种协调会雷打不动，一共开了四年，从未间断，一直开到并网发电。

频繁的高层次的协调会，通过深度的思想沟通和广泛的信息交流，使得总经理部能更好地理解参建各方的立场和态度，能多渠道、及时准确地掌握各单位面临的难题和矛盾，大家一起献计献策共同寻求解决问题的良方，避免扯皮，以便更加科学合理地组织施工。大家记得，最初的时候，每次协调会方方面面提出的问题多达100到200个，但随着问题一个接一个地解决落实，最后每次会议提出的问题也就一二十个了。刘明涛说：“由于核电建设当时缺乏经验，有争论问题是很正常的，可能因为认识的问题，有时意见分歧很大，大家争论得非常激烈，但大家都是负责的态度，为着一个共同目标。”

那时，开工建设的初期，现场条件较差，总经理部连个像样的办公场地都没有，所以很多协调会都是在建设公司的临时工房里召开的。时任中核总建工局副局长兼秦山项目部总经理的王寿君，对此记忆犹新。他说：“秦山二期工程建在杨柳山，原址可放置四个反应堆，岩石非常稳固。秦山二期比秦山一期的建设经验丰富了很多，因为建设队伍既有秦山一期的经验，也有和法国人合作的经验。那时没有甲乙方的概念，业主方天天在我们的会议室开会。我曾和李永江总经理开玩笑：‘你一年喝掉我600斤茶叶。’他们天天开会，有关设计的、施工的、审查的，没完没了的各种会，有时一天就要开好几个。我们也是每天早晚坚持开会，遇到问题不过夜，当天发现，当天解决。早会是布置当天任务，晚会是解决当天的问题和准备第二天的工作。”

提起等图纸那些望眼欲穿的日子，工程建设副总指挥魏洪生唏嘘不已：“那时，我们派人守在北京，天天催设计院，拿到几张图就送回几张图。有时拿到一张‘白图’，也就是刚通过‘内部审查会签’的草图，来不及晒图就赶着坐飞机送到秦山施工现场。大家都练就了一套识‘白图’的本领，常常是几个单位看一张图纸，张三做施工方案、李四做材料计划、王五做施工准备、赵六做工序衔接。等‘白图’晒成了蓝图，经质保审查合格后马上施工，从而缩短了从看图到施工的时间。有时图纸满足不了施工单位要求，施工单位就自己派人去北京、上海、成都等地的有关设计院了解、核查图纸内容。去一次不算什么，秦山二期建设期长达6年，无数次上设计院哪！但没有一家外协单位向业主提出人头费、差旅费的报销。任何单位都不计较，谁都明白，抓回一天就是上百万元哪！”

曾任核电秦山联营有限公司副总经理的郑砚国说：“那时候工资低，为了省差旅费，我们出差去北京，通常是坐硬座，有时甚至买份报纸铺在过道，凑合一晚上。在北京的住宿条件也很艰苦，一个房间要住好几个人，一人一个铁碗，每天拿着碗东张西望地穿过马路去核二院的食堂排队吃饭。我经常被派到北京核二院去催图纸，往往是当天到北京，隔天就凑齐图纸发运。当时的工作部署得非常细致，既要加快速度又要降低成本，连乘飞机还是坐火车运送图纸都在会上事先确定，这种细致严谨的工作态度在我们这一代核电人的身上延续，令我受益至今。”

其实，跟现场施工的人们一样，设计院的设计师们比他们更着急。

施工图纸只出了6.8%，千军万马等图纸的后果，倪武英早在平湖会议上就提出来了。

回到北京，倪武英就全身心地投入了设计工作。时间不等人啊！

那些日子，位于北京海淀区马神庙1号的核二院彻夜灯火通明。从秦山打电话过来催图，坐飞机过来取图，就成了常事。

有这样一幅场景，就像经典的电影镜头一样，铭刻在马神庙1号的历史相册里，铭记在核二院秦山二期设计团队的集体记忆中——

已经是傍晚7点多了，北京的下班高峰已经过去。从秦山赶来取施工图纸的人下了飞机，一坐进汽车，接站的司机跟他说："天晚了，先到办事处住下吧，明天上班后再去取图纸。"

"不行！直接到马神庙1号，我都联系好了。取了图，我还要连夜返回，工地上正着急等图呢！飞机票已经买好了，一会儿还得辛苦你送我一趟。"

不到20分钟，汽车沿着机场高速风驰电掣地驶进了市区，直奔海淀区马神庙1号。当天晚上，在核二院的办公室里，从秦山来取图的同志目睹了设计人员、办公室人员和晒装人员一刻不停地工作的情形——他们按照出图程序逐级签字、交付晒装，直到把一箱图纸封好，完整无缺地交给他。他才怀着敬意离开，这时已是夜间9点钟了。图纸"飞"回工地，如雪中送炭。施工单位的人们如获至宝，围着一张张图纸认真阅读、研究。

怎样才能更快地完成图纸，让秦山二期施工现场尽快拿到施工图纸呢？倪武英和相关负责的同志商定：大型图纸采取分批发送的方式传递，不必等全套完工再发送。比如，这套图纸共计100张，可以先画出20张，马上进行会签、出图、发送。如此超常规的操作，自然增加了设计人员的工作量，但减少了施工现场等图的时间，加快了施工进度。

疾风知劲草，烈火炼真金。那时候，核二院自身建设处于低谷，民用工程数量有限，经济状况比较困难，职工的工资收入、物质待遇、设备条件等在全国同类设计院中还是比较低的，工作环境和设备条件都不太好，大多是几个人挤在一个小屋子里办公。夏天，天气炎热，没有空调，防暑降温只能靠电扇，时常有人中暑晕倒。有人晚上加班时，因为过度劳累，从楼梯往下走时，一不留神，一脚踩空，摔倒在地上，这样的事发生过不止一次。然而，关键时刻，为了秦山二期的国产化梦想，他们克服困难，主动请缨，加班加点，不计报酬，无愧于"特别能战斗的队伍"这一光荣称号。

1996年的冬天，核二院"二期办"每天晚上都有数不尽的电话、传真打进来，这些电话不仅来自祖国的五湖四海，还来自遥远的欧美大陆，都必须及时进行解答和处理。大家都记得，仅从欧洲传来的国际传真文件，每天晚上都是一大摞。这些文件不能过夜，都要及时发出去。那时，互联网还没有普及，计算机也没有几台，纸质文件完全靠人工传递。一位名叫申银英的资料员，整天楼上楼下地传送文件，她新买的一双牛筋底棉鞋，刚穿了一个冬天，鞋底就磨坏了。许多同志为了让图纸一气呵成，干脆工作到第二天拂晓，也是家常便饭的事。

作为秦山二期的总包院，分管副院长倪武英除了与杨柳山施工一线的业主、施工单位沟通协调，还要与分包设计院联络攻关。

一个星期五的下午，倪武英与分包设计院打电话，请他们星期六再辛苦一下，他想周六去商量一下施工图的进展情况。当晚，他就出发了。

连夜赶到分包设计院，倪武英与分包设计院的领导和设计人员诚恳地说："你们的困难，我们也都遇到了，也都想到了，设备没定，资料没有，确实是没条件出图。

可是，你们知道，现在工程节点近在咫尺。你们都是这方面有经验的专家，按你们以往经验，参照大亚湾核电站再留出一点儿余量，看行不行？”

“老倪，在这方面，您更是专家，设计工作来不得半点马虎呀！”分包设计院设计人员的回答是慎重的，也是可以理解的，是啊！这个责任谁承担得起呢？

倪武英想了想，商量着说：“这样行不行？你们只出草图提交我们。正式图由我们总包院负责出，让现场先干着。以后，再按实际情况修改、变更。这个责任由我们院承担。”

倪武英的谦逊真诚，感染了对方，也感动了对方。为了秦山二期，为了中国核电的国产化，大家除了信任、理解和共进，还能说什么呢？

在征得了分包设计院同行的认可后，倪武英拿到了草图，又匆匆飞回北京。召集核二院“二期办”同仁再次商讨，紧接着利用星期天连夜把施工图画出来，星期一就直接送往秦山现场。

与时间赛跑，与梦想同行，一箱箱新的施工图就是以这样的方式史无前例地飞向“如饥似渴”的秦山二期施工现场。

为了核电国产化，倪武英和他的同事们不知创造了多少个这样的“史无前例”。当然，有人善意地提醒说：“这样做不符合科学规律啊！老倪。”

倪武英笑着说：“我们一向尊重科学，按照科学规律办事。无论出图多么紧张，综合、会签等程序一步也不能马虎。同时，我们还要尊重客观现实，正视改革发展的国情，千方百计地创造条件，一切从实际出发，使我们的工作更适合客观规律。”

参加平湖会议归来，倪武英和核二院的科技工作者们都知道：中国核电建设要走自主设计、自主建造、自主运行、自主管理的国产化道路，必然遭遇崎岖坎坷。在竞争日趋激烈的今日世界，在冷战时代的格局下，没有一个国家会把自己尖端的核心技术无偿地“恩赐”给你。所以，在核电建设国产化的征途上，中国人必须要有勇气去创造自己的“第一次”。

敢问路在何方？

路在脚下。

这是唯一的选择。自己的路靠自己走。

写到这里，不禁有人要问，秦山一期30万千瓦原型压水堆不也是自主设计建造的吗？秦山二期为啥就那么难？

是啊！秦山二期为啥就那么难呢？中国工程院院士、时任秦山二期工程总设计师叶奇蓁说：“我是1986年开始参与秦山二期的建设工作的。秦山二期的建设前前后后用了十几年。方案论证之初，大家讨论是跟德国合作还是跟法国合作等，后来根据1989年以后的形势，索性决定自主设计、自主建造，核心是贯彻‘以我为主，中外合作’这个方针，可利用的国外合作资源我们还是利用，但‘以我为主’来开展秦山二期的建设。秦山二期建设条件跟秦山一期是不一样的。当时改革开放了，这就要求秦山二期要跟国际接轨，采用国际标准。二期要建商用堆，不可能像一期的原型堆那样，作为试验一步步来，二期要讲究经济效益，要还本付息，要控制进度、投资、质量，从而实现商业运营目标。当时这在国际上是第一次，因为一般来说，对于一个新堆型，通常先建原型堆，再建示范堆，成熟了才建商用堆。”

的确，当时中国的核工业经验很多，搞过核反应堆，搞过核潜艇，但搞大型商业化核电站还是没经验。叶奇蓁说：“自主设计方面。当时我们手头没有真正实际用得上的资料，只能参考大亚湾核电站的施工图纸，甚至把他们废弃的资料都拿来研究。对他们来讲，废弃资料是没用的，因为不符合工程实际。但对我们来讲还有用，可以从中琢磨他们的一些思路和设计的想法。在这个基础上，我们从看着图纸开始起家，用自己的理论知识、工程基础以及相关经验，提高核电站设计水平，使队伍慢慢成长起来。但是他们的图纸不适合秦山二期，因为我们是60万千瓦机组，是两个回路，而大亚湾核电站是百万千瓦级，是三个回路，两者完全不一样，所以在这种情况下，我们要以我为主，消化吸收再创新。”

秦山二期跟国际标准接轨，采用国际最新标准进行设计，这对中国核工业人来说，还是第一次。这么大规模地坚持自主，其基础就是叶奇蓁所提到的大家不辞辛苦地研究大亚湾核电站的图纸，用已有的经验、知识和软件进行分析计算，验证自己的设计，重要的地方还进行试验验证。

秦山二期的建设史，让叶奇蓁更加自信地说：“我们靠自己的力量，让民族核电工业挺起了脊梁，走出了一条符合实际的自主发展的路子。”

叶奇蓁出生于浙江嘉兴海宁，家住盐官，距离海盐的秦山不算太远。从小就在杭州湾钱塘江边长大，他对家乡充满着感情。1955年7月，21岁的叶奇蓁毕业于上海交通大学，被公派到苏联莫斯科动力学院攻读研究生。1961年5月，叶奇蓁完成博士论文答辩后立即回国，被分配到二机部第二研究设计院工作，由此开始了与核工业的不解之缘。那时，因为苏联单方面撕毁合同，撤走专家，带走图纸资料，停止供应设备，甚至扬言“20年你们也搞不出原子弹”“这里将变成一堆废铜烂铁”。也就是从那时起，坚持自力更生、独立自主的信念，就在叶奇蓁的心中扎下了根。20世纪70年代，他负责生产发电两用堆的设计，任设计总工程师。进入80年代，他主持筹建了核工业计算机应用研究所并任所长，为中国首座自主设计建造的30万千瓦原型堆核电站——秦山一期编制了工程网络计划。现在，叶奇蓁被任命为中国首座自主设计的商用核电站——秦山二期的总设计师。

正如叶奇蓁所说，秦山二期开始采用国际标准化设计，与国际接轨，以我为主，建造中国首座商用化核电机组，它的建成将为我国核电的自主化奠定基础。由于当时国产汽轮发电机组刚刚引进美国西屋公司的60万千瓦火电机组技术，为提高国产化能力，考虑到当时国内电网的容量，国家有关部门决定，秦山二期从60万千瓦级二环路核电机组着手，将来加一个环路可建成三环路百万千瓦级核电机组，再加一个环路可开发成四环路120万千瓦级以上的核电机组。

为了在秦山二期实现国产化并与国际接轨的使命，叶奇蓁与秦山二期工程的建设者们整整花了3年时间进行方案认证，在“以我为主，中外合作”的方针指引下，先后与美国西屋公司、法国法马通公司、日本三菱公司等进行了交流和合作谈判。在这样的技术合作谈判中，叶奇蓁深深体会到：核电是政治敏感的技术，代表了国家的科技和工业水准。有的国家不批准向中国出口核电设备，有的国家技术转让还要经原技术输出国同意，而有的国家则经过改进创新，不仅超过了原来出口国的设计水平，还拥有了自主权。

中国人应该走怎样的核电发展道路呢？

中国人应该怎么掌握核电工业的核心技术呢？

叶奇蓁说：“在秦山二期工程设计、建造过程中，始终坚持了‘以我为主、中外合作’的方针，按照国际规范，根据国际核电发展趋势，自主选定设计目标，确定技术方案，选定技术参数，确定关键设备的功能和指标，自主进行重大科研开发和实验验证，自主实施技术创新和设计改进，从而掌握了技术的决策权。”

在筹建秦山二期60万千瓦商用压水堆核电站工程中，叶奇蓁主持可行性研究，完成多种方案的可行性研究报告；参加技术路线、堆型选择、主要技术指标确定等决策性工作；主持厂址选择、现场勘探，以及厂址的评估和论证；主持总体设计，确定标准规范的选取、主参数、主要工艺系统功能，以及厂房总体布置；组织初步设计及重大技术方案的审定，提出121组17×17AFA组件的堆芯设计方案；确定主回路参数、汽轮发电机组、主变等设计参数及其优化设计方案；确定直接安全注入系统方案和4×100%冗余度的辅助给水系统改进方案；为节省厂用电，在国内首次实施核岛、常规岛不同厂坪标高的设计方案；主持确定控制棒驱动机构、装卸料机科研攻关方案，人员闸门、棒控棒位测量系统、电站计算机系统、常规岛数字化控制系统、设备国产化研制方案；主持制订了流致振动的实测方案，并在国内首次实施了堆内实测；制定接口处理的原则，处理协调了大量接口技术问题和施工中的重大技术问题。

秦山二期是二环路60万千瓦机组，世界上没有可供参考的电站，很多设计参数需要经过专门的试验或计算得到。在叶奇蓁的带领下，秦山二期在诸多领域进行了自主创新。这些领域非常专业，相关材料阅读起来也比较费劲。但为了这一系列的创新和改进，秦山的设计建设人员付出了大量的艰苦的劳动，翻阅了世界各国的相关技术资料，进行对比分析，分析计算，甚至实验研究，吸取世界上所有核电站建设的先进经验。

比如，秦山二期自主设计了全新的反应堆堆芯，采用国产的燃料组件，降低了平均线功率密度。这一创新使得秦山二期的堆芯燃料棒平均线功率密度较引进的核电站降低了15%，也低于国际上同类的二环路核电站，提高了堆芯的热工安全裕量，满足美国“用户要求文件”对先进堆的要求，符合国际上进一步提高核电站安全性的趋势。鉴于反应堆堆内构件设计属非原型二类，为了验证上述改进在流致振动上是安全的，根据核安全法规的要求，秦山二期不仅做了1∶5的流致振动模型试验、理论分析计算，还在调试阶段在实堆上进行了流致振动实测，全部获得成功，证明了计算分析软件和模型仿真理论的正确性。在堆上进行高温、高压下流致振动的实测，技术难度相当大，国外也只在少数堆上进行过，国内尚属首次。

比如，驱动线设计直接关系到反应堆的运行安全，因为落棒（控制棒）时间是安全停堆的重要考核指标。为了验证驱动线设计，除了对影响驱动线性能的各项因素进行试验分析外，还进行了驱动线热态综合考验以验证控制棒驱动线在正常和异常工况下的运行性能和落棒性能，验证了驱动机构的寿命、导向筒组件的导向性能及控制棒磨损等。此外，还通过多点激振的地震试验，验证了控制棒驱动线在地震条件下的运行特性、落棒性能等。

比如，主参数的优化也是一项重要的设计创新。考虑国内60万千瓦级汽轮发电机组的性能指标和特点，通过优化设计，以确定核电站的主参数，并在保证安全的前提下，适当提高主参数，使得每个环路的出力达到33万千瓦，高于美国、日本的二环路压水堆核电站单个环路的出力（约29.5万千瓦）。

秦山二期工程所用的钢衬里和焊材也是国内首次研制的，第一次施工时，40%的焊缝不合格，于是研究单位和制造商紧急赶到现场，分析问题，立即研制第二、第三批焊条，解决了焊接的质量问题，没有影响工程的工期。另外，在钱塘江口泥沙含量多的地区使用板式热交换器也是首次。通过对系统和板式热交换器的模型试验，合理地选择流速和流道设计，防止了泥沙淤积和堵塞。

秦山二期之所以选择这样一条自主创新的道路，既是逼上梁山的结果，也是自我挑战的创造。叶奇蓁同大家一道，发扬“两弹一星”精神，自主设计，吸取秦山一期的经验，参考当时正在建设的大亚湾核电站，利用一切可能得到的资料，自力更生地开展厂址前期工作、可行性研究、总体设计、初步设计、试验研究和科研攻关。正是这一阶段的努力，奠定了秦山二期工程二环路核电站特有的技术方案，以及自主创新的基本思路。

1991年，中方在与法国法马通公司和法国电力公司交流时达成基本共识，从此逐步开展与法国的设计和技术合作。叶奇蓁说：“最初法国人很积极，因为大亚湾引进的百万千瓦级机组是他们在M310机型上优化设计的，他们希望了解能否扩展到60万千瓦机组。当时我们出了4个题目，他们免费派了10位专家，法马通派了5位专家，法国电力公司派了5位专家，一起来讨论我们提出的主参数、总体布置、堆芯设计和回路布置。法国人没搞过二环路，他们有的意见跟我们一致，有的意见则跟我们不一致。比如我们提出两个对称布置，夹角是60°，全世界二环路都是这么布置的，但法国人提出90°夹角，四个角上都有管路的布置，说这样方便抗震。可是这个设计会带来很多问题，他们也没相关经验。后来我们仔细考虑后坚持了自己的意见，采用在压力容器上增加两个假管嘴的六支撑结构，既与国际上二环路设计一致，又增强了抗震能力。我们跟外国人合作，既听取他们的想法从各方面丰富自己，又利用其他方面的经验和知识独立分析判断，作出决断。”

1994年底，秦山二期开始部分主设备的国外采购。为了使工程投资成本尽可能降低，设备技术性能尽可能好，在“自主”思想的主导下，秦山二期采取“多国采购”的方针，本着“货比三家，择优选用”的原则，集成国际技术性能较好的设备，拿到优惠的价格和有利的贷款条件。说白了，就是要达到既“价廉”又“物美”的目标。当然，从设计者的角度来说，选择单一的供货商，从技术上讲是最有把握的，最可靠易行的，但往往不是价格不优惠就是贷款不落实。为了这一步，不少人替秦山二期这项工程捏了一把汗，担心拼成一个“四不像”，建成后开不起来；也有人担心需要用很长的时间处理接口问题，工期会一拖再拖，投资会一再追加，达不到商用核电站的目标。

风险确实存在，冒险也确实值得！

生活中的叶奇蓁是一个平易随和的人，一脸笑眯眯的神情，和蔼可亲。有朋友跟他开玩笑说：“我每次见到你，你都是笑眯眯的，我要是你，都愁死了。”

叶奇蓁云淡风轻地笑着说：“每天都面对一大堆难题，愁有什么有用，哭也解决不了问题，那就笑笑吧，笑对人生，笑对困难，笑对一切。”

叶奇蓁回忆说：“1996年，秦山二期自主建设正式开始，设备也订货了。当时我们的资金不够，还差几十亿元。怎么办呢？用出口信贷补上。为了取得优惠的贷款条件和价廉物美的产品，我们采用了多国采购策略。即使这导致技术上困难些、接口复杂些，我们也要自主地解决这些问题。”

当时，秦山二期是向美国企业采购了蒸汽发生器。这是一个大家伙，有二十几米高、三米多粗，如果发生地震，全靠支在上面和下面的支柱来稳住蒸汽发生器，支柱要提供多少力，要靠中国人自己来算。因为蒸汽发生器是美方设计的，按照合同约定，他们应该提供给中方力学模型，以此作为系统力学分析的输入参数，并作为土建结构设计的依据。订了合同以后，美方倒是按时给了中方力学模型。谁知，过了一年多以后，当秦山二期的土建差不多建到20米平台、几乎完成三分之一的时候，美方突然说力学模型错了，需要修改。

这不是戏弄人吗？是美方工作失误，还是故意为之？一时无法判断。美方给出的解释是，当初签订合同，来不及做设计，因此就用75型蒸汽发生器估算出来。75型蒸汽发生器是新开发的比较大容量的核设备，它的传热面积是7500平方米，而秦山二期核电站的蒸汽发生器是F60型，传热面积大约5600平方米。美国人在做这个模型时，应该将7500平方米改为6000平方米。可是，美国人在这上面犯了错误，把传热管数量数据取大了，相对来说力学模型重心就低了，而按这个模型计算出的结果，对于秦山二期工程蒸汽发生器上部土建支撑力的设计余量就不够了。

中方明确指出，责任在美方。但时间不等人，当时的情况不可能也不允许坐等美方给出方案。为了解决问题，不影响工程进度，中方提出双方共同想办法解决。在这种情况下，叶奇蓁带领核动力院设计团队，科学地分析问题、处理问题。最后，确定通过采取工程措施，加大支撑的配筋率，以加强土建支撑的承受力；同时将原来保守的频谱法计算改为先进的更为精确的时程法进行计算，比较精准地计算实际产生的地震力。

先进的时程法，在当时的美国也刚刚开发出来才几年。这个方法要考虑系统的非线性，计算工作量很大，非常复杂，一涉及费用，美方就跟中方扯皮了。

一开始，美方希望中方再出一点钱，

他们来干。后来，他们又指出，中国技术人员是想要通过它来学美国新的技术。就这样，美方耍无赖，争论不休，拖了近一年时间，就是不闻不问。本来是美方犯的错误，怎能由中方承担费用，还强词夺理诬赖说中国人想偷他们的技术。

时间就是金钱。美方可以等，秦山二期的工程不能等啊！那时，土建施工早已完成，正准备设备安装了，如果支撑的力学计算没有结论，也就是说工程还留有隐患。为了推进工程进度，叶奇蓁和核动力院设计团队下定决心："我们自己算！"不服输的中国核工业人也做好了两手准备，一方面按照合同规定盯着美方负责计算，另一方面坚持自力更生解决问题。在施工现场，他们一边增加钢筋配筋，一边按照自己的思路，用自己开发的软件进行时程法计算，结果计算出来的数据证明设计还是有余量的，满足安全要求。就这样，施工并未停止，安全性又充分得到论证。

过了一年多，美国人的计算结果才拿出来，数据跟叶奇蓁领导的核动力院设计团队计算出的结果差不多。美国人见中国人自己也在算，就只好收回了加收费用的要求。对比双方的计算结果，相当一致，说明中国人有能力解决美国人出的难题，美国人也没什么了不起的。可见，科学认真、心细胆大、自信自强是在工程建设中成功处理问题的法宝。叶奇蓁深有感慨地说："虽然在这一事件中美国人有责任解决这个问题，可是他们并不把工程进度放在首位，而是扯钱。我们没有依赖他们，靠自己解决了。这件事说明自主很重要。在中外合作中，当外国人犯了错误时，我们应该既不让他们逃脱责任，也要自主地去解决问题。土建上我们自主地加强配筋，计算上我们自主地进行计算，做到心里有数，这样，我们的工程才没有停滞。"

秦山二期工程的设计、建造，因为始终坚持了"以我为主、中外合作"的方针，按照国际规范，根据国际核电发展趋势，自主选定设计目标，确定技术方案，选定技术参数，确定关键设备的功能和指标，自主进行重大科研开发和实验验证，自主实施技术创新和设计改造，从而掌握了技术的决策权。

秦山二期60万千瓦核电机组上马的时候，国际上已经在搞90万千瓦了，唯独中国搞了个60万千瓦，这是因为当时我们国家的设备制造能力远远不够。当时，90万千瓦是可以模仿借鉴的，但60万千瓦必须完全靠自己去研究设计，难度是非常大的。

有一次，分包设计院的总设计师来到秦山，找叶奇蓁，说："我们院的设计人员发现蒸汽发生器的焊缝没有做见证件，跟美国人交涉，美方说规范书上没有要求，不同意受理。如果这个问题处理不好，会影响验收。"

"你们向核安全局反映了没？"

"我们向国家核安全局作了汇报。汇报时，有的专家说，这是小学生都知道的事，你们哪能疏忽？"看得出来，分包设计院的同事们十分紧张。蒸汽发生器不能验收，涉及工期和几亿人民币的投资。你说能不紧张吗？

叶奇蓁不紧不慢地说："先别着急，依我看，这是两种规范的差异造成的，先弄清规范，然后研究办法，再跟美方交涉。"

于是，就跟美方进行交涉。

美方说：我们的规定是不需要做见证

件的，当然也可在采购规范书中专门提出要求。

中方说：我们采购依据的是法国规范，后来你们变了，也未与中方设计人员说清楚，造成这样的后果。现在再补也来不及了，因为已经采购不到同炉的材料了，当前首要的是解决问题，说明产品的质量是好的，有保证的，就可以了。

就这样，经过中美双方友好协商，美方同意编写4份文件，说明并认证了产品的质量。问题随之迎刃而解，蒸汽发生器通过了安全评审。

装卸料机是又一项关键设备，它的抓具历经上万次试验，都成功了，传动装置、小型多盘式制动装置也成功通过试验，但是单个的试验不能保证整机成功。如何才能保证整机合格呢？那就得做模拟样机。可是，没有科研经费，总共只需两台产品，要做一台模拟样机，经济上确实不划算。是国产，还是进口？问题又摆在秦山二期工程的科研设计人员面前。

叶奇蓁带领科研设计人员进行认真分析，认为装卸料机集成是可以成功的。但是，科学不能只是纸上谈兵，不能凭分析作决策，还是要通过实践和试验。于是，决定做工程样机，就按产品要求严格制造，要有质保，要有检验，待工程样机考核成功后，再更换部分易损件，在工程上应用。最后，经过大家的齐心协力，加上数字式无级调速、可编程逻辑控制等控制系统的科研攻关，工程样机通过了考核，并成功制造了两台装卸料机，其性能优于引进核电厂同类设备的水平。

汽轮机及其控制系统本来是由哈尔滨汽轮机厂与美国西屋公司联合设计、合作制造的核电设备，美国西屋公司负责处理好全部的接口。因此，在合同上仅注明控制系统的主要功能，待美国西屋公司提出具体方案后再审查确定。但是，当美国西屋公司将其解体后，汽轮机的内部接口变成了外部接口，且把控制系统的规范书和软件集成外包给了一个个体公司去做，导致这项工作脱节，偏离了双方合作的目标要求。到了现场调试阶段，矛盾一下子全部暴露出来了。

美国西屋公司上海分公司派了两个工程师，查看了一圈，就走了，无法上手。哈尔滨汽轮机厂的技术人员，在会上亮了两片纸，悻悻然地表示没有资料，难于调试软件系统。麻烦来了，工作陷入了困境。核电秦山联营公司作为业主，只得直接领导控制系统的调试工作。他们赶紧与美国西屋公司的总部进行交涉，要他们重视此项工作，派有经验的专家从事此项工作。为了抢进度，中方提出先调试启动和保护部分，满足汽轮机冲转的要求，待反应堆装料和临界试验时，再调试控制部分。但是，工期越来越紧张了，于是就有人建议，放弃原有的设计，改用国内已开发的新控制系统，重新向国内公司订货。叶奇蓁就带领科研设计人员进行充分讨论，一致认为这样又会产生新的接口问题，而且保证不了工期。

叶奇蓁说：“开发任何一项新事物，都会遇到困难和挫折，甚至失败。只有坚持不懈，不怕困难，永不退缩，永不放弃，才会成功。”事后，经过研究发现西屋公司在汽轮机及其控制系统中只装了一个标准软件包，没有做任何与秦山二期工程有关的工作，包括系统接口连接和功能组态。

问题找到了，经过外方专家和中方技术人员的共同努力，在现场按照分步方案的规划，逐步完成了控制软件的调试工作，保证了工程进度。在50%额定功率甩负荷试验时，出现了跳机，没有满足带厂用负荷的要求。仔细检查后发现，原因在软件系统子程序有一个环节没有做好。经过修正，汽轮机及其控制系统在50%、100%额定功率下甩负荷试验终于成功了。

坚持以我为主，使秦山二期掌握了国际标准的环路和关键设备设计的核心技术。除部分关键设备通过引进外，秦山二期大部分关键设备的设计都是我国自主设计的。秦山二期自主设计率达到90%。通过秦山二期的磨炼，我们不仅掌握60万千瓦的核电站设计，而且具有100万千瓦的设计能力。

秦山二期工程共进行了300多项的创新和改进。在2003年度的国防科学技术进步奖中，与秦山二期相关的成果共有4项荣获一等奖，12项荣获二等奖，22项荣获三等奖。在2004年度的国家科学技术进步奖中，秦山二期工程的设计和建设荣获一等奖。

2002年6月，时任中共中央政治局常委、国家副主席、中央军委副主席胡锦涛来到秦山核电基地考察时指出，核电产业是高技术的战略产业，实践证明，高技术特别是核心技术拿钱是买不来的。要继续坚持以我为主，这是发展核电的必由之路。

事实胜于雄辩。核心技术是买不来的！核心技术必须紧紧地掌握在自己手中！

28 搬掉“两座大山”

赵宏又回到秦山了！

1998年8月，赵宏被任命为核电秦山联营有限公司董事长，接替先后离任的彭士禄、马福邦、张华祝。连他自己也不会想到，这一干就是三届，从1998年干到2004年，直到自己72岁退休。

再次回到秦山，再次回到秦山招待所205房间。

这次回到秦山，秦山人发现赵宏变了。当年那个“站如松、行如风、坐如钟”的北方男人，现在变成了一个“残疾人”——左腿受伤了，走起路来一瘸一拐的。那是1991年夏天，秦山一期工程建设总结会在浙江莫干山召开。散会后，走出会议室，赵宏一不小心竟然在平地上滑倒了，导致左腿骨折。医生告诉他：“是颈椎出了问题，严重的增生压迫了神经，需要及时手术治疗。如果情况不断恶化就将会有瘫痪的危险。”可是，赵宏太忙了。他没有选择继续治疗，而是选择了继续工作。可是，谁也没有想到，在秦山施工现场，他又连续跌倒了好几次。直到秦山一期并网发电后的1992年初，赵宏才躺在了手术台上，动了第一次手术。那是一次风险极大的手术，稍有不慎就有可能造成高位截瘫，但赵宏信心十足，还有许多工作在等着他去完成啊！自己怎么能说倒下就倒下呢？幸运的是，第一次手术十分顺利。不过，

1992年和1993年，又做了两次手术，骨折受伤的左腿还是留下了伤病。

回到秦山，秦山人发现赵宏没有变。赵宏还是原来的那个赵宏，事必躬亲、雷厉风行、敢作敢当。就任董事长后，赵宏像从前一样，深入一线调查了解，掌握实际情况，与李永江带领的总经理部反复研究对策，集中大家的智慧和力量破解秦山二期工程建设的种种迷局。现在，摆在他们面前的主要是“两座大山”：一是抢回施工进度，二是算出投资概算。

秦山二期工程到底需要多少钱？最早上报国家计委的预算是168亿元，而国家计委批准的投资概算是148亿元，砍掉了20亿元，能不能干好，谁的心里也没底，双方僵持住了。

回到秦山，赵宏决定立即召开董事会，首先搬掉“投资概算”这座“大山”，鼓舞士气，建立信心。有了秦山一期的建设经验，他坚定地认为，148亿元的投资额是完全可以接受的。

谁不希望经费更多更充足呢？谁不希望投资少回报多呢？在董事会上，赵宏语重心长地说：“如果因为投资概算问题，我们再这样僵持下去，对于双方都不利。对我们而言，早干比晚干更有利。”

为什么？赵宏给出了三条理由：第一，在1997年和1998年，重大设备采购和土建安装施工等大合同已基本完成，工程基本费用也已心中有数；第二，计划财务部门可以充分利用利率开始下调的机会，想方设法降低财务费用和财务成本；第三，在资金运作方面也有一定的空间，我们可以争取用短期贷款代替一部分长期贷款，尽量少沉淀资金，用多少，借多少，压缩账面上的存款，减少利息支出等。

赵宏不愧是行家里手，中核总让他再度出山，负责秦山核电基地的建设，是经过深思熟虑的。经过反复精打细算，赵宏心中有数。当然，赵宏明白，这也需要承担很大风险，这么大的工程，建设周期这么长，今后的工作一刻都不能放松。

怎样才能“抢回施工进度”呢？说实话，这座大山，压得秦山二期有点喘不过气来。赵宏知道，关键就是要想方设法把图纸设计工作赶上来。

赵宏从秦山出发了。

这一次，赵宏是拖着一条伤腿“出征”的。他一个设计院一个设计院地去督促、去协调、去游说。谁也记不清，赵宏那些年到各家设计院去过多少次。身为领导，他从来不摆架子、不发脾气、不装样子，为了早日拿出施工图纸，他找院长、找室主任、找组长，详细地询问有关情况：“为什么你负责的图纸拿不出来？还存在什么问题？能解决的马上给你解决。”有些技术问题，一时间定不下来，赵宏就依据自己的经验，为设计人员提供可行的方案。他经常对设计人员说：“如果依据我的意见方案做错了，一切责任都由我来承担。如果你不做，你就要负责。”赵宏认为，一个共产党的高级领导干部，处理问题不仅要果断，还必须要有承担一定风险的勇气。

1998年的春节刚过，京城还沉浸在节日的欢乐祥和的气氛之中，核二院的职工就已开始了紧张的设计工作。这一天，就在倪武英和他的同事们伏案计算的时候，赵宏和李永江带着秦山二期的同志们到核二院慰问来了。客厅里飘散着浓郁的茶香，人们互致节日的问候。其实，大家都明白，与其说这是慰问，不如说就是催图来了。

果然，在客客气气地介绍了工程进展情况后，李永江言归正传，十分认真地说："现在离穹顶吊装已经为期不远了，可是设计图纸还差一大截呢。现场施工已拖期几个月了。"接着，他又严肃地提出调整一级进度、安全壳吊装进度滞后的问题。

听了李永江的介绍，倪武英斩钉截铁地说："李总，主控室的设计方案能不能尽快拍板？设备订货资料能不能尽快提供？如果能协调解决，我老倪用头拱地、拼了命也要把施工图送到现场去。"

赵宏知道，问题不是某一个部门造成的，这是一个链条，环环相扣，谁也离不开谁，必须系统性、整体性解决。

秦山二期是一盘棋，设计、施工、采购、制造、安装，一个都不能少！为了尽可能争取每一天的时间，各个单位、各个部门、各个环节都必须全体总动员，只争朝夕，争分夺秒。

在赵宏的指导下，李永江带领总经理部按照现场实际情况，及时修改、调整"工程二级网络计划进度"，采用突破常规的施工组织方式，继承、发扬当年核工业第一次创业研制"两弹一艇"时的团结、协作精神，把可提前准备、可交叉施工的都一一列出，与参加施工的单位协调、讨论，具体落实可提前施工的项目。当施工图达到工程全面展开要求时，联营公司和各施工单位夜以继日地顽强拼搏，把延误的工期一天一天抢回来。最终在保证工程安全、质量的前提下，完成土建、安装阶段节点计划和投资控制，实现重大工程节点里程碑目标任务。

29 马神庙1号的灯光

天有不测风云，人有旦夕祸福。

1999年10月，正当秦山二期工程建设如火如荼的时候，倪武英忽然病倒了，患上了鼻咽癌。军中不可一日无帅。核二院党政领导在积极安排倪武英就医的同时，立即开会研究，决定任命长期参与秦山二期设计工作布置队队长李晓明为核二院副总工程师兼任秦山二期工程负责人，接替倪武英的工作。

李晓明清楚地记得，上任之后参加的第一次工程建设协调会，就面对中核总总经理、副总经理，还有业主单位、施工与监理单位等100多位领导、专家和代表们的提问、质疑。

有上级领导说："秦山二期工程，是中国核工业集团的半壁江山！能不能按期发电事关重大。"

有一位领导直言不讳地说："工程拖期，责任就在核二院。是他们的设计图纸供应不上造成的。"

有一位施工单位的代表也说："施工延误、拖期，是因为我们没有及时拿到设计图纸。"

年轻的李晓明不慌不忙，认真地听着，不停地记录。他如实地汇报设计工作的进展，客观地解释出现的问题，对设计工作存在的不足，诚恳地接受大家的批评。在这次会议上，几乎所有的人都认为秦山二期“工程要拖期一年半，至少也要拖一年”。李晓明早年在读中学历史的时候，就记住了林则徐的“苟利国家生死以，岂因祸福避趋之”的诗句，忽然感到肩上的担子更重了。

一回到北京，李晓明当夜就赶到解放军301医院，看望病中的老院长倪武英。因为放射性治疗，倪武英脸色蜡黄灰暗，头发掉光了，更加憔悴虚弱。看到被病魔折磨得如此痛苦的恩师，一股酸楚涌上了李晓明的心头，难过得不知说什么才好。倒是倪武英依然乐观开朗，像往日那样面带微笑，语重心长地询问他工程施工的进展、国外设备采购的情况、国内设备制造的进度。然后，又仔仔细细地告诉他：哪个系统的工艺设计要注意什么，哪个环节要提醒业主多予关注，哪条管道的安装要请施工的师傅们多注意。

伏在倪武英的病榻边，李晓明拿着笔记本，一句句、一行行地记录着。因为倪武英的突然病倒，他们还没有来得及进行工作交接。现在，倪武英的病榻却成了他们接力棒传递的“运动场”。灯光下，一老一少，一个边说边问，一个边听边记，多么温暖的画面，多么温馨的镜头，看得人心里热乎乎的，医生护士们都不想来打扰他们……可是探视的时间总是有限的。“我虽力微承重任，赖有青山背后支。”每次离开老院长的病房时，李晓明都觉得心中沉重的压力都缓解了许多。

出生于20世纪60年代初的李晓明，是最后一批下乡知识青年。1980年，他从家乡四川考上哈尔滨船舶工程学院，毕业后走进了核二院，成为核工业人。平时不太爱说话的他，性格中却有着一股难得的坚毅和刚强，和善的微笑始终挂在脸上。走起路来，也是大步流星，意气风发。面对秦山二期的压力，有人问他：“你不觉得困难吗？”

李晓明暗自苦笑了一下，说：“这个可能与我的性格有关吧？说实话，当时也没有时间考虑个人什么了。我这个人，从小就这样，人家交给我一件事，不管困难有多大，我总要尽最大的努力把它做好。不然，岂不辜负了人家的信任？”

面对当前秦山二期“工程要拖期一年半”的压力，李晓明来到施工现场，与各系统设计师和中层领导进行座谈了解，认真分析，寻找路径。他当然懂得延迟的原因绝对不仅仅是设计系统造成的，而是各个系统都需要配合。但是，作为秦山二期设计与技术服务的总包院，必须首先从自身找问题，努力做好自己的工作，然后再配合业主做好设备采购、协调施工单位加快工程建设。

事实确实如此。因为采取“多国采购”的策略，原先设计好的施工设计图就不适用了，只能急等新的设备资料，重新设计出图。主设备和关键设备1995年下半年才签完采购合同，供应商需要时间做设备设计，才能提供设备资料；而且大量的接口问题需要处理。举例来说，日本三菱负责生产上充泵，由于在日本上充泵不兼作安注泵用，因此泵的机械密封不需耐高温，而秦山二期上充泵兼作安注泵，需要耐高温，因此三菱设计了一个很大的空冷器来冷却机械密封，根本无法布置，而且热量散不出去。日方技术人员火急火燎地来到北京进行讨论，弄不好就得改供货商，这样就会大大影响进度。中方技术人员对比欧洲的设计，建议采用耐高温机械密封，并找到了耐高温机械密封的供应商，解决了接口问题，把进度抢了回来。

再比如，美国西屋公司设计的主泵电机，要求进入空冷器的水必须加美国牌号的缓蚀剂，不然美国生产的铜管就会产生腐蚀。秦山二期工程的设备冷却水系统不可能为此单独设计，中方就从欧洲找到了符合美方条件牌号的铜，建议美方采用。另外，由美国西屋公司设计的主泵辅助系统与中方设计不同，为此多次进行协调，才统一了接口。为了处理设备材料与系统材料间的接口，蒸汽发生器增加了二次侧蒸汽接管和给水接管的安全端，这样使设备的尺寸有所变化，为此又需对厂房管道布置作适当调整。

其实，秦山二期的初步设计图纸在1992年就已经审查完毕，后来又对很多技术上的重大变更进行了审查，同时也做了一大部分试验和测算。关键是设备资料的变更，导致各种接口的变化，为此全体设计和建设人员没日没夜地工作，系统设计人员抓紧处理好接口，设备采购人员督促供应商抓紧提供设备资料，土建设计人员一拿到设备资料就抓紧出施工图，工程管理人员抓紧施工单位提前介入，用设计草图作施工准备，就这样艰苦踏实地奋斗了两年才赶上了进度。

现在，对李晓明来说，要做好自己的工作，先做什么，又怎样才能做好呢？

李晓明想起了下乡时，农民犁田耕地是靠牵着牛鼻子来控制牛的行动的。现在，对设计系统来说，施工图纸供不应求的主要原因还是供给侧出了问题，这就是“牛鼻子”。因为设备多国采购，造成了像美国西屋公司生产的主泵电机、日本三菱公司生产的上充泵一样，接口发生变化，从前设计的图纸就全部作废。有的设备因为采购方案迟迟没有确定，设计院得不到设备的技术资料和相关信息，又怎么能做设计图呢？有的是由于设备供货商的变更，致使设备方案、设计图都要推倒重来。面对这些矛盾怎么办？

抓住设备采购这个关键环节的“牛鼻子”，就从“牛鼻子”下手，牵住它，校正方向。既要保证图纸质量，又要加快出图速度，这就是关键。按照设计常规，必须等到所有设备的接口和技术信息条件都完备了，再出图。现在，如果按部就班，时间就赶不上趟。李晓明大胆提出“开天窗”的办法——也就是对那些不影响施工大局、安全核心的东西，先留空白——开个“天窗”，打破常规，抓紧时间出图，把急需的图纸先发给业主和施工单位提前准备，协调接口时间，等全部技术要素、参数齐全之后，再把“天窗”关上。这样，虽然增加了设计的工作量，但是为工程节省了时间。

早在1996年，刚刚出任布置队队长的李晓明就得知PDL三维软件是核电工程建设先进的技术手段。那时，他就向倪武英提出学习应用PDL三维软件的建议，得到院领导的大力支持。随后，李晓明奉命作为团长，带领由设计单位、业主单位和其他相关单位组成的代表团，前往法国学习PDL三维软件，并购买了PDL三维软件和电缆敷设软件。

引进PDL三维软件和电缆敷设软件

后，为核电工程的多种设计、大模型制作和各种施工图制作大大提供了方便。特别是电缆敷设软件的应用，可以做到“碰撞检查”，还可以直接看到多层电缆、管道的空间距离怎样，托盘、支吊架的设计是否合理等。假如某一根电缆出了问题，通过这个软件可以在几十万根电缆中迅速准确地查出它在哪一个厂房、哪一个支架上。

敢于走在前列，勇于革新创新。在院领导的大力推动下，李晓明又将PDL升级为PDMS，不断提高设计工作效率和质量。在秦山二期工程建设中，李晓明试图把这些先进的技术和设备应用推广到实际施工中，让他没想到的是，他的建议遭到了拒绝和反对。有人质问他：“多少年来，我们就是一直使用纸质文件指导施工，不是干得挺好吗？干嘛非要把钱花在那些洋玩意儿上?！”

看准的事情，李晓明坚决干下去，必须走在时代的前沿。他坚持用准确快捷的电子文件发往施工现场。然而，事与愿违。仍然有某些施工单位不理解，拒绝接收。他们还理直气壮地说：“这东西不适用，我们不习惯用这玩意儿。”

“好吧。那就满足你们的要求，我们打印出纸质文件给你们用吧！”李晓明无奈地摇摇头，“不过，我们用什么软件操作，那是我们自己的事情，你们也别插手。”

几个月后，大家也慢慢地接受了新鲜事物，渐渐改变了思维习惯和工作习惯，走技术现代化的路子，确实更便捷了。后来当初拒绝使用PDL三维软件和电缆敷设软件的人在总结工作时，心悦诚服地说：“如果不是李晓明坚持应用推广这些新科技，工程进度可能不会这么快。”

李晓明回忆：“正当我和同事们为秦山二期工程设计工作忙碌的时候，2000年春节悄悄地来到了。古老的京城披上了节日的盛装，新颖的服饰和传统的年货也挤满了商家的货架。而坐落在京郊的核二院里却是一片繁忙：这里的员工们似乎忘记了日历，夜以继日地伏案计算、画图，把一箱又一箱的施工图纸从空中、从陆路，送往东海之滨的秦山核电二期工程现场。办公室文员把大摞大摞的有待处理的文件和来自大洋彼岸的设备采购进展、谈判信息稿件放在我的办公桌上。看着大家这样忘我地工作，我内心充满了感激。我请各位设总和中层领导干部按照院里的统一部署，妥善安排近期工作，让同志们休息几天，好好过个春节。同时，又特别关照对老同志、身体病弱的同志和家中有困难的同志进行节日慰问，力所能及地给予经济补贴。当看到终日劳碌的同事们也融入了节日的氛围时，我心中才感到一点宽慰。”

“但有路可上，更高人也行。”的确，这是一支经得起历史考验的队伍，在核工业处于低谷的困难时期，他们不抱怨、不气馁，跑边疆、跑沿海，冲在困难的第一线，无怨无悔地为中国核电国产化效力。

忘不了软件设计老专家田树全，曾在大亚湾核电站工作，那里效益好，待遇高，奖金多，但老田执意要回来干。他说：“那里再好，也是人家的。在这里累点苦点，是我们自己的。干自己的活，心里踏实。取得了成绩，值得自豪。这是因为它代表着国家和民族的尊严。”

忘不了安全与系统工程所所长信天民，作为系统队队长、总体室主任，带领团队负责全部施工设计和安装调试技术服务，在工程的55项关键设备中实现了47项国产化……

忘不了负责工程项目的设计总工程师王长东，组织核岛电气厂房、连接厂房、主控通风系统、辅助给水系统以及厂房布置等设计工作……

忘不了结构专业设计组组长、副总工程师陈矛，是他带领团队完成了秦山二期安全壳机构设计，获得全国优秀工程设计金质奖和核工业勘察设计一等奖……

忘不了马神庙1号的灯光，忘不了范刚、宋世重、汪晓元、麦宝珍、马晓敏、崔兰霞、申银英、王美玲、王燕秀、李燕平……他们就像一盏盏灯，照亮了核二院的星空，照亮了秦山核电的跋涉之路，也照亮了那一个个平凡又不平凡的日子……

世纪之交的2000年，对李晓明自己来说，也是个多事之秋。在不到一年的时间里，他先后失去了两位亲人。亦悲亦喜，有苦有乐。但也是在这不到一年的时间里，他和同事们团结拼搏，在工作上取得了重大进展，施工设计图纸基本满足了工程进度的需要。

时任核二院秦山二期工程项目现场队队长邢继说："秦山二期工程的自主设计对核二院来说，是有很大难度的。因为自主设计这样大型的核电工程，在国内还是第一次。为了掌握核心技术，设计出符合国际先进标准和具有自主知识产权的核电站，我们核二院的科研设计人员齐心协力，团结配合，克服了重重困难。秦山二期共成功引进了上百个设计分析软件，借鉴了大量参考电站的图纸资料，收集了全套国际上应用的施工标准，并先后进行了包括堆芯设计、安全壳内布置、堆内构件与压力容器之间的水层厚度选择等300多项核心技术的创新和改进，使反应堆本体的安全性能、安全系统的可靠性和冗余度、防范和缓解严重事故能力等都得到了优化，并使自主设计率达到90%。正是我们设计人员对这座核电站的几百个系统、30万余个部件、上百万张设计图纸，反复磨合、反复实践，才使得我国核电建设的自主化能力得到大幅度提升。"

当年，邢继长期驻守在秦山二期施工现场，负责处理施工和安装中发现的问题。由于秦山二期工程是在设计图纸还没有完成、尚不具备开工条件的情况下开工的，所以在现场遇到的问题太多了，受的委屈数也数不清。在工程调试中，暴露出设计工作的问题很多，现场队的压力越来越大。他回忆说："李晓明副院长及时从核二院总部调来技术骨干，带上先进的设备到现场工作，现场队的人员增加到100多人。在业主和设计、施工人员的共同努力下，秦山二期工程1号机组于2002年4月15日提前投入商业运行。"

稳稳须教著步行，前途荆棘胡从生。秦山二期通过自主设计，系统的许多参数达到了国际领先水平，中国核电的自主化能力得到大幅度的提升，在核心技术上做到了既知其然又知其所以然，这就为自主建设、自主管理和自主运营核电站创造了必要条件。

第九章

国产化“智”造“大国硬核”

30 失败，只是向成功更近了一步

20世纪80年代，在一次国际原子能和平利用大会上，当中国代表走上主席台就座时，某国代表问主持人：“中国只有原子弹，没有核电站，凭什么坐到主席台上？”另一个国家的代表说道：“谁说中国没有核电站，中国台湾就有！”

消息传到国内，传到大山深处的核动力院，大家震惊了，这简直就是侮辱！他们在问自己：“美国、日本、法国都有核电站，中国台湾也有核电站，可我们中国大陆为什么还没有自己的核电站呢？”

1988年1月22日，身处偏僻山沟的核工业建设者们终于扬眉吐气，核动力院以91.33分的优势在秦山二期核反应堆及主冷却剂系统设计标段中标！

一纸标书，全院欢腾。从此，核动力院灯火璀璨，群情振奋，四川西南大山沟里张灯结彩，仿佛过大年一样。作为中国第一座自主设计建造的商用堆，核动力院把为秦山二期60万千瓦压水堆核电站打造一颗中国芯，称作“天字第一号”任务。对他们来说，这也正是他们展示实力、拓展市场，迅速崛起，拔萃于国内、跻身于世界核电技术先进行列的好时机。为了进行各种试验，他们先后按1∶5的比例和1∶4的比例，建成了两个模拟试验体，硬是把秦山二期核电站这尊“巨无霸”，微缩成了一只“小麻雀”。在这里，他们做了反应堆水力模拟试验，做了堆内构件流致振动试验等各项目试验。在这里，凝聚了章宗耀、张敬才、赵善德、黄云、宗桂芳、叶树荣、杨来生、喻丹萍、郭建虎等一大批才华横溢的设计师和科技工作者，这不愧是一支世界核电领域高水平的科研队伍。

然而，谁也没有想到，到了1996年6月2日开工之时，因为“多国采购”设备导致不能及时提供设备参数等原因，原本留给设计院一年多的时间被耽误了，秦山二期设计工作一度陷入了窘境，核二院只完成了6.8%的图纸，而核动力院的设计也只完成了60%的工作量，科研试验才完成40%。

十年前，由时任副院长孙玉发带领的20多名专家参加了秦山二期的招标，王克强、李金贤等面对评委们关于燃料组件选型、蒸汽发生器等设备的设计方式以及有关核材料性能的回答，赢得了满堂喝彩。随之，核动力院成立了80余人的秦山二期工程设计队，大家埋头攒了20多年的劲终于有机会释放出来了。那时，任设计部研究室任副主任的杨岐掩饰不住内心的喜悦，对大家说："代表反应堆安全最高等级的保护系统的设计与研制，我们承担了；可靠性要求极高的控制棒驱动系统设计，我们也承担了，这正是检验能力与水平的时候，我们一定要啃下这块硬骨头！"

反应堆保护系统是个庞大而复杂的系统，设备规模大，输入输出信号多，接口关系复杂。它监测由安全分析确定的反应堆参数，当这些参数超过规定的定值时，系统自动停堆。或在事故工况下，启动专项安全设施，减轻事故后果。紧急情况下，还可以手动停堆。所以，反应堆保护系统要求达到"三个必须"：一是必须满足高可靠性的要求，二是必须具有很强的抗干扰能力，三是必须在标准规定的各种环境条件下长期工作。

面对这"三个必须"，决策者们有些举棋不定了。于是，又是两种意见碰撞了——因为它太重要了，谁敢拍着胸脯打包票，我们的设计能确保核反应堆运行的安全可靠？所以应该进口。同样，正是因为它太重要了，实现国产化必须掌握核心关键技术，所以应该自主研制。

是进口，还是自主研制？

花须连夜发，莫待晓风吹。国产化的决策棒就交到了杨岐、周祖鉴等科研人员的手中。敢于、善于啃硬骨头的中国核工业人，没有选择进口，他们知道花钱买东西，简单又省事，但仰人鼻息，脖子始终被别人掐着，不舒服。

低头需要勇气，抬头更要实力。周祖鉴被任命为课题的挑头人。课题组面对限定的4年时间，开始如饥似渴地钻研技术、消化技术。从大亚湾核电站的三环路运行模式到秦山二期需要的二环路运行模式，从磁性部件模拟技术到集成式电路模拟技术的对比，从设备制造到现场运用效果，他们开展头脑风暴，畅所欲言，用最短的时间，集中智慧，确定方案，把技术盲点一个接一个地扫除。

1991年底，课题组按时提交了系统初步设计说明书和图纸；1992年，进行系统详细设计，研制系统所用的各类功能部件；1993年，加工出原理样机；1994年，又加工完成了抗震机柜样机；1995年，全面开始设备加工；1996年，课题组又开始工程性的应用研究，工程样机在保护系统实验室完成了安装、电缆敷设和连接；1997年，设计者们一鼓作气完成了保护逻辑试验装置与主系统的联调……成功了！顺利通过部级成果鉴定，还获得了二等奖。

再来说说控制棒驱动系统的研制。

控制棒驱动系统是核电站实现自主设计和核电设备国产化的关键设备，包括控制棒驱动机构、驱动机构控制装置和棒电源系统。核电站的国产化，首先要解决的就是驱动机构的设计和研制。承担这一试验任务的，是一位年仅30岁的年轻人，他的名字叫胡俊。

如何精确地测出控制棒落棒时间和速度是胡俊首先必须攻克的难题。在世界核电科研领域里，公认的控制棒落棒时间为2秒。这个数字几乎成了核电技术上的一个圭臬。2秒的落棒时间是必须达到的标准数字，但这并非最佳落棒时间。对核反应堆来说，如果有紧急事态发生，就需要马上停堆，因此落棒时间需要尽可能快。要又快又好，就必须精确地测量出控制棒下落的速度。

要知道，在压水堆反应堆注满水的条件下，控制棒下落的速度不是均匀的，这就像我们往池塘里笔直地插进一根木棍，刚入水时它的速度很快，而受浮力的影响，它下落的速度逐渐变慢，而且会越来越慢。当然，这还是在相对静止的情况下。让我们绝对不会想到的是，压水堆核反应堆内的水是流动的，每小时达5万吨！这景象，很容易让我们想起钱塘江大潮的壮观，也让我们想起黄河壶口瀑布的壮阔，万马奔腾。反应堆内如此汹涌澎湃的激流，自然会影响控制棒的下落速度，其产生的巨大冲击力甚至可能会导致控制棒难以准确地下落到位。迅速准确的落棒可谓难上加难，如同在大风中穿针引线。而且，无论出现哪一种可能，都将会造成反应堆不能迅速关闭，从而造成重大事故。

那时，在世界核电领域内，对落棒速度的测量，一般采用的是测量驱动机构位置指示器初级线圈内的感应电动势的办法。但这种间接测量的方法有明显的局限性，误差比较大。如何更加精确地测量出控制棒的落棒速度呢？如何自主创新呢？胡俊张开了自己想象的翅膀，对传统发起了挑战。在查阅世界核发达国家的资料时，胡俊发现西方国家把这方面的经验都当作“商业机密”不予公开。怎么办？

自己的路只能靠自己走。

有一天，胡俊的脑海里突然划过一道亮光。为什么不用激光测量呢？那是他十分熟悉的领域，他曾经成功地用激光测量过水中的杂质。水中的杂质是固体的，反应堆中的控制棒也是固体。激光可以捕捉浮游在水中的杂质，能不能检测出控制棒的下落速度呢？胡俊没有陷入空想，立即付诸实践。很快，他的试验获得了成功。控制棒下落速度变化的数据采集到了，清晰的落棒速度曲线精确地反映了落棒的全过程，仿佛一道暴风雨后的彩虹挂在天边，太美了！落棒的安全分析终于有了重要可靠的依据。

自能成羽翼，何必仰云梯。胡俊没有止步，继续奔向下一个高地。

控制棒下落时对燃料组件上管座的冲击力到底有多大？如何才能准确地进行测量呢？为了解决这个难题，胡俊遇到了挫折。经过反复试验，他发现问题主要是如何解决安装在燃料组件管座上的“传感器”的密封问题。因为从美国进口的“传感器”不防水，但又必须装在水下。怎么办？这个问题难不倒胡俊。他就想办法改造“传感器”，让“不防水”变成可防水。于是，他在“传感器”外面加上一个密封层。可是，开始试验时，一击就穿孔，发生泄漏，失败了。失败了，不怕，再来。而每失败一次，都要拆开驱动机构，放干水，取出被击穿的“传感器”，再拆开“传感器”的密封层，进行烘干，再密封，再试验。每一次的拆装，前前后后都要用十来天的时间。

通向顶峰的道路向来都是崎岖而漫长的，不仅需要智慧，还需要勇气、坚持和坚韧。在经过两次失败之后，胡俊终于找到了“传感器”的密封方法，顺利地解决了控制棒下落速度的测量难题。

接下来，我们来看看驱动机构控制装置和棒电源系统的研制工作。

核动力院有一对钻研控制棒驱动系统的最佳搭档——李金贤和王治国，他们分别在“机”和“电”的领域开展了学习研究，并拿出了沉甸甸的可行性报告。在主要技术上，他们确定了驱动机构采用可靠成熟的磁力提升器，控制装置采用智能化较高的以UPC为中心的微机处理器电路。经费上，如果自主开发大概需要2600万元，如果进口则需要800万美元，价格翻了一番。因此，当任务来临的时候，同样面临着是进口还是自主研制的双重选择。

“既然自己能做，何必还去进口呢？”李金贤鲜明地亮出了自己的意见。

中国核工业人从来就有这份自信！这份骨气！

三年不到的时间里，控制棒驱动机构电磁验证样机和电源控制装置，脱胎而出。

1993年5月，驱动机构电磁验证样机和控制装置联合调试首次进行。

1995年8月，驱动机构电磁验证样机和控制装置原理样机一起，共进行了4次冷态调试和1次热态调试，验证了磁路计算、线圈设计、钩爪组件运行计算及关键间隙，并熟悉了机电联合调试技术，试验获得成功，证明了自主研制的实力。

8月23日，在中核总核电局召开的工程设计与设备采购协调会上，时任中核总副总经理的张华祝果断决策，宣布秦山二期驱动机构采用中国制造。同时，会议也作出决定，试验用电源控制装置从法国引进。

现在，接踵而来的难题就是，国产的“机”与进口的“电”如何实现跨国联姻？而且，时间是有后墙的——1999年4月，要实现为秦山二期1号机组提供全套控制棒驱动机构。

倒计时开始了！

有志者事竟成。在驱动机构电磁验证样机的基础上，科研团队在工艺材料等方面进一步研究攻关，很快完成了原理样机的设计。控制装置也随之进行了修改与完善。为了验证原理样机的性能，必须进行热态寿命试验。

1996年10月，热态寿命试验在上海先锋电机厂进行。

可是，没有想到的是，原理样机在试验台上运行到26万步时出现了严重的滑步——控制棒驱动机构在提升和下降时打滑，不能按预定的速度运行。大家立即在现场召开紧急讨论会，同时将驱动机构肢解开来一点一点地进行检查，逐条逐项地进行分析，查找原因，追本溯源。经分析，排除了设计因素，原因是工厂安装时没有严格执行装配要求。

1997年3月，经过重新组装的驱动机构再次在上海先锋电机厂进行热态寿命试验。如果按照每天10万步的行程，一个月时间即可达到300万步的标准要求。

试验一开始，非常顺利，驱动机构按部就班地行走，现场人员也按部就班地监测，没有丝毫的心理负担。一想到只要寿命试验通过了，设计任务就圆满完成了，现场所有的人都期盼着凯旋时刻的到来。

“哐！”突然一声巨响，打破了充满美好向往的平静。犹如一面镜子，突然遭到锤击，玻璃碎了一地。那一天，驱动机构已经走到了110万步。这一声“哐”的巨响，把所有在场的人心都震碎了。

滑步！又是滑步！

咋回事呢？现场分析原因，这一次，问题竟然出在驱动机构的内部。

是继续试验，还是停下？大家争执不下。

驱动机构内部问题，的确不容易修复，但是，经过检查发现它还没有到不能行走的程度。如果停下，又是前功尽弃。

非常时刻，李金贤果断拍板：“继续试验！”

“同意！继续试验！”现场的决策，也得到了远在成都的院、所领导的支持。

但是，事情并非人们想象得那么顺利。从此以后，驱动机构就像一个调皮的孩子一样，滑步的频率竟然越来越高了。尤其是在达到200万步以后，驱动机构的每一步都走得特别艰难，仿佛一头老牛陷进了沼泽，在挣扎、在喘息。

科学家的词典里，从来就没有“失败”二字。

失败，只是向成功更近了一步！

试验大厅里，灯火通明，李金贤带领10多名科研人员轮流值班，24小时守候着这个宝贝疙瘩。困难时刻，孙玉发来了，科技处处长张宗唐来了，设计所副所长黄学清来了，总师闵元佑带着吴琳等许多同志们都来到了现场。驱动机构的每一次滑步，都要手动进行处置。汗水，湿了脸庞，也湿了衣衫……大家争着值班，抢着干活，想着早一天成功……关爱、理解和支持，如一缕缕阳光温暖着大家的心。

团结就是力量。一天过去了，一个星期过去了，整整两个月，驱动机构终于被驯服了，不负众望，正一步步迈向300万步的大关，胜利的时刻马上就要到来了。

到了！到了！试验大厅里一下子安静起来了。刹那间，人们忘记了夏日蒸笼般的闷热，忘记了蚊虫的叮咬，忘记了一个个难眠的夜晚……

原理样机热态寿命试验终于完成，通过了核电局专家组的鉴定，认为机构性能良好，满足设计性能要求，可在此基础上进行驱动机构施工设计。但是，在设计者的心中，这却是“一次失败的成功”。

为什么是“失败的成功”？原来，试验结束后，他们并没有仅仅满足于表面的成功，而是把样机进行解体检查，发现了问题所在——钩爪、连杆的轴孔磨损偏大。经分析认为，机构出现滑棒现象正是钩爪及连杆的轴孔过量磨损所致。轴孔磨损偏大是钩爪及连杆孔上堆焊的钴基合金硬度偏低所致。科学来不得半点虚假。究其原因，不得不承认，还是技术上不成熟。

什么叫精益求精？最终，他们在工程应用中对驱动机构的钩爪及可拆接头、驱动杆等关键零部件，采用了进口材料加工制造。就这一点，给设计者留下了遗憾。但瑕不掩瑜，自主设计、自主制造的驱动机构仍然不失为核电国产化领域的领跑者。

完成热态寿命试验后，设计团队在不到3个月的时间里就完成了施工设计，并在上海先锋电机厂生产出产品样机。

科学无止境。中国核工业人依然没有满足。

1999年春节，当秦山二期施工现场杨柳山上一片忙碌的时候，远在成都的核动力院试验室里却异常的安静。张森如和他的团队正紧紧地盯着数控装置上显示的数据——反应堆控制棒驱动机构样机的考验试验正在紧张进行。两年前的1997年，在秦山二期设计图纸遇到重大困难的时刻，核动力院党委班子决定把这副重担交给设计所所长张森如，让这位秦山二期第二项目负责人变身为第一项目负责人，提拔他出任副院长。一是因为张森如从1990年开始参加秦山二期的设计工作，二是他从1993年开始就担任设计所副所长、所长职务，三是他在科研设计和管理上敢于创新、严于管理。

虽然驱动机构样机在上海先锋电机厂试验时出现过滑步，但经过改进后，样机试验非常顺利，掉棒试验也做得相当漂亮。按常规，当跑到300万步时，试验就已经获得了成功，达到预定要求，可以圆满结束了。就在这时，张森如作出了一个出人意料的决定：“试验继续做下去！”

参加试验的人员一下子都愣住了。有人甚至当即提出了不同意见：“你这是在冒险！完全没有必要。”

然而，张森如与众不同。他想一举两得。1965年毕业于清华大学工程物理系核反应堆工程专业的他，担任过研究员级高级工程师、博士生导师和清华大学兼职教授。儒雅的外表下，潜藏着坚韧不拔、深谋远虑、干练果敢和周密细致的特质。他是一个科学的探险者，是一个为实现梦想而拼搏的奋进者。

就是在这一次试验中，张森如发现控制棒驱动机构的整个试验结果、波图和受力情况均出乎意料的好，凭着自己的理论功底和实践经验，他认为我们设计的驱动机构还能跑相当长的时间，但究竟能跑多少步，他也不得而知。当时，核动力院正进行国家“九五”科技攻关项目先进压水堆控制棒驱动机构的科研工作。现在，如果把试验继续做下去，不仅可检验秦山二期控制棒驱动机构的性能，也能在节约经费的前提下，完成先进压水堆控制棒驱动机构的科技攻关任务。这岂不是一举两得？

但是，不可否认的是，张森如的决定，必将冒很大的风险。一旦失败，不仅不能完成先进压水堆的科研任务，还得重新做工程样机，既延误了时间，还会让业主对自己研制的控制棒驱动机构的技术性能和质量产生怀疑。搞不好，就是赔了夫人又折兵！

张森如不信邪！他相信自己的判断！他大胆地组织科技人员夜以继日地继续试验，连春节也不回老家，坚持在试验室里紧张地忙碌。

4个月后，数控装置上的读数已接近800万步。

这是什么概念？这简直就是奇迹！

消息很快传了出去。国家核安全局和业主的专家们纷纷闻讯赶来，他们要亲眼看见奇迹的诞生。

“到850万步了，850万步！”现场所有的人都惊喜地欢呼起来。

对核动力院此项国产化研究成果，叶奇蓁院士给予了充分的肯定。他回忆说：“经过设计院、制造厂和业主的共同努力，历经电磁、原理、工程样机的试验研制，并最终经高温、高压台架上的综合考验，完成了850万步的考核，远远超过设计要求，达到了国际先进水平。但事情并不是一帆风顺的，原理样机在考核试验中就曾出现连接抓头断裂的情况，还没有达到设计指标。是不是要改变方针，向国外采购？经过专家会分析，查看了断口，认为是材料问题，决定优化材料，继续做工程样机，继续考核，才得到最终的成果。电磁线圈制造也是个难题，当时在设备采购时，法国专家认为电磁线圈不可能短时间研制出来，建议国外采购。中方制造厂认为这个厂就是搞电器的，哪能不搞电磁线圈，但这条路并不平坦。首先，研制耐高温、耐辐照的电磁线圈导线，不是不满足要求，就是线圈匝数达不到要求。其次是灌封的材料和工艺，反反复复，多次失败。经过大量试验，才掌握了电磁线圈制造及灌封的工艺，实现了线圈骨架、耐高温导线，以及灌封材料等关键材料的国产化，并成功研制了核级接插件等关键部件。为了比较顺利地解决控制棒驱动机构与棒控棒位系统的机电接口，避免在国产设备和进口系统之间产生矛盾，保证一次成功，决定将原先进口的棒控棒位系统改为国产，自己研制开发，并将原来法国的一对四方案改为一对一，这是一项艰巨的任务，时间紧，要搞样机，要上台架考核，科研人员坚持不懈，即使在炎热的夏天也坚持24小时连续考核，终于完成了任务。”

十年磨一剑。驱动机构研制经历了近10年时间。一路相伴的还有棒控棒位设备研制。作为驱动系统的两个重要部分，曾以“机电一体”被列入“八五”国家重点科技项目计划，齐头并进。1992年，开始对棒控棒位装置的功能单元电路进行研究试验。1993年5月，研制出一台为驱动机构电磁验证样机用的控制装置。

1996年2月5日，在平湖会议结束之后，时任核动力院院长赵成昆说：“从1996年6月秦山二期浇灌第一罐混凝土后，72个月的工期坚定不移，棒控棒位要与驱动机构并肩而战，一起攻下来。”

时间紧，难度大，技术有风险。谁能承担领头羊的重任？赵成昆亲自到王治国家里做工作。最终，在原有基础上，“王大爷勇挑重担”，带领大家埋头推算，研制出测量通道的“攻关样机”，与驱动机构产品样机联合热态试验等均达到设计要求，实现设计自主化、设备国产化，用责任和担当书写了核动力院的一段佳话。

31 “老秦人”不怕“卡脖子”

“你们这简直是漫天要价！”

郑本文生气了，强压住心中的怒火，拿起公文包起身离开了谈判桌。

这哪里是谈判呢？简直是漫天要价，欺负人！一想起向西方采购核电设备的这些往事，郑本文就耿耿于怀，有一种屈辱感。

那是1994年6月，时任核电秦山联营

有限公司党委副书记、副总经理的郑本文，带队赴法国同法马通公司谈判秦山二期主设备采购及配套的出口信贷条件。法马通公司认为，中方采用的是法国的技术，不可能分开采购。因此，在谈判桌上提出了对核岛设备制造采取“大包”方式进行供货，金额为14亿法郎，也就是说中国因此要向法国政府申请不少于14亿法郎的出口设备信贷。

如此巨额的信贷，如此高昂的价格，比郑本文的预期要高出许多，这是不能接受的。

第一次谈判，双方不欢而散。

在秦山干了16年设备采购工作的孙云根回忆说：“二期工程全面启动应该在1994年下半年。那一年国庆节刚过，我们就组织国内外的设备谈判，主要还是跟国外谈。秦山二期的技术路线是从法国的90万机组当中转化过来的，通过我们消化吸收、再创新，形成了自主知识产权60万千瓦核电技术。由于当时设计的理念、标准都是参考法国，因此很多设备首选法国制造。当时中国原子能进出口公司办公楼在月坛北街，我们就在那里跟法国人谈判。”

但是，法国人要价很高，一点都不让步，气氛极其不友好。在谈判中，法国人提到的一些贷款条件，譬如贷款额度、贷款利率、宽限期、还款期都十分苛刻。他们甚至提出了最后通牒——如果中方在1995年1月15日之前不做决策，就不谈了。真是岂有此理！这不明摆着敲竹杠嘛！？太欺负人了！种种苛刻、作难、刁钻的条件把郑本文、孙云根压得透不过气来。

然而，有什么办法呢？你没有核心设备，又没有核心技术，人家掐着你的脖子呢！再说了，你急，他不急。他能等，你不能等。

如何解决“卡脖子”？正面强攻不行，郑本文他们就迅速调整方针，开始进行迂回战斗。在蒋心雄、张华祝等指导下，郑本文充分调研国际市场，通过多种渠道获得了美国、韩国、日本等其他国家的核电设备制造能力和价格，发现这些国家的同类设备要比法马通公司的报价低得多。掌握了这样的信息，自然增添了郑本文与法马通公司谈判的筹码。不久，秦山二期启动了跟美国的谈判，由美国来牵头组织国际核电供应商，形成了与法国的竞争态势。

4个月后，郑本文带着这些新“筹码”重新与法马通公司进行全面谈判。然而，法马通公司很固执，依然拒绝实质性降价，谈判进展缓慢。到了1995年1月，又出现了法马通公司由于总包我国另一座也以政府信贷模式供货的核电厂全套设备供货，导致无法再为秦山二期申请足够政府信贷的情况。历经4个多月的谈判再次陷入僵局。

而此时，距国家要求的秦山二期工程1号机组开工只有一年时间了。按核电站建设的规律和要求，像压力容器、蒸汽发生器等重大设备必须在工程开工前一年半签订采购合同，才能保证工程施工的顺利进行。

设备订货，确实迫在眉睫！

郑本文也是火烧眉毛，急得直跺脚。

面对如此尴尬局面，绝对不能一条道走到黑。1995年初，中核总果断决策，秦山二期工程设备采购不采取法马通公司总包方式，打开“大包”，采购的范围不局限于法国，而在世界范围内进行选择。显然，这是一个非常有智慧的策略，从法国一家采购，到实现多国采购这样一个转变，对秦山二期工程的建设，包括中国下一步核电的发展意义都非常深远。“打开‘大包’、多国采购”解放了核电设备采购的手脚，更加自由了。

“多国采购”的重大决策，打破了国外一家垄断的局面。一经提出，国家核安全局、国家原子能机构的专家对此非常关注，时任中核总总工程师、秦山二期董事长马福邦，总设计师叶奇蓁等慎之又慎，与郑本文从采购角度反复讨论，多次召开专家研讨会进行研究。经过充分讨论，认为“多国采购”是可行的，关键要处理好标准的相容性和设备之间的技术接口。为此，在采购工作中，郑本文他们充分利用设计技术负责制，调动核动力院、核二院、华东电力设计院方方面面的专家，组成一支全面覆盖核电厂关键设备的技术队伍，对所采购的每一项设备都进行了大量的技术分析比较和论证，在技术、经济和风险等方面进行了综合论证后才决定订货。

“多国采购”的策略，通俗地说就是要货比三家，择优采购。但随之也产生了新的问题和困难：一是设备的相容性和技术接口问题，别搞成了“四不像”；二是原来的采购计划失效了，采购的时间变得更加紧张。

后来也曾担任核电秦山联营有限公司副总经理的孙云根回忆说：“多国采购对我们来讲是非常大的挑战，毕竟我们当时核电的设计才刚刚起步，而且60万千瓦的核电机组刚刚在消化吸收创新后形成，做任何大的调整对设计的影响都是非常大的，包括设备的参数等，这是一个非常复杂的问题。主要难度在于设备与系统的接口发生了变化。我们从不同的国家采购设备以后，各国提供的参数和接口尺寸，都跟法国的不一样，这就要求设计做大量修改。秦山二期开工后将近半年，图纸就不能满足现场施工进度了。这给当时的核二院在设计能力上提出了非常大的挑战，但是也给了他们锻炼能力的机会。通过这个过程，核二院不仅培养了大批设计人才，也为‘华龙一号’的横空出世奠定了坚实的基础。”

面对老外“卡脖子”、敲竹杠，中国人骨子里天生就有不信邪、不怕压的精气神。“老秦人”不再迷信外国人了，学习西方的同时更加相信自己。多国采购策略制定实施以后，法国人傻眼了。据说法方把之前参与谈判的人员降职的降职、调离的调离。这表明中国人的策略非常成功。

1994年至1998年，是秦山二期工程重大设备采购的主要时期，当时国家尚未制定和实施招标法。除国家定点的设备外，秦山二期工程所需的其他任何设备，无论是进口的还是国产的，均按照技术、价格、服务三个共同参数组成综合指标“货比三家”进行采购。毫无疑问，对郑本文来说，工作量也随之剧增。

“货比三家”，并不是一件容易的事情。因为，你必须知道有哪“三家”，然后才能“比货”。采购核设备，不像去市场买个苹果，也不等同于去买一辆汽车。

在郑本文的带领下，秦山二期开始了世界范围内的设备采购，全面与国外厂家进行接触，了解各个国家同类设备的价格、质量和交货期，同时与2至3个国家就同一种设备进行谈判。那真的是需要有一股“走遍千山万水，想尽千方百计，说尽千言万语，吃尽千辛万苦”的“四千精神”。

压力容器，是核反应堆的核心设备，是不可更换的重大设备。核电厂的使用年限，指的就是压力容器的使用寿命。如果压力容器的寿命是40年，整个核电厂的寿命就是40年。因此，核电厂对压力容器的安全性、材料工艺要求极高，每道程序都要经国家核安全局专业审查后，才能做下一步工作。正因为制造要求特别严格，所以之前核电厂的压力容器都是进口的。当时，秦山二期的想法是1号机组的压力容器进口，2号机组的国产，进口设备要配套出口信贷。于是，郑本文同时与日本三菱公司、韩国重工业公司（简称“韩重”）等多家外国公司进行工作接触和实质性谈判。日本三菱公司报价是1000多万美元，谈了几次，价格都降不下来。他们没有放弃，又接着与韩国韩重的斗山公司进行接触，韩方报价为700多万美元。价格是降下来了，但是价格相差这么大，韩国人制造的压力容器有没有保障呢？

1995年春节前夕，带着疑问，郑本文组织设计院和有关技术人员到韩国考察。经过调查研究，韩国制造的设备虽然在销售业绩上稍逊日本三菱公司，但设备的技术性能完全能够满足秦山二期的要求。于是，郑本文与韩国斗山公司很快签订了合同。遗憾的是，由于韩国公司的配套政府信贷无法落实，合同未能生效。怎么办？不是有“货比三家”的原则吗？郑本文就充分利用这个原则，时刻把握主动权，又拿着韩国人的报价与日本人谈。最后，经过唇枪舌剑，压力容器的合同花落能够提供政府贷款的日本三菱公司。但是签约的价格却是按照韩国公司的价格——700多万美元，节省了近300万美元！

郑本文终于深深地吁了一口气，开心地笑了。

核心设备压力容器谈判成功了，其他设备的谈判也就顺势而为，迎刃而解。在此基础上，经过谈判，日本三菱公司又以较低的价格与秦山二期工程签订了上充泵、主泵、GIS（500kV开关站）等重大设备的制造合同。

秦山二期工程设备采购谈判的工作地点主要在北京的中国原子能进出口公司。作为主管设备采购的副总经理，郑本文带领秦山二期设备采购人员常驻北京。每次谈判结束后，他都要认真仔细地听取各个小组的汇报，不仅对谈判情况要具体了解，更要对谈判的后续工作提供指导性意见。谈判工作加班加点是家常便饭，经常工作到深夜，再苦再累他都走在前面。商务谈判具有不确定性，很少按点结束，双方都有自己的商业秘密，不会轻易亮出底牌，有时工作到深夜甚至第二天凌晨。因此有人提出，晚上公司能否提供盒饭？那时候，吃份盒饭，也是不错的待遇了。最后，经过商量，公司同意晚上集中提供盒饭。即使如此，郑本文还是严格要求自己，每天晚上都要回到核二院的住处，如时间早，则拿着饭盆到核二院食堂排队打饭，如太晚，则自己泡碗方便面，填饱肚子。他说：“我在北京参加谈判三年，吃饭在职工食堂拿饭碗排队，晚上方便面当点心。”

设备采购和谈判非常艰难，时间非常紧，压力非常大，郑本文一年回不了三四次家。回到秦山，一位跟郑本文到北京参加谈判的同事见到他的爱人就开玩笑说：“嫂子，郑总长期出差在外，应该给你‘精神补偿’啊！”

与外国人打交道，需要智慧、耐心，也需要勇气和正气。没有哪一场谈判是轻轻松松的。在国内如此，在国外更是如此。有时，还会遇到设备制造厂家“精心”的安排，比如高档饭店、星级酒店以及其他服务等，郑本文都一一谢绝。

有一次，在与英国某公司谈判快结束时，对方盛情邀请郑本文一行5人在谈判成功后到英、法等国“考察”几天，并安排一些后续的验收接待，所有费用由他们承担。

谈判桌上，郑本文很认真地问道：“这一趟‘考察’，费用大概需要多少呢？”

英方赶紧拿出计算器，认真地进行了测算，一本正经地说：“30万美元。”

听到英方的报价，郑本文一脸严肃地又问了一遍：“你们确认吗？是否需要再核算一遍？”

“郑先生，不用再计算了，确实需要30万美元。”

“那好。谢谢你们的邀请和安排。因为工作关系，我们就不去考察了。但是有一个要求，就是从我们设备采购的总价里减去这一项考察费，合同价格再降低30万美元。”

英方谈判代表愣住了，过了好一会儿才反应过来，向郑本文投来敬佩的眼光，点头答应了。

30万美元，就这样节省了下来。

对国内设备厂家，郑本文也同样采取“货比三家，择优采购”模式。秦山二期1号机组稳压器的采购，最初定点在上海。1992年谈判时，厂家报价为1500万元，谈了两年，到了1994年，厂家始终一分钱不降。无奈之下，郑本文了解到西安也有一家工厂有能力制造稳压器，于是就请西安的厂家报价，得到的结果是1200万元。随后，郑本文亲自带队，再次组织设计院和业主的专业人员到西安进行实地考察。经过专家评估，一致认为西安的厂家完全有能力完成设备的制造任务。就这样，1号机组的稳压器的采购又节省了300万元。

多少年过去了，对秦山二期的设备采购工作，郑本文感到十分欣慰。他说：“我们全面与国外厂家进行接触，千方百计地了解各个国家同类设备的价格、质量和交货期，同时与两至三个国家就同一种设备进行谈判。‘货比三家’的模式充分发挥和运用了市场机制，既采购到了质量和交货期有保证的设备，又节省了投资。仅打开法马通供货‘大包’这一做法本身，设备采购费用就节约了30%还多。秦山二期工程1、2号机组单位千瓦造价为1330美元，是国内外同期建造的核电厂中成本最低的，这是与‘货比三家、择优采购’的设备采购策略分不开的。回顾秦山二期1、2号机组的设备采购历程，我认为国产化之路的确很难、很苦，但我们从未动摇过，始终怀着必胜的信心，闯过了道道险关，为我国核电发展开创了一条路子。”

“多国采购”的任务不仅仅满足了采购核电设备的需要，还承担着核电设备国产化的重要使命。这是一项国家使命，义不容辞。“多国采购”以后，秦山二期就可以联合国内制造企业与外商谈条件，以实现设备国产化战略，追梦“中国制造”。

核电设备采购谈判都采用了什么办法

来促进核电设备国产化呢？在这方面，先后负责秦山二期工程设备采购工作的郑本文、宋建国、孙云根等几位副总经理，集思广益，斗智斗勇，凸显了中国人的智慧。他们对国内的制造企业进行了认真的调查研究，并对它们制造核电设备的能力做出分类——哪些是有基本能力的，哪些是有意愿做国产化的。然后，他们再跟关联设计院和厂家谈合作，共同构筑核电设备国产化的道路。实践出真知。通过与外商艰难的谈判，他们在工作中逐渐掌握了四种途径，成为促进核电设备实现“中国制造”的四种模式。

第一种模式是“联合设计生产，进口关键部件”。比如，秦山二期的汽轮机组由哈尔滨汽轮机厂与西屋公司联合设计，并由西屋公司提供秦山二期1号汽轮机组转子和2号汽轮机叶片等部件，由哈尔滨汽轮机厂配套加工组装。

第二种模式是“国外技术转让，国内设计生产”。比如，重要核Ⅰ级设备压力容器，当时国内还没有一家能做。他们就分别与日本三菱重工和上海锅炉厂签订合同，让日本三菱重工制造第一台，条件是他们要提供制造图，由上海锅炉厂制造第二台，并在制造过程中由三菱重工提供技术支持。

第三种模式是“国外返包国内，部分加工总装”。在签订进口合同时，他们把设备合同授予外商，要求外商把部分重要工序返包给国内制造厂，同时转让必要的设计技术。如秦山1、2号机组两台堆内构件由法马通公司制造，但法马通公司必须按照合同要求将1号机组的上下支撑柱和上部导向筒加工及2号堆内构件除吊篮筒体外的全部加工返包给上海第一机床厂，2号堆内构件总装和出厂试验也在国内由上海第一机床厂完成。这些工作，法国方面都要派技术人员现场指导，总体质量、技术责任也由法方负责。再比如，一个完整的蒸汽发生器国内当时还做不了，他们就跟西班牙厂商签合同，要求他们将蒸汽发生器的封头和筒体的焊接交给国内的制造厂。通过对方提供的一些技术支持，国内制造厂掌握了蒸汽发生器筒体焊接技术，并逐步掌握了蒸汽发生器整体制造技术。

第四种模式是“自主科研开发，提供适当经费”。尽管秦山二期工程投资概算非常紧张，但他们仍然力所能及地为国内各设计院、制造厂提供科研经费，支持科研人员开展科研攻关，实现设计和制造的国产化。秦山二期选择国内一些已有一定基础的项目进行深入研发，比如堆内构件，就选择了上海第一机床厂进行深入研发，秦山二期在其设计和制造过程中提供了1000多万元的资金支持，并请有关外商提供技术咨询和服务。再比如，控制棒驱动机构、装卸料机、人员闸门和反应堆保护系统等的深入研发，秦山二期还为国内制造商无偿提供进口设备技术资料，提升他们的设计制造能力。

制造需要智慧，“中国制造”中自然有中国“智”造。事实证明，通过上述“四种模式”的国产化“智”造，开辟了中国核电工业自主化的新道路，核电设备的国产化发生了惊人的巨变。宋建国回忆说：“秦山二期工程给国内制造商提供了一个学习、提升能力的机会，很多关键设备实现了国产化，如反应堆压力容器、大型核电汽轮发电机组、反应堆厂房环形吊车等，一大批进口阀门、水泵也实现了国产化。”

1998年底，上海第一机床厂和外国厂商同时出现在为秦山二期提供“堆内构件”设备的招标会上。外商很惊讶。其实，这是时任设备处副处长孙云根事先安排好的。此前他多次动员上海第一机床厂主动出击。

谈判开始了，没想到外商先说话了：“这个设备由我们总包，你让业主报个价。”外商代表对上海第一机床厂有限公司总经理孙忠飞说。

孙忠飞有点儿拿不定主意，赶紧求助孙云根。

“你们必须进入总包地位，部分请国外进行技术支持。”孙云根回答很坚决。

于是，就按照必须由中方总包的目标，上海第一机床厂与外商谈了3天，外商始终不同意技术支持，继续要求由他们作为总包单位。

“怎么办？”孙忠飞左右为难。

“让他们来，我亲自说！”孙云根的口气很硬。

外商来了，三方坐下来谈。

孙云根态度坚决：“合同只由中方定，希望外国技术支持，如不支持，我们也总有一天会制造出来，但这样就不好合作了！”

见孙云根如此坚决，外商勉强地让出了总包地位。此后，秦山二期3、4号机组的堆内构件也全部由上海第一机床厂生产。

既然有胆量让国内厂家总包，那就必须要有严谨的态度帮助企业生产完成这个制造任务。活儿拿到手了，孙云根马上赶往上海第一机床厂。他大清早就赶到上海，看资料、开研讨会、到现场考察，中午吃个盒饭，晚上再返回秦山。要知道，他内心也害怕，如履薄冰啊！虽然合同定给国内企业，但万一产品有个闪失，损失和影响都难以估量！

辛勤的汗水，浇灌出甘甜的硕果。在后来的秦山二期扩建工程中，设备国产化率达到了77%，比秦山二期1、2号机组55%的国产化率提高了不少。孙云根回忆说：“在当今的国际核电设备制造的舞台上，中国的‘华龙一号’能够昂着头走出去，是因为前面有积淀，正是这几十年艰苦奋斗的历程，才一步一步实现‘华龙一号’成熟机型的开工建设。”

32　国产化就是要实现现代化

宋建国有一双明亮的大眼睛，腰板挺直，干练利索，岁月在他的额头上镌刻了些许皱纹。在秦山核电科技报告厅会客室，从他儒雅的轻言细语中可以感受到他是一位思维缜密、作风细致、行事谨慎的人，里里外外外彰显一种凛然的正气，腼腆的笑容中绽放出亲和力。

1970年从西安交通大学一毕业，宋建国怀抱“强核报国”的梦想奔赴酒泉，在四〇四厂一干就是23年。从1993年起，他赴秦山从事核电设备的采购工作。1998年3月，他从上海核电器材公司副总经理岗位调任核电秦山联营有限公司设备管理处处长，2000年3月任总经理助理兼处长，2001年2月任副总经理，全面负责设备采购与监造工作。

“以我为主，中外合作”的方针决定了秦山二期的前途命运，这是一条正确的道路。纵观国际上几个核电大国，无一不是坚持“以我为主”自主发展核电的。当前，拥有和正在建设核电的国家已超过30个，其中美国、法国、日本、俄罗斯和加拿大5个国家的核电机组数量占60%以上。这些国家的核电之所以能够快速发展，一条共同经验是通过开发或引进实现了自主化。

从不到百年的核电发展历史来看，法国、德国、日本等工业发达国家，开始发展核电时都靠引进国外先进技术，而后立足于自己制造设备，现在都建立了规模庞大的核电设备制造工业体系。印度、韩国、阿根廷等国，在核电建设中，也都力图使设计、制造和技术服务由本国的工业部门负责，最大限度地促进设备自主化。印度现在已经能独立自主提供核电站的大部分核设备和技术服务。加拿大是最早发展核电的国家之一，他们根据本国工业系统缺乏大型厂房、设备的特点，开发研制了以小型、轻型设备为主的重水堆核电站，使本国企业能够生产其所需的核电设备，而不依赖于它国。

宋建国喜欢琢磨、研究，善于把感性的东西上升到理性，对世界各国的核电发展史了如指掌。他跟我说：“韩国发展核电的经验非常值得我们借鉴，他们从20世纪70年代起陆续引进了美国、法国和加拿大的压水堆机组和重水堆机组，初期对核电技术自主化重视不够，以致有9个机组建成之后仍然要依赖于外国的帮助。由于引进的机组容量不等、堆型不同、设计概念和标准各异，给行业管理带来许多困难。因此，他们在20世纪80年代中期制订了核电技术自主化的计划，着手制订核电设计、建造、运行和维护标准，从而大大推动了核电自主化的进程，加速了核电的发展。毋庸置疑，我们中国要发展核电只能走‘以我为主、自主发展’的道路。”

自主化就是国产化，国产化就是要实现工业现代化，梦想就是完全实现“中国制造”，拥有完全自主知识产权的“大国硬核”设备，制造出自己的“大国重器”。这是中国核工业人与生俱来的情结。

核电自主化的重点，正是核电设备制造的自主化。为什么这么说呢？因为设备在核电工程中占有重要地位，不仅因为它对进度、质量、投资三大控制因素有着举足轻重的影响，而且因为其数量多、要求高、技术复杂、制造周期长，从而增加了管理难度。宋建国告诉笔者：“一台60万千瓦核电机组需要的设备近3万台，如此众多的设备，在工程设计时要提供基础资料，在土建期间要提供预埋件，安装之前整套设备必须到货，调试过程要配合技术服务，任何一个环节不到位，都会给工程进度造成重大影响。”

在核电工程中，设备采购的费用在核电站总投资中占有很大比例，一般都在50%以上，因此，控制好设备采购费用对整个核电工程投资控制至关重要。而提供符合设计要求、质量可靠的设备，不仅为安装、调试打下了基础，而且为机组安全高效运行提供了保证。因此，质量始终摆在设备采购工作的第一位。

我们知道，秦山二期在合同谈判阶段就提出了“多国采购”模式，由“技术、价格、服务”三项指标组成的综合指标以“货比三家，择优采购”，而质量就是技术因素中最重要的要素，如果质量不过硬，价格、服务再优，也不能进入秦山二期工程的设备采购名单。

保证设备质量是从签订采购合同开始的。设备合同的起草是设备采购的一个重要环节，采用谁的合同文本为基础进行谈判，则对谁更有利，谁也就掌握了谈判的主动权，也就掌握了商务和技术（主要是质量）的主动权。秦山二期工程的设备采购管理者充分认识到这一点，所有的设备采购合同，不论是中文还是英文，都是由秦山二期自己编写的。秦山二期工程的设备涉及的国家和地区多达18个，每个厂商基本都有自己的合同格式。在谈判过程中，特别是与外商谈判过程中，经常有外商特别坚持使用自己的合同。有一次，在与法马通公司谈判时，双方都坚持采用自己的合同格式，仅这一个问题，就争执了两天。最后，法马通公司让步了。

不可否认，投资是制约核电发展的重要因素。核电设备自主化的好处很多，其中有一条就是能够大幅度降低工程造价。秦山二期工程坚持自主设计、自主采购，尽量多地采用国产设备，国产化率达到55%，大多数关键设备在国内制造，设备投资大幅度下降，1号机组单位千瓦造价只有1330美元，设备投资只占总投资的47%，是中外核电建设史上最低造价之一。如何降低工程造价呢？采购谈判当然有技巧。

比如，在稳压器安全阀采购中，根据采购技术规格书，既可采用弹簧式安全阀，也可选用先导式安全阀。考虑到设备的重要性，宋建国在经过调查研究后，倾向于采用先导式安全阀。作为世界上唯一的先导式安全阀生产厂家，法国厂商底气十足，谈判中就摆出了一副“只此一家、别无分店”的傲慢态度。法国人做的东西质量确实好，但是报价奇高。为了压低价格，宋建国采取引入美国等厂商制造的弹簧式安全阀进行竞争性谈判，迫使法国厂商的价格较大幅度地下降。当然，这是谈判的一种策略。虽然最终法国厂商的价格仍比美国厂商的高出一截，但为了设备质量，宋建国还是选用了法国厂商的先导式安全阀。为啥？质量第一的理念不能变。宋建国深有感慨地说：“在设备采购过程中我们深深体会到，凡是由一家外商独家经营的设备，价格就没有商量的余地，如果有几家外商竞争，价格就会大幅度降低，要是有中国厂商参与竞争，其价格就会更低。”

俗话说“卖家总比买家精”。卖家总是要有一定的盈利空间，不在此处，就在彼处。再说了，只有盈利，厂家才能努力做好产品，因为谁也不会做亏本的买卖。但在宋建国看来，真诚合作、互利共赢才是关键，尤其是对国产化的设备，更是如此。1995年，在同上海电站辅机厂谈判高压加热器合同时，经过仔细测算，宋建国发现对方由于测算的钛管数量有误，少报价40多万美元，他就主动提出请对方再次进行测算。上海厂商对合同价格重新测算后，果然发现自己算错了。上海厂商非常感激，果断决定削减报价，主动让利。相互的信任，既保证了制造商对设备的资金投入，又保证了设备的制造质量，更增加了双方的合作情谊，为后来的设备合同履约打下了好的基础。

核电站的建设周期比较长，一座压水堆核电站从浇灌第一罐混凝土到商业运行一般需要5到6年左右的时间。采用国产设备比进口设备便于监造，不用办理进关手续，减少了运输环节。所以核电设备自主化有利于缩短核电站的建设周期，从而减少建设时期的贷款利息，降低投资，而且提前发电还能使电厂更早地获得经济效益。

秦山二期的设备采购工作，大大促进了中国核电设备自主化的历史进程。它带来的好处，也表现在有利于厂商现场服务。宋建国跟我算了一笔账："核电站采用的非标设备多，结构复杂，精密度高，在安装调试时，需要制造厂商到现场进行大量的技术服务。秦山二期1号机组厂商现场服务达6000多人次，累计40000多个工日，其中国内厂商服务约占85%以上。国内企业的市场观念有了很大进步，服务意识得到很大加强，在秦山二期工程建设中，绝大多数国内厂商能够按照用户需要随叫随到，为核电站建设作出了贡献。相比之下，外商服务费用高，一般高于国内厂商10至20倍，不仅如此，外商服务联系不便，机动性差，根本无法做到随叫随到。"

一般来说，核电站设计寿命为40年，运行过程中，各种设备要进行多次检修，需大量备品备件，任何一个核电站都不可能在一开始投产时就把40年的备件全部备齐，这样做不仅资金占用量大，而且有些备件具有时效性，不容许长期存放，只能根据需要分期采购。这就需要有可靠的备件供应渠道，能够有保证地及时提供所需备件，特别是在紧急情况时，供应商应能根据用户要求快速反应。这一点外商很难做到，有些外商对用户提出的少量备件需求，往往是不予响应，即使能够供货，周期很长，价格昂贵，常常是一个部件的价格比一台整机还要高。宋建国告诉笔者："相比之下，国内供应商就能做到这一点。因此，核电设备自主化特别有利于生产维护和设备检修。"

比如，在秦山二期1号机组安装调试中，由于设计修改变更增加，更换设备的事经常发生。每当遇到这种情况，只要给国内制造厂商打一个电话，他们就会连夜组织加班加点，以最快的速度加工好，以最快捷的方式运到现场。如果没有众多国内厂商的大力支持，秦山二期1号机组提前投入商业运行是不可能的。在现代企业管理中，正在逐步实现零仓储管理，这就需要备品备件生产基地越集中越好，距离越近越好。

郑本文、宋建国、孙云根心里都十分清楚，选择了合格的制造厂，只是意味着设备的制造质量有了一定基础，并不等于设备的制造质量就可以高枕无忧了。为及时掌握制造质量状况和进度，根据国际惯例，秦山二期向重要设备制造厂或设备制造厂相对集中的国家和地区派遣驻厂代表，进行设备监造。据统计，截至2002年底，秦山二期设备采购累计派出驻厂代表平均129人/年。

监造、验收和检测，是设备采购质量的重要保证，也是必要一环。宋建国特别重视，为此还曾在日本三菱公司发过火。

那是在1999年9月，宋建国带队到日本验收GIS设备。4年前，秦山二期委托中国原子能进出口公司与日本三菱公司签订了进口GIS设备的合同，货价达2000多万美元。验收的第一天、第二天是在生产车间对产品进行试验见证，日本的工人们操作规范熟练，配合默契。但是，到了第三天进行文件审查时，日本人的态度就出了问题。同事们发现从来说话都是轻言细语的宋建国，这一次罕见地生气了。

宋建国为啥发火呢？

避雷器是GIS的重要组成部分，按照合同约定，设备制造厂商三菱伊丹制作所应该提供样机，并提供样机试验的数据。验收时，宋建国提出要看样机，三菱伊丹制作所竟然采取了不合作的态度，态度蛮横地表示：“样机已经销毁了。”

“样机销毁了，那也应该有样机制造和销毁的相关程序文件和资料。”宋建国坚持按合同程序，要求日本人拿出样机相关的文件和数据。

然而，三天过去了，日本人还是迟迟不拿出文件来。对宋建国提出的问题，不是拖延就是随便应付，特别是对避雷器样机销毁等问题依然不能给出令人满意回答。这天，日方看到中方一名工作人员在审查时做记录，竟然傲慢地说：“这些文件你们只能看，不能记录。”

日本人的这一句话一下子点燃了宋建国憋在心中的怒火。他拉下脸，厉声反问道：“你知道他记的是什么吗？他记的是发现的问题，对这些问题不仅要记，而且你们必须给出合理回答！这几天我们提出的许多问题尚未得到回答，对你们的工作我们很不满意，我不知道这是你们的个人素质造成的，还是三菱公司的企业作风！如果是个人素质原因，那么你们给三菱公司的形象抹了黑。看来你们的准备工作很不充分，不具备验收条件，我们只能在你们准备好后再来验收。如果明天还不能看到完整有效的文件，我们认为现在达不到验收的条件！”

说完，宋建国立即转身准备离开。见中方拒绝验收，日方经理马上变脸了，赶紧站起来，一面鞠躬，一面道歉，点头哈腰地说：“我承罪，我承罪！”恳求宋建国留下来继续验收。这时，三菱伊丹制作所所长也闻讯赶了过来，先是道歉、请罪，又提出两个请求：一是继续验收；二是周末参观核电站的活动不变。他还诚恳地说：“为了不影响参观，明天早晨把所需文件送到你们住宿的宾馆。”

宋建国不卑不亢，拒绝了他们的请求，也回复了两条意见：“参观活动取消，文件也不要送宾馆。验收工作必须在工厂进行，明天继续在这里验收。”

三菱伊丹制作所所长反复强调说：“参观活动一定不要取消，因为通常核电站不接待参观，这次活动是通过三菱总部才得以安排的，制作所没有理由取消。”

宋建国不冷不热地说：“取消的理由很简单，请你告诉你们三菱公司总部，按计划五个工作日是能够结束全部验收工作的，但由于你们准备不充分需要延续到周末。”

三菱伊丹制作所所长见宋建国态度坚决，只能无奈地点头同意，按宋建国的意见执行。

这一天，双方都度过了一个不平凡的夜晚。日本人在组织人力准备文件，宋建国则和同事们一起研究验收对策，除了审查日方提交文件的正确性外，还要审查文件的真实性，防止他们临时造假。在宋建国的坚持下，三菱伊丹制作所终于拿出了样机制造和试验的相关文件。从文件时间、文件编号、内容等多个环节，宋建国和同事们一起进行了仔细检查，确认了试验报告真实有效，产品性能满足合同要求，顺利解决了几天来悬而未决的问题。

谈及这段与日本人打交道的往事，宋建国很兴奋，也很开心。他说："不管你是什么大公司，我们出去谈判，代表的是国家，不仅仅是个人或者公司，我们就要严格按合同约定，该看的坚持要看，这是我们的权利。理直就应该气壮，体现我们中国人的骨气。后来，负责GIS制作的三菱伊丹制作所所长亲自来送行，再次道歉，对中国人的工作精神表示敬佩。以后几年，三菱伊丹制作所的人每次来秦山，他们都要对这一次事件表示道歉。"

与设备验收一样，设备检验同样是把好设备质量的重要关口和关键环节。

2000年3月6日至2001年1月9日，三菱伊丹制作所制造的GIS设备分5批到货。在检验时，中方发现设备短少24种（类）零部件，数量高达230件。经交涉，日方按规定补齐了缺少的零部件。

数量问题解决了，日方就质量问题又开始扯皮了。经检验，中方发现这批设备中有的导体连接部位表面存在不同程度的磨损，数量多达108件。设备的导体外表面为镀银层，表面损伤将导致接触电阻增大而引起导体发热，给核电站的安全运行带来隐患，绝对不可忽视。

对中方提出的问题，日方代表却声称："这些导体出厂时均是完好的！我们是讲质量、讲信誉的，本公司从来没有发生过类似的问题。"

见日方企图把责任推给中方。宋建国不愿意跟他们打口水仗，请专家来检查，以科学来说话。经过认真专业的检查，技术确认这些导体损伤是因为包装不当，在运输过程中相撞而引起的。面对铁一样的事实，日方代表承认是卖方责任，但又狡辩说："这些轻微损伤不影响使用，现场砂纸打磨处理就可以了。"

面对日本人的搪塞，宋建国和检验人员坚决不同意，双方僵持不下。宋建国果断决策，中止同三菱公司代表的交涉，立即向三菱公司发函，提出三条处理意见：一是对磨损较轻的开关，现场处理；二是对磨损严重的，必须返回制造厂进行处理或更换；三是处理过的导体必须提供完整的检验试验报告。

有理，有利，有节。对宋建国提出的三点处理意见，日本三菱公司无言以对，不得不全部接受。

33 "我们不是上帝"

"用户是上帝"——这是20世纪90年代商品市场上一句特别响亮的口号，也是商战的一句经典广告词。

那个年代，设备制造是买方市场，制造厂商就把"用户是上帝"作为营销的宗旨。面对市场经济的种种诱惑，"老秦人"

有纪律、讲纪律、守纪律，始终强化公司采购队伍的管理，保持廉洁自律，杜绝收受任何礼物和红包。宋建国说：“客户把我们当作‘上帝’，但我们决不能把自己当作‘上帝’，我们与制造厂是平等的合同关系，任何人都无权向对方提出合同外的要求。在工作上，我们又是代表合同一方在监督他们履行合同。他们下级解决不了的问题，就找他们的上级解决，不能有任何犹豫。对他们提出的合理要求，我们也一定要尽量满足他们，帮他们解决问题。要互相帮助，但一定要严格履行合同、明确责任。”

“建一幢楼，倒一个人；修一条路，倒一批人。”人们常用这句话来形容工程行业贪污受贿腐败现象。反腐倡廉工作始终是悬在设备采购管理者头上的一把“达摩克利斯之剑”。在工作中，郑本文、宋建国经常跟同事们强调：设备采购人员不仅要懂专业，而且要敬业。设备采购工作，是一项专业技术要求很高的工作，因为核电设备涉及的专业多，跨领域、跨学科、跨行业、跨门类，必须不断地学习。而且，项目负责人必须肩挑技术和经济两副担子，懂技术、懂外语，熟悉采购设备的技术要求和技术特点，权衡技术和经济，当好参谋、助手。同时，采购人员还必须具备高度的责任感和使命感，吃得起苦，既要讲原则、守底线，还要有情怀、知敬畏，时刻以主人翁的责任感处理设备在设计、制造、安装、调试过程中发现的技术问题。

秦山二期设备采购金额巨大，对这一责任重大的“肥差”，郑本文、宋建国、孙云根领导的队伍从上到下按章办事、恪尽职守、拒腐防变，经受住了市场的考验。

1997年，设备处一位科长作为项目负责人与北京某公司签订了2000多万元的合同。在执行合同中，他运用自己的技术专长，不仅配合该公司做了大量工作，而且帮助他们解决了一个很棘手的技术难点，还找相关单位帮助他们进行试验，节约了资金，赢得了时间。到了年底，该公司在分配奖金时，坚持要给这位科长5万元奖励，被其坚决拒绝。他们硬是将这5万元奖金塞给了这位科长。回到秦山后，这位科长立即向郑本文作了汇报，随即上交给了公司纪委。之后，公司纪委将5万元现金全部退还给对方。

核电秦山联营有限公司纪委提供的数据表明，秦山二期工程建造期间，签订了大小合同2940多个，总金额近百亿元，没有发生过一起经济案件，没有一个干部失足，走出了“有大工程必定有腐败”的怪圈。至2002年底，全公司职工累计186人次上交礼金、礼券达200907元，拒收礼金123985元。公司原党委副书记、纪委书记于英民说：“建设初期，主管设备的副总经理郑本文，在北京参加招商谈判，三年时间内加班加点工作，努力争取以合理的价格采购到好的设备。后来主管设备的副总经理宋建国、孙云根同样以高度的政治责任心抓好设备采购管理工作，为核电设备国产化做出了重要贡献，分别被评选为‘全国设备管理先进个人’和中宣部表彰的‘时代先锋’。”

秦山二期设备采购管理者都有这样一个体会：“国内有竞争的产品，国外的报价就低；国内没有竞争的厂家，国外的报价就极高。”这个严酷的事实深深刺伤了每一个“老秦人”的心。郑本文说：“明明只值100万元的设备或材料，国内没有生产企业，国外的厂商故意报价高达300万元到500万元，而最后我们不得不含泪吞下，受制于人啊！”正是有这样的经历和体会，在他们的心中，总是涌动着一种深深的国产化情结。在他们的带动下，塑造了一支竭忠尽智、多谋善断、敢打必胜的设备采购团队。郑本文曾说：“有时为引入竞争，我们不得不拿一些国内设备厂家来‘垫背’。最终，国外的价格可能会降一大截。在其他领域或企业，对很多的设备采购者来说，他们肯定会引以为豪，说节省了多少多少钱。但是，在我们的心里，没有一点成就感，相反，民族自尊心受到强烈的打击！”

“国家兴亡，匹夫有责。”在追求核电设备国产化的过程中，秦山二期设备采购冒了很多风险，承担了许多压力。国产化道路不是平坦的，坎坎坷坷，曲曲折折。不被人理解，还有人在抱怨，这都是正常的。宋建国说：“当看到一台台国产化设备出厂时，我仿佛看到了一个个新生命的诞生，心中升起的是一种民族的自豪感，所有的苦，所有的累，都化作了云烟。”几十年来，核电设备从国内没有一家能生产，到现在有100多家设备生产企业。核电设备从以前只能在国际上招标，到现在国内的企业也能够参与国际招标，稳步走进了国际市场。

2006年，国家发展和改革委员会将“在国家重大技术装备国产化工作中作出重大贡献的单位”的荣誉称号，颁给了秦山二期设备采购团队。

在逐梦国产化“中国制造”的道路上，秦山二期塑造了自己的“大国重器”，拥有了自己的“大国硬核”，不愧为中国民族工业的一面旗帜。

第十章

“中国核电建设困难的总和”

34 “三个提前介入”打破国际惯例

按照国际惯例，至少要完成60%的图纸才能开工，可是现在图纸只完成了6.8%，秦山二期照样按原定计划开工了。所谓的国际惯例被中国核电人彻底打破了！

如何抢回已经延误的工期，又不能造成新的工期延误？

在调查研究和征求意见的基础上，李永江果断作出了“三个提前介入”的决定，即：在责任不转移的前提下，安装提前介入土建，调试提前介入安装，运行提前介入调试，使工程建设和运行人员提前熟悉现场情况，提前做好工作准备。

毫无疑问，作出这样的决定是需要巨大的勇气、超常的智慧和过人的胆识的。它不仅是在挑战国际惯例，也给自己的工作带来了挑战，因为这样做就不可避免地要与各个参建单位和部门产生矛盾和冲突，需要进行大量的沟通和协调。牵一发而动全身，核电工程是一项集体的事业，环环相扣，一个也不能少，一刻也不能缺席！

人，是要有点精神的。有了精神的支撑，才能够更好地撑过现在的困难；有了精神的寄托，才能看到生活的前方充满希望。更何况，中国核工业人从来不缺少精神，“两弹一艇”鲜活生动的历史从未走远，就在我们的身边！这一段历史，李永江亲身经历过、感受过、战斗过，与他并肩一起战斗的人们也都铭记在心。响鼓不用重槌敲。精神的鼓舞就是战斗的号角！秦山二期的建设者们，用辛勤的汗水见证着精神的传承和弘扬。

1998年，中国长江流域和东北三江流域遭遇了特大洪水，抗洪抢险的斗争再一次让中国人民众志成城，体会到了团结就是力量的意义。而对秦山二期工程建设来说，这一年，也是经受严峻考验的一年。

年初，在北京召开的中核总年度工作会议上，总公司领导当着大家的面，公开询问李永江：“今年11月15日之前，1号反应堆厂房能不能封顶？”

平平淡淡的一句问话，对李永江来说，却如泰山压顶。这哪里是询问？简直就是拷问！

怎么回答呢？在秦山二期施工现场，反应堆厂房内部共有七八层现浇钢筋混凝土结构，按常规的施工进度，每一层的浇注需要近两个月时间，全部完成则至少需要15至16个月时间。可是，现在距11月15日也只有10个月时间了，工期已经拖延至少5个月之久，更何况设计图纸还跟不上。实事求是地说，按当时工程的实际情况，谁也不能做出肯定回答。

是啊！谁敢做出这样的保证呢？

有些郁闷的李永江匆匆赶回秦山。他没有去办公室，而是直接去了施工现场。在工棚里，他召集刘明涛、宋建国、俞忠德等召开了领导班子会议，研究对策。在这次会上，党委班子明确提出了三点共识：一是无论如何都要按期实现秦山二期工程建设的第一个里程碑目标，在11月15日实现1号反应堆厂房封顶。二是在中核总领导的支持和帮助下，抓好设计出图这一关。三是充分调动参建单位人员的积极性，在保障安全和质量的前提下，最大限度地赶工期、抢时间。

会议一结束，大家分头行动。李永江是一个头脑十分清醒的人，他重视集体领导，注重发挥集体智慧，注重发挥基层党团组织的作用。在施工方面，李永江努力推行施工计划管理，编制和执行二级网络计划，抓节点目标考核，从而推动整体进度。这是李永江成功的一大法宝。他把施工管理的主要精力，放在抓节点进度和对节点进度完成情况进行考核及奖惩上，以节点目标的实现来带动整个安装工作的全面进展。

屋漏偏逢连夜雨。由于施工图纸不能按时出来，反应堆内部结构施工及穹顶拼装严重拖期，穹顶喷淋集管的制造安装也遇到了难题。按原定施工方案，喷淋集管安装完毕后随穹顶整体吊装，然后再搭设高空平台进行喷淋头的安装。但是，这个方案将大量占用环吊的作业时间，影响反应堆厂房内主设备的安装，还会给主设备的保护及20米平台施工人员的安全带来隐患。为此，工程管理处提出了另一种方案，将喷淋头先安装在喷淋集管上，再随穹顶整体吊装。但是，如果采用这个方案，从喷淋集管的预制、安装到喷淋头的安装，再到喷淋系统的高压冲洗和试压，总周期必须在58天内完成，时间相当紧张。权衡再三，公司最终决定采取第二种方案。

1998年的夏天，气候极其不正常，天气热得出奇，暴雨大得出奇，台风多得出奇，都是百年难遇，恶劣的自然条件给工程建设带来了无法想象的困难。大晴天，没封顶的安全壳内温度高达50℃，上千名工人在不同的工作面上作业，救护车就停在现场。大雨天，工人们就冒雨待在现场，等雨稍微小一点就马上投入紧张的作业。

老天爷真是不给好脸色啊！面对这种极其困难的局面，现场的许多人都对如期封顶失去了信心。几位来访的核岛建设资深专家也认为时间太紧张了，想要按期封顶已不太可能。这时，有人提出了象征性封顶的方案，也就是在未完成核岛内部结构施工的情况下进行穹顶吊装。这样做，表面上看似完成了任务，但带来的后果是安全壳内施工难度加大，势必造成真正完工的时间进一步拖延。

三军可夺帅也，匹夫不可夺志也。在这紧急关头，李永江没有失去信心。他坚决主张必须在内部结构施工完毕后再封顶。这是科学的，也是正确的决策。他组织现场参建单位人员，对存在的问题认真分析和研究，制定有效措施，大会小会天天开，做到问题不过夜。

当时，大多数项目都有不同程度滞后，为缩短工期，加快进度，从1997年开始，秦山二期决定每年拿出几百万元作为“赶工奖”，直接奖励提前完成任务的、对工程进度有贡献的施工单位和协作单位。之所以这样做，一是可以弥补参建单位的资金投入，二是可以调动大家的积极性。

但是，在设立“赶工奖”的问题上，当时很多人存有异议，提出了质疑，甚至有人提出了那是资本主义搞的东西。李永江耐心地作了解释，他说：“管理的最高境界是使每个成员都能围绕组织目标做出尽可能大的贡献。每个人在努力贡献的同时，也在关注是否有公平的回报。因此，我们要建立许多机制和措施，奖勤罚懒，让每个人都能积极努力，同时让努力工作的人有回报。”

设立“赶工奖”，就是建立一种激励机制，树立一种导向，公平公开公正。具体做法是：一是将二级网络计划关键路径上的里程碑设立为重大赶工节点，二是在完成年度计划和阶段性目标上又设立几十个年度节点。根据每个节点的重要性，明确节点内容、节点时间、责任单位和奖金数额，并下发给各承包商。工程处作为节点的制定和执行的主要部门，全面负责节点的检查和考核，提出节点奖金分配方案。赶工节点直接与奖金挂钩，越是重大进度赶工节点的奖金也越高。

“赶工奖”设立后，秦山二期迅速掀起了赶工热潮。时值盛夏，天气变幻无常，昨天是酷热高温，今天却大雨倾盆一片泥泞。然而，核电的建设者们战酷暑、斗风暴。为加快工作进度，炊事人员把饭、菜送到工地上。工人们捧着饭碗，或站或坐或蹲，如秋风扫落叶般稀里哗啦把饭菜一扫而光，放下碗筷顾不上休息又接着干。

太阳出来了，工人们早已挥汗如雨。

月亮出来了，工地上依然热火朝天。

李永江以身作则，带领一班人日夜深入现场了解情况，解决问题。每一天的工作就像赶场一样——从会场到现场到机场——三点一线，循环往复，周而复始。每天清晨6点半，他就到了工地，傍晚6点半，他还在工地。披星戴月，夜以继日。现场的同志劝他注意身体。劝说得多了，李永江听着就很生气：“这么高的温度，工人们都在太阳底下干活，他们也是人啊。我来这里，只是看看，比工人们轻松多了。”

就这样，大家共同努力，终于提前5天实现了1号反应堆厂房封顶重要节点，保质保量地完成了中核总下达的任务。

“赶工奖”确实起到了明显的效果，在确保秦山二期工程主线进度中发挥了积极作用。“不用说拖延工程进度带来的负面影响，光每天的利息就要100多万元，相比之下，二期工程的‘赶工奖’只花了几百万元。”谈及往事，李永江兴奋地说，“值，真是太值了！”

反应堆厂房封顶后，李永江没有被一时的胜利冲昏头脑，带领公司党委班子又埋头具体分析了工程建设的形势，对后续的困难做了估计。因为，更大的挑战还在后面。

当秦山二期1号机组建设进展到安全壳穹顶吊装的关键节点时，为缩短施工周期，减少高空作业难度，同时为保证安全壳的质量，刘明涛建议对安全壳的钢穹顶采用整体一次吊装。这个大胆的创意，在国内核电站建造中首次采用，刘明涛从1995年就开始琢磨了。李永江等班子成员也给予大力支持，并从美国进口了一台大型吊车，又要求核二院按照整体一次性吊装对安全壳穹顶进行设计。

然而，就在安全壳穹顶进入吊装准备的时候，设计单位才计算出穹顶的重量，而这个重量超过了吊车的起吊能力，穹顶整体吊装必须更换材料重新加工。这一下子吓坏了刘明涛。如果是这样，那就不得了，整个工期又要往后拖延半年！谁来承担这个责任？责任当然全在刘明涛的身上，因为整体吊装方案是他提出来的，吊车是他定购的，而且当时安全壳的穹顶重量也是他自己估算的。

哎呀！这怎么得了！

“要踏住节点施工！”这是李永江向中核总立下的军令状。

刘明涛这个湖南“蛮子”这回怕是要出大笑话了。但是，开朗乐观的刘明涛没有跟着别人的节奏走，他相信自己不会出错。他把自己关在办公室里，思考了半天，决定请设计院再核算一遍安全壳穹顶重量的真实数据。

谁知，设计院重新计算后，告诉刘明涛：安全壳穹顶的重量还是那么重，数据没有变。还说，岭澳核电站的穹顶和你们大小一样，也是那么重。如今，岭澳已将加工穹顶的钢材改为高强度的了，这样重量就减轻了。

听完设计院的回答，刘明涛还是觉得哪里不对劲，对设计院提供的重量数据依然感到怀疑。于是，他又请工程处和四达监理公司再次核算，结果是比设计院计算的重量少了20多吨。

到底谁是正确的呢？刘明涛再次把自己关在办公室里，对数据进行了反复核算，非常自信地确定设计院计算的重量是不对的。但问题到底出在哪里呢？

刘明涛点燃一支烟，深深地吸了一口，吐出一个漂亮的烟圈。他走到窗前，眺望着辽阔的杭州湾，只见海面波涛起伏，鳞光闪闪，远方的天空，碧蓝如洗，朵朵白云如棉花堆轻轻地浮在空中，令人浮想联翩。小时候，大人们经常给小孩子出一道“脑筋急转弯”：一斤棉花和一斤铁，哪个重？

想到这里，刘明涛好像突然开了窍似的，狠狠地拍了一下窗台，迅速转身回到办公桌前，狠狠地把烟头掐灭在烟灰缸里。他忽然想到，是不是在计算的概念上出了问题呢？设计院计算的是加工穹顶所需的钢材的总重量，而我们计算的是加工好的钢穹顶的重量，这两个重量显然存在着巨大的差距。他赶紧拿起电话，直接打给设计院的负责同志。

事实果真如他所想，设计院计算的穹

顶质量正是钢材总重量的理论值。

问题就这么简单。李永江立即组织技术力量重新计算。计算结果证实，穹顶质量果然稍小于吊车的起吊能力。这样，一切问题就解决了，刘明涛也舒了一口大气。

经过讨论，征求专家、技术人员的意见，李永江果断决定：按计划进行整体吊装。

反应堆安全壳穹顶整体一次性吊装就位，在中国核电站建设史上还是第一次。是首创，就要担当风险。穹顶吊装过程中的变形如何控制？如何准确就位？如何符合要求地与钢筒身对接？这都是技术活，需要严密的组织、严谨的程序和高超的本领。刘明涛与施工单位、设计院群策群力，制订了一个非常完美的方案。他们相信：虽是首创，但只要老天不突然变脸，成功的把握应是百分之百的。

1998年11月10日清晨，红红的太阳冒出了海平面。李永江、刘明涛早早地来到了杨柳山，此刻他们完全没有欣赏海上日出的心情。老天爷还算给力，没有下雨，是一个多云的天气，不过海上还是刮来了三四级的风，这对吊装工作是有影响的。上午9时，吊装正式开始了。随着刘明涛的一声哨音，老天似乎也像听到了命令似的，忽然间云散了，风停了。

当时，邹家华和来现场参观的广东岭澳核电工程的技术专家都在场。随着173吨的安全壳穹顶缓缓上升，每一个人的心都提到了嗓子眼。1米，3米，7米，10米，15米，20米……整体吊装非常顺利，如行云流水，一次性成功。而且，整个吊装只花了26分钟。

秦山二期1号机组反应堆安全壳穹顶整体吊装成功，这是中外核电建设史上的一个大胆创举。当重达173吨的穹顶稳稳地盖住反应堆厂房时，标志着秦山二期工程抢回了两个月的工期。

安全壳穹顶整体吊装是一次带有风险性的决策，压力容器堆内构件的安装又是一次风险决策。

“在实践中，很多事情总是会产生难以预料的各种各样的变化，因此在处理工程中突发的问题时，首先要具备丰富的经验，要做好扎实的准备工作，还需要一点冒险的胆量和气魄。值得冒险的地方必须冒险！”这是刘明涛在整个秦山二期工程中的科学态度，也是公司领导班子全体成员的共识。他们不是蛮干，也不是靠撞大运，而是将每一次冒险都建立在尊重科学的基石上。

反应堆压力容器内的堆内构件是核岛的核心部件之一，比较“娇气”，像一个瓷娃娃，不能有任何的碰撞。而堆内构件的外径与压力容器筒壁的间隙仅0.25毫米，哪怕一丝晃动，都有可能造成难以想象的后果。按照国际惯例，在吊装时会装一个电子秤。这是一个保险提示器，通过它可以随时掌握堆内构件吊装的平衡度及其外径与筒壁的间隙。如果下吊时出现问题，电子秤就会失衡，说明下面被顶住了，吊装就得重新调整角度、力度和速度。

按照工程计划，1999年7月份，秦山二期工程将开始压力容器堆内构件的吊装。可是在采购设备时，由于疏忽，从国外进口的压力容器和堆内构件都没有附带电子秤。现在即使重新向国外订货，没有3个月以上时间是到不了秦山的。于是，他们就想办法向外单位借一个，谁知也不可行，当时进口法国核电技术的广东岭澳核电站也正在紧张施工，不能随便拆装。问题就像不打招呼的风和雨，说来就来了。

怎么办？

的确还有一种办法，可以不用电子秤。不过，那是一种“土”办法——用肉眼来观察。秦山一期就用过。但是，秦山一期堆内构件的间隙要大一些，吊装时就是靠专家和施工人员凭肉眼观察间隙的光亮度来掌握平衡的。秦山二期的间隙小，用人工的办法困难很大，风险也很大。

又是一个两难的选择。可是该想的办法都想了，要么重新采购一个电子秤，要么等岭澳核电站完工了再去借。可是，留给秦山二期的时间不多了。如果等，最乐观的估计也会让工程延期半年以上，这是不能接受的，因为由此引起的经济损失是巨大的。

刘明涛吃不好饭，睡不好觉了。他左思右想，觉得现在只能用这个“土”办法了。他又去找施工单位商量，制订可行性方案，向李永江进行了详细汇报。

刘明涛说：“吊装开始时，派两个人平躺在压力容器底下，打着手电筒，在吊装时如果发现有光线透过来，就可继续往下吊；如果没有光线透进，就说明下面顶住需要移动。”刘明涛在充分分析这个办法可行性的同时，也将它的风险考虑得十分清楚，那就是操作吊车的人如果失误就会造成无法弥补的错误，更无法向有关领导和部门说清原因。他告诉李永江：“我已经做好了受到批评乃至撤职处分的准备！”

因为采用这个“土”办法是没有按既定程序办事，出了事故当然要受处分。因此必须万无一失，因为一失万无。

让刘明涛没想到的是，李永江听了他的汇报后，毫不犹豫地同意他的方案。

李永江明确告诉刘明涛：“老刘，大胆地决策，小心地吊装，这个责，我来负！”

有了李永江的信任和支持，刘明涛就像找到了挡风的城墙，有了靠山。

可是，当刘明涛拿出这套“土”方案时，负责为秦山二期工程提供技术咨询和技术服务的法国厂商的技术部门多次提出了反对意见。即使到了最后吊装的当天，法方还发来了反对意见的传真电报。当设备采购处处长将法方的电报递给刘明涛时，主意已定的刘明涛只看了一眼，说了一声：“知道了，你把它放我桌子上吧。”话音未落，就转身去指挥吊装去了。

通过施工各方的大力协作和精心准备、精心施工，堆内构件的吊装采用刘明涛提出的“土”办法，在没有使用电子秤的情况下，取得了一次性吊装成功。当时，法方也派代表在现场观看，看到中国人敢于冒险，瞬间被折服了。

不能按时安装，工程就要延期半年；按时安装，个人就要承担一切责任。这个时候，一方面要有勇气，另一方面要对现场情况有充分全面的了解，不打无把握的仗。这当然不是瞎指挥，必须审慎决策，要进行精确的计算，确保万无一失。刘明涛说：“只有0.25毫米间隙，几十吨重设备的确有相当的冒险成分，我们之所以敢冒这个险，并不是蛮干瞎干，而是经过了多方调查和了解，并多方论证，基于一个综合的考量，我们是有了至少90%的成功率才作出这样一个决定。如果没有一点冒险精神，不敢承担责任，我们将不可能前进。”

2000年9月5日，堆内构件一次吊装成功。法国制造的电子秤在3个月后也抵达了秦山，后来将它用于2号机组堆内构件的安装。李永江说：“谁都希望万事俱备、万无一失地去尝试某件事，但在前进的道路上，这样的机会几乎等于零。”

也就在这一年，在秦山二期工程建设的关键时期，时任中核集团总经理的李定凡在一年内9次来到秦山，召开了7次现场协调会，盯着各设计院、工程施工单位，把问题解决在现场。最终，秦山二期工程进度抢上去了，安全、质量和投资都控制得很好。

35 “冲锋号吹响了，后退就是溃败”

刘明涛脾气大，那是因为他有底气，敢于说“不”。

1999年5月，因为反应堆厂房安全壳穹顶封顶，赢得了第一个重大施工节点的胜利，秦山二期工程建设各方面都进入一个良性循环的阶段，参建单位都在铆足劲儿干。

一天早上，刘明涛刚刚来到办公室，就接到施工总承包方中原核电建设总公司负责人的电话，说发现浇灌2号安全壳的混凝土配比不对，原来是计量表出了毛病，配比不对，每立方混凝土水泥少了80公斤。此前一天现场施工人员就已向搅拌站提出了这个问题，但搅拌站说没有发现问题，于是工人继续加班加点地工作。此时此刻，安全壳的混凝土已经浇了300立方米。

“刘总，您看怎么解决？”

听到情况汇报后，刘明涛没有丝毫犹豫，态度十分强硬：“这样不行，你马上打掉重来，因为这个比例不对，是不能敷衍了事的，核安全局那里绝对通不过，我们自己也不放心，这是核二级设施，半点不能马虎，要绝对保证质量。”

“刘总，如果要打掉重来，至少要耽误近一个月的时间。”

刘明涛斩钉截铁地说：“无论耽误多少时间，损失有多大，在这件事上，唯一正确的选择就是赶快打掉重来。”

施工方有些犯难了，知道在刘明涛这里无法通融，就以商量的口气问道：“刘总，能不能请核安全专家来论证一下，如果没问题的话就没必要打掉重来呢？”

刘明涛没有答应。

到了中午吃饭的时候，刘明涛将情况向李永江和叶奇蓁作了汇报，他们两人完全赞同和支持刘明涛的意见和决定。

安全壳是核电厂的最后一道屏障。此前，世界上发生过两次核电站事故，一次是美国的三哩岛，一次是苏联的切尔诺贝利。三哩岛核电站正是因为有安全壳，所以对周围环境没造成什么影响，而切尔诺贝利核电站正是因为没有安全壳，导致灾难进一步扩大化。

安全是核工业的生命线。施工单位也十分理性地接受了推倒重来的决定。在现场处理此事的同时，李永江代表公司及时向国家核安全局汇报了情况，并将处理意见和处理结果及时作了上报。刘明涛理智地处理安全壳混凝土的问题，得到了国家核安全局的高度赞赏。

王寿君回忆说：“在追赶工程进度的同时，我对出现的质量问题从不姑息迁就，而是非常严肃地按照质保程序处理。记得在2号反应堆厂房某层筒身混凝土浇筑时，由于中原建搅拌站计量传感器出了故障，导致混凝土中水泥参量不足。根据经验判断，影响混凝土性能的可能性不大，所以有的同志出于对企业名誉、利益及工程进度等方面的考虑，提出内部处理，不向业主报告。我知道后毫不犹豫地否定了这种建议，亲自向业主通报，主动承担责任。后来在国家核安全局、业主、监理公司、设计院等单位的严密监控下，按程序对此次质量事故进行了处理。这样做虽然使企业受到经济损失，工程进度也受到影响，但彻底地消除了质量隐患，向国家交出了合格产品。这件事非但没有影响企业名誉，相反，因诚信为中原建这个新组建的企业赢得了信任。”

倔强不等于偏执，宽容不排斥反对。作为一个领导者和决策人，必须要有勇气说“不”。刘明涛说：“很多时候，问题的公开，还有实事求是的态度，并不是倔强或者简简单单的坦率，是必要的工作。关键是要知道什么是‘是’，什么是‘非’，在大是大非面前，保持警醒。”

还有一件事值得一提。核电站应急柴油机机房里的配件，按照设计图纸的规定，管道配件是有弯头的，但在施工时采用的是管道围弯。工程验收时，设计院提出需要配置弯头，不同意管道围弯。这时，施工单位和设计院的意见不一致，两家争起来了，吵得不可开交，工程无法进展下去，严重影响总的工期。

吵架解决不了问题呀，得找人评理去。

找谁？还能找谁，当然找分管基建的刘明涛。

来到现场，刘明涛认真询问，检查了围弯的材质、尺寸、厚度，听取了施工单位和设计院各自的意见。最后，刘明涛科学地分析道：“用围弯和用弯头管件两种方案都是可行的，只要管道经围弯后，管壁厚度仍等于或大于设计厚度，是不影响管道质量的。”

刘明涛的话，大家都听得懂。于是，双方也不再争论了，就按照刘明涛的方案做了。后来，他们去广东岭澳核电站参观，发现那里的管道配件也用的是围弯。岭澳核电站是全部引进法国的设计，大家心里也都踏实了。

“秦山二期的建设所遇到的困难是当时中国核电建设所遇到困难的总和，我们设计上的问题在前期就解决了，但后来又面临设备制造的问题。”叶奇蓁如是说。

1999年11月，已到交货日期的秦山二期2号机组压力容器出现严重质量问题，导致返工，拖到2001年12月30日才交货，延误工期25个月，这对工程建设进度造成严重影响。

面对误工，李永江主动承担了责任，带着有关部门负责人来到赵宏的办公室汇报情况，准备听候处理。

在听完汇报、详细询问有关细节后，赵宏没有责怪和批评他们，而是给予理解和帮助。他说：“我希望总经理部要吸取经验和教训，妥善处理这件事，努力采取措施抢回工期。一是要求施工单位能做的事先做，等压力容器一来，就接口安装；二是实行奖励政策，算大账，使施工单位和设备制造单位在保证质量的前提下，24小时不间断工作，抢回工期；三是其他设备，如堆内构件、驱动机构、控制系统等制造和施工在保证质量的前提下压缩计划，把损失减小到最低水平。”

第一次在国内制造核电站压力容器这样的“硬核”设备，遇到了一系列的困难，也是正常的，这是“大国重器”啊，哪有那么容易？都是哪些困难呢？首先是不锈钢堆焊的光洁度达不到要求，接着是下部中子测量管孔机加工、桶体椭圆度、螺栓机加工、第二批螺栓材料测量数据有问题等。这样，工期一拖再拖，足足拖了两年时间。

当时就有人建议，是否可以像秦山二期1号机组一样，请日方接过去，由日方完成后续工作。但是，经过协商沟通，日方认为反应堆压力容器这种核电站关键“硬核”设备，日本政府管理得非常严格，单进出口手续估计半年甚至一年时间都难以办下来。

还是靠自力更生，靠独立自主。李永江、叶奇蓁等组织国内专家，一个问题一个问题地研究，一个问题一个问题地解决，终于克服困难，解决了全部问题。到了现场安装，又靠王寿君率领的中原建等安装单位的努力，2号机组工期终于追回了一年。

2003年6月1日，2号机组汽轮机冲转成功，比计划提前了60天，所有的人都对年底投产充满信心。因为，这是他们向国家交出的一份优秀的答卷，李永江自然有着一份特别的欣喜。

然而，好事多磨。2003年7月，国家核安全局对2号机组进行了役前检查，发现2号压力容器的接管安全端焊缝出现微裂纹。安全端焊缝超标！这里是一回路的压力边界，所有焊口都不允许出现任何问题，如果有缺陷，运行多年后可能发生渗漏，这是完全不能接受的，也是不被允许的。2号机组马上就要建成，突然出现这个问题，如果处理不好，核安全局就不会允许机组投入生产。

压力容器出现焊缝质量问题，这打击来得如此突然，令李永江的心头剧痛，也令所有的人从欢乐的巅峰跌入了冰冷的深谷。一时间，担忧、失望笼罩在二期工程建设者的心头。关键时刻，李永江深知秦山二期肩负着核电国产化的重担，有无数双眼睛正看着二期。二期成功了，证明我国核电国产化的路是正确的，二期出现了问题，就会令人怀疑核电国产化到底行不行。

“我们得为中国人争这口气！”这是李永江心中的愿望。他知道，在困难和挫折面前，领导者决不能惊慌失措，要稳定人心，此时，要做的是尽快找到解决问题的方案。党委和总经理部在全公司连续召开了3次动员大会。将问题和困难摆在了职工面前，让大家面对事实，号召职工统一思想，振奋精神，并告诉大家公司有信心也有能力解决这一问题。

在大会上，李永江说：“同志们，我们遇到的困难现在难以言表。但秦山二期是国家重点工程，责任重大，影响深远，假如失败了，在国际上的负面影响太大，所以只能成功，必须成功，这是我们的坚定信念。没有这个坚定信念，遇到困难的时候，稍有迟疑，后果是不可想象的，就像军队上了战场，冲锋号吹响了，后退那就是溃败。”

国家核安全局在役前检查发现的问题，一方面是由于出厂检查和役前检查的方法不完全相同，二是因为工厂工艺不够成熟，质量控制不够严格。在现场返修，非常困难；推倒重来，谈何容易！有人说工期至少又要推迟二到三年，有的甚至更悲观。

要想真正成就一项事业，除了战略上的决心和信心之外，战术上必须讲究科学、认真细致、艰苦踏实地工作，一步一个脚印，来不得半点疏忽大意。面对这突如其来的难题，“老秦人”没有退缩，他们迎难而上。李永江和叶奇蓁、俞忠德、宋建国等迅速向上级汇报，并寻求国际支持。

李永江说：“当时我们设想了三个方案，第一个方案是经过论证，可以有条件地运行，但有一定的风险。国家的核安全管理非常严格，这条路根本走不通。第二个方案是整个压力容器换掉，重新制造一台压力容器，但这样做对于工期的影响太大了。如果采用这个方案，工期至少推迟四年。第三个方案比较折中，也是非常容易成功的一个方案，就是进行焊缝的补修。但对焊缝到底能不能补修，我们心里是没底的。当时国家没这个技术，我们在国内跑了一些单位，没有哪个单位能承接这个任务。最后我们向三家外国厂商发函介绍情况，让他们参与竞标，提出解决方案，最终选定了美国的一家公司。”

时间就是金钱。7月初，在赵宏的大力支持下，秦山二期分别向日本三菱、法国法马通、美国西屋3家公司发出了商请支援的联系函。这3家外商在收到函件后都非常积极，很快就派出代表到秦山商谈返修方案等事宜。8月底，3家公司提出了各自的方案。9月中旬，秦山二期、核动力院、核二院、105所、上海锅炉厂联合派出阵容强大的考察团赴法国和美国考察技术。作为总经理，李永江考虑到家里的事情太多，准备请总工程师带队出国考察。当他把考察团的名单报到赵宏那里时，被赵宏否决了。

为啥？赵宏告诉李永江：“很多事情到了国外都要随时作出决定，你让总工程师去了，一时间也无法决定，还是要电话向你请示，多一个来回不是耽误时间吗？”

赵宏命令李永江亲自带队去，并明确指示，在国外有什么问题见机行事，不用请示。他还交代李永江不要再比价了，尽快处理好，早完工、早发电、早出效益。如果一味地比价、耽误时间就更多，而且国际上同类工程价格也差不了多少。

赵宏是对的！这也是他一贯的作风，干脆干净，果敢果断。

李永江带领的考察团回国后，经过综合分析，决定采用美国西屋公司的方案。10月17日，经过几天几夜的谈判，最终与美国西屋公司签订了返修合同。李永江说：“应该说美国人的技术水平还是比较高的，他们当时正好在瑞典一个已经运行了的核电厂做焊缝的缺陷处理。我们的核电厂没有运行，处理起来相对要简单一些。美国这家公司前期做方案的时间很长，方案也做得非常周密，等到设备运到现场以后，工人操作18天就把焊缝问题圆满解决了。之后经过性能的检测，完全合格，我们终于顺利地渡过了这道难关。”

回忆往事，李永江感慨万千，眼睛里闪烁着泪光。他说：“上级领导非常重视，给了最大的支持，无论是国防科工委，还是中核集团公司，包括其他部委的领导同志，他们都非常关注这件事，给予关心和爱护。事情发生后，张华祝、李定凡等很多领导同志都赶到现场，听取2号机组压力容器缺陷情况及返修进展的汇报，作出指示。他们说：‘目前所处的情况，可能要承受外界的一些压力，但你们应该正确对待，要统一思想，把队伍组织好，稳定好，不要被困难压垮，要尽快把返修方案确定下来，争取一次返修成功。’中核集团公司党组还专门召开了扩大会议，新、老领导都参加了，给我们提出了很好的建议。职工们得知情况后，都十分关注事件发展。大家对我们是期待，是信任。没有人埋怨，没有人发牢骚，没有人消极观望。在处理这一事件的工作组织中，职工万众一心，团结协作，工作没有人讲条件，怎么安排怎么干，不计较工作时间，需要加班就加班，都在为解决2号压力容器的问题贡献力量。是上级领导的支持、二期领导班子的积极配合和职工的理解给了我战胜困难的信心和决心，我由衷地感谢他们。”

同样是在2003年，在是否接受世界核电营运者协会（WANO）专家评估团对秦山二期进行评估的问题上，大家也产生了分歧。

3月，在秦山二期1号机组刚运行1年之际，秦山二期就主动请日本、法国、美国等8个国家和地区的18位核电站专家组成的评估团，对运行、维修、技术支持、辐射防护等10个领域进行评估。按照国际惯例，一个新建的核电站要在运行了3至4年之后才会邀请WANO专家进行评估。因此，这就需要一种敢于刀刃向内、揭短亮丑的勇气和决心。

中华民族有爱面子的传统，“家丑不可外扬”嘛！因此，就有人反对邀请WANO专家来进行评估，说按照国际惯例来做也不迟。

“为什么不欢迎WANO评估？这是一次多好的学习机会啊，花钱都请不来呢！”李永江在公司内部会议上开导大家，统一思想，“我们的核电事业刚刚起步，自然比不上已经有几十年建设、管理经验的发达国家。把我们的弱项、缺点这些家丑向WANO专家抖搂出来，有什么丢面子的？我们要有勇气接受他们最尖锐的批评，这才是对人民负责、对祖国负责的态度！”当然，这更是一项智者的选择和勇者的决策。

听李永江这么一说，大家想通了。秦山二期以坦荡的胸怀接受了WANO专家长达20天的全方位的评估。WANO专家对秦山二期开放的心态和真诚的合作给予了高度评价。对秦山二期共提出待改进项目22项，同时肯定了4个强项，并向世界核电同行推广。

在秦山二期的员工中，至今还流传着这样一个故事。一群新来的大学生在杨柳山工地上碰到了一个头戴安全帽的“老师傅”，就上前打招呼：“老师傅，您在这儿干了很久了吧，您给我们介绍一下核电站的情况吧。”于是，“老师傅”和蔼细心地领着他们，边走边谈，里里外外把秦山二期的建设历史介绍了一遍，鼓励他们要勤奋学习、努力工作，在核电站建设和运行中实现自己的理想，施展才华抱负。不久，秦山二期召开全体员工大会，新上岗的大学生们发现那天在工地上给他们当讲解员的“老师傅”，竟然是坐在主席台上的总经理李永江。

处事低调、坦诚随和的李永江批评人也很厉害。不过，凡是被他批评过的人，没有不服气的。当然，被他批评最多的还是公司的处长们，几乎90%以上的处级干部都被他批评过。但是，对李永江的批评，他们不说是“挨批”，而是打趣地说是“又被李总‘关怀’了”。

在李永江的倡导下，秦山二期全方位引入CI（Corporate Identity，组织识别），从理念、行为和视觉三大识别系统上规范公司形象。除了在职工中牢固树立“安全第一，质量第一”的观念，加强职工的安全生产知识和技能的培训，建立严格的事件报告制度和处理机制之外，秦山二期还编制了管理规程和《职工工作手册》《工程建设安全文明管理手册》等行为规范准则，公司内部管理做到了制度化、规范化、标准化。

李永江说：“引入CI，不是从形式到形式，而是从形式到内容，再从内容到形式。”秦山二期专门成立了企业文化处，大到学术报告厅、会议厅的装备，小到会客卡的设计都费尽心思，从整体到细节都表现出公司的品位与管理思路，处处体现着“以人为本”的思想理念。公司还想方设法丰富职工的业余文化生活，先后成立了钓鱼协会、摄影协会、羽毛球协会、车友会等，开展文体活动，吸引员工踊跃参加，从紧张忙碌的核电厂区到充满烟火气的家属区，处处让人感到公司的勃勃生机，员工的自豪感、荣誉感和归属感成为企业发展的源动力。

困难一个接一个地克服了，问题一个接一个地解决了，任务一个接一个地完成了，秦山二期就像那个追风少年，一步一个脚印，奔向美好的未来……

36 “公鸡下蛋”与“要建争气站”

你听说过“公鸡下蛋”吗？

别说，真的不是跟大家开玩笑。在秦山，就有一个“公鸡下蛋”的真实故事。故事的主人公名叫俞忠德。

俞忠德是1967年毕业于清华大学工程物理系反应堆工程专业的高才生，曾参加军用核反应堆的建设和运行工作，为国防事业贡献了美好的青春年华。1982年，他调到秦山参加秦山一期的建设，负责生产准备方面的工作，后来被首批派往日本的核电站学习。回国后，他主要负责秦山核电站的生产准备和调试方面的工作。

技术过硬、经验丰富、为人正直的俞忠德，性子急、反应快，特别爱较真，工作中难免会因为对某一个问题持不同意见而与他人产生分歧，发生一些争论。他心直口快，实话实说，不拐弯抹角，常常对那些没有科学根据的、不切实际的错误言论给予毫不留情的批评。于是，就有人给他取了个外号叫“好斗的公鸡”。

有一次，欧阳予把一项任务交给了别人，没让俞忠德负责。结果到时间了，该解决的问题没有解决，该完成的任务没有完成。欧阳予非常生气地说：“你们都说俞忠德是好斗的公鸡，你们呢，你们是母鸡，可你们这母鸡不会下蛋；他是公鸡，可是他这只公鸡能下蛋。”

就这样，“公鸡下蛋”的故事一下子在秦山流传开了。

在秦山一期，俞忠德筹建组织和参与完成了30万千瓦原型压水堆核电站的全部调试组织和实施工作，编写了调试总大纲、各级调试网络计划、调试管理程序、调试规程。1992年，中巴合作建设恰希玛核电站项目合同签订后，他负责完成了巴基斯坦恰希玛核电站调试组织工作和调试文件的编写。1995年末，俞忠德奉命调到核电秦山联营有限公司，担任秦山核电二期工程的总工程师，主要负责生产准备、调试和运行工作。

在对待问题的思路或者说工作的理念上，俞忠德有一个特殊的地方，对秦山的年轻人影响比较大，那就是碰到任何困难首先要自己想办法。碰到别人没做过的，他经常说的一句话是：“我们为什么不能先做？别人做不到的我们为什么不行？”

大家知道，秦山二期是中国第一座自主设计建造的60万千瓦级商用核电站，因为自主化程度高，加上采购的设备来自世界上8个国家和地区，设备接口多，国际上没有先例，就是打着灯笼也找不到技术熟练和有经验的调试人员。后来秦山多方联系一些外国厂家，希望他们能帮助进行调试，但外国厂家均因接口多、调试时间短而放弃与中方合作。

沧海横流，方显英雄本色。就在这个关键时刻，“好斗的公鸡”俞忠德站了出来，主动请缨，由他来负责秦山二期的调试工作。俞忠德的申请很快就得到了公司总经理部的批准。他的确是秦山二期调试工作最合适的人选。

“好斗的公鸡”必有“好斗”的本领。俞忠德迅速抽调生产人员组成专门的班子，建立了自己的调试队伍，负责编制计划、管理文件和时间安排。他对调试队“约法三章”：一是要重视调试作风的培养，二是工作必须严谨细致，三是明白调试的目的。目的是什么？概括起来无非就是两点：一是发现缺陷，二是消除缺陷。

别小看“发现”和“消除”这两个普普通通的词语，念起来很容易，细琢磨起来，难！因为发现缺陷需要本领，消除缺陷也需要本领。

核电站投资大、设备多、系统复杂，调试工作涉及核岛区、常规岛、三废区、动力区、水厂区等93个单项工程，200多个系统，55000台套设备。调试涉及的专业除通常的机、电、仪、通风、给排水及动力系统外，还有大型计算机、自动控制、核反应堆物理、化工、热工水力、辐射防护、在役检查、核三废处理、环境监测、核事故应急等。听起来真是五花八门，看起来更是眼花缭乱。而且，调试工作是一个多专业、多系统、高技术、高标准的庞大的系统工程，在精心组织、充分准备下，由单体试车、系统冲洗、分系统调试、常规岛与核岛的综合联动调试、反应堆物理启动与试验、功率试验、核电站大型瞬态试验（全厂停电、100%甩负荷试验）等联动试验项目组成。也就是说，要把一个安装好的核电站从静止状态安全有序地启动到满功率运行，你说它要求高不高？工程复杂不复杂？

调试是对工程设计、制造、施工安装质量的综合检验，只有当核电站的所有设备、部件、系统、构筑物经过调试后，说明其功能能够正常发挥、安全确有保证的条件下，核电站才允许投产运行。

为调试成功立下“军令状”的俞忠德和他的调试队，早就做好了走上“战场”的准备。的确，这是一场没有硝烟的战争。这一天夜里，俞忠德在调试队的板报上即兴抄录了这样一句古诗：“将军金甲夜未脱，壮士枕戈待沙场。”此处无声胜有声。一句边塞古诗，几多壮志豪情！从此，调试队没有了上下班的概念，每天工作到晚上12点以后，有时连续几天几夜在现场加班，节假日在他们的工作日历上消失了。他们就像一台上紧发条的时钟，一年365天，时时刻刻，分分秒秒，都在运转。家里的事先放下，现场有事不干完不走。大家心往一块儿想，劲儿往一处使。

在秦山二期整个系统的调试中，俞忠德将核电站这些复杂的系统调理得服服帖帖，打个比方说，就是哪一个房间里有几张桌子、几把椅子，桌子上放着几只碗、几双筷子，碗上镶着什么花边、筷子上雕刻着什么花纹，都清清楚楚。如果有人问俞忠德在调试中都干了些啥？秦山二期的回答是：负责调试过程中出现的重大技术问题的决策和处理；重大试验方案的编写制订和组织实施，胜利实现了核电站7个重大试验的一次成功，即主系统水压试验、汽轮发电机非核蒸汽冲转、500kV发变组试验、安全壳强度和密封试验、首次装核燃料、临界低功率物理试验和首次并网。

——7个重大试验项目都一次成功，你说厉害不厉害！

敢为人先谋创新，敢于担当勤实干。作为秦山二期调试的总负责人，俞忠德带领调试队从无到有，创新了很多调试方法，不但保证了安全，还在进度上创造了一个又一个新的纪录。

秦山二期的调试工作严格按照国家核安全局颁布的“核电站调试程序”（HAF0304）、“核电站调试运行期的质量保证”（HAF0405）以及国际上核电站调试有关的安全导则进行，制订了具有严密逻辑关系的网络进度计划，整个调试工作在国家核安全局的严密监督下进行，实现了程序化、规范化管理。在调试过程中，调试队共发现设计、设备和安装方面的问题上千项，都及时进行了针对性的修改和技术改造，并产生了大量的调试软件、调试技术文件、管理文件、总结报告，这为今后核电站的调试提供了十分重要的借鉴和参考，是十分宝贵的财富。

于英民回忆说：“秦山二期完全依靠核电厂自己的力量进行工程调试。在工程现场，面对业主、设计院、土建安装单位、设备制造厂等方方面面大协作的局面，公司总工程师俞忠德主持制订了调试三级网络计划、阶段网络计划、月调试计划，直至每日调试计划。带领共产党员技术骨干和入党积极分子，不分昼夜，扎根在现场，有条不紊地开展调试工作。在调试的关键阶段，经公司党委审批，调试队党支部在现场举行了入党积极分子‘火线入党’宣誓仪式。秦山二期工程调试计划进度16个半月，实际只用了13个半月，少于或等于国外核电站的平均调试时间；所有重大试验项目一次调试成功；调试水平和质量进入国际先进行列。”

秦山二期通过自主调试，从调试组织结构、管理模式、文件体系到试验的实施，形成了完整的体系，既能与国际接轨，又有独特的成功经验，诸多方面接近或达到了国际先进水平。同时，培训了一大批核电站的技术人员，使他们成为保证核电站安全运行的中坚力量，为核电国产化储备了技术力量和人才资源。

在秦山二期调试过程中，设计院的设计师们也来到了秦山。

李晓明回忆说：“2000年夏天以后，施工现场供图紧张的局面逐步缓解。但在工程调试中，暴露出设计工作的问题很多，现场队的压力越来越大。我看到现场工作量日渐增加，而且有时很急迫，难度又大，就及时从北京院总部调来年轻的骨干和经验丰富的老专家，带上先进的设备到现场工作。高峰时，我们现场队由50人增加到100多人。就在2000年下半年，我和现场队队长邢继精心组织、安排，细心严谨地实施，会聚了各个系统的专家、领导干部和技术人员100多人，在现场对所承担的每一项工作、每一条管道、每一根管子进行了详细检查，同时认真地核实是否符合核电工程规定的法规标准。这项检查、复核工作，我们小心翼翼地进行了几个月。”

在复查中，李晓明反复强调：“这些细节，一定要细致，细致，再细致，不能放过任何蛛丝马迹。要知道，细节会决定事情的成败。”技术人员们用火眼金睛，查出了几十根有问题的管子。其中，有根管子设计压力只有几十公斤，而水压试验时要求达到100公斤。如果不是这次认真复查，那么这根管子将来就会带来严重的后果。复查出来后，李晓明马上叫人更改设计图纸。有的管子还没有下料，就改用新的设计；有的管子已经安装，就在重新安装时改用新的设计。

主蒸汽管道在调试期间的役前检查中发现了个别焊缝超标缺陷，而离主系统热试车仅有一周时间了，为了不影响工期，紧急找制造厂来处理。武汉的制造厂派了一位总工程师参加，一到会就摆出一副推诿塞责的态度，说：“你们已经验收，没有我们的责任了。”

叶奇蓁不紧不慢地告诉他：“我们今天开会是为了解决问题，不是追究责任，要说责任也是你们的。这是内部缺陷，不可能在运输和安装过程中产生。现在，还是一起来研究如何解决问题为好。缺陷出现在靠近内表面，本来在你们工厂处理比较方便，到了现场，管子里边就进不去，修复就相当困难了，而且有挖穿的风险。我要求你们制订返修方案，提供剩余材料做试验。”

叶奇蓁的一席话，打消了这位总工程师害怕担责任的顾虑，思想很快就统一了。于是，业主、检测单位、工厂、安装公司共同努力，制订了返修方案，并利用工厂提供的剩余管件进行试验，20毫米厚的钢管挖到只剩3毫米，采取比较小的焊接电流，焊后背面没有明显的变形和氧化，但是再深一点就可能有问题，说明在现场返修还是有一定风险的。

随后，叶奇蓁要求大家都要认真细致，打磨一层，检查一层，直到缺陷全部消除，但深度不能超过3毫米，如到时缺陷未全部消除，则停下来研究新办法。结果，缺陷的原因找到了——未焊透。经过努力，终于赶在热试前完成了返修。

郑砚国回忆说：“虽然核电项目遇到很多困难，但秦山二期还是坚持工程建设上的借鉴创新，工程监理制的引进就是其中影响最为深远的一种。当时的监理单位是核四院四达监理公司，为了工程顺利推进，核四院做了很多准备，非常严谨，大家对核电安全性的认识高度一致。每一个见证点都需要监理见证，现场工作条件很苦，每到见证的时候，工程处员工和监理人员就拿一张席子在现场打地铺，现场施工见证点到了，就起来现场查验，签字认可后才能进入下一个环节。事实证明，秦山二期的建设，无论是安全质量还是工期保证以及其他控制等方面都非常成功，从 1、2 号机组延续到 3、4 号机组，对后续核电站的建设，有很重要的借鉴意义。”

“办法总比困难多。”这是王寿君挂在嘴边的口头禅。

在秦山，王寿君经常穿着一身洗得有点发白的工作服，头戴一顶已经有点毛边的橘黄色安全帽，一米八三的个头，看上去沉稳又潇洒、朴实又随和，走到哪里，哪里都有欢声笑语，哪里都有生机活力。

1994年，全面负责秦山二期工程建设总承包工作的王寿君来到秦山，筹备组不到10个人，一穷二白，什么条件都不具备。住的地方是租用的一间临时办公室，兼作集体宿舍；吃饭也没有固定的地方，四处“打游击”。

王寿君的办公室不足10平方米，一张办公桌、一把木椅、一对简易沙发、一张木质茶几、一组铁皮文件柜，没有空调，比较“奢侈”的就是头顶上有一个大吊扇。但是，到了夏天，吹的也是热风。有人建议他改善一下办公环境，他说：“你看工地上的工人们，他们在超过50℃的反应堆筒体内连续工作几个小时，也没喊一声热。我这里还有电风扇吹着呢！”在秦山，他一干就是6年，办公室一直没有换过。

前文说过，秦山二期总经理部因为72个月不能改变的工期，编制了一份世界核电建设工程史上极为独特的二级网络进度计划——土建29.5个月（比原计划延长了4个月，但核岛内部结构的图纸拖延期是11个月），安装26个月（比惯例压缩了2.5个月），调试16.5个月（比惯例压缩了1.5个月）。

面对这份特殊的进度计划表，王寿君没有胆怯，也没有怨天尤人，而是迎难而上，以大局为重。他打心眼里佩服这一科学决策，这是智慧，也是魄力。作为一名核工业人，王寿君用大智大慧，使总承包公司起到了指挥中心、协调中心、信息中心的作用。

在调研的基础上，王寿君知道，只有从内部挖掘潜力。为有效地控制施工进度，在业主二级网络进度计划的基础上，他又建立了一整套纵向六级（一至二级由业主负责，三至六级由总承包负责）、横向分层分段、分专业、分系统的计划体系，根据需要，以实现节点目标为主线，编制了更为详细的专项计划和一套科学的进度控制系统，打开了工程施工的新局面。

有人曾经为秦山二期总结了“四个最”——“九五”期间我国建设的4座核电站中，秦山二期投资最少，设备和材料的国产化比例最高，职工的收入最低、付出最多。其实，这“四个最”浓缩在一起，就是一个“最”——最困难。

从民族感情和集体荣誉上来讲，对一座国产化核电站来说，工程造价低体现的是“成就”，但对于负责建造的施工单位，这意味着成本的加大、职工收入的减少。工程结算时，尽管中核集团、中核建设集团、秦山二期业主以及各参建单位的领导都做了最大努力，但职工的实际收入与他们的基本期待仍然有非常大的差距。当时，正处在秦山二期工程2号机组安装高峰期，财务结算的差距已经影响现场参建人员的积极性，甚至有人对继续抓紧工程建设的进度产生了抵触情绪。

王寿君决定“两手抓，两手都要硬”。一方面他尽一切努力与各有关方面沟通，争取中核集团及业主的理解，以缩小结算差距；另一方面，他站在实现核电事业国产化的高度，积极做好思想政治工作，大小道理一起讲。王寿君恳请大家要站在“事业高于一切”的前提下理解国家的困难，理解业主的困难。他充满辩证地开导全体员工：“结算有差距，会给各参建单位带来困难，但如果因此影响了工程的进展，就会给国家造成巨大的损失，甚至影响国家核电事业的发展，这反过来会给我们核电建设企业的长远发展造成更大的困难。”

在王寿君的引导教育下，大家消除了抵触情绪，统一了认识，齐心协力，提前52天完成了秦山二期2号机组的安装任务。

有关秦山二期设计图纸供应滞后的故事，前面已经讲了很多了。俗话说，巧妇难为无米之炊。面对特殊的困难，王寿君以润物细无声的方式，要求大家不要怨天尤人，启发大家换位思考，既要理解设计院、设备采购等上游工作的困难，也要发挥建设集团的综合优势，帮助业主和设计院把因图纸和设备滞后带来的影响减小到最低点。

王寿君说：“我们和业主、设计院、制造厂都是同一战线的战友，大家都在为核电国产化而奋斗，我们一定要争这口气！我们建的不仅是核电站，还要建‘争气站’！”这简单的一句话，蕴藏着平凡又伟大的道理，激发着平凡又伟大的力量，大家口服了，心也服了。气顺了，干劲就足了，再多的牢骚也不发了，再大的困难也不怕了，再多的苦也能吃了，再多的累也能扛了。

的确，对秦山二期工程的建设者们来说，困难总是一个接一个地袭来。而许多困难，是依靠自身力量无法克服的。比如，秦山二期2号机组压力容器供货滞后长达25个月。这是无法想象的事情。在错综复杂的困难和矛盾面前，王寿君总是那么从容自信，指挥若定。他常常说：“办法总比困难多。我们的工作，千万不要让一个矛盾掩盖另一个矛盾，更不要用外部困难掩盖内部矛盾。”

“凡事预则立，不预则废。”为了把压力容器供货滞后给工程造成的损失降低到最低程度，善解人意的王寿君多次组织大家认真研究对策、制定措施。他说：“压力容器供货滞后给国家造成了损失，加大了业主的压力，我们要尽最大努力，尽可能为国家挽回损失，为业主分担压力。”与此同时，他带领大家对压力容器供货滞后的影响进行了详细分析，仔细界定影响范围，周密制订安装计划，严格按程序办事，加大现场调度，压缩建筑和安装的施工交接时间。所以，当2号机组的压力容器于

2001年12月30日就位，到2003年1月19日主回路试压成功，只用了385天，使本来紧张的工期提前了52天。

秦山二期工程建设就是在这样的困难中一步步前进的，像王寿君一样，在核电国产化的舞台上，一大批核电工程建设者在困难中经受了考验，逐步成为中国核电事业的优秀人才。

团结就是力量，团结就是胜利。在设计、施工、采购、制造、安装、调试各个部门各个环节全体员工的共同奋斗中，秦山二期工程的时间抢回来了，战胜了看似战胜不了的困难，完成了本来可能完成不了的任务。而且，工程造价实际结算142亿元人民币，比国家计委正式批准的投资概算148亿少花了6个亿；单位千瓦造价为1330美元/千瓦，远低于国内外同期建造的核电站的造价；机组平均出力为67万千瓦，高于65万千瓦的设计值；设备国产化率为55%，在55项关键设备中有47项是国内制造的。更重要的是，这座完全由我们中国人自主设计、自主建造、自主管理、自主运营的商业核电站的总体性能，已经达到20世纪90年代国际同类核电站的先进水平。

现在，我们不妨回顾一下秦山二期的建设简史——

1996年6月2日，秦山二期1号机组主体工程开工。

1997年3月23日，2号机组开工。

1998年11月10日，1号机组反应堆厂房封顶，比计划提前5天。

1999年3月31日，1号机组压力容器吊装就位，比计划提前30天。

2002年2月6日13时16分，1号机组提前23天首次并网发电；3月31日，比计划提前40天实现满功率运行；4月15日，比计划提前47天实现商业运行。

2004年3月11日，2号机组首次并网成功，4月6日首次达到满功率，5月3日投入商业运行。

如果说秦山一期30万千瓦原型压水堆核电站的建成，结束了中国大陆无核电的历史，那么秦山二期60万千瓦级商用压水堆核电站的建成，实现了中国核电站建设从自主设计建造小型原型堆核电站到自主设计、自主建造、自主管理、自主运营大型商用堆核电站和核电国产化的重大跨越，标志着中国核电事业发展进入了一个新的历史阶段。

历史已经证明，秦山二期是中国核工业自主化的关键一步。秦山二期工程积累了一整套核电自主建设的经验，具备了批量建设核电站的条件和能力，为中国核电建设的标准化、系列化奠定了基础，为自主设计建造百万千瓦级核电站创造了条件，成为中国核电自主化建设的一个重要里程碑。

2005年，秦山二期工程设计与建造项目荣获国家科学技术进步奖一等奖。

2006年4月28日，时任国务院总理温家宝在秦山二期工程1、2号机组竣工验收和扩建工程开工汇报材料上批示：“秦山核电二期工程，坚持自主设计和创新，取得多项重大技术成果，走出了一条我国核电自主发展的路子。”

赵宏笑了，叶奇蓁笑了，李永江笑了，王寿君笑了，秦山二期的建设者们笑了……这笑声如杭州湾那滚滚波涛，多么豪迈！这笑声如秦山上那阵阵松涛，多么潇洒！

从1996年到2004年，八年磨一剑，秦山二期的建设者们卧薪尝胆，终于“扬眉剑出鞘”，完成世纪跨越。这一年，72岁的赵宏卸任回京，推荐李永江担任核电秦山联营有限公司董事长。

在秦山二期并网发电后，李永江填了一首词《调寄•沁园春》，可谓是他真实心境的写照——

巨厦摩天，
广宇流辉，
浩塔凌空。
引丹桂飘香，
青山滴翠；
红霞溢彩，
阔水生风。
片片丹心，
铮铮铁骨，
共济同舟建殊荣。
应无悔，
育一身赤胆，
两座雄峰。

曾迷雾锁云横，
赖益友雄师齐奋争。
感风急浪险，
征途漫漫；
任重道远，
号角声声。
蛟龙疾驰，
英才奋起，
破浪扬帆启新程。
挥劲旅，
盼宏图重绘，
再逞雄风。

37 打破“鸡生蛋”悖论的“掌上明珠”

2003年，我国国民经济的快速发展拉动了能源需求的快速增长，以水电、火电为基础的能源体系已不能完全满足经济发展的需要，积极发展核电成为我国能源发展的现实选择。2003年初到2004年，国务院有关领导连续多次召开专门会议研究核电发展的问题。根据会议精神，国家发展改革委将核电的发展纳入整个电力发展规划中，并明确了新一轮核电发展目标和发展思路。

2004年3月，在秦山二期2号机组即将投产之际，中核集团勇担使命，服务大局，提出建设秦山核电二期扩建工程的建议，并要求核电秦山联营有限公司在负责秦山二期1、2号机组的建设运营的同时，又负责扩建工程的项目申报和前期准备工作。

2004年9月，国务院核电自主化领导小组原则同意扩建工程立项；2005年7月26日，国务院常务会议核准了扩建工程；2005年10月17日，国家发展和改革委员会正式下发了核准文件。这也是国家投资体制改革后，首个经国务院核准的项目。

经过短短两年半的时间，扩建工程即获项目核准，充分说明国家对秦山核电二期扩建工程重要性的高度认可。因此，可以说，秦山二期扩建工程的提出，响应了国家提出的核电发展“不停步、不踏步、向前走”的精神和要求，承担着为国家新一轮核电发展“开好局、起好步”的重任。

“那个时候我们是边运行1、2号机组，边建设3、4号机组。当时秦山二期总共就700多人，整个队伍既要保障两个机组运行，又要承担两个机组建设，难度可想而知。机组每一个工程节点，都是经过国家核安全局严格把关的。”时任核电秦山联营有限公司总经理兼党委书记的杨兰和深有感慨地说。

杨兰和毕业于清华大学，1990年从核工业四〇四厂主控值长任上调入秦山核电厂参加调试工作，参与了秦山二期1、2号机组筹建、建设、运行，负责组织3、4号机组建设，见证了秦山二期4台机组建设的艰难历程。他回忆说：“秦山二期是第一座国产化商用核电站。秦山二期建成了，国家才有底气和能力自己做核电。所以我们责任很大，从设备问题，到现场施工，经常是今天这儿有问题明天那儿有问题。内部、外部问题和困难堆积如山，得分专业、分层次进行协调解决。幸亏，当时秦山二期有一个非常优秀的领导班子和员工队伍。这支团队不仅工作能力非常强，责任心也非常强，个个敢作敢为。困难就这样一个一个克服了。”

2006年4月28日，秦山二期工程1、2机组完成国家竣工验收。同日，时任国务院副总理曾培炎亲临现场，亲自启动按钮宣布秦山二期扩建工程3号机组正式开工建设。

秦山二期扩建工程是在1、2号机组自主设计的基础上，按照“翻版加改进”的原则，继续坚持自主设计和持续改进。2004年，扩建工程项目建议书申报伊始，秦山二期就专门成立了负责设计改进的工程技术委员会。这个委员会的一项主要职责，就是组织全厂进行1、2号机组经验反馈大动员，同时安排专人负责收集国内外核电站的相关运行经验反馈，归类整理后组织厂内外专家分专业集中讨论。

经过前后一年多的不断讨论与验证，工程的初步设计共确定了以“十大技术改进”为重点和18项重要设计改进在内的1118项技术改进。在这1118项改进中，有很多重大改进来源于运行人员在实际操作中发现的缺陷，有800多项是1、2号机组运行经验的反馈。有的是根据新的核安全法规要求开展的，如开展严重事故分析、概率安全分析实施设计改进，可进一步提高核电站预防和缓解严重事故的能力；有的是从电厂经济性能考虑的，如运行图的改进、延长换料周期等。还有就是国家核安全局在1、2号机组安全评审提出的改进项目以及国内外运行经验反馈必须改进的项目，如主给水隔离、消防系统的改进、安全厂用水泵房的改进、仪控数字化的改进、安全壳喷淋系统加药控制改进等。

后来的事实证明，秦山二期通过改进，3、4号机组的设计负荷因子由65%提高到75%，这大大提高了核电站的安全性和经济性，也为我国核电技术更好地满足核安全法规积累了经验，为更快地与国际接轨奠定了基础。这些自主设计能力的掌握为我国掌握先进三代核电技术，培养核心人才提供了保证，极大地促进了核电技术研发能力提高。

安全是核电站的第一运算法则。核电

站对安全性的追求没有止境。核安全文化要求，同样的错误不能犯第二次。时任秦山二期设计处副处长陈建新说：“设计改进的意义在于，将之前的经验反馈运用到现在的机组上，以确保更高的安全性。另一方面，预先进行设计改进的话，成本相对较低，但是如果后期发现问题，再进行设计改进产生的成本就要按100倍来计算。”在秦山二期扩建的“十大技术改进”中，有相当一部分项目是从核安全角度考虑的。

“1号机组出现过的问题，3号大部分都避免了。一些在功能上不需要的设备在3号机组中也都省去了。”陈建新说。因为3号机组跟1号实现了联网，一套辅助蒸汽系统就省下了600万元。3号机组还取消了破口接口检查装置重大定量装置，仅此一次性设备投入费用省下1200万元。据统计，秦山二期扩建工程由技术改进而节省下来的一次性投资成本达7000多万元。而为了增加安全性，投入的费用要比节省的费用还要多。3号机组增加了启停给水系统，实现了低功率时自动调节蒸汽发生器水位。之前，蒸汽发生器的给水系统，在功率低于2%时，是由主控室操纵员通过开关阀门进行手动调节，由此造成的高低液位会导致停堆现象的发生，改进之后，这种停堆概率就会大幅度降低。为了在堆芯熔化的情况下，对冷却水进行过滤，以保证冷却水还能回去循环，3号机组还增加了地坑过滤器。据统计，3号机组为提高安全性，一次性设备投资达9000多万元。此外，3号机组实施的一些成功的技术改进，又被反馈到1号机组上，实现了机组之间设计改进的良性循环。

如果仅从安全的角度来说，核电业主当然喜欢选择成熟可靠并经过验证的设备。在厂家的选择上，自然就要求选择有业绩的厂家。但国内核电设备制造厂家没有首次应用就永远没有业绩。这是横亘在核电业主和设备制造厂家之间的一个“鸡生蛋”式的悖论。

秦山二期扩建工程项目始终坚持自主采购，不断推进设备国产化。在设备采购方式上，对于国内已经基本掌握制造技术的设备，原则上均在国内厂家中招标采购。秦山二期决定在核电设备国产化的道路上继续发扬“老秦人”的优良传统，决心和国内核电设备制造厂家一起打破这个悖论，创造扩建工程设备国产化率的新业绩和新目标。在听说3号机组压力容器等一些重大设备在国内订货时，有些老同志不无担心地提醒杨兰和：“你们的胆子也太大了！”

电气贯穿件是核电站重要的核级电仪设备，是运行期间反应堆内外联系的唯一纽带，为核岛内设备提供电力，同时作为核电站最后一道安全屏障的组成部分，在事故状况下能够保证安全壳的完整性。此前，世界上只有美国、法国、德国、日本的少数几家制造商拥有电气贯穿件制造能力。

2005年12月，秦山二期扩建工程电气贯穿件设备开始发标。此时，上海发电设备成套设计研究院（简称“上海成套院”）正在研制此设备。掌握这个信息后，秦山二期决定给国内制造厂与国外公司一个同台竞技的机会，特别邀请上海成套院作为有条件合格供应商参与投标。虽然最终秦山二期3号机组仍沿用进口产品，但与上海成套院签订了4号机组电气贯穿件生产合同。

2006年8月，上海成套院研发的电气贯穿件创新设计和制造工艺开发成功通过专家鉴定，使我国具有了该技术的自主知识产权，成为世界上为数不多的几个能生产此类产品的国家。秦山二期4号机组作为国产化电气贯穿件的首个国内应用核电工程，使得上海成套院生产的电气贯穿件设备首次在国内核电厂中得到检验，实现了国内核电设备国产化的又一项“零的突破”。

像上海成套院一样，这种“首台、首套”的故事在秦山二期扩建工程中还有很多。

比如，反应堆厂房环吊是关键设备之一，核电站投运后，环吊将一直在换料大修活动中为压力容器开、关盖等起重要作用。当时，国内在役核电站的环吊均由国外厂家制造，秦山二期1、2号机组的环吊也是进口的。秦山二期经过多次考察，认为国内厂家完全有能力制造出合格的环吊。因此提出在扩建工程中要实现环吊的国产化，并选定由太原的一家制造厂承制。为确保首次国产的成功，还选择了一家国外公司对太原的制造厂进行技术支持。通过中外合作，实现了60万千瓦核电站环吊首次国产化，大幅度提高了国内起重机业的技术和管理水平。

值得一提的是，在国家核电自主化工作领导小组的统一组织下，国内核电设备制造企业协调一致，分工合作，引入竞争，提高效率，以秦山二期扩建工程和岭澳二期、辽宁红沿河、浙江三门和山东海阳等核电项目为依托，不断提高设备制造自主化的比例，最大限度地掌握制造技术，努力实现核电设备制造业的战略升级。国内核电装备行业在当时就已经初步形成了以上海电气、哈尔滨电气、东方电气等三大装备集团为龙头，由第一、第二、上海三大重型机械集团提供核电主要锻件为依托的核电市场基本框架，同时发挥其他相关企业的专业优势，逐步实施技术改造和产业升级，共同建立起较完整的核电设备制造体系，国内已有140多家单位获得了核安全设备设计或制造或安装许可证，绝大部分主设备均可在国内加工完成。

与秦山二期1、2号机组只有土建、安装两个承建单位不同，3号机组的承建单位有8个之多。如此浩大的施工队伍，在当时国内在建核电项目中绝无仅有。对于业主负责制的3号机组来说，更多的施工单位，就意味着更多的接口管理和更繁杂的协调工作，由此带来的质量、安全控制的管理工作会更为繁琐。

标段少，承包商就少，接口少，对于业主来说也好管理。本来，秦山二期扩建工程的建造承包计划已经按照3个标段的计划写出了标书。作为有着1、2号机组良好的建造承包经验的秦山二期为啥在这个问题上“犯傻”呢？杨兰和说：“2005年，我去参加核工业创建50周年庆祝会的时候，碰到了中核建设集团的穆占英总经理。他语重心长地跟我说，扩建工程承包商可不能只有两三家啊。目前中国核电发展形势很好，‘十二五’期间国家要建更多的核电站，在这种形势下，核电建设队伍却只有两三家，远远满足不了未来核电建设的发展需求。”

穆占英为啥要跟杨兰和谈这些？其目

的就是希望秦山二期能站在国家核电建设的全局来思考核电建设发展的长远需求，借秦山二期扩建工程锻炼更多的核电建设队伍。因为秦山二期扩建工程是国家“十一五”第一个开工的核电项目，杨兰和二话没说，答应将标段的标书改成了6个标段，由此增加的承建单位的接口和管理工作，都由秦山二期来负责。

谁知，这个决定一经宣布，就在公司上下掀起了很大的波澜。很多中层干部想不通，主要原因就是考虑到一下子要管理这么多的施工单位，万一建造过程出了问题，谁来承担责任？谁敢承担责任？

“国家利益是第一位的！中国核电未来发展是第一位的！”关键时刻，秦山二期党委班子以大局为重，毅然作出了重新起草标书的决策。用杨兰和的话说，从更深层次讲，这也是要为核电国产化必须做出的贡献，为了核电的国产化，我们宁可做出点牺牲，也要把这件事情做成！

由于3号机组施工单位增多，秦山二期工程管理处由原来1、2号机组只有2人负责进度管理变成了施工高峰期有11个人在做这项工作。时任工程管理处进度科副科长邹德麟说：“3号机组建造进度控制得好，全靠引进了P3EC进度计划管理软件。我们不仅引进了这个软件，还通过接受专业培训而迅速掌握了它，且具有能够熟练运用这个软件的能力。这个软件对于建造中的关键路径进行了非常科学而细致的划分，管理人员完全可以在这个软件平台上非常便利地进行进度分析。”

中核集团核电部发现秦山二期运用这个软件起到的良好管理成效，专门让邹德麟牵头编撰《核电工程进度计划管理指南》，作为中核集团所有核电项目的建造管理指南在福清、海南核电等项目中实施和推广。

与此同时，秦山二期专门出台了《现场质量问题的责任划分和奖罚办法》，鼓励施工单位及时“自曝家丑”，上报施工过程中的失误，让很多事故隐患无处藏身，以便业主能最快了解情况后做出补救措施，不把质量的隐患留到工程完工以后。有一次，某承建单位运输人员执行常规岛设备运输任务过程中，在倒车时不小心后轮掉到坑里，导致设备表面出现了油漆擦伤。这名工人及时将情况报告业主，秦山二期组织专业人员就设备跌落情况进行论证，最后证明设备内部无损。说到做到，事后这位“自曝家丑”的工人受到了奖励。奖惩制度的出台，只是秦山二期扩建工程建造质量管理过程中“随机应变”制定的众多制度中的一个。从中不难看出，“老秦人”在质量管理上的用心和用功。

“质量是干出来的，而不是管出来的。”“老秦人”在不断完善管理制度的同时，提升管理境界，使不同施工单位的工人都能在“同一屋檐下”画好责任的同心圆，形成“质量就是生命”的“命运共同体”的理念。2007年12月28日，3号机组比计划提前3个月完成反应堆厂房安全壳穹顶吊装，其20个月的土建施工工期，创造了国内同类核电站建设的最短纪录。

秦山二期扩建工程的调试工作是在学习国内外经验和1、2号机组调试经验的基础上，依靠业主自己的人员和技术力量，按“调试运行一体化”总体考虑，以本厂运行、维修和生产人员组建调试阶段的临时机构——调试队，开展自主调试，负责扩建工程调试的组织协调工作，设置调试处、运行二处、生产准备管理处三个专门处室和15个调试相关专项组。调试处具体负责调试启动的组织和实施工作，下设调试管理组、调试技术组、核岛工艺组、常规岛工艺组、燃料组等17个调试专业组，其中有8个专业组为公用组。调试最高峰时拟配置262人，各专业组都有明确的职责分工和授权。根据不同阶段调试和运行任务量的变化，人员可进可出，随时调整，相互支援，实现调试运行一体化，有利于人员培养和调试向运行的顺利交接与平滑过渡。

扩建工程的调试工作由时任秦山二期总经理助理洪源平负责。从2008年开始，洪源平就进入了没有周末、凌晨一两点回家的日子。为了赶调试进度，洪源平严格按照“七分准备、两分工作、一分反馈”的管理思路，筹划整个调试及生产准备工作。他带领调试和运行两支队伍按照“调试提前介入安装，运行提前介入调试”“调试生产活动大力牵引安装土建活动”的管理思路，与现场各参建单位建立了高效的工程推进协调机制，大大推进了工程建设进展，3号机组的调试时间仅仅用了9个半月，比原定的14个月节约了4个半月，为最后3号机组投入商运节省了时间。谁又知道，洪源平带领他的团队战天斗地，创下了700天里吃掉18万元方便面的纪录。

在两年的时间里，调试处共完成1000多项试验，其中停汽轮机不停堆、甩负荷孤岛运行、紧急停堆等关键性试验全部是一次通过。而在世界所有核电建设项目中，上述调试三大试验一次性完成的，还没有先例。凭这一点，前来检查的国家安全局专家和WANO评估人员就对洪源平团队刮目相看。其实，连洪源平本人都不知道这700天究竟是怎么走过来的。

1974年出生于浙江淳安的洪源平，1996年从上海交通大学毕业后来到秦山，参加了秦山二期1、2号机组的建设，人称“拼命三郎”，由于工作出色，很快成长为主控操纵员、高级操纵员、值长、运行处副处长。说起洪源平的“囧事”，秦山二期的同事们津津乐道。刚进厂的时候，为了能节省时间学习，洪源平一次买了12条牛仔裤，一条穿脏了再穿另一条，直至把12条都穿脏了再集中起来做一次洗，这样就可以节省不少时间。为了静心读书，洪源平还曾把自己的电视机搬到邻居家，说是电视影响学习。

在洪源平看来，担当是秦山精神的精髓所在。他说：“负责调试工作的俞忠德总工，他对待问题的思路方法对我个人影响非常大。秦山二期1、2号机组建设期间，在遇到问题最多、困难最大的时候，俞忠德总工总是站在第一线，不等不靠，不抱怨，而是鼓励员工开拓思路，寻找合适的解决方案。不怕员工发生失误，有新的思路、想法大家讨论，只要有利于安全、质量、进度，就全力支持去干。这样发挥了整个队伍的积极性，同时也带动了与我们协作的设计、建安等队伍的积极性，让整个建筑安装的现场形成了一个虚实紧密结合的‘精神指挥中枢’，这其实就是业主的担当精神成了整个建设现场的精神支柱。”

最令洪源平难忘的是，作为堆芯核心设备的压力容器比规定时间晚了6个月安装。终于等到了压力容器安装的时刻，他带领调试处的技术干部都留在了调试现场，盯了3天3夜，好多人的嗓子都喊哑了。

然而，谁也没有想到，在调试装料期间发生了一个意外事件。由美国设计制造的装卸料机的抓具出了问题，3号机组采用的是法国人的核电设计原型，美国设计的抓具与法国的设计不匹配。要知道，装卸料机的价格高达7000万美元，如果在装料过程中抓坏燃料组件，其后果不堪设想。

为了这个问题，调试处以昌正科为首的一批技术人员5天5夜没有休息，商讨解决方案。当时，美方也派来了设备专家制订解决方案。一开始，这位美国专家根本听不进中方的意见建议，态度十分傲慢，坚持自己一个人修改方案。可是，他的方案一个接一个地报告到美国总部后，反馈回来的结果是一个接一个地被否决了。

眼见着这个问题迟迟得不到解决，5天睡了不到20个小时的美方专家也开始陷入了焦虑，精神无法集中，站着时连眼睛都睁不开了。就在这时，同样5天5夜没睡觉的昌正科和他的同事们，向美国专家提供了一个方案。没想到，中国人的方案一反馈到美国总部，就顺利通过了，并且按照该方案，问题得到了圆满解决。

昌正科是1995年毕业于复旦大学的高才生，他和同事们在短时间内就编了一个调试程序，让老外看得目瞪口呆，而他编写的其他3个调试程序甚至申请了专利。面对现实，这位美国专家真心真意地对昌正科竖起了大拇指，一个劲地赞赏说：“你的水平高，想得更全面！”

从2006年4月28日3号机组正式开工，到2010年10月5日正式商运，经过53.5个月的建设，秦山二期3号机组提前6个月零23天投入商业运行，创造国内同类核电站建设工期的最短纪录。

2007年1月28日，4号机组开工。

2011年12月30日，4号机组正式投入商业运行，比原计划提前了两个多月。

实际上，秦山二期4号机组调试工期从10个月缩短到了6个月，再次刷新了压水堆调试工期的新纪录。从装料到商业运行，也由原计划的6个月缩短到2个月，从而保证了4号机组建设工期按原计划58个月顺利建成。

调试工作为啥这么快就能够完成呢？洪源平回答说：“这一切都离不开30年来一直贯彻与秉持的敢为人先的创新精神。记得秦山二期3号机组调试期间，刚好有一个WANO评估，当国外专家了解到我们装料到商运一般控制在4个月左右，觉得很惊讶，他们一般要9个月甚至12个月才能完成所有的调试启动工作。其实这里面除了我们中国人固有的勤劳拼搏之外，还要归功于自主创新组织与技术管理。比如我们采取了调试—生产一体化的组织管理模式，大大缩减了关键工种之间的协调时间，更为重要的是提高了协调的有效性，更大程度上保证了安全与质量。又比如我们挖掘了压水堆机组的技术特点，优化装料后一系列的调试试验技术方案，在保证安全与质量的前提下，秦山核电在原有的技术水平上又有了突破性的发展，机组从装料到商运已经从秦山二期扩建的4个月，进一步缩短到方家山2号机组的2个月左右。这些工程建设技术的不断推进正是在继承秦山地区老一辈人员勇于创新精神的基础上进一步发扬光大的结果。”

通过秦山核电二期1、2号机组的成功实践和3、4号机组的建设，不但为核电建设积累了科研设计、建筑安装、工程监理、设备制造、调试运行及工程管理等一整套国产化核电宝贵经验，更是为我国核电事业发展培养了一大批核电技术和管理人才，锻炼了核电建设队伍。

从2005年起，秦山二期相继在全国各大中专院校招聘了800多名优秀应届毕业生作为核电持续发展的新鲜血液，加入到秦山二期职工队伍中。通过岗位强化培训、处室专人指导、严格技能考核等手段，关注知识管理，注重培训工作，充分利用公司培训中心的软硬件设施，加大运行、维修、技术支持、调试等人员的岗位培训力度，有效地培养了一批专业技术人员成为业务骨干，承担起核心工作。

在WANO对秦山二期进行的评估会上，专家们在开始评估之前曾认为："这么少的人，这么年轻的队伍，这么快就完成调试任务，肯定不可能。"但是，当他们看完那些整整齐齐的调试案例、密密麻麻的调试数据后，对调试的质量表示相当满意。杨兰和还记得，外国专家专门跑到主控室，看这些中国年轻的调试人员是怎样工作的，看完之后不得不佩服这支年轻的队伍。

在秦山二期这支队伍里，有50%的人是2005年和2006年毕业的，他们仅仅用3年的时间就通过了严苛的"黄金人"操纵员考试，又用仅仅2年的时间通过了高级操纵员的考试。5年的时间，这批年轻人在像洪源平等"老人"的带领下，一个个在实践中快速成长起来。实际上，像洪源平这样的"老人"，当时也不过才三十六七岁。

杨兰和欣慰地说："正是有像洪源平、昌正科这样有才干又不追名逐利的年轻人，3号机组才能提前实现商运，这些年轻人的成长速度绝对超出你的想象。我们一直把这些年轻人奉为掌上明珠，关键的是，要给他们一个舞台，让他们像3号机组一样，顺利成长、成才。"

没错，哪里还有比人才更为重要的"掌上明珠"呢?!

秦山二期扩建工程3号、4号机组当时投资概算是158亿元，最后建成价是151亿元，节约7亿元，设备国产化率达到77%以上。

在秦山，杨兰和干了25年。在他那一代"老秦人"心中，核电国产化是必须攀登的一座山峰，而秦山二期在核电国产化道路上确实起到了先锋作用和示范效应。

杨兰和说："60万千瓦核电机组的主泵、压力容器、蒸汽发生器、堆内构件、环吊，这些都是我们过去不能自己做的。在秦山二期的建设中，这些重大关键设备和核心技术第一台套从国外引进，然后由国内企业进行技术消化吸收。第二台套采用中外合作，全面开展自主设计生产，从而实现国产化。秦山二期的意义就在于带动了中国核电重大装备制造业实现国产化和自主化。"

山高人为峰。

从世界核电工业建设的经验来看，核电厂建设主要进行四大控制，即进度控制、投资控制、质量控制和安全控制。一般的核电厂，运行初期停机停堆次数会比较多，而且首次启动满功率后都要停堆15到20天进行整治、小修，才能够再次启动进入商业运行。但是，秦山二期3号机组建成后的首次启动满功率运行，因没有需要整治、小修的缺陷问题，所以连续运行了400多天。直到首次正式大修，3号机组运行的一年多时间里没有发生过一次停机停堆事件，这是中国核电建设史上首次创造的佳绩，综合体现了中国核电建造的质量和安全水平，标志着中国核电跻身世界先进行列。

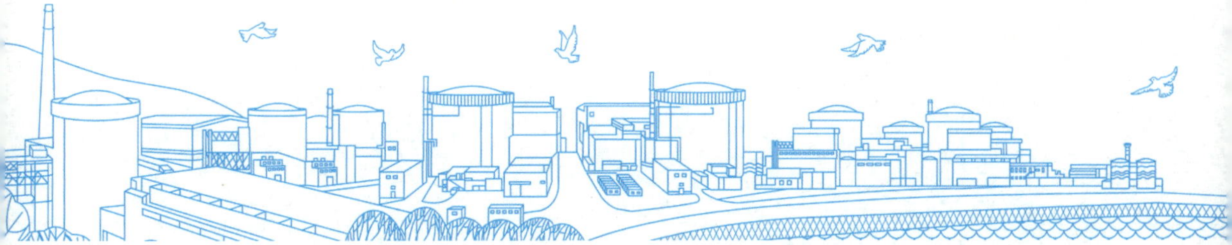

转部
国际接轨

第十一章

恰希玛的故事不是传说

38 秦山发电才15天就出口“巴铁”

你去过恰希玛吗？

你听说过关于恰希玛的故事吗？

恰希玛，一个多么美丽的名字，一个充满诗意的名字，是一个中国核工业人付出智慧、汗水、感情与牺牲的名字，也是中国核工业人创造的名字。实际上，恰希玛的地理环境和气候并非像它的名字那样美丽。

恰希玛在哪里？

恰希玛不在中国，它地处巴基斯坦首都伊斯兰堡西南280公里，位于旁遮普平原柴尔沙漠的西北部，属于热带及亚热带内陆气候，气温也是热得出奇——2月是20℃，3月是30℃，4月是40℃，5月超过40℃，6月则接近50℃，最高温度超过60℃。“四季繁花开不败，半年酷暑人难耐。”巴基斯坦的这首民歌，正是这个国度炎热气候的真实写照。

恰希玛与秦山相隔十万八千里，如果不是因为核电，它与秦山几乎不会产生任何交集。正是因为和平利用原子能和核电站建设事业，秦山与恰希玛结成兄弟，成为中国核电“走出去”的第一张名片。因此，恰希玛这个名字，与中国核工业人血脉相连，血浓于水。

故事还得从1989年说起。

这年11月16日，时任国务院总理李鹏访问巴基斯坦时，与时任巴基斯坦总理贝娜齐尔•布托在拉瓦尔品第国宾馆附近的官邸，向世界宣布中巴两国在巴基斯坦合作建造核电站的消息。根据两国关于和平利用原子能的合作协议，这项合作要通过商业渠道进行，处于国际原子能机构的安全保障和监督之下。

李鹏实事求是地说：我们水平不高，才搞了一个30万千瓦的小核电站。

贝娜齐尔•布托真诚地表示：只要是你们中国能接受的，我们都能接受。

众所周知，中国和巴基斯坦是山水相依的友好邻邦，两国人民有着悠久的传统友谊，中巴是铁杆朋友和全天候战略合作伙伴。巴基斯坦地处南亚内陆地区，煤炭资源缺乏，靠水力发电，由于水电资源在20世纪末已经基本开发完了，又没有其他替代能源，他们就把目光投向了核能，投向了核电。

1989年12月，巴基斯坦原子能委员会（简称“巴原委会”）代表团来到中国，到中核总参观访问。他们的目的很明确，就是要来看看中国人正在建造的秦山核电站。

在秦山核电站建设现场，赵宏代表中核总热情接待了巴方代表团。那时，秦山一期正处在调试阶段。

会谈结束后，赵宏向中核总建议成立一个三人筹备组，并指定时任核电局工程处处长丁虎为巴基斯坦项目筹备组负责人。

1990年3月，中核总派团赴巴基斯坦考察，代表团的任务有两个：一是考察拟建核电站的厂址，二是考察巴基斯坦的工业基础情况。

离开秦山一期调试的现场，前往异国他乡开辟中国核电出口的新战场，毫无疑问是一个新的巨大的挑战，也是中国核工业人“强核报国”的夙愿和梦想。20世纪60年代毕业于中国科技大学核反应堆专业的丁虎，全程参与了秦山一期的建造工作，从科研、设计、选址、重大设备研制、施工、人员培训到调试的每一个阶段，既是执行者，也是指挥员。如今，中国核电“走出去”的千斤重担压在了自己的肩头，刚毅乐观的丁虎，热血沸腾，欣然从命，感到了前所未有的光荣，使命感油然而生。他随即从各单位借调了十几名专业人员把筹备组迅速建立起来。用一年时间，完成了大量工作，组织编制完成了包括技术建议、合作模式、进度建议、费用估算、质量保证、商务条款等内容的项目建议书。

随着合作项目谈判的进一步深入，在巴基斯坦建设核电站面临的诸多困难和问题也随之显现出来。

困难其一：在巴基斯坦建造的核电站是以秦山一期30万千瓦核电站为参照，而当时秦山一期正处于调试过程中，还没有完成并网发电，也就是说中国人自己能不能真正建成核电站还是一个未知数。

困难其二：中巴两国的国情和国际环境也不同。尽管两国都是发展中国家，但是中国建造核电站可以向第三国购买设备和技术，而西方27个国家对巴基斯坦在政治、经济和技术等各方面采取五花八门的限制和封锁，这自然给中巴开展核电建设项目带来很大困难。

显然，中巴合作建造这样一座“交钥匙”核电工程，对中国政府、对中国核工业、对中国核电人来说，既是一条充满光荣和梦想的道路，也是一条充满荆棘与坎坷的道路，有可能通向成功，也有可能走向失败。

走，还是不走？

“我们还有选择的余地吗？我们别无选择！”赵宏说，“中巴核电站建设项目是两国总理向全世界宣布的，是两个国家的合作项目，这已经不是一个简单的经济项目，而是一项政治任务。巴基斯坦是发展中国家，也是我们友好邻邦，中巴两国的友谊在新中国第一代领导人的积极推动下就建立起来了。对中央领导的决策，有再多的困难，我们都要坚决执行。”

的确，别无选择！

中国核电一定要走出去！这是那一代中国核电人的誓言。

中巴两国政府都在翘首期盼着。

中巴两国核电人都在耐心地等待着。

因为有了国家层面的相互支持，丁虎代表中核总在同巴原委会进行项目建议书的讨论时，工作十分顺利，双方在总体上达成了一致，正式合同谈判的条件已经成熟。但是，谁也没有想到的问题来了——那就是中巴两国总理是在口头上宣布两国同意合作在巴建设核电站的，找不到正式文件。也就是说，开展合同准备和合同谈判缺少文字的依据。按照国际惯例，一般是在双方基本达成一致时，先签一个意向书，在随后的3至6个月内双方再正式签订合同。可是，巴方不同意签意向书，理由是双方政府决定的项目不需要再签意向书。怎么办？

为了打破僵局，丁虎向巴方提出了一个试探性的建议。他直接用英语对巴方团长说：“如果你们认为项目建议书基本可行，建议你们原委会邀请中国核工业总公司常务副总经理陈肇博先生访巴，双方签订一份关于合作建设30万千瓦压水堆核电厂的协议书，之后我们双方再转入合同谈判阶段。”

第二天会谈一开始，巴方代表团团长就对丁虎说：“昨天晚上我已和我们原委会伊斯法克主席通了电话，主席先生正式邀请陈肇博先生来我国访问。”

会谈结束后，在机场送别巴方代表团时，巴方团长把丁虎拉到一旁，悄悄地说：“我们原子能委员会愿意与中国核工业总公司就30万千瓦核电厂项目签订一个协议书，请你们来巴基斯坦时把协议书草本带来。”

送走客人，丁虎立即将这一情况向陈肇博作了报告。陈肇博随即召开会议研究这一情况。会上，大家一致认为陈肇博率代表团访巴并签订协议书，对推动核电出口项目进程十分重要，建议迅速成行。陈肇博当即决定：一是复函巴方，接受访巴邀请；二是要求筹备组协同外事局草拟协议书文本。陈肇博说：“既然大家都认为这件事很重要，我们这次去就一定把协议签下来。”

1990年8月，陈肇博率中核总代表团访问巴基斯坦。代表团抵达伊斯兰堡后，立即就把协议书草本提交给巴方。巴原委会为中方代表团的到访，确实做了高规格且周到、热情的安排。但是，让中方代表团感到困惑的是，访问日程中偏偏没有看到双方讨论协议书的日程安排。眼看着访问行程已经过半，中方代表团中自然有许多人沉不住气了，要求询问巴方到底是什么意见。

在一次中巴代表会谈中，陈肇博委婉地对巴原委会主席伊斯法克说：“主席先生，这次我来巴基斯坦访问，是经过中国政府批准的，主要的目的是谈核电合作，我回去得有一个交代。”

谁知，伊斯法克避而不答，顾左右而言他。直到中方代表团临近结束访问时，巴方仍不提协议书的事情。

巴方到底在想什么呢？或者是有什么难言之隐？中方不得而知。

见此情此景，陈肇博有些焦急地对丁

虎说：“签不成协议，回去如何交代?！”

是啊！外交无小事。丁虎也不知如何是好，难道是被巴方忽悠了？但是巴方始终非常热情啊！大家都着急了。

就在大家有些不知所措的时候，没想到的是，就在中方代表团将要回国的前一天，巴方发来了正式请柬，邀请陈肇博到巴原委会总部，双方共同举行巴基斯坦原子能委员会与中国核工业总公司关于原子能科学技术年度合作项目协议的签字仪式。

峰回路转，柳暗花明。仪式结束后，巴原委会主席伊斯法克专门请陈肇博单独到他办公室会谈。伊斯法克十分内疚地解释道：“非常抱歉，一直没有对协议书问题作出回应。巴基斯坦原委会非常希望签这个协议，也完全同意中方提出的协议草本。但是，要签这个协议必须事先得到我们国家总理的同意。由于最近巴基斯坦政府发生变化，我没有与看守内阁总理联系上。现在，总理已经批准我们原委会签这个协议，所以才能赶在你们回国前，把协议书签了。”

原来如此，陈肇博终于明白了缘由。至此，中方代表团压在心上的石头终于落地了，皆大欢喜。

回国以后，筹备组的同事们听到这次访巴的情况，都为丁虎捏了一把汗。大家都跟他开玩笑说：“如果与‘巴铁’的协议签不成，你的罪过可就大了。”

丁虎淡然一笑，说：“要是先考虑个人得失，就什么也不能干了。”

协议书的签订，为正式谈判打开了通道。双向奔赴，谈判自然踏上直通车。

1991年12月31日，中巴两国政府在北京人民大会堂举行合作建造30万千瓦核电站签字仪式，重申这是和平利用核能的项目，接受国际原子能机构的监督。

中巴共建核电站，成为中巴友谊新的里程碑，世界为之瞩目。

巴方核电厂所在地名叫CHASHMA，富有情怀的丁虎思来想去，细细琢磨，就给它取了一个十分好听且有诗意的中文名字——“恰希玛”。此后，中巴合作的核电站项目就被称作恰希玛项目。

恰希玛，这个美丽的名字就这样诞生了！

也就是在半个月前的12月15日，中国人自主设计建造的第一座核电站——秦山核电站刚刚并网发电。

蒋心雄回忆说：“秦山核电站发电以后仅半个月，我国核电出口合同也谈成了，并在人民大会堂举行了签字仪式。”

不久，中国科学院院长周光召见到蒋心雄，说：“蒋总，你胆子太大了，这第一座核电站才运行了15天，就敢签字出口。”

蒋心雄说：“我们对自己的技术应该还是有信心的。如果当时不抓住时机出口，就出口不了。恰希玛的30万千瓦核电机组第一个出去了，以后跟着慢慢就出去了，比如阿尔及利亚工程，就是因为打开了出口的窗口。”

1992年2月25日，中巴恰希玛项目合同正式生效。

恰希玛项目是以秦山一期为参考电站的30万千瓦压水堆核电站。按照合同约定，这是一个成套设备出口项目，一个总承包的“交钥匙”工程，也是一个完全的国际商业合同。业主是巴原委会，总承包商是中核总。中核总授权旗下的中原对外公司履行总承包责任。项目在中核总领导下进行，大事由中核总党组集体讨论，日常工作由赵宏领导指挥。

恰希玛项目采取合同管理与行政指挥相结合的原则。重大问题，对外由中核总与巴原委会协调，对内、对总分包由中核总实行行政指挥。中核总为了减少合同接口，提高指挥效率，决定采取“少”合同的分包原则，将合同切成4大块，即设计、采购、施工、调试，分别由中核总下属有关单位总分包。由设计秦山一期的上海核工院分包设计，由负责秦山一期采购人员为主组建的上海核电器材公司分包采购，由华兴公司和五公司组成联营中原建分包建筑安装施工，由秦山核电公司分包电站调试。

中核总组建中原对外工程公司（简称“中原对外公司”），代表总公司履行项目合同，由总经理樊喜林出任项目总经理。

樊喜林是中国核工业战线的知名建筑专家，早在1960年就参加了中国第一、二、三套核反应堆工程的土建施工工作。1983年初，时任二二公司副总经理兼总工程师的樊喜林参加了秦山一期工程的建设。1985年，他调任建工局总工程师。

来到恰希玛，中核总授权中原对外公司履行总承包并减少合同接口的决策，给樊喜林提供了最合适的、最有直接经验的分包商，创造了一个最少工程接口的管理条件，极大地减少了项目管理的工作量。

恰希玛项目，是中国核工业第一个总承包核电站工程，在国内没有先例，而且是一个国际合作项目，事关国家信誉、声誉。无论是对赵宏、丁虎，还是对樊喜林来说，这都是一个巨大的挑战，也是一项具有开创性质的任务。但是，对樊喜林来说，中核总也为他的履职创造了最有利的条件，集中了优势兵力——赵宏亲自担纲恰希玛项目的总指挥，欧阳予任项目的总设计师，丁虎协助樊喜林分管设计和技术，组织过秦山一期工程建设的陈曝之协助樊喜林分管现场。而且，秦山一期原基建处的大量优秀工程技术人员也前来支援恰希玛项目工程建设。

如此排兵布阵，其实都是赵宏精心设计、用心组织的。

在赵宏看来，从政府角度讲，这是两国间的真诚合作，从经济角度讲，这是出口商与业主间的信誉往来，中国人讲究以诚待人，必然会赢得真心的回报。赵宏说：“秦山一期发电以后，马上和巴基斯坦签署出口协议，中国核电走出去在那一刻已经开始。恰希玛1号、2号机组（分别简称C1、C2）到后面的项目，同样的30万千瓦核电站，已经形成了一个规模。当年在海盐招待所的一楼，就是我和巴基斯坦签署的协议，我后来也主管这方面的工作。在恰希玛核电站的建造过程中，我们又一次积累了各方面的经验，包括人才的锻炼，这方面的感受和体会是颇深的。当时巴基斯坦的经济非常落后，很多东西都买不到，需要我们从国内带过去。但是出国又不能带太多的人，需要考虑成本和管理等各方面因素，尤其是当时国家比较困难，也负担不起。考虑这些客观因素，就必须压缩人员数量和成本。根据工作流程，管理、土建、安装和调试队伍先后都要过去。我们本着降低成本、提高效率的原则，选派人员的时候力求精干。另外，充分利用当地人，发挥他们的能力特长，这有利于提高我们的工作效率。巴基斯坦既没有煤炭，也没有石油，因此，上马核电站对他们是有好处的。他们的电网一开始是不欢迎核电的，但是后来发现核电既节约能源，又环保简单，而且便宜，就接受了。我们和巴基斯坦是真诚的朋友，充分考虑了对方的需求。”

对恰希玛项目，赵宏始终保持着清醒的认知。他始终跟大家强调：我们是承包商，不是业主，业主是人家。中核总作为承包商，建好核电站，给人家“交钥匙”。按照合同规定，巴方是业主负责运行，中方搞建设，全面负责设计、设备采购、施工、调试，培训人员，既有质量上的要求，还要负责通过国际原子能机构的审评，既有进度上的要求，还要对投资负责。人家投资6亿美元，我们全包了，合计2000美元/每千瓦，造价不低，但再少咱们也干不成了。

的确，这是一个很好的合同。具有丰富核电知识和核电工程经验的丁虎，组织了由上海核工院、中原建、秦山一期等共同参与的合同谈判工作。尽管合同谈判的过程很长，但这是一个双赢的合同。中巴双方的责任清楚，接口明确，支付条件容易掌握。合同确定了以中国标准为主，增加国际核电建设中高于中国标准的技术条款，组成对中国工程技术人员和工人便于使用、易于掌握的恰希玛核电站建设标准。

质量是核电的根本。核工业始终强调“安全第一，质量第一”“摸着石头过河”“一切通过试验”的工作方式。核电站的质量管理包含了安全，安全是质量的第一个指标，其中包含电站性能、功率、可靠性、可利用率、寿期等。因此，核电站的质量管理必须建立质量保证程序体系和工作程序体系，实行程序化管理和程序化施工。而恰希玛项目必须要按照国际原子能机构和中国国家核安全局的核电站质量保证管理规定，建立一个国际公认的质量保证体系。作为总承包单位，樊喜林一边结合中国核工业队伍的实际，一边结合国际先进的核电管理技术和中国有效的传统管理模式，建立起一整套的质量、进度和投资“三大控制”体系。

樊喜林知道，要实现这些目标的关键，就是必须组建一个精干高效的项目管理机构。

中核总批准恰希玛项目的编制为216人。当时，中原对外公司共有150人左右，手里还有一个研究型反应堆工程项目还未结束，另一个热室项目刚刚开工。樊喜林求贤若渴，四处要人，因为从中原对外公司只能抽出十几个人，他就跑到秦山一期请来70多人，跑到上海核工院请来十几个人，又跑到核工业第四、第五设计院等兄弟单位借了一些人。有了人，还需要建立科学的管理体制机制，因此机构和职责的划分尤为重要，既要做到事不漏项，又要做到责任明确，既要防止有事没人管，又要防止几个人管同一件事，杜绝人浮于事。于是，樊喜林推行了定编、定员、定岗、定责，落实责任承包制，编制留有适当余地，增人不增费用，减人不减费用，以充分发挥各个部门的积极性，有效地控制了管理人数，也相应控制住了管理成本。在恰希玛项目初期，人员达171人，但经过努力，在高峰期总计也没有超过150人。其中，1995年为136人，1996年为118人，比国内任何核电站项目管理的人员都要少。

程序是事物内在的先后顺序规律。按程序办事，有助于避免漏项，消除办事人员个人行为的随意性和不确定性，有助于协调参与人员的一致性。程序化管理就是规范化管理。在恰希玛项目管理中，樊喜林最大限度地实施“一图一表”，用图表化、清单化手段，提高“三大控制”体系的管理效率。

“一图”就是流程图。清晰地标清工作任务的全部作业，表示工作的进行方向，表示着每项作业的时间位置和与其他相关作业的接口位置。一张流程图使每一个人对自己所负责的工作组成、顺序、逻辑关系等都一目了然，感受到自己不是单兵作战、不是单打独斗，从而获得整体的认知，懂得牵一发而动全身的道理。

“一表”就是作业清单。在表格上按顺序列出全部作业，每项作业的内容、质量标准、文字记载要求、见证点和控制点的位置、执行人的签名和执行日期、检查人的签名和检查日期。表格随作业的进展填写，上一道作业未完成，下一道作业不得进行。工作的先决条件往往作为第一项作业。作业清单有助于防止漏项，防止错位、越位、失位，保证工作有条不紊地按程序、按标准地规范化执行。

樊喜林的这些工作方法，谈不上有多少创新，但特别管用。

进驻恰希玛的第一批人员来自中核华兴建设有限公司。他们先去干临时工程，为大队人马安营扎寨做准备。

1992年6月，正是巴基斯坦炎炎的夏天，赵宏带着陈曝之赶赴施工现场。

远远望去，一条运河展现在他们面前，在运河的南面是一块辽阔的草地，在草地的中央插着一根标杆，陪同人员说那里就是恰希玛项目的核岛位置。

两个星期后，赵宏完成了此行的工作任务，把陈曝之留在了施工现场，担任首任现场经理，自己回国筹备国内事宜。这是赵宏第一次去巴基斯坦，第一次去恰希玛。

恰希玛核电站一期工程从工程准备到并网发电，赵宏先后去了30次之多，时间最长的一次住了3个月，时间最短的也有半个月。他天天都和工人们一样“泡”在施工现场，一个工地一个工地跑，一个问题一个问题地解决，不推诿、不拖拉，上上下下，沟通顺畅。

看到赵宏来了，巴方工作人员每次都跟中方工作人员啧啧称赞：“瞧！你们的部长，还在工地上跑，真不简单！”

然而，在巴基斯坦建造核电站不比在秦山，困难更多，问题更杂，难度更大。

难在哪里呢？

39 “没有金刚钻，别揽瓷器活”

俗话说：“在家千日好，出门处处难。”到了恰希玛，似乎也有这样的感觉。

那个时候，巴基斯坦的工业基础比较薄弱，有些产品在中国国内很容易买到，但在巴基斯坦就无法实现。比如，钢筋就要从中国运过去，因为钢筋在巴基斯坦的价格昂贵不说，质量也不稳定，一旦出现供应问题，会让工程建设措手不及。所以，恰希玛核电站工程大量的物资材料、设备、零部件都要从中国购买再托运。更何况路途遥远，海运至少需要20天至1个月的时间，运达巴基斯坦卡拉奇海港后，再通过陆上运输运到施工现场，而陆路全程又大约有1300公里。那时候，巴基斯坦的道路交通和通信设施也比较落后，道路上的困难无法预测。好在巴方对核电站建设给予了全力支持，在长途运输中，他们派出军队护送，保证了设备能够安全地按时运到工地。要知道，核电有许多大设备，需要大拖车才能搬得动，拖车走得又十分缓慢，每小时才走10公里，有时候甚至只能走5公里，风吹日晒，风餐露宿，让人吃尽了苦头，一般人真是受不了，可咱中国人硬是把它干成了。

因为语言、习惯、文化上的差异，自然导致工作中出现一些交流沟通上的困难。不得不承认，巴方管理人员的英语水平比中方人员要好得多。因此，赵宏要求，大家必须努力学习英语，克服困难，同时还要尊重他们的文化习俗和宗教信仰。而从文化交流的角度出发，赵宏也鼓励巴方管理人员努力学习汉语。赵宏耐心地对他们说："不懂承包商的语言，怎么能干好自己的事呢？"

当然，最大的艰难还是来自自然环境。

恰希玛核电站工地地处沙漠边缘，气候炎热，干旱少雨，盛夏长达7个月之久，全年平均温度在45℃以上，四季蔬菜奇缺，给施工带来了许多难题。在土建工程初期，施工队伍是露天作业，挖了基坑，热量都包在里面无法循环出去，人在里面工作就像被放在火炉子里烤一样。安装钢结构时，手一碰到钢板，就能烫出一个大水泡来，甚至撕掉一层皮。电焊工人在焊接安全壳钢衬里时，脚站在厚厚的钢板上，如果穿着劳保用的胶鞋站在上面，鞋底很快就会熔化了。于是，工人们就穿上用木板自制的"木屐"，坚持工作。穿的工作服，一会儿就被汗水湿透了，他们就脱下来用力拧干，再穿上去。没多久，汗水又湿透了衣服，再脱下来拧干，然后再穿上继续工作。一天不知要拧多少次。

"日出而作，日落而息"，在恰希玛却变成了"日落而作，日出而息"。为避开正午阳光的直射，作息时间不得不作出更改：上午6点至9点，下午6点至9点。天上的月光，夜空的星光，工地的灯光，交相辉映，照亮了这一群又一群在异国他乡忙忙碌碌的中国核电人。

恰希玛核电站厂址的地质条件与秦山核电基地的地质结构，也是天壤之别，甚至奇特得令人吃惊。我们知道，中国核电站的地基大多是建筑在坚硬的岩石上，地下水位也比较低。恰希玛的地质条件有两个基本特征：一是砂土地基，砂性沉积层厚度超过200米；二是地震烈度较高，设计基准地震加速度（SSE）达0.25g。

在这样的地质结构上，建造核电站，能行吗？

就连巴方的地质专家也为中国人捏一把汗。

的确，在砂土地基上建造核电站，在国际上也属罕见。要知道，核岛厂房的总重量为20万吨，如果在砂土上产生过量倾斜性沉降，这对核电厂来说无疑是一个重大安全隐患。

厂址的特殊性决定了恰希玛项目不可能是秦山核电站工程的翻版，必须重新设计！

怎么办？为了减少不均匀沉降的影响，新设计的核反应堆厂房、辅助厂房、电气厂房和核燃料贮存厂房，构成一个整体核岛建筑群，坐落在一块88.3米×93.3米的方形底板上，反应堆厂房位于核岛中央位置，尽可能使核岛重心与底板几何中心重合，使底板受载均匀。毫无疑问，这是一个崭新的设计，但给施工也带来巨大挑战。在施工建造过程中，必须定期监测沉降量。待工程施工完毕沉降稳定后，实测沉降量为51毫米，与计算预计值60毫米十分接近，不均匀沉降量仅3毫米，恰希玛工程的土建结构设计全面满足安全要求。

令人头疼的是，恰希玛核电站厂址地处印度河洼地冲积层上，是水系集中的地区，地下水十分丰富，潜水位高。当基坑施工挖到七八米深的时候，就出水了。核工程设计要挖到负17米至负22米才行。在这样的细沙地质条件下，将大面积的地下水降至负18米以下，谈何容易？

任务落到了华兴公司恰希玛项目部高级工程师刘润成的肩上。1990年初，在中巴还未正式签订合同的时候，刘润成就随丁虎来到了巴基斯坦，成为华兴公司最早介入恰希玛核电站工程的工作人员。

根据巴方提供的恰希玛核电站厂址的水文地质资料，结合基坑降水的理论，中方通过比较和权衡，决定采用深井井点降水方案。为进一步完善方案，1990年5月，刘润成专程回国，来到天津杨柳青一带考察引滦入津工程的深井井点降水情况，又到塘沽拜访中建六局专家，随后到上海考察深井泵生产厂家。对于深井井点降水的方案，他心中终于有了底。

1992年3月至4月间，巴原委会来函告知：恰希玛核电站现场含水层的渗透系数为130m/d。到了5月，他们再次来函，告知现场含水层的渗透系数为50m/d至195m/d。然而，根据中国沿海地区的经验，有专家认为，在恰希玛细沙地层，这种渗透系数是不可能的，怀疑是不是巴方弄错了数据。

1992年9月，中原对外公司在上海召开关于恰希玛核电站井点降水的专题会。遗憾的是，大家忽略了一个重要问题，那就是巴方提供的渗透系数是否准确？

就在专家们为降水问题各抒己见争论不休的时候，一个名不见经传的工程师霍地站了起来，向中原对外公司副总工程师施益洲拍着胸脯说："只要您给出一个准确的渗透系数，我保证把地下水位给降下来！"

闹哄哄的会场一下子变得鸦雀无声，空气仿佛凝固了一般，所有人的目光都投向了这个个子不高，甚至与会者似乎从来没有见过的发言者身上。

他是谁？

他就是一直在会场上静静听会的刘润成。

正是因为刘润成大胆的怀疑和自信的保证，巴方提出的渗透系数的准确性问题，引起了与会专家的重视。会议决定，10月上旬在北京再次讨论降水的问题，并邀请国内著名降水专家参加。

在北京召开的会议上，专家们肯定了方案的可行性，同样提出关键问题是引用的渗透系数是否准确。会议期间，在恰希玛的第一次现场抽水试验已经完成，中原公司现场工程部经理严文康从前方传真报告了试验结果：渗透系数为66.72m/d。这个数据打破了与会人员对细沙土层传统的认识，开始相信细粉沙地层会有大的渗透性。随后，会议作出决定，由施益洲、黄大方、刘则军、杨靖、刘润成组成5人专家组奔赴恰希玛核电厂工地现场，彻底弄清现场的渗透系数。

1992年11月24日至12月5日，专家组赴恰希玛进行现场抽水试验。刘润成作为专家组成员和井点降水主管工程师，主动承担夜间值班。按照现场抽水试验方案要求，开泵后前30分钟内每5分钟观测一次，以后每隔30分钟观测一次。除了量取数据、记录和记录整理之外，平均每个班下来至少要走10公里的路程。

恰希玛的气候给人的印象是极端干燥酷热，实际上到了11月下旬后，尤其夜间却是另一番景象，而且更加难熬。因为温差大，气温越来越低，露水越来越重，在旷野里值班的人没有防护，不知不觉头发湿了，真是"润物细无声"，时间一长，水滴就顺着头发流淌下来……刘润成回忆说："黑暗的夜晚，阴冷袭人，直抵骨髓，觉得骨头缝里都是寒冰，那是什么滋味啊！所有的关节都变得僵直，带着酸痛的感觉，真是度日如年啊！"

历时12个昼夜的连续观测，专家组圆满完成预定5个降程的试验，取得了第一手试验数据，最终得出结论：恰希玛核电站厂址含水层的渗透系数为70m/d至95m/d，北面的运河能很快地补给水源，临河效应明显，因此工程降水设计采用渗透系数85m/d为宜。至此，井点降水渗透系数完全确定，井点降水工作正式开始。

根据基坑负挖图及井点总布置平面数据确定：降水面积为13890平方米，基坑最深部位标高为负17.25米，基坑上口面积为19300平方米。在如此大面积的深基坑实施降水工程，在世界核电站建设史上还是第一次，没有经验可借鉴，施工难度可想而知！

刘润成说："我这个人生来喜欢挑战，越是难题，越能够让我提得起精神。"

"没有金刚钻，别揽瓷器活。"因为有研究井点降水的功底和专家组的协助，加上第二次现场抽水试验已经得出的准确数据，刘润成面对挑战，信心十足。根据核岛整体布局和与基坑开挖必须同步进行的实际情况，他编制了井点降水施工组织设计方案，绘制了基坑土方开挖及其井点施工分层分段图和施工流向图，并排出两项工作互相关联的施工进度计划，科学有序地指导现场完成了基坑土方开挖和井点降水施工，为核电站主体工程正式开工赢得了时间。

1993年6月18日上午，恰希玛白天的温度高达50℃左右，工人们对核岛地下十几米的基坑进行了实地测量，地表温度竟高达65℃左右，而井点降水的电机表面温度已经高达90℃以上。因为温度太高，核岛基坑最深处的6台井点降水的水泵电机"罢工"了。水泵无法正常工作，地下水就无法抽走，基坑也就不能进行施工。工程技术人员还从来没有碰到过这种情况，不禁感慨地说："人受不了，连不知冷暖的机器也怕热！"

烈日当空，恰希玛的工人们最懂得什么叫毒日头了。现场副总工程师陈广彬赶紧带着3名技术人员和5名技术工人，走进了地下。这时，基坑的气温已接近70℃，如同一个蒸笼，工作服一瞬间就湿透了。

穿着厚厚劳保鞋的电焊工人，不得不靠来回走动来缓解脚下的灼烫！

“大家看，怎么解决这一问题？”陈广彬征求大家的意见，提出了问题。

“用风冷。”有人建议说。

毒日头如火一样炙烤着大家。陈广彬抬头察看了一下基坑的地形，又认真查看电机在基坑中的位置，沉默了一会儿。他在电机旁来回走了几步，想了又想，说：“用风冷是不行的，因为在基坑里面，通风条件不好。用水冷是可以的，但实施起来比较困难，水如何排出去。造成电机不能正常工作的原因，主要是环境温度过高，如果给每台水泵盖一个小房子，并装上空调，电机就不受高温的影响了……”

掌声响起来了。陈广彬也鼓起了掌。

实践证明，这一方案简单可行，保证了电机的正常运行，直至井点降水结束。

此外，恰希玛核电站所在地因为气候干燥，每年炎热季节从4月中旬开始直至11月中旬消退，且温差大，传统工艺施工的混凝土在这超高温季节会出现断裂，一开裂强度就不行了。又一道难题，摆在了刘润成的面前。

经过观察，刘润成发现，在高温条件下，混凝土摊平后在1至2小时内，其表面会生成厚度为2至4厘米的壳，并将混凝土沉实泌水封在下面，一旦泌水蒸发殆尽这层壳势必沉陷，在钢筋上方生成有规则的裂纹。怎么办呢？

经过多次试验，刘润成终于找到了解决办法——就是在混凝土产生壳后及时进行排出泌水的振捣，将壳下的泌水振到混凝土表面之上，然后将泌水排放掉。从混凝土施工工艺来看，就是对已经振捣密实的混凝土表层再振捣一次，称之为“二次振捣”，通过“二次振捣”，避免沉陷裂纹的产生。

“二次振捣”效果虽然好，但是在恰希玛推行时却遇到了工人的抵制，理由是在国内打了那么多混凝土从来没有进行过“二次振捣”。没办法，刘润成就耐心地给大家讲解恰希玛的气候对混凝土的影响，以及在国内施工的差异。随后，他又到混凝土浇筑的现场，要求振捣手们等待一段时间，等待混凝土结壳以后再振捣一次。事实胜于雄辩。成型后的混凝土不再出现裂纹了，质量合格了，大家也服气了。后来，刘润成发明的“二次振捣”方法成为混凝土施工工艺的一个组成部分，被编入恰希玛核电站施工程序。

距离恰希玛核电工程正式开工的日子，越来越近了。可是，在确定核岛底板第一罐混凝土A层浇筑方案时，出现了分歧。有人提出施行一次性浇筑，有人提出分两次浇筑，双方争执不休，互不相让。如果施行一次性浇筑，必须在有限的时间内完成钢筋的绑扎，困难重重。若分两次浇筑，又会延误工期，给下一道工序增加难度。

到底采取哪一种方案呢？

问题摆在了时任华兴公司管生产的副经理刘金龙的面前。来巴基斯坦之前，刘金龙正在上海负责承建重大市政工程苏州河整治的子项目“上海合流污水工程”。一到恰希玛项目工地，刘金龙看见核岛基坑第二次负挖还没有开始，塔吊没有安装，搅拌站、钢结构制作厂房、沙石场都没有建立起来。而距离1993年8月1日浇筑第一罐混凝土的目标节点，时间已经不多了，真可谓是迫在眉睫。现在，到了这个节骨眼上，大家却产生了分歧。

有争议有分歧，不是什么坏事，而是一件好事，不仅考验人，而且启发人。刘金龙和施工队长、技术人员一起讨论、分析、计算，在反复比较之后，最后还是决定选择一次性浇筑。

谁知，一切工作准备就绪，一场突如其来的倾盆大雨，把核电站施工场地冲得一片狼藉。

排水渠告急！

防水层告急！

钢筋绑扎告急！

井点降水告急！

骤来的暴雨没有打乱刘金龙的节奏，他镇静沉着，召开抗洪抢险会议，启动应急方案。瞧！他冒着大雨，拿着对讲机，奔波在各抗洪点位，衣服湿透了，嗓子喊哑了。当他来到排水渠时，只见渠内洪水如锅炉中沸腾的开水般不断上涌，情况十分危急。他把对讲机扔在一边，迅速脱下雨衣，大喊一声："同志们，坚持住！"便毫不犹豫地纵身跳下齐腰深的湍流中，加入工人们的战斗行列。什么叫众志成城，什么叫团结一心？上游的人排成人墙阻挡洪水，减缓流速，脚底却像打了蜡一样止不住地打滑，稍有不慎就会被洪水冲走；下游的人勇敢地潜入水底，将绳子拴住大块的工地建筑残体，在一阵阵热烈的号子声中，把垃圾一块块挪开……

暴风雨给原定的核岛底板一次性浇筑方案带来了极大的考验。已部分绑扎好的钢筋不得不拆除进行重新绑扎，核岛基坑不得不重新清理。这时，有人犹豫了，建议修改原定一次性浇筑的方案，实行两次浇筑。

刘金龙没有答应。他在恢复生产会议上说："我亲自督战，没问题！"

在接下来的十多天里，刘金龙"五加二""白加黑"地坚守在现场，与职工们战斗在一起。

1993年8月1日上午，核岛底板第一罐混凝土正式浇筑。巴原委会主席伊斯法克和蒋心雄出席开工仪式，同时按下电钮。

这一天的天气，特别炎热，中巴两国的工程技术人员更是兴高采烈，恰希玛的现场沸腾了，掌声、欢呼声、鞭炮声响成一片。

从主合同生效到浇灌第一罐混凝土，中国核电人仅用了17个月的时间。

虽然工程进展十分顺利，但赵宏的心却是沉甸甸的，他知道，更多的困难、更大的考验还在后面，必须做好充分的思想准备。他对大家说："开弓没有回头箭，我们做任何事情都必须全力以赴，决不退缩！"

掌声，胜过热浪。信心，胜过黄金。

顶着40℃的高温，站在指挥台上，刘金龙指挥着一罐罐混凝土送达现场，然后倒进两台高高的布料机，向密密麻麻的钢筋从中注入。工人们挥汗如雨。嗡嗡的振捣声、金属碰撞声、对讲机喊声，汇成了一首铿锵豪迈的进行曲……

可是，谁也没有想到，就在浇筑第一罐混凝土时出现了问题。

由于核岛底板最深处的4个角上加了放射钢筋，且十分密集，大家都认为混凝土浇不到底，巴方操作工人根本不敢放混凝土。

这时，刘润成来了。经过详细观察，他认为"象鼻子"从上面浇灌混凝土受到放射钢筋阻挡，混凝土难以穿过钢筋，必须在放射钢筋以外的位置浇灌混凝土，再加上用振捣棒引导，才能将混凝土浇筑到钢筋的下部。为了提高操作工人的信心，他亲自抱着“象鼻子”作示范，并指导混凝土振捣手“赶灰”。

看着混凝土顺利地流进底板4个角里，在场的巴方人员钦佩地对这位浑身溅满泥浆的中方专家竖起了大拇指。

从1993年8月1日浇筑第一罐混凝土，到1995年8月23日土建工程阶段完工的8个工程节点，目标均按期或提前完成任务，彰显了中国核电人的设计建造能力。

1995年11月12日，恰希玛核电站核岛穹顶顺利封顶，标志着土建主体任务圆满完成，工程转入安装建造阶段。

40 “中国人只要想做，就会创造奇迹”

恰希玛项目，不仅是中国核电第一次走出国门，更是一场突出重围的战斗。

“你们中国人自己刚刚建成了30万千瓦的核电站就想全套出口，而且是给没有签署《不扩散核武器条约》的巴基斯坦，你们能行吗？”

对中巴两国恰希玛核电站建设的合作，西方发达国家始终是以不信任甚至别有用心的目光在关注着。在世界核产品市场上，有一个名叫“伦敦俱乐部”的组织，这是一个全球性的由核燃料、核设备等重要核产品制造商和供应商联合组织起来的小集团。他们的产品销售和出口，戴着意识形态的有色眼镜，对一些发展中国家实行严格的限制和技术封锁。对中巴建设的恰希玛核电站项目，“伦敦俱乐部”就联合起来进行抵制，不向巴基斯坦出售任何核设备，就连施工现场用于生活的小汽车，日本人都不卖。

以“伦敦俱乐部”为代表的一些核大国联合对巴实行核技术及核设备出口限制，给恰希玛项目带来巨大困难，对工程进展造成了极大影响。

主泵是核电站的关键设备，那时候中国国内的厂家还无法制造，只有到国外采购。可是，当人家听到最终用户是巴基斯坦时，就不卖给中国了。赵宏着急了，决定亲自出马，去跟西方人谈判。他先后到了联邦德国、澳大利亚、奥地利等国家，一见面话都说得客客气气，可是一说到巴基斯坦，人家就是两个字“不卖”。国外没办法，赵宏又回到国内找厂家。可是，国内厂家告诉他：“我们要另起炉灶，从头开始，何年何月能做出合格的产品完全没有把握。”

真是火烧眉毛啊！恰希玛核电站工程已经到了关键的设备安装阶段了，可是现在连设备都还不知道在哪里，怎么安装呢？无奈之下，采购人员不得不再赴西方某国，以忍痛挨宰的高价，解了燃眉之急。过去是落后就要挨打，现在是落后挨宰。那些日子，为了解决采购的急难问题，前方出差的人员在20天里前前后后给赵宏打了30多个电话。

应急柴油机是核电站应急系统的重要设备，恰希玛核电站需要采购3台大的和2台小的。本来，这大小5台也就四五百万美元就可以搞定。那时，德国人在做，但德国人不卖给中方。他们卖给了法国，法国再卖给中方。这一倒手，法国人轻轻松松赚了一大笔。

得找一个特别了解核电站设备的人负责采购和出口，赵宏想起了一个人——五二四厂副总工程师兼技术处处长毛晓明。

在秦山一期建造过程中，五二四厂是核工业制造厂中承担设备制造任务最多和制造难度最大的工厂。当时，作为五二四厂秦山一期设备研制技术负责人，毛晓明只有33岁，是当时中国核工业设备制造厂最年轻的工厂技术负责人。经过6年的风风雨雨，2100多个日日夜夜的奋战，毛晓明带领技术团队保质保量地完成了他们承接的核岛系统、核岛辅助系统及核燃料工艺运输及储存系统共计76项、2265台/件的核电设备研制任务，总产值达1882.3万元。他带领同事，在普通摇臂钻床上，利用自制工装，加工出了直径2800毫米、厚度为70毫米的钛管板上2820个高精度管孔；自行设计和制造了控制棒与阻力塞插销、机械试验台架，完成了插销试验，解决了U形管壳成型难题等。作为主要完成人，他先后获得部级科技进步奖一等奖2项、二等奖3项、三等奖1项，荣立特等功1次、一等功1次、二等功2次。

恰希玛项目作为中国核电走出国门、走向世界的第一步，堪称中国核电历史上的一个里程碑。中国核电人懂得，他们正在创造历史。

历史在召唤，时代在召唤，事业在召唤。

1993年6月，年轻有为的毛晓明从五二四厂调任上海核电器材公司担任副总经理，担负起恰希玛核电站的设备采购工作。依依不舍地离开战斗过的地方，迈出工厂大门即将远行的那一刻，成为他终生难忘的回忆。百余人一路相送，一路簇拥着他来到车站。大家舍不得他，他也舍不得与他一同度过艰苦岁月的战友们，不流泪的钢铁男子汉，在火车启动的长鸣声中禁不住泪流满面。

一个核电机组有3万多台套的设备，设备采购费用占据着整个项目的半壁河山，也是保证核电站顺利建造和安全可靠运行的基石。恰希玛项目的部分关键设备、机电仪器设备的零部件、特种材料等需要从国外进口，涉及出口、进口单位、设备制造企业多达200余家，装备生产协调和进出口安排工作十分繁复，千头万绪。货比三家，择优选择，进口出口，成败集于一身。国内的“多国采购”和国际的诸多限制给工程带来了很多问题：标准规范上的问题、接口问题、设计和制造技术问题，进出口许可问题。压缩成本也是非常关键的一步，一切都需要协调和把握。

在反应堆压力容器研制过程中，出现了技术质量问题，其关键部件——接管段由于技术要求高，制造难度大，工厂没有经验，造成锻件两次落锤试验均未通过。按照技术标准要求，第三次试验如果还不能通过，该锻件就将报废。反应堆压力容器是核电站核心设备之一，而接管段又是压力容器中的关键部件。一旦报废，则将给恰希玛工程的工期造成巨大影响。而且这个影响将是国际性的，关乎国家形象，关系“国之光荣”。

毛晓明万分焦急。

时不我待，形势严峻，不允许有任何差错，也不能再承受任何拖延。

不辱使命，舍我其谁！毛晓明下定决心：“只能成功，不能失败！”

毛晓明带领相关科研人员，到制造厂蹲点，一蹲就是半年。他组织工厂的技术人员反复研究，反复讨论，采取了有效的技术工艺措施。经过大家艰辛的努力获得了回报：锻件终于成功通过了第三次试验，保证了压力容器顺利出厂。

谁知，压力容器在恰希玛核电站现场安装时，48号主螺栓孔损坏了。如果不能及时修复，必将对工程进度造成重要影响，但是修复的难度很大。

为解决这一难题，赵宏亲自点将，要毛晓明尽快赶往现场。

接到命令，毛晓明立即赶赴恰希玛，了解情况，组织制造厂反复研究，制订修复技术方案，进行了一系列工艺试验，圆满解决了问题。

出口巴基斯坦核电站，巴当地企业参与核电设备制造是工程建设的重要工作之一。巴基斯坦不仅需要中国帮助其建设核电站，而且希望中国帮他们尽快实现核电设备制造国产化。巴方制造核电设备既是经济需要，同时也是政治任务。由于巴方设备制造能力水平有限，再加上核电设备是高科技产品。因此，虽然中巴双方签订的合同在1992年2月25日就生效了，但巴方当地企业一直没有拿到设备制造单。尽管中方为此也派遣代表团对巴方进行数次考察和调研，但一直未能获得理想结果。对此，巴方非常着急。1993年，毛晓明受命率团赴巴就当地设备制造进行技术和商务谈判。他根据自己的专业知识和工作经验，果断拍板，同巴方签订了第一批当地制造设备的合同，共计20项，38万美元，打开了突破口，得到了巴原委会和中核总领导的好评。

作为中国出口的第一座核电站，恰希玛核电站的设备成套出口，不仅为中方取得了良好的经济效益和社会效益，而且为中方带来了任务供需的有益调整，带动了中国机电产品、材料、劳务的成套出口，创汇4亿多美元，为中国的核电设备国产化打下坚实的基础，也大大推进了巴基斯坦核电发展的进程。

在恰希玛项目施工过程中，不论是与国内厂商，还是与巴方接触，作为项目的总负责人，赵宏没有丝毫的轻松。

那些日子，赵宏的家几乎就成了恰希玛核电站工程的指挥部。因为时差，从巴基斯坦打来的长途电话大都在子夜时分，经常把赵宏和他的家人从睡梦中惊醒。每一次，赵宏都耐心听取汇报，详细询问细节，迅速准确判断，提出处理意见，决定解决方案。那段时间，他只能靠吃几片安定才能勉强入睡。这就是赵宏，不论是对秦山一期、二期，还是对恰希玛项目，他从不推卸责任，从不回避矛盾，备受同事们的信任和尊重。

有一天，中方现场施工人员正在开会，因为天气炎热，主厂房10.5米平台层NB408电气间突然发生了火灾。虽然第一时间灭了火，但是6个控制柜不同程度受损，其中有2个高压电气开关柜烧坏了，有1个烧坏了一半。这个开关柜是向加热器供电的，失去了电源的加热器迫使正在升温升压的试验停了下来。专家们评估，修理开关柜将需要两个月的时间，在国内造需要一个月，运到现场需要一个月。这就意味着当前正在做的调试工作在推迟7个月装料的基础上又得往后再拖两个月。

高压开关柜是核电厂重要设备，巴方要求把失火房间里的高压开关柜全部换掉，中方现场经理丁虎不同意。为什么？他认为全部换成新的没必要，烧坏了两个半，就换3个，把其他柜子清洗修理好，重新做试验，达到出厂要求就可以了。这样做的目的，既省时又省钱。但是，丁虎的这个意见，巴方不同意。

丁虎没有办法，只好给赵宏打电话。赵宏听完丁虎的汇报后说："同意你的意见。马上安排国内的器材公司到生产厂家订购3个新的高压开关柜送过去。"可是，巴方还是不同意，希望中方高层领导出面与巴方高层进行协调，于是丁虎就请赵宏亲自到现场来一趟。很快，赵宏就赶到恰希玛现场，通过与巴方沟通、协调，最终还是同意了中方意见：换掉3个烧坏的，另3个做了验证，符合要求，巴方也放心了。

说起NB408电气间的这起火灾，还有一段小故事。那是丁虎完成任务即将回国前，巴方专门为他举办了一个送别宴会。巴方的领导和朋友们都盛赞丁虎的工作和贡献，表达惜别之情，唯独恰希玛核电厂的运行副厂长阿狄克最后一个站起来说："我对丁先生提个意见，在NB408电气间电气柜着火时，丁先生在火灾现场指挥，我也到了现场，丁先生却对我大喊：GET OUT！"

阿狄克的讲话，让丁虎立即想起当时的情景。火灾发生后，他第一时间抵达了事故现场，火势凶猛，没有戴任何防护用具的阿狄克竟然冲进了充满浓烟的电气室。显然，这是一个不讲科学且十分危险的举动。危险一刻，为避免阿狄克受到燃烧气体的伤害，丁虎在情急之下用蹩脚的英语脱口喊了一句："GET OUT！"丁虎的本意是请阿狄克赶快离开危险地带。但是，英语的"GET OUT"相当于汉语中的"滚出去"，是一种很不礼貌的说法。此时此刻，丁虎特别自责，因为自己的错误用词伤了巴基斯坦朋友的心，当即向阿狄克先生道歉，并承认由于英语没有学好，说错了话。听完丁虎一番诚恳的道歉，阿狄克会心地笑了。从此以后，阿狄克就一直用汉语称呼丁虎"Lao Ding（老丁）"了。后来，阿狄克升任恰希玛二期项目的总经理，退休的丁虎也返聘担任恰希玛二期项目部的总工程师，他们成了无话不谈的好朋友。

1996年9月，当恰希玛核电站进入安装阶段时，赵宏派丁虎赴巴基斯坦担任现场总经理。此前，丁虎就曾主管恰希玛项目的设计和技术工作，让懂技术、爱技术、会技术的他来负责再合适不过。核电站作为高技术密集型行业，技术方案对项目控制和进展发挥着重大作用，因为技术方面的决策会影响到进度、质量和资金。如果设计方案偏重于高标准、严要求，会增加资金的耗费；如果技术要求过低，会影响工程质量。

恰希玛核电厂的通信设备是从美国采购的，中方人员在调试时发现，设备竟然无法使用。赶紧反馈到美国公司，该公司就从菲律宾分公司派一个人到现场处理。谁知，这个菲律宾分公司的技术人员连问题在哪里都判断不出来。于是，美方又提出将设备运回美国修理。如果运回美国，势必延误工期。更让丁虎担心的是，设备运回美国后，万一返不回来，那问题就更大了。

经反复权衡，丁虎决定不把设备送回美国，而是由自己人修理。这时，他把通信班班长荣毅叫过来，向他讲明了情况，鼓励他试一试，希望能把这台美国生产的通信设备修好。荣毅是一位从部队转业的通信兵少校，听了丁虎的介绍后，只是轻轻地说了一句："我试试看。"

随后，荣毅一连几天把自己关在房间里，大家不知他是怎么鼓捣的，硬是把这台连美方技术人员都不知道问题出在哪里的通信设备修好了。这可真让丁虎高兴坏了，当即决定奖励荣毅200美元，钱虽不多，却起到了很好的示范导向作用。

有一次，进口的应急柴油机发生故障了，无法启动。操作人员不知道是怎么回事。最简单的办法就是请外国人来修理，谁都可以不承担任何责任。可是，请一个外国人一天就要支付1200美元，一个星期就要上万美元。况且还不知道用多长时间能修好。在现场召开的工作会议上，丁虎开门见山地表达了他的想法："还是我们自己来修，相信我们的人员能把它修好。如果有问题，我承担责任！"

丁虎的决心，鼓舞了大家，一致赞成。于是，他组织设计、调试和施工单位的技术人员查阅资料、分析故障原因、制定修理方案，同时制订了在维修过程中可能突发事件的应对措施。后来，只用了3天时间就排除了故障。当柴油发电机又重新安全启动时，大家终于松了一口气。

汽轮发电机组轴系的找正，是汽轮发电机组安装的关键之一。安装公司在轴系调整中发现汽轮机和发电机联轴器间隙不均匀，盘车时测得的联轴器径向跳动超标。如果不消除这个偏差，一开机就可能损坏汽轮机和发电机。在现场，汽轮机厂驻现场代表坚持把发电机转子送回国修理。在临近调试的关键时候，却要把发电机的转子，甚至连同汽轮机的整个叶轮送回国检修，这是一件连想都不敢想的事情。

正在大家一筹莫展之时，丁虎想起了一个人——上海电机厂总工程师、中国工程院院士汪耕。于是，他立即打电话到上海电机厂，几经辗转终于找到了汪耕院士。当得知长途电话是来自巴基斯坦的恰希玛核电站时，汪耕有些惊奇又惊喜。听完丁虎的介绍，汪耕作出了自己的判断：联轴器上反映出的偏差，是由于发电机转子和汽轮机叶轮长期放置在存放架上，引起轴临时变形造成的，通过一段时间的盘车就会恢复。

不服不行！科学家远程的"望、闻、问、切"，掐准了脉搏，找到了症结，令现场的技术人员大吃一惊。按照汪耕的意见，丁虎组织现场立即有计划地加大盘车和测量的频度，偏差果然神奇地消失了。现场一片欢呼雀跃！

恰希玛项目进入调试阶段以来，丁虎给自己定下了一个规矩：每天凌晨一两点钟，都要驾车去现场，到主控制室及关键部位看一看，向值班人员了解系统及设备的运行状态。这样，他心里才感到踏实，觉才睡得安稳。

因为常年高温，恰希玛核电站的扩散条件不够好，设计院在设计反应堆厂房排气烟筒时，就将其高度设计至100米。但在现场施工时，发现排气烟筒的壁板厚度不够。赵宏一方面要求设计院根据现场情况修改方案，另一方面要求施工在外面进行加固，以确保必要的强度。可是天公不作美，没等处理完，有一天突然刮起了沙尘暴，天空黑压压的一片。就在这时，险象发生了。工地上忽然有人高声喊："快看！烟囱！快看，烟囱！"大家循声向烟囱望去，只见100米高的钢制排气烟囱在大风中大幅度摇晃起来……丁虎一看："不好，要出事。烟囱的支撑附近可能要开裂。"

可是，天已经黑了，狂风依旧肆虐，大家只能回到驻地。在宿舍里，听着窗外狂风呼啸，丁虎辗转反侧，难以入眠，心里只想着烟囱。第二天一早，天蒙蒙亮，风势也小了。丁虎爬上烟囱，逐段检查，发现接近60米高的一个支撑部位出现了数条裂纹。丁虎立即通知现场设计队和施工单位负责人来到现场，在烟囱下召开紧急会议。他要求现场设计队当天拿出烟囱加固方案，施工单位不分昼夜进行施工。同时，他将这一紧急意外事故，向赵宏作了报告。赵宏则要求设计院必须抓紧时间拿出保证烟囱长期安全的整治方案，后续一一落地，才放下心来。

那是一场生死攸关的战斗。说起这件往事，丁虎依然心有余悸，说："幸亏风停了。"

到了1999年初，安装工程即将完成，恰希玛核电厂开始进入向巴基斯坦核安全管理局申领装料许可证的阶段。根据巴方核安全管理局的要求，国际原子能机构派预运行安全评价组对恰希玛核电厂进行安全检查。谁知，评价组对厂房内的卫生清洁提出了尖锐批评，有的专家还对工程质量提出了怀疑。当时，丁虎已经回国，在北京开完工作会议后在家休几天假。对于国际原子能机构评价组的批评，身在恰希玛的现场领导立刻打电话向丁虎报告。丁虎没有犹豫，即刻飞回现场。一回到恰希玛，丁虎就决心抓住国际原子能机构预运行安全评价的这股"东风"，扭转恰希玛核电厂的环境状况和人们的思想认识。

一场环境卫生的大战就这样打响了。现场各单位、干部，利用各种场合宣传文明施工、安全施工，建立健全相关规章制度，采取分片包干负责的方式对整个核电厂内部进行彻底清洁大整治。

在核燃料厂房，中原公司总经理问丁虎："核燃料厂房的清洁度的标准是什么？"

丁虎回答说："照五星级宾馆，一尘不染。"

要知道，核电站进入安装、调试阶段，整个现场每天都有成百上千的人进进出出，厂房内要想保持清洁卫生，的确是一件不容易的事情。当时，巴基斯坦的市场上买不到鞋套。为了应急，丁虎想了一个土办法，他叫人买来一批塑料袋，并立下一条纪律规定——不论什么人进入厂房，厂区大门的警卫人员都要给每个人发两个塑料袋，并监督他套在两只脚上，才能进入厂房。出厂房时，每个人都必须解下塑料袋交还给警卫。这个土办法，花钱不多，效果很好，一时成为恰希玛现场的一道风景。

"加强纪律性，革命无不胜。"一个月后，国际原子能机构的预运行安全评价组又来到恰希玛进行现场回访。一进厂房，他们就被眼前干净、整洁、清爽的景象惊呆了。接着，他们跑遍了核电厂的每一个厂房、每一个角落、每一个岗位。他们走到哪里，戴着洁白手套的手就摸到哪里。国际原子能机构每年都要对世界各国的核电厂进行类似的检查，评价组的成员都是从不同国家请来的经验丰富的核电专家，他们的认真、挑剔是有名的。最后，评价组组长阿尔博特先生说："真是不可思议，我们简直就像到了两个完全不同的核电厂。"

这一次，评价组在最终的评价报告中对恰希玛核电厂的建设状况给予了很高的评价。一位阿根廷专家特地对参与评审活动的巴原委会官员说："我为你们高兴，恰希玛核电厂的设计、设备和建设都很好，价钱不贵。阿根廷如果以后要买核电站，我就建议买中国的。"

国际原子能机构的评价结论，对后来恰希玛项目顺利取得装料许可证起到了积极作用。从此以后，巴基斯坦就流传着一个说法："中国人只要想做，就会创造奇迹。"

在恰希玛项目建设过程中，丁虎以他的勤奋与真诚，还有解决问题的能力，赢得了巴方的尊敬、信任和友谊，巴原委会主席伊斯法克亲切地称丁虎是"我的兄弟"。

41 "南南合作"的成功典范

在恰希玛，无论是设计者，还是建造者，无论是负责安装的，还是负责调试的，中国人都十分珍惜中国核电第一次走出国门的机遇。处理好与业主的关系，是保证工程能够顺利推进的一个不可或缺的方面。他们坚守着对巴方的正确态度和商业承诺，同时秉持科学的精神和原则。

1992年2月，在恰希玛工作的中国人始终记得，在恰希玛核电项目第一次动员会上，赵宏特别强调："这是一项国际工程，一定要干好，要如期建成，要保证质量，要保证安全，要比秦山一期建得还要好。"

和丁虎同时被委派到恰希玛的陈曝之，是有着极其丰富的实践经验的核电工程老专家，对核电工程建设管理、设备采购、安装调试和系统工艺流程等都熟记于心、了如指掌，被人们称为"核电工程的活字典"。1991年12月15日，当秦山一期顺利并网发电的时候，他还来不及和大家分享收获的喜悦，就马不停蹄地奔赴巴基斯坦，参与了恰希玛核电出口项目的谈判。4年之后，因为工作需要，他又奉命离开恰希玛，回国参与秦山三期和加拿大进口合同的谈判。

前来接替陈曝之工作的是来自核工业四〇四厂二分厂党委书记石群。这位17岁就响应祖国号召，毅然离开繁华都市上海的青年人，来到了"天上无飞鸟，地上不长草，百里少行人，风吹石头跑"的沙漠戈壁，在中国第一座大型生产用核反应堆岗位上工作了27年。

1994年4月，石群正式赴巴基斯坦，来到恰希玛就任，担任陈曝之的助手。两个人在同一间办公室办公，面对面地坐着。他们朝夕相处，情同手足，每天都要到工地上去转一转。石群非常高兴能够在异国他乡遇到这样一位“老班长”。陈曝之则给他系统地讲解核电站建设的基本知识，在国外建设这样大型工程项目时管理的重点是什么，重大技术方案应该怎样把好关。在这位“老班长”的指导下，石群很快就掌握了核电站建设的技术知识、工作技能，比如：重要设备和大件吊装时危险性大，一定要提前周密安排；工艺管道多，规格又不同，焊接质量非常关键，一定要让质检部门认真做好检验工作，绝不能有一丝马虎；还有工程建设的投资、进度、质量、安全这四大控制，时刻不能放松。

多年的历练，使得石群养成了沉稳冷静、分析周密、处理果断的工作作风。但是，承建国际工程项目，与外方业主打交道，对石群来说还是个新的课题。石群说：“我是幸运的。在这方面，赵宏部长那严格的外事工作原则，严谨的外事工作作风，为我树立了学习的榜样。赵部长耐心地给我讲解，遇到什么事情时，应该怎么做，应该注意什么。”

1994年9月，刚到恰希玛现场还不到半年，陈曝之回国参加会议，石群在现场主持工作。有一天，巴方业主约见石群，提出关于设计文件“工艺管道防腐涂层修改”的事，要和中方对话。

这是石群单独主持工作后处理的第一件大事，自然也是一场考验。石群知道，自己不是核电专家，作为主持工作的副总经理，他必须认真对待这件事。于是，他马上约请设计院和质保等相关方面的专家，认真分析研究，做好充分的应对准备。

第二天，石群带着中方专家准时赴约，和巴方业主进行对话。只见巴方业主也同时请来了有关方面的十几位专家。会谈开始后，气氛十分紧张，也很严肃，空气中似乎弥漫着一点儿火药味。

巴方业主首先说话，一开口就知道来者不善：“中方对设计文件作重大变更，没经业主同意，这是不符合合同规定的。”

因为做足了功课，石群不慌不忙地说：“这个设计文件根本不算什么重大变更。我们之所以对大口径工艺管道防腐层的设计作出修改，那是因为现场使用的管道的钢板加厚了，质量、性能都比原来的提高了。因此，在确保质量的前提下，对设计文件作了一般性修改。这是符合我们中国国家标准的，也是符合工程建设质保大纲要求的。我们的做法也是按质保大纲的程序进行的。”

接着，石群当场拿出了中国国家相关标准、质保大纲等文件的英文版本，逐条逐项地向对方作出说明。他有理有据地强调说：“我们必须指出，这些文件我们早已送给了巴方，请你们认真地审读相关规定吧。”

接着，对巴方十几位专家的提问，石群也都一一作出了专业、详尽的解答。

听了中方的解释和回答，巴方专家们面面相觑，哑口无言。

几天后，巴方业主又来找石群，还是为工艺管道防腐层修改的事。不过，这一次，巴方业主的态度像变了一个人似的，轻言细语地央求道：“石总，那天的讨论，虽然你们修改设计文件符合中国国家标准和质保大纲要求，可是，可是，你看我们十几名专家都来了，弄得他们挺没面子的。

请问，你能不能让一步，也给我们一个台阶下呀。”

听巴方业主说得如此诚恳，石群笑着说：“既然业主这样说，我会认真考虑的。不过，要等两天，等我们陈曝之总经理回来再答复你。”

没过几天，陈曝之从国内回到恰希玛的现场，听了石群的汇报，非常高兴地说：“很好！你处理得很好！按照总合同的原则，既维护了国家利益，又顾全了大局，给对方一个台阶下。”

随后，由陈曝之出面，答复了业主的请求：中方作出让步，对管道的内、外都增加一道防腐层。握手言和，双方都非常满意。

外事工作无小事。国际交往的事，无论大小，都要严肃对待。因为你的一言一行，都代表着国家的利益，一举一动都关系到国家的形象。

1995年，巴方业主对石群说：巴基斯坦总理贝娜齐尔•布托最近要来参观恰希玛核电站，希望中方能够帮助他们做引桥，购置红地毯、彩旗等物品，做好总理的接待工作。

“请放心，我们可以帮助你们做到。”石群十分理解巴方业主的请求，当即爽快答应。

这件事儿，从表面上看，似乎也不算什么大事，花不了多少钱，只是做一些礼仪性的工作。但是，这是一个主权国家的政府总理来现场参观，国际影响大。石群说：“我们宁肯花点钱，付出些辛苦，也要认真办好。”

那一天，贝娜齐尔•布托来到恰希玛核电站，身边还带着多位政府高级官员。他们在这座中国人建造的现代化核电站里，啧啧称赞。在鲜花和彩旗的装饰下，文明整洁的建筑工地、朴素简洁的厂区厂房，变得更加美丽。业主方看到中方做了引桥、铺了红地毯，把欢迎仪式和活动做得如此高规格，如此认真和隆重，打心眼里感谢中方给予的支持和帮助。

有人说，恰希玛核电站是秦山一期的翻版。这种说法，也对，也不完全对，其实恰希玛应该是秦山一期的“升级版”。因为恰希玛核电站在性能和功能上已经超越了秦山一期。

当时，秦山核电公司一方面承担着保证秦山一期30万千瓦核电机组安全运行的重任，另一方面还在筹建重水堆核电工程（即秦山三期）。在人员紧缺的情况下，又按照中巴双方主合同的相关要求，秦山核电公司承担了恰希玛核电站的人才培训、工程调试、试运行和检修任务。恰希玛核电厂骨干人员，包括厂长、副厂长、总工程师、各部门负责人、管理工程师、主控室反应堆操纵员及运行工长和检修工长的培训工作，均由秦山负责在中国完成。

核电站调试和运行工作是一项技术难度大、综合性学科的系统工程。所谓调试，是指将安装好的核电站系统和部件运转，这期间先后需完成各系统功能试验、核电站整体功能试验、首次并网发电试验、提升功率试验等250多个项目的调试工作，以验证核电站性能是否符合设计要求和有关准则。这项工作对设计水平、设备质量、工程建设是一次全面的鉴定和考验。所谓运行，是指核电站在运行限值和条件范围内的运行，包括停堆状态、功率运行、停堆过程、启动、维修、试验和换料等工作。

1993年，秦山核电成立了巴基斯坦项目经理部，下设经理部办公室、培训经理部、调试经理部和质保经理部。经培训经理部精心策划，组成以蒋国元、方通球、余修敏、沈国章、竺承祥等为骨干的巴项培训教员队伍，编写各类培训教材共10册，约70万字。自1994年4月17日至1997年2月底，对巴方学员两批共110人（其中操纵员49人、管理工程师42人、工长19人），按培训计划完成了核电厂的工艺系统理论培训、核电站岗位培训、反应堆操纵员全范围模拟机培训工作。

值得一提的是，2017年12月25日至2020年1月17日，巴基斯坦卡拉奇核电站（K2、K3机组）174名运行和维护人员的培训项目，也是由秦山核电完成的。秦山核电党委副书记吴炳泉说："学习内容不仅包括秦山丰富的运行维修和管理经验，更具针对性地开发了'华龙一号'堆型的系列差异化培训。卡拉奇核电K2、K3机组运维人员培训项目是中巴双方友谊的桥梁，为巴方成功引进我国三代核电机组提供了各方面的人才保障。这些接受过秦山文化熏陶的优秀巴方学员，未来必将成为卡拉奇核电甚至巴基斯坦核能行业的骨干力量，也将成为跨越喀喇昆仑山的桥梁，进一步增进中巴友谊。"

1998年5月25日，年过花甲的范永富从秦山飞赴巴基斯坦，担任恰希玛核电站调试和试运行的总经理。40年来，范永富在北京二机部原子能研究所101重水堆担任过操纵员、值长，在四川核动力院一所从事过核潜艇陆上模式堆的反应堆舱、汽轮机舱和辅机舱的调试和运行，组织和参加了秦山一期调试的全过程，是一名在核工业战线忙碌了40年的老兵。

进入恰希玛核电站调试现场后，范永富主动找总承包商中原公司、负责安装工作的五公司商量，提出采取调试人员提前介入设备安装、安装好一个系统就调试一个系统、边安装边调试的办法，得到各方积极响应和支持。为了把因为设备采购、制造而延后的时间弥补回来，大家不分彼此，心往一块儿想，劲往一块儿使，你中有我，我中有你，共同奋斗。因为大家心中只有一个信念：在恰希玛，咱们都是Chinese!

和范永富几乎同时奔赴巴基斯坦做调试工作的还有研究员级高工、总经理助理兼核安全监督处处长吴观星。1998年6月12日，吴观星赴巴担任恰希玛核电站现场经理部的副总经理。

合作与对话，都不是一件容易的事情，即使是与"巴铁"这样的老朋友。工作中有困难，也有矛盾，甚至也有冲突。有矛盾、有冲突，就必须有"斗争"。而"斗争"的目的是让工作做得更好，双方更满意。

要知道，早在20世纪70年代，巴基斯坦就与加拿大合作，在卡拉奇建造了一座12万千瓦的重水堆核电站。巴方接触核电比中国人早得多，对核电站的相关法规非常熟悉，所以在沟通和对话当中，巴方对中方的要求比较高。在调试大规模开展前，巴方就对秦山现场经理部进行了10个方面全面和深入的质保监察，除了进行详尽的对话，巴方还查阅了大量调试和试运行的文件，而且深入检查了现场。在恰希玛，中巴双方建立了卓有成效的协调机制，有周例会、月例会、季例会。中方经理部始终坚持以总合同和核安全法规为依据，本着有利于中巴友谊的方针，对巴方提出的合理要求，就接受照办；对不合理的要求，就认真沟通对话，多方做工作，直至对方满意为止。但中巴合作期间，的确发生了很多有意思的小插曲，如今都成为美好的回忆。

比如，巴方提出中方的主控操纵员必须经过巴方核安全局的考试，取得巴方签发的操纵员执照才能上岗。本来，中方赴恰希玛现场参加调试的主控操纵员，在来巴之前都经过了系统的培训和严格的考试，取得了国家核安全局颁发的在有效期内的操纵员（RO）和高级操纵员（SRO）执照。但巴方强调恰希玛核电站有别于秦山核电站，坚持要求按巴方的要求重新考试。巴方的要求令中方感到十分突然，现场人员产生了一些抵触情绪。但现场经理部认真研究后认为，巴方的要求有一定的合理性，毕竟恰希玛核电站在秦山的基础上作了不少改进。于是就给主控人员耐心地解释，在中巴双方上下几番协调下，采取两种办法：一是认真组织了内部的理论考试；二是利用巴方模拟机室的空闲时间，组织主控人员分批到巴方的模拟机室演练，并接受了巴方核安全局的模拟机考试。结果主控人员全部通过考核，在装料前取得了巴方签发的操纵员和值长执照。

在对话过程中，中方的确也遇到巴方提出的一些不合理要求。在恰希玛工作过一年的徐维康十分清楚地记得关于铜离子分析试验的故事。他回忆说："巴方有人质疑中方的试验方法，甚至连中方从国内带去的分析试验仪器都不放心。在中方耐心细致的解释后，经协调由双方有关人员在场监视下进行了演示，工作正常，结果可信。但巴方仍然还有个别人员固执己见，纠缠不休，为此发生争论，一争就争到半夜。争得连项目公司的丁虎总经理都看不下去了。丁虎毫不客气地批评了巴方坚持不合理要求的个别人，把他挡了回去。"后来，范永富、吴观星才了解到，巴方之所以怀疑中方仪器效果的意图，不是别的，而是想早点熟悉和掌握中方的设备。但是，他们的心情太急切了，用"发难"的方法是不对的。因为这种仪器比较精密，价格也很昂贵，在国外损坏了又无法补充，所以不能马虎。

不过，这个小插曲从另一个侧面透露出了一个重要的信息，那就是巴方急于掌握独立操作的技能。其实，对于中方来说，恰好也有在后期有序撤退的想法。这正好是中巴双方加强人员培训的最重要的思想基础，对工作、对双方都有利，可谓不谋而合。于是，中方就因势利导，开展对巴方值班人员的培训。谈及往事，吴观星带有总结性地说："这一培训过程概括起来就是三步。第一步，影子模式，先让他们看我们操作；第二步，基本熟悉设备、工艺流程和操作规程之后，在我们的监护下操作；第三步，经过我们的考核确认后，放手让他们独立操作。"中方的这一招还真灵，由于巴方运行人员逐步能够独立操作，为中方逐步减少试运行人员和后期快速撤离创造了良好的条件。

在调试过程中，最具有戏剧性的事件就要数国际原子能机构对恰希玛核电站进行的运行前安全检查。徐维康回忆说："此次检查，国际原子能机构原定检查恰希玛核电站的业主，中方人员作为巴方业主的技术后援，扮演幕后角色。然而等到评审团到达现场后发现，恰希玛核电站是中方以‘交钥匙’的方式负责调试和试运行，于是就坚持要直接评审中方。这对我们太突然了，一时感到很被动。但平静下来，觉得评审团也是有道理的。既然如此，就下定决心面对，尽快完成由技术后援到前台接受审查的角色转换。”

对范永富、吴观星等中方调试人员来说，应对国际原子能机构的这些专业检查已不是第一次了，当年在秦山就直面过。虽说时间紧了一些，但信心还是挺足的。于是迅速地组织8个领域有专业经验的同志，并结合秦山一期的经验反馈，在进行了紧张的补充学习和积极准备后，接受了严格审查。在评审当中，又发生了一个小插曲。一位来自捷克的核电专家借现场检查中发现的专设柜备用线的标识问题，怀疑专设安全系统的调试结果，甚至要求中方重做。对这样缺乏依据的要求，中方当然不能接受。因为中方调试质保体系是健全、有效的，巴方也进行了严密的监督和认可。所以，专设安全系统的相关试验的结果是完全可靠可信的。范永富、吴观星充满自信，据理力争。经各方协调，最后互相妥协，决定仅演示6kV安全母线失电试验，结果正常，符合验收准则。这个小插曲，也再次证明中方已完成的专设安全设施的相关试验结果，是经得起任何检验的，无须重做，令各方信服。

1999年8月28日，恰希玛核电站一回路水压试验一次成功！比原定的水压调试时间，不仅没有推迟，而且还提前了3天！

但是，调试工作并非一切顺利。

正当调试现场沉浸在各项试验提前告捷的喜庆之中，满怀激情的人们正以全新的姿态跨越新的调试里程碑的时候，一个不同意装料的坏消息，打蒙了所有的人！其中的原委还得从秦山核电站的吊篮说起。1998年7月底，秦山一期在正常进行第4次换料工作中，发现吊篮底部堆芯中子通量测量导向装置故障。为防止恰希玛核电站发生类似问题，趁反应堆还没有装料、吊篮尚未受到污染的时候，中方对吊篮进行了必要的改造。

按道理说，中方之所以这么做，完全是一种负责任的态度，也是科学的方法。但是，巴方认为恰希玛核电站改造吊篮用的材料厚度比美国西屋公司修复秦山用的材料薄一些，怀疑中方所做改造的科学性。巴方的理由是：秦山的改造是由美国西屋公司承担的，恰希玛的也应由美国西屋公司来改造。因此，巴方先是对吊篮改造工作，迟迟不予评审。后来，巴方在评审时，又以评审不合格为由拒绝批准装料。面对这个结果，中方现场人员大吃一惊，大家没日没夜、加班加点为早日完成调试任务的热心，一下子就凉了半截。

巴方什么时候能够消除疑虑批准中方装料，等多长时间，谁都说不清，谁也没个数。是无休止的等待，还是另谋良策？

就在人们既焦虑彷徨又翘首以待的关键时刻，赵宏审时度势，做了一个“以逸待劳”的英明决定：现场各单位除留少部分人员留守现场之外，其余回国休假。

要么以时间换取空间，要么以空间换取时间。斗争，需要策略，需要智慧，更需要勇气。这就是自信。因为自信是建立在科学、负责和尊重的基础上的。最后，巴方确认中方的方案合理，接受改造。

赵宏的正确决策，赢得了胜利，也赢得了更大的尊重和信任。

当然，恰希玛调试当中最值得称道的还是满功率甩负荷试验。

2000年8月23日，恰希玛核电站的主控室内，人们都在有条不紊地忙碌着，但气氛异常凝重，尤其是来自秦山核电站调试队的人员，心中多少都有一点忐忑不安，这倒不是因为满功率甩负荷试验多么重大，也不是因为它是238项调试当中接近尾声的一个项目，而是因为以前的满功率甩负荷到厂用电试验很难取得一次成功。徐维康说："这大概就是心有余悸吧。但是，试验在严密的策划和精心的准备之下，特别是汲取了秦山的调试经验，有针对性地做好了预防措施。"

"试验开始！"只听值长一声号令，主控电操作人员沉着地断开了断路器开关，显示器上的数字飞快地下降到厂用电水平，时间维持了2分钟——这是短暂又漫长的2分钟！

没有停堆！没有停机！

试验成功了！获得了一次性圆满成功！

瞬间，主控室内，汽机厂房里，掌声响起来！中巴两国所有参加试验的人员，握手，拥抱，欢呼，祝贺……欢乐洋溢在每一个人的脸上。

在为时近4年的调试工作中，巴方对"老秦人"负责的调试活动，从调试细则、试验过程和试验结果都实施了严密的监督和审查。"老秦人"则严肃认真负责地对待巴方在试验前、试验中、试验后提出的每一个问题，从出力、热耗、汽耗等各个方面都证明机组性能良好，达到和超过了总合同的担保要求，高质量完成了调试工作，得到了"巴铁"的肯定。

在恰希玛，从秦山核电站来参加调试的中方员工有200多人，他们在恰希玛的时间有长有短，长的两年半，短的也有三五个月，互称"恰友"。"恰友"们都记得，那里的饮食非常单调，肉类主要是鸡肉，蔬菜品种也很少，常见的只有土豆和洋葱。有一段时间，他们只能天天吃土豆和鸡肉。为此，"老秦人"发扬自力更生精神，种出萝卜、青椒、茄子、西红柿等蔬菜，大大改善了伙食。那个年代，没有网络，没有手机，更没有微信，通过国际长途电话和家人说几分钟的话也是一种特殊的待遇，而普通信件需要一个月甚至更久才能送达家人手中。当时，项目部里只有两部长途电话，平时仅供工作使用。每逢中秋或春节等传统节日，电话机旁就排起了长队，跟遥远的亲人报个平安。在异国他乡，有的"老秦人"推迟了婚期，有的错过了孩子的第一声啼哭，有的错失见亲人最后一面……

"恰友"们都养成了晚饭后遛弯的习惯，或三人一伙，或五人一群，或遛七八公里的大圈，或走一两公里的小弯。沐浴在晚霞中的恰希玛，是他们一天当中最为轻松也是最欢乐的时刻，也只有在这个时候，欢畅的说笑使他们暂时忘记了疲劳、忘记了烦恼、忘记了思乡的忧伤。徐维康记得，有一个"恰友"给他讲过"恰希玛三惊"的故事："初到恰希玛，要经受'三惊'的考验：一是蜥蜴惊心，所谓蜥蜴，就是四脚蛇，在秦山很难见到，而在恰希玛，房间里到处都有，有的还冷不丁地从屋顶掉到睡觉的床上，挺瘆人的；二是地震惊魂，刚到恰希玛不到一个星期，就连续发生了两次地震，凌晨两三点，慌忙地跑到室外避难；三是豺叫惊梦，深更半夜被豺狼凄厉的惨叫惊醒，豺叫的声音就像小孩在痛苦中的啼嚎，不胜凄凉。”

2000年的春节，一位名叫张军的“恰友”还写了一首小诗，写出了恰希玛“中国村”所有人的心声——

告别咱温馨的家，我们来到恰希玛，
不管天寒与酷暑，不管风吹和雨打，
现场调试队队员，夜以继日把班加，
老师傅发挥余热，年轻人不在话下，
多少个不眠之夜，说不尽酸甜苦辣，
肩负祖国的重托，才如此坚忍不拔！

仰望天上北斗星，说说心里知心话，
幼小之子未见面，更想年迈老妈妈，
忠孝不能两齐全，小家服从了大家，
爆竹声声除旧岁，除夕之夜在天涯，
同吃一锅年夜饭，共饮一杯思乡茶，
要问我们为什么，异国盛开核电花。

完成了巴方人员培训，完成了调试工作，转眼就到了恰希玛核电站反应堆临界运行的日期了。但是，由巴方负责施工的某些放射性系统核厂房的通风系统严重拖期，一时间无法进行临界运行。时值中核总总经理访问巴基斯坦，伊斯法克以巴原委会主席和核安全监管机构主席双重身份，要求恰希玛核电站现场进行短期的“临时临界”。

面对巴方业主的这种不尊重科学的无原则要求，丁虎当即以中方现场总经理的身份予以拒绝。他说：“这样做不但没有任何好处，还会对运行人员造成伤害，对以后的运行带来很多问题，国际上也找不到‘临时临界’的先例，我们不能做所谓的临时临界。”

一个坚持要做，一个坚决拒绝。双方争执不下。

不过，在确凿的事实、科学的理论依据面前，伊斯法克最终还是理性、冷静地接受了丁虎的意见，放弃了“临时临界”的要求。

出于对巴方业主的敬意和尊重，从伊斯兰堡赶回恰希玛核电站现场后，丁虎做的第一件事就是通知安装公司现场总经理王明亮，立即组织力量，以最短的时间无偿地帮助巴方完成通风系统的施工。很快，在中方安装公司的无偿帮助下，恰希玛核电站临界运行的条件完全具备了。

对中方如此无私的援助，伊斯法克紧紧握着丁虎的手，深情地说：“丁先生，你是我的兄弟！”

恰希玛核电厂的调试工作进行得十分顺利。或许，因为巴方没有经验，或者是过于谨慎，总觉得中方的试验进行得太快，生怕运行的时间不够，提出了一个不符合常规的要求，即在75%功率下连续运行一个月。巴方的这一要求已经超出合同范围，也不符合业主、核安全监管机构和总承包关于调试监督项目的协议，同时考虑到合同约定的总工期，中方不同意巴方的要求。

这天半夜，一阵急促的电话铃声，惊醒了睡梦中的丁虎。电话是恰希玛核电站主控制室值班值长打来的。值长向丁虎报告：反应堆功率已经达到75%，巴方主控制室值班人员擅自集体撤到控制室外面，给他们做思想工作，反复劝解，仍不回到岗位上来。听完值长的汇报，丁虎冷静地分析了事件的原委，认为这是巴方恰希玛核电厂方面的预谋，并经巴方项目总经理同意的，其目的就是要达到他们提出的非常规要求，迫使中方继续在75%功率水平长时间运行。

面对突发事件，抓住了问题的实质，找到了主要矛盾和矛盾的主要方面，丁虎当机立断，立即下令：停堆！

这时，值长又打来电话，报告说：已到达热停堆状态，巴方运行人员还是不肯回到控制室。此时此刻，丁虎非常清楚，如果没有巴方项目总经理的命令，巴方操纵员是不可能回到控制室岗位上的。

丁虎斩钉截铁地命令："继续冷停堆！"

冷停堆！这可不是一件开玩笑的事情。巴方运行人员懂得，在冷停堆状态下，如果不能及时开堆，慢慢把反应堆功率提起来，就有可能掉入碘坑，那就需要经过相当长的一段时间才能把反应堆重新开起来。如果真是这样，娄子就捅大了。谁也负不起这个责任！

这时，巴方原委会获知了恰希玛核电站的情况，核电委员巴特给丁虎打来了电话，质问道："为何停堆？要求立即开堆，提升功率。"

丁虎回答："巴方擅自撤走主控制室运行人员，已经对核电厂的安全构成严重的威胁，不得不停堆。我们要求巴原委会严肃处理该事件。"

巴特说："明天上午，我们就去恰希玛。"

第二天，巴特抵达恰希玛核电站现场后，立即来到丁虎的办公室说："丁虎先生，让我们忘掉昨天的事情吧。请立刻把堆开起来。"

丁虎说："巴特先生，我可以命令把反应堆开起来。但你必须答应两个条件：第一，巴原委会必须严肃处理事件的策划和指挥者；第二，必须保证今后不再发生类似性质的事件。"

巴特当即表示："我们完全答应你提出的两点要求。"

就这样，反应堆又重新开启……

事实证明，恰希玛核电站项目整个工程运行得非常好。国际原子能机构对初步设计进行全面审查后，在总体评价中就曾预言：恰希玛核电厂将是先进的、可靠的、安全的核电厂。

预言变成了现实。恰希玛核电站在交付巴方业主的当年，整个电站的可利用率达到97.5%，巴方十分满意。

2000年6月13日，恰希玛核电站首次并网成功。

9月26日，恰希玛迎来了一个难得的好天气，天空湛蓝湛蓝的，风儿似乎也温柔了许多，气温也下降到舒适的温度，真可谓是秋高气爽。这是巴基斯坦最好的季节。这一天，丁虎、范永富、副总设计师耿其瑞代表负责调试和运行的秦山核电公司，与巴方恰希玛核电厂厂长贝克在调试运行的验收文本上，郑重地签下了自己的姓名，标志着中方将恰希玛核电站正式移交巴方管理运行。从此，中国核电建设的历史翻开了崭新的一页——中国第一座出口的核电站成功交付业主使用。中国，也因此成为世界上第五个具有核电出口能力的国家，在人类和平利用核能的领域做出了令人刮目相看的重大贡献。

恰希玛核电站，是在巴基斯坦经济社会发展最需要的时候，中国帮助了"巴铁”。而当恰希玛核电站建设遇到困难的时候，“巴铁”也在帮助我们。巴方给中方的货款支付方式是现金，每半年支付一次，全部是按时支付，非常讲信用。那时候，因为西方的制裁，巴基斯坦经济非常困难，当时全国外汇储备不到3亿美元。巴基斯坦政府迫不得已采取了外汇冻结措施，这对恰希玛核电工程也产生了很大影响。因为银行存款冻结，中国工人拿不到钱了，影响了工程进度。巴原委会主席伊斯法克想了很多办法，最后又找到他们国家的财政部，找到总理，把核电项目的银行存款解冻了。他们还曾邀请时任巴陆军参谋长穆沙拉夫将军到现场参观。中方负责人向穆沙拉夫一边汇报工程进展，一边请求他的支持。因为没有钱了，外汇冻结了，我们的工程进展不下去了。临走时，穆沙拉夫真诚地对中方人员说：“你们放心，我们把坦克卖了也要付钱给你们！”

恰希玛核电站的建成，实现了中国核电从原型堆核电站开发到商用堆核电站开发的历史性转变。恰希玛核电项目经历方案设计、安全分析报告编制、建造许可证发放、运行许可证发放，整个过程自始至终遵循中巴两国法律法规和国际规范。在恰希玛核电站建设中，中巴两国工程技术人员平等、互利、友好的合作，齐心协力，共渡难关，终于取得了丰硕的成果。多少年后，回顾恰希玛核电站的出口工作，赵宏感慨万千地说：“同样的机组，在秦山发电，是31万千瓦，在巴基斯坦发电，却是32.5万千瓦。由于恰希玛核电站一期工程效果良好，中巴双方于2004年又开始二期工程建设。二期工程合同谈判，中方由我负责。他们现在想要4个30万，再要2个100万。这让我感到非常高兴，我们不仅锻炼了队伍，提高了水平，也增加了收入，提高了中国的国际影响力。”

2001年3月，在巴基斯坦恰希玛核电厂隆重举行的国家验收仪式上，时任巴基斯坦总统穆沙拉夫邀请时任国务院总理朱镕基出席。朱镕基在贺信中指出：“恰希玛核电站的建成，是中巴两国核电建设者聪明才智和辛勤劳动的结晶，恰希玛核电站将作为两国人民传统友好关系的象征，作为发展中国家之间‘南南合作’的成功典范载入史册。”

恰希玛的故事，不是传说。

历史已经记住：恰希玛核电站是中国人在自主设计建造的第一座核电站——秦山核电站并网发电才15天的时候，就大胆决策出口的高科技能源工业产品，不能不说这是中国核工业人创造的一个奇迹！堪称中国核工业走出国门的第一张国家名片。

第十二章

重水堆之"重"

42 移师螳螂山，引进重水堆

1996年11月26日，新华社发布的一则消息说：国务院总理李鹏与来华访问的加拿大总理克雷蒂安举行会谈，中国和加拿大决定合作建设秦山核电站三期工程。李鹏和克雷蒂安出席了中国核工业总公司和加拿大原子能有限公司关于合作建设秦山坎杜型核电站商务合同的签字仪式。

这则消息，给秦山带来了福音。"老秦人"欢天喜地，欢声笑语，欢欣鼓舞。

11月26日这天上午，在上海西郊宾馆，当人们缓步走进签字大厅，一幅巨大的红底白字幕墙会标就映入眼帘，上面写着"中国核工业总公司和加拿大原子能有限公司关于合作建设秦山2×700MW级CANDU核电站商务合同签字仪式"。幕墙会标的前面摆放着一排铺着墨绿色台布的签字台，签字台前面的左右两边各摆放着两排座椅，左边座椅坐着加拿大及加方公司贵宾，右边座椅坐着中方贵宾，靠近大门口的中间通道上有一块专门给新闻记者留出来的采访区。当中加两国领导人步入会场后，通道随即被新闻记者堵得水泄不通。

按照既定程序，签字仪式十分顺利，完成了所有议程，两国领导人径直向大门口走去。快走到大门口时，李鹏忽然停住脚步，指着中方贵宾席中的一位中年人，非常高兴地对克雷蒂安介绍说："他才是真正的业主。"

克雷蒂安微笑着，看着站在眼前的这位"真正的业主"，轻轻地招手示意，眼睛里流露出期待的目光。

这位"真正的业主"是谁呢？

他就是姚启明。

对姚启明，相信本书的读者朋友已经不再陌生了。1990年12月，中核总将其从八二一厂厂长位置上调任秦山核电厂任厂长（后任总经理），立下“军令状”，大力开展整顿，让秦山一期如期在1991年12月15日并网发电。

从1985年开工，到1991年发电，实现了“零的突破”，开启中国人自主设计建造核电站的历史，再到1995年通过国家验收，秦山一期走过了不平凡的发展道路。但是，现在摆在秦山一期面前的是——未来如何发展？

的确，当时的秦山一期，一个30万千瓦的核电机组，却要养活1800人，压力仍然很大。如何把一个传统国企逐渐打造成有盈亏观念、有战略目标的现代企业，是姚启明和公司领导层日夜都在思考的问题，并且不断进行着探索。

1994年，秦山核电终于迎来了新的发展机遇。

那一年，时任中核总总工程师马福邦找到姚启明，说：“5月份，我和邹家华副总理去加拿大，看到加拿大的重水堆核电站不错。老姚，你30万千瓦别搞了，搞重水堆吧。”

在秦山，当笔者见到88岁的姚启明时，他依然念念不忘当年是马福邦第一个向他提出搞重水堆核电站。

中国和加拿大重水堆项目实质性合作始于1993年。当年9月，中核总和江苏省电力局联合组团赴加拿大考察，由马福邦任团长。加方特别是加拿大原子能有限公司对此十分重视，派出部门经理大卫•鲍克全程陪同。这次出访的背景是，中国驻加多伦多领事馆向国内发来外交电报，说加方有多套重水堆核电设备有望优惠引进。当时国内有关省份，如江苏、广东、山东等，也曾有过引进重水堆的想法。不久，国务院和国家计委领导批示，由中核总牵头组团考察。

郑庆云回忆说：“引进重水堆一直是想干而又不便直言的敏感项目。1983年国务院决定我国核电走压水堆为主的技术路线，所以提出引进重水堆之初，上级领导就明确批示：‘资金有限，不能再开一种堆型，尽管重水堆也有许多可取之处，20世纪80年代中期国务院组织过大论证，对此事已做过决定。’但经过这次细致考察，对引进重水堆的利弊做了充分分析，认为80年代决定走压水堆路线并不否定像我们这样的大国可拥有少量成熟的其他堆型，‘发展核电的基本路线是压水堆，主要是指制造能力以压水堆（轻水堆）为主’。重水堆以天然铀为燃料，对分离功的需求小，能充分有效地利用中子，生产多种同位素，这对完善我国核工业体系很有好处，况且当时国内资金紧张，重水又难以配套，而加方承诺可以提供可观的贷款，租赁重水；加之加拿大地处北美，发展与加强中加两国关系在外交上、政治上对我国有利。经多方论证，我们的信心更足了。为了清晰地表达论证的结果，我们还请国务院研究室副主任姜云宝同志修改文稿，报最高行政领导审批。在两国领导人多次互访的推动下，经多方努力，最终批准可与加方进行实质性谈判。”

1995年，李鹏在听取国家计委“九五”计划汇报时说：“在充分利用我国已有条件的基础上，要重视吸收国际上先进核电经验，比如重水堆可以使用天然铀，是一大优点。通过积极引进新技术，为下世纪核电发展打下一个良好的基础。”

也就在这一年，身为全国人大代表的姚启明，到北京参加全国人民代表大会。有一天会议间隙时，他接到李鹏总理夫人朱琳打来的电话，邀请他到中南海家里去做客。因为李鹏分管核工业，和姚启明比较熟悉。李鹏十分关心核工业和核电站建设，向姚启明问了秦山的情况，又问了四川八二一厂的情况。

这次见面，姚启明还向李鹏汇报了秦山引进加拿大重水堆的相关情况。

李鹏问姚启明："引进重水堆，秦山有哪些优势？"

姚启明条理清晰地说："第一，秦山还有一个厂址，在秦山一期的隔壁，叫螳螂山，这个厂址不用征地，也没有移民，其他地方没有这么好的厂址。第二，秦山有一支搞核电建设的施工队伍，有熟悉核电工艺技术的运行、维修、技术人员，其他地方都没有人啊。第三，生活设施都可以省了，办公楼、宿舍都可以省了。"

接着，李鹏还问了好多技术性方面的问题，比如重水堆原理、重水的生产和供应等专业问题。对重水堆，姚启明并不陌生，在八二一厂工作时，就有所研究。他知道经过改进后的重水堆有许多优点：一是使用天然铀作燃料，用重水做慢化剂和冷却剂，中子利用率高，燃料成本低；二是年容量因子高，采用的是不停堆换料运行方式；三是固有安全性高，设计安全上有足够的裕度；四是可低成本大量生产同位素，两台机组钴-60年产量为600万居里，且不增加发电燃耗，能够满足国内需要；五是汽轮机低压缸末级叶片采用特长叶片，增大蒸汽通流面积，减少汽轮机低压缸数量，减少汽轮机厂房长度；六是汽轮发电机组低标高布置，减少能耗，每年可降低电费1000万至1500万元。

两人谈了一个多小时。讲到最后，关键还是建设资金的问题。

"钱怎么办？"李鹏问道，"20亿美元，你老姚怎么解决？钱从哪里来？"

姚启明就介绍了自己的一些想法，比如股份制，加上从国外融资等一些想法。

最后，李鹏轻轻地点了点头，笑着说："如果融资问题能够解决，等国务院和有关部门进一步研究后，同意放秦山。"

姚启明高兴极了。一回到中核总，他就把这个消息告诉了蒋心雄，大家都欢欣鼓舞。

然而，想归想，做归做，接下来如何落实巨额融资资金呢？这可不是一笔小钱呐！姚启明回忆说："关于融资问题，谁给我们的设备，谁出钱。这是我们的方针，也符合国际惯例。后来和加拿大谈，他们提供出口信贷，加拿大出15亿美元，美国也卖过我们设备，美国也出钱，日本也出钱。反正一共30个亿，西方采用出口信贷的方式，我们把融资问题解决了。"

可是，接下来具体引进重水堆的谈判，却旷日持久。

中核总成立谈判领导小组决定重大问题，以秦山核电公司为主成立谈判委员会。秦山核电公司成立秦山三期工程商务主合同谈判委员会及相应谈判组织，姚启明担任谈判委员会主任，负责处理技术和商务问题，开始与加方进行主合同谈判。谈判分为初步条款谈判、议标协议谈判、主合同的设计、设备供货和服务范围谈判及主合同文本谈判四个阶段进行。主合同谈判从1995年11月17日开始，直至1996年11

月17日全部结束。1996年11月26日，主合同在上海签订。在这一年的时间里，将近150人的谈判团，经历了一次又一次的艰苦谈判。姚启明是总经理，钱剑秋是总工程师，陈曝之、吴兆远、顾军等都参加了谈判的全过程。中加双方共谈了150余次，内容包括技术、商务、法律、融资、保险、工程各个方面。加拿大原子能有限公司（AECL）总承包，负责融资20亿美元。

正式谈判开始前，加拿大原子能有限公司专门来秦山访问，对未来厂址的螳螂山进行了考察，同意中方选择螳螂山作为目标厂址。

引进重水堆遇到的首要问题，就是加拿大卖给我们的技术，可靠不可靠？参考电厂是哪里？

谈起与加拿大的谈判，姚启明就像按下了记忆的开关。他说：“谈判的困难主要集中在三个问题上。一是技术可靠性上，最后确定以韩国月城核电站为参考电站，那里有加拿大为韩国人建的4台重水堆核电机组。后来，我们去那里进行了一个星期的考察。第二是合作方式，我们坚持采取国际规范进行合作，加方为工程总承包方，负责设计、设备采购、土建和安装管理，施工由加方返包给中方施工，是一项‘交钥匙工程’。第三就是价格问题，当时他们的报价太高了，算出来一度电的成本要八九毛钱，谈判的差价比我们预想要高20%。一轮轮谈，谈到最后，差距围绕在10%降不下来了。加拿大总理克雷蒂安派工业部部长麦克唐纳来谈。在北京，邹家华副总理在钓鱼台接见他，压价，还是压不下来。他们说，你们买四台机组，我们可以降价10%。邹家华副总理就问我行不行。我说，两台我都没有造，买四台怎么弄呢？”

就这样，谈判一直处于拉锯状态。

因为中加双方都有合作的意愿，谈判的目标是一致的。这就有希望。姚启明说：“我们开会决定，要组织人员再次远赴加拿大，继续谈判。这次我们的目的很明确，改变策略，节省预算，在设备采购上把价格压下来。后来，经过双方一轮又一轮的协商，双方的目标逐渐接近，差距缩小到2800万美元。”

这天的谈判从早上9时开始，一直进行到晚上，双方各不相让，据理力争。谈判间隙，谈判组长、时任中核总副总经理李玉崙跟姚启明说：“老姚，你是谈判委员会主任，这个价格符合党组织交给我们的任务预期了，是不是可以答应？”

这时，已经是晚上12点钟了。姚启明说：“不行，再等等，我们再磨一磨。”

就这样，谈判接着进行。直到第二天凌晨2时，双方还是僵持不下。这时，姚启明说：“我们暂停一会儿，大家休息一下，请你们喝杯咖啡，吃点点心，我们再商量商量。”

吃了，喝了，休息了。半个小时后，双方又坐到了谈判桌前。

没想到的是，刚刚落座，加方主持谈判的加拿大原子能有限公司副总经理库格勒就说话了。他非常诚恳又直接地说：“姚先生，我们同意你们的方案。”

坚持就是胜利。几杯咖啡的真诚友好赢得了加方的信任，节约了2800万美元。谈及这件往事，姚启明在我的面前丝毫不掩饰自己内心的喜悦，从语气和脸色上，都洋溢着满满的成就感。

就这样，谈判终于达成了。

此后，秦山核电重水堆工程准备工作按中加主合同要求全面启动。按照合同约定，加拿大原子能有限公司是秦山三期工程项目的总承包商，负责总体项目管理、核反应堆厂房的设计、设备供货和全面工程管理；美国柏克德公司分包电厂常规岛及配套设施（BOP）的设计和除汽轮发电机组以外的设备供货；日本日立公司分包汽轮发电机组的设计和制造。加拿大原子能有限公司负责核岛的施工管理，华兴公司和二三公司分别负责核岛的土建和设备安装，二二公司和浙江火电分别负责BOP的土建和设备安装。四达监理承担土建和设备安装施工质量监理任务，确保核电工程建造质量。上海核工院承担BOP部分的建造管理。秦山三期负责BOP的施工管理，以及厂址条件、核电站调试的实施、生产准备和运行。

顾军回忆说："我参与秦山三期的谈判是因为当时任一期总经理的姚启明看重我操纵员出身的经历和比较好的外语基础。和20世纪80年代相比，秦山三期和外方的谈判感觉完全不同。原来完全是一种没开窍的状态，还是比较传统的核工业管理理念。随着秦山核电的发展，在管理最高规格要求的民用核电这方面，我们也在进步，取得了跨越式的提升。我参与了秦山三期从零起步到建成的过程。我感觉谈判的过程中我们的供货商、施工单位、电站等都变得更加自信。因为相比从前，我们对电站管理、对国际标准有了更多的了解，所以谈判非常高效。其实重水堆对我们秦山来说是比较陌生的。虽然之前我国在60年代也进行过重水堆的研究，但是后来有所搁置。在谈判过程中，对于一些技术和管理方面的东西我们又重新捡起来，对话非常通畅。谈判中有些方面谈得非常辛苦，当时对于加拿大的文化、重水堆的技术特点，我们还不是特别了解，存在一些障碍和误解。从1995年中开始，我们在海盐南北湖集中消化资料，消化之后互相交流。谈判从1995年11月份开始，到1996年11月份正式签订合同，经历了一年时间。李鹏总理出席了当年在上海的签字仪式。在国际上，这也是一个相当大的合同，技术也是我们比较陌生的领域，同时涉及的管理、商务、法律、融资安排等方面都是非常国际化的。但是秦山人在比较短的时间内做到了全面与国际接轨。"

作为当年参与中加重水堆合作谈判的中方谈判代表之一的吴兆远，在跟笔者谈起当年亲历的这些往事时依然有些激动。他说："秦山一期给我们积累的宝贵财富，在秦山三期建设中得到了很好的应用。牢牢掌握自主权，确实为我们的核电厂建设奠定了牢固的基础。这是我认为秦山三期建设中最为重要的一点经验。"

1968年毕业于清华大学反应堆及自动控制专业的吴兆远，1991年，从八二一厂办公室副主任调任秦山核电公司，先后任办公室主任兼外事办公室主任、总经理助理、副总经理，秦山第三核电有限公司副总经理、纪委书记。吴兆远说："作为一个全部从国外引进的核电站，概算总投资是28.8亿美元，这是一个相当大的商务合同。但是这个合同谈判我们只用了一年时间。那时，中核总指定以秦山核电公司为主体进行合同谈判。合同谈判能够顺利完成，很重要的一张‘底牌’，就是我们有秦山一期的建设、运行经验和我们已经掌握秦山一期核电站的技术。”

商务谈判有技巧，也需要智慧，但更需要专业和经验。陈曝之回忆说：“1995年，我参与了秦山三期与加拿大进口合同谈判。当时我在工程组。谈判中，我们遇到了一些困难，但我们努力克服，为国家节省了外汇。谈判的时候，有一项是关于支付进度，就是什么时候给对方钱。这一点我们起先都没这个概念。后来我提出应该根据核电厂的工程节点和节点要求支付。还有一个就是汽轮机的价格，日本报价很高，报了1.7亿美元，我根据秦山二期和岭澳核电站的经验，觉得这个不应该超出1亿美元。日本人说，这个价格我们回去得砍头了。当然，这是开玩笑的话。后来，中核总组织招标，日本日立公司、法国阿尔斯通等三家公司报价，最后以1亿美元左右的价格谈下来了。第三个事，谈判的时候，这个项目是加拿大总包，核岛是加拿大的，常规岛、BOP那一块是美国柏克德公司总包的，汽轮机是日本提供的，日本是美国公司的分包商，这么一个关系。美国的经理想把汽轮机等的供货时间提前，也就是说开工之后24个月供货。当时，我说太早了，我们的土建工程一般要29个月，你24个月供货太早了，再说土建完了之后，还要留些时间做安装的准备工作。我把供货时间推迟到36个月，这样光利息就省了800多万美元。”

早在1995年1月20日，姚启明就成立了秦山核电公司重水堆核电厂扩建工程筹备处，负责前期工作，并委派一名公司副总经理负责。6月，为适应工程进展的需要，姚启明成立了重水堆核电厂工程经理部，亲自担任工程经理部经理，抽调骨干力量充实到刚刚成立的办公室、工程计划合同管理处、工程管理处、工程质保处、生产准备处等部门。

1996年以后，姚启明移师螳螂山，把工作的主要精力都放在了重水堆工程的谈判上，把秦山一期的运行管理工作交给了秦山核电公司常务副总经理陈仰止。

螳螂山位于秦山东麓，如今已不复存在。“四通一平”（通水、通电、通路、通信和场地平整）的工作于1996年9月18日结束，共挖土石方188万立方米。厂区占地征地1249亩，完成控制区平整面积452亩，保护区185亩，主厂房70亩。厂区总建筑面积187489平方米，建筑物占地面积75997 平方米；道路、广场占地面积37700平方米。按照姚启明的计划，将在螳螂山建造起中国首座装机容量为两台70万千瓦机组的商用重水堆核电站，电站设计寿命40年，设计容量因子85%。这也是有史以来中国和加拿大最大的贸易合作项目。

1997年1月31日，秦山第三核电有限公司成立，张华祝任董事长。他回忆说：“秦山三期的董事会组成因为有了秦山二期的基础和积累，相对容易些。1997年下半年，我的主要工作就是组建秦山三期，也就是秦山第三核电有限公司。当时挂牌很简单，就董事会的几个人在场，没有任何仪式。”

公司所有权与经营权分离，股东大会、董事会、监事会之间形成相互制衡、逐级负责和权责对应的关系。

1997年，秦山三期工程九个建筑安装合同和一个内陆运输合同（又称“十大建安合同"）完成签订。"十大建安合同"采用秦山三期和AECL、建造承包商双签的模式。这种建造合同双签模式，保证了秦山三期对项目的控制权，为秦山三期实现对工程进度、质量和投资三大控制目标的顺利实现起到了重要作用。

1997年5月16日，姚启明带领团队开始编制设计和建造阶段、调试阶段《秦山三期（重水堆）核电站工程质量保证大纲》。在这一年上半年，秦山三期委托秦山核电公司承担生产准备工作，编写《秦山三期生产准备工作大纲（A版）》。

1997年起，秦山三期也开始进行大批量、高容量的人员培训，完成包括英语、基础理论、国内外岗位培训等在内的十余项培训任务。

功成不必在我。1997年12月26日，姚启明光荣退休。退休前夕，姚启明对继任者语重心长地说："秦山核电三期重水堆工程有三大风险：第一，看业主有没有能力对AECL进行强有力的监督和有效的管理，能不能管住老外，管不住肯定是不行的。第二，中方的施工单位，能不能按照国际核电规范要求建设工程，虽然加方总包，但还是中国人施工，就看他们有没有这个能力和本领了。第三，秦山有没有能力在此期间培养出一支适应重水堆核电厂生产营运要求的班子和职工队伍。"

事实证明，秦山三期都很好地做到了。

43 "交钥匙"目的是"造钥匙"

都知道秦山三期的总承包方是加拿大原子能有限公司，是所谓的"交钥匙"工程。但是，"老秦人"知道，"交钥匙"不是一手交钱一手交货，不是别人把钥匙放在桌子上等你拿钥匙。作为业主方，"老秦人"必须担起业主的责任。更重要的是，加拿大在世界上成功建造了28台重水堆核电机组，而对中国核电人来说还是空白。在这种情况下，如果在技术和工程管理上完全依赖外商，等着人家"交钥匙"，将来还是受制于人，被别人牵着鼻子走。

是等着人家"交钥匙"，还是面对困难、迎接挑战，一起"造钥匙"？

一句话，"交钥匙"不是目的，目的是我们要学会"造钥匙"。对"老秦人"来说，就是要当好业主。

"我们是业主。我们怎样才能当好这个业主？"这是秦山三期总经理部时刻思考的问题。

现在，秦山三期到底有哪些困难和挑战呢？具体分析有四个方面：对重水堆核电站不熟悉，却要在短时间内了解一个全新的堆型，这是其一。面对国际一流的厂商，怎样依据合同的每一个条款来切实维护业主的利益？这是其二。第三，秦山三期工程是利用国外融资，购买引进的工程项目，如何贯彻自主原则、搞好设计管理、确保设计质量，严格设备监造、确保设备质量？第四，由于中加两国核电发展处在不同的历史阶段，加拿大核安全法规和标准与中国核安全法规和标准之间存在明显区别，如何协调不一致的地方，在中国建造第一座适合秦山地区厂址特征、满足中国核安全法规和标准的高质量的重水堆核电站？

如何面对这样巨大的挑战？那就需要“老秦人”必须对重水堆核电站的安全性和总体性能负责，而且这种责任不仅是在建造期间，而且是在核电站的全寿期，同时还必须对核安全负责、对社会负责，必须把核电站建设的主动权牢牢地把握在自己的手中。

开弓没有回头箭。面对困难和挑战，“老秦人”别无选择，必须全心全意全力以赴。因为这是一项光荣而艰巨的事业，正所谓“天将降大任于是人也”。

然而，要完成建设中国唯一一座重水堆核电站这个光荣而艰巨的任务，除了要拥有坚定的信仰、信心和信念，牢牢把握主动权之外，还必须要有措施、有方法、有手段，要懂得与国际接轨，学会运用国际游戏规则。比如，要在合同谈判中明确业主权利，明确业主对整个工程管理介入权、发现问题的处置权、在质保体系中的控制权、对设备供货商的监督权以及设计的审查权等，从法律上保证业主的监督和控制权。

正是如此，秦山三期总经理部先后成立了合同管理处、设计管理处、设备管理处、质量保证处、工程计划处和工程管理处等组织机构，实施全面监督和控制。在设计审查和安全评审方面，坚持中国国家核安全法规和合同规定的标准要求，确保设计质量；在设备监造方面，严格按照设备技术规格书的要求执行，确保设备质量，将核岛和常规岛主要设备制造监督范围由40项扩大到200多项；在质量控制方面，建立并实施符合主合同要求的质量保证体系和质量控制体系；在进度控制方面，建立全过程、分级受控的进度管理体系；在投资控制方面，实行全过程、全方位管理。

与国际接轨，首先就是要按合同办事。合同体现的是契约精神。当好业主、做好监督，依据是什么？是合同。

按照合同的规定，秦山三期坚持每年举行3至4次总经理协调会。由外方各承包商和业主方总经理参加，工程建设中双方存在的问题和分歧都可以列入总经理协调会进行协商，并按合同规定，会议纪要视同合同条款，具有法律效力，因此大家对此都格外重视。作为业主，运用合同赋予的权力和自己的经验，依据法规、标准和参考电站水平，坚持有理、有利、有节原则，提出来的问题和意见具有说服力、可操作性，使中方能够取得主动和优势。

因此，在秦山三期，上上下下都养成了按合同办事的思维方式和工作习惯，通过印发小册子自学、开研讨会交流等各种方式组织学习。有经验是好事，但不能按老经验办事，熟悉掌握合同，严格执行合同，是大家工作的依据，是把握工作主动的出发点。事实上，在以后的合作和解决各种问题的过程中，熟知合同、坚持按合同办事，既保证了核电站的工程质量、维护了业主的利益，又赢得了合作伙伴的尊重，树立了中国核电企业的良好形象。

在秦山核电科技报告厅会议室，吴兆远跟笔者谈起当年合同谈判中涉及掌握主动权的往事时，娓娓道来：“从三期建设来看，我们主合同谈判就确定了一条根本的原则，就是我们业主要牢牢掌握主动权，什么时候、什么事听外国人的，什么时候、什么事一定要听业主的，在合同里面就加上这类具体条款。当时参加合同谈判的200多人大多数是秦山核电公司和上海核工院有经验的技术骨干，虽然不熟悉重水堆技术，但是核电技术是相通的，这就为我们进行合同谈判奠定了良好的基础。在商务合同文本里，我们业主牢牢掌握了主动权，所以秦山三期工程不仅能够保证质量，而且能够提前建成，同时还节省投资费用25亿元人民币。”

的确，在按合同办事的基础上，秦山三期总经理部狠抓了重水堆的设计审查和设备监造两大关键环节。加强设计管理和审查，是确保核电站设计满足中国国家核安全法规要求、保证核电站性能不低于国外参考电站水平的第一步。秦山三期总经理部依据法规、质量保证大纲和主合同规定，与上海核工院、华东电力设计院技术人员、专家组成联合审查队伍，自主地对设计开展审查工作。

加拿大原子能有限公司的设计分概念设计和详细设计两个阶段，并以这两个阶段向秦山三期提交设计文件。因此，秦山三期组织的设计审查，也同步按照这两个阶段进行。概念设计审查的重点是工艺系统的功能、流程和布置的合理性，详细设计审查的重点是工艺系统的详细参数、设备性能和核安全分析情况。

概念设计审查自1997年开始，至1998年底结束。作为业主，秦山三期主要对加拿大原子能有限公司及其分包商提供的设计手册255份、工艺流程图266张、设备布置图952张及设备技术规格书447份进行审查。最后确定35项设计进行变更，确定审查通过。

详细设计审查自1999年初开始，至2001年底结束。秦山三期对加拿大原子能有限公司及其分包商提供的设计文件进行了详细审核，主要包括设计手册、专题安全分析报告、技术规格书等文件1037册，布置图、工艺流程图、控制原理图、原理接线图、详细设计图等23958张。业主共审查详细设计图纸19348张、文件615份，确定5项设计变更，确定审查通过。

设计审查不仅让秦山三期对重水堆核电站有了更加充分的认识，也通过设计变更和改进使加拿大坎杜机组设计达到世界先进水平。在合同谈判阶段确定了59项设计变更，设计审查阶段又增加了40项设计变更，共合计产生99项设计变更，有21项变更是首次在坎杜6型机组中实施。21项主要变更有：主控室增设技术支持中心；主控室增设关键安全参数显示系统；乏燃料池内衬环氧树脂改为不锈钢内衬；凝结水增设100%精处理净化装置；汽轮机低压缸由3个变成2个，采用52英寸长叶片；热传输支管材料改进等。

时任秦山三期总工程师钱剑秋回忆说：“秦山三期是全部引进建设的核电站，其最大特点是我们不全买外方的账。合同谈判中，我们的对手美国、加拿大、日本，都是发达国家。有人说我：‘老钱，你少来吧，人家都害怕你。’我就说：‘我是主人，我干吗少来？该怎么讲就怎么讲，讲道理嘛。’建设过程中，我们要审查设计，对于审查出来的问题，就要改，不改不行，因为我们是业主，就要行使业主的权利。我们迫使他们改了26项大一些的项目。在此之前，我们作为业主买人家的东西时，不敢说人家的不是，但是秦山三期敢这样做，这是进步。当时我们让外国供应商两周汇报一次，他们心里其实紧张得很，要花时间和精力准备的。”

在1995年至1996年主合同谈判期间，年过花甲的钱剑秋担任了主合同技术谈判的总负责人，负责与加、美、日等外商进行谈判。谈判期间，他果断提出，核电站的调试和运行由中方承担、加拿大原子能有限公司负责调试技术的建议。这样既培养和锻炼了中方技术队伍，又使工程造价降低了8000万美元。他从技术分析入手，在核电站汽轮发电机组的竞标中，顺利使合同价降低了5000万美元。

高科技产业，高就高在装备设备的研发和制造。而加强设备监造是控制设备制造质量的关键环节和重要手段。秦山三期工程的设备和主要安装材料全部由国外进口，总价值约15亿美元，仅单件重50吨以上的大型设备就有140多件。其中，核岛的主要设备及制造单位来自多个国家不同的公司和科研单位。

众多的设备制造商，如何做好质量监督？秦山三期总经理部根据制造厂商的区域分布，重点在加拿大、韩国和日本分别建立了3个设备制造质量监督点：驻加拿大多伦多代表处由3至8人组成，主要负责加拿大和美国供货设备的监造；驻韩国监督组由1至2人组成，负责对韩重制造的设备进行监造；驻日本日立公司监督组由2人至3人组成，主要负责日本日立公司供货设备的监造。其余的国外重要设备由秦山三期组成临时组团实施监造。

质量监督工作如何执行呢？设备监造采用设备制造质量计划（ITP）选点见证的方法进行。秦山三期总经理部与加拿大原子能有限公司及其分包商，首先商定建立设备监造工作选点和通知程序，确定监造工作的流程。整个工程对设备监造选择的见证点和停工待检点的出席率高于85%。工程建设阶段，共对加拿大原子能有限公司及其分包商实施553次监督检查，完成监督报告413份，发出质量观察单37份，发出技术文件处理单537份，发出停工令1次。及时发现和处理了主要设备制造中出现的质量问题，设备制造质量和进度都得到了有效的控制和保证。

因此，从某种意义上，秦山三期看似是“交钥匙”工程，但是在“造钥匙”的过程中，“老秦人”没有一天轻轻松松地度过，始终如履薄冰、如临深渊，“在战争中学习战争”，在“交钥匙”中学会了如何“造钥匙”。

44 “老秦人”下达“停工令”

“老秦人”向外国设备制造商下达了“停工令”，这在历史上好像还是头一回。

为啥要下达“停工令”？

“老秦人”有什么权利下达“停工令”？

老外服从“老秦人”的“停工令”吗？

对核电始终怀抱好奇之心的探秘者来

说，这一个个问号，就像一个个漂亮的气球，飘在我的想象之中，吸引着我去寻找答案。2023年4月27日下午，在秦山核电科技报告厅，作为当事人之一的吴兆远，如数家珍地给我讲述了这一段传奇故事。

春暖花开，阴雨连绵的海盐，终于迎来了阳光灿烂。坐在沙发上，温文尔雅的吴兆远，慢条斯理地说："秦山三期成功的关键是强化了自主权，核心就是有这么一个与国际接轨的好合同，那么在合同的执行过程中，我们作为业主就能够行使业主的权利，牢牢掌握着整个工程的大方向。这类的例子还是比较多的。譬如，合同规定业主有权下达停工令。这个停工令是在设备制造过程中由业主下达的。根据合同规定，设备由外国承包商负责采购、负责质量监督，但是在合同谈判的时候我们就提出重要的设备，业主一定要参与质量监督。当时提出了28项核岛安全相关设备和常规岛的重要设备清单，这些设备业主必须参与质量监督。"

那是2000年5月7日，这天上午，刚刚来到办公室上班，吴兆远就接到来自秦山三期工程驻韩重设备监造办公室的报告：由加拿大B&W公司设计、加工的2号机组C和D两台蒸汽发生器预热器的热板，将固定槽开反了。

固定槽的位置在蒸汽发生器预热段二次侧分隔板和热板连接处，热板开槽就是为了将热板固定在隔板上。吴兆远回忆说："蒸汽发生器制造总包商是加拿大B&W公司，B&W公司制造过500台蒸汽发生器，具有丰富的经验，我们也很相信它，1号机组的4台蒸汽发生器的U形传热管都是在B&W公司进行穿管的。但是，2号机组的4台蒸汽发生器，B&W公司只是制造关键设备部件，然后在韩重组装和穿U形传热管。秦山三期在韩重设有设备监造办公室，当时有两个监造人员，他们到韩重的车间里了解蒸汽发生器组装的情况，发现有些异常。后来韩重的项目负责人介绍说，2号机组的三、四号蒸汽发生器预热器的热板的一个安装长槽开错了，应该开到反面的，它开到正面了。这开错槽的热板拿到韩重组装时发现无法组装，这时问题才暴露出来。这件事加拿大原子能有限公司也不向我们通报，B&W公司也不说，最后告诉韩重，背面再开一道槽，正面那道槽就留在那里，然后就准备把预热器的热板装上去开始穿管了。我们韩重监造办的人员很快用电子邮件将此事件报告秦山三期设备处，设备处也就立即告诉了我。"

一错再错，错上加错。这还了得！接到设备处处长的报告，吴兆远立即告诉设备处处长："你尽快给我们驻韩重监造办回一个电子邮件，让他们告诉韩重，现在不要穿管，这样的缺陷处理，我们是不能接受的。"

谁知，韩重竟然没有理会中方的合理关切。

吴兆远没有犹豫，立即把这个事件通知加拿大原子能有限公司的现场经理潘切尼克，说："这个事情，你们这样处理不合适，我们不能接受，希望韩重能够停止工作，然后我们一起探讨一下这个问题怎么处理。"

谁知，潘切尼克竟然说："你们和韩重没有合同关系，你们不能给韩重下什么命令。"

对加方的回答，吴兆远非常生气。他

回忆说：“这个问题这样处理是不行的。当时钱剑秋总工程师也不在，我和陈曝之副总经理商量以后，觉得这个事情不能再拖了，因为几次交涉拖了几天，韩重已经穿了三十几根U形传热管了。”

吴兆远和陈曝之都认为加方和韩重的这种处置方法，将会产生严重的后果。在热板的背面加工一道固定槽，热板上就增加了一道多余的槽，不仅降低了热板的强度，而且时间一长，这错加工的固定槽内必然产生水垢等杂质淤积，从而引起错槽内化学环境恶化和槽内腐蚀加剧，这将进一步降低热板强度，进而严重影响蒸汽发生器的寿命。如果在运行过程中热板一旦发生断裂，将导致蒸汽发生器报废，而核电站就随之必须停役。从另外一个角度讲，将错开固定槽的热板装入蒸汽发生器后，外罩一封，谁还能发现这一个异常呢？制造商和分包商或许会把真实的情况永远隐瞒下去，后果将不堪设想。对这样的后果及行为，中方作为业主，是决不能接受的。

对加方制造商如此冷漠的态度，秦山三期总经理部和董事会感到十分愤怒，并引起高度警觉，要求吴兆远和陈曝之必须及时冷静地处理好这件事，做到有理、有利、有节，果断要求他们按合同规定以书面形式行使业主的权利，表达秦山三期的严重关切和要求。

吴兆远回忆说：“我和陈总也预先讨论了一下如果下达‘停工令’大概会出现什么后果，一致认为不会对工程建设产生较大影响。因为在商务合同中有停工令这一条款，业主有权下达停工令。但是如果证明不是承包商的错误，那么由此造成的一切损失，由业主承担。我们将秦山三期要求蒸汽发生器组装停工的正式信函送达加方现场总经理潘切尼克。他说，这个事还得商量商量。后来我们就把合同文本翻给他看，我告诉他，业主有权下达停工令，如果证明不是你承包商的错误，那么有关工期和其他的一切损失，会由业主来负责。很明显，这件事承包商明明是有错误的。这个时候他才觉得问题严重了。”

秦山三期作为业主在正式信函中通知加拿大原子能有限公司，明确指出如此轻率地处理蒸汽发生器开错固定槽这一重大不符合项，中方是绝对不能接受的，要求立即通知韩重停止组装2C和2D蒸汽发生器，同时尽快提供有关技术文件，供业主评价，并明确表示在业主没有给出正式评价前，开错固定槽的热板不得安装在蒸汽发生器上。与此同时，吴兆远要求设备处立即通知秦山三期驻多伦多办事处，指示他们尽快与加拿大原子能有限公司总部当面交涉和谈判。

然而，加方却辩称这只是一个偏差，不是什么重大不符合项，没有违背有关规范、标准或技术规格书，拒绝向韩重下达停工令，声称韩重只与加拿大原子能有限公司有合同关系，中方无权对韩重提出停工要求。

5月19日，中方再次正式致函加方，要求尽快提交热板开错槽事件的详细情况、处理方案及有关支持性文件，并尽快安排重新加工热板，避免更大地影响交货日期和工程建设进度。

6月2日，加方第一次提交了有关蒸汽发生器预热器的热板开错槽事件处理的分析文件，但是这些文件无法为他们如此处理所带来的危害提供有说服力的证据。与此同时，韩重的蒸汽发生器组装工作一直在进行中，加方企图通过拖延处理重大不符合项而继续施工，造成既成事实，迫使业主就范。中方在仔细评价加方提供的这些文件后，更加坚定地认为：开错槽的热板不可用，必须重新加工新热板。

6月12日，秦山三期总经理部决定向加方正式下达2C、2D蒸汽发生器制造停工令，同时把这一重大不符合项具体情况向国家核安全局作了通报。

6月15日上午9点，中方将由总经理签署的停工令送达加拿大原子能有限公司驻秦山项目主管潘切尼克，明确告知：主合同条款规定业主有权下达停工令，加方必须接受。

至此，加方表示接受秦山三期的指令，立即通知韩重暂停蒸汽发生器组装工作，并通知加拿大原子能有限公司总部和B&W公司立即派专家携带技术分析资料和中方讨论开错槽热板的可用性。

吴兆远回忆说："在停工令下达以后，他们才真正着急了，加方派来国家试验室的最高负责人，然后叫B&W公司派了三个工程师，带了一大堆文件，来说明这一道槽是开错了，但是背面再开一道槽，强度没有问题，不影响使用。当然，我们也请了几个专家来对加方提供的文件进行技术评估。上海核工院副总工程师杜圣华，是国内著名核反应堆专家。他告诉加方，你们的计算又是开方又是平方，但你们的所有计算都是静态计算，没有考虑动态效应和流致振动，没有在高温、高压下的应力计算，而且没有工程验证试验，因此所有的计算都不能成为强度符合要求的理由。"

6月19日，中加两国专家在秦山三期现场展开讨论。加方仍反复强调自己有生产加工几百台蒸汽发生器的经验，应该相信他们。

吴兆远当即反问道："我们承认你们有经验，但是你们有热板开错槽的经验吗？如果你们认为这是合格的，那么我们要求你们在计算合格的情况下进行工程试验来验证你们的计算。因为核电厂是40年寿命，万一这个预热板一断，蒸汽发生器不能用了，这反应堆就得停了，整个机组就报废了，那是业主绝对不可接受的。"

中方的反问，令加方哑口无言。但是，加方并不死心，也不服气。

7月3日，加方向中方提交了开错槽热板的力学分析计算文件和错槽内化学腐蚀的可能性分析报告，企图说服中方。

7月7日，秦山三期总经理部再次组织国内专家对加方提供的文件进行审查分析，一致认为：加方得出的结论是不确定的、不可信的，建议按设计要求重新加工生产热板。当中方把这一审查意见向加方通报后，他们终于明白要让中方满意只有重新加工热板这一条路。

7月12日，加方致函中方，表示准备接受意见，重新加工热板，但他们同时提出有可能引起费用和工期延长问题。他们说，如果重新加工热板，工期为10个月，而且这种钢材只有法国炼钢厂才能生产，材料采购需要26周，再加上加工需要4周，钻孔需要4周，影响工程进度，工期或将延长1.5年。

加方的这一致函，明显带有要挟的意味，仍然企图蒙混过关。

"兵来将挡，水来土掩。"秦山三期总

经理部继续见招拆招。他们通过分析，决定把解决问题的突破口放在材料采购上。真是无巧不成书，7月中旬，通过寻找，他们竟然在上海理工大学发现了一块完全符合要求的材料，这块钢板与加方原设计的钢材竟然完全相同，而且是同一家法国工厂生产的，甚至炉号、批号都相同。经协商，他们同意卖给秦山三期。

为了证实，加拿大原子能有限公司质保经理在秦山三期人员陪同下来到上海，专门查看了这块钢板材料的全部质保文件，结果一切符合要求。于是，秦山三期告知加方可以去洽购这块钢板。不久，加方却又告诉中方，他们也找到了合格的钢板，并且已经开始加工，一个月后开始钻孔，9月底新的热板即可运抵韩重重新开始2C和2D蒸汽发生器的组装。

吴兆远说："为这件事，我们前前后后吵了两个月，说白了，他们就是欺负我们中国人，以为中国人不懂。最后，对方乖乖地去重新加工热板。当然，对工程进度也没有造成任何影响，这个陈总已经预先计算过了。这是我们在设备制造过程中唯一的一次停工令。"

2000年7月18日，加拿大B&W公司开始重新加工两块蒸汽发生器预热器的热板；8月14日，开始模板钻孔；8月16日，秦山三期决定取消2C和2D蒸汽发生器制造停工令。

2001年5月至6月，2C和2D两台蒸汽发生器先后组装完成并运抵秦山现场。随后，两台蒸汽发生器被吊装进2号机组反应堆厂房。这次事件既保证了蒸汽发生器的质量，又没有对2号机组工程建设进度产生影响。

2C和2D两台蒸汽发生器预热器的热板开错固定槽引起的停工令事件，到此结束。

停工令是秦山三期工程主合同赋予业主的权利，也是业主行使权利最有力的手段之一。对这次事件的处理，是秦山三期总经理部作为业主正确行使主合同赋予的权利，确保核电站设备质量的一个典型而成功的案例。在整个事件处理的过程中，"老秦人"始终坚持维护业主利益的原则，同时又着眼于大局，真诚交流与合作，不斤斤计较，追求双赢，充分表现出了中国核电人的政治智慧和谈判技巧，赢得了国外合作伙伴的尊重和信服。

在秦山三期整个工程建设中，除了更换2号机组2C、2D蒸汽发生器开错固定槽热板之外，业主还曾多次要求承包商整改，比如，8台主泵电动机转子铁芯局部过热，全部改进制造工艺返修、水处理厂电动机质量不符合要求获得无偿更换11台并另外提供9台作备用。再比如，装卸料机生产过程中发现外方生产厂家质量保证体系不够完善，提出整改要求，引起加方高层领导重视导致其撤换质保经理，完善了质保体系，保证了装卸料机的制造质量。这些问题，从发现到最终获得圆满解决，"老秦人"一靠完善的制度，二靠有高度责任心的员工。

质量是安全的基础，而安全则是核电站的生命。秦山三期不仅建立了自己的质量保证大纲和质量保证体系，还健全了质量监督验证体系，确保质量活动和质保体系达到规定的要求。按照主合同规定，当加拿大标准与中国标准不一致时，则以中国颁布的管理规定和导则为准。从工程开工到2003年7月24日电站商业运行，一共进行了148次质保监查，其中内部监查43次，外部监查105次。在土建安装阶段共进行70次质保监查，其中对外独立质保监查26次。

45 大干100天，创下新纪录

转眼就到了2001年。

这年夏天，在一次外事活动中，加拿大原子能有限公司介绍秦山三期建设情况时，说出了他们对项目进度的一个判断：1号机组已延期近半年，2号机组延期近8个月。

要知道，秦山三期1997年1月由国家开发银行分别与加拿大、美国、日本进出口银行签署出口信贷协议，1997年2月12日主商务合同生效。主合同规定，从合同生效日起至1号机组临时验收，开工建设周期为72个月，即1号机组于2003年2月开始投入运营，2号机组相应各项比1号机组晚9个月，于2003年11月投入运营。加方作为总承包商，承担工程设计、设备采购、项目管理、人员培训、调试组织等工作。为降低工程造价，充分利用中方资源，中方承担土建安装的实施和调试、运行的实施及现场行政支持及部分项目管理工作。

虽然，秦山三期是一个“交钥匙”工程，但它与典型的“交钥匙”工程有着明显的区别，那就是中方分包了部分工程管理和建筑、安装、调试的实施工作，因此业主除了监督、配合总承包商工作外，还要指导、帮助、协调中方参与单位完成相关任务。

说白了，秦山三期实打实是一个中外合作建造项目。不可否认的是，当时中方员工的经验在于技术领域的研究和管理，且习惯于以计划经济为主的管理模式，对现代企业制度和项目管理还比较陌生，更为困难的是中方分包商施工企业经验和能力参差不齐，再加上中西方语言、文化、习惯的差异，都给工程管理带来一定的困难。为完成工程管理工作，1997年初成立了以现代企业制度为目标的法人实体——秦山第三核电有限公司。公司实行董事会领导下的总经理负责制，总经理部由6名领导成员组成。总经理负责公司全面工作，分管质量、财务、审计、人事、办公室和外事工作。1997年底，公司制定168份行政管理程序，并建立包括工程监理、法律顾问、财务顾问、保险顾问及中方设计院为主体技术支持单位的业主后援体系。

现在，秦山三期工程出现了严重延误现象。根据CC进度[16]显示，核岛系统实际移交只占34.1%，常规岛系统移交只占计划工作量的45.6%，工程总体拖延2至3个月。

工程延期了，当然不是一个好消息。

时间就是金钱。这绝对不是一句空话！工程晚一天，如果连成本利息加上发电效益，损失多达上千万元。

消息很快就传到了秦山，秦山三期建设现场主要负责人、公司副总经理陈曝之听到后，简直不敢相信自己的耳朵，令他感到极大的震惊和不安。加方如此公开透露工程进度，应该不是空穴来风。于是，他和得力助手卢洪早、蒋树庆对工程进度作了认真分析，确认了这个事实——工程延期了！

三个人怀着忐忑不安的心情向总经理部作了详细汇报，对当前工程建设进展现状及其他分析也作了客观分析。

实事求是，一切从实际出发。这是共产党人的传统，也是共产党人的作风。秦山三期总经理部随即决定召开一个公司处级以上领导干部会议。

这是一次让“老秦人”刻骨铭心的会议，也是一个让人感动、令人鼓舞的大会。大会上，领导没有批评、惩罚下级，下级也没有向上级检讨，大家围坐在一起，平心静气地分析、一五一十地查找、入情入理地诊断，集思广益，开成了一个献计献策、行动起来的动员大会！

负责工程建造合同和其他零星工程合同管理的副总经理陈桦，和大家一起分析了造成工程拖延的主要问题来自四个方面：

一是设计问题。主要原因是从谈判到合同签订只历时一年的时间，导致供货方设计组织仓促，设计方按合同规定日期提交的图纸往往不是最终版本，造成到达现场的图纸变更频繁以及施工技术条件的大量修改。

二是设备、材料供货问题。部分设备、材料及配件的供货不能满足现场安装进度要求，或设备缺陷不能及时处理，或由于设计变更造成材料短缺得不到及时补充，外方对设备、材料管理上的缺陷也是制约工程进度的主要原因之一。

三是设计单位的现场技术力量不足。外方现场技术力量不能满足工作要求，主要表现为现场出现的设计问题久拖不决，使施工项目进度受到延误。设计问题解决的周期大部分需要2至3周，有的长达2至3个月，有些虽给予答复但不能实质解决问题。2001年8月，调试队电气组发出的66份问题通知，只收回了35份。

四是施工单位自身存在的问题，也对进度产生影响。秦山重水堆核电站虽是由外商总承包的“交钥匙”工程，尽管已有相当部分工作通过合同责任转移到业主，但总承包商在管理过程中如果遇到与其利益有冲突的状况时，他们首先考虑到的是推卸责任，减少自身费用的增加，因此在这个时候，总承包商作出的决定往往是不公正

⑯CC进度是用于工程进度控制的主要工具，它给出工程项目施工中的关键路径、各专业之间的逻辑关系以及各个建造活动的责任单位。生效的CC进度是工程计划目标，也是施工承包商编制各自施工进度的基础和依据。通过对施工进度与CC进度的偏差分析，及对后续活动的影响分析，可以预测项目总体进展情况和关键路径的变化。

的或非最佳选择，业主对事件的判断、及时介入就显得十分重要。

问题找到了，就需要对症下药。

经过充分讨论，秦山三期总经理部决定在以陈桦为主的具体组织和执行中，建立了进度控制机构（工程计划处、工程管理处），除对加拿大原子能有限公司提交的计划进行审查外，还要对施工的实际情况进行监督及信息反馈。除此之外，相关业务处室同样对自己职责内的进度进行监督并承担信息反馈责任。也就是说，不管是总承包合同也好，还是业主自己进行项目管理也好，其差别只是有些管理功能或多或少委托给他人进行，但项目进度的最终责任将落在业主身上。陈桦和同事们敏锐地看到了这一实质性的问题，经总经理部批准采取了果断的措施。

会议从中午一直开到晚上。

鉴于2001年上半年工程进度形势出现严重滞后，就是在这一次会议上，秦山三期总经理部决定采取赶工措施，决定从2001年8月27日至12月4日，秦山三期和总承包商一起发起“100天赶工计划”。

会议结束后，总经理部立即成立进度计划工作小组，全面、认真落实“100天赶工计划”。

作为具体实施“100天赶工计划”的副总经理，陈桦和他的几位工作搭档带领大家做了认真细致的赶工前的各项准备，包括计划制订、劳动力调遣、施工机具的增加、材料的准备和额外资金的保证、激励措施出台等。然后，他们又着手建立了计算机网络，统一所有参建单位的信息，使各方及时了解工程进度第一手资料，通过对进度计划的跟踪和分析，加快各类信息的沟通与反馈，同时做好检查落实。

控制进度，不仅仅是抓速度的问题，还必须要牢牢抓住安全和质量。为防止在赶工期间出现安全和质量事故，总经理部建立了快速解决问题渠道及相应的程序，实现问题的分层次管理，特别注意分开处理商务和技术的渠道，实施了“事前提出要求、事中进行检查、事后对问题纠正措施的评价”等有效的质量管理手段。总经理部特别注意西方管理模式和国内管理相结合，特别强调加强对各类工作和事件的过程记录和文字资料整理，包括建立有效的索赔管理机制。

在这次会议上，年过花甲的陈曝之似乎找到了“老骥伏枥，志在千里”的感觉。或许大家还记得，1991年10月，主管秦山一期工程建设的陈曝之，抽身参加了中国援建“巴铁”恰希玛核电站的出口谈判，并于第二年奔赴巴基斯坦担任现场总经理、中方代表。4年后，已过退休年龄、还没有回国的陈曝之就被邀请参加秦山三期的建设。1997年4月，陈曝之回到秦山，担任已经开始负挖的秦山三期的顾问。

1998年5月，秦山三期正式聘请陈曝之担任副总经理，主管工程的设计和建造。总经理部甚至特别批示：如果总经理不在，可由陈曝之代行总经理职责。这时候，陈曝之已经65岁，他以年龄老大、知识老化为由婉拒。

张华祝笑着说：“老陈，你不要推辞了，这不仅是总经理部的决定，也是董事会的决定。”

恭敬不如从命。陈曝之推托不过，答应了：“那好，既然领导信任，我就再应一次急吧。”

马福邦笑着说：“这‘应急’非常重要，相当于核电站的高压安注系统，是高压‘安全注射泵’。”

就这样，陈曝之又当了5年半的副总经理，直到两个机组全部建成，72岁才离开工作岗位。在董事会第二次讨论延聘陈曝之时，有人说：“你们工地就这么缺人啊，老要他干啊？”

在那一次董事会上，按照董事会的要求，所有的副总经理都要在董事会上述职10分钟。在会上，陈曝之专门讲了取水口围堰施工方案的问题，提出了改进外方确定的取水口围堰施工方案，将水下作业改为水上作业。

要知道，在秦山三期取水口海堤大围堰的工程建设中，取水口围堰施工工程能否按时完成，将直接关系到整个秦山三期施工现场的安全。加方原施工方案是：先进行水下四根涵管的水下施工，再进行大围堰的施工。对加方的施工方案，陈曝之内心深表怀疑，多次亲临现场勘察。在查阅了大量资料后，他根据杭州湾潮水的特性和海岸、岩石、等高线等自然条件，大胆地指出了施工中的难题——水下施工，不但施工难度大、成本高，而且风险大。倘若围堰在主厂房施工之前不能完工，海水就有可能涌入施工现场，这将给工程造成无法估量的损失。在总经理部的支持下，陈曝之牵头与相关施工单位展开科学论证，并与加方进行协商，最终决定修改施工方案——将水下作业变成了水上作业，即将水下涵管施工改为先做一个小围堰，阻挡住海水，再进行涵管施工，这样就大大降低了施工的难度，节省了1000多万元的投资，更重要的是保证了整个施工现场的安全。

“姜还是老的辣。”在整个工程建设中，由于部分辅助系统工期拖延导致多个方案修改，加方一度预言秦山三期工程至少要推迟一年才能完工。听了外方的议论，陈曝之多次对加方代表说，要看到主流，部分辅助子项目有所拖延，但反应堆主系统、汽轮机本体、取水口的大涵管已施工完毕，因此，总工期绝对不会拖延。在总经理部实行的“垂直领导、分级授权、横向监督、相互支持”的管理模式下，陈曝之相信，通过程序化、信息化运作，这里耽误了，那里赶上。他常说，抓工程进度控制，关键是抓设备设计和材料的落实，实施进度分级动态管理。抓投资控制，关键是建立大概预算控制和资金风险管理体系，把经济和工程相结合。抓工程质量控制，关键是健全质量保证体系，实施全员全过程的质量监督。

现在，“100天赶工计划”实施了，陈曝之更加有信心了。

一天下午，快到下班的时间了。负责安装调试工作的副总经理顾军正在安排调试工作的准备进度，发现有的建设单位和外援支持单位的现场人员并没有按照计划要求到场。于是，他马上请示报告总经理部，通知办公室和保卫处——封闭厂区进出口道路，逐一清点现场工作人员数量。不查不知道，一查吓一跳。经过清点，发现许多单位计划上岗人员与现场实际上岗人员人数严重不符。

这一招确实比较“狠”！谁也没有想到总经理部竟然来了这么一招，刀刃向内，毫不客气地来一个“突然袭击”，让所有参加秦山三期工程建设的人们感到震撼，让各个单位的负责人感到震惊！

按规律办事，按合同做事，按计划干事，面对这种尴尬局面，秦山三期总经理部把各个合作建设单位召集在一起，大家静静地坐下来，业主没有指责，没有发脾气，也没有发牢骚，而是推心置腹地介绍当前的现状，要求各单位增派人手，积极行动起来，参加到“100天赶工计划”中来，希望通过大家的共同努力，赶上主合同进度计划。

迎着困难上，明知山有虎，偏向虎山行。这100天，注定是秦山三期不平静的100天，是充满了许多感人故事的100天，“老秦人”在这段时间里付出了巨大的努力，他们确实是一支作风过硬、敢于拼搏、可以战胜一切困难的高素质的职工队伍。“老秦人”至今还记得2002年2月12日，在秦山三期内部编辑的《秦山三核》报上，发表了一篇署名为“三核人”的短文。这篇短文是以一位普通职工的名义向总经理部作出一个请求，发自肺腑地恳求总经理部以行政命令的方式，让魏国良处长休息一下。这个小小的请求，感动了秦山三期所有的人。

毕业于西安交通大学的魏国良，是中国大陆首批核电操纵员，参加过秦山一期和恰希玛核电站的调试工作。他对核电站的每一个系统、每一个设备、每一个房间、每一个厂房，都是一个一个摸透，一个一个熟悉，把每一个部件都当成自己的孩子一样去看待。2000年，他从恰希玛核电站回到秦山，从事设备管理工作。2001年4月，又调任秦山三期参加调试工作。他回忆说：“这个项目是加拿大总承包，我们从这个项目中学到了很多东西，比如西方严谨的管理方法和完善的生产技术体系。加拿大的生产体系是由技术手段来支撑的，那个时候加拿大的计算机应用就全面渗透到工程建设、调试、生产、管理各环节中，非常值得借鉴和学习。我们结合秦山一期和巴基斯坦建造和调试中积累的一些实践经验，学习加拿大人先进的管理经验，充分发挥中国人的勤劳和吃苦精神，使秦山三期的建设调试以及后面的运行都走得非常稳。”

“100天赶工计划”的确起到了促进调试人员提前介入工程的作用。系统移交初期，按照规程，调试人员往往等到建筑安装承包商将其工作全部完成，在移交文件后才开始该系统的准备工作，这样调试人员对现场不熟悉，而且检查提出问题的时间太晚，影响系统调试工作的开展。“100天赶工计划”期间，调试人员提前积极介入系统工作，并参加由管理单位组织的系统巡检工作，形成了承包商、管理单位、调试队联合检查的未完成清单。同时将此清单中的未完项进行分类，分成A、B两类：A类是移交前必须完成的工作，B类是移交后可以与调试工作一起完成的项目。这样承包商能够及早地了解调试人员的要求，调试人员也能及早熟悉系统，形成了安装承包商和调试队紧密配合的良好局面。

实践证明，“100天赶工计划”的效果是非常明显的。核岛部分在100天内应移交46个系统，实际移交了43个，占93%；常规岛部分应移交64个系统，实际移交了58个，占90%，而且关键系统都已移交调试，基本达到了预期目的，为调试工作的有序开展创造了条件。

2002年11月19日，秦山三期1号机组并网发电，同年12月31日正式投入商业运行，在55个月合同工期的基础上，比商务主合同规定的日期提前43天，创造国际同类坎杜核电站首台机组建设周期最短的成绩。2号机组2003年6月12日并网发电，同年7月24日投入商业运行，比主合同规定的日期提前112天，创造了国际重水堆核电站建设工期最短的纪录。秦山三期整个工程共为国家节省了25亿元，占总投资的10%左右。

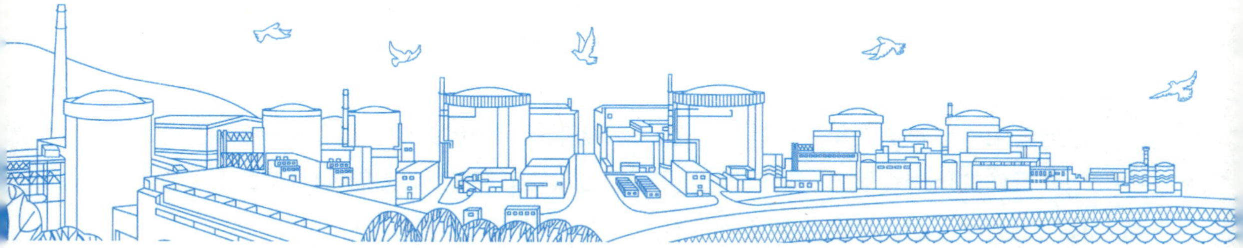

第十三章

“中国人的成功故事”

46 “杂牌军”也能打胜仗

秦山三期是国家“九五”计划高科技重点工程，投资高、建设周期长，是当时中国最大的核电站建设工程。

1998年4月，因调任国防科工委副主任，张华祝辞去了秦山三期董事长职务。秦山三期的领导管理团队随之成为中国核电最为年轻的一支队伍，35岁以下的员工占职工总数的四分之三，28岁以下的占40%，负责核电站运行安全的值长们的平均年龄也只有30岁出头。而在国外核电站，值长的年龄一般都在40岁左右。

这支年轻的队伍能挑得起重水堆这副重担吗？

这个问号，不仅悬在中国核电人的心中，也挂在加拿大核电专家的脸上。

来到秦山，面对这支年轻的队伍，看到与他们合作的伙伴竟然是一群刚刚走出大学校门的大学生时，加拿大专家对于秦山三期能否如期建成打下了一个大大的问号，毫不客气地提出了质疑：“你们的工程技术人员太年轻了，而且缺乏重水堆核电站工作经验，肯定会对工程进度造成影响。”在每月的人员评价报告会上，加方总会主观地认为，秦山三期的人员有50%因缺少经验而不合格，由此将影响到工程进度，要求额外增加100多名外援专家到现场。加拿大原子能有限公司副总经理库格勒直言不讳地说：“你们用这样的队伍，工程至少要延长半年。”

面对加方的质疑，“老秦人”报之以微笑，没有作正面回答。但“老秦人”心里说：不信，咱们走着瞧！因为“老秦人”心中有底，我们虽然年轻，但我们有秦山一期工程建设的锻炼，积累了丰富的工程建设和管理经验，我们专业对口，上进心强，有很强的学习能力。

的确，秦山三期的调试人员都是比较年轻的。其中，从秦山一期调来有核电站工作经验的人员只有20%左右，比例较低。其他人员大多是1997年、1998年大学毕业后接受培训但没有实际工作经验的新员工。但是，加方对核电调试人员的基本要求很高，必须要在实际岗位上有5年以上的工作经验。核电站的调试工作具有相当的难度和风险。按照常规，秦山三期目前这样的调试队伍，的确不太具备条件。当时，加方对于秦山三期在计划的工期内完成调试工作，基本上是没有任何信心的。加方认为秦山三期项目本身工期安排得就短，在这么短的工期内即便是有经验的人员要完成这些任务都有很大的难度。为此，加方提出：“如果中国没有合适人员的话，可到加拿大或韩国等国去招。”

然而，已经相当紧张的项目概算根本就不可能再覆盖这一部分费用。每开一次中加总经理协调会，加方都以有经验人员数量不够、相关人员没有重水堆经验，以及前期各项调试准备工作进展缓慢等客观因素为依据，判断秦山三期的调试肯定要拖延项目的工期，责任自然也就不是他们的了。

回顾起这一段困难时期，顾军说：“当时我认为加方的很多意见还是比较客观的，核电站的试验启动过程是技术难度相当高，风险也很大的系统性工程。不能仅仅凭热情，还得以科学的态度来解决问题。”

找人！挖人！招人！秦山三期千方百计地在全国范围内寻找核电调试运行人才。对全国各个省的电科院、调试所，包括一些县一级的电厂，发出了几十份邀请协商函，邀请他们派人参加秦山三期重水堆核电站的调试。最终，他们从上海核工院、哈尔滨电科院、四川调试所、山东邹县电厂等单位好不容易找到了一些合格的人员，还从社会上直接招聘了一些人，总共外招了80至90人，再加上来自秦山一期原有的工作人员100多人，就这样组成了调试队。现在，调试队有经验的中方人员比例就达到了60%左右，基本满足了工作需求。尽管当时只是招聘几十人，但招聘工作量可是不小，每一个应聘者都经过了外方专家和中方专家的面试挑选，整个招聘工作持续了一年。

1998年4月，蒋国元调任秦山三期工作，任生产准备处处长。毕业于西安交通大学核反应堆工程专业的蒋国元，10年前从八二一厂调到秦山，成为中国大陆首批核电站操纵员。到了秦山三期，蒋国元的工作就是从全国各大院校选拔人才，为企业和员工规划未来。选什么样的人才最合适？他开出了自己特殊的“处方”——平均成绩班级前10名；英语成绩班级前10名；出生在边远农村。因为他认为出生农村的孩子更能够珍惜工作机会，吃苦耐劳。他很清楚，因为重水堆是一个全新的堆型，所有培训必须从零开始，老同志需要培训，新来的毕业生更是培训的主体。在跟加拿大的合同里，工作由中方干，程序中方编，部分程序加方负责审批，这也要求每个人必须掌握外语，熟悉从编制文件到现场的各个工作流程。

秦山三期采取的是“中加合作，以我为主”的调试新模式。尽管从秦山核电公司等单位调入部分生产调试骨干人员，但他们大多数人与在1997、1998年和2000年从大中专院校招聘的300多名学生一样，都没有接触过重水堆，因此必须做好培训工作。

1999年7月，蒋国元受秦山三期总经理部的委托，分管生产准备工作，并作为赴加拿大G2电站NSP岗位培训队长，积极组织培训准备工作，为国外培训顺利开展打下良好的基础。在此期间，蒋国元和同事们编写了数千份关于核电厂的技术文件。这一年12月，蒋国元出任秦山三期副总经理，主管生产准备和调试工作。

在秦山三期工程1号机组调试之初，加方总包商为保护其合同利益，依据工程项目主合同有关条款和加拿大核电厂的普遍实践，通过重要会议和信函等方式不断向中方提出，秦山三期提供的调试和运行人员60%“不合格”，并要求中方承担延误工期和损坏设备的责任。加方的“合格”与“不合格”的标准，最主要的一条是工作经历年限，按照不同岗位的人员资格，分别要求3年、5年和8年以上相关岗位的工作经验。

加方提出的要求是客观的，也是现实的。当初的真实情况是——秦山三期生产人员中80%以上的人员是直接来自大中专学校的毕业生，除了经过前期培训外，没有任何工作经验，特别是主控室操纵员候选人、仪控维修人员和各类占多数的工艺技术人员，而有经验的人员又必须接受外语和新系统、新设备及新的组织和管理模式的挑战。

面对来自各方的压力，蒋国元却表现得异常冷静，他对这支年轻队伍的潜能抱有充分的信心，秦山三期总经理部也因此拒绝了加方聘用上百名加方调试和运行专家的要求。主控室操纵员候选人和仪控维修人员以大中专毕业生为主，采取加强人员培训力度的方法，以我为主开展培训工作；工艺技术人员，则通过临时聘用国内有经验的各类专业人员作为补充，在初步培训的基础上，主要在调试实践中积累经验和技能。

秦山三期的人员培训工作主要分两个阶段进行：1997年至2000年，完成包括英语、基础理论、国内外岗位培训等在内的十余项培训任务，总培训量达1880人次、36019人/周。有232人接受过国内课堂培训，240人次在加拿大核电站接受岗位培训，64名技术骨干在韩国月城电站接受历时一年多的岗位跟踪学习培训，从中选拔18名反应堆高级操纵员候选人和25名操纵员候选人。2001年至2002年，进行国内上岗技能培训、资格认证和工作授权培训。每位生产人员必须经相关岗位课程和技能培训并考核合格，获资格认证并工作授权后，方可上岗工作。秦山三期人均接受培训约50周，培训经费超过1亿元人民币，平均每个操纵员的学习费用约100万元人民币。如果把他们接受培训时使用的教材打印出来摞在一起，比他们的个头还要高，由此可见人员的培训力度。

筚路蓝缕，以启山林。

前进，是唯一的道路。没有任何退路。

秦山三期调试队正式成立后，分管筹建调试生产工作的顾军立即投入紧张的调试生产准备工作之中。顾军领导的秦山三期调试队来自五湖四海，工作经历也是五花八门，真正有核电站工作经验的人员很少，可谓是一支名副其实的“杂牌军”。当年参加调试工作的现任三门核电有限公司党委书记、董事长陈国才回忆说：“按照合同约定，加方派遣45名技术人员担任主任、主管，中方需配备1000名有经验的人员执行调试和运行维修任务。但由于国内核电机组少，秦山一期除了向重水堆建设项目提供人力支援外，还需要向秦山二期、田湾核电项目提供支援。在调试队中方人员的组成中，只有20%左右的技术人员具有核电调试生产方面的工作经验，40%是从外单位聘用的技术人员，25%为97年、98年毕业的大学生，还有14%则是2000年毕业的学生。”

顾军深深地知道，就是“杂牌军”，也要打胜仗，而且必须打胜仗！这对顾军来说，无疑是一个极大的考验！这位毕业于上海交通大学核动力工程专业的高材生，1983年走出上海的校门一步就跨进了秦山核电站，经过选拔培训，成为中国大陆首批操纵员，并慢慢成长为业务骨干，走上领导岗位，先后担任秦山一期生产准备处副处长、三期生产筹备处处长、副总工程师。

1995年，秦山三期立项时，作为项目组的首席翻译和技术小组主要成员，顾军就参与了中加双方商务主合同的谈判工作的全过程。从1995年8月到1996年11月间，顾军作为合同文本的主要编写和编辑人员，在技术把关、文字确认上，无一不是细致入微，逐字推敲，较好地完成了中方合同文本的编制工作。在15个月马拉松式的准备及谈判期间，作为合同谈判的主要协调人员，顾军凭其精湛的核电技术理论和扎实的英语功底，出色地完成了合同谈判的日常管理和协调工作，立下了汗马功劳。

1997年，中加合作建设重水堆核电站的商务主合同正式生效，顾军顶住压力，受命负责筹建调试生产工作。面对与压水堆有着许多不同的重水堆电站，在当时生产准备人员还基本处于空白状态的情况下，他根据工作的经验和对重水堆的了解，在充分调研国内外同行的基础上，着手编制了《秦山第三核电厂生产准备工作大纲初稿》，初步确定了人员招聘计划和电站的整体管理方案，同时着手安排了当年第一批招聘大学生的培训工作。

1998年，秦山三期的参考电站韩国月城电站正处于调试阶段，顾军及时向公司管理层提出了派人跟踪学习重水堆调试的建议。此时，韩国核电同行也正想借这个机会，能够进入中国核电市场。于是，经过多个回合的谈判，顾军和他的同伴们终于与韩国电力公司成功达成了调试培训协议。这一合同不仅价格与国际上常规培训价格相比要优惠得多，更主要的是获得了月城参考电站全套英文1000多份调试程序，培养了一批技术人员。顾军作为总负责人，历时一年多，全程跟踪了同类电站调试的组织、试验的实施过程。同时，他对派往月城参考电站培训的人员根据各人的经验和三期调试的需要做出了具体安排。这一针对性很强的培训项目为秦山三期调试打下了良好的基础，大多数人员后来都成为电站调试的中坚力量。

1999年6月，从韩国学习调研回来之后，顾军着手组建电站调试机构、策划调试模式、招聘调试人员等调试准备工作。面对不同的工作背景、不同的工作方法、不同的管理理念、不同的企业文化，怎么样把“杂牌军”炼成“正规军”？如何培养这支年轻有活力且关系着秦山三期未来命运的队伍？采取怎样的管理模式让这支队伍在最短的时间快速成长起来并在三期调试的关键时刻胜任岗位的要求？这些问号，成为顾军必须直接面对的现实问题。

顾军是一个智者，也是一个具有执行力的强者。既要高起点引进国外先进的管理模式，又要适应中国核电现有的基础和水平，顾军经过不断的研究和考证，并与加拿大人反复协商，最终在国内核电站中第一次引进采用了国际通用的系统工程师管理模式。

何谓系统工程师管理模式？通俗地理解，系统工程师就是系统的主人或系统的"总工程师"，不仅负责系统的技术问题，而且还兼有大量的与系统相关的协调和管理工作。这个模式最大的优点是创建了细致的调试程序，能及时、准确地反馈调试结果和报告；调试技术与调试执行相互协助、相互监督，改变了原来试验负责人从文件到现场工作实施一人干到底，一人说了算，干完现场工作就算完成的方式。

秦山三期重水堆一个机组，由240多个系统组成。工程师在调试期间的工作分六个阶段：建造移交前的工作、建造向调试的移交、运行前的检查和试验、首次设备启动、综合性能试验、调试向运行移交。每名系统工程师根据自身的经验和能力负责一个或几个系统的调试工作；对于那些复杂且重要的系统，则安排两名工程师同时负责。在此过程中，从文件资料的收集到调试（运行）程序的编写发布，从建造移交前的检查到移交后的调试准备以及向运行的移交，还有调试结束后报告的汇总等，都由系统工程师来组织、协调和管理。同时，考虑到工作的连续性有利于锻炼队伍，随着工作的进展，部分调试人员将逐步地转为运行期间的系统工程师和设备工程师，这样有利于电站安全、连续、经济地运行。

系统工程师管理模式，改变了秦山核电以往的管理模式，并由此建立了一套全新的与美国、加拿大等发达国家相同的管理系统，在管理体系上实现了与国际接轨。

2000年7月13日，秦山三期重水堆核电厂调试队正式挂牌成立。顾军走马上任，出任中方调试经理，开始带领一群年轻的系统工程师们踏上了艰苦又充满挑战的征程。

的确，这是一次攀登。

是一次从高原向高峰的攀登。山高，道陡，路长。但，顾军和他的团队都知道，要完成这一项在加拿大人看来不可能完成的任务，要靠理想，靠信念，靠智慧，更要靠集体的坚定的意志，还要靠团结奋斗的拼搏精神，如同涓涓溪流可以最终汇成奔腾的江河。这种精神就叫团队精神。

顾军对团队精神有一句概括：就是用合作的方式开展工作。在他看来，在团队里最主要的是要建立共同的工作目标。目标明确了，就看你选择什么样的道路、通过什么样的方式来实现这个目标。有些事情目标是明确的，但那条实现目标的道路却如同云山雾罩，让你看不清楚。秦山三期的生产调试准备工作也同样如此。顾军说："我们的目标是明确的，就是要保证秦山三期重水堆核电厂按主合同规定的时间完成建造、安装、调试和并网发电。"

这个目标就像一座高山。这座山，在外国人看来中国人是无法顺利按计划攀到顶峰的，因为中国核电工程技术人员实在是太年轻了，他们刚出大学校门，没有核电厂工作经验，更不了解重水堆。这座山，在年轻的中国工程技术人员看来，是高了一点，他们想看到这登山的路在何方，他们感到紧张而缺乏自信，但当他们看到在队伍的最前头是顾军奋力攀登的身影时，他们又感到有了勇气和信心。这座山压在顾军心上，让他既紧张又兴奋，这是一次严峻的考验，不仅考验的是他个人，也考验秦山三期这个光荣的集体，更是考验中国人的智慧与意志。

经过约半年多的磨合和修正，大规模的调试工作正式开始了。

年轻不可怕，年轻就是一种资本！中国核工业就是靠着老一辈建设者当年的一股子拼劲一路拼杀过来的。他们当年也是年轻人！从年轻到成熟，从无到有！重水堆算什么！我们有“两弹一艇”的光荣传统，在中国人面前没有学不到、学不会的技术和知识，更没有克服不了的困难、攻不下的难关。

顾军对自己，对年轻的战友充满信心！

性格直率的顾军平日说话不是很多，声音也不是很高，谦逊中却透露着自信和坚韧。他喜欢简单，就是办任何事情，喜欢采取简单的方式做。什么是简单的方式呢？顾军解释说：“首先就是确定目标，一定要选准了目标才能谈选择道路。选好认定的目标后，再看自己的位置，就像看地图一样，基本就可以找到最为直接的道路。所谓最简单的方式就是选定目标后，要考虑中间的过程，但不能考虑得太多，否则就会犹豫不决，就不敢起步前行。”

顾军承认自己比较注重实用。做什么事情的时候就看什么样的书。他对看书的理解是不在于书上写得多好，而在于有哪些知识点自己能拿来应用。

有人问顾军，用体系管人的时候，如果碰到各种各样的困难、矛盾出现了，是靠说服，还是其他什么？顾军坦率地说：“建立管理体系啊，光靠领导嘴巴说是不行的。强调体系化管理就是办事要简单，流程要简化，要靠制度程序来管理，而不是靠人治的方式。对管理出效益要有充分的认识，秦山三期调试的成功可以说是管理体制的成功应用，工程提前，10多亿元的效益可是实实在在的。”

的确，体系管理说起来简单，但执行起来并非那么顺利。写文件麻烦，按文件执行也麻烦。因为每个人都不可能是什么都懂，不可能每份文件都写得那么顺、那么可操作。现场工人也有意见，有些工作凭经验干早就做完了，按文件做还要签字画押，太麻烦，不习惯。一个新的管理体系起步总是艰难的，适应总需要一定的时间。尽管内外部对起步阶段的低效状况都有意见甚至怀疑，但顾军始终坚持不懈。

回顾那一段经历，顾军总有讲不完的故事。在他的团队里，每天都会有各种各样的事情发生，在相互配合中，在相互交流中，在中国人与外国人之间，在中国人与中国人之间，在部门与部门之间。有时，当中加双方技术人员为了责任的划分而相持不下的时候，顾军总是把责任揽到自己的一方，这让许多中方技术人员弄不明白：承担责任是要付出代价的。他们会在私下半开玩笑地问道：“顾军，你到底在为谁打工？”顾军对此一笑了之，他心里已经把大账小账算得清清楚楚：有些技术上的责任，尽管加方应该承担，但如果把这个问题推到他们的手上而导致不能得到尽快解决，使目标无法实现，那最终受损失的还是秦山三期。因此，顾军大胆决策：只要我们自己能解决的，就主动承担起来，不推诿，不扯皮。有时，中加双方在合同和经济上的一些拉拉扯扯，顾军认为那是商务人员的事，不用中加双方调试人员操心，大家要专心调试，认准目标，不可分心。

在秦山三期，那些参加调试的年轻人经常会冒出“一天要工作36小时”的想法。据统计，秦山三期调试工作有18.6%是靠大家加班干出来的。秦山三期调试管理通过自身的探索和实践开创了一套全新的管理模式，并取得了可喜的业绩。在1号机组调试时，加方专家事无巨细都要管、都要问，对秦山三期的年轻人做的什么事都不放心，此时的加方专家人数最多。这一阶段试验的合理安排和衔接，是保证进度的一个关键。这一阶段大型试验一个接一个，如全厂断电、甩负荷、停堆停机等试验。所有这些试验安排的逻辑性需要讲究，但技术准备和协调以及工前的准备更为重要，稍有不慎就会出现非常严重的后果。为此，秦山三期组成了专门的协调小组，顾军亲自挂帅，每天早晚的协调会议随时调整计划，在确保人员合理安排的情况下，24小时连续工作，试验单线连续进行。在技术上各专业负责人分兵把守，确保了万无一失。

到了2002年4月，秦山三期项目调试进展就越来越快了，整个体系也越来越顺了，体系发挥的作用也越来越大了。在整个秦山三期建设过程中，特别是调试过程中，加班好像变为一种活力的表现，许多年轻人干劲冲天，恨不得一下子将所有工作都做完。他们好像一个上满发条的闹钟，到后来甚至要对他们作出限制，严格限制连续加班，要求他们要保持足够的休息，以减少可能出现的风险。

然而，东西方的文化差异和不同的生活理念，也的确让秦山三期的管理层和顾军头痛了一阵子，好在加拿大人的思想跟着项目的开展也不断调整。就拿加班来说吧，开始加拿大人根本不愿意加班，你要求他们加班，他们说不行，加班代价太高了，这不符合劳动法。于是，顾军说，不加班可以，那就请你们指定值班人员吧，有急事我们可直接联系。

到2002年春天，加方人员看到中国人干劲越来越大，进度逐步追赶上来了，他们也看到希望了。这时，加方主动提出配合加班了，加方管理层也要求现场人员努力配合中方把这个项目作为一个可能创造最好业绩的项目来开展工作。到2号机组调试时，加方专家人数也主动减少了，把主要精力放在了宏观把握和指导上，秦山三期年轻的系统工程师在实践中锻炼成长，承担起了调试任务的重担，他们已经从初出校门的大学生成长为秦山三期重水堆核电站的技术专家、系统工程师。

渐渐地，顾军主持的体系管理出现了良好的效果。在加方的指导下，调试队建立起完善的调试文件体系，实现了完整意义上的程序化管理，这也是系统工程师管理制度的基础。调试管理程序分为四个等级：国家法规、标准及有关核安全导则，公司运行质保大纲手册及最终安全分析报告，公司级管理性程序和运行方针政策，工作执行程序。工作程序主要包括以下几个方面：调试规格书与目标，系统移交范围定义，反映系统调试计划和二、三、四级调试程序，以及系统运行手册等。程序层层铺开，逐级深入，但又环环相扣，充分体现了程序化管理的规范性和严密性。1号机组调试程序近3000份，发出工作申请单3万多条，产生的调试及工作记录3万余份。细致的文件、记录为核安全监督检查提供了快捷、便利的条件，更为调试质量提供了保证。

令顾军颇感欣喜的是，过完2002年春节后，加方开始改变对中方队伍和能力的看法了。大量的工作、最短的时间、高效的成果，是一群“没有经验”的年轻人创造的。加方主管调试的副总经理潘凯恩高兴地说：“我去了好几个国家，调了好几个电站，从来没有看到过有像你们中国人这么大的干劲的，也没有看到学习能力这么强的年轻人！”

作为亲历者，陈国才回忆说：“调试实体工作从2001年4月17日1号机组220kV启备变受电（俗称“倒送电”）开始，进入一个夜以继日、激情奋战的场景。3000多项单体试验，由调试技术人员准备操作程序，由调试执行人员按程序执行，由技术人员监督、整理试验报告……每个人身上都充满不知疲倦的干劲和忘我奉献的激情。这群年轻的调试人员，正是用自己的心血和汗水，放弃休息时间，把本要拖期半年的工程，提前43天完成，创造了一个奇迹！”

从2002年2月9日主系统水压试验完成开始，调试进入综合试验阶段，现场更是一刻也没有停歇。进度计划虽然是按8小时编制，执行时却主动地24小时连续作业。所有系统工程师都提前进入备战状态，随时响应现场调试指令。大家没有喊累，没有诉苦。没有哪位调试人员不在现场连夜干过，没有哪位调试人员不放弃过正常的休假。高昂的士气、奋斗的激情，确实深深地感动了加方的专家，他们从开始的不情愿加班，到主动和中方人员一起夜以继日地奋战。

正是凭着一股子不服输和为国争光的信念，借助科学的计划管理体制、合理组织以及大家的无私奉献，调试试验势如破竹。2002年4月28日，冷态试验结束；7月4日，热态试验结束；7月18日，首次核燃料装载；9月21日，反应堆达到临界；11月19日，首次并网发电；12月31日17时16分，正式投入商业运行。从主系统水压试验到投入商业运行，历时10个月零22天。相比较常规14个月的调试工期来说，这创造了新的纪录。

秦山三期本是“交钥匙”工程，但中方积极利用已有的工程建设和核电运营管理经验，提出99项设计变更。一群三四十岁的年轻人，从备受“没有经验的指责”，到最终创造提前112天建成投产的纪录，为工程总体节省投资25亿元。更为重要的是，一大批年轻的工程建设和核电生产管理与技术人才在这里得到了培养、锻炼。

调试队加方经理杰夫•汤姆森逢人便说：“这是中国人创造的一个奇迹，一个不可思议的奇迹！”

47 “99%的功劳要归功于中国人”

秦山三期核电工程是国家“九五”计划重点工程，也是首座商用重水堆核电站和中加两国最大的经贸项目。既然是中外合作项目，秦山三期工程与秦山一期、秦山二期工程的融资渠道就有了天壤之别。秦山一期工程总概算是17亿元人民币，建设资金由国家投资；秦山二期工程总概算为148亿元人民币，是中核总与江浙沪皖地方股权融资；秦山三期工程总概算是28.8亿美元，其中10亿元人民币为股东投入的资本金，占总投资不足5%，国内贷款6.66亿元人民币，剩下26.79亿美元全部向国外举债，其比重占总投资的84%，中核总占了51%的股份，成为项目的大股东。

从秦山三期的投资结构来看，外债比重大，外汇汇率和利率风险高，资金结构明显具有“三高”的特点：资金量很高，达28.8亿美元；外汇风险很高，外债84%以上；负债率很高，除股权融资不足5%，其余全部负债。由负债造成的财务费用占总投资的25%。也就是说，如果工程拖延一天，就要增加400多万元人民币的利息。

有句话在秦山三期家喻户晓，那就是1998年初董事长张华祝卸任时所交代的两句话：“工期不能拖一天。投资不能多一分。”

如果按当时的汇率计算，28.8亿美元约合238.99亿元人民币，以建设周期的55个月计算，一天平均就要支出近1500万元人民币，这一进一出的巨额款项，如果没有严格的管理制度，必然存在着巨大的风险。但是危机中也有商机，关键是看怎样使用。

如何用好这个特殊的融资盘子？在质量控制、进度控制、投资控制这三大控制中，如何把握好财务管理和投资控制这道难题，是秦山三期面临的一道金融课题。秦山三期总经理部决定把外汇风险管理和债务结构调整作为降低投资的突破口，制订了投资控制管理大纲，通过概（预）算控制、合同变更控制、设计和施工方案审查控制、工程量结算审核、外汇风险管理与债务结构风险管理等，对与投资有关活动实行事前控制与过程控制，实施投资控制预警制度。

20世纪80年代，随着外汇市场变化愈演愈烈，外汇风险管理开始成为现代企业财务管理的重要内容。由于体制和技术原因，国内企业大都缺乏外汇风险意识和防范能力，曾为此付出沉重代价。相比之下，秦山三期这一涉外核电项目是个幸运儿。陈曝之说：“秦山三期外债比重在84%以上，面临的外汇风险既有汇率风险，又有利率风险。特别是主合同加拿大方供货绝大部分是以加元支付，而贷款币种又是美元，所以付款币种和贷款币种不一致，汇率风险便始终存在于长达7年的建设期中。迫于空前巨大的投资压力，秦山三期董事会和总经理部具有超前的外汇风险意识，把外汇风险管理纳入财务管理的主要内容，同时创出了一系列规避外汇风险的管理机制。”

秦山三期投资控制总体策略是在确保工程安全、质量与进度的同时，对国家批准的工程概算按工程子项进行分解，严格资金使用控制管理，确保总投资控制在批准的概算范围内。为实现投资控制目标，对资金使用实行三级控制管理，即：一级为秦山三期总经理部及预算控制委员会，对工程投资控制管理全面负责，对董事会负责；二级为公司内部计划和财务等职能部门的投资控制管理，在总经理的领导下，对项目投资归口管理，对总经理部负责；三级为公司所有处室，对本处室职责范围内所管理的工作和为本处室管理正常运转所需发生的各类费用进行控制管理，部门主要负责人对其主管副总经理负责。

一切从实际出发。秦山三期投资管理采取了合乎自身条件的控制措施，比如：投资控制程序化管理，投资全过程受控；投资实施目标计划管理，投资全方位受控；投资使用实行年度预算管理，投资逐年受控；对项目实行招投标；加强合同变更的控制管理；严格合同结算和工程量审查的控制；在利用外资项目中，采取措施优化债务结构，把外汇风险管理和债务结构调整作为降低投资的突破点。秦山三期外汇风险管理的信息渠道可谓多样，有配备的路透社信息终端，有订阅国外金融机构期刊，有参加国内外银行和政府部门主办的研讨会或论坛，还派人到中国香港参加专业培训，从而使外汇风险管理始终与国际外汇市场最前沿动态保持信息的“无缝对接”。他们还从国内外银行和咨询公司聘请一批常年顾问，作为秦山三期的“外脑”，提供各种智力和政策咨询。为了适应现代化财务管理的需要，他们还支持财务部门开发了一套财务模型，模拟项目经济活动，预测分析项目总价、电价、收入和效益等情况，为项目管理、投资控制和经营管理提供决策支持。

秦山三期资金概算的结构分为三大块，第一块是国外设备出口信贷15亿美元，第二块是6.4亿美元的企业自管资金（4.4亿美元工程费和2亿美元业主费），第三块是7.1亿美元的财务费用。这意味着秦山三期建设资金节省的空间很小，主合同中15亿美元是固定价，自己能够控制的只有6.4亿美元自管资金和7.1亿美元的财务费用。于是，公司财务部门总结出了“关注政策、贴近市场、抓住机遇、用好资源”十六字方针，努力寻找降低投资的空间。

金融市场瞬息万变，金融创新层出不穷，要把握好机会，就要选择好工具。公司董事会确定了“控制投资成本和非投机获利”外汇风险管理原则，把加元的汇率风险管理作为降低工程造价的重大措施来抓。首先，他们对能够控制的6.4亿美元的企业自管资金进行预算管理，开国内大型基建项目预算管理之先河。其次，他们根据国内外金融市场变化适时调整债务结构，打了许多漂亮的“短、平、快”之仗。1999年，为应对东南亚金融危机爆发，国内第一次调整人民币利率，以扩大人民币贷款规模。针对1999年初加元持续走软的情况，他们果断决策及时调整管理目标，通过积极开展外汇风险管理，将远期交易底线利率由1.41提高到1.50、1.52和1.53三个档次进行操作，到2000年底，与概算相比共减少债务4798万美元。

在2000年，秦山三期争取到国家计委的支持，削减国外贷款2.5亿美元，改为人民币贷款，仅此一项又省下财务成本1400万美元。2001年和2002年，又削减国外高利率贷款额度3亿多美元，改用国内短期外币贷款，省下了财务费用几千万美元。在6年多的建设期内，共节省财务费用高达1.5亿美元。如果按秦山三期的还款期15年计算，节约的资金就更多了。2003年8月18日，经国家外汇管理局同意，秦山三期顺利完成规模为1000万美元的外汇信托计划。

因为秦山三期工程15亿美元的外债是搭配设备而来，股权融资与现场需求常常会有缺口。在工程建设期间，财务部门精心编制资金计划，较好地解决了工程投资与工程进度的匹配问题，让筹资跟着工程进度这一需求走，以防止资金沉淀。经过周密计算，秦山三期的财务部门真正做到了“凡是大额资金既不会提早一天，也决不会推迟一天到账”的精准收支。

在秦山三期工程建设期间，财务费用（占总投资84%的债务利率）高达7.1亿美元。如何从银行“嘴”里挖潜力，尽量减少如此高额的财务费用呢？秦山三期财务部门通过建立良好的银企关系、用足财政贴息政策等办法，达到预期目标。2000年9月，央行新出台了一个关于美元大额存款的政策，即300万美元以上可以由银企双方谈利率。秦山三期财务部门得知这一信息后，想到正逢国庆长假，一笔本该支付的美元因承包商不收款，将在秦山三期的账上“躺”7天。于是，财务部门就利用这7天，运用外汇新政策使这笔外汇赚了一定数额的外汇利息。

与此同时，为防范外债风险，秦山三期坚持“最低资金成本”原则，按时落实各项建设资金到位，及时调整工程的资金结构，共节省投资近10亿元人民币，成为当时国内7家外汇风险管理相对完善的大型企业之一。在主合同谈判中，为降低合同造价和充分利用中方资源，中方果断决策常规岛建造管理的自主化和电站调试的自主化，使外方专家由最早合同谈判时的9000人/月减至5700人/月，节省了6000多万美元。建造过程中，总经理部充分听取专家意见，采纳将汽轮机厂房混凝土底板厚度由9米改为最厚处5.5米的建议，节省经费约500万美元。在取水口施工中，采纳陈曝之的建议，将原设计的大围堰方案改为小围堰方案、由水下施工变为水上施工，不仅节约近百万美元，而且避免拖延工期4个月。在汽轮机厂房防火涂料的选择上，将由国外供货改为国内供货，仅此项材料变更就节约了2000多万元。

多措并举、多管齐下，通过实施投资控制管理，秦山三期工程决算总投资为213.65亿元人民币，节约投资25亿元人民币，节约投资占概算总投资238.99亿元的10.6%，而两台机组提前并网发电投入商业运行又为企业创造产值15亿元，工程造价节约和所增经济效益为国家、为秦山三期赢得了40亿元人民币的巨额财富。

秦山三期公司的财务部总共25名工作人员，在别人眼里他们很平凡，每天上班下班、银货两讫，似乎也没啥流血流汗流泪的活计。1995年的时候，他们中间许多人参加中加合同谈判第一次会议时，才只有两年的工作经历。7年后，财务处长吴正林带领的这个团队，已有人代表秦山三期参与国家课题组“优化外债结构，防范外汇风险”的研究，为国家制定相关文件提供政策依据了。

的确，财务部的工作看似平平常常，不显山不露水。如果有人要问，在秦山三期建造过程中，财务部最骄傲的事情是什么？吴正林会告诉你：“曾经得到过董事会的奖励。”

据说，在秦山三期建设期内，董事会单独对某一项工作给予奖励的，只给了财务部门。那天，当董事会提议给财务部门奖励5万元时，董事们齐声幽默地反问董事长：“什么币种？”

一时间，会议室里洋溢着开心的笑声。

节约增效，防范风险，不等于不花钱，而是要把钱花在刀刃上，花在应该花的地方。就在秦山三期建设过程中，世界上40多个重水堆核电站共同组成了一个业主联合会。这天，时任总经理王森收到了业主联合会发来的入会邀请函。参加业主联合会，条件是每年需交会费3万加元。交，还是不交？在总经理办公会上，有人支持，认为应该参加，与国际接轨；有人反对，主张不参加，觉得不会产生什么效益，花了冤枉钱；还有人觉得，参加不参加无所谓，只不过是一个俱乐部而已。

见大家意见不一，王森说：“业主联合会已形成利益共享、风险共担的重水堆核电站信息网络。我们的机组不出事，一年3万加元是白交了，但万一哪天机组某个设备损坏了，恰恰我们又没有备件，或者不知哪里可供货，此时就可以向业主联合会咨询。要知道，一台机组停堆一天，损失就是几百万啊！”

王森的一句话，打开了视野，大家一致通过。

在秦山，还流传着一个“请老外为老外服务”的故事。秦山三期建造期间，有大量外国专家常驻秦山，高峰时达170多人，最少时也有三四十人。为了满足外方专家的饮食习惯，秦山三期专门派了十几名员工到北京、上海的大宾馆学习西餐厨艺，回来在外方专家居住的枫叶村开了一间餐厅。谁知，这些老外并不买账。这时，加拿大方面提供了一个信息，说印度有家堪索利公司可以承接餐厅经营。当时分管行政的王森听说后，马上拍板公开招标，结果印度的这家公司中了标。最后，双方签下了合同：乙方公司自主经营，每年支付甲方公司租赁费6万元，公司在4年内就收回了餐厅设施等固定资产24.3万元的成本。王森的这一举措，不仅减少了公司后勤管理人员编制，省了工钱，还让外国专家竖起了大拇指，里里外外都点赞。

国际上通行的维修理论有4个层次，即：一是不维修型（自然淘汰），二是灭火型维修（抢修），三是预防型维修（如飞机、核电站），四是状态型维修（预兆性）。国际原子能机构考核电站时，要求做到预防型维修即为合格。但是，秦山三期自我设定的目标则是在规范化、程序化管理基础上，通过先进的信息化手段，基本达到状态型维修（预兆性）。这是维修的最高境界了。而这恰恰也是加拿大人希望在未来的坎杜9型机组中要达到的目标。

在秦山三期还没有实现并网发电之前，加方就向中方提出了一个诱人的设想：整合秦山三期建设的原班人马（上海核工院的设计、华兴公司的土建、二三公司的安装、秦山三期的管理），向国际市场不断出口重水堆型核电站。作为这一设想的前提，加拿大拟在上海建立坎杜6型核电站运维培训中心，邀请秦山三期参股。而且，上海核工院已有6名设计人员被邀请加入加拿大原子能有限公司的设计工作。加方有关人士说，在该公司即将输出印度尼西亚的核电站工地上，他希望有三分之一的员工来自秦山三期。试问，世界上有谁会把利润拱手相让呢？加拿大人心里清楚，在中国的秦山，已经涌现了一大批熟悉国际惯例，懂技术、懂商务、懂管理、懂外语的复合型人才，他们能发现核电建设和管理中的问题并提出解决方案，有些见解和技术甚至超过了加拿大人。

说起秦山三期的成功故事，加拿大原子能公司副总裁潘切尼克也感到不可思议，让这位58岁的加拿大人根本没想到是，加拿大在世界上成功建造了31座重水堆核电站，只有秦山三期的改进使坎杜6型技术得到很大的提高，并且是31座已建的重水堆核电站中少有的提前交付的。秦山三期1号机组从开工到首次并网仅用52.5个月，在55个月的总建造周期中提前了两个多月，这确实是个奇迹。这个纪录在目前我国已运行的核电机组中建设周期最短，在国际核电站建设期上也是名列前茅。显然，秦山三期有一个特别优秀的团队。

说起秦山三期的团队精神，我们不妨再来听一听加拿大人的感受。曾任秦山核电党群工作处副处长、高级政工师的原勇，给笔者讲了一个非常生动的故事。

调试对加方经理杰夫•汤姆森告诉原勇："秦山三期重水堆核电厂调试成功，不仅是中国人的骄傲，也是加拿大人的自豪。"

或许是因为在中国生活时间长，有了与中国人打交道的经验，杰夫•汤姆森用一个手势、一张画图、一张照片，让"老秦人"走进了他的内心世界，在秦山看到了一个外国人眼中的不一样的中国。

先说一个手势。刚来秦山时，杰夫•汤姆森看到与他一起工作的是一群年轻的中国大学生，心中倍感担忧。他和他的外国同事们曾认为秦山三期重水堆核电厂若要按期完成几乎是不可能的，因为他们有过在国外工作的经验。杰夫•汤姆森说："是合同把我们双方紧紧地联系在一起，联合调试队发挥了积极作用，是团队精神的体现。"说完，他把两只手十指交叉紧紧地握在了一起，然后用眼睛里的光芒告诉你，这就是团队的合作精神。

再说一张画图。为了更准确地向人们说明中加双方的合作，杰夫•汤姆森站起身，走到一块白板面前，拿起笔来画了一个大圆圈，在里面写上"CT"（调试队英文缩写）两个字母，然后以大圆圈两侧对称的两点为中心，在左右两边各画了一个圆圈。接着，他在一个圆圈里写了个"A"，在另一个圆圈里写了个"T"。A就是AECL，即加拿大原子能有限公司；T就是TQNPC，即秦山第三核电有限公司（秦山三期）。杰夫•汤姆森说："调试队就是这样组成的，在这样的队伍里，最重要的就是团队合作，加方注重团队合作，中方也强调团队合作，大家都把自己融入这个团队之中，相互支持，密切配合，认真负责，刻苦工作。这就是团队精神。"

最后说一张照片。在杰夫•汤姆森的办公室，他拿出一幅装裱精美的合影照片。照片的背景是在秦山三期重水堆核电厂调试现场，照片上的4个人身穿防护服，面带微笑，紧紧地站在一起。这4个人分别是顾军、杰夫•汤姆森、蒋国元、撒达•阿里坎。顾军和杰夫•汤姆森是调试技术负责人，蒋国元和撒达•阿里坎是调试执行负责人。杰夫•汤姆森说：“这是一张十分珍贵的照片，这是一次难得的合作，令人难忘。”

秦山三期重水堆核电厂两台机组建成发电后，杰夫•汤姆森的任务也完成了，即将离开中国返回加拿大。但在秦山工作的四五年，让他更加清晰、正确地了解了中国，看到了中国的发展与进步，看到了中国新一代核工业建设者身上蕴含着的巨大力量，也习惯了与他的中国同事们一起不分昼夜地加班加点的工作方式。朝夕相处使他与中国同事们建立了深厚的友谊和感情。说到回国，杰夫•汤姆森感到有些难过，恋恋不舍。他热爱中国，热爱秦山，因为那傲立在中国大地上的秦山三期重水堆核电厂也是他人生旅途上一个光辉的里程碑。

秦山三期，虽然项目总承包是加拿大，但是实际上项目的主心骨始终是业主方。曾任秦山三期总经理的魏国良回忆说：“比如，调试生产是中方负责，加方提供技术支持。我们是现场的总牵头。这个过程中双方的合作也是从不理解到理解，从不融洽到融洽。我们这支队伍就是在边奋斗、边成长的过程当中锻炼出来的。开始加方认为调试生产人员只有20%的人合格，工期至少拖延6个月。从客观上来讲，大家都没有直接的重水堆经验，但就是这些人，在老同志手把手教了以后，一个一个系统地学习授权、操作，包括操纵员、值长这批人，他们的成长速度远远超出我们的想象。要知道，加拿大重水堆系统非常复杂，全面掌握是一件非常不容易的事情，但是中国人做到了。加拿大的派遣人员在工作结束了后都非常感慨，其中一个专业技术人员这样表述：‘你们太可怕了！’他见证了秦山三期从不可能到可能的过程。作为中国大陆的首批操纵员，我们通过自主努力，把秦山一期建设好，运行好，管理好。后来走出去跟巴基斯坦人合作，再后来又跟加拿大人合作，现在田湾是跟俄罗斯人合作，这一圈走下来就是30年的历程。”

因此，有人十分形象地说，秦山三期是“加拿大来了三个车皮：一车图纸，一车设备，一车专家。其他全得由中国人自己干”。

2002年12月31日17时16分，当宣布秦山三期1号机组正式投入商业运行时，核电站主控室内热烈的掌声经久不息，魏国良也激动得流下了热泪。整整提前43天！中国人创造了一个奇迹。激动之余，他于当夜写了一首诗，直抒胸臆，把酒当歌。诗曰：

火树银花不夜天，壬午岁末夜难眠。
核电儿女齐踊跃，商运捷报献羊年。
三核建设多艰辛，攻克难关把命拼。
商运一刻忆昔景，男儿也把泪湿襟。

这确实是一段难忘的岁月，也是秦山核电儿女奋勇拼搏为国争光的故事。

当秦山三期（重水堆）核电站工程全部建成发电的时候，潘凯恩感慨万千，真诚地说：“秦山三期是中国人成功的故事，项目的成功主要是以中国人为主体实现的，1%是加方的贡献，99%是中方的成绩。”

“99%的功劳要归于中国人！”“秦山三期是中加合作最好、工期最短、质量最高的重水堆项目。”这是加拿大专家们的一致评价。

2003年8月，在北京召开的秦山三期工程汇报会上，时任国防科工委副主任张华祝赞许地说：“坎杜重水堆技术在秦山开出了比别的地方更鲜艳的花朵。”

2005年9月10日晚，加拿大多伦多市会议中心，灯火璀璨。是夜，正在加拿大进行国事访问的中国国家主席胡锦涛出席了中加贸易理事会在这里举行的晚宴。胡锦涛在晚宴上发表了热情洋溢的讲话，高度评价了中加经贸合作，并特别指出，秦山三期核电建设是“中加合作的成功典范”。

48 为啥在7月1日寄出公开信

7月1日，是中国共产党的建党纪念日，是党的生日。

2004年7月1日这一天，秦山三期的全体共产党员收到了一封特殊的公开信。

这是一封由秦山三期党委书记王森和全体党委委员共同亲笔签名的《致公司全体共产党员的一封信》。

这封特殊的公开信，主要都写了些啥呢？不妨来看一看——

“我们要用阳光的心态，直面挑战，各党（总）支部、各处室要结合实际，积极行动起来，采取切实的措施，扎扎实实地做好‘迎峰度夏’这项当前紧迫而艰巨的任务。全体党员要发挥先锋模范带头作用，充分体现先进性；全体员工要立足本职，努力工作，为电站迎峰度夏和安全可靠运行做出贡献。要以‘乐观、自信、豁达’的阳光心态，看待所取得的成绩，看待公司的进步，看到机组的状况正向好的方向转变。也不能忽视甚至漠视目前存在的不足，通过对问题的查找，摸清问题的症结，有信心、有决心通过持续改进、不懈努力，实现跻身世界先进核电站的目标。

“要用阳光的心态看待其他处室取得的成绩以及需要改进的方面，积极地帮助改进，不埋怨，不讥讽，加强部门沟通，倡导团队精神，队伍会更团结，相处会更轻松。要用阳光的心态，看待他人取得的进步和不足，客观分析，正面引导，团结互助，不指责，不挖苦，树立积极的价值观，工作会更乐观，人生会更自信，关系会更融洽，用心工作才能快乐生活。要用阳光的心态，看待核电事业，安全运营好秦山三期（重水堆）核电站，为我国核电事业的新发展作出贡献。”

这封公开信，如春风化雨，滋润着秦山三期每一个员工的心田，让一颗颗驿动的心，终于平静了下来。

为什么说秦山三期的员工有了“驿动的心”？

秦山三期公司党委为什么要发出这样一封公开信呢？

公开信的背后到底发生了什么？

原来，就在2004年初，刚刚运行起来

的核电站突然连续出现了停机、停堆问题，而且都是人为因素造成的。

这对刚刚主持全面工作的副总经理王森来说，可谓是一个实实在在的“下马威”。

1月8日，因组织人事和编制机构的变动，上级任命王森担任秦山第三核电公司党委书记，主持公司的全面工作。许多和王森年龄相仿的三核人，都亲切地称其“王主持”。

1月22日，是农历大年初一，本应是万家团圆阖家欢乐的喜庆日子。

“那天一早，我还想，紧紧张张忙了一年，过节要放松一下，与家人团聚过个年。谁知没一会儿，厂里来电话说，1号机组户外主给水泵流量测量管由于保温电热丝未通电，因结冰导致设备冻裂，在凌晨引起停堆，要求抢修。接到电话，我过节的轻松劲一下子全没了。”想起这件事，时任维修处处长、后来曾担任公司副总经理，福建福清核电有限公司党委书记、董事长的徐利根还是有些耿耿于怀。

福无双至，祸不单行。谁知，2月18日，又因一名运行操作员走错间隔，取样时误操作，导致2号机组停堆。徐利根说：“1、2号机组投产后，机组安全生产形势严峻。当时有人提出连续稳定运行100天，我们想都不敢想哪。”

40天之内，连续发生两起人因事件。一时间，失落、失望、埋怨等情绪四处弥漫，秦山三期员工的心情坏到了极点。

阴影笼罩着秦山，真有“黑云压城城欲摧”的感觉。机组停堆，不能正常生产，不但造成重大经济损失，更重要的是政治压力太大。中核总的领导压力大，秦山三期的员工压力也大，“王主持”的压力更大。

本来，公司党委定于2月19日召开一年一度的思想政治工作会议，可是2月18日2号机组突然停堆了。这不啻一道晴天霹雳！

思想政治工作会议还开不开呢？

公司内部出现了两种意见：一种是主张首先抢修，因为生产第一，效益第一；一种认为思想政治工作会议照开，以此为契机，整顿思想，查找问题，理顺情绪，振奋精神。

怎么办？问题摆在了年轻的“王主持”面前。

这是一道选择题，更是必答题。

王森丝毫没有犹豫，勇敢地选择了第二种意见。

这时，有的同志出于好意对王森建议说：思想政治工作会议先别开了，现在大家情绪不稳，此时召开这个会议可能收不了场。

但是，王森不这么认为，他坚持按既定工作计划，照常开会，并且毅然决定要把安全生产作为这次思想政治工作会议的主要议题。

显然，在如此严峻的背景下，都能想象得到，会议的气氛该有多么压抑和沉闷。或许，一场纪律的大整顿、思想上的大整风将要开始。大家都在观望着……

2月19日，会议如期召开了。大家都以为王森肯定会对造成停机事件的相关责任人进行严惩。然而，会议伊始，王森就开诚布公：“2月18日人因停堆事件，属公司管理问题，由公司领导班子承担全部责任，不对任何人做组织处理，所有公司班子成员扣罚本月岗位工资。”

王森提出的处理意见，大大超出了人们的意料，令秦山三期所有员工感到震惊的同时，也生出了一丝敬佩。大家都明白：对人因停堆事件，秦山三期领导班子的大包大揽，绝不是“姑息错误”，而是让大家减轻思想负担，放下包袱，开动机器。更重要的目的，是通过会议就这两起停堆事件，分析深层次原因，查找事故根源，杜绝类似事件再次发生。

于是，一场坦诚而激烈的讨论开始了，一条一条意见摆上了桌面。

——有人说，秦山三期工程在建设阶段，众多的荣誉、光环，使不少人滋生了骄傲自满的情绪。

——有人说，机组投产前，是建设期，主要抓三大控制。投产后，是生产运行期，主要抓安全运行，全是自己干。工程建设向生产运行转型，思想准备不够，对将要面临的困难和挑战认识不足。

——有人说，运行、维修、技术等部门职责不清，工作不到位。出了问题找各种借口相互推诿，扯不清时各打五十大板了事。

——有人说，机组投产后，有些工程和调试人员在思考自己的工作去路，有些员工心不在焉。

会议室里，大家各抒己见，问题都摆在了桌面上，等待王森表态。

王森什么也没有说。他静静地打开摆在面前的一本《毛泽东选集》，带领大家一起学习《反对自由主义》。

你不得不佩服王森！在思想政治工作会议上，组织大家集体学习《反对自由主义》，犹如一声春雷，令人清醒，又催人奋进；又如一场春雨，滋润心灵，接受洗礼。时任秦山三期政工办主任、现任核理化院党委书记鄢斌回忆说：“在当时特定环境下，学习毛主席这篇文章，真是切中要害，很有针对性，引起了大家深刻的反思。我很难表达当时会议的气氛，反正对我的内心触动特别大。”

是啊，面对公司出现的各种问题，有关业务部门和人员相互埋怨扯皮，以各种借口推卸责任。这是不是自由主义的表现呢？

会议结束时，王森作了总结发言。针对会议分析的各种原因，继1月22日停堆事件之后，他第二次提出了“安全无借口”的理念。同时，会议作出决定，在运行、维修、技术等部门开展“安全无借口，人人当明星”的活动。

在王森看来，“星”是一个美丽的词语，是劳模、是明星、是先进。一年后，秦山三期涌现出了30多个岗位明星，公司决定组织他们出外旅游一次，作为奖励。

对上述事件的处理，记者丁燕当年曾好奇地问王森：“在出现人因事件而停堆这样的核电站‘大忌’，你为什么不采取‘杀鸡骇猴’的做法，只是做领导层的经济处罚，对当事人或调换岗位，而没有采取降职、免职或开除的处罚手段？”

王森冷静地回答说：“军心越乱时，越不能斩将。历史上，诸葛亮挥泪斩马谡，并没有起到振奋军心的作用。更何况，对核安全问题主要是查明根本原因，杜绝核事故，惩罚不是灵丹妙药，只能使人人自危，越是隐瞒事故不敢公开，越会出大事。”

王森的做法是对的，赢得的不仅仅是尊重和信任，也赢得了人心。

一个月后的3月19日，王森又组织了一次重要的活动。

王森把秦山三期在海盐南北湖召开的这一次会议，名为“静思会”。会议的前一天下午，所有参会人员，包括70岁的老同志，在王森的带领下，干了一件事儿——爬山，攀登南北湖鹰窠顶。

这次爬山，绝不是游山玩水，而是希望大家在放松的同时，也看到秦山三期的安全生产正在走上坡路，需要团队的凝聚力，希望就在前方。

王森真可谓用心良苦。

在3月19日的会议上，王森又专门请来一位老工人，作了40分钟的发言。

这位敢讲真话的一线职工，把公司安全生产管理存在的问题，以及个别技术人员浮在上面、没有沉下去，常犯一些低级错误的情况，一一全盘端上了桌面。

有些问题是司空见惯，有些问题是熟视无睹，有些问题已经是麻木不仁，有些问题是“灯下黑”。当这位老工人谈到安全生产管理方面一些连干部都还未意识到的问题和不足时，与会的干部们震惊了。

静坐常思己过。在“静思会”上，结合老工人谈的这些问题和症候，秦山三期的每个处室都从各自领域深挖矛盾、起底原因，不回避，不遮掩，红红脸、出出汗，自我批评，自我革命，壮士断腕，刮骨疗伤。

最后，“静思会”顺理成章地决定：加强安全生产管理，明确运行、维修、技术等部门的职责，在公司内倡导“安全无借口”的工作理念。

“静思会”之后，公司将减少非计划停堆、减少停机次数、减少人因事件，作为安全生产重中之重的任务来抓。

之后，人们一谈起王森主持的2月19日的思想政治工作会议和3月19日的“静思会”这两个会议时，都亲切地称它为秦山三期的“遵义会议”。此后，“安全无借口”理念，深入人心，化作行动。

2004年5月21日至6月20日，王森又在秦山三期全体员工中开展了为期一个月的读书活动。他向公司管理干部推荐阅读《没有任何借口》《自动自发》和《细节决定成败》等书籍。通过开展读书活动，弘扬负责、敬业的工作精神，端正服从、诚实的工作态度，培养完善、高效的执行能力，为“安全无借口”的理念推波助澜。为期一个月的读书活动，共收到员工撰写的读书札记400余篇，随后选编其中65篇优秀作品结集出版。

读书活动在秦山三期得到了广大员工发自内心的赞同和支持。他们甚至认为公司已经进入了文化管理阶段。毫无疑问，这是一种更加高级的管理，或者说是管理的最高境界。

秦山三期的“老秦人”是凭什么做到的呢？事实证明，这是因为秦山三期领导班子坚持“文化是企业的灵魂，文化是发展的动力，文化是对历史的传承”的理念。王森就是这个文化建设的实践者、开拓者。2004年11月，王森被高票推选为公司总经理，成为秦山三期的领军人物。12月，王森把他对企业文化建设的体会和认识，写成专著《核电企业的灵魂》，从建设核电企业安全文化，加强制度建设、环境建设、人本管理等方面，对安全文化的本地化、安全文化与管理创新进行深入分析和有益的探讨，系统总结了秦山三期几年来在安全文化建设上的实践与经验，开创性地建立安全文化与星级目标管理的评价体系，形成核电站目标评价体系。2005年3月，秦山三期在进行运行安全评审时，国际原子能机构运行安全评审队的官员说："全世界核电厂几百个，作为总经理写安全文化著作的，王森先生是第一人。"

正是在上述安全形势和文化背景下，秦山三期党委在2004年7月1日，给公司500多位党员写了《致公司全体共产党员的一封信》。

时任主控室值长潘军回忆说："那天，我看到这封信，看到党委委员的签名，很惊讶。特别是倡导员工以阳光心态看待和处理问题时，给人豁亮的感觉。这封信我一直保留着。"

的确，秦山三期党委在这封公开信中所倡导的阳光心态，使员工相互信任、理解，消除了消极情绪，营造了健康、积极、正能量的公司文化，打牢了"安全无借口"的思想基础。

一封公开信，赢得众人心。

坚持党的领导，这是每一个共产党员坚定的承诺和永恒的誓言。

同样是在党的生日这一天，计划质保处党支部全体党员给公司党委写了一封回信。在这封题为《回阳光以灿烂》的信中，他们说："今天，公司党委把阳光心态洒满了秦山三期的每一个角落，为坚守和巩固已经取得的成绩和实现跻身世界先进核电站的目标，打造了一个良好的企业生态环境。承载着公司党委殷切希望和重托的'信'，我们将组织党员和全体员工继续'读'下去，与公司全体员工一道朝着总经理部制定的目标前进。"

2004年，是秦山三期全体员工难以忘怀的一年。一波三折，几经停堆，塞翁失马，把坏事变成了好事，教育了自己，警醒了未来。正是在这样的遭遇面前，秦山三期针对安全可靠运行提出了一系列的文化管理理念。

——公司理念：安全无借口，赢在执行，以人为本，追求卓越。

——公司氛围：融合、坦诚、开放，阳光心态，关注细节。

这些安全文化的理念，潜移默化地提升着"老秦人"的素质，提升着"老秦人"的执行力和文化力，成为秦山核电安全文化的重要组成部分。

2005年，秦山三期党委又进一步提出了"三少五多"，即：少一点埋怨，少一点风凉话，少一点关注他人缺点；多考虑他人感受，多把他人往好处想，多问问他人困难，多夸赞他人，多一点微笑。

话短情长，字字走心；言少情深，句句在理。

千言万语，万语千言，王森把秦山三期的安全管理文化总结为两句话："永远不要认为自己做的是最好的，永远将安全放在第一位。"

49 中国人的8兆瓦

一提起“8兆瓦”，“老秦人”都知道，这是秦山三期两台重水堆机组的一块“心病”。其实，准确地说，这“心病”一开始并不是“老秦人”的，而是外国汽轮机组制造商的。

2003年1月，秦山三期1号机组投入运行，谁知在第一次性能试验时出现了一个意料不到的问题，那就是机组总电功率输出为720兆瓦，没有达到设计额定功率728兆瓦！这年7月，秦山三期2号机组投运，令人大跌眼镜的是，相同的问题又一次出现了！

一心想凭借在秦山三期的良好业绩打开中国核电市场大门的外国制造商，面对这种尴尬的情况，汽轮机组制造商着急了，不得不承认自己在设计方面存在不足。对此，他们非常重视，成立了专项小组，先后进行了两次大修。在大修中，他们把6000多个汽轮机叶片拆下来重新用铜锤敲过，高压缸喷嘴重新调节过，内部气封、隔板、导流环等重新更换过……三年时间内，外国制造商几乎把汽轮机所有的设备都“折腾”过一遍，先后投入1000余万美元，甚至为此撤换过项目负责人，但在2005年9月的竣工验收中，两台机组的额定电功率输出仍为720兆瓦。

真是无可奈何，在叹息中，外国设备制造商不得不按照合同规定赔付秦山三期2400万美元。即使如此，这家国际顶级的汽轮机制造商依然没有放弃希望，继续做着自己的试验，直到2006年上半年，他们在总共付出了3000多万美元的代价后，最终不得不放弃了所有的努力。

就这样，汽轮机功率提升这块“心病”一下子成了秦山三期要独立面对的问题。

自己的问题最终还是要自己解决！抱着这样的信念，不服输的“老秦人”在2006年5月专门成立了一个由多部门精英组成的汽轮机出力提高专项组，由秦山三期主管技术改进的副总经理张振华担任专项组组长，开展了研究、试验工作。他们决定在9月进行的202大修中实施改造。

9月27日，也就是202大修的前两天，是2号机组汽轮机功率提升专项最后一项关键试验的日子。张振华说：“之所以选这个日子，是因为一旦真的出现失误导致停机，那么2号机组就只需要提前进入大修。”

任何试验都必须承担风险。据不完全统计，为了这个项目，秦山三期技术人员在短短两个月时间内做了各类试验15次，其中有7、8项关键设备试验都存在着较高的风险。有的试验要在核电站100%功率运行的条件下，在关键部位安装70多个检测仪表，也就是说，他们在系统中增加70多个可能会出现问题的“点”；有的试验必须时刻保证两组阀门行程高度协调……各项试验要求千变万化，一旦出现失误，都有可能导致不愿看到的情况——非计划停堆的发生。

面对风险，必须有敢于冒险的精神。而在决定开展这个专项之初，每一名组员都要在一份又一份的试验申请书上郑重地签下自己的姓名。张振华平静地说：“提升这8个兆瓦的功率必然要做好付出一定代价的准备。在这些代价中，最大的就是要承担相应的风险。我们必须要前进！我们所能做的就是谨慎再谨慎，将风险降到最低。”

最后一项关键试验开始了，当控制系统由自动切换为手动后，手摇阀刚刚开始摇动就出现了其他阀门异常关闭的紧急情况，试验被迫中断。专项小组立刻展开现场分析工作，寻找问题原因，调整试验方案。3个小时后，试验重新开始，放弃手摇阀，改为电动控制，95%、90%、85%……阀门在慢慢关闭，每一步操作，值班人员都紧张地监视着是否出现异常反应，技术人员则详细记录着每一组数据……从早上8点进厂到第二天凌晨0点，历时16个小时的试验最终获得成功！

202大修结束后，秦山三期2号机组汽轮机出力达到728兆瓦的消息不胫而走，成为轰动世界核电行业的重大新闻。一时间，国内外的核电同行半信半疑，总有人前来询问“老秦人”——这8个兆瓦的提升真的做到了吗？你们到底是怎么做到的？特别是这家外国汽轮机设备制造商，更是感到吃惊。

8个兆瓦究竟来自哪里？作为汽轮机出力提高专项组主要成员之一的肖波笑着说：“汽轮机制造商的失败封闭了一扇门，却为我们打开了一扇窗。”

肖波充满辩证法意味的解释，说明“老秦人”走了一条与外国设备制造商大相径庭的技术路线。的确，掌控先进技术的外国设备制造商将所有的改进项一股脑地“砸”在了自己研制的汽轮机上，没有从别处开源信息，导致其反反复复改进又反反复复失败。如果说“失败是成功之母”，那是因为你从失败中跳出来找到了通往成功的路径。外国设备制造商的失败，让张振华、肖波等秦山三期的技术人员看到如果仅仅只围绕汽轮机这一关键设备做文章，已经很难再找到提升功率的空间了。

东方不亮西方亮。既然不能在汽轮机上找到问题，那为什么不开拓一下眼界，从与汽轮机出力提升相关的整个热力平衡体系中找出一些可以“挖潜”的环节来呢？就是抱着这样的奇思妙想，汽轮机出力提高专项组将一腔热情投入到了整个热力平衡系统中的上千个大大小小、关键非关键的设备上。他们仔细地比对着每一组与额定功率存在较大出入的数据，每一个有望提升功率的“点”都被他们一一拉出来，寻找可行方案，布置相关试验……显然，他们在试验中得到的不仅仅是一些具体的理论和数据，还有一份对技术工作的自信与执着。肖波笑着告诉前来询问的同行：“8个兆瓦是从哪里来的？就是我们从2.2兆瓦、1.5兆瓦、1个兆瓦、0.7兆瓦，这样一点点找到，再加起来的。”

2006年8月，在秦山三期汽轮机出力提高专项组提交的提升方案正式实施前的最后一次评审会上，中国工程院院士徐大懋对该方案给予了高度评价：“这些技术成就带来的不仅是经济上的价值，三期员工这种锲而不舍的‘挖潜’精神更值得推广。”

写到这里，读者朋友或许要问，这8

个兆瓦的提升到底意味着什么？

按照核电行业标准说法，如果按85%的负荷因子计算，在几乎不需任何投入、不增加运行成本的情况下每年可增加发电量6000万千瓦时，增加效益2700万元人民币。按核电站寿期40年计算，一台机组将增加发电量24亿千瓦时！显然，这笔账并不难算，但这还是其次，更为重要的是：在国外著名设备制造商无能为力，被迫宣布彻底放弃汽轮机功率提升项目的情况下，中国核电人通过自主科技攻关一举突破“8兆瓦”难关！通过此次改造，秦山三期真正摸索出了一条对引进技术消化、吸收再创新的新路子。

2006年11月23日，中核集团公司在收到秦山三期2号机组二回路热力系统技术改造成功、机组额定功率提升8兆瓦的喜讯之后，特发来贺电：“你公司在国外供货商花巨资未改造成功的情况下，完全依靠国内和自身的技术力量，对国外机组实施技术改造，实现了机组出力的提高。此次技术改造的顺利完成，充分体现出了你们的不懈努力和技术进步，为后期的技术改造积累了宝贵的经验！”

更加令人欣喜的是，2007年6月9日，秦山三期1号机组大修后汽轮机性能评估试验顺利完成，“老秦人”又拿下了一个8兆瓦！试验结果表明，经过相关技术改造和调整，汽轮机额定出力达到728.6兆瓦，比机组最终验收值提高了8兆瓦，高出原设计功率0.6兆瓦。这是继2006年9月2号机组出力成功提升8兆瓦之后，秦山三期自主科技创新的又一重大成果。

自力更生，创新无限。通过自主实施技术改造，汽轮机出力得到提高，秦山三期自主改造的良好实践，已成为对国外技术消化、吸收再创新的成功范例。改造后，秦山三期两台机组出力累计提升16兆瓦，在不需增加任何投入的情况下，每年可增加发电量1.2亿千瓦时，按电站寿期40年计算，两台机组将增加发电量48亿千瓦时，经济效益和社会效益十分可观。测算表明，48亿千瓦时发电量相当于少消耗164万吨标准煤，减少二氧化碳排放350万吨，减少二氧化硫排放约2.64万吨，其环境效益也十分突出。

两个8兆瓦，“老秦人”为之振奋，中国核电人为之振奋——因为这是中国人的8兆瓦！

第十四章

中国核电发展的“老母鸡”

50 “一颗螺丝钉的大讨论”

这是一场新的考验！

这是一场新的危机！

1998年3月，身为党委书记的林德舜，被中核总党组任命接替张华祝兼任秦山核电公司总经理。

然而，上任不到半年，核电站又出现了重大故障。多少年后，回忆起这件往事，他依然用成语“惊心动魄”来形容。他说：“1998年3月之前，我一直担任一期的党委书记，后来组织上任命我担任了一期总经理。我虽然对这个担子的压力有充分的思想准备，但没有想到的是，一场出乎意料的严重事件在等待着我，现在我想起来还感到有点惊心动魄。”

这到底是一件什么事呢？

7月14日，秦山30万千瓦核电站按计划停机停堆，开始第4次换料大修。谁知，检修刚刚开始，即发现反应堆下部中子通量管抽插困难，接着用水下照明进一步检查，发现有部分中子通量管损坏严重！这是核Ⅰ级设备损坏，按照核安全法规规定必须找出损坏原因，对其可能产生的影响进行评估后才能提出维修方案。

完全可以想象得到，刚刚党政一肩挑的林德舜，承受着多么大的压力！核电机组每停一天都要产生数百万元的经济损失，而核电机组能不能修好、何时修好，都在考验着公司的每一位员工。

怎么办？

做进一步检查！

怎么检查？

实事求是地说，以秦山核电站现有的手段和设备，根本没有办法彻底搞清楚水下吊篮底部的情况！

下一步该怎样走？

要分析原因！

什么原因？是设计问题，是设备制造缺陷，还是运行管理造成的？

秦山核电，再一次惊动了北京！

北京的一个又一个检查组，来到了秦山。秦山的天空再一次笼罩在不可预知的雾霾之中。“杜拉风波”的旧事又一次被翻了起来。一时间，大家议论纷纷，各种消息满天飞。

这时有一个比较主导性的意见浮出了水面——秦山一期是中国人自己设计的核电站，出了问题也应该依靠我们自己的力量来检修。为啥？理由也很简单，这样做既符合自力更生、自主创新精神，又可以防止把我国自己研制的核电站的结构、数据泄露给外国人。这个意见好是好，但从目前国内的核电检修技术、设备和经验来看，难度非常大。

林德舜心中没底。这时，还有一个声音在林德舜耳边回响——秦山二期、三期工程正在开工建设，秦山一期发现的故障必须尽早解决，而且绝对不能出事！否则，有可能断送中国核电事业的前程！

林德舜瞬间有了一种压迫感。那一段时间里，他几乎彻夜难眠，人也整整瘦了一圈。是啊！运行了7年的秦山核电站，如今在自己的手中趴下了，怎么交代?!

分管设备检修工作的公司副总经理耿昌心也是同样着急上火。耿昌心1968年从清华大学机械专业毕业后，被分配到八一二厂，1990年调到秦山核电站工作。1994年4月，秦山一期在投入商业运行后开始着手准备第一次换料大修。耿昌心被任命为主管机械工作的副总工程师，迅速组织起一支技术骨干队伍，开展大修准备和组织实施工作。

首次换料大修，对耿昌心来说是一项全新的工作，他采取多开会多交流的方式，向老同志请教，把运行、检修和管理人员全都发动起来，群策群力，做好大修网络计划，并坚决执行。在大家的共同努力下，换料大修工作从1994年10月21日开始，至1995年1月25日结束，实际工期93天，比预定计划的99天提前了6天。当机组再次投入运行的时候，耿昌心悄悄松了口气，他和同志们在学习和实践中为以后的换料大修积累了经验，探索了道路。

但是，这一次，又面临一场严峻的考验。

在检修现场，只见检测探头正在水下反复移动检查，望着黑白显示器里模糊不清的画面，耿昌心忽然想起一个人。

这个人名叫张玉良，1956年毕业于沈阳机械工业学校，被分配到长春发电设备制造厂。1964年被选调到四〇四厂二分厂工作，与核工业结缘。1983年，张玉良奉命调到秦山。1985年，秦山核电站成立检修部，张玉良担任机械队队长，主要负责生产准备。1991年，作为队长，张玉良带领29名队员，顺利完成了中国大陆第一座核电站首次装料任务。从7月31日至8月8日，价值几亿元的121组燃料组件全部安全装入堆芯。蒋心雄也来到了现场，亲自将最后一块标识牌放在模拟板上。那一刻，掌声雷动，当年告别长春亲友奔赴戈壁沙漠都没有掉一滴眼泪的张玉良，忍不住落下了热泪。要知道，那一刻已经写进了新中国的核电发展史！

在耿昌心眼里，张玉良专业素质好、严谨细心，对装卸料系统的机械设备都极其熟悉，装卸料非常有经验，许多问题被其发现后都能够得到及时解决，是十分难得的人才，而且对他工作上的帮助和影响也非常大。

耿昌心为什么忽然想起张玉良了呢？因为张玉良曾经跟他说过一件事儿。

那是1995年12月，秦山一期第二次换料检修时，检修人员把反应堆吊篮拿了出来。按常规，第二次检修是不应该把吊篮拿出来的。可是，反应堆的水下灯爆炸了，碎玻璃掉进了堆芯，必须把异物取出来。而要把异物清理干净，就必须把吊篮拿出来。清理完毕后，又得把吊篮装回去。

有一天，张玉良找到耿昌心，说："耿总，我下到水池里去检查，在吊篮存放架的池底下发现了一颗螺丝钉。"

"螺丝钉？"耿昌心警觉地问，"在哪里？"

张玉良说："我把它存放在铅罐里了。有剂量，可能是从堆芯掉出来的。"

听张玉良这么一说，耿昌心顿时一愣，仿佛有一片阴云从心头掠过。他立即带着张玉良跑到库房查看。辐射防护科的同事小心翼翼地把铅罐打开，用钳子夹出螺丝钉，让他仔细察看。回到办公室，耿昌心立即做了一个详细的记录，记下了螺丝钉的长度和直径，同时向总经理做了口头汇报。后来，他找来图纸，左看右看，始终看不出毛病出在哪里。左思右想，他认为设计应该是没有问题的，但这东西如鲠在喉，他觉得是一个不好的先兆。

现在出现的故障，难道就是这个螺丝钉引起的后果吗？

耿昌心不敢想，心里隐隐有些作痛。如果早一些引起足够重视，或许今天的问题就可以避免，停堆处理的时间就不会太长，损失也不会太大。

更何况，反应堆吊篮筒体下部及吊篮支架检查，是通过预先安装的水下探头进行的。现在，传输到黑白显示器里的图像模糊，效果不理想，可能导致判断有问题，也就无法决定下一步怎么做、怎么修。

凭自己的设备、技术和经验，已经是山穷水尽了。要想柳暗花明，只能借助外部力量。自力更生没有错，但是，科学来不得半点马虎，更来不得半点虚荣。独立自主没有错，既不能妄自菲薄，也不能妄自尊大。自力更生不是不向西方先进经验学习，不是狭隘的闭关锁国，重要的是自家的饭碗要端在自己手里。

此时，耿昌心又想起了一个人。

这个人名叫保曼，是德国ABB公司的核技术专家。检修部曾经从他们公司引进过堵管工具。耿昌心与保曼有过一些交往，彼此比较熟悉。保曼曾向他全面介绍过ABB公司的业务，耿昌心知道他有能力和手段帮助秦山一期解决现在的故障。

作为林德舜的副手，耿昌心明白大家此刻所承受的巨大压力。于是，他鼓起勇气，向林德舜建议请德国的保曼来谈一次。

在深思熟虑之后，林德舜同意了。

"我们还是应该从实际出发，实事求是！"林德舜说出了自己内心真实的想法。

林德舜的意见，得到了刚刚到任的公司党委书记刘传德的支持。刘传德是1998年8月从核工业管理干部学院党委书记兼常务副校长的岗位上，调任秦山核电公司党委书记兼副总经理的。用当时流行的说法属于"半路增援"，用他自己的话来说就是一个"插班生"。

刘传德说："可以分两步走，先请国外

有经验的公司来做详细检查，有了结果以后，再决定由谁来修复。”

1998年秋天，保曼从德国赶来了。

在海盐国光宾馆，耿昌心和保曼见面了。

两个人一落座，保曼开门见山，第一句话就说：“耿先生，你们是不是遇到困难了？”

对保曼的职业敏感，耿昌心暗暗吃了一惊，因为现在秦山一期出现的故障还是一个秘密，所有的工作都必须向北京报备，得到上级许可后方可实施。

耿昌心没有正面回复保曼的问题，而是先请保曼介绍ABB公司的业务情况。保曼介绍得非常详细，特别是在核反应堆设备的检修方面，讲得非常透彻，表明自己完全有能力帮助秦山解决核反应堆的所有问题。

从保曼的话中，耿昌心听得出来，他已经或多或少了解到秦山一期的运行遇到了十分棘手的困难。在交谈中，保曼一再表示：“耿先生，我们怎么合作？你们让我们干什么？”

对保曼的问话，耿昌心依然不置可否，客客气气地请保曼好好休息休息，自己则马上向林德舜报告。而林德舜也要等北京的回复后才能决定，就让耿昌心想办法，请保曼在海盐再多逗留半天时间。

这天中午，耿昌心奉命在国光宾馆宴请保曼。两人一边吃一边聊。

谁知，保曼依然执着地提自己的老问题：“耿先生，我们怎么合作？你们让我们干什么？”

“不着急。现在是我们江南最美丽的季节，我邀请你到杭州或苏州去游览，顺便休息休息。”耿昌心微笑着发出邀请，意在挽留保曼。

保曼诚恳地说：“耿先生，我们是老朋友了。请你告诉我，你们是不是遇到麻烦了？我知道你们遇到麻烦是要请示北京的。我今天可以等你们一个下午，今天晚上你们能不能决定，如果今天晚上能决定，我就再等半天吧。杭州、苏州我都去过了，这次就不去了。如果今天晚上还定不了，那我就不能再等了，我的飞机票也都买好了。”

听得出来，保曼是真诚的。

一时间，耿昌心不知道如何回答是好。他不得不再次请示林德舜。

林德舜也有些无奈，说：“晚上还很难说，就让他先回去吧！”

就这样，耿昌心只好客客气气地把保曼送走了。

当天晚上，林德舜在国光宾馆玉兰厅召开了总经理办公会，公司副总工程师以上干部全部参加。不用想象，会议的气氛有多么压抑和沉闷。面对当前的困境，大家焦急万分，你一句我一句，讨论来讨论去，结果一致认为还是要请德国ABB公司来检查，待查清楚具体问题之后，再讨论下一步该怎么走。

会上，林德舜当场给北京打了3次电话，汇报了当前的情况和总经理办公会的建议。北京方面似乎仍没有给出一个肯定的答复。

时间不等人啊！

古人云：“将在外，君命有所不受。”根据与会全体人员的意见，林德舜当场拍板决定：先请德国ABB公司进行检查。同时，批准耿昌心明天赶到上海，把保曼追回来。

此时此刻，耿昌心知道林德舜所承受的压力是巨大的，必须把这件事情处理好，走好第一步，高效而不露声色。

当晚，耿昌心赶到厂里，做了两件事，一是把准备好的资料图纸全部拿上；二是打了两个电话。第一个电话，他打给了接待科的同事宋英，就是她负责把保曼送到了上海。宋英是一个办事周到又细心的人。她告诉耿昌心，保曼住在上海虹桥机场旁边的一家宾馆，就连宾馆前台的电话，也一并告诉了他。第二个电话，他打给了检修部的黄潜，请他担任翻译，马上到自己的办公室，给保曼打电话，约好第二天在上海的宾馆面谈。

第二天一早，耿昌心和黄潜马不停蹄地赶到了上海。

在宾馆大堂，与保曼见面了。他们找了一个安静的角落坐了下来。

这一次，耿昌心开诚布公地说："保曼先生，我们确实遇到困难了。"接着，耿昌心把秦山一期反应堆换料大修遇到的情况，实事求是地向保曼作了介绍："我们想请你来做进一步的检查，你们能做到吗？"

"其实，你们请我来，我就预感到了。否则，你们的机组也不会停那么长的时间。我们的能力和水平昨天都介绍过了，你们可以放心，我们能做到。"保曼诚恳而自信地说，"这些资料能不能留给我？"

"可以。但我有两个条件：一是这些图纸不是正式的图纸，仅供参考；二是这套图纸你拿回去后，不能复印，只有这一份，将来还要还给我们。"耿昌心在得到保曼的肯定答复后，把图纸留给了他。

接下来，两个人开始谈价格，谈责任。谈好之后，已是天黑时分。此时的林德舜正在秦山焦急地等待着。接到耿昌心的电话后，一颗悬浮的心才稍稍安定了下来。

然而，这毕竟还只是秦山核电自己的决定，是林德舜拍板的。在耿昌心回来的第二天，林德舜就对耿昌心说："老耿，走，咱们上北京！"

说走就走，两人急急忙忙赶到北京，见到了领导，赶紧把心中的苦恼、苦痛、苦水都倒出来。林德舜和耿昌心两个人把秦山一期换料大修遭遇的困境，全部倒了出来。核心只有一个，那就是我们目前还没有更先进的检查手段，如果等国内设计单位开发研究，谁也不知道要研究到什么时候，谁也不知道还要等到什么时候。所以，现在只能也只有请国外公司先把问题查清楚，才是最有利、最可行的方案。

"我们实在等不起啊！"

"你们的意见，我看可行。确实等不起啊！"

在得到副总经理李玉崙和其他中核总领导的理解和支持后，林德舜一回到秦山，当即决定，由耿昌心负责请德国ABB公司对核电站反应堆作进一步检查。

从9月12日开始，保曼所带领的德国ABB公司团队经过14个昼夜的检查，很快查出了结果，故障情况及原因也全部查清。

国内外专家分析后一致认为：由于秦山一期30万核电机组是原型堆，吊篮下部结构的松动件连接不够完善，抗振动冲击强度不够，松动件脱落，导致吊篮下部的中子通量管导向管破裂或断落。吊篮下部结构进行修复后可以继续运行。

然而，吊篮下部的中子通量管的损坏程度还是让耿昌心吃了一惊！更令他不解的是：“我在看图的时候居然没有看出来，这是不应该的。为什么？”他反复查看图纸，对照录像图像，分析原因——如果设备制造单位按照设计图纸和要求去认真执行，一定不会出现这样的问题；如果图纸没有问题却又出现了故障，那么这个问题的根源可能还是在制造过程中。经过严谨细致的比对、研究，耿昌心发现反应堆的堆芯底下有一个固定螺丝，图纸上要求是全部满焊焊死，可实际焊接时却是鼻涕焊。因此，仅仅从图纸上是发现不了问题的，又怎么可能知道这颗小小的螺丝会掉下来呢？

于是，耿昌心找到了设计单位，很快就证实了自己的结论。图纸设计要求是焊死，可焊接工人却认为无法按图纸去做，设计与制造双方缺乏理解和沟通，最终导致图纸与实物存在巨大误差。

原因查明了，现在该决定怎么修复、由谁来修复了。

检查难，修复更不容易。摆在林德舜面前的又是两种选择，要么立足国内，要么选择国外。

根据立足国内组织力量进行修复的意见，林德舜请国内有关设计院提出了方案：设计院认为要把吊篮取出、翻转后再修复。为此要先设计、制造一个吊篮翻转支架，大约需要1年的时间，而其他准备工作还需要多少时间，一下子还说不清楚。显然，这个方案与各方面的要求差距太大。

不能再犹豫了！优柔寡断是干不成事业的。林德舜再次果断地提出了自己的主张：请国外有经验的检修公司进行修复。还是像上次一样，为了说服上级，林德舜又多次往返北京和秦山，分别向总设计师、核能专家、中核总领导一一作了汇报，最终请经验丰富的国外检修公司的意见获得批准。

林德舜回忆说：“1998年反应堆第四次换料，中子通量管导管出现问题，通量管断了，螺丝掉下来，掉在反应堆里头了，这就非常麻烦了。当时我当总经理，刚刚任命不久，就出了这样的事故。我们开会讨论怎么解决，一种意见说我们自己搞，因为秦山是我们自主设计建造的，叫外国人来，那设计数据都要给外国人。还有一种思想是实事求是，叫别人来修，叫外国人来修。因为人家的核电已经发展很长时间了，有这个经验。我咨询了国内专家，得知光做这个把反应堆翻过来的支架就要一年时间。一年时间建支架，再加上维修，这一停堆就得两三年，这是多么严重的影响。最终我们还是坚持实事求是，请外国公司来处理。”

1998年9月下旬，秦山核电公司向美国西屋公司、德国ABB公司、法国法马通公司和日本三菱公司等4家公司发送了招投标邀请书。

10月下旬，林德舜带领秦山一期团队分别同4家公司接触。在海盐国光宾馆，经过第一轮谈判，法国法马通公司和日本三菱公司都表示能够胜任修复工作，但因其计划修复时间过长，中方不能接受而打道回府。

这时，林德舜作出了一个智慧的决定——移师北京，与德国ABB公司和美国西屋公司再谈，目的是能够更加快速、及时地向总公司领导汇报，以便第一时间作出决定。

北京，1998年的冬天，是一个不太寒

冷的暖冬，但对早已习惯了江南生活的人来说，北方的风还是格外刺骨。林德舜和耿昌心带领一个庞大的谈判工作小组，马不停蹄来到了北京。抵达谈判地点，他们立即通知德国ABB公司和美国西屋公司，在晚餐后就开始谈判，第二天下午4点宣布谈判结果。

晚饭后，他们先与美国西屋公司谈。这一谈，就是一个通宵，直到第二天早晨6点半才结束。稍事休息后，从上午8点开始，他们又与德国ABB公司接着谈。谈判结束后，他们马上赶到三里河核工业部大楼向中核总的领导们汇报。

谈判进行得十分艰苦。在林德舜的带领下，谈谈停停，大家两天一夜没合眼。耿昌心冲在前面，林德舜就在隔壁房间等候。谈判就像一场拉锯战，你来我往，打打停停。双方谈一段时间，大约两个钟头，谈累了，就休息一会儿。在休息的时候，耿昌心就向林德舜汇报，听意见，调整谈判思路，再接着谈。对方也是如此，也要向公司总部打电话，向上级主管领导汇报。

耿昌心至今依然清楚地记得，每一次中间休息的时候，一敲开林德舜的房门，总是看见他孤独地坐在沙发上，香烟不离手，表情凝重，不看电视，更不睡觉，对他的每一次报告和请示，总是能够作出正确的判断和果断的答复。他能感受到林德舜作为总经理在此时此刻所承受的巨大压力，这种压力对于参加谈判的每一个人的精神、意志和能力都是巨大的考验。

漫长的谈判和焦急的等待，让耿昌心和他的谈判小组憋足了一股气。当美国西屋公司提出24小时倒班作业时，得到了秦山核电公司的积极响应和支持，首开24小时检修倒班作业之先河。每个班，中方可以安排两名会说英语的员工与美方技术人员一起工作。这样的安排，不仅能让中方员工学习到新知识、新技术，而且并肩战斗的经历，也可以让中方检修部人员与美国西屋公司员工之间建立起深厚的个人友谊。显然，这样的合作模式，是符合中方利益的。

经过对德国ABB公司和美国西屋公司提供的技术方案、修复时间及合同价格的综合比较，这天下午4点，中方准时宣布了谈判结果：美国西屋公司中标！

1998年12月，与美国西屋公司签署了吊篮修复合同。

1999年3月13日，国家核安全局审查通过了西屋公司技术方案。

1999年3月16日，美国西屋公司检修人员进驻秦山，修复工作正式开始。

1999年6月18日，经过近100天加班加点苦干，修复工作全部结束。

1999年6月24日，经国家核安全局检查，认为修复工作质保控制有效，吊篮修复工作取得满意结果。这天16时，国家核安全局宣布同意释放第一个控制点；23时，修复后的吊篮顺利返回堆内。

1999年7月，正当秦山着手准备装料时，又发现一条海水地埋管道破裂。在处理过程中，因管道焊接原始资料不全，不得不重新铺设，接着又日夜兼程干了1个月，1999年8月初国家安全局审查通过。

吊篮修复工作从发现故障到修复结束，历时整1年。林德舜回忆说："通过竞标，美国西屋公司承担了这次的维修工作。美国西屋公司来了一帮人，修了100天，把它修好了。"

1999年9月16日，秦山30万千瓦核电机组在历时艰难曲折的14个月后，再次并网发电。从此以后，机组进入了一个稳定、持续、可靠的良好运行状态。

本次换料大修出现的吊篮故障，在秦山核电历史上又被称作“T6事件”。

“T6事件”，仅仅因为一颗小小的螺丝钉，耗资1600万美元，使秦山核电公司经济效益受到严重影响，如果再推迟1个月，连员工的工资都没有钱发了，着实让林德舜经受了一次严峻的考验！但其处理和修复过程，对秦山核电公司核安全文化理念的提升及运行管理水平的提高，产生了极为深远的影响。

在谈判过程中，美国西屋公司起初对上海核工院提供的数据，总是不放心，老是怀疑。后来，经过他们自己反复论证，认真对比双方数据，最终才认可了中方的设计，并按中方的原始设计数据，提出了修复方案，最终获得中国国家核安全局审查通过。美国西屋公司质疑而又尊重事实的工作态度、严谨的作风，深深地触动了林德舜、耿昌心、黄潜等参与事件处理的“老秦人”。

在修复过程中，美国西屋公司的维修理念、管理方式、检修手段及现场管理，都比较先进，对秦山很有启发。他们计划严密、分工明确、工作有条不紊、操作记录齐全清楚、质保监督有力、工期控制有效。秦山的检修人员通过配合工作看到了差距，学到了不少东西。谈及这次与美国西屋公司的合作，耿昌心说：“最大的收获是学到了一套处理设备故障的技术，虽然我们还没有手段，但学到了他们的工作作风，从那以后检修部的装料就是24小时不间断工作，大大提高了检修换料的效率。”

耿昌心在许多场合谈过自己对秦山一期核电机组再次投入运行的感受。他说：“秦山30万千瓦核电站是原型堆，是我们自己设计建造的，是在国外很多资料对我们封闭的情况下摸索出来的，在设计、建造、运行和管理的各个阶段难免会出现这样那样的问题，对这些问题我们必须保持高度的警惕，要有高度的责任心，不能放过一丝一毫。这一次，给我们的教训太深刻了，让人刻骨铭心。”于是，他向总经理林德舜提出了两条建议：一是应该抓好技术改造不放松。二是要全面培训各级领导干部，到国外去学习，或请外国人来讲课，时间要长一些，最少要2至3个月，有条件半年都可以。公司总经理要带头，副总经理、处长都要参加学习。这两条建议林德舜都接受了，其实这也是林德舜最想做的两件事。

“塞翁失马，焉知非福。”任何事情都有两面性，都需要辩证地来思考。林德舜决心把坏事变成好事！他趁热打铁，在全公司开展了一场“一颗螺丝钉的大讨论”，发动全厂职工学习国际原子能机构编写的《安全文化》，并签发《秦山核电厂安全及质量政策》。同时，在国际原子能机构的帮助下，启动了中层管理干部培训计划，开展了大规模学习活动，先后派遣5批干部分别赴美国、法国、韩国等有关核电厂学习培训，结合已经在执行、落实IAEA运行安全评审专家意见进行的整改，开展自查自纠活动。

“变被动为主动！化危机为转机！”这是藏在林德舜心头多年的想法。

“一颗螺丝钉的大讨论”，在秦山一期

整整进行了一年的时间。

2000年，林德舜签发了秦山核电公司第一个五年规划。这份规划第一次提出了公司使命、五年目标、WANO要求的12项考核指标和经济目标；制订了包括重大技术改造、改进安全管理、加强设备材料管理、改进技术支持手段、完善信息系统建设、开展预算目标管理、加强人力资源管理和提高企业文化水平等8项行动实施规划，提出了182项具体措施。林德舜希望以此为新的起点，统一全厂行动，全面提升秦山核电站整体管理水平，向世界先进核电站行列迈进！

一颗螺丝钉，影响并改变了一群人！

一颗螺丝钉，影响并改变了一个企业！

一颗螺丝钉，影响并改变了一项事业！

想起秦山往事，讲起一颗螺丝钉的故事，82岁的林德舜已经静如止水，他淡淡地说："我在核工业系统里工作了35年，一生缘，两件事。一件是参加核武器建设，另一件就是建设核电站。秦山核电站之所以有今天的成绩，不是一个人、一个部门或一个企业能办得到的，大家就像跑一场接力赛，我只是尽力跑了自己的那一棒而已！"

在秦山，这一颗螺丝钉的故事，"老秦人"永远也不会忘记！"T6事件"是秦山核电早期经历的最大挫折和困难之一，影响深远。作为亲历者，"T6事件"是黄潜经历的秦山核电最重大的考验。他说："那是1998年，30万千瓦堆换料大修时，发现装燃料的吊篮底部存在指套管等异物，检修需要180度翻转，切割、钻孔、拧螺丝等一系列操作，而且都要在放射性水下进行。当时我们没有经验，就请了国外专家来技术指导。从组织检查、与外请专家公司谈判、安全评审到最后实施，我都亲身参与了组织工作。虽然最后顺利解决了问题，但也给我们带来了一次极为深刻的教训。为此，我们进行了全面的总结和反思，并将整个管理层分成三个组，分别到美、韩、法等国去学习先进经验，最后从状态报告、经验反馈到运行维修管理等都进行了全面提升，逐步形成了一套中国特色的行之有效的核电管理体系，为我们取得今天优异的运行业绩奠定了基础。"

51 "黄金人"是这样炼成的

走进秦山，走进核电站，就会有人告诉你"黄金人"的故事。

核电站的"黄金人"是一群什么样的人呢？

"黄金人"并非真的是用黄金做成的人，而是在核电站核心岗位工作的"含金量"极高的专业人士。那么，这究竟是一种什么样的职业？为何如此豪气？

主控制室是核电站的"指挥中心"。在这个充满神秘与魅力的地方，正是"黄金人"的操盘，用一粒粒中子撞击（铀-235）原子核，产生巨大的能量，才点亮了万家灯火。

关于"黄金人"的故事，还得追溯到

20世纪80年代。那时，中法合作在大亚湾建造了中国大陆首座百万千瓦级大型商用核电站。在大亚湾核电站建设初期，当时的创业者们清醒地意识到，中国大陆的核电事业刚起步，大型商用核电站的建设及生产经验尚属空白。为了能尽快掌握大型商用核电站的安全运行及其管理技术，必须与工程设计、建造同步建设一支核电站的“种子队”——培养一批与国际接轨的核电站高级管理、运行、安全、技术、维修、培训等人才。

如何培养呢？“找最好的教师！”“按世界一流水平培训！”大亚湾核电站一开始就确定了按国际标准培训人才的方针。这些人要立足国内挑选，要加强外语及核电专业知识的培训，再派到国外核电站现场培训，并经过考核、领取法国核电站颁发的资格证书，作为大亚湾核电站的上岗资格凭证。

经过严格的筛选、考试和长达一年半的外语培训，1989年至1990年间，大亚湾核电站先后派出三批共113名学员前往法国、英国接受培训。这三批学员在国外培训的时间平均约为一年。在当时国家外汇非常紧张的情况下，平均每人的培训费高达130万法郎（按当时的汇率约合人民币195万元，且仅为培训费用），按当时的金价折算成等值的黄金，其重量接近一个成年人的体重。这就是“黄金人”的由来。

此后，“黄金人”的称号便沿用了下来，成为核电站操纵员的别称。他们终日在核电站主控室内，眼睛片刻都不能离开闪烁的屏幕，盯着枯燥的数字和随时间变化的曲线，守护着核安全，守护着万家灯火。

尽管培养一名“黄金人”投入的人均培训成本超过百万元，但是要想成为一名“黄金人”是非常艰难的，因为“黄金人”是核电站主控室的操纵者，必须是有相当多工作经验的“通才”，所学知识必须涉及核电站生产的方方面面，还要经受能力、精力、心理和意志力的综合考验。一台百万千瓦的核电站投资超过100亿元，一旦停机或者发生故障，一天带来的损失就是上千万元，而历史上的大部分核事故都有员工不当操作的因素。因此，操作人员的前期选拔和后期培训对核电站的安全运行至关重要。

中国核电“黄金人”培养有严格的流程和考核机制，具有本科以上学历、有两年核电厂工作经验的人员才有资格报名参加操纵员培训和考试。“黄金人”的培训会因材施教，根据每个人的不同特点，定制专属培训方案。要想成为一名合格的“黄金人”的难度超乎想象。比如，每名学员都要参加“魔鬼考试”。这个考试涵盖好多专业知识，包括物理、热动，还有水化学等，这是基础理论部分，另外还有核电厂的系统、设备、仪控和机电内容，高级操纵员还有法规方面的考核，仅仅是各种各样的学习资料，堆起来差不多也有一人高。而从入职的新员工算起，到机组值长，一般要经过12至13年的时间。想成为操纵员和高级操纵员，每个人一生只有3次考试机会。因为学习的知识庞杂，封闭式培训对个人的压力很大，要熟练掌握100多门课程，经历上千次大大小小的各类考试，淘汰率极高。没有通过考试的员工多数最终选择别的专业领域，实现不了成为“黄金人”的梦想。

大亚湾核电站第一批“黄金人”从西方核电强国带回了世界一流核电站的管理、运行、安全、技术、维修、培训等先进经验、管理制度以及核安全文化。他们使我国在较短时间内拥有了一支接产大亚湾核电站的骨干力量，承担起了中国大陆第一座百万千瓦大型商用核电站——大亚湾核电站投产初期生产运行的重担。

读到这里，你或许要问，大亚湾核电站的“黄金人”与秦山一期有啥关系？没错，这个问题问得好！要知道，这两座几乎同时在中国大陆建造的核电站，一个是购买引进法国技术，一个是中国人独立自主设计建造。问题就出在这里！瞧，就在大亚湾核电站在欧洲培训“黄金人”的时候，秦山核电站同样面临着“黄金人”的培训问题。更重要的是，这对秦山核电站来说，是一道难题。为啥这么说？因为大亚湾是中法合资项目，属于“交钥匙”工程，法方有提供培训核电站操纵员的义务和责任。而秦山核电站则不同，这是中国人自行设计、建造和管理的第一座核电站，西方核电大国没有责任和义务给我们提供培训，他们甚至还在等着看中国人的笑话呢！

秦山核电站的“黄金人”是从哪里来的呢？

难道是从天上掉下来的？且听我慢慢道来。

其实，从秦山核电站立项的那一天起，核工业部的领导和机关就想到了这个问题。这就不得不说起一个人，就是那位被誉为驰骋在中国核电战线上的“虎将”——丁虎。

时间回到1984年。随着秦山核电站工程项目建设的进展，时任核工业部核电局工程处处长的丁虎，从工程处调任运行处处长，主抓核电厂的运行人员培训、调试准备及生产准备工作。作为核工业部主管部门的业务领导和联系人，丁虎的角色并不轻松。

核电厂的人员培训，尤其是核电厂反应堆主控室操纵员和高级操纵员——也就是“黄金人”的培训，关系到核电站的前途命运，是核心岗位的核心，历来受到核电厂的高度重视。更何况，国际原子能机构和所有的有核电站的国家无一例外地对“黄金人”的培训都制定了严格的规定。但是，对当时的中国来说，在核电站反应堆操纵员培训、执照管理方面还是一张白纸：一无机构，二无规定，三无设施，四无经验。

事非经过不知难。最难的不是困难本身，而是面对困难。

不过，对丁虎来说，他已经习惯了面对困难。一个背负使命的人，即使忘记了自己，也永远不会忘记初心。在那些日子里，丁虎带领运行处的同事们从调研着手，结合中国核电事业的实际，起草了秦山核电厂反应堆操纵员和高级操纵员资格的规定、申请执照的条件及程序的规定、秦山核电厂反应堆操纵员培训要求等一系列文件。

起始从严，起点为高。在制定核电站反应堆操纵员培训要求时，丁虎强调对中国首批反应堆操纵员的培训必须高标准、严要求，实现与国际接轨。坚持把核基本知识培训、工程培训、模拟机培训、核电厂运行见习培训及参加秦山核电厂的调试，都作为必须进行和完成的硬性规定。如此严格、全面、整体的培训要求，完全符合甚至超出了国际培训的范围和标准。

制订规则容易，但执行起来就没有那么简单了。当时，中国国内没有核电厂培训模拟机，只能寻求国外培训。秦山核电厂还在建设中，中法合作的大亚湾核电站也在建设中，根本找不到运行中的核电站作为见习培训的场所。因此，只能把目光投向海外。

于是，丁虎就与国外有压水堆核电厂模拟机的培训中心或核电厂联系和咨询，询问为秦山核电厂反应堆操纵员进行模拟机培训的可能性。经过努力，得到了美国、德国和西班牙三个培训中心的答复。最终与有培训本国和外国核电厂操纵员经验，价格又相对合理的一家西班牙公司签订了培训合同。

模拟机培训的地方找到了，但那毕竟是模拟训练，必须为中国第一批核电站操纵员找到核电厂进行实地的见习培训，才能真正培养出合格的“黄金人”。这个问题整日在丁虎脑海盘桓。

1984年，时任核工业部副部长周秩率第一个中国核电代表团赴日本考察核电，丁虎作为代表团成员，在日本核电站参观时开了眼界，学习到不少东西。从那时起，他就认识到，自力更生并不是排斥借鉴国外经验，而是要敢于“洋为中用，古为今用”。

在日本考察期间，利用访问日本关西电力总部的机会，丁虎鼓起勇气向日方总裁提出了希望关西电力所属核电厂能给予中方秦山核电厂反应堆操纵员见习培训的机会。

谁知，对方很有礼貌地说：“丁虎先生，我很理解你的要求，但要知道，无论哪家店都不愿意客人进入自家的厨房。”

遭到了日方的委婉拒绝，丁虎并没有气馁。他继续四处打听、联络，最终通过在国际原子能机构任职的朱家乐先生，联系到了当时南斯拉夫科什克核电厂，对方同意为秦山核电培训“黄金人”。该厂厂长就是“杜拉风波”中的杜拉。为了使来之不易的培训取得好效果，年届半百的丁虎也和秦山核电厂的首批预备反应堆操纵员一起在苏州医学院接受了4个月的英语强化培训。

当年负责起草中国核电第一份质保大纲的俞卓平，在47岁时考取了秦山核电站第一批核电操纵员。他曾在秦山核电等核电厂生产运行第一线工作30余年，先后担任中核集团核电局副局长、原国防科工委系统二司副司长、中国驻国际原子能机构代表团团长、中国核学会顾问。作为秦山核电第一批“黄金人”，回忆起那段还没有成为“黄金人”的岁月时，俞卓平感慨万千。他说：“我之前是在八二一厂当反应堆操纵员的，后来被派到美国去进修，刚刚从美国回来，到秦山核电厂工作就遇到了当时的‘杜拉风波’，整个工程停工。这对国家来说，都是一个大事件。但对于当时我们这批干核电的人来说，倒是也没有太多的彷徨、迷茫，因为我国有反应堆和常规电厂建造、管理、运行的经验。在我们这批人看来，无论什么问题，只要给我们时间，我们都能解决。很快，国家的政策就下来了，要求与国际接轨，起草核电质保大纲，着手打造我国核电建设的质保体系，继续开展秦山核电站的建设。当时和现在不一样，很多我的同龄人外语都学的是俄语，熟悉英语的人很少，这时就有领导说，‘找俞卓平，他刚从美国回来，英语很好’。就这样，我成为匆匆成立的秦山核电厂质保处的负责人——这也是我国核电的第一个质保处。我当时的工作主要就是负责起草《秦山核电厂质保大纲》。”

当时，中国大陆在核电站质保方面的经验为零，如何起草《秦山核电厂质保大纲》呢？那时，国际原子能机构的核电安全法规是国际通用的一套核安全文件，有法规，有规定，有导则，还有技术文件。国际原子能机构鼓励各个国家使用它的这套标准文件体系，这样有利于全球核电标准体系的统一和交流。俞卓平说：“当年，我们通过刚组建的中国驻国际原子能机构代表团从国际原子能机构带来了一套质量保证体系文件，非常珍贵。我们就把它翻译过来。当然，翻译也是一个相当复杂的工作，标准、规范和术语要想实现中、英文的一一对应，需要特别认真、严谨以及一些必要的适应性调整。放在我国的核电管理、运行已经跻身世界第一方阵的今天，当时我们的那种窘迫现在完全无法想象。”

事实上，俞卓平在秦山核电厂质保处工作的时间非常短，很快就被调到运行处，开始为机组建成后的运行做准备。47岁考操纵员和高级操纵员，对俞卓平来说真的是一件很困难的事情。但既然领导信任，他也就咬紧牙关去考。因为要成为一名核电厂操纵员和高级操纵员并非易事，需要参加系统的培训，学习大量的理论知识，参加多次考试，并现场实践学习，通过各项考核，其严谨、细致甚至达到苛刻的程度。有人戏称核电技术规格书是核电运行管理的“宝典”。事实证明，这段参加高级操纵员培训与考试的经历，使俞卓平终身受益。他回忆说：“我国核电操纵员培训的起步是非常艰难的。操纵员的培训费用十分高昂，我们秦山当时的培训费用其实是捉襟见肘的。我印象特别深，我和当时的核电局领导去欧洲考察操纵员培训用的模拟机，挑来挑去，最终选择了最便宜的西班牙模拟机，上机一个小时120美元，就这样当时也觉得很贵了。之后，我们又去南斯拉夫科什克电厂压水堆核电机组见习。”

曾任秦山核电公司总经理，中国核工业集团公司党组成员、副总经理，现任中国东方电气集团有限公司党组书记、董事长俞培根，是浙江嘉兴海宁人，1984年从浙江大学热能动力专业毕业后被分配到秦山。他清楚地记得，初到核电厂报到时每个职工发的劳保用品其中之一就是雨靴，因为办公区域周边道路都是泥泞小路，下一场雨好久都泥泞不堪，雨靴很实用。几年后，因为秦山生活、工作条件等原因，与俞培根同时分配来的同学大约有一半的人离开了秦山，但秦山核电站在中国核工业第二次创业中传承了核工业第一次创业时艰苦奋斗、自力更生的精神，深深地感染着俞培根。作为中国大陆首批操纵员之一，他说：“我亲身经历了非常严格的培训过程。尤其是秦山核电站是我国大陆的第一个核电站，在没有任何经验借鉴的情况下，国家的相关部门和国外的同行进行交流，了解国外核电企业是怎么培养人员的。通过了解得知，操纵员的培养是需要大量经费的，但是当时国家没有太多的钱，因此我们操纵员的培训只能向国外有关机构提出申请资助。而国内提供语言、专业知识、反应堆及电厂原理实习等方面的培训，对我来讲，当时觉得非常复杂。直到1989年真正上岗，中间5年的时间我一直在参加培训。在上岗之后，也要继续培训，在工作过程中摸索。在电站开始进入调试状态的时候，我们发现操作的难度很大，因为很多的设备稳定性并不好。比如蒸汽发生器水位波动很大、很难控制，有时自动控制又跟不上，要靠人来控制。后来，通过我们不断总结经验，在每个值里面，都有一两位操纵员特别熟悉波动规律。一旦有波动，一人管住一个蒸汽发生器，调整稳定，然后再进入自动。到秦山核电站并网发电10周年时，电站进入稳定阶段。”

首批核电操纵员们永远忘不了他们当年考试的故事。秦山核电公司原常务副总经理陈仰止和原副总工程师陈松涛回忆说：“在国外学习特别苦，好多人都累倒了。但我们都憋着一股劲儿，没有一个人选择留在国外，都回国投身祖国的核电建设，艰苦奋斗，保障了秦山核电站的安全运行。”

值得一提的是，秦山一期调试准备工作一开始就困难重重，调试项目和试验方法如何确定，调试的顺序应该如何安排，调试文件如何编写，需要哪些调试工具和临时设施，核电厂的运行规程应如何编写，等等，既没有人说得清楚，也查不到现成的具体资料。如果仅仅依靠自己的努力，对所有的问题寻本求源，把它们都搞清楚再去做调试工作，从时间上来看，等不起；从物质条件上来看，也行不通。最好的办法，就是勇于和善于借鉴国际经验，学会“拿来主义”，只有站在成功的肩膀上才能获得更大的成功，这是一条捷径，也是实事求是的科学方法。

作为核工业部的业务主管部门负责人，丁虎决定先请求国际原子能机构帮助，希望他们提供压水堆核电厂调试和运行规程的蓝本。谁知，得到的答复却是：这些属于电力公司的财产，即使是国际原子能机构，也无法提供。

丁虎的大脑始终像一座打开的雷达，不停歇地搜集着来自四面八方的世界核电行业的信息。经过调查，他发现日本原子力公司敦贺核电站2号机组是百万千瓦级压水堆核电机组，当时正在做调试。他没有丝毫犹豫，决定硬着头皮往前闯。没有认识的渠道，丁虎就直接给日本原子力公司写了一封信，请求他们为中国秦山核电站培训调试人员。让丁虎没想到的是，虽然过去从来没有交往，却意外地收到了答复。日方表示愿意会谈，丁虎立即发出邀请。很快，日本原子力公司就派常务副总经理俊山来到北京，与中方进行谈判。一见面，俊山十分友善地说：“丁虎先生，我非常佩服你的智慧和勇气。日本原子力公司愿意与你方合作。”谈判进行得非常顺利，双方达成共识，日方同意中方派3人到敦贺厂跟踪学习调试，并且同意中方分批派人去观摩学习调试中的重要试验。通过在日本的实地观摩学习，中方核电技术人员搞清楚了调试的全过程，更加难能可贵的是，还得到了敦贺核电站2号机组全套的调试文件和运行规程。这就为秦山核电站的调试准备工作的进行和日后的调试成功，也为秦山核电站的并网发电从而真正建成，赢得了宝贵的时间。钱剑秋、俞忠德等就是最早到敦贺核电站培训的高级技术专家。

人们不会忘记，建设秦山核电站是党和国家的重要战略部署，诚如周恩来总理所强调的：建设第一座核电站的目的不仅在于发电，更重要的是通过这座核电站的研究、设计、建设、运行，掌握核电技术，培训人员，积累经验，为今后的发展打好基础。不用想象，也不用渲染，秦山核电的第一批35名操纵员当年培训条件的艰苦是无法用语言来描述的。他们先在国内的宝钢自备电厂、江苏谏壁电厂等地培训，后来又远赴西班牙、南斯拉夫的核电厂接受培训，进行全模拟训练。1991年6月14日，经过艰难而又严格的培训，中国大陆首批35名反应堆操纵员和运行管理人员诞生了，他们分别是：陈仰止、俞卓平、王日清、陈松涛、何小剑、蒋国元、缪亚民、顾军、顾健、章金平、张建成、俞培根、朱晓斌、葛政法、夏亚峰、魏国良、陈齐清、商幼明、马明泽、余修敏、严嘉鹏、关建军、杨子路、戴万祥、方通球、周建宏、陈华、匡志海、贺云生、刘瑚、高平校、缪晓华、张初明、陈其荣、楼子昂。同年7月，陈仰止、俞卓平、王日清、陈松涛、何小剑、蒋国元、缪亚民、顾军、顾健、章金平、张建成、俞培根、朱晓斌等13人获颁中国大陆第一批高级操纵员。他们有扎实的核理论基础，广泛的工程技术知识，强烈的工作责任感，严谨的工作作风和协作精神，以及较强的对突发或异常事件的应变能力。这样高素质的操纵员和管理队伍，不仅确保了核电厂的安全和良好运行，还带出了一批批高素质的运行队伍。

星星之火，早已燎原。当年的值长、主控室操纵员、模拟机教员、安全技术顾问、反应堆工程师、运行工程师、技术服务工程师、辐射防护工程师、化学工程师、质保工程师等，纷纷走上了高管和领导岗位。当年赴国外培训学成回国的首批35名核电操纵员，早已成为中国核电行业的中坚力量，在许多关键岗位发挥着重要作用。他们在秦山放飞梦想，把最美好的青春岁月献给了秦山，把热血生命全部融入了秦山，把奋斗的足迹留在了秦山。他们的名字已经写进了中国核工业第二次创业的史册。

2021年11月20日，在秦山核电安全发电30周年之际，中国大陆首批核电操纵员重聚秦山核电，重温奋斗路，同忆核电情，分享当年往事，感受历史变化，共话未来发展。在核电科技馆，他们驻足观看1991年12月15日0时15分秦山核电并网发电的现场视频。国家电投集团的严嘉鹏和华能海南核电副总经理楼子昂说：“这一生都在为中国核电作贡献，但走到哪里，都始终觉得，秦山是家，秦山人靠谱。”俞培根充满感情地说：“我有一张写着‘国之光荣’的秦山核电站全景照片。无论到哪里，我都带着它。这么多年，‘国之光荣’这几个字始终烙印在我心中，我始终相信中国核电事业将发展得越来越好。”顾军说：“30年前，中国在秦山埋下的核电种子如今已长成一棵参天大树，高大挺拔、硕果累累。可以说，秦山核电在中国核电发展中是具有里程碑意义的，这是一块金光闪闪的金字招牌，播下了我国核电事业蓬勃发展的红色火种。”

如今，当我们走进秦山核电站的主控室，窗明几净，整洁有序，已经完全实现了数字化。主控制室里分为三排，第一排是各种仪表设备，第二排有3人，值长、副值长在第三排。值长是其他4名当班操纵员的领导，专司监督，总揽全局。4名负责操作的人员中，一人是副值长、一人负责核岛、一人负责常规岛、一人负责辅助设施。所有的工作人员必须具备操纵员资质。

像任何一个对核电站抱有好奇心的人一样，笔者在秦山核电基地采访，“黄金人”自然也是最为引人注目的话题。

在当下，如何才能成为一名合格的“黄金人”呢？对于新入职的人员，“黄金人”的进阶之路艰巨又漫长，可以概括成7个阶段。首先是从员工中选取人员参加初级培训，学习核电机组的知识。这一阶段耗时30天、240个学时，共21门课程，学习核电站基础、设备系统和机械设备知识。随后进入第二阶段的在岗培训，让被培训人员熟悉核岛、常规岛和电站辅助系统。接着进入操纵人员理论及模拟机培训的第三阶段，这个阶段理论学习历时60天、480个学时，学习46门课程，具体到核电站方方面面的细节，还须在模拟机上培训45天、360个学时。这是能力、精力和意志力的综合考验。第三阶段之后，进行笔试、口试、现场考试和模拟机测试，考试总时长14个小时。通过国家能源局组织的考试后，由国家核安全局颁发操纵员执照。这还没完，拿到执照后才能进入第四阶段的操纵员影子培训，跟随主控室工作人员学习，接触实际工作。在操纵员岗位工作至少2年以后，带着实操经验，进入高级操纵员培训的第五阶段，理论和模拟机培训。获得高级操纵员执照后，才具有竞聘副值长的资格，也就是第六阶段，再之后可以竞聘值长。值长是核电机组的最高负责人，同时也承担相应责任，成为“黄金人”的最高阶段。

让我们回到历史的现场，紧随秦山一期“黄金人”的培训，秦山二期也启动了核反应堆主控室操纵员的培训工作。秦山二期的“黄金人”是在哪里培训的呢？又是如何打造的呢？

被称为“黄金人”的操纵员直接负责核电站的运行，一举一动都决定着核电站的安全。正是由于他们在核电站运行中的重要作用和地位，此前国内所有的核电站的操纵员都是在法国、德国等西方核电发达国家进行培训的，每个操纵员的培训费用通常超过上百万元。对于中国这样一个核大国来讲，如果总是靠国外来培养核电站的操纵员，终究不是长久之计。于是，秦山二期决定立足国内，自主培养操纵员队伍。

在哪里进行培训呢？现在好了，大亚湾核电站已经建成运行了，那里有成熟的核电运行管理队伍，当年在国外接受培训的110名“黄金人”也已经上岗司职。

那究竟该由谁来带队？大家不约而同想起了一个人，他就是杨兰和！

杨兰和回忆说：“我是在1990年10月来到海盐，参加秦山核电建设的。我一来就被分配到秦山二期，当时秦山二期还没有批项目，只是筹建。秦山一期当时正在建设，已经到了后期的调试装料阶段。我虽然是秦山二期的人，但当时我的人事关系、工资关系都在秦山一期，所以我受秦山二期委托到秦山一期参加调试和建设。某种意义上也是一种培训和学习。因为原来我工作过的反应堆跟核电厂的反应堆在系统技术上有很大的区别。当时，秦山二期招来的一批工程技术人员不仅到秦山一期学习，还到全国各地的核电设计单位去学习。”

1992年，杨兰和奉命调到核电秦山联营有限公司生产准备科，负责并具体参与秦山二期的设计跟踪和生产准备工作。当时，摆在杨兰和面前的一个紧迫任务就是要尽快培养出秦山二期自己的操纵员队伍。

1995年，已过不惑之年的杨兰和受命带领一群刚从大学毕业的年轻人来到大亚湾核电站，进行为期两年的核电操纵员的封闭式培训。从年龄上来讲，杨兰和与他们是有“代沟”的。如何尽快和年轻人打成一片，赢得他们的信任，同时警醒年轻人要珍惜机会，尽快成长为合格的“黄金人”，就成了杨兰和的首要任务。

一到大亚湾，杨兰和就自掏腰包请这群年轻人去一家小餐馆吃了一顿饭。别小看这顿饭，让这帮刚毕业的年轻人吃得开心极了。很多年后，他们依然津津乐道。饭桌上，趁着大家的高兴劲儿，杨兰和与年轻人分享了自己在核工业战线工作经验和体会。他告诉这群年轻人：与美国、法国等核电发达国家相比，中国的核电还处于“婴儿”阶段，差距很大。正因为这样，我们才要看到我国核电发展的巨大潜力，意识到我们身上肩负的使命。

说到这里，杨兰和的表情忽然变得严肃起来，斩钉截铁地说：“从今天起，我们就是一个集体，不再是个体，我们的任务就是学习，取得操纵员执照，其他事情都要放在一边，不管你是父亲、儿子，还是新婚的丈夫，一律不准请假，逢年过节也不许回家，我也是一样。”

说到做到，杨兰和没有食言。无论是从职务上讲，还是从年龄上讲，作为领队，身为公司运行处处长，43岁的他，按规定可以住宾馆。但他以身作则，和年轻人同吃、同住、同学习。更加让这群年轻人佩服的是，他还给自己下了一条“死命令”——和年轻人一起参加操纵员资格考试，两年内不回一次家。那时，他的两个小孩一个6岁，一个才3岁，全靠妻子一个人独自支撑，他横下心来，舍小家为大家，要为秦山核电培养出合格的操纵员。

12年核反应堆运行的经验，让杨兰和深深知道团队精神对于核反应堆运行的重要性。考虑到这群年轻人来自五湖四海，他们的家庭背景、成长经历、身体素质、学习能力、专业素养各方面的差异，杨兰和采取半军事化的管理模式，从培养他们的团队精神做起，每天早晨坚持跑步晨练、周末进行足球比赛，都成了他集训管理的手段和方法，也成了他们今天美好又快乐的回忆。

有一次，在大亚湾核电站操纵员考试现场，以3人一组的方式进行考核。这时，其中一个小组的一个年轻小伙独自完成了操作，而且准确无误，但同组的另外两个年轻人却不得要领，没有完成操作。当考试结果公布时，该小组那个最先独自正确完成操作的小伙子也被扣分了。本来满分的成绩，现在变成了良好。面对这样的考核结果，他十分不服，提出了申诉。

为什么？

这时，法国考官告诉他说：“在核电厂，没有团队意识是非常危险的。在运行中，如果有同事出现了失误，你明明知道，却不及时去帮助、给予纠正，那就等于是引发事故。要知道，主控室操纵员的分工虽然不同，但操纵员都必须养成充分的互相交流和学习的习惯，养成相互协作和相互支持的精神。你一个人再出色，如果没有团队精神，不能与他人协调配合，个体再优秀，也不能算一名合格的操纵员！”

这件小事，让杨兰和团队的每一个年轻人更加深刻地理解和认识到了团队精神的深意。

杨兰和带领的团队在大亚湾核电站的培训生活还是比较艰苦的。那时，秦山二期人员的工资平均也就500多元，在改革开放前沿的深圳，有些捉襟见肘。他们的生活条件也十分简陋，在40℃以上的炎炎盛夏里，他们居住的房间内连电扇都没有，更别说空调、电视、洗衣机了。

杨兰和没有因为物质条件的简陋就降低操纵员培训的标准。“黄金人”的培训，其艰苦又艰巨的过程堪称“魔鬼训练”，用“残酷”二字来形容也一点儿不过分。要知道，在那个年代，一个合格的核电操纵员，必须掌握20多门不同学科的理论知识，熟悉核电站300多个系统的运行原理。仅仅一套考试复习提纲，就有5000多道题目。笔试分两场，共8个小时，试卷达四五十页。填空、分析、判断、论述，答题要一气呵成。毫无疑问，这不仅是体力的大比拼，也是智力的大比拼。据说，曾有人在考场上晕倒，也有人一走出考场就哇哇呕吐不止。

小伙子们能不能经受住如此严酷的考验？

一个接一个残酷的考核，一次又一次地让他们经受了心灵的震荡、灵魂的洗礼。

在一次考核中，一名比较优秀的学员却因为一个不经意的闪失，再也无缘最后的操纵员考试，两年的辛苦全部付诸东流。面对这残酷的结果，倔强的男孩当众失声痛哭！连考官也为之动容。看着如此伤心的场面，小伙伴们只能站在一旁，爱莫能助，默默无语，不知道该用什么语言来安慰同伴受伤的心。这就是“黄金人”培训的残酷，任何人都不能有侥幸心理，任何人都不可能蒙混过关！现实就是这样的残酷而无情。但是，这“残酷”的背后，却是对核安全的绝对承诺！是“黄金人”的黄金一样的品格和品质！

很快，两年炼狱般的培训生活结束了。杨兰和带领的这26个年轻人中，有23人通过了考试，获得了“黄金人”的资格。这样的成绩，不仅大大出乎许多人的预料，甚至高于国际上核电站操纵员的培训通过率。毕业那一天，大亚湾核电站的法国考官握着杨兰和的手，真诚地说：“真羡慕你们拥有这样一群出色的小伙儿，真想把他们抢过来。”

返回秦山后，没来得及休整，杨兰和就开始了秦山二期1、2号机组的生产和运行准备工作。作为“九五”期间开工的唯一的国产化核电项目，作为中国自己建造的第一座大型商用核电站，秦山二期在很多领域都是白手起家，生产和运行准备工作也不例外。从哪里起步呢？

杨兰和深刻地认识到，生产准备工作绝不是坐在办公室里背书、记操作规程，等着系统调试好了再去接手运行。运行人员只有从设计阶段开始介入、主动跟踪安装和配合调试，才能真正熟悉和掌握系统的特性，才能掌握系统内在和深层次的东西。这样编写出的规程，不仅知其然，而且知其所以然，将来才能运筹帷幄。

“千里马常有，而伯乐不常有。”杨兰和将刚刚培养出来的“黄金人”分成核岛、常规岛、电气、事故分析等7个专业组，术有专攻，各司其职，送到核电站的一线各个岗位进行实践锤炼。对每个专业组，他们又分门别类地制订学习和规程编写计划，定期讨论，专题交流，相互指导。各个专业组，根据各自的计划，分别到设计院、设备制造厂熟悉系统设计和设备的技术性能及制造工艺。通过跟踪设备安装和配合调试，运行人员熟悉了设备系统和机组控制的特点，掌握了机组启动停运的各项操作，见识了各种异常和故障情况。他们把安装和调试期间的经验和教训，很好地总结出来并最终编入电站运行规程，为电站的运行积累了宝贵的经验。

为确保规程符合现场实际，杨兰和又带领年轻的“黄金人”进行全面的现场核对。时值酷暑，秦山二期工程现场正在交叉进行设备安装和调试，他们顶着超过40℃的高温钻进厂房一组一组地查系统、一台一台地对设备、一个一个地找阀门，不放过任何一个疑点，提出了许多宝贵的修改意见。他们的工作，让设计院的老专家们都感到惊喜，怎么秦山二期一夜之间就冒出来这么多年轻的内行呀?!

经过近8年的拼搏奋战，杨兰和带领他的“黄金人”团队组织编写了秦山二期1号机组规程983本、秦山二期2号机组规程836本、管理程序160本、系统调试规程445本、培训教材21本，组织完成了装料许可证13个专题文件报告的编写和审评工作，负责和参与了生产运行方面的重大决策，并建立了相适应的生产组织管理机构。秦山二期初步建立了具有自主知识产权的、程序化的核电站运行管理体系，不仅为1号机组提前47天投入商业运行做出了重要贡献，更为日后电站良好的运行业绩奠定了坚实的基础。

2004年11月，杨兰和受命担任公司总经理兼党委书记，那一年，他52岁。在培养“黄金人”的道路上，身为“黄金人”的他，自己也完成了华丽转身。

52 “选我所爱，爱我所选”

“小城故事多，充满喜和乐，若是你到小城来，收获特别多……”就像这首《小城故事》所唱的那样，秦山核电是一个有故事的地方，是一个写满美好回忆的地方，是一个人才成长的好地方。在这里，我想与读者朋友们一起分享四位核电维修人的故事。

先来说说这位全国劳动模范、全国五一劳动奖章获得者姚建远。听了他的故事，没有人不为他竖起大拇指。

姚建远是“核二代”，1964年9月出生于浙江绍兴，但他工作的第一站并不在浙江，而是在远离家乡的甘肃核工业四〇四厂。因为父亲是干检修工作的，耳濡目染，从小觉得父亲的工作还是蛮有意思的，就子承父业，长大后也搞起了检修工作。

核电站的检修工作重要不重要呢？当然特别重要。要知道，核电站的安全，一个是靠管理，一个是靠设备的正常运行。检修就是为了保证设备的正常运行，所有设备都安全了，才能保证系统的安全，才能保证核电站的正常运行。因此，核电检修人员就是核电站的医生，承担着“救死扶伤”的重任。

1986年，正值秦山一期安装调试高峰期，姚建远调到了秦山核电厂检修部。回到了家乡，来到了海盐，当然高兴。他回忆说：“我们到的时候，穹顶还没盖上去。前期我们主要是参与一些设备的检查和验收、调试。在秦山核电站安装调试期间，我先后参加了专用设备安全系统核级泵的监造，核电主系统冷却剂泵、海水循环泵等关键设备的安装调试工作。面对众多的进口设备，我常常捧着厚厚的设备说明书苦读。”

尽管在四〇四厂干的也是核工业，但那不是核电站，差别很大。刚刚接触核电设备，确实有很多东西需要学习。姚建远是个爱学习的人，每天晚上在家翻阅厚厚的设备说明书，认真钻研。功夫不负有心人，经过几年的努力，他很快就从一名普通年轻工人成长为在泵类设备的安装、检修、调试与维护方面技术过硬、经验丰富的维修专家。

1991年12月15日，秦山一期并网发电，姚建远的检修工作也迎来了更多的挑战。他说：“我印象比较深的，还是发电期间。刚发电的时候，辅助给水泵出现问题，这个辅助给水泵是给蒸汽发生器供水的重要设备，所以我们每次都是通宵达旦地检修，连续好几次。第一次大修，在中国核电界也是第一次。当时反应堆里温度比较高，烫得人直跺脚，而且里面是锅底形的，很滑。检修要求时间越短越好，因为里面辐射剂量比较高。所以说，在正式检修前，我们都进行了演练，尽量缩短进去操作的时间。”

反应堆的主冷却剂泵、蒸汽发生器、稳压器，都是核电站“心脏”里最核心的设备。这些设备都由姚建远所在的检修部机械队四班负责检修。1995年，姚建远被公司任命为机械队四班班长，也开启了他带领“中央企业学习型班组”共同成长进步的旅程。

当时，四班有十三四个人，有几个技术骨干，每个人各承担一项重要的任务，也取得了一些创新成果。比如，蒸汽发生器堵板，这是一个大家伙，重量很大，又分三大块，维修起来比较费劲。姚建远就带领班组进行了一些设计改进，将一块堵板分成三块组合起来，每块的分量就相当于以前的三分之一，给操作带来很多方便。

2000年11月，在第五次换料大修中，主冷却剂泵大修是重点项目，该设备由德国KSB公司生产，它的检修质量直接关系到电厂的安全运行。因为是第一次对其进行大修，当时公司就邀请了德国专家进行现场指导，具体工作落实到了姚建远所在的机械四班。

谁知，在购买设备时，厂家提供的专用工具远远不能满足大修的要求，致使大修工作面临困境。如果向供货商采购，既需要一大笔资金，而且供货周期还很长，势必会影响工作的进度。危急时刻，姚建远站了出来，主动请缨：“我们自己研制。”于是，他和同事们刻苦钻研、摸索，利用手头不多的一点技术资料和几张照片，探索进口设备检修专用工具的国产化之路。

苦心人，天不负。经过日夜鏖战，姚建远带领他的四班终于在第五次大修前将主冷却剂泵轴承箱翻转台架、电机支架、泵内插件检修台架等多台专用检修工具，一一研制了出来。不仅为主冷却剂泵的检修铺平了道路，还为公司节省了大笔外汇。

检修工作开始了。在主冷却剂泵检修前，德国专家压根儿不相信中国人能研制出这些专用检修工具。电机气隙测量是电机检修的关键一环。指导电机检修的德国专家在进行测量后认为，设备符合要求，可以使用。但是，姚建远从维修工艺中看到德国专家测量的数据，与设备的技术指标要求并不符合。为了取得有力的证据，他拿着测量工具，按照检修规程一步一步地进行测量，拿出了新的准确的测量数据。这时，心高气傲的德国专家很不服气，又重新测量一遍，这一次的结果与姚建远检测的数据一模一样。在事实面前，德国人不得不低下了头，承认中国核电工人的能力。后来，德国人在提出检修方案时，每次都主动征求中方的意见，“OK，OK”也常常挂在嘴边了。

还是在这一次大修中，姚建远在对主冷却剂泵的电机检修过程中，发现主泵电机推力盘出现了松动的缺陷，德国专家认为这个设备不可继续使用，需要紧急从国外采购配件。当时，秦山核电没有备件，如果要到国外采购，需要2至3个月时间才能到货，这将大大影响大修的进度。中方认为可以修复，但是德方坚决不同意。在与德国专家进行充分沟通和讨论后，极其固执的德国人依然坚持要求购买了他们的设备后电机才能使用，否则不能继续使用，如果中方坚持继续使用，他们就提前离开秦山回国。

真是岂有此理！说得难听点，这就有点儿要挟的味道了。

没想到，谈判的结果是不欢而散，德国人真的打起背包走人了。

这件事，让姚建远十分生气，但也长了志气，咱中国人骨子里天生就有一股子“不信邪、不怕鬼、不怕压”的精神。姚建远和他的同事们经过反复研究探讨，并做了几次试验后，提出了推力盘的修复方案，即采用灌胶和固定的方法，在技术委员会组织的会议上得到了通过。经过2天的连续奋战，终于完成了推力盘的修复工作。因为德国专家的离开，主冷却剂泵的电机回装工作也压在了姚建远的肩头。面对巨大的挑战，他没有畏惧，像一个扛着冲锋枪奔向战场的士兵一样，勇敢地战斗，终于完成了电机的回装，为大修按计划完成争取了时间。更重要的是，经过姚建远修理并安装的推力盘，后来又安全运行了8年时间。当时，这个推力盘的市场价格需要七八十万美元，他又为公司节省了一大笔外汇。

机械四班是一个有着良好传统和工作作风的班组，在班组的墙上，挂满大大小小的奖状。在多年的工作中，姚建远把加强班组管理作为提高班组整体素质的关键环节来抓，结合本班组的生产实际情况，制定班组各种管理制度，使班组管理工作迈上了一个新的台阶。20年来，姚建远解决的维修难题难以计数。在检修部担任班长期间，他带领班组承担了从第二次到第十二次换料的工作。无论是酷暑还是寒冬，在厂区的各个厂房里，他总是很忙碌。作为班长，在急活、难活、重活面前，他总能做到判断迅速准确、指挥果断坚决。更重要的是，他总是身先士卒，充分发挥了表率和带头作用。姚建远患有严重的胃病，在他办公桌抽屉里，总是放着胃药。别人问他，你这样拼到底为什么？他回答说：“我只想问心无愧！”

最让姚建远难忘的一次大修是在第三次换料时，蒸汽发生器堵板发生故障，出现了螺栓拧不进的情况，无法正常卸料，如不及时处理，将影响到核电站换料的如期完成。更令人焦急的是，主系统长时间处于低水位工况，具有一定的安全风险。要修复堵板，首先必须找到问题的根源。姚建远凭借着扎实的专业知识，指出问题出现的原因可能是系统冷却后螺孔内有结垢，并提出由检修班人员进入蒸汽发生器内进行处理的方案。要知道，进入蒸汽发生器内检修处理，面临着放射性剂量水平高的风险。但是，为了尽快排除故障，他主动请战并圆满地完成了任务。队里安排他在家休息两天，但第二天下午他又出现在检修现场。回想起那一次检修，他充满感情地说：“当时里面放射性比较强，温度比较高，为了修复堵板，大家轮流进去，不能让一个人独自承担。我特别感动，这是整个班组团队凝聚力的体现。”

核电厂每年都要进行大修换料，在换料的同时，也要完成对其他设备的检修，确保这些设备下一周期能更好地连续运行。这个时候，也是姚建远最忙碌的时候。姚建远说：“每次停堆检修结束之后，主循环泵启动的时候，一般我们都在现场待命，一晚上不合眼。启动正常了，参数也正确了，我们才回去。”

检修工作是全天候的，没日没夜，经常是半夜里睡得正香，忽然间厂里来了电话，说哪里出现了问题，就得马上赶到现场解决。有一年大年三十晚上7点多钟，一家人团团圆圆，年夜饭刚刚端上桌子，主控室的电话突然打过来了。值长说：“主循环泵有一个小管道有点滴油，需要赶紧处理。”险情就是命令！接到电话，姚建远二话不说，带着同事第一时间赶到了现场，进行抢修。

这种“箭在弦上”随时待命的工作状态，对姚建远来说已经是一种习惯，他的家人也习以为常了。对他来说，真正的挑战，是那些措手不及的突发事件。

有一次，姚建远带领班组在巡泵时，发现一台海水泵出了问题。要知道，海水的进口坑道本应该有一个旋转滤网，这个滤网可以把海水里的漂浮物过滤掉。可是，现在海水泵的滤网整个落下去了，被海水里野蛮生长的水葫芦紧紧地裹住，把旋转过滤网给顶坏了。如果滤网坏了，杂质就会直接进入核电站的循环水系统，必将造成系统堵塞，对海水泵的运行造成损害，后果不堪设想。

姚建远当机立断，立即找潜水员把闸门堵塞住，又找来潜水泵，把整个坑道里充满杂质的海水抽排干净。然后，他带着同事下到坑道，把损坏的过滤网整个地拆卸下来，再换上新的旋转滤网。这个坑道有20多米深，当时没有直接能够下去的通道，只能通过吊篮沉下去查看。虽然有安全绳保护，但还是十分危险的。面对危险，姚建远没有犹豫，再一次选择了战斗到底。

凭借过硬的技术、严谨的态度、团结的精神，姚建远带领他的机械四班攻破了一个又一个技术难题。他也因此获得了一个又一个荣誉——2005年10月获得全国劳动模范称号，所在的机械四班被中国国防邮电工会和中核集团授予“姚建远班组”称号。姚建远说：“对我来讲，荣誉和压力是并存的，有这个荣誉之后，应该把班组建设得更好，工作做得更好。2000年起，我作为检修的技术骨干，6次前往巴基斯坦参与检修工作。2009年10月，我作为中核集团的唯一代表参加了新中国成立60周年国庆庆典。”

2011年10月，因为工作需要，姚建远调离“姚建远班组”。但班组的名称没有变，班组的精神仍然在，依然激励着一批又一批核电检修战线上的新员工。

2015年12月26日，一封来自巴基斯坦的紧急救援函件摆在了秦山核电领导办公桌上。啥事儿这么着急呢？原来，恰希玛核电站刚刚购买的1号机组主泵电机在做第一次现场验收试验时，推力瓦烧毁。经过生产厂家的处理，三次试验后缺陷仍然存在。故障导致该主泵电机停机近20天，直接影响了1号机组大修进度，若不及时解决，机组无法按时并网运行。这对电力紧缺的巴基斯坦来说无疑是雪上加霜。一筹莫展之际，巴方人员又想到了远在万里之遥的秦山核电。

恰希玛核电站是我国核电“走出去”的首堆，4台与秦山核电30万千瓦核电机组同类型机组相继建成投产，助力巴基斯坦国家经济建设。秦山核电从恰希玛核电站建设伊始就与其结下了不解之缘，在机组调试、生产准备、机组大修、人员培养等方方面面，到处有“老秦人”的身影。秦山核电以出色的技术能力和组织能力、高品质的服务赢得了巴方高度信任。

接到巴方的紧急救援函，秦山核电立即决定：要雪中送炭、全力抢修！仅用3天就成立了由姚建远、陈志高、郭鹏飞组成的专家技术团队，完成签证和出国任务办理。接到赴巴基斯坦检修主泵的任务时，姚建远正休假在医院做体检，年过半百的他，身体已大不如前，顽疾缠身。但对这位全国劳动模范、在核电主泵检修领域响当当的专家来说，“治疗”设备比治疗自己的劲头更足。他二话不说，立即结束休假赶往公司，紧急率领团队登上飞往巴基斯坦的航班。同行的陈志高是秦山核电重水堆主泵检修专家，参与过十余次重水堆大修；2011年入职的郭鹏飞勤奋刻苦，短短几年就成长为检修领域的“顶梁柱”。

12月31日黄昏，专家团队抵达恰希玛现场。姚建远和陈志高、郭鹏飞匆匆吃上一口炒饭，就赶赴维修现场。由于事发突然，留给姚建远团队的时间有限，加上信息收集不足，故障分析的难度明显增大。因为该项工作是机组大修主线，巴方不仅对维修进度把控十分严格，还严格要求维修质量，保证绝不返工。无疑，这是一场硬仗！不分昼夜加班赶工的日子开始了！

面对巴方人员既渴望又挑剔的眼神，身经百战、经验丰富的姚建远团队毫不慌乱，沟通现场情况、确定维修策略、排查故障线索……科学使用“故障树”进行原因分析，故障定位和分析有条不紊地展开，经过逐项仔细排查，对可能造成轴瓦损坏的原因一项一项排除——标定传感器，确认各传感器功能良好！向厂家确认该油冷却器设计，确认满足冷却要求！向巴方确认冷却水流量，确认满足要求！现场检查迷宫油密封，发现迷宫油密封磨损严重且密封圈之间连接销断裂，导致轴向尺寸增大，与密封压环之间间隙不足。迷宫油密封磨损发热，热传导影响瓦温！拆下轴瓦检查确认，油密封磨损就是瓦温上升的重要原因！

故障原因找到了！任务急迫，但工作得一项一项来。完成故障定位、油密封更换之后，最紧迫的是轴瓦修复。轴瓦修复对维修技能要求非常高，经验丰富的姚建远亲自上阵，他一改平日里的微笑，神情严肃而专注，每一个动作都精准有力，都展示着技艺和岁月的积淀。在他的精心努力下，轴瓦修复顺利完成，巴方人员由衷称赞姚师傅的精湛技艺。与此同时，姚建远团队还进行了主泵电机备品备件、专用工具、测量设备、历史文件检查，对一些备件尺寸进行专项沟通以便随时空运紧急备件……

2016年1月2日晚11时，主泵电机第一次空载试验成功结束——姚建远团队抵达现场仅3天，推力瓦问题彻底解决。然而这并不是终点。应巴方要求，为彻底消除顾虑，姚建远团队指导巴方工作人员重新对中。1月4日晚，电机对中工作顺利完成。

2016年1月6日上午11时，恰希玛核电站1号机组主控室，当显示屏上主泵电机上油箱温度趋于恒定，达到历史最佳值后，压抑了许久的巴方人员再也抑制不住激动的心情，纷纷竖起大拇指，向主控室内的中方人员高呼：“中国伟大！”此时，姚建远摘下眼镜，揉了揉胀痛的眼睛，随后向两位同伴陈志高、郭鹏飞报以会心的微笑。1号机组主泵电机修复项目圆满完成！他们紧绷十来天的神经终于可以稍微放松一下了。

像姚建远一样，在秦山核电基地，在核电站不同的岗位上，涌现出了一大批核电维修的“好医生”。

2002年，秦山二期在全国范围内招聘了一批有经验的常规岛人才，充实队伍。当时在山西省神头第一发电厂从事电厂汽轮机检修管理工作的王大成，通过公开招聘，带着“学生时代的梦想”走进了秦山，成为秦山二期的一员。毕业于东北电力学院的王大成，在学校读书的时候，通过看《中国电力报》知道了大陆第一台核电机组——秦山核电站的并网、发电过程。那个时候，他觉得核电站是比较神秘的。所以整个大学时代，他就对核电站充满了向往。

秦山二期是中国自主设计、自主建造、自主运营、自主管理的首座商用核电站，由于很多设备都是国产的，投入商运初期，很不稳定，给检修工作带来了极大挑战。来秦山报到的第一天，王大成就参与了紧张的首次换料大修。他清楚地记得，到厂里报到的日子是2002年7月3日。

报到当天，维修处处长就问他：“小王，你晚上能不能加班？”

王大成说：“可以啊，没问题。”

就这样，到秦山一报到，王大成就连着加了15天的班。15天以后，王大成他们负责维修的机组就运转起来了，他也高高兴兴地回到宿舍休息去了，心里涌起了满满的自豪感，觉得自己挺能干。

从2002年进入秦山二期工作以来，王大成一直奋战在维修一线，在解决一个又一个技术难题的同时，还不断进行创新，一次又一次地缩短大修时间，为企业创造了经济效益，也提高了个人素质。他最擅长的就是攻克“顽疾”。

2004年4月至5月，正值秦山二期1号机组大修，王大成在检查时发现了两个重大的设备缺陷，一个是汽轮机高压缸轴封漏汽，一个是发电机漏氢。这两个缺陷，都是核电站的“顽瘴痼疾”，也都是致命伤。

汽轮机高压缸漏出的汽，进入到润滑油系统后凝结成水，会破坏基础的润滑，给设备的可靠运行带来非常大的隐患。当时，在设备检修的时候，王大成一直在想：“轴封系统为什么会漏汽呢？”后来，经过仔细的筛查和分析，他发现了问题的原因，是因为设备的轴封平衡槽的方向设计有误。这个工作得找设计制造单位来解决。于是，公司紧急把设备制造厂的总工程师叫过来，一起来分析研究。一分析，一研究，设备制造厂的这位总工程师承认是他们的失误造成的。问题找到了，设备制造厂紧急更换了一批零部件。更换之后，机器不仅正常运行起来，而且达到了设计指标。这个一直被公司列为机组十大缺陷之首的汽轮机高压缸轴封漏汽故障，被王大成根治了，搬走了压在大家心头的一块大石头。

发电机漏氢故障是秦山二期1号机组商运以来的另一个重大缺陷，也是调试以来一直没有得到解决的一个问题，曾导致1号机组好几次停运。而处理这个故障，最长要用十几天时间，不仅给公司带来很大的经济损失，也成为机组安全运行的一块“心病”。众所周知，氢气在空气中聚集到一定浓度时会产生爆炸。核电站的发电机周围漏氢，如果它的浓度接近于这个爆炸点，将非常危险，是一个重大隐患。

当时，从公司领导到普通员工，没有人不关注这个问题，都在想办法解决，可是一时间也找不到好的处置办法。王大成是个有心人，也是个爱琢磨的人。当时，秦山二期1、2号两台机组在同时运行，他就取两台机组做对比，互为参照，一根管道一根管道地去查，一根管道一根管道地去摸，体会手感温度的变化。这个办法看似很笨，但是实在管用。后来，他发现问题出在安装上，症结是安装公司在安装的时候一不小心在管道中遗留了一块堵板，把油路供给给掐断了，造成了发电机漏氢。这是一个低级的人因错误！问题发现后，机组紧急停机，王大成带领同事们，把出问题的管道设备打开，取出了堵板，再重新安装，果然解决了问题，发电机漏氢量立即恢复了正常，远远低于国家标准了。

王大成来到秦山才两年时间，就解决了困扰全厂职工多时的两项重要缺陷，确实非常了不起，令人刮目相看。然而，他并不满足，希望带领团队能向更高的目标攀登。

在机组运行过程中，汽轮机振动幅度过大，一直以来都是秦山二期的技术难点。王大成说：“对我们核电厂的员工来说，因为比较缺乏振动知识，处理这方面问题确实很难。但是我们在工作中，尽量去收集这方面的经验，并且跟国内的振动专家一起交流，通过多方面收集经验来提高我们的技能。通过慢慢整合，我们最终通过高质量的维修，把振动问题顺利解决。”

“世上无难事，只怕有心人。”通过查找各种资料，收集各类数据，王大成带领团队成功攻克了汽轮机振动幅度过大的难题，使秦山二期创造了316天连续运行的佳绩。

汽轮机弯扭末级厚叶片——司太立叶片的现场更换，是一项技术难度非常高的工艺。当时，中国核电行业还没有人做过这项检修工作。2006年5月，秦山二期2号机组大修时，就碰到了这个问题。是请外国人来更换，还是自己独立自主地干？王大成斩钉截铁地选择了后者，他心中有一个信念，立志要开创国内的这个先例。

熟悉发电厂原理的人都知道，汽轮机的叶片是旋转蒸汽做功的一个主要零部件。它是在转子上旋转的，以往设备制造厂都是在厂内用机器的方式运作，现在改由在核电厂厂房现场进行人工操作，当然是一种创新。然而，创新是伴随着风险的。尤其是核电的汽轮机叶片又厚又重又大，型线又非常复杂。王大成说：“一开始，前期设置的设备就是在叶片压型线这个设备上，用的是钢制钳。它在调试的时候，始终达不到要求。后来，我们就攻关搞了一套气动夹具。气动夹具能非常好地把叶片的间隙调整过来。我们和制造厂家的工作人员一起来钻研：到底需要几个气动头、压片是什么样的型号……这些都要一点点去磨，一点点去试。这个东西是国内核电站的一个创新，以前没有过先例，包括已经运行了多年的核电站也没有换过。我们换完以后，他们都找我们来咨询和请教。”

说起往事，王大成一脸的欣慰，眼睛亮了，声音也亮了。他说：“换的过程当中，自然会有危险。我们换的时候，出现好多次返工。一个叶片焊上去，如果经过探伤，发现贴合率没有达到90%的指标，就要把焊上去的叶片再取下来，然后重新清理、打磨、再焊。有的叶片要反复三次。在做这个工作的时候，因为一遍一遍地进行焊、取，操作工人心里会觉得不踏实、不相信自己，不知道下次还能不能成功。因为这完全是按照美国西屋公司的指标去做，技术的要求非常高。”

但是，机会总是属于有准备的人，成功总是属于努力奋斗的人。立志做“核电维修好医生”的王大成，就像他的名字一样，总是把责任重重地扛在肩上，把事业高高地举过头顶，把荣誉轻轻地放在脑后，敢作敢为，善作善成。

2007年10月，王大成被公司任命为常规岛大修项目部的经理。平时就工作繁忙的他，变得更加忙碌了。

有一阵子，他把老父亲从老家接到海盐，想尽一份孝心。谁知，父亲住了不到两个月，就急着要回去。这让他很郁闷。他就问父亲，为啥要回去？父亲告诉他：“我住在这也见不到你，我还是回去吧。”那段时间，王大成确实特别忙，因为正好赶上机组在检修，基本上每天加班到深夜，回家的时候父亲已经睡了，等他早上醒来，吃完父亲给他做好的早餐，来不及说几句话就赶紧去上班了……

说起父亲，王大成内心充满了愧疚。他说：“我们的工作性质和状态就是这样，随时都要赶到设备旁边去分析诊断。无论我在哪里，30分钟，我必须赶到现场。”是啊！工作是第一位的。通情达理的父亲十分理解儿子，不是责怪，而是怕拖累了儿子，所以选择了回家。

从一名普通的技术工人，到研究员级高级工程师，王大成用他的勤劳、智慧、拼搏和勇气，践行了自己青春的诺言，成为秦山核电基地土生土长的“蓝领专家”中的楷模人物。2008年，王大成荣获了全国五一劳动奖章、浙江省劳动模范、中核集团公司优秀共产党员等荣誉，还参与了奥运火炬的传递活动。他说：“我当时心情非常激动，自己是秦山核电的员工，能代表秦山核电来参加奥运会的火炬传递活动，感到非常自豪。”

荣誉永远属于忙碌在一线的人们！

“劳动光荣，技能宝贵，创造伟大。”离开了技能人才，就谈不上制造。因为所有的制造，都是靠技工的劳动来完成的。中国作为世界制造大国，中国式现代化更加呼唤像姚建远、王大成这样的技术工人，他们是民族工业不可或缺的脊梁。像这样的脊梁式技工，秦山核电基地还真的不少。

在秦山，有一个“何少华工作室”。2023年4月28日，笔者在这里见到了一位从武警部队退伍的战士，名叫戚宏昶。

戚宏昶也是“核二代”。1987年，戚宏昶随父母工作调动，来到秦山核电站，伴随秦山核电的建设、运营一路成长。老一辈核电人艰苦奋斗、自力更生的精神在他心中扎了根，少年时代便憧憬加入核电大家庭。1996年入伍，在部队服役3年后，他于1999年退伍。2000年，他被分配到秦山核电公司检修部，在生产一线从事专用设备机械维修工作。

一入职，老师傅教给戚宏昶的第一句话就是：“多动手，脚踏实地靠本事吃饭。”他铭记于心，沉下心来，从最基础的拧螺丝、换垫片开始，日复一日打磨自己的维修技能。为尽快掌握反应堆本体和装卸料领域的维修工艺和技术，现场的脏活、累活、难活，他都争着干、抢着干。机组大修时，他每天十几个小时跟着师傅坚守在现场，追着师傅刨根问底，不放过任何一个细节。每次遇上设备变更改造或者疑难杂症故障处理，他都赶到现场观摩、操作，不放弃任何一个实践机会。他还利用业余时间，对设备结构、维修步骤、风险要点等知识点进行记录和总结，五六本工作日志上密密麻麻写满了笔记。师傅看在眼里，喜在心里，说：“你小子太拼了，要注意休息。”他淡然一笑：“想学本事，看哪里看得会呢？”

当过兵的人就是不一样。短短4年时间，戚宏昶已能独当一面。在巴基斯坦恰希玛核电机组新燃料升降机安全性改造项目中，他将所学所练的技艺发挥得淋漓尽致，成功消除了机组新燃料入堆前的剐蹭风险，即使是几毫米的误差，也逃不过他的火眼金睛。巴方人员都对他竖起大拇指：“Good job!”

2010年，秦山一期大修期间突发反应堆吊篮辐板螺栓缺陷，在与国外公司讨论处理方案时，戚宏昶和团队一同开展评估，认为秦山核电完全有能力自主实施部分工作。闻战则喜，主动请缨，立下军令状，戚宏昶立即开启了“研发狂人”模式。正如他自己所说：“那会儿，真的把核岛当家了。”困了、累了，他就在走廊过道的长椅上躺一会，醒来又精神饱满地投入战斗，仿佛又回到了军营，回到了训练场上。

戚宏昶身先士卒、扎根现场的精神深深地感染了团队的每一个人，大家心往一块儿想、劲往一块儿使，都为解决问题铆足了劲，最终成功研发了反应堆吊篮辐板螺栓拆卸工艺及其专用装备和设备，带有止逆功能的高放异物水下抓取、转运、暂存系列设备，解决了无须吊出下部堆内构件、成功处理流量分配板上的高放射性金属异物的技术难题。

“世上无难事，只要肯登攀。”戚宏昶及其团队不畏险阻，不怕困难，又一次完成了技术攀登，不仅大幅节约了项目成本，还抢出了10天大修主线时间，立下赫赫战功。

“熟能生巧。技能没有捷径，最大的捷径就是多动手、反复练，形成肌肉记忆。”当身边的年轻同事向戚宏昶请教如何快速提高技能水平时，他总会给出不变的答案。

“有急难险重的工作他总是第一个冲上去，有他这个‘压舱石’在现场，大家就很踏实。”与他并肩战斗过的同事，都形容戚宏昶是团队里的“定海神针”。

埋首核电维修一线20余年的经历，50余次大修工作的洗礼，多次对外服务项目的组织参与，数以百计的深入堆芯探索，舍我其谁迎难而上的工作魄力，一次又一次向不可能发起的挑战，使得戚宏昶获得了7项省部级科学技术奖及53项国家专利授权。他也因此获得了“全国技术能手”“浙江省劳动模范”和中核集团“技术能手”等荣誉，获评中央企业“百名杰出工匠”“浙江工匠”“最美中国核电人”“最美浙江人·最美退役军人”，以他名字命名的“戚宏昶创新工作室”被授予“浙江省高技能人才（劳模）创新工作室”。2023年，在助力企业成长的同时，戚宏昶也跻身“工人院士”行列——荣获中华技能大奖。

路虽远，行则将至；事虽难，做则必成。被誉为“国之光荣”的秦山核电，不仅是中国核电事业起步的地方，更是我国民族核电发展的一面旗帜，是中国核电人才的摇篮。在讲完“工人院士”戚宏昶的故事之后，另一位“工人院士”何少华的故事自然是“必读科目”。

就在笔者2023年4月抵达秦山核电基地采访前夕，秦山三期重水堆机组同位素项目传来了一个大喜讯——秦山核电在秦三厂112大修中顺利完成国内首个商用堆同位素研发平台安装、冷态调试和系统标识，为医用同位素国产化及放射性药物研制开辟出一条新途径。由“工人院士”何少华牵头负责的秦三厂112大修观察孔VP1现场勘测高效顺利完成，同样对秦山核电推进医用同位素研发意义非凡。

众所周知，秦山核电拥有全国唯一的商用重水堆，可以生产同位素。然而，在国外对同位素技术实施封锁的情况下，从“可以”到“可行”，却需要中国核电人付出更大的努力，有一条很长的路要走。

为了实现钼、镥、锶等多种同位素的产业化生产，秦山核电需要对重水堆的观察孔VP1进行改造，在观察孔内安装生产通道。而为了便于为生产通道安装提供导向、定位支撑作用，需要事先在观察孔安装保护套管，但国内外无论是新建反应堆还是运行机组，尚无VP1观察孔保护套管安装记录和经验。在重水堆停堆大修期间，堆芯始终带有核燃料和重水，安装保护套管及生产通道面对的是高辐射环境堆芯水下作业，需要采用特殊的技术、设计、工具、作业和管理过程。

2022年国庆节后，秦山核电成立了由“何少华工作室”等多部门组成的项目组，负责保护套管及生产通道的安装技术攻关。然而，项目组首先面临的问题是，距离112大修观察孔VP1现场勘测只有半年时间，且勘测工具也没有，如何完成？

艰难方显勇毅，磨砺始得玉成。凭借高超的工作技能及丰富的工程经验，何少华短时间内自主开发设计了一套工装平台及智能化数字系统组成的专用工具，用于现场勘测。在整个勘测专用工具制造加工过程中，他多次组织项目组人员与设备制造加工企业进行技术交流，经过双方共同努力，终于在2023年3月初顺利完成勘测专用工具交付。

为确保勘测工作顺利进行，何少华组织项目组成员进行模拟演练，确保每位参与现场勘测的操作人员熟练掌握勘测技术，明晰勘测重要风险。经过大家的共同努力，秦山三期112大修观察孔VP1现场勘测高效完成，项目实施过程中风险管控、质量控制、进度均符合管理期望。

又一块“硬骨头”被何少华啃了下来！这仅仅是何少华核电维修职业生涯中无数攻坚故事中的一个。

1995年7月，20岁出头的何少华从南京工业学校机械制造专业毕业，主动报名来到秦山核电站工作。他说：“因为我们学校本身就是一个核工业学校，从那里我们接触了核工业，也了解了核工业，也决定了要献身核电事业，所以毕业后我主动报名去了核电厂。”

来到秦山，何少华被分配到反应堆本体班组，从事反应堆的维修工作。要知道，这是核电站最前线、最核心的工作。何少华有些恐慌。为啥？让他恐慌的不是对核辐射的恐惧，而是对自己的技能毫无信心——“我在学校学的只是最基础的机械理论，核反应堆这个‘高级的主儿’，我能伺候得了吗？”

入职后，为了精准把握核反应堆的运行状况，尽快熟悉并掌握机组性能，何少华没日没夜地投入学习之中，穿梭于各个检修现场，潜心钻研图纸、资料，熟悉各种设备系统，了解核电站工作原理，虚心向老师傅们求教。边看边学边实践，他不放过每一次操作上手的机会，很快成为师傅们信得过的新人。

与机械设备为伴，与榔头锯子为友。每天下班后，何少华都会认真总结，写完了100多本厚厚的工作日志，密密麻麻地记录着每天的工作情况。碰上反应堆集中检修，他更是废寝忘食地跟着师傅们钻研维修方法，研究制作专用工具。一年后，他对核反应堆的构造、材料、工艺、维修工序的了解，已经像外科医生对人体一样了然于胸。对技能的钻研、对时间的珍视，让何少华很快成长起来，通常需要5年完成的“入门”阶段，他仅用两年就顺利完成。1997年，工作刚两年的何少华被破格聘为“班组带头人”。从秦山核电站第四次换料大修起，他就担任检修和装卸料操作的带班负责人与装卸料操作的现场指挥。

1998年7月，何少华遇到了职业生涯的第一次大挑战。当时正值盛夏，秦山核电站运行中的核反应堆出现异常，厂里采用了一台昂贵的防辐射可视设备进行维修，但设备放入水下仅2分钟，强辐射就把机器摧毁了。班组人员无计可施，只能通过国际招标寻求外国团队帮助。最终，一家美国公司用了6个月时间，修好了反应堆。那次大修，厂里支付的修复费用高达上亿元人民币，加上因耽误发电带来的损失，秦山核电站已经面临职工工资都很难发出的困境。这就是著名的“T6事件”。

“T6事件”让何少华第一次见识了完整、系统、专业的检测设备和应急处理流程，也让他明白自己所在岗位的重要性和艰巨性。“如果不能掌握完整的核心维修技术，我们就会一直受制于人。”在专注学习的同时，他下定决心，一定要补上技术落后的短板。从此，他和团队走上了一条在实战中磨炼、在工作中创新的漫长而艰辛的技术攻关之路。

知耻而后勇。说起当年，何少华感慨万千：“那颗螺丝钉让我认识到，要照顾好眼前的这位‘主儿’，可不是简单的事。要想让它心平气顺、安然无恙，除了加深对它的了解，还要尽可能多地储备工具、技能，以防紧要关头手忙脚乱、不知所措。经历了那次大修，我才算真正入行。”

2006年，中国援建巴基斯坦的恰希玛核电站出现故障。中核集团将维修任务交给了何少华所在的秦山核电维修团队。根据检测，该核电站的故障由反应堆堆芯中的辐照监督管磨损引起。当时，此类维修技术都掌握在国外核电巨头手中，国内尚属空白。

万事开头难。何少华带领维修团队制订的方案是，改进辐照监督管支承定位结构。要知道，整个核反应堆被放置在深水池中，而辐照监督管被安装在堆芯的下部构件里。如何实现高辐射环境下的反应堆堆内构件在役维修，成为摆在何少华团队面前的难题。方案涉及水下测量、水下切割、水下焊接、水下远距离输送等多项技术，挑战性极大。

“要设计好检修方案，用工具代替人。”何少华说，“在一些情况下，即使流程设计好，对应的维修设备也不一定能研制出来。”面对前所未有的挑战，何少华和团队成员连续两个春节坚守在单位，专心研发专用技术和设备。

为了啃下这块“硬骨头”，何少华和维修团队开启了24小时连轴转的试验模式，一起学习、摸索，共同研发、试验和模拟验证，分工协作、齐头并进，同时对试验工艺进行优化。为按期完成任务，何少华每天早上5点上班，晚上8点多才回家。他说：“秦山一期同样的检修项目要付给外国公司那么多费用，我下定决心，一定要攻克这个难题。”

在此期间，何少华团队首创辐照监督管支撑定位结构的拆除方法，高质量实现水下电火花螺纹底孔成形技术的研制与应用，还一并解决了水下螺栓、定位销、焊缝去除以及水下电火花加工高精准系列孔等技术难题。

可是，就在模拟试验如火如荼之时，一颗螺栓突然咬死，试验遭遇瓶颈。搞不好，就会折戟沉沙，前功尽弃。攻关团队内部也因此产生了分歧——有人质疑走错了技术路线，有人认为材料选型不对，还有人觉得结构装配不合适。为尽快找到解决问题的方法，提振大家的士气，何少华、戚宏昶干脆住进了试验厂房，带着大家推演每一步工艺流程，回忆每一个工作细节，终于找到了问题所在，试验成功了。而那颗咬死的螺栓，被他们放在了试验现场最醒目的地方，仿佛一座警钟，时时在提醒着他们……

回忆起恰希玛核电站大修的往事，何少华觉得充实而愉快，曾经的困难都变成了美好的回忆。他说：“当时的困难主要有三方面。第一个是时间紧迫。恰希玛核电站的故障在第3次换料大修时就已经出现了，到第4次换料大修就发现难以为继了。我们派出一个专家团给它作评估，结论是如果故障不排除，机组就只能再运行一个循环。一个循环后就面临着停堆待修的困境。也就是说到恰希玛第5次换料大修的时候，必须完成它的修复，这个时间非常紧迫。第二个困难就是技术上有难度。当时，我国在反应堆堆内构件维修，特别是高辐射环境下的维修技术方面是空白，这些技术都掌握在西方发达国家如美国西屋公司等手中。第三个困难就是我们的团队需要有技能、有技术、有经验的人员。我们这个项目，是先进行试验，试验结束后马上进入工程阶段。所以在有限的时间里，团队加班加点完成了这个工作。在这个过程中，对水下维修技术我们有了更深的理解和认识，也积累了更多的经验。我们当时的团队以年轻人为主，很多骨干都是刚毕业两三年的大学生，所以是充满活力的一个团队，整个团队有一股吃苦耐劳、创新钻研的精神。”

从小水池局部模拟，到大水池完整模拟，整个过程花了半年多时间。此时，距离合同约定的时间只剩三个月时间了，可水下修复项目仍在技术攻关的关键阶段，这意味着，他们不仅要在三个月内尽快完成水下电火花加工、水下测量、水下输送定位夹持技术等研发，还要完成系统、设备、工装的联合试验。当时，美国西屋公司一位核电领域的资深项目经理直言：“这个项目仅联合调试试验就要半年，你们三个月完成完全不可能。”

然而，在那令人难忘的100多个日日夜夜里，何少华带领研发团队争分夺秒，几乎每天24小时都泡在实验室里。2009年1月，这项高难度的维修任务最终顺利完成，他们将不可能变成了可能。就连美国西屋电气公司也认为中国人完成了一个几乎不可能完成的任务。

恰希玛核电站反应堆堆内构件故障水下修复的成功，填补了中国核电水下检修技术的空白。由此证明，中国不仅具有出口整体核电设计制造技术的能力，而且具有保证电厂安全、稳定运行的维修技术。从遇到疑难杂症求助国外专家，到帮助国外电站解决疑难杂症，这次重大的跨越，也再次印证由何少华带领的秦山核电维修团队技术实力已经和国际接轨。

20多年来，何少华经历了秦山一期的16次大检修、巴基斯坦恰希玛核电站的7次检修。而随着新核电厂和扩建项目相继上马、落成，中国的核电事业不断向前发展。何少华和同事们紧跟步伐，苦练技艺，至今已开发出反应堆堆内构件水下修复、堆芯核测系统中子通量测量指套管更换、控制棒驱动机构驱动轴水下超声波清洗、乏燃料修复等多项技术和设备，拥有42项专利，填补了国内核级设备检修领域的多项空白。

2014年12月26日，“何少华工作室”在秦山核电基地正式挂牌。作为中核集团核反应堆核级SONDE设备检修职业首席技师、第十一届全国技术能手、第十二届中华技能大奖获得者，何少华坦言：“成立工作室，深感责任重大，但使命光荣，使命必达。”

自工作室成立以来，何少华充分发挥核电高技能人才的带头作用，与戚宏昶牵头完成《国家职业资格培训教程——核反应堆核级设备检修工》教材的编制出版，主持完成核反应堆核级设备检修工国家题库的开发，带领工作室团队完成工作室发展规划和管理文件体系的编制，积极推动30多项特种维修科研项目的启动和实施，并主持进行高辐射环境水下特种维修技术的研发工作。2015年，“何少华工作室”获批浙江省第五批技能大师工作室。2018年，“何少华工作室”被评为国家级技能大师工作室项目单位。

“一枝独秀不是春，百花齐放春满园。”为了培养新人，“何少华工作室”在秦山核电基地开展了“大师带徒”活动，为每一位徒弟制订培养规划，定期组织“大师讲堂”，借助制定能力培养项目来培养锻炼青年人才。何少华、戚宏昶两位“工人院士”将他们精湛的技术、高超的技能和优秀的职业素养传授给徒弟，让年轻人少走弯路、快速成长。“桃李不言，下自成蹊。”在他们的言传身教、倾囊相授下，徒弟们个个成了身怀绝技的多面手，并走上了核电维修技术一线班组长、科长等岗位，成为核电维修技术的中坚力量，还有多名徒弟获得“全国技术能手”“中央企业技术能手”“核能行业协会技术能手”“浙江省青年岗位能手”和“中核集团技术能手”等称号，并在核能行业协会、中核集团、中国核电举办的各类技能大赛中取得个人冠军、个人一等奖、团队一等奖等多项优异成绩。

一片匠心，一脉相承。团队协作是攻坚利器，带徒传技是应尽之责。秦山核电维修团队在何少华、戚宏昶的带领下，孜孜不倦地追求着完美的“铁三角”——这个“铁三角”的底边是永恒不变的核安全，另外两条边一个是时间、一个是质量。他们要用最短的时间和最可靠的维修质量，达到最高的安全。而推动他们在攻坚道路上一往无前的，正是一种追求卓越的创造精神、精益求精的品质精神和用户至上的服务精神。

何少华发自肺腑地说：“很多人会觉得技术类的活有点枯燥和单调，因此对于这个行业如何保持持续创新感到疑惑。我觉得既然选择了这行，就要爱这一行，同时也要带着浓厚的兴趣，从心底里喜爱它。你爱上它，就会去钻研它，你获得的成就感和自豪感会进一步激发你去钻研、去解决更难的问题。问题越难，越有趣味，这是一种良性循环。我们这个工作，也不像想象中那么枯燥，它里面不仅有公式，还有机械构件的运动灵巧，更有控制元件的和谐精细。”

瞧！这就是大国工匠的志趣、底气和情怀！

从普通工人到劳模工匠，从“技术大拿”到“硬核专家”，从创新骨干到首席技师，何少华一步一个脚印，踏踏实实地走过了30个春夏秋冬，先后荣获“全国技术能手”“浙江工匠”“最美浙江人”“浙江好人”等荣誉称号。2023年，何少华又荣获了“浙江省道德模范”称号。

“选我所爱，爱我所选。”这是何少华对自己深爱的秦山的承诺，他把最美好的青春献给了秦山、献给了核电事业。在鲜花、掌声面前，他始终没有忘记刚刚来到秦山核电时一位老师傅跟他讲过的一句话：“靠本事吃饭。凭本事吃饭可以走遍天下。”

是啊！靠本事吃饭，靠本事进步，靠本事赢得未来。这是人生的真谛，也是生活的真理，更是像何少华、姚建远、王大成、戚永昶这样的卓越工程师、高技能人才给我们的启示——平凡也可以伟大，只要敬业，始终努力，每一个人都可以了不起！

53　有核电的地方就有“老秦人”

“中国大陆第一座核电厂在哪里？”或许已经没有人记得，这是1986年浙江省高考试卷的一道试题。1985年，秦山核电站开工建设。第二年，它就被列入高考试题。对孙云根来说，这道高考试题正是他对秦山核电站最初的印象。

1968年出生于浙江慈溪的孙云根，没想到自己1993年从哈尔滨工业大学机械专业研究生毕业后，竟然被分配到距离家乡不过两百里之遥的海盐秦山，以人生职业的选择生动回答了学生时代面临的这道高考题。如今，从秦山核电基地成长起来的孙云根，早已走上了核电行业的领导岗位，先后担任核电秦山联营有限公司副总经理，海南核电有限公司总经理、党委副书记等职务，现任上海中核浦原有限公司党委书记、董事长，还曾荣获全国五一劳动奖章。

在秦山核电基地开工建设30周年之际，孙云根回到秦山时说了这么一段心里话：“在秦山工作的那些年，我强烈感受到业主公司的每一个员工的责任意识都非常强——凡是自己手里的事情，必须做好，绝不把问题遗留给别人。在秦山的16个年头的经历，我觉得我主要学到了这种奉献精神和责任意识。2008年，我离开秦山二期来到海南，创建海南核电。我到了海南以后，也一直在营造这种氛围，现在这种氛围已经有所显现。尽管海南核电的环境比较艰苦，但是我们这支队伍传承了秦山的基因，我们这些新核电厂应当把这种文化传承和延续好。秦山有自己独特的文化基因，以后秦山还应当进一步宣传这种文化。秦山不仅仅是秦山人的秦山，更是我们中国核电的秦山，是国家核电发展的摇篮。除了核电人才输出，文化输出也非常重要。”

秦山已经成为孙云根身上的一道烙印，他至今依然清楚地记得自己在秦山二期的入厂编号是150，一辈子都不会忘记。

马明泽是1985年从华北电力学院毕业后就到了秦山。他回忆说：“由于是学电气专业不是学核专业，二十出头的我对核电一知半解。但是给我一个很深印象的是，我们在毕业分配的时候，核工业部有两个老同志到学校挑选学生，类似于现在的面试，就能感觉到核工业部跟其他部的要求还是不大一样的。”到秦山核电站后，马明泽接受了周而复始的培训和学习，为成为秦山第一批操纵员做准备，直到1991年通过操纵员考试。

从1991年到1999年，马明泽在操纵员岗位上工作了9年。他说：“秦山一期之所以被誉为‘国之光荣’，不仅仅因为它是中国大陆第一座核电厂，业绩出众，更因为秦山核电人传承了勇担国任、坚韧不拔的奋斗精神。让我们印象深刻的是，我们整个核工业部从各个基地调来的这些老同志，相当一部分技术人员的技术素质非常高，也非常敬业。这对我们一出校门就进到电厂里参加工作的人员有潜移默化的影响。从核工业部基地抽调出来的精兵强将，他们身上发光发热的精神和事业心等对我们的影响是很深刻的。所以，秦山一期一直在解决现场的‘疑难杂症’上，在解决实际问题的能力方面很强，甚至不夸张地说可以坐上第一把交椅。”

从中国大陆首批“黄金人”，到秦山核电公司总经理助理、副总经理，再到江苏核电有限公司党委书记兼董事长、中国核能电力股份有限公司总经理，马明泽是在秦山核电发展中成长起来的。用他自己的话说：“从一毕业就到秦山核电工作，我把最美好的青春年华都献给了秦山核电。秦山核电既是我的‘初恋情人’，更是我的‘终身伴侣’。无论岁月如何变迁，也改变不了我对秦山核电的一往情深，我将永远和秦山核电一同进步、一起成长。”

曾任秦山核电业主公司总经理、秦山核电基地党委书记的李大宽，是1997年从核工业二〇二厂调入秦山的。2009年，担任秦山三期总经理的李大宽提出了公司“333”发展战略和总体思路。第一个“3”就是抓好安全发电、电力销售和资金管理的“三条主线”。第二个“3”就是确立了品牌建设的三个目标，第一步在中核集团核电企业内做到一流，第二步在国内核电企业内达到一流，第三步在国际核电行业实现一流。第三个“3”就是在后续发展上提出力争实现重水堆生产钴-60等“三个跨越”。

如何争创世界一流核电品牌？李大宽带领秦山三期采取的手段是管理对标——把目标瞄准了当时在重水堆管理上处于世界领先地位的韩国月城核电站。

当中方提出跟韩国相关电站对标的时候，韩国每个电站的总经理都不积极，认为秦山三期的管理还没有达到可以与之相互对标的程度。

面对世界同行的轻视，“老秦人”没有气馁，下决心一定要把秦山三期建成世界一流的核电品牌。

李大宽清楚地记得，有一次在韩国月城核电站考察时，他看到厂区里到处挂着电子牌，上面都显示着一个数字——93.3%。

李大宽有些好奇地问道：“这是什么意思？”

韩国人说：这是月城电站的管理目标，当年机组的负荷因子必须达到93.3%。

听完韩国人的解释。李大宽非常震撼。他回忆说：“因为当时我们还没有如此详细科学的目标管理。我印象较深的还有月城电站厂房环境，真是一尘不染，非常羡慕。参观月城核电站后让我真正地感到了压力，也催生了向月城核电站学习的想法。因此，我们向月城核电站派送了更多的学习人员。”

当时，这些培训、对标都是要花钱的，韩国人收费一点也不客气。但“老秦人”觉得这些钱值得花。公司要求所有参加培训学习的人回来后必须对秦山三期的管理提出改进建议，例如：有哪些方面需要改进，有哪些改进措施，改进后要达到什么目标，需要什么资源支持，等等。这些改进建议的实施，促进了公司管理。比如大修管理，之前秦山三期机组大修时，一些关键路径的大修工作进行时，其他一些相关路径上的工作要随之停下来。去韩国学习后，“老秦人”发现同样的工作可以与其他相关路径工作同步实施，这样就可以大幅缩短大修工期。于是，秦山三期对大修计划进行了改进，从而缩短了工期。要知道，工期缩短一天，一台机组一天的产值就是700万元人民币啊！

秦山三期通过向世界先进同行学习，加上自身的不断努力，实现了管理水平质的飞跃，机组WANO综合性能指标一直保持世界先进行列，2号机组先后三次实现世界第一。后来，韩国人发现中国人竟然超过了他们，开始认识到秦山三期管理方面的优势，竟然反过来主动提出要相互对标。让韩国人没有想到的是，“老秦人”十分大方、特别大气，满口答应。两家建立了相互学习对标的机制，一直坚持到今天。

2008年，在秦山工作了18年的郑砚国，从核电秦山联营有限公司副总经理岗位上调任湖南桃花江核电有限公司总经理。他对秦山有着特殊的感情，每次回来就像回家一样，感到特别亲切。他说：“我特别感谢秦山老基地对新项目的支持。不光是桃花江，目前在建的新项目都在依托秦山核电基地，秦山对新项目的支持是无私的，这让我们很感动。秦山对桃花江的公众沟通和科普工作给予了很多的帮助。桃花江先后派了几十批次、几百人前往秦山参观学习。秦山是一个有示范作用的基地，核电的经济效益、社会效益和环境效益在秦山凸显，海盐的百姓也从不了解到认识、到了解、到支持乃至融入核电。通过与秦山人、海盐人的直接接触交流，我们的公众宣传更有说服力。这样的活动非常成功，起到的公众沟通和科普宣传的效果非常好。希望秦山基地继续为桃花江以及其他新项目提供支持。事实上，秦山基地也一直在为中国核电建设的各个领域贡献力量。当下中国核电建设的很多骨干都是秦山培养的，即便我们离开秦山，去建设新的项目，但我们永远都感到踏实，因为有秦山这样稳固的‘靠山’。秦山不仅是海盐的秦山、中核的秦山，它也是中国的秦山、世界的秦山。”

的确，在秦山一期投入运行后，国内其他核电站开始建设时，首先想到的就是向秦山“要人”。这种“要人”现象的出现，绝不仅仅与秦山起步最早有关。1996年从浙江大学热能专业毕业的尚宪和，一毕业就来到了秦山基地，先后任值长、运行处处长、党总支书记、副总经理。1973年出生的他，是一位富有哲学思维和历史感的管理者，他善于总结经验，善于抓住矛盾，在多次大修任务中展现了出色的统筹、协调、执行能力，以及良好的军事化作风，创造了多项大修纪录。就在笔者抵达秦山的当天，恰好秦山核电组织干部考核，尚宪和被推荐为总经理人选，接替赴中国核能电力股份有限公司任总经理的邹正宇。

在中国核电行业，秦山核电确实是“老大哥”。“老大哥”要有“老大哥”的样子。尚宪和说：“秦山核电人才培养秉持的内核理念首先是‘坚持安全第一，质量第一’。当经济与安全发生矛盾时，始终将安全放在首位。其次，作为中国大陆首座核电站，倒逼秦山核电必须直面问题。‘碰上的事儿多’，促使秦山核电形成了从实践中发现问题，集中力量技术攻坚，随后将技术成果投入实践检验，然后再反馈、再完善、再实践的良性循环，从而培养出大量实干型人才。再次就是秦山核电始终坚持开放交流。核电行业具有特殊属性，只有打开大门经验共享，才能少走弯路，提高整体安全和技术水平。30年里，秦山核电始终保持与国内外同行共享经验反馈，与IAEA和WANO保持紧密合作。所以说，秦山核电是中国核电发展的‘老母鸡’。中国只要有核电的地方就有秦山核电人。这句话我觉得一点都不过分，包括中广核、田湾核电，尤其是像福清核电、海南核电都传承了秦山核电的良好经验，它们是站在秦山核电的肩膀上滚动发展的。”

在尚宪和看来，除了安全发电之外，秦山核电带动了中国核电行业的跨越式发展，对中国核电事业有三大贡献。

第一大贡献是秦山核电发挥了核电自主化、国产化的典型示范作用。尚宪和分析说：“我们现在的管理程序既不像火电站的管理程序，也不像国外核电站的管理程序，而是结合了中国的特点逐步形成的。当初我到中广核培训了两年，学习了法国的管理体系，后来在秦山二期刚刚建成的时候，我们把中广核的管理程序照搬了过来，但是运用了一个阶段以后，发现也存在需要改进的地方。秦山核电的人来自五湖四海，身上总有核工业或者电力行业的影子，所以后来很多程序被我们修改成带有秦山核电或者中核特色的程序，这些管理程序都比较实用有效，促进了秦山核电产业的发展。”

第二大贡献就是国产化。从30万千瓦级机组到60万千瓦级机组，再到方家山核电工程的百万千瓦级机组，设备的国产化比例逐步提高，秦山核电为中国的重型制造业做出了很大的贡献。秦山二期扩建工程建设过程中在常规岛引入集散控制系统（DCS），虽然当时上海福克斯波罗有限公司在国内的火电厂有很多应用先例，但是核电厂的技术要求较高，他们实现不了，为此秦山核电派了操纵员和维修人员七八个人连续蹲厂驻点，协助他们解决问题。可以说，核电产业带动了整个国家装备制造业的发展。

第三大贡献是为中国核电贡献了技术人才。在秦山核电的建设过程中，尚宪和经历了秦山二期带功率运行以后的第一次停堆。他回忆说：“当时脑袋里面一片空白，虽然之前做了很多模拟机的演练，但是当真实面对的时候，大脑中明显有一个短暂的‘短路期’，手心里全是汗，指令下达也显得磕磕巴巴。不过到今天为止，我已经经历了6台机组的建设与运行。因为经历得多了，经验也就多了，在应对一些突发性事件时能够做到不慌不乱，从容处理。今天，秦山核电大约有4000名员工，在核电建设与运行的各个方面均有众多的专家，方家山核电工程快速建成凸显了‘老秦人’的战斗力与奉献精神；走出国门，承担巴基斯坦核电项目的检修、调试等工作，说明秦山核电的业务能力得到了国际认可。秦山核电培养了我，在这里我从一个毛头小子逐渐成长为业务骨干，经验得到了积累，能力得到了提升。”

确实如此，人才培养让秦山成为中国核电行业能量的补给站。作为中国大陆首批“黄金人”的朱晓斌，1984年从哈尔滨船舶工程学院毕业后被分配到秦山核电工作。从一开始参与30万千瓦机组调试运行到长期从事人员培训工作，见证了秦山核电基地的整个发展历程。他说：“印象很深刻的是20世纪80年代请外国专家来讲课，从30万千瓦机组那边的沿海公路进到厂区里面时，专家就说秦山这个地方好像可以这里摆5个堆，那里摆4个堆，这在当时被认为是不可能的设想，现在还真的实现了。”

秦山核电的发展艰难曲折，作为中国大陆最早的核电基地，它为中国的核电事业做出了开创性的贡献，一步步走过来真是不容易。朱晓斌是当时最早参与探索编写核电机组运行规程的操纵员之一。他说：“30万千瓦机组发电后，核电的操纵员考试国家标准是我们编写的，操纵员培训用的模拟技术国家标准也是我们编写的。我还参与制定核电行业的职业技能标准，以及编写相关的大纲和教材，经过几年的努力，这些都已经正式发布或出版了。”

现任秦山核电技术总监的朱晓斌，其长期工作的培训部门为秦山各电厂培养操纵员、高级操纵员超过700名，目前仍有400多人在运行一线工作。秦山核电为中国核电事业做的巨大贡献之一是为国内其他核电厂培养操纵员、高级操纵员200多人，包括中核集团外部的海阳核电站、石岛湾核电站等。最高峰的时候，同时有130多名操纵员在秦山核电接受培训。秦山核电还是国内首先为国外核电站提供总承包方式培训的核电基地。早在1995年，就为巴基斯坦恰希玛核电站培养了第一批操纵员，同时为恰希玛培训了各类生产和管理人员150多人，很多人成为恰希玛核电站的中坚力量，包括高层管理人员。

2004年，秦山核电建立了国内核电运营领域唯一的国家核特有职业技能鉴定站。2019年，根据国家政策要求，该站承担了核反应堆运行值班员、核反应堆控制保护检修工、核反应堆核级机械设备检修工、辐射防护工、放射性废物处理工、核设备无损检测工等6个核特有职业技能等级认定工作。

经过几十年积累，秦山核电已拥有一支能驾驭多堆型运行和管理的专业领域人才队伍和管理队伍，涌现出了以中国科学院院士欧阳予、中国工程院院士叶奇蓁等为代表的一大批杰出人物；对外输送3500多名技术骨干，150多名核电高管；打造国家级大师工作室1个、院士工作站1个，成为名副其实的核电人才摇篮。截至目前，秦山核电已拥有各种专利817项，各类标准106项，其中国际标准2项，国家标准5项。

通过多年来的不断投入和发展，秦山核电形成了完整的核电人员培训体系，不逊于国际一流核电同行。

培训始终是秦山核电的主要投入领域。刚开始开发第一台全范围模拟机时，秦山35名第一代操纵员中6人直接参与这项工作。组建中核核电运行管理有限公司（简称“中核运行”）以来，秦山实现了不同堆型执照人员培训流程的统一、考核标准的统一。全部员工均根据培训大纲接受培训后，获得上岗资格。朱晓斌说：“最早进行培训时，秦山只有一套缩小的主控台盘模型，开关和控制器等是用照片替代贴在模型上的，只能用于让操纵员熟悉台盘布置。电厂调试初期，我们拥有了一台原理型模拟机，供操纵员熟悉反应性控制和主系统化容系统的简单培训。由于受历史条件的限制，30万千瓦机组首批操纵员的培训过程经历了多种机型，理论课程在秦山现场由设计院技术人员培训，电厂现场培训在斯洛文尼亚的60万千瓦机组上进行，模拟机培训在西班牙的90万千瓦机组模拟机上进行。而首批操纵员取照模拟机考试在清华大学的旧60万千瓦机组模拟机上进行。模拟机上的培训要求必须熟记各系统、参数、定值和技术规格书的运行限制，操纵员的学习负荷可想而知。现在秦山核电基地拥有5台不同类型的核电全范围模拟机、4台多功能模拟机供执照人员培训，可以为秦山各机组提供完全一致的模拟机培训。更可贵的是秦山已经形成了完整规范的操纵员培训考核体系，秦山的多种堆型机型操纵员从选拔到值长培训完全执行同一个流程，实现了各机组间培训经验的高度融合。”

在专业平台建设上，秦山核电搭建了一系列专业技术和人才平台。对秦山核电广大技术人员来说，心中始终燃烧着“国之光荣”的豪情。历经40年风雨，与秦山核电共同成长所积淀的，是技术人员对继续创造中国核电发展史上诸多第一的强烈向往。

在秦山核电采访，还可以发现一个秘密，那就是在这里工作的青年骨干力量，他们大都毕业于国内的一流高校，比如清华大学、北京大学、中国科技大学、浙江大学、复旦大学、上海交通大学、西安交通大学、哈尔滨工业大学，等等。更重要的是，“强核强国，造福人类”的梦想在他们的心中扎根、发芽、开花。

现在，秦山培训中心的建筑面积达35000平方米，其中技能培训中心有12000平方米，有40余个技能培训室，能够系统化地提供各种技能培训。公司建立了相应的防人因失误实验室，开发了通用、运行、维修、技术等专业的防人因失误课程培训体系和视频教学系统，在公司的防人因失误培训中发挥了巨大的作用。针对多种机型，技能培训中心建设了30万千瓦机组全尺寸装换料培训设施、60万千瓦机组换料仿真机和坎杜重水堆机组换料仿真机及换料通道；为多机组开发了3套500千伏开关站仿真培训设施，还有3套不同的热工系统培训装置。方家山项目建成投产后，技能培训中心开发了DCS实验和培训系统。

中国核能电力股份有限公司（简称“中国核电”）也在秦山建设主技能培训中心，为秦山各机组和“华龙一号”机组提供技能培训，同时为中国核电各电厂新员工提供通用技能培训。建设完备、功能齐全的技能培训中心将继续为中国核电的人员培训作出重要贡献。

说起“华龙一号”，不能不说起另一位“老秦人”，他的名字叫邢继。1987年从哈尔滨船舶工程学院核动力装置专业毕业后，邢继被分配到北京核二院。当时核二院处于“军转民”阶段，正四处找任务，承揽火电厂和啤酒厂设计，甚至承担了全国三分之一以上啤酒厂设计任务。面对巨大落差，邢继并没有抱怨。他想：“啤酒厂也是工程，和核工程设计有很多地方是相通的。我的工作刚刚起步，能学到的东西也很多。”

幸运的是，就在这一年，邢继参与了广东大亚湾核电站的建设。这是中国首次从国外引进先进的核电技术。在工作实践中，邢继勤于思考、敢于质疑、虚心求教，很快能与法国人直接对话、讨论工程方案。有些时候，法国人直接把图纸交给邢继去组织施工，也会把重要工作交给他来做。所以，在大亚湾核电站工作的那些年，邢继比较深入地了解到当时国际上先进核电站的工程设计流程，积累了核电工程设计经验。无疑，这对他以后的科研和工程设计产生了很大的影响。

20世纪90年代，秦山二期开工建设后，邢继担任了核二院秦山二期工程项目现场队队长，为秦山二期的自主设计立下了汗马功劳。在完成秦山二期工程的设计任务之后，邢继又被聘任为岭澳二期工程总设计师，主持中国首座自主化的百万千瓦级核电站——岭澳二期的设计工作，解决“翻版加改进”中的技术难题，结合国内外核电运行经验反馈和自主建造与设备国产化需要，开展了500余项技术改进，使核电站安全水平得到进一步提高，并且达到了国际同类机组的先进水平。他主持制定形成改进型百万千瓦核电标准设计，为我国掌握百万千瓦级核电设计技术和核电批量化自主建设奠定了基础。“百万千瓦级核电站自主设计与技术创新”项目获得国防科学技术进步奖一等奖、核能行业科技进步一等奖和核工业部级优秀工程设计一等奖。

在经历了秦山二期核电站和岭澳二期核电站等中国自主设计的核电站建设后，有一个梦想深深地在邢继的心里扎了根，那就是要建造世界先进水平的、完全具有我国自主知识产权的三代核电站。

20世纪末，当国家提出百万千瓦级核电机组要实现完全自主化的方向时，邢继和团队创造性地提出了“177堆芯”“双层安全壳”“能动与非能动相结合的安全设计理念”等，确定了22项重大技术改进，进一步提高了反应堆的安全性，完成中国首个具有三代特征的压水堆核电型号的研发，获得了核能行业专家评审认可，一点点搭出了“华龙一号”的骨架。

2009年，CP1000（“华龙一号”前身）被要求尽快上马，但是对于核电站安全壳采用单壳还是双壳，大家还存在分歧。在专家讨论会上，双方争执不下。这时，邢继说了这样一段话：“我们能够深刻地理解到这件事情产生的影响有多大，也非常珍惜有这样的机会去创造一个属于自己的核电站，同时更知道它的重要性……我们要坚持采用双层安全壳这样一个方案，这个方案能够点燃设计人员的创新热情和激情。”最后，专家们接受了邢继的意见。

要知道，在核电站建设投资上，一半的投资不是用来发电，而是用来保证核安全。粗略统计，核电涉及80多个专业，设计中要充分假设各种可能性，然后针对不同的假设事件采取措施，并且措施必须是多样化的，不会因为某个措施故障导致系统全部失效。正因如此，核电站设计中要考虑的问题非常复杂。日本福岛核事故发生以后，国家明确要求，在中国要建设的核电站，必须满足世界上最高的安全标准。中国自主设计建造的核电站应该在安全上有更高的目标。邢继说：“这是中国核电人面临的新的困难与挑战，但是我们有信心去实现它。”

正是在这样的困难和挑战面前，作为“华龙一号”总设计师、首席专家，邢继提出了以“能动与非能动相结合”为核心的一整套先进核安全理论，完成能动和非能动安全系统配置优化、非能动系统瞬态特性分析等关键技术研究并通过试验验证技术可行性。此项研究成果已成功应用于“华龙一号”示范工程。能动和非能动相结合的安全设计理念，具有完善的严重事故预防和缓解措施，可有效应对地震和海啸等自然灾害，安全设计水平达国际一流，已被国际原子能机构最新发布的安全标准采纳，其合理性和先进性已得到普遍认可。

与此同时，邢继主持开发的“互联网三维协同”设计一体化平台，使1600多人的设计团队能够多专业、多系统、异地协同作业，得到了时任国务院总理李克强的高度赞许。邢继推动并参与制订“数字核电”发展规划，依托“华龙一号”示范工程开发的首个“数字核电站”已具雏形。“华龙一号”凝聚了中国核电人的智慧和心血，实现了先进性与成熟性的统一、安全性与经济性的平衡、能动与非能动的结合，其安全指标和技术性能达到了国际三代核电技术的先进水平，具有完整自主的知识产权。

2015年5月7日，“华龙一号”示范工程——中核集团福清5号核电机组正式开工建设。这个项目涉及上千人的研发设计团队、5300多家设备供货厂家、5万多台（套）设备、165公里管道、2200公里电缆，先后有近20万人参与了该项目的建设。“华龙一号”工程建设进展顺利，所有里程碑节点均按计划实现，于2020年并网发电。2021年，“华龙一号”投入商业运行，从核岛浇筑第一罐混凝土到商业运行仅用了68.7个月，是唯一按期完成的全球三代核电首堆。

“华龙一号”共获得743件专利和104项软件著作权，覆盖了设计技术、专用设计软件、燃料技术、运行维护技术等领域，满足了核电“走出去”的战略要求。“能动与非能动相结合”核安全设计理论已被国际上广泛认同与接受。“华龙一号”技术已成为“国家名片”，正走向世界。带动中国高端装备制造业走出去，为我国实施“一带一路”倡议和建设核强国的目标提供有力支撑。

“华龙一号”百万千瓦级核电机组的诞生，使中国成为继美、法、俄之后，又一个具有独立自主建设三代核电技术的国家，习近平总书记称其为“中国完全自主知识产权的三代核电技术”。中国核电发展了几十年，一直在“跟跑”，“华龙一号”实现了“并跑”，这是中国核工业在世界核能发展中的历史性转变。

秦山，不愧是中国核电人才的摇篮。

面对群堆林立、风景如画的秦山，秦山核电党委书记、董事长黄潜送给我一册由他主编的著作《秦山核电——中国民族工业的骄傲》，充满自信、自豪地说：“秦山核电的意义在于不仅实现了自身安全高效运营，更全方位带动了我国核电事业的发展，实现了周恩来总理当年提出的要求：建设第一座核电站的目的不仅在于发电，更重要的是通过这座核电站的研究、设计、建设、运行，掌握核电技术，培训人员，积累经验，为今后的发展打好基础。现在来看，这三个目标我们都很好地实现了。可以毫不夸张地说，今天的中国，有核电的地方就有‘老秦人’。有了秦山的安全运行，才有了中国核电的发展。这是秦山的骄傲，也是中国核工业人的骄傲，中国民族工业的骄傲！”但秦山的目标并不止于此，秦山具有国内首屈一指的培训设施，将继续大力推进核电人才培养基地建设，并坚持不懈地“走出去”。黄潜说：“在秦山核电‘一体两翼’发展战略中的‘服务之翼’，就包括继续推进高质量的对外服务，这也将为核电人才培养提供持续锻炼的平台，持续提升秦山核电品牌影响力。”

合部
零碳未来

第十五章

一个从摇篮到旗帜的地方

54 从30万到100万，梦想照亮方家山

2007年10月，国务院批准国家发展和改革委员会上报的《国家核电发展专题规划（2005—2020年）》。按照规划，秦山二期扩建的两台65万千瓦核电机组和秦山一期扩建的两台108万千瓦核电机组先后开工。2010年10月和2011年12月，秦山二期扩建的3、4号机组先后投入商业运行。2014年12月和2015年2月，秦山一期扩建的方家山工程1、2号机组先后投入商业运行。从1985年到2015年，从30万千瓦首堆到100万千瓦机组，实现了从0到1再到9的质的飞跃。如今，秦山核电9台机组总装机容量达到666万千瓦，年发电量约520亿千瓦时，成为中国目前核电机组数量最多、堆型最丰富的核电基地。

然而，一路走来，也是曲曲折折。就像核工业第一次创业一样，虽然条件艰苦，各方面的困难和非议很多，甚至推倒重来的危机也发生过，但是"老秦人"坚定不移，勇往直前，勇担国任。诚如曾先后担任秦山核电公司党委书记、秦山第三核电有限公司董事长的刘传德所言："在30年的光阴里，秦山核电的员工们以高度的责任心和使命感铸就了成就与荣誉。这些都是非常宝贵的精神财富。这些精神财富也体现在秦山核电扩建项目方家山工程的建设运营上。回想起来，方家山扩建项目之所以能上，从文化层面上讲，也是源于责任感。"

为什么这么说呢？

当时有人说，守住一个30万千瓦就有吃有喝了，你着什么急？

但是，对"老秦人"来说不着急不行啊。不着急，这个队伍就不好带了，如果经济效益不足以跟同类核电厂竞争了，秦山一期的长远发展就受限了，所以必须往

前走。

怎么办？

在运行管理好秦山一期30万千瓦核电机组的基础上，扩建！

往哪里扩？

方家山。

1982年毕业于上海交通大学的何小剑，1987年从核工业八二一厂调到秦山核电，是中国大陆首批核电站操纵员。先后担任秦山核电公司运行部主任、副总经理兼总工程师、总经理，中核核电运行管理有限公司总经理，中国核能电力股份有限公司副总经理。在他看来，秦山一期从1991年并网发电到现在，之所以能够取得如此良好的运行业绩，主要有两个方面的原因：一是不断地提升管理水平，二是持续地进行技术改造。

如何提升秦山一期的管理水平？何小剑有着自己的思考。他说："这个30万千瓦级核电站完全是自主化的，包括运行管理，完全是靠我们自己摸索。它不像其他引进的核电站，把一套完整的体系都引进来。在我们之前，中国大陆没有核电站，不知道核电站怎么管理，所以我们的管理也是一步一步跟国际接轨的。一些比较先进的管理技术、管理手段、管理理念，也是一步步地发展起来的。1997年1月，秦山核电站接受了国际原子能机构的运行核电站安全评审。那次，国外很多先进核电站派专家过来，对秦山一期全方位地评估了两周，指出了很多管理上的不足。所谓不足，就是跟国际同行相比，我们还有比较大的差距。那次应该说是对我们管理上的一次震动。从那以后，我们就把视野瞄准了国际水平最高的同行。我们到外面交流、学习、培训，回来后制订了一整套长期整改计划，从方方面面不断改进、提高运行机组的管理水平。"

有什么样的企业家就有什么样的企业，而有什么样的企业文化也会造就什么样的企业。如何持续进行技术改造，提高设备安全可靠性，这是何小剑就任秦山核电公司总经理后特别着力要干的工作。实践出真知。他坦诚地说："前面一个阶段是被动的，出了什么问题，我们就针对什么问题来维修，维修不了的再改造。第二个阶段就完全不一样了，是提前策划、主动改造。有一次我们在停堆换料的时候，发现结构损坏了，就停了十几个月进行整治，电站损失很大。事情发生后，我们核电站对整个设备的系统状况进行了反思，请设计人员配合，对整个核电站的系统作了全面评估、诊断并预测。我们制订了中长期的改造计划，接着就一步步地按照改造计划做了各种技术改造，不断提高系统设备的可靠性。"

在秦山一期的技术改造方面，何小剑在当总经理期间完成了最大的两个项目，一个是顶盖的整体更换，还有一个是反应堆数字化保护系统。这两个项目的完成，对后来秦山一期设备的稳定运行，发挥了很大作用。何小剑说："通过这个改造过程，我们培养了一批在管理上具有先进理念、先进手段、先进方法的人。他们中一部分人留在了秦山，还有很多人走出秦山到其他电站或公司从事重要的管理工作。另外，通过这个过程，我们积累了技术上的经验，接触了新的技术。比如数字化控制技术，我们反应堆保护系统采用了数字化平台，现在方家山、福清、海南等新建项目都采用了数字化系统。这一系统的改造，培养了一批懂数字化系统的技术人才，这对后续核电设计也是一个积累。这些技术也能用到新的电站上，从这个方面来说，意义是非常大的。”

历史已经证明，何小剑在任期间完成的这两个改造项目，确实是大手笔，令人刮目相看。曾荣获全国优秀科技工作者称号的钱剑秋说：“它是原型堆，压力容器的盖子不能到30年，甚至不能到20年，怎么办呢？改，换大盖，现在外面仪控技术都是数字化了，不是模拟的。这种改造改得很成功，在原型堆核电厂这是很了不起的，我很佩服他们的勇气。”

但是，秦山一期无论怎么改进，它只有30万千瓦。即使现在升级到35万千瓦，从发电量上来说它依然是个小机组，是个“小弟弟”，和大机组相比，经济效益不是很好，缺乏竞争力。

因此，为了提高企业的效益，稳定近2000名员工这样一个庞大的队伍，必须上新项目。这是一种责任，也是一种使命。正如刘传德所说：“责任感，在方家山项目的争取、建设和建成上，也体现得十分明显。在工程建设时期和机组调试中，凭借着秦山核电积淀30年的勇气和底气，用责任实现了方家山核电工程1、2号机组的并网发电。责任感是秦山核电员工和干部创业、发展的力量源泉；责任感，是秦山核电企业文化的一个魂。”

没错，“老秦人”看中了方家山。

方家山位于秦山的西北，距离秦山一期不过千米之遥。在这里自主扩建两座新的反应堆，当然是一个非常不错的选择。

毫无疑问，方家山核电工程对于秦山一期来说意义重大，但是从立项到开工的整个过程，并非一帆风顺，而是经历了很多困难，其中的艰辛对没经历过的人来说是难以想象的。

为什么一个新的扩建项目会这么艰难？

它到底难在什么地方呢？

其一，难就难在秦山这个地区已经建了7台机组了，而且是3种机型，现在又要增加2台机组，而且又增加了1种机型，这就会给监管增加很大的难度。监管部门的一位领导问道：“你们能不能说清楚为什么秦山要建9个堆，为什么要用这么多的机型？”

其二，难就难在地方政府也不是很支持。一个十分现实的问题摆在“老秦人”的面前，那就是嘉兴地区电源过多，如何输送出去呢？因此，一开始浙江省电力部门不是很积极，而且有另外的考虑。他们希望在浙江建设新的核电机组，但不希望继续落户秦山，而是希望在浙江西部地区。那时，浙江三门核电站还没有开工，地方上着急，希望先在三门建设核电站。

两大难点，就像“两座大山”，挡在了“老秦人”向方家山进军的道路上。

何小剑回忆说：“当初提出方家山项目的时候，不赞成的声音还是比较多的，一些核心部门的工作做起来比较困难。这个过程非常曲折，包括到底上什么堆，也是经历了非常曲折的过程。”

一开始，“老秦人”提出来是扩建30万千瓦压水堆。为什么提出扩建30万千瓦呢？有两个原因：一是因为秦山一期就是30万千瓦，现在扩建30万千瓦，符合现实条件。二是因为当时秦山核电正在与巴基斯坦谈新的30万千瓦核电站合作项目，这样一捆绑，设备采购和造价也就降下来了。

但是，“老秦人”提出扩建30万千瓦的建议被否决了。为什么？因为国家对核电的发展路线，已经不再是小机组。

于是，“老秦人”就提出改建60万千瓦压水堆机组。因为秦山二期就是60万千瓦的。当时，有些专家说国内要建一批60万千瓦的核电机组，浙江省也同意上60万千瓦核电机组。

谁知，60万千瓦核电机组提出来没多久，又被否决了。

为什么？因为当时中国核电的主推堆型是百万级，所以60万千瓦也不合适。

接下来，“老秦人”提出建CNP1000，这是中国核电具有自主知识产权的二代改进型的自主设计机组。何小剑说：“那个时候CNP1000的一个机组放在方家山，我们觉得挺好，再加一个‘第一’，这样所有的‘第一’都在秦山，对于秦山来说也是好事情。于是CNP1000又做了很长时间的沟通。”

但是，CNP1000又被上面给否定了，为什么？这个时候国家主张引进国外先进机组，要培养第三代机型能力。

就这样，连上什么样的机型都经过了这样那样的曲折，方家山扩建项目才真正上马。实际上，直到方家山开工前还是面临着危机，因为全球金融危机，国家有关部门要求删去核电项目。怎么办？关键时刻，国家又启动了4万亿元的投资项目，而秦山核电的准备工作都做好了，万事俱备，终于赶上了，被列入国家“十一五”规划。

对方家山核电工程最终落户秦山，作为亲历者的何小剑感到十分欣慰。他回忆说：“有关方家山的故事很多，印象最深的就是为了上CNP1000这个项目还是做了很多的努力。例如在2006年12月，就是秦山一期发电15周年，我们在北京开了一个座谈会，那个时候还是方家山能不能上的关键时刻。那个座谈会应该说对方家山上项目有非常大的意义。在会上我作了一个报告，总结秦山30万15年运行的经验，提出了30万这个堆对中国核电的重要性，并认为30万的使命还没有完成，它应该继续承担积累经验、掌握技术、培养人才的使命。要完成这个使命，就需要一个队伍继续来完成30万后面的一些事情，因此队伍一定要稳定。作为一个独立公司，公司要生存要发展，方家山项目就是为了支撑这个队伍，为了公司长期的生存和发展，这是我们第一次提出上方家山项目的重要意义。后来，集团公司领导又为CNP1000堆型的作用和意义作了非常好的报告，会议虽然没有马上形成决策，但是会议的影响还是不可低估的，它改变了项目面临的被动局势，方向逐渐明朗。利用这次契机，秦山一期把增容扩建的事情又往前推动一步，直到最后开工。所以，最后方家山项目能开工，我还是挺欣慰的。”

卓越并不是一种成就，而是一种精神。这种精神注入企业就成为卓越的企业文化，这种精神被企业家所接受并以此为追求目标，他就成为卓越的企业家。在追求卓越的道路上，何小剑带领他的团队制定了企业纲领，明确公司愿景就是要成为国内核电运营管理的第一品牌，把秦山核电打造成世界一流的核电站。

方家山核电工程是中国第一座设备综

合国产化率达到80%的百万千瓦级核电站，由中国核能电力股份有限公司和浙江省能源集团有限公司分别以72%控股和28%参股共同出资建设。它是我国二代改进型百万千瓦级压水堆核电项目，装机容量为2台108.9万千瓦，是我国百万千瓦级核电机组自主化、国产化程度最高的核电站之一，带动我国核电技术由自主品牌向自主知识产权的升级。该工程由中国核电工程有限公司（简称“工程公司”）总承包，是国内首批采用最完整意义总承包建设模式的核电工程。

方家山核电工程的建设速度也是十分可喜的，一年一个样，年年大变样。我们不妨回溯一下它的建设简史，从中可以看出“老秦人”有多拼！

——2008年12月26日，1号机组核反应堆浇筑第一批混凝土。

——2009年7月17日，2号机组开工建设。

——2014年9月1日，1号机组转入带核试运行。11月4日，1号机组成功并网发电。

——2014年12月3日，2号机组首次装料，历时约43小时，打破1号机组49小时的装料工期纪录。

——2015年1月12日，2号机组首次并网发电成功，刷新了该工程1号机组创造的国内同类型机组“从首次装料到首次临界、再到并网发电”的最短工期纪录。2月12日，2号机组具备投入商业运行的条件。

数字很枯燥，数字也很生动，其背后反映的是“老秦人”追求卓越的拼劲，是“老秦人”永争第一的斗志。方家山扩建项目2台机组创造了中国核电机组从装料到并网再到商运的最短工期纪录，创造了2台机组投产间隔从10个月缩短到2个月的新纪录，实现我国核电从30万千瓦到100万千瓦自主发展的历史跨越。方家山工程实施了先进的燃料组件、全数字化仪控、核岛消防改进等18项重大技术改进。在日本福岛核事故后，又按照国家核安全局的要求实施了14项技术改进，充分考虑各种极端灾害叠加等因素，进一步提高了机组的安全水平。方家山工程为群堆管理提供了经验，为中核集团实行核电项目总承包建设模式提供了很好借鉴，为实现我国三代核电技术落地以及成功走出国门奠定坚实基础。

数字很形象，数字也会说话。方家山核电工程的建设真可谓是一路艰辛、一路拼搏、一路开拓。当工程建设因为设备因素而受到严重影响，业主公司充分发挥主导管控能力，成立工程进度联合管控小组，全力做好工程建设组织协调工作，扭转工程建设被动局面。在“集团化运作、专业化管理”发展战略的指引下，在实施总承包建设模式的基础上，充分发挥业主公司技术优势和人才资源，不断探索并践行“同一个项目、同一个事业、同一个团队、同一种文化、同一个计划、同一个行动”的“六同”管理理念，有力地促进工程“四大控制”。在方家山工程现场，所有工程建设者以实实在在的行动展示着“老秦人”团结拼搏的风貌。

方家山核电工程全面转入安装施工阶段以后，遇到了主泵和DCS等关键设备到货滞后的问题。这些问题是设备国产化难以避免的阵痛，同时也是对业主公司在新的模式下如何做好工程项目管理的考验。

在严峻的工程形势下，业主公司及时调整管理思路，发出了“建功631，立业方家山”的动员令，号召所有参建单位在方家山艰难困苦的时刻，以一个“大团队”的形式发挥各自的特长，共同推动工程进展。为扭转工程滞后局面，方家山工程现场成立了由业主公司、工程公司及各参建单位组成的“进度联合管控小组”，实施合署化办公。联合管控小组秉承“计划先行”的思路，除对各级进度计划进行严格评审和跟踪外，还对现场紧急的工作或者接口复杂的工作内容及时通过进度管控单进行管控。通过将安装计划与调试主线计划进行对接，不仅对主线工作进行重点跟踪和管控，还对支撑和保证主线的工作进行跟踪和管控，保证计划管控的全面性，保证工作开展“无死角”，极大地推动了工程进度。

22份进度管控指令单、每月一次的计划评审和考核、每周一次的管控小组会议、每天的现场跟踪落实，用这种最直接、最有效的方式保证现场工作有序推进，为各节点目标的实现提供计划保障。时任业主公司分管工程的副总经理曹水林说：“只有联合起来，打破组织壁垒，化除复杂接口，共同商讨、梳理计划逻辑关系，共同明确控制目标，才能大力发挥计划龙头作用。”正是打破了组织壁垒，化除复杂接口，共同商讨、梳理计划逻辑关系，方家山工程才没有陷入“推诿扯皮互相等”的“死循环”中，从而争取到了宝贵的时间。

方家山核电工程的调试工作由总承包单位工程公司委托中核运行实施，项目有甲方（业主）、乙方（工程公司）和丙方（中核运行作为总承包商的调试分包商承担调试启动工作），合同商务关系非常复杂。但是在具体的工作中，“老秦人”一直强调，工程的安全、质量、进度是真正的“甲方”，所有参与者都是“乙方”，涉及工程管理或者技术问题的时候，谁提出的思路和方法有利于安全、质量与进度，谁就是“甲方”。方家山工程建设尽管遇到了许多困难，但是秦山核电员工与各级承包商通力合作，在工程总承包管理模式下，更好发挥了秦山核电现有技术管理、人才资源优势，促进工程项目管理的专业化、集约化发展，把各项工作做到了最好。

在工程进入调试的关键时期，业主公司前瞻性地提出了“决战决胜、全力登高”的倡议，与各参建单位签订“登高责任书”，共克时艰，创造工程新业绩。对于直接负责工程建设的工程公司方家山项目部总经理陈建民来说，压力更是来得紧迫和汹涌。他说：“由于是第一次采用总承包模式，我们的人员配套等各方面的能力一时还不能提升那么快，现场的人员结构也较为复杂，所有人都着急进度，如何不打‘乱仗’时时刻刻考验着我们。”在土建施工方面，2号机组比计划提前103天开工；1号机组穹顶吊装比计划提前79天完成；2号机组穹顶吊装比计划提前142天完成，而且在中核集团首次采用了国产设备材料完成反应堆筒体预应力张拉工程。在设备安装上，核电大型设备自厂家起运至安装现场各环节无缝衔接，一次吊装就位，节省了大量倒运成本。大型设备水陆联运未曾发生一起安全事故，为后续核电大型设备运输积累了丰富经验。

“老秦人”拼命地与时间赛跑。事实上，方家山核电工程几乎每个关键环节的操作都比常态下的核电行业建设提前了不少——3台主泵安装调试仅用时3个月；DCS机柜到货后仅用7天时间就完成了机柜的安装和通道试验；安全壳整体打压前期相关试验在2个月内完成（行业一般用5个月）；从装料到并网仅用时63天……所有工作都是得到国家核安全局的许可、审批和验收。

中核运行组建的方家山调试队，全面负责工程调试准备和实施。调试队进入现场工作后，为更好协调土建计划、安装计划和调试计划，提出了"以调试推动工程进展"的管理理念，按照现场施工进度制订土建安装调试一体的主线计划，推行"节点负责人方法"，强调每个节点落实到人，专人负责协调落实进度控制。同时，建立现场调试协调会制度，每天下午由时任中核核电运行管理有限公司副总经理洪源平主持召开核岛、常规岛两个协调会，根据现场实际情况科学安排各单位的施工，及时协调、督促各单位解决现场问题，梳理影响各工程节点的主要因素，推动各单位与工程进度的协调配合。所有问题当天提出、当天开始处理，力求问题不过夜。高频度、高效率的会议极大推动了工程执行力度。曾经全程参加秦山二期1、2、3、4号机组调试工作的洪源平，作为百万机组调试工作的领军人，善于把压力变成动力。他说："我们能做也应该做的，就是搞好谋划、提前介入、迅速决策，把能做的工作都尽量提前做，'不干等'设备到货，不让问题过夜，不让责任转移，确保所有事项都能得到第一时间的推进。"

为了将现场各参与方的目标及努力方向统一起来，洪源平建立了统一的调度管理平台，根据工程的实际情况，全面协调控制1号机组所有相关建设及重大技术决策活动。凭着对M310机组调试的透彻理解，洪源平先后创造性提出了"水压试验前进行部分役前检查""无1E级DCS先进行一回路水压试验""无1E级DCS先进行热态试验"三项重大调试逻辑调整方案，大大缓解了后续调试的压力，保证了调试工作的平稳开展。同时，洪源平根据现场的实际情况创新管理机制，提出了"先调试移交，后竣工移交"的系统分步移交方案，在保证竣工移交文件质量的前提下，使得系统移交进度能够满足调试的需求。他还提出了"调试委托、工作令先工程后商务"的管理制度，保证了调试能够得到安装、土建的第一时间支持，同时减少商务活动对工程进度的影响，也减少了商务活动在时间上的压力。

方家山调试队队员既是1号机组的专职调试人员，今后还是1号机组的生产运营人员，这样的双重身份让洪源平更看重"提前介入调试"的必要性：设备都是自己的，从调试起就要熟悉和维护好，不能"现在挖坑，以后自己却往里面跳"。为此，洪源平要求调试队务必做好统筹——对外，提前跟国家核安全局沟通，争取把"能做的事"提前做，不把所有的活都集中到一个点上，避免"扎推"；对内，"主动揽活"，干起许多不该属于调试队干的活，比如安装队缺少螺帽和垫片，调试队先帮着购买解决。为什么敢"这么揽活"？洪源平直言："靠的就是秦山几十年来积累起的调试力量。1号机组的调试队只有200多人，别的项目一般都需要四五百人，我们相当于是一个人干几个人的活。"调试工作千头万绪，大量协调会议经常使洪源平往返于调试现场和设计院之间。为此，他把所有的出差航班都安排在晚上8时后，第二天出差一结束立刻返回工程现场。洪源平说："有时我会反问自己，难道工程现场少了我一个就不行了吗？但是责任感让我情不自禁地去工作。"

时任中核核电运行管理有限公司党委书记、董事长吴岗，是2013年6月从中核武汉核电运行技术股份有限公司正式调到秦山工作的。吴岗回忆说："我到秦山工作以后，正好遇上方家山两台机组的调试和运行。因为方家山是秦山第一次实行总承包模式，工作上难免出现了一些新的管理衔接问题。在解决这些问题的过程中，秦山人特别拼。我们调试的进度，始终都比原来正常的进度快得多。虽然因为别的设备方面的延期给工程进展带来了很大的困难，但是秦山人利用各种机会，自己组织力量，把能做的事情都做到最好。1号机组在调试过程中出现的问题，2号机组都能够得到及时解决。最后以相差两个多月的时间，方家山两台机组相继投入商业运行。而且在第一个燃料循环周期内，没有非计划停堆。秦山人的秦山精神时时处处都有体现，在未来的发展中，秦山人要把这种拼搏精神坚持下去。"

"方家山核电工程调试的时候，每人发了一张行军床，累了就在值班室休息一会儿再继续工作。秦山人干活都有瘾。特别是方家山工程中，秦山人从来没有把工程项目当成是业主承包出去的项目，而是一直当作业主自己的项目，一切以项目为重。大家白天黑夜不停歇地工作，实际上是把一天当作了两天来用，工期都是这样赶出来的。"中国核电工程有限公司党委书记、董事长徐鹏飞，1986年从复旦大学毕业后，被分配到秦山核电厂工作。在他的眼里，"老秦人"一直有着一股劲，那就是事事争第一。这种精神在各个方面都有体现，从来没有变过。面临各种重大且艰巨的任务时，永远是干部冲在最前面，带领大家憋着一股劲，没日没夜地干。这种精神潜移默化地影响了一批又一批、一代又一代的秦山人。他回忆说："我10年没离开方家山核电工程，从开始跑项目，到主体工程开工，角色也从业主公司转变到工程公司。方家山工程项目上一遇到问题，我就会毫不犹豫地赶到现场。项目完工之后，我就像女儿出嫁了一样，开心又失落。但是我也很欣慰，10年里亲眼见证这个项目从无到有、从小到大地发展起来，能拥有这样机会的人并不多，所以我是幸运的。"

从30万千瓦到100万千瓦，"老秦人"用梦想照亮了他们卓越的实践，生动诠释了"卓越并不是一种成就，而是一种精神"。

2015年，在秦山核电基地开工建设30周年的时候，何小剑说出了"老秦人"的"秦山梦"。他说："现在都谈梦想，我的'秦山梦'可以简单地归纳为争创第一——世界第一。这个'第一'有几方面内涵。首先，技术已经是第一了。我说的第一是在全球核电界。秦山已经是有名的核电基地，它的机组最多、堆型最多，这些都是世界第一。第二，秦山核电的运行业绩，争取做到第一。第三，秦山这个地区，源源不断地向其他地方输送人才。这些人才到全国各地其他核电站工作，以后也可能到国际上其他核电站工作，包括一些机构、组织。从秦山走出去的人才越多，秦山的影响力就越大，秦山的知名度就会越来越高。第四，以后在秦山核电基地，除了9台机组，还可以打造不同的中心，比方说信息中心、采购中心或者备件中心，甚至还有技术中心、培训中心，等等。如果这些中心都放在秦山，那秦山将成为全球首例。可以设想，今后秦山将承担中国核电的国际化重任，国际交往越来越多，每天都有国际同行在这里交流、访问、参观，甚至培训。在我心里，那是一幅非常诱人的蓝图，是我想到的秦山未来。”

“梦圆秦山兮，长歌当行；浩浩核能兮，秦山之光。乘胜勿懈兮，雄师劲旅；再接再厉兮，续图辉煌！”逐梦未来，“老秦人”永远在路上。

55 以优秀作起点，以卓越为蓝图

2015年2月，秦山的第9台机组——方家山工程2号机组正式投入商业运行，为秦山核电建设30年添上了浓墨重彩的一笔。至此，秦山核电基地全面建成，成为中国核电机组数量最多、堆型最丰富、装机容量最大的核电基地。以此为标志，秦山核电不仅树立起了一座不朽的民族核电丰碑，而且铸就了安全环保、自主创新、群堆管理、人才摇篮、文化引领、对外服务、公众沟通、企地共融的典范，对中国核电事业乃至整个军工行业都发挥着重要的示范和借鉴作用。

在2011年之前，秦山基地的三家核电公司都是独立的法人实体，各自承担着核电厂的运营工作。由于缺乏统一的标准，各自制订了一套不尽相同的管理体系、流程和信息平台，即便是相互毗邻，有价值的运行经验和信息也不能得到及时有效的交流和沟通。对于核电厂的共性技术问题，各核电厂都在独立开展工作，资源分散，使得秦山地区专业技术能力难以得到有效提高。核电的快速发展，对核电人才需求急剧增加，秦山地区连续多年向外输出有经验的核电人员，自身队伍中的人才被不断稀释，人才不足的问题逐步暴露出来。时代在变，秦山核电基地原有运行机制已不适应核电的快速发展，转型升级是必由之路。

改革意味着阵痛、风险，但改革也展现出勇气、责任和发展。秦山人没有坐等观望，而是主动转型，加快升级，从管理理念、制度、方法、机制上进行了一系列创新。根据中核集团“集团化运作、专业化经营”的总体思路，以及改革的总体部署，秦山核电基地于2011年开展了核电运行专业化改革，成立了中核运行，负责秦山地区9台机组的调试和运行。中核运行借鉴国内外核电管理的先进经验，根据秦山地区的实际情况，建立了一套“领域管理+生产单元管理”的模式，按照“资源集约化、技术专业化、运行标准化和管理精益化”的要求，深入推进专业化改革。

2013年3月，时任中国核能电力股份有限公司副总经理张涛，调任中核核电运行管理有限公司总经理。1992年来到秦山，在基层干过培训、生产准备、调试、生产运行，又从运行处处长、总经理助理、副总经理一步步走上管理岗位，张涛亲眼见证了“老秦人”拼搏、奋进的历程。因在东北电力学院上学期间参加一场知识竞赛，青年时代的张涛心中从此记住了中国人独立自主建设的第一座核电站——秦山核电站。然而，他没想到自己竟然真的在秦山核电扎下了根。在张涛看来，秦山核电之所以能够取得成功，就是一个字——“拼”。

2014年，为充分发挥自身优势，从优秀迈向卓越，以新姿态、新机制、新理念谋求新发展，站在“十三五”的起点上，张涛带领全体“老秦人”经过广泛的大讨论，近4000名“老秦人”集思广益，提炼出“我们是‘国之光荣’的坚定捍卫者和发扬者”的秦山精神新内涵。

“国之光荣”是秦山核电肩负起核工业二次创业、军民融合、和平利用核能的历史重任，矢志为我国核电事业不断探索、勇创佳绩的生动写照。经过30多年的厚植积淀，“国之光荣”已成为秦山核电的金色名片和秦山核电人的文化情怀，更是新一代核电建设者们，站在历史发展新高点，审时度势，努力创造幸福美好秦山的壮志豪情和精神动力。经过30年的砥砺奋斗，秦山核电培养了一支实力雄厚、经验丰富、能驾驭多种堆型运行和管理的专业技术人才队伍和管理队伍，形成了一套完整成熟的安全生产运行管理体系和支持保障体系。如何发挥秦山核电基地的作用，助推中国核电规模化、专业化和国际化发展，完成集团公司“未来三十年，再造一个新秦山”的期望和要求，成为“老秦人”必须面对的新课题。

如何布局未来？如果赢得发展？同样是在2014年，秦山核电开展多次研讨，汲取广大员工智慧，首次提出“一体两翼”发展战略。何谓“一体两翼”发展战略？张涛说：“简单说，就是以秦山核电9台机组安全发电为主体，苦练内功，取长补短，创造世界一流核电运行业绩；以参与市场化竞争为一翼，开发和培育专业化服务产品，提升对外经营水平和规模；以成为助推中国核电规模化、标准化和国际化发展的专业化大本营为另一翼，建立高标准核电业务管理体系和专业支持平台。”

按照“一体两翼”的战略，秦山核电明确提出了“世界一流”的目标，在公司“十三五”规划中也制订了2020年的具体目标：一是，9台机组平均能力因子大于或等于92%，所有机组WANO综合指数进入世界前四分之一；二是，建立与国际接轨的核电专业化运行管理、技术标准体系和专业支持中心；三是，开发和培育8大产品，全面打造何少华工作室等20个中心的技术品牌，提升秦山核电的核心竞争力，力争在2020年前实现对外服务收入翻一番；四是，形成共同核安全文化价值理念，实现员工与公司协同发展，发扬秦山精神，打造秦山品牌。张涛说：“坦白说，这个目标非常具有挑战性。因此，秦山核电以目标导向结合问题导向，确定了贯穿‘十三五’期间、分阶段开展的五大主线任务，即：机组性能提升、改革深化调整、核心能力建设、队伍和文化建设以及环境建设。”

为什么要提出“一体两翼”战略？张涛说：“从内部来说，9台机组投入运行，意味着公司发展将达到‘天花板’，如果没有新的利益增长点，对于秦山这样一个老基地，不仅无法解决历史遗留问题，而且企业和员工的未来发展空间将全面受限。秦山核电的定位绝不能满足于仅仅是秦山的核电，必须在自我完善的基础上，积极走出去，去拓展更多的市场和空间。这是我们给自己的定位。所以，无论是内部、外部定位，公司都必须走出去，创造新的发展空间和利益增长点。这就是‘一体’生‘两翼’的源头，可以说，‘一体两翼’战略是秦山核电历史的责任、现实的选择、未来的希望。”

做优、做强、做大，有着逻辑的递进性。只有通过苦练内功、夯实基础，才能持续推进安全健康高效发展。对此，张涛有着自己实事求是的思考：“我们将‘一体两翼’战略进行了进一步细化和落地，明确了未来发展方向、发展目标和实现步骤；我们梳理了9台机组‘主体’与世界一流核电相比存在的差距，针对性地开展缺陷处理、设备管理、能力培养及管理提升；我们对核心竞争能力进行了梳理，开发了以调试、专项维修、大修、信息化、专业培训、生产准备、技术改造、重水堆支持等为代表的对外服务‘八大产品’；我们组织开展了‘四大专项’工作，组建业务标准化工作组，明确程序责任人，按照标准化的要求对核电管理流程进行梳理……”

“安全是生命，管理出效益，拼搏创未来。”秦山核电长期以来安全运行，离不开“老秦人”一直以来强烈的责任意识和使命意识。这种内化于心的自觉性铸就了今日秦山的荣誉和辉煌，是从优秀迈向卓越道路上宝贵的精神动力和财富。张涛说：“从优秀通往卓越的道路不是一马平川，也并非一蹴而就。我们有很多事情要做，要好好做，而且必须做好。走好这条路看上去很复杂，其实也很简单，就是用好一个理念。好的理念能够指引我们在这条通往卓越核电基地的道路上越走越远。这个理念就是——做一名有高度责任心的核电工作者！”

“做一名有高度责任心的核电工作者！”面对安全的压力和核电行业发展的机遇，张涛旗帜鲜明地确定了秦山核电的核安全文化价值理念，强调责任心是个人对自己和他人、对家庭和集体、对国家和社会所负责任的认识、情感和信念，以及与之相应的遵守规范、承担责任和履行义务的自觉态度。一名具有责任心的员工，会充分认识自己的工作在组织中的重要性，把实现组织的目标当成是自己的目标。而作为一名核电工作者，必须要对核安全存有敬畏之心，必须要对自身的岗位责任具有高度的责任心。

安全是核工业的生命线。国内外大量的调查统计表明，由于人的不安全行为而导致的事故占总数的70%至90%。因此强化人因管理、减少人因失误成为减少核电事故发生的重要手段。

在秦山核电办公楼出入口显示屏和公司网站主页上，我们都能在显著位置发现这样的数字：……运行某处运行时钟1105天……这些随着时间流逝不断跳动的数字有什么含义？设置显示屏的目的是什么？当了解了这块显示屏背后的故事，人们不免由衷称赞秦山核电强化人因管理、保障运行安全所做的努力和取得的成绩。其实，这就是秦山核电著名的“无人因失误时钟”。

“无人因失误时钟”的创意来自有着深厚核安全文化底蕴的运行五处。它通过电子屏幕持续计时，记录该处室没有发生人因失误的天数。“我们当初设立它的目的主要是通过量化和形象化方式，将运行人员的行为趋势清晰展现，传递公司降低人因失误的期望，提升全员防人因失误的意识和主动性。”现任三厂厂长、原运行五处处长吴明亮这样介绍他们发明的“宝贝”。天天看着这块巨大的显示屏，每一名员工都能时时刻刻将防人因失误工具的使用记在心里。看着时针跳动，感觉自己的心也在随之跳动，有着强烈的参与感和成就感。

“无人因失误时钟”是2013年6月份开始在现场设置的，同时也设置了一系列时钟复位条件。时任运行五处值长胡亚平说：“时钟曾经有过复位，时钟复位时我们感觉心里都在滴血。之后，经过兄弟们一起努力，时钟运行的最长时间已经超过1000天。”自2013年投入“无人因失误时钟”以来，运行五处的人因失误事件连年降低，2018年和2019年均未发生人因失误，大大提升了机组运行业绩，为提高机组经济效益做出卓越贡献。

从2016年起，秦山核电借鉴运行五处的管理思路，设计推广了整个公司的“无人因失误时钟”，维修领域也开始推行。随后，中国核电也将“无人因失误时钟”作为良好实践进行广泛应用。“无人因失误时钟”的推广和应用，是秦山核电强化核安全文化建设的一个缩影，也是“老秦人”用实际行动和安全运行业绩对“责任、安全、创新、协同”的庄严承诺和响亮回答。

在“云计算”“智能化”蓬勃发展的今天，核电厂数字化管理势在必行。秦山核电在经验反馈、核安全文化评价等方面也借鉴运用大数据管理，以更加高效优质的实践推动核安全工作向前迈进。在探索核电厂人因管理方面，秦山核电建立了完整的人员绩效管理体系和指标体系，积极汲取业界的经验教训和良好实践，培养坦诚开放的工作氛围，不断清除现场人因失误陷阱，减少人因失误。他们以人因工程师工作组为依托，定期开展人因理论知识培训和专业操作行为训练，对电厂所有生产人员进行防人因失误工具使用的培训，制定各领域从业人员的行为规范，要求管理干部进行管理巡视和观察指导，向员工传递管理期望和管理要求，以更高的标准持续追求卓越、持续提升人员绩效。在此基础上，秦山核电开发了《人员行为分析系统》，建立人因管理指标体系并应用到生产实际，精准发现人员行为的弱项，及时采取纠正措施，减少人因事件的发生，提升安全绩效水平。

2019年12月，核安全处在进行人员行为指标监测时，系统自动报警，发现方家山生产单元的“使用和遵守程序”的人员行为指标出现异常。监测人员根据观察指导记录分析异常出现的事实，签发状态报告，要求方家山单元制订纠正行动计划以改善这个弱项，及时消除人员行为的偏差，从而避免有严重后果的人因事件发生。《人员行为分析系统》依托大数据的处理方式，为核电站人员行为偏差“诊断开方”，是中国核电界的首创，获得了国家版权局计算机软件著作权的登记认证，被中国核电采纳并推广至各成员单位。

“安全第一，保守决策”是核电运行工

作奉行的第一原则，安全始终被放在至高无上的位置。吴炳泉说：“秦山核电坚持从实际出发，始终坚持安全发电的硬道理，严格落实安全生产责任制，建立起一套先进的核安全理念体系、科学严密的组织体系和制度程序，注重培育卓越的核安全文化，用锲而不舍、追求卓越的行动书写着安全运行的箴言，创造了优秀的生产运行业绩。近年来，秦山核电在多机组、多堆型的管理模式下，建立健全联动机制，发挥群堆管理优势，不断提升安全运行管理水平。借助领域管理模式，秦山9台机组的运行管理实现了资源优化和整合。秦山核电通过深化改革、资源整合、结构调整，建立起来的领域化群堆管理模式优势逐渐显现。”

40年来，秦山核电积累的群堆管理经验可谓独一无二。秦山核电的卓越运行，与中国核电卓越文化体系一脉相承，在中国核电卓越文化的涵养中不断吸收阳光雨露，在卓越文化中孜孜以求运行业绩，在运行工作中时时践行卓越精神。长期以来，秦山核电安全运行业绩良好，秦山核电多台机组已成为行业内的“明星机组”。2023年，秦山核电9台机组中8台机组WANO指标达到满分100分，近4年30台次机组达到满分。这充分说明了秦山核电机组设备可靠性良好、人员知识技能完备、安全管控措施到位。

数字化时代，新技术层出不穷，新业态风起云涌，新模式百舸争流，数字化发展已不再是核电企业的“选择题”，而是关乎长远发展的“必修课”，更是助力高质量发展和追求卓越的利器。作为中国核电行业的“领头羊”，在西方大国力推工业4.0的新形势下，秦山核电开始基于“两基础一架构”（即夯实数据基础、网络基础和业务流程架构顶层设计）向数字化转型，打造智慧核电站生态体系的标杆。智慧核电厂是秦山核电信息化“十四五”规划的重要工作之一，是在当前核电行业自动化控制与数字化管理基础上充分挖掘和利用核电厂数据资源，谋求机组安全运行更加可靠、设备控制更加自主、生产管理更加智能、风险决策更加智慧的新型核电厂管理模式。秦山核电智慧核电厂分为智慧运行、智慧维修、智慧安全、智慧设备、智慧经营、智慧采购仓储6个核心要素。

秦山核电聚焦核心技术，集中开展课题研究，内容包括IT架构优化、专项技术研究、创新研发管理等，已完成了专项课题研究10余项，并实现落地应用。iTask、iDoc、iDaxiu、iRP、网络安全管控、数润大数据、EAM监控分析、数字运行过程等平台的成功研发和落地应用，显著提升了信息系统的可靠性与安全性，并形成了多个“核电信息化服务”创新产品。此外，多项课题研究获奖，包括1项发明专利授权、5项软著授权，以及“浙江省电力数据价值挖掘大赛一等奖”等。

秦山核电运用最新的“云大物移智”技术，结合核电厂实际，以智慧应用为目标，逐步实现电力流、信息流、业务流的高度融合统一，最终形成管控一体化的智慧核电厂。iDaxiu是其中比较典型的一个例子。

自1985年6月28日成立检修部开始，秦山核电经过30多年的积累、沉淀和发展，历经调试、日常维修和大修的历练，从起步到突破，成功完成和创造了多项国际、国内第一的纪录。主管维修工作的秦山核电副总经理刘崇都告诉笔者:“秦山核电维修部门主要承担了秦山9台机组的日常运维、大修准备和实施、装换料、维修支持、土建维修及新建工程子项等工作，并发挥专业技术优势，积极开展大修、调试、培训、专业化检修等对外服务工作，共有8个处室，平均年龄36岁，培养了全国技术能手6人，省部级技术能手14人，集团级首席技师3人，公司级首席技师3人，学科带头人4人，科技带头人2人，对外输送人才800余人，走出了30余名核电高级管理人才。”

秦山核电始终坚持走自主化发展道路，始终坚持关键设备自主维修，形成了生产调试、燃料操作以及涵盖核电厂堆本体、反应堆冷却剂泵、数字化控制系统等所有机电仪设备维修所需的专业能力，具备了水下焊接及修复、核级阀门在线修复、冰塞作业等特种维修能力。在自主实施过程中，利用积累的丰富经验，持续开展科研创新和攻关，形成了核电厂所有设备维修所需的技术手段、装备和专业人才库，维修技术储备和开发能力不断提升。

秦山核电一系列大修业绩实现了跨越式提升——标准5年大修工期从45天缩短到30天，标准10年大修工期从60天缩短到40天。2023年，秦二厂310大修创15.12天的国内核电机组纪录和全球M310型核电机组大修最佳工期纪录，再次彰显了秦山核电的维修力量。作为中国大陆核电的发源地，秦山核电有着追求卓越、勇立潮头、争做核电维修领跑者的担当，在坚持安全发展、创新发展的基础上，积极谋划，超前布局，自主开发数字化大修管理系统——iDaxiu，探索出一条以数据驱动为内核的大修数字化道路，为核电数字化、智慧化转型提供“秦山方案”。

在核电生产运维中，机组大修是任务最集中、涉及范围最广、协调因素最多、管理要求最高、高风险工作最密集、对机组能力因子贡献最大的综合性项目。行业竞争的不断加剧以及高质量发展要求的不断深入，对大修提出了更高要求，伴随数字化时代的到来，把握发展主动权，运用数字技术创新大修管理方法以提升大修精细化管理水平，已成为核电企业的必然选择。秦山核电维修团队敏锐地洞察到数字化创新的力量，在2017年就前瞻性地规划设计了大修数字化“赛道”，成立专项攻坚组，设立数据、业务、管理、效率四项目标，针对大修业务的难点痛点，进行数字化转型探索实践。基于丰富的大修实践经验，秦山核电将成熟的大修业务模式及精细化的管理体系进行提炼封装，经过6年31次大修实践的迭代优化，建立了百余个数据模型，开发出以大修规划、大修准备、大修实施和大修总结四个阶段为构架，以大修全过程业务为场景，以虚拟数字经理为理念的综合性一站式智慧化大修管理平台，秦山核电由此正式驶入了核电大修数字化的“快车道”。

iDaxiu系统让数据“跑腿”、让数据“说话”，链接了业务流程的准备层、执行层、管理层，聚焦了大修的安全、质量与进度，创造了便捷、高效的协作方式，对信息进行智能化整合分类，代替工作人员对大修整个进程进行实时监控，让工作人员更加专注于重点工作，释放了生产力，效率大大提高。围绕核心业务培植数字化系统，秦山核电已经形成了以“3E”（EAM、ERP、ECM）为核心的信息化建设体系。刘崇都说：“iDaxiu系统是典型成果之一，除此之外，我们还有众多类似日常维修系统（iWeixiu）、智慧运行、数字化防异物管理、无人仓库等应用。”

维修作为核电厂众多业务流程的发端和归口，涉及的相关信息化系统非常多，存在重复性工作多、管控繁琐、效率较低、效果较差的实际困难，一些班组长常常感到班组生产和事务管理任务繁重、身心疲惫。如何为核电维修班组减负，让其有更多精力聚焦于维修核心业务？秦山核电iWeiXiu日常维修数字化管理系统就在这样的背景下应运而生。iWeiXiu旨在成为核电厂维修业务一站式平台，基于维修业务场景和管理流程建立数据模型，将电厂内所有与维修相关的信息数据集成处理，形成智能、高效、标准的功能模块组合。所有功能模块的开发均围绕“紧扣维修业务场景、实现维修增效减负”这一原则进行。

现在，秦山核电基地的维修人员早上到岗后，班长一键打开iWeiXiu，首页马上就显示——今天高风险作业、过去24小时0级工单、班组待办工作等“今日关注”，一目了然。

“好，我们开早会。”班长刚说完，全班人员就起身聚集在一台65寸的电视机大屏前，班长用手点击屏幕上“数字早会”菜单，大屏上即出现了全班人员的头像照。“今天李某某请假了。”班长边说边将李某某的照片拖到“请假框”内，完成“人员清点”后顺着页面标题和下一步按钮提醒，早会一步步进行着。到了“三交页面”，班长看到在岗人员头像上的小数字说道：“今天张某某的工作量相对较少，去跟踪一下定期试验工作。”话音刚落，便将张某某头像拖到对应工单跟踪人栏内。张某某头像上的数字也瞬间从2变成3，多了一项工作任务……不到10分钟，早会就开完了，完成了“一学二回三交四确认”的标准环节，内容涵盖每日一条安全信息、昨日工单回顾、昨日非工单任务回顾、今日所有工作安排、明日工作提醒、班组工单的待推进、等备件、工单偏差等分类和数量提醒、班组负责的状态报告、管理行动、维修规程等任务到期提前提醒、班组所有成员的任务展示、早会签字环节等事项。

iWeiXiu系统荣获中核集团管理创新一等奖、中国电力技术市场协会“2021年电力设备管理技术创新成果”一等奖、WANO评估活动强项等，打造了一个核电维修精细化管理的数字化转型示范方案，一个生产企业基层管理数字化转型的创新管理模式，被中国核电300多个维修班组全面推广应用。

40年筚路蓝缕，40载厚积薄发。秦山核电基地历经几代人的建设发展，从核电“新手”成长为核电“老把式”，成为中国核电事业从无到有、从小到大的发展典范，其中的每一个“第一次”，都是“老秦人”锐意进取、改革创新的精神写照，都是“老秦人”勠力同心、攻坚克难“拼劲儿”的精神浓缩，都是“老秦人”以优秀作起点，以卓越为蓝图，把“国之光荣”的历史荣光内化为高度责任感和使命感，以勇立潮头的豪情、敢为人先的气魄、奋勇拼搏的劲头，在继承中发扬，在传承中创新，为实现“老秦人”的强核强国梦而不懈奋斗。

56 秦山有块“小石头”

“海堤上的每一块石头，不论大小都能起到阻挡潮水的作用，保护大堤安全。每一个运行人员都要像小石头一样，无论在什么岗位都应该严谨工作，为核电站安全、稳定、经济运行起到自己的作用。一块石头的力量或许微乎其微，但千万块石头的力量足以抵挡海浪的冲刷。让所有运行人员像海堤上的小石头一样，紧紧团结在一起，凝聚成强大的力量，为核电事业的发展创造美好的未来。”

这就是“老秦人”人人皆知的“小石头精神”。很难相信，这段富于哲理的话语，并非出自秦山核电的官方总结报告，也不是哪一位领导的指示要求，而是一位名叫刘有才的老师傅在2004年一次月度安全例会上分享工作体会时所说的心里话。它来源于“老秦人”，实践于“老秦人”，又指导“老秦人”。

刘有才先后在七一三矿、秦山一期30万机组、巴基斯坦恰希玛核电站、秦山三期70万机组工作，2010年退休。老师傅的这句心得体会，在秦山引起了强烈反响。他的体会之所以被秦山核电确立并升华为“小石头精神”，就是因为这段看似平常的话语蕴含着深刻又朴素的道理，凸显着“老秦人”的品格和操守，彰显着他们扎根岗位、尽职守责、默默发挥安全基石的价值和意义。

海堤上的小石头，看似普通、渺小，很不起眼，但是不论它处于海堤上的什么位置，都同样发挥着阻击海潮、护卫安澜的作用。秦山核电有许许多多这样的普通员工，就像海堤上的那一块块小石头，担负着自己的使命，在平凡的岗位上，努力工作，实现自己的价值。

刘有才师傅当时已经50多岁，临近退休，但他依旧坚持每周两次去巡检机组。人们时常看到他穿着工装，拿着手电，在嘈杂的厂房里查看系统设备的运行情况。他时而查看仪表指示，时而听诊电机运转的声音，神情专注、一丝不苟。

有一次，他身边的同事实在忍不住，好奇地问他：“刘师傅，机组每天都有人巡检，您年纪也大了，干吗那么折腾，每周都亲自去啊？”

刘有才笑了笑回答：“我喜欢在现场闻熟悉的味道，听机器转动的声音，不然，这一周总觉得缺了点啥。等退休了，就再也见不到啦。”

刘有才说得多好啊！朴素、真诚，就像海堤上的那一块块小石头，经受日晒雨淋、潮起潮落，从来不曾动摇和退缩，始终如一，坚守初心，坚持在自己的岗位上，默默奉献，为海堤的安全贡献自己的力量。在秦山核电基地，有许许多多的普通员工，面对困难不浮躁、不退缩，沉下心来做事，在坚持中把工作做到了极致。

2013年，担任了近15年重水系统工程师的樊占林，调到换料机相关工作岗位。工作转型对他来说，是一个新的挑战。他没有怨天尤人，也没有挑肥拣瘦，就像一块小石头，哪里需要哪里搬。新的岗位上，经过一年时间的观察，他发现，由于某些历史遗留问题，换料系统相关设备的图纸杂乱无章，备件管理也缺乏有效手段，工作效率低。于是，他下定决心来改变这一现状，主动请缨来完成这个艰巨的任务。

要知道，为实现图纸与项目清单完全一致，需要将图纸上每一个细节部件寻找出来，与设备实物一一对应，这是一项庞大且繁杂、琐碎的工作，需要耐心、细心和用心，加班加点成了樊占林的家常便饭。他在图纸上涂画标记，扭头又在电脑键盘上敲敲打打，转身又到现场拍摄照片核对设备信息。经过四年多的努力，他最终完成了SAP上线前约10000多条物料主数据的清理和3000多项PMP预维数据的优化，确保了TEAM系统向SAP和EAM系统的平稳切换。数据优化和使用是一条永无止境的道路，樊占林一直在坚持，不畏艰难，不言放弃。他整理成案的数据总量达100吉字节，其中针对单一球阀储备的资料就超过3吉字节，为核电事业筑牢了安全基石。

秦山核电为弘扬“小石头精神”，专门编写了一本书，书名就叫《小石头精神》。全书分为责任篇、安全篇、创新篇和协同篇，共选取了66个小故事。“小石头精神”如今已经成为秦山核电的一种文化，而这种文化既是责任文化，也是安全文化，更是一种精神、一种自信！

保健物理三处个人剂量班的班长王悦，是1994年参加工作、长期服务在信息文档岗位的一名“老师傅”。本来，她完全可以在自己非常熟悉的工作岗位上工作至光荣退休，但却在2014年做出了一个令几乎所有人都难以理解的决定——放弃从事20年并已取得优异成绩的文档工作，投身到全新且未知的辐射防护工作岗位。在参加岗位双选时，她这样回答道：“我刚参加工作的时候，就加入了当时的秦山三期重水堆谈判组，在那之后又加入了调试队，从事翻译和文档工作，当时的工作只限于雾里看花的层面，而我想对核电厂一线工作有更全面的了解，有职业性的突破，所以，我就来了。”

敢于挑战，勇于突破，新的工作新的环境新的职责，对王悦来说，当然是一次艰难的自我挑战。秦山核电深化改革后，为了统一管理个人剂量，公司于2015年成立个人剂量中心。由于该类运营资质在秦山属于首次，所以没有前人的经验可以借鉴。为尽早取得运营资质，“新人”王悦作为班长带领整个团队从零开始，要在没有路的地方，走出一条自己的路！王悦加班加点地整理材料，向相关部门送审，但是因政策变化、资料不全等原因，送审材料一次又一次被驳回。面对一次次的失败、一次次的挫折，她也曾一次次地偷偷流泪。然而，擦干眼泪，咬紧牙关，她又抬起头来继续前行，不厌其烦地按照规定一次又一次地完善材料。终于，经过两年多的默默付出与不懈努力，王悦带领的团队于2017年顺利通过并取得了CMA资质（中国计量认证）和放射卫生机构资质，使秦山核电个人剂量中心成为中国核电唯一一家双资质单位。

奋斗无止境。为了拓宽业务，王悦与团队奔赴海南核电、三门核电等兄弟单位洽谈个人剂量监测项目，并顺利签约13家单位，共计带来1000多万元的收益，为公司树立品牌与对外服务创收做出了卓越贡献！

像小石头一样坚持，像小石头一样坚守，像小石头一样坚定，爱岗敬业的“老秦人”团结奋进，勇立潮头，把一个又一个“不可能”变成了“可能”，把一个个小石头铸就成无坚不摧的牢固海堤，凝聚成磅礴力量。

秦山核电是我国唯一的钴源生产单位。钴源由钴调节棒在堆芯内经过中子照射后转化形成。钴调节棒更换工作属于高吊装风险和高辐射风险的专项工作，每一个环节都必须严格进行管控，容不得半点闪失。邹正宇说：“为安全有序地开展钴调节棒更换工作，秦山核电抽调维修、吊装、辐射防护、质保、运行等专业人员，成立钴调节棒更换专项组。专项组中每一位成员都把顺利完成钴棒更换当作自己的责任，从文件准备、模拟演练、应急演习、项目实施到项目总结都全情投入，既各司其职，又协调统一。”

瞧！在集装箱控制室内，只见组长一边对逻辑图进行标注，一边通过多个监控摄像机掌握和指挥现场工作。

瞧！在另一个现场——反应性驱动机构平台上，堆顶操作组工作人员穿戴气衣、纸衣等辐射防护用品，佩戴耳机与集装箱控制室进行远程通信，辐射防护和质量控制人员全程监控。

“拆除钴棒驱动机构！”

“安装屏蔽组件！”

“转运小车和屏蔽容器就位！”

随着一个又一个指令的发出，堆顶操作组和转运组密切配合，钴棒缓缓卸入乏燃料水池中，散发出美丽的蓝光。

就像海堤上的每一块小石头一样，每个人也都是独立的个体，只有置身于团队中才能发挥出一加一大于二的作用，团队也需要每个人付诸努力，主动作为，形成合力，才能实现团队的理想和目标。

海水泵房值班员是核电站的重要岗位，也是核电站最苦、最脏、最累的工作之一。这里是核电站二回路海水循环的枢纽机构。要知道，核电站发电之后，有些设备需要冷却，必须用循环水把设备多余的热量带走，才能保证机组的正常运行。被评为全国劳动模范和核工业劳动模范的海水泵房主值班员田庆红，是1987年从四〇四厂调到秦山的，那一年他32岁。在这个岗位上，他一干就是20多年，直到退休，被大家称作“活资料”“活系统”。他对海水泵房的整个系统和设备布局、功能和特性、容易出现问题的部位都了如指掌，而且对各项操作、异常分析和处理也是得心应手、驾轻就熟。他为啥有这样的本领呢？

其实，田庆红也没有什么诀窍，如果说有诀窍的话，那就是下苦功夫。他有一摞厚厚的工作记录本，上面密密麻麻地记录着海水泵房自调试以来的各设备运行和检修情况、技术疑问和难点、事故分析和经验总结，用他自己的话说，这是一笔宝贵的财富。田庆红说：“在设备运转的时候，你可以从声音中来判断它是正常还是异常。因为你走到设备跟前，不同的角度会发出不同的声音，不同的距离也有不同的声音，这就要靠工作经验的积累。要保证设备万无一失，不能出一点差错，就要靠值班运行人员的巡视检查，把主控室盘表上设备运转的主要参数记录下来，2至

4个小时记录一次。今天走到这，发现了什么问题记下来；第二天或以后，再发现同样的问题，我们就可以快速地排除掉。记录本身就是消除健忘。所以，像强迫症一样每天把自己的工作记录下来。而且在前一天晚上下班之前，要把所有工作都捋一遍，列出一二三来，为第二天工作做好准备工作，这样我每天的工作基本上都很饱满。”

1996年5月10日，这天早上，田庆红刚刚来接班，就听见海水泵房B通道有不同以往的异常声音。他赶紧跑下去看。不看不知道，一看吓一跳。“哎呀！这下可坏了，泵隔离出问题了！”只见海水疯狂地涌了进来，水位高达10米了，海水泵已经全部淹没，通道的两台排水泵也被淹没。按照核电站规定，必须在72小时内将该通道恢复到热备用状态，否则核电站就要停堆。一开始，田庆红还以为是管道破裂造成的，就马上给主控室值长打电话报告。面对汹涌的海水，田庆红迅速冷静下来，他想了想，判断应该是一个泵的海水管道阀门发生了故障，口子敞开了。于是，他请示主控室，立即用非常规排水方式，打破常规启用大循环泵排水，缩短排水时间。为了防止海水泵电机因长时间在海水中浸泡造成损坏，必须尽快将入口阀门关闭，及时修复水泵。当时，很多人因吃不准水深，站在那里犹豫不决。危急关头，只见田庆红奋不顾身地跳入齐腰深的水里，迅速手动将入口阀门关闭。那一刻，他的心中只有一个念头：快点排除故障，关闭入口阀门，不能让海水泵电机损坏。

关闭了入口阀门，等海水排完后，泵房的设备上沉积了一层厚厚的泥沙，将近10厘米厚。田庆红赶紧带领同事们用水进行冲洗。冲洗完毕，他们又把设备全部打开，对其内部进行清洗，该烘的烘，该调整的调整。按照常规，这一项工作需要三五天时间才能完成。但在田庆红的带领下，只用了不到一天的时间，就把所有的问题解决了。田庆红说：“我和大家都在现场保持高度的紧张状态，从早上10点开始到晚上11点结束，虽然连午饭和晚饭都没有来得及吃，但肚子好像一点都不饿。”

说到敬业，周围的人没有一个不佩服田庆红的。为啥？那就是两个字——“带头”。大家总结起来，在六个方面：带头吃苦耐劳、带头遵守安规、带头把好质量关、带头学习技术、带头文明规范、带头提高工作效率。这“六个带头”是田庆红工作的真实写照。海水泵房是核电站每次大修的重点部位，工作一点都不比正常运行时轻松，特别是高温季节，泵房内室温高36℃以上，海水管道系统上的阀门都很大，有时开关一个阀门要花20多分钟，身上的衣服被汗水湿透。但他每次总是抢着干。很多人都知道他患有严重的肝囊肿，不能过度劳累，否则会心跳加速，浑身乏力，可他一工作起来就忘记了自己。为了工作，他几乎没有休过假，加班累计时间已难以统计。有人问他：“你老是抢着重活干，又操那么多心，也不多注意保重你的身体？”他回答说：“我是一名共产党员，自己累点算不了什么，只要核电厂能安全发电，有了经济效益，大家的日子好过，我心里也舒坦。”检修部的同志们说：“只要有田庆红在检修工作票上签字，我们干起活来就很放心。”

杭州湾的海水泥沙含量特别高，对水

泵的损害很大。如何保护水泵呢？田庆红通过观察和思考，在总结经验的基础上提出了“减少循环泵的启停次数，以减少启动时对泵的损害”的建议。这个建议非常实用，被实践证明了它的合理性和正确性，很快就被核电站设备管理部门采纳。有一次，在巡检时，田庆红发现一台蝶阀阀门井积水很多，起初他还以为是有雨水渗漏进来，就拿潜水泵将积水抽干。可是，到了第二天，他发现阀门井里又出现了积水。凭着自己的职业敏感，他在仔细检查后终于发现了漏洞——积水是从电缆穿墙的孔隙中渗出来的。这更加引起了他的警觉，并由此判断可能是循环泵泵体出现了裂缝。果不其然，田庆红的判断是准确的。正是因为他的及时发现，为设备检修和恢复赢得了宝贵时间，避免了严重事故的发生。

田庆红的学历并不高，只有初中毕业。但是，他却承担着专业工程师的工作，编写出了海水泵房所有运行规程和运行图册，提出了多项系统改造的合理化建议。其中，“循环水泵启动前先进行反冲洗”的建议，获得了秦山核电合理化建议一等奖。这一成果，不仅为保证循环水泵安全启动作出了贡献，后来还被多个兄弟单位学习借鉴，填补了国产大型循环水泵在多泥沙工况下启动的技术空白。爱钻研、爱学习、爱思考、爱总结的田庆红，对自己掌握的知识、技术也从来不吝啬，总是毫无保留地把自己所知道的东西传授给同事。无论是谁向他讨教，他都会认真、仔细地讲解，一遍没弄懂，再讲一遍，不厌其烦，直到对方弄通为止。在他的指导下，班上的工友们都能完全独立地开展工作。

2000年4月27日，田庆红走进了庄严肃穆的人民大会堂，从党和国家领导人手中接过全国劳动模范的荣誉证书。那一刻，他感受到了人生最大的光荣。他说：“我是在北京出生的，步入人民大会堂一直是我的一个梦想。作为一名一线工人，我感觉是靠着自己的努力和公司的培养，把毕生的梦想一点一点实现了。但是，荣耀和幸福往往是短暂的，平凡才是生活的本质。所以，在日常工作中，我始终兢兢业业，细心钻研，逐渐成为驾驭这些重要设备的行家里手，让中国核电技术得到世界的认可，让中国的核电技术工人走向更宽广的舞台。”

海不择细流，故能成其大；山不拒细壤，方能就其高。秦山之所以如此之美，也凸显了其弘扬“小石头精神”的情怀之深。

那是2016年的夏天，一个活泼开朗的湖北姑娘告别了求学四年的大连理工大学，从渤海湾一路南下，来到杭州湾畔，从此像“小石头”一样把自己“镶嵌”在秦山。短短五六年时间，她不仅成为秦山核电检修岗位上的技术专家，而且成为质量管理的行家里手，参与的课题在国际质量管理小组会议（ICQCC）上成功实现“三连冠”。而她只是秦山核电一名普通的工程师，名叫喻媛媛。

喻媛媛的个头不高，小小身躯里却蕴藏着一股“铁娘子”的精气神。上大学时，热情开朗的她是学校有名的跑步健将，步子一迈，谁也追不上她。来到秦山核电，进入班组，她成了老师傅形影不离的“小跟班”，从文件准备、工具保养到备件核实、经验反馈，每一个小细节，她从不放过。“多走，多看，多听，多问，多记”，这些常常被人们忽略的日常经验却成了她工作的习惯和品质，也是她成长为独当一面的“常规岛岛主”的“武林秘笈”。

无论是在生活中，还是在工作中，风风火火的喻媛媛总是保持着她那与生俱来的不服输的劲头。现场设备一有缺陷，她总是一溜小跑冲在前面，等大家来到现场时，她早已开始琢磨起缺陷产生的原因了。每当机组大修时，常规岛厂房就成了她的主战场，她的身影穿梭在检修现场的每一个角落，从计划进度到质量管控，从承包商管理到外商服务，几乎所有的工作尽在她的统筹掌控之中。

作为班组的日常工程师和QC小组组长，喻媛媛需要及时分析和处理机组日常运行期间产生的各类缺陷。面对设备长期存在或频发的“疑难杂症”，她已经习惯将QC小组活动作为提升班组质量管理的重要载体。多年来，通过运用科学的质量工具和管理方法不断改进优化，她所在班组负责的常规岛设备运行情况持续得到改善，缺陷情况逐年减少，成为公司推行全面质量管理的先锋。

ICQCC，作为质量管理小组活动的国际交流和竞赛盛会，以其在质量管理领域规模大、涉及面广、凝聚力强的特点，被誉为质量界的“奥林匹克”。2021年，喻媛媛带着她的课题，一路过关斩将，走上了第46届国际ICQCC大会的舞台。经过精心准备，她用流利的口语完成了全英文的现场成果发布，用严谨的思路和清晰流畅的表达回答了国际评委的提问，最终获得评委们的高度肯定，斩获竞赛金奖，代表“中国代表队”拿下了国际“质量奥林匹克”的最高荣誉。2022年，她参与的优化燃料厂房通风系统的课题，又荣获第47届竞赛金奖。2023年，她负责研究的鼓形滤网反冲洗泵课题，再一次获得金奖，实现了“三连冠”。

面对鲜花和掌声，喻媛媛关心的却是未来。她一如既往地传承“小石头精神”，把自己的青春书写在自己热爱的核电事业上，将继续秉持“匠心、担当、卓越、成长”的价值理念，与秦山核电共赴卓越之路，不断攀登核电质量管理的高峰。

劳动者最光荣，奉献者最快乐。40年来，在秦山核电，每当面临关键抉择时，每当遇到困难时，总有一些如同小石头一样普通的人物挺身而出，总有一些像小石头一样平凡的面孔让人泪流满面，让“老秦人”感动，给“老秦人”注入前进的力量和勇气。

——面对工程下马传言四起的窘境，秦山核电站设计团队留下铿锵誓言：“只要没看见宣布工程下马的中央正式文件，我们就没有权力放下手中的计算尺！”

——清洁女工苏花英在秦山二期汽轮机厂房内进行卫生清洁例行检查时，发现2号机组高压缸保温阴燃，她没有慌张，没有漠视，及时报警，避免了事态扩大。

——在30万机组运行岗位上默默工作30年的霍永中，以其做事严谨、细致为人所熟知，积累了丰富的电气操作经验，多次发现重要缺陷，荣膺公司劳模。

——当“On Call”响起，小年夜晚才回到湖南老家的付勇在年三十晚上连夜返回，已到成都的龚福君“打飞的”返程，两千公里外的窦春德带上妻儿驱车从四川踏上归程……

在秦山，像这样的小人物的小故事，还有很多很多，他们就像小石头一样，默默无闻地坚守在自己的岗位上，坚守初心，用生命诠释着平凡才是生活的本质，奉献才是人生的价值，工作着才是最美丽的……

40年来，“老秦人”手牵手，肩并肩，心连心，接续培育并传承着自己创造的“小石头精神”，用自己的双手和智慧创造了一个又一个奇迹，将一片滩涂变为中国核电的摇篮，又将核电摇篮建设壮大，成为中国核电的一面旗帜。

57 秦山“换脑”，中国有了OLE

2021年9月，一条有关秦山核电的新闻冲上了网络热搜，引起了大家的关注。这是一条什么新闻呢？

原来，2021年9月6日，生态环境部办公厅印发了国家核安全局9月3日发布的国核安发〔2021〕198号文件——《关于批准秦山核电厂1号机组运行许可证有效期限延续的通知》。这份通知，任何人都可以在生态环境部的官方网站查阅。

经国家核安全局批准，秦山核电厂1号机组运行许可证获准延续，有效期至2041年7月30日，也就是说秦山一期“延迟退休”了20年。

消息一经公布，立即成为关心、关注中国核工业的人们热烈讨论的话题。

2021年11月5日，国家能源局浙江能源监管办通过告知承诺制完成对秦山核电厂1号机组延续运行电力业务许可证的审核和办理，有效期延长至2041年12月15日，机组容量变更为35万千瓦。至此，秦山核电厂1号机组延续运行相关许可取证工作全部完成。该机组运行许可证有效期限延续获批，填补了中国核电机组运行许可证有效期限延续安全评估及监督审查的空白，具有珍贵的示范价值。

众所周知，机动车驾驶人初次申请驾照的有效期是6年，在有效期满的前90天，向车辆管理所提供身份证明及体检合格证明，且驾驶证每个记分周期均未记满12分的，可以换发新证，继续开车。同样，核电厂运行也需要运行许可证，在有效期满之前，可向国家核安全局提出运行许可证延续申请，只有非常严苛的“体检”合格之后，方可继续运行。

据世界核协会（WNA）官网统计资料显示，核电厂长期运行在国际上已经是相当普遍的实践。根据国际原子能机构的相关数据，截至2020年底，全球在运核电机组442台，连续运行40年以上的机组共计104台。截至2021年7月，美国在运核电机组94台，其中获得执照更新批准的为86台，另有4台机组获批二次许可证更新（SLR），核电厂运行期限可达80年；法国在运核电机组56台，其中获批准延续的为32台。

秦山核电站作为中国自主设计、自主建造的第一座核电站，于1991年12月15日并网发电，使我国成为世界上第七个能够自主设计建造核电站的国家，被誉为“国之光荣”。秦山核电厂1号机组最初为原型压水堆核电机组，装机容量为30万千瓦，在运行过程中经过“老秦人”的努力，成功将其改为商用堆，装机容量也逐渐提升至35万千瓦。因为秦山核电厂1号机组初始的运行许可证有效期为30年，也自然成为中国核电最先面临运行许可证延续的核电机组。

面对运行许可证即将到期的情况，秦山核电凭什么毅然选择“延迟退休”？一是因为秦山核电厂1号机组一直保持良好的运行状态及优异的运行业绩，完全具备继续运行的条件；二是中国的核电厂运行许可证延续工作总要有人去做，而作为“中国核电从这里起步”的秦山核电，义不容辞成为中国核电运行延续工作的“探路者”。

当前，国际上主流的核电厂延续运行监管策略有两条路径，一个是美国执照更新（LR），另一个就是国际原子能机构的长期运行（LTO）。前者要求在机组40年的运行执照到期前，递交申请并证明机组延续运行的安全性，可使运行执照更新并延长20年；后者则以每10年一次的定期安全审查（PSR）为基础，评判是否批准机组在下一个10年继续运行。

中国核电如何制订延续运行监管策略呢？是采取美国的LR，是采取国际原子能机构的LTO，还是独立自主制订适合自身的运行许可证有效期延续技术体系？这是中国核电人必须面对的问题。

尽管核电站延续运行在国际上已有百余个成功案例，但在中国还是头一回。

技术路线有吗？没有。

评估标准有吗？没有。

参照体系有吗？没有。

没错，就是一张白纸。一切又是从零开始！

“老秦人”向自己发起了挑战。

“凡事预则立，不预则废。”其实，项目负责人、曾获评“全国三八红旗手”的孔德萍早在2005年就着手准备延续运行事宜了。

谁知，就在2011年准备立项的前夕，日本福岛核事故发生了，一些专家开始反对秦山核电站延续运行，对孔德萍说：“直接退役吧。”

一时间，整个中国核电行业的目光都聚焦在秦山——是继续，还是放弃？

“国外可以，中国为什么不可以？”孔德萍提出了一个严肃的反问。

话里话外，人们都能读懂“老秦人”的心思和志气。

中国核电人毫不犹豫地再一次选择了独立自主的道路。

2014年7月，研发工作正式开始。孔德萍带着团队翻阅了一摞摞资料，找了成千上万家厂商核对设备数据，在两年时间内探索制订了延续运行、退役两套方案，以无可置疑的分析论证了延续运行的可靠性，且综合效益远大于退役，终获立项。

的确，秦山核电厂1号机组作为国内首台延续运行的机组，面临着国内无工程实践经验可供参考、行业标准缺乏、监管法规尚未建立的问题。针对这种情况，国家核安全局多次组织国内核电业界研讨会，集全行业的智慧和技术力量，开展了中国核电运行许可证有效期限延续（OLE）相关法规体系和技术体系的调研工作，对世界主流核电国家的延续运行技术体系和监管体系进行了充分研究和详尽论证。整个过程中，来自中核集团、中广核集团、国电投集团的核电从业者们目标一致，历经3年达成共识。

当笔者以十分好奇和期待的心情，把秦山一期“延迟退休”的问题再次提交给黄潜时，他不紧不慢地说：“秦山核电2014年就正式启动了秦山核电厂1号机组的运行许可证延续工作，成立了运行许可证延续项目组，项目组立足国际视野，积极与国内外同行开展技术交流和同行评估，在安全评估的基础上充分结合安全改进的相关要求，实施了有效提升安全性能的一系列工程改造，探索出了一条具有中国特色的许可证延续技术路线。历时近十年开展了大量的分析论证工作，完成了38个系统、3505个机械设备、103个电仪物项组、26个厂房构筑物的审查；进行39项评估改进、19项重特大技术改造；共开发39份老化管理大纲，开发出一项国家标准和12项能源行业标准，形成专利50余项、成果鉴定20项。”

一串串数据的背后，是人们难以想象的艰难探索和试验。

2015年，国家核安全局正式发布《〈核电厂运行许可证〉有效期限延续的技术政策（试行）》，为秦山核电站延续运行提供了法规依据。

就像一辆汽车能够用多少年，不是非得等哪一天彻底坏掉了才能知道。设备的状态可以通过试验去验证，根据标准去认定。核电厂的安全评估同样也有这样一个验证和认定的过程。只不过，这个验证和认定的过程更加严格，甚至可以说是严苛。

核电站运行延续评估体系是核电运行的核心技术。要知道，中国核电OLE安全评估包括范围和对象筛选、老化机理、实际老化状态检查与评估、时限老化分析等活动，涵盖了电厂所有安全相关系统与设备。

“老秦人”在项目准备阶段与国内外同行开展了大量的技术交流和研讨，在国际上成熟的老化管理方法与技术的基础上，确定了秦山核电厂1号机组的属于中国人自主设计的OLE技术路线。孔德萍说：“项目组前前后后翻译了外国专业技术文献200多万字，又结合国内核电厂运行许可证的管理模式，制定了适合自身的OLE技术体系，既包含了LR考虑的所有要素，又增加了国际原子能机构关于PSR的要求，并按此开展工作，全面覆盖了国际主流核电厂延续运行的安全要素。”

而作为示范工程开展的OLE，不仅要完成秦山核电厂1号机组的运行许可证延续，更要依托该示范工程建立OLE相关的全套工作流程、老化管理大纲、行业标准及专项技术，作为指导后续电厂开展该项工作的依据。也就是说，项目目标要求不仅要知其然，更要知其所以然。因此，在执行过程中，项目团队边实践边提炼，形成标准的方法与文件，研究制定了OLE评估方法，建立了对应的行业标准，填补了核电能源行业在延续运行方面的标准空白，为后续核电厂延续运行提供了有效的指导和参考。

设备评估是一个长期的过程。比如，以压力容器的材料为例，从制造厂开始制造的时候，各个工艺环节都有一些样品同步做出来。压力容器到位后，样品放在压力容器内部，离堆芯更近，受堆内环境影响更大，然后定期取出来进行检测分析，监测压力容器材料的状态。

再比如核级电缆，需要在建设阶段就将电缆样品布置在核岛典型区域，定期取样，通过分析样品的老化状态来评估堆内环境对该电缆的影响及实际状态，以确保设备及部件的安全裕量依然满足设计基准。

在OLE设计制定阶段，为了获得设备更加准确的信息，往往会采取较平时更加严苛的检查方式。如堆内构件围板螺栓，由原来的目视检查改为自主开发的超声检查；自主开发埋地管老化管理技术和超声导波技术，在无须开挖的情况下探测埋在地下的地管是否有裂痕等。

进行如此严苛的“体检”，确定每一个涉及核电厂安全的设备状态，之后，对可能存在风险或者可以改进的设备进行工程改造，让秦山核电厂1号机组“重焕青春”。

2018年4月8日，秦山核电厂1号机组的主控室里出现了从未有过的“神奇”一幕——两圈盘台全部被拆除。在1号机组的第18次换料大修（简称“118大修”）期间，有一项重要工程改造就是主控盘台的改造。这个曾经因庆祝中国大陆第一座核电站并网发电而沸腾的大房间，一夜之间就变得空空如也。

与其说是大修，不如说是对主控室的一次现代化升级再造。这一改造，相当于对核电站进行一次“换脑手术”。

6月17日，主控室经过69天的“装修”旧貌换新颜——主控室新盘台更换完成，全部投入运行。整体设计上采用数字为主、模拟相结合的设计理念。从外观上来看，主控室的外观似乎没有多少变化，但核电站的“黄金人”——操纵员们比谁都知道核电站的“大脑”已经发生了天翻地覆的变化，更加现代化了，实现了数字化改造，达到了新的标准要求。

牵一发而动全身。“换脑手术”换掉的当然不只是两圈盘台，与之成体系的仪表控制柜、报警机柜等140多个柜子及其附属线路、器件都随之全部换掉。盘台背后有数万个接头要重新连接，哪怕是接错一个，后果都不堪设想。孔德萍在现场泡了近3个月。在所有调试全部一次成功的刹那，这位曾见证30万千瓦机组并网发电的总工程师，再次感受到了27年前那种无以言说的喜悦。

“老秦人”用自己的智慧和勇气创造了核电行业的又一个“第一次”。

2018年5月14日，秦山核电站被列为首批核工业文化遗产名录。如今，中国自主设计建造的第一座核电站秦山30万千瓦核电机组主控室操作盘台，静静地陈列在中国核电科技馆一楼大厅。它见证了中国自主设计建造的核电站第一度核电的产生，锻炼了第一批主控室操纵员，奠定了中国核电发展的基石。它作为核电“功勋”，吸引着普罗大众前来参观、学习。它就像是一个胸前挂满勋章的老英雄，接受中国核电人的致敬。

值得一提的是，在118大修之前，“老秦人”对核电站稳压器接管安全端异种钢焊缝的堆焊，采用的是Inconel 600材料，长期运行可能存在应力腐蚀开裂的风险。虽然经过严苛的“体检”验证，该处堆焊设备状态良好，未发现记录缺陷。但是，“老秦人”没有放过任何一个潜在的风险点。为彻底消除隐患，“老秦人”决定采取保守决策，与核动力院合作，自主开发overlay堆焊技术。对喷雾管嘴、安全管嘴和泄压管嘴等4个部位进行了堆焊维修，一次合格率100%，为机组长期安全稳定运行提供有力保证。更为重要的是，该项目研发的堆焊技术、堆焊装备等还可应用于同类设备维修，对于处理各种管道缺陷有很好的应用前景，同时也实现了中国核电站核级管道自动堆焊维修技术的自主化和国产化。

因为与OLE的创建和制定相结合，秦山核电厂1号机组118大修共计持续了171.5天。显然，这次大修，相当于是对核电站“软件”进行了彻底的升级再造，实施了主控盘台改造、常规岛设备更新改造等11项OLE的重特大变更改造，完成了OLE要求的最重要的工程改造部分，共计完成检修项目15500余项，而一般的十年大修只有8000余项。

事实上，此前“老秦人”对秦山核电厂1号机组的“推陈出新”从未止步，改造升级的工作始终处于进行时。他们每年投入技改的资金达数千万元，平均每年完成技改项目达130多项。经过反复论证和持续不断的工程改造，电站系统和设备获得了可靠性升级，机组额定功率从30万千瓦提升到了35万千瓦，经济效益得到大幅提高，秦山核电厂1号机组从一个原型堆变成了安全稳定运行的商用堆，创造了世界核电行业的一个奇迹。

作为中国首个OLE的机组，秦山核电也通过实践探索出了一条适用于我国核电厂延续运行的技术路线。历时10年、经过48项安全评估和19项工程改造的秦山核电厂1号机组，变得更加安全、更加先进、更加高效、标准更高，可以说，它现在的状态比30年前初建时更好、更可靠。项目团队也因此获得“奋进中核人”的荣誉称号。

黄潜说：“秦山核电厂1号机组运行许可证获准延续，填补了中国核电技术的空白，具有示范价值，对构建中国运行许可证延续技术体系、评估方法，促进中国核电厂运行许可证延续标准体系建立健全、培养专业人才队伍具有深远影响，具备了向其他核电厂快速推广复制的能力。这是秦山核电发挥先行优势、人才优势、技术优势、文化优势，在新时代系统谋划推动持续改进、助力‘双碳’目标实现的具体举措和生动实践。”

中国核电有了自己的OLE，再一次向世界证明中国人不仅掌握了核电的自主设计、自主建造、自主运行、自主管理的核心技术，而且掌握了核电站的运行延续技术，是一次了不起的飞跃。

不忘初心，砥砺前行再出发。完全有理由相信，秦山核电厂1号机组这个正值“青年”的“小伙子”，完全能够再安全发电20年，乃至更长的时间，为国家碳达峰碳中和目标贡献更多的“青春”力量。

第十六章

大气如海，淳朴似盐

58 中国核电城：由核而生，因核而盛

人人都说“上有天堂，下有苏杭”，在浙江，嘉兴人则轻轻地在后面跟上一句“嘉兴在中央”。从地理上来说，嘉兴就是处在这样的位置。而隶属嘉兴的海盐呢？“金嘉善、银平湖、铁海盐”的传说，在嘉兴也是家喻户晓。如今，“铁海盐”早已成为历史，海盐因为秦山核电而成为闻名海内外的中国核电城。

在海盐，有一条与杭州湾环线高速平行的秦山大道，它是连接秦山核电生产基地与生活基地的一条“核电大道”，也是海盐县城连接秦山核电基地的“核谐大道”。秦山大道198号，有一座如今看上去不很现代化的大楼，却是中国核电发展史的见证。站在楼前，人们远远地就可以看见大门前悬挂着三块醒目的大牌子，分别是“海盐县支援秦山核电重点工程办公室”“海盐县核电事故场外应急办公室”和“海盐县核电关联产业办公室”。三块牌子好像是三块宣言书，在向人们静静地诉说着海盐地方政府和人民与中国核电共建共融、共进共荣的历史。没错，这里是海盐支持核电、拥抱核电、服务核电、接轨核电的窗口和纽带，是联结政府、企业、核电的“神经中枢”，也是核电与地方关联发展、错位发展、抱团发展、和谐发展的“典范之地”。

40年前，秦山只是中国第一座自主设计建造的核电站的16个备选厂址之一，是浙江省以“第一个吃螃蟹”的勇气接纳了核电。长期以来，海盐地方政府和秦山街道辖区的人民群众更是以大海般的胸怀和食盐一样的淳朴，以一种近乎奉献的精神给予秦山核电大力协助和坚决支持，同呼吸，共命运，心连心。早在1982年，中国自主设计建造的第一座核电站落户秦山，

海盐就迅速成立了由县长担任组长、15个部门组成的支援秦山核电重点工程建设领导小组，下设办公室（即海盐县支援秦山核电重点工程办公室，简称“支重办”），专门协调沟通地方与核电企业之间的联系。1989年，随着土建、安装、调试工作的推进，在秦山核电站进入带“核”状态之际，海盐地方政府未雨绸缪，为确保核电站建成后的安全运行和公众安全，加强核应急准备工作，又专门成立了由县长担任委员会主任、20多个政府职能部门和相关镇组成的海盐县核电事故场外应急委员会，下设办公室（简称“核应急办”），下辖7个专项工作小组和1个办公室。他们与此前成立的“海盐县支援秦山核电重点工程办公室”合署办公，两块牌子、一套班子，携手为核电安全发展保驾护航。

来自五湖四海成千上万的核电建设者及其家属纷纷涌入海盐。在吃饭靠粮票、制衣靠布票、买油靠油票的时代，这柴、米、油、盐、酱、醋、茶，全都是摆在海盐政府面前的一道又一道难题！还有户口问题、住房问题、就业问题和孩子入托、上学问题，全都是填空题，又都是必答题，哪一样解决起来都不轻松。

“要让他们在县城安家！”海盐县委、县政府的主要领导发了话。在物质条件极为匮乏的情况下，勤劳朴实的海盐人民节衣缩食，无条件支援核电建设，付出了辛勤的劳动和极大的奉献。

有这样一组数据，已经被历史记录下来——

在户籍落户问题上，1983年至2005年间，海盐为核电系统的秦山一期、秦山二期、秦山三期、二二公司二公司、二三公司三公司、上海核电器材公司等单位的职工和家属13345人办理了落户，为参加秦山核电基地建设的单位职工和家属16543人办理暂住户口。

在供给生活区用地问题上，核电建设队伍进驻海盐后，县政府为他们征地盖房提供优惠政策。1983年，海盐将位于县城东侧面积为14.17公顷的地块划作核电生活区，约占当时县城城区面积的5.37%。1985年至1988年，二三公司三公司20栋住宅楼陆续建成，600多户核电职工喜迁新居。1992年至2003年，核电生活区扩建，又征用县体育场及东门村、城南村土地6.63公顷。1993年，秦山二期落实职工生活区，征用武原镇土地15.34公顷。1995年5月，二二公司二公司、二三公司三公司在河滨小区征用土地11.32公顷建立基地。1998年，秦山三期职工生活区经批准立项，选址县城白洋小区，面积12.81公顷。1983年至2005年间，海盐县城累计划拨、出让给核电企业土地有60.27公顷，约占2005年城区面积的5.0%。

在生活区配套建设上，1982年至2005年间，海盐共为秦山核电生活区配套设施投入资金9376万元，绿化、环保配套投入172.25万元。为解决核电建设者饮用水问题，1985年，支重办与长川坝水厂进行协调，埋设2000余米自来水管，让二二公司二公司工人喝上干净水；1995年3月，供水管道通到秦山二期生活区，日供水2300吨；1997年，秦山三期专家村接通自来水，日供水800吨，减免增容费40万元。

在电力供应上，1996年5月，核电新村供电由原城东变电所的10千伏变压器改为城市公用电网供电，并连接35千伏白洋变电所的387线留作备用。同年，为保证秦山二期生活区用电，海盐投入2000万元新建110千伏富亭变电所，并对富亭变电所110千伏进线进行了改造。

1983年，为加快秦山核电站建设项目前期工程，在工程立项批准前，海盐县政府同意先借土地35.48公顷给建设单位，供核电工程建设使用。同年8月，核电厂区征地162.57公顷。在土地征用中，海盐县撤销渔业队、产沙厂各1个，停办秦联化工和爆破试验场。1992年，海盐借给秦山二期土地1公顷、滩涂1.33公顷，施工用地0.07公顷。1995年，又借给秦山二期土地26.67公顷，用于铺设淡水输水管道。1993年至1997年，秦山二期工程先后8次征地，涉及各类土地107.43公顷，海盐县政府均全力支持，并做好有关政策配合和纠纷调处工作，确保工程建设不受影响。1995年，在秦山镇螳螂山，海盐县借给秦山三期厂区土地74.25公顷，迁移农户47户，拆迁房屋近1万平方米。

在划拨生产用地上给予特殊政策优惠的同时，海盐为秦山核电又提供了配套设施的支持。1986年10月，海盐县邮电局开通秦山核电厂建设指挥部2处用户电传电报。1991年，为适应秦山一期选定的HCOM390型数字程控交换机进入公用电信网，海盐县投入70万元埋设海盐至嘉兴市区的电信光缆。1992年4月，海盐县邮电局完成秦山一期厂区至生活区光缆通信设施工程施工。1993年，为确保秦山二期厂区用电，海盐县供电局投入882万元，新建110千伏通元变电所。2002年3月，为适应核应急，海盐建成公安350兆无线集群通信网。1986年至2005年间，海盐县为核电配套通信设施投入454万余元。

在子女就学问题上，海盐更是不遗余力。1983年，秦山核电建设者子女592人到县中小学就学。1985年，分别扩建武原镇向阳小学、武原初中和海盐中学，解决核电系统子女读书问题。1987年9月，在核电生活区开办向阳小学核电分校，教师由向阳小学选派。1999年7月，向阳小学核电分校撤销，学生全部就读于向阳小学。1983年至2005年间，秦山核电系统职工子女2644人在海盐上小学、2071人上初中、1556人读高中。核电系统职工子女在海盐县中小学就读人数在2005年达到2856人。

对秦山核电急难愁盼的问题，海盐县委、县政府向来不说二话，始终把秦山核电的事当作自家的事来办。可以说，是海盐人民用“海”一样的胸襟拥抱了核电、用“盐”一样的淳朴接纳了核电，用真诚留住了中国核电人。从此，中国核电人才有了一个念兹在兹、引以为傲的名字——“老秦人”。而海盐，也从此拥有了无可比拟的核电产业发展优势，拥有了“国之光荣”“中国核电从这里起步”“中国核电的摇篮”的美誉。

到了2007年，随着国家核电发展中长期规划的出台，核电发展方针由“适度发展”调整为“积极发展”，中国核电发展迎来了春天，也为海盐核电产业的重新定位带来了新的契机。迎着扑面春风，中共海盐县委、县政府准确及时地把握了这一机遇。从2008年到2014年间，随着秦山核电二期扩建、方家山核电工程的开工建设，中国核电在海盐将投资400个亿。

在新一轮的核电发展中，作为中国核

电发源地，海盐该做什么？海盐能做什么？海盐怎么去做？如何依托已有的核电产业优势，求得海盐与核电更大的发展？

海盐人开始思考。

经过半年多的深入调研，答案浮出水面：要从原来比较粗放地、简单地服务核电、支持核电，转向主动地接轨核电、融入核电、关联核电。要沐浴中国核电发展的春风，在充分发挥核电对地方经济拉动作用的同时，也要让核电引领、促进、推进海盐经济的更大发展，追求新突破，开启新征程。

找到了方向，还要搞调查研究。没有调查研究，没有发言权；没有调查研究也没有决策权。循着这一思路，海盐县把2007年确定为“调查研究年”，大兴调查研究之风，从上到下广泛深入开展调研活动，集思广益，问诊把脉。

“海盐与核电，‘联姻’30多年，风风雨雨，曲曲折折，但如今踏平坎坷成大道。我们不应该忘记历史，忘记过去。”说起这些往事，徐浏华似乎有说不完的话，滔滔不绝，激动不已。作为亲历者和秦山公众科普的“引路人”，他感慨万千地说：“过去的这一切，都为海盐走向核电关联产业、走向中国核电城、走向零碳未来城奠定了坚实的基础。如果说，以前的海盐只是无私地奉献给核电，那么，现在的海盐可以说开始真正地了解核电、走进核电，逐渐从满足核电需要，到主动了解核电的需要，从而实现核电与地方发展的双赢。”

对于如何进一步认识核电，徐浏华有着更加真切而深刻的体验。2007年6月16日，刚刚接任海盐县核电事故场外应急办公室和海盐县支援秦山核电重点工程办公室两个办公室主任的他，开始了调研工作。

与众不同的是，徐浏华的调研不是从迈开双腿开始的，而是从“本本”开始的。他的“本本”也与众不同，是一份报纸和一份期刊。报纸名叫《中国核工业报》，期刊名叫《中国核工业》。那段时间，徐浏华闭门读书，手不释卷，这一报一刊成了他形影不离的“掌中宝”。在半个多月的时间里，他如饥似渴地翻阅了从2006年1月至2007年7月的所有报刊，每一个版面的每一个字，每一个栏目的每一个标题，每一篇文章中的每一件事，每一则新闻中的每一个人，他都一字不落，摸准了核电发展的脉搏，掌握了核电系统的企业，认知了核电各界的人士，终于从一个核电的“小白”变成了“专家”。厚厚两大本笔记，不仅记录着中国核电发展的历史，也凝聚着他对海盐如何巧借核电东风的思考。

经过一段时间的调研，海盐有关部门在深入调查研究后，做了一个统计：到2007年为止，中国核电在海盐先后建造了5台核电机组，静态投资已经达400多亿元。而在秦山核电所需的数以万计非核级配套设备产品中，海盐县500万元以上规模的工业企业没有一家能够向秦山核电及其相关核电设备企业直接提供设备和产品，也没有一家百万规模的三产物流企业为秦山核电提供批量长年服务，海盐本土企业和部门仅仅停留在比较原始的、简单的、粗放的办法和方式支持并服务秦山核电。经过调研，海盐有关部门还获得了一组数据：2007年，浙江省为核电的供货率只有2.5%，江苏是25%，上海是35%。这就说明，浙江省核电产业的关联度比较低。而随着秦山二期扩建工程和方家山核电工程的建设，海盐秦山将迎来新的4台核电机组的落户。面对新一轮的秦山核电400亿元投资的“巨大蛋糕”，海盐将如何打好主动仗？如何走好主动接轨核电、主动服务核电这条致富之路？

毫无疑问，对海盐来说，这是一个巨大的机遇！

“向海而兴，背海而衰。”想当年，秦始皇曾梦想在秦山建起跨海大桥；一百多年前，孙中山先生曾梦想在距秦山不远的乍浦建起东方大港。海盐人记得历史的古训和先人的故事，在本土没有钢铁厂的条件下，生产的紧固件也在全国响当当。在这片改革的热土上，也曾养育出得风气之先的改革先锋企业家步鑫生。

调查研究依然在继续推进，在深入了解了大庆石油、上海石化等大型国企如何与地方企业关联发展之后，海盐把调研的目光从国内瞄向了太平洋的西岸，聚焦到美国的西雅图。

为什么关注西雅图？

徐浏华说：“2006年4月，胡锦涛总书记出访美国，首站就是西雅图。当时国内的媒体介绍得比较多，给我留下了很深的印象。我也灵机一动，开始研究它的产业结构。”一调查研究，他发现，始建于1852年的西雅图原是美国太平洋海岸线上的一个小镇，当地居民主要靠伐木、打鱼为生。第二次世界大战后，依托美国波音航空公司的制造基地，用几十年时间发展成为人口达到50多万的集临港产业、航空制造业于一身的著名城市，被誉为“航空之城”。如今的西雅图，在航天、计算机软件、生物信息科学、基因科学、电子设备、医疗设备、环境工程等行业均处于世界领导地位。

西雅图的成功实践，给了海盐人很多启迪，最主要的就是政府在发展经济中需要关心的两件事情——税源和就业。西雅图在引入航空公司、软件公司以后，税源有了，财政收入提高了，促进了地方经济的发展。就业方面，50多万人口中有20%至30%的人都在为航空公司服务。西雅图依托航空制造业，创造了一个高速发展的神话。两相对比，海盐又该如何依托秦山核电发展自己？同样是高科技产业的落户地，同样是沿海小城，海盐在2007年的时候，人口已达40万，除了核电系统自身的1万多名员工之外，海盐人为秦山核电服务的比例非常小。能否搭上国家核电发展的“红船”，将海盐打造成东海边一颗核电产业发展的明珠呢？

“思路决定出路，观念决定行动，思想有多远，行动就有多远。”随着调查研究的不断深入，海盐县委、县政府开始转换脑筋，目光也不再仅仅停留在海盐核电的发展上，而是开始关注浙江省的核电发展，关注全国的核电发展。从秦山核电设备国产化率由50%、60%、70%到80%的增长，从每个省向核电的供货率到全国核电设备产能分布，从核电的运行、检修到核电运行延续的服务等，依托核电获得更大发展的思路越来越清晰，方向也越来越明确，那就是凭借天时、地利、人和，大力发展核电关联产业！主动接轨核电，实现服务核电与发展海盐“齐步走”。一句话，搭核电关联产业平台，唱地方经济发展大戏。这是海盐转型发展的重要选择和必由之路。

当时，在全国其他地方提的都是配套产业或者相关产业，海盐人与众不同，第一个提出了“核电关联产业”，这是海盐的原创。如果发展核电关联产业，海盐40万人口中的10%至20%，将有机会在核电关联产业中就业。显然，这将是海盐政府为民谋福利的一个大手笔。

如何把这一宏伟构想变成一个看得见摸得着的现实？如何让政府的“美好愿景”变成地方与企业的互利双赢？地方企业与核电企业对于发展核电关联产业又有怎样的认知？海盐县委、县政府主动靠上去，倾听方方面面的心声。

时任秦山核电有限公司企管部经理周拯晔说：“我们可以在秦山核电基地周边一定距离内，比如说1.5公里半径的范围之内，划一个经济开发区，出台一些相应的配套措施，把国内具有资格的可为核电提供配套服务的相关厂家吸引进来，招商引资。这对带动地方税收、提升地方经济实力、促进地方就业，都是非常有好处的。”

时任中核二三东方工程公司总经理张军说：“海盐县发展核电关联产业吸引配套厂家，从财务费用、交通费用、管理费用到人员设岗等方方面面，都可以为我们提供成本上的支持。”

时任嘉兴中达集团董事长金惠明说：“接轨核电是应该的。作为一个国家级的高新技术企业，我们从资金、人才、技术、装备等方面已经符合进入核电的要求，我们对此非常有信心。”

秦山街道党委、政府领导在座谈会上当即表态：“搞好与核电对接，搞好规划，建立与核电相配套的工业产业功能区，这是我们义不容辞的职责。”

2007年底，海盐县委、县政府有关负责人进京向中核集团、中核建设集团领导就发展核电关联产业作了汇报，得到两大集团的充分肯定和支持。

2007年12月21日，中共海盐县委常委会作出决议：“海盐在核电大发展的时期应有所作为，应从为核电奉献到主动融入核电，建立海盐核电关联产业区，发展核电关联产业。”由此开启了海盐“以核引核，以核引资”的航船。

2008年初，海盐县成立了以县委副书记为组长的海盐县发展核电关联产业领导小组，下设办公室。与海盐县核电事故场外应急办公室和海盐县支援秦山核电重点工程办公室合署办公，两块牌子换成了三块牌子，虽然还是一套班子，但海盐由此完成了核电及关联产业发展的“三级跳”。说干就干，海盐县委、县政府行动迅速而坚决，在秦山街道和杭州湾大桥新区内规划出两个方圆5平方公里的核电关联产业区。

2008年7月，第一家地方企业——海盐博凡机电设备成套有限公司入驻核电关联产业区。地方企业借助这一平台迈上了转型升级之路。8月，中核武汉核动力运行研究所秦山项目入驻产业区。随后，中核集团、中核建设集团的多家企业入驻核电关联产业园区。与此同时，海盐县委、县政府大打“服务牌”，为进一步与核电对接铺平道路——陆续出台了相关政策，编制核电关联产业目录，带领地方企业参与核电业界的活动，主动向国内外客商宣传海盐……

谁也不会想到，产业园的成立，效果如雨后春笋，发芽、拔尖、节节高。当年，海盐力源电力设备有限公司为核电供货已达到亿元。2008年，产业园实现工业增加值55亿元。同时，核电也为县级财政总量的壮大作出了积极贡献，当年海盐县地方财政收入9.7亿元，其中核电系统贡献约4.3亿元，约占45%，完成了从依托核电到接轨核电的第一次华丽转身。

就在这一年，海盐县委、县政府领导又一次进京向中核集团汇报核电关联产业工作。这一次，他们有了一个偶然的收获。中核集团在核电大发展的背景下积极布局，根据科研、建设、生产、技术服务和投融资五大板块，进行“一三一”的战略部署，建成专业化公司运作体系。“一三一”指的是“一个体系”，即核电科技研发体系；“三个专业化公司”，即核电工程公司、核电运营公司和核电技术服务公司；“一个平台”，即核电投融资平台。

从中核集团的体系改革中，海盐再一次看到了自己发展的机会。他们决定借中核集团的东风，在海盐建设中国核电城，把与核电发展关联的产业都吸引到海盐来。一定要抓住这千载难逢的机会！海盐县委、县政府决心要把核电关联产业这块“蛋糕”做得大一些、再大一些。但是这块核电的“蛋糕”如何做大，大到什么程度，对海盐来说，也是一个巨大的挑战。这个挑战，既考验着领导者运筹帷幄的能力，也挑战着领导者的想象力。

这一次，海盐把目光转向了欧洲。那就是法国的核电城——勃艮第。

勃艮第位于法国中部，面积约占法国的5.7%，人口占法国总人数的2.8%。它的发展亮点是以阿海珐集团等核电巨头为龙头，在核电教育、技术创新、研究上与法国电力公司、法国原子能委员会密切合作，由国家和企业共同投入大量资金，打造面向国际核电领域的大型国际企业联合集团，带动该地区上百中小核电相关企业参与国际竞争，在推动法国核电走向世界的同时，带动并促进地方经济发展，打造核电相关产业品牌，积极参与国际市场竞争，取得了骄人成绩，成为国际著名的核电之城，堪称核电关联产业体系培育和发展的“蓝本”。

2008年底，应法国电力协会、法国核工业协会的邀请，海盐县委、县政府派出考察团专程到勃艮第进行访问交流。通过“走出去”，海盐又一次换了脑筋，大开眼界，认识到建设具有中国特色的中国核电城，将是海盐谋求发展的一个新方向。

2009年3月，海盐对核电关联产业发展又提出了新的设想，拟在核电站应急烟羽[17]区5公里范围内建设高效设施农业园区。中国工程院院士、浙江大学教授、原子核农业研究专家陈子元听说后，兴奋地说：“如果在核电站应急烟羽区5公里的范围里搞高效设施农业园，种植绿色的、环保的蔬菜、花卉、粮食，在对公众核电科普宣传教育中，将起到示范作用。而且还可以搞农业旅游，公众可参观大棚蔬菜，看高科技核电如何与农业‘联姻’，核能高科技如何反哺农业，核电发展如何推动新农村建设。这是和谐社会的真正体现。”

“当时，建设高效设施农业园区是我们计划中的核电关联产业中的一产。”想起往事，徐浏华意犹未尽地说，“我们不仅要发展核电关联产业的一产、二产、三产，还要培育发展核技术应用产业，重点发展核检测和核医学，建设中国核电城。”

2009年12月，海盐再次派团专程到勃艮第考察，签订了合作协议，推进核电产业集群和中国核电城的建设。其间，海盐县委、县政府多次进京，向中核集团汇报中国核电城规划方案。

2010年3月8日，浙江省人民政府与中国核工业集团公司就合作提升浙江省核电关联产业等事宜进行商谈，就发展核电关联产业达成共识，双方高层领导签订了战略合作协议并形成会议纪要，明确双方共同在海盐建设“中国核电城”。

2010年5月，《浙江省核电关联产业发展规划（2010—2015年）》通过审定，将“中国核电城”定位于浙江省核电关联产业发展核心区、国内核技术综合利用先行区、安全与生态景观示范区，充分体现了中国核电城在浙江省核电关联产业发展中的核心地位。

2010年5月23日，北京，在国家能源局六楼会议室，由中核集团规划发展部主持评审的《“海盐•中国核电城”概念规划》，获得一致通过，真正开启海盐核电发展的新篇章。

中国核电城规划面积130平方公里，重点打造“一轴五区十五点”，即：核电装备产业区、核电科教商务区、核电生活区、核电运行服务区、核电生产区等5个功能区，重点建设核电装备制造园、核电科技教育园、核电总部经济园、核电生活园、核电文化教育园、核电运行服务园、核电观光农业示范园等多个专业性园区。以服务核电厂建设和运行管理为重点，大力发展核电运行服务、技术研发、工程设计、教育培训、核电文化旅游等核电服务业，从装备、服务、城建、文化、教育等多方面全方位地布局海盐核电关联产业新发展，从而带动核电设备制造业的发展，加快拓展核技术应用领域，把中国核电城打造成撬动海盐经济发展的“硬杠杆”，构建“立足海盐、服务全国、面向世界”的核电关联产业链。

时任浙江省委书记赵洪祝提出：“中国核电城就是一个很好的大平台，这既是海盐的，也是浙江省的中国核电城，省里将尽全力共同参与建设。”核电关联产业被列入浙江省加快培育和发展的“九大战略性新兴产业”之一，海盐成立核电关联产业联盟，出台核电关联产业扶持政策，千方百计推进核电关联产业的发展。秦山核电将自身的品牌优势、技术优势与地方政府的政策优势、决策优势密切结合，逐渐朝产业链齐全、技术能力一流、辐射全国、影响世界的核电城迈进。

从此，秦山大道198号又多了一块牌子——“海盐•中国核电城

⑰ 烟羽，即从工厂烟囱中连续排出外形呈羽状的烟体，也称烟流、烟云。

建设办公室”，徐浏华也随之又多了一重身份，兼任海盐•中国核电城建设办公室主任。

2012年6月，中国核电城奠基，《中国核电城规划》对外发布。同时，中国核电城列入浙江省核电关联高技术产业基地。随后，“海盐•中国核电城”红色旅游景区被正式列入国家级红色旅游经典景区二期名录，成为浙江省12个国家级红色旅游经典景区之一。

从“向核要鱼”到“联核育渔”，海盐县核电关联产业逐步形成了抱团发展、错位发展、关联发展的体系格局，产业集群效应明显。海盐县政府出台了《发展核电关联产业专项扶持政策》，推进核电关联产业的发展，累计培育成功核电关联及核技术应用企业超100家，总产值超300亿元，吸引固定从业人员近2万人。

积少成多，聚沙成塔。海盐举全县之力，加快推进中国核电城建设，先后与中核建设集团、法中电力协会、阿海珐集团、加拿大核工业协会建立了战略合作伙伴关系。海盐县核电关联产业联盟先后成功引进阿海珐集团和施耐德电气公司两个世界500强企业项目，中国核电科技馆、中核建设集团机械工程专业化基地、核设施检修维修区域中心先后入驻中国核电城，工程公司华东分公司、中国原子能研究院秦山分部、中核机械工程公司、中核检修公司、中核二三东方公司、中核设备制造公司等68个核电产业项目入驻。到了2014年，中国核电城在奠基不到两年的时间里，核电关联产业联盟的产值就达到210亿元。阿海珐集团亚太区总裁欧道博评价说：“在海盐成立阿海珐集团全资子公司‘阿海珐（中国）核电技术服务公司’是阿海珐集团在中国落实发展战略迈出的重要一步，中国核电城平台将助力阿海珐辐射全中国。”

中国核电城连续多次参加由中国核学会、中国核能行业协会主办的中国国际核工业展览会。张德江、马凯等党和国家领导人在视察后，给予高度肯定。中国核电城核电及关联产业基地先后被列入浙江省首批省级产业示范基地、浙江省高技术产业基地和中法合作核能产业示范区。

40年前，一声移山填海的开山炮声响彻海盐的上空，为沉寂了2000多年的杭州湾北岸的古老秦山注入了新的生命，开启了探索海盐经济社会发展的“核”谐之路，创造了中国核电建设的“秦山样本”。因为秦山核电的到来，当初以农业和棉纱纺织等轻工业为主的滨海小城海盐，实现了与“核”结缘、依“核”发展、谋“核”腾飞的“三级跳”。海盐人民还记得，秦山核电刚刚建设的时候，主城区不到3平方公里，只有一个红绿灯，而今日的主城区扩展了整整20倍，已经基本实现了城乡一体化，成为全国响当当的“核”谐福地。身为海盐人，谈及这些变化，能说会道的徐浏华三天三夜也讲不完。

徐浏华大脑门、大眼睛，说起话来嗓门也大，天生就是一个演讲家，被中国核电人誉为“核科普大师”和“把核电科普讲到全国的第一人”，曾经登上中央电视台和国家图书馆“科学家讲坛”，在国家行政学院和中国人民大学开办过“徐主任讲核电”。他的履历相当丰富，当过教师、做过校长，还担任过镇党委书记，因为担任海盐中国核电城建设办公室主任，让他的后半生与“核电”结下了不解之缘，也改变了他的人生。除了人事档案履历表上的职位，他还拥有一系列的头衔，比如中国核学会监事、中国核能行业协会理事等，但不管他有多少个头衔，始终都离不开一个——那就是“核电”。

徐浏华说：“由核而生，因核而盛。有了秦山核电的支持，海盐的城市建设更美了，教育实力更强了，居民素质更高了。”的确，在城市建设上，占地52万多平方米的核电系统生活区，定位高，设施完善，是海盐住宅小区的样板。教育实力上，海盐连续13年高考一本上线率、万人本科率等指标位居嘉兴市第一。在居民素质上，1万多名核电系统单位职工及家属，有文化、有素质，改变了海盐的人口结构，丰富了海盐的人文习俗，促进了海盐多元文化的形成。更重要的是，核电能源的清洁特点，为海盐良好的生态环境建设作出了贡献，也让人们生活得更加健康，海盐人均期望寿命已经达到80岁，超过浙江省平均水平。海盐优美的环境、优雅的生活品位，是包括核电人在内的所有海盐人共同努力的结果。

古人云：“上有天堂，下有苏杭。”

今人赞：“西有酒泉航天城，东有海盐（中国）核电城。”

59　核电小镇有颗“蕴含能量的宝石”

“瞧！那就是一颗蕴含能量的宝石！”

无论是驾车，还是步行，当你经过海盐核电大道888号，就能远远地看见一座造型设计十分奇妙的建筑，仿佛一颗从天上掉下来的宝石。你越是走近它，你越觉得自己走进了一个科幻的世界，甚至有一种飞天的幻觉，胜似走进了科幻作品《三体》的时空。如果是夜晚，在霓虹灯的照耀下，这种科幻感会更加强烈，银灰色的墙体上大大小小、高高低低错落有致的窗口，瞬间让你体会到什么叫星辰大海。

没错，这就是中国最大的核电科技馆。如今，它已经成为网红打卡地。网友“陈不敢”在网络社交平台分享了一篇《去海盐绝对不能错过的硬核科技馆》的游记：

作为一个理科“白痴”，去打卡秦山核电科技馆，还是有些忐忑的，生怕完全看不懂。事实是多虑了，这个科技馆不仅科普性很强，还特别有互动性，真的是好学又好玩。

作为目前全国最大、展示内容最丰富、互动性最强的核电科普宣传科技馆，展馆总建筑面积达到2.57万平方米，布展面积8300平方米，共设置13个展厅。整个展馆的外形设计理念就是一颗“能量宝石”，代表着核能是清洁安全的高效能源。

整个展馆有三层楼，每层楼都有各自的核心主题。一层是“核能与发展”，把中国核电发展的道路娓娓道来，其中还有和世界对比的实时数据榜单。这层楼给人的触动很大，我们的核电发展道路太不容易了，从设备到技术全部采用“外援”的年代，一步步走到今天的自主之路，甚至在今天核电机组运行数量可以居世界第三，看完会从内心由衷致敬千千万万的科技工作者。走过排行榜的时候，我忍不住感慨了一句：“没想到第三了和美国还是差那么远。”正在更换榜单的小哥哥速度接口：“可是我们的起步时间要远远晚于美国，发展速度已经很快了，未来一定是我们的。”我只想说，这就是最好的爱国主义教育，强过口号无数倍。第二层是“核能与安全”，第三层是“核能与生活”，这两层都是通过很多互动场景来普及核能知识的。既可以通过沉浸式模拟化核安全检测的工作流程，还可以通过一些互动小装置理解核能的应用原理。

很值得去看看的硬核科技馆！站在秦山核电建设的大沙盘面前，能强烈感受到“科技强国”的意义。

这座设计寓意为“一颗蕴含能量的宝石”的核电科技馆，占地面积1.9万平方米，由秦山核电全额出资2.58亿元，历经3年打造而成，是国内目前最大、公众体验最丰富、公众适用性最强、最具特色的核电科技馆。它以“体验科学、启迪创新”为核心设计理念，设置中国核电之路、核电站探秘、核安全与环保等13个展厅，囊括“核能与发展”“核能与安全”“核能与生活”3个主题，可以满足不同人群的体验要求。馆内配有多个影院、科普书吧、发布厅、学术报告厅，为公众提供舒适的科普体验环境和交流平台。

一走进核电科技馆，在一层大厅，抬头就可以看见一颗巨大的“星球”，这是亚洲最大的室内LED球屏，直径达8米，也是科技馆数据展示中枢，展演的主题影片效果极为震撼。

在核电科技馆，我们可以走近世界最大的核电压水堆主线模型。这座仿真模型净长约18米，其中主线模型长度约8米，模型制作比例1∶25。观众可以通过多媒体互动终端，了解核电站主要构成和发电流程，还可以观看核电人的不同工作场景。此外，核电科技馆“核谐家园”大型多媒体沙盘，采用16米×11.6米大型升降沙盘，1∶400模型制作比例展现秦山核电建设与海盐社会融合发展情况。正投幕结合卷动地幕设置，增加了沙盘场景变换，表现力丰富，令人身临其境。

自2017年9月19日正式开馆以来，核电科技馆一直在探索以受众为中心、以提升科学素养为导向的科普模式，打造企地融合共建的海盐样本，努力建成共建城乡融合的“加速器”、共育科学普及的“孵化地”和共享精神富有的“新家园”。作为中国核电的展示窗口，核电科技馆以科普带动公众与核电的沟通融合，扎实开展形式多样的科普工作，构建核电科普宣传样本。比如，通过开展“高水平核科技院士行”“魅力之光”活动、科普开放周、政协委员会客厅等系列活动，有效普及和宣传清洁核能，将社会主义核心价值观融入科普教育活动和青少年科技教育活动中，营造“知核、亲核、爱核、支核”的社会氛围，增强了公众对核电的社会认同与理解支持，全面提升群众科学素养，累计举办科普活动300余场，惠及群众30余万人次。先后举办了科学家精神主题展、“童心向党”系列红色科普教育活动、“科学家精神”宣讲系列活动，大力弘扬科学精神和科学家精神，彰显爱国爱党情怀，提升全民思想道德素质和科普教育水平。

如今，核电科技馆已经是“全国科普教育基地”“全国爱国主义教育示范基地”“全国青少年科技教育基地”，它始终致力于打造最具特色的公众沟通交流平台、核安全文化传播平台、核电发展服务平台，努力建设最受公众欢迎的爱国主义教育基地、核能科普宣传基地、工业旅游示范基地、生态文明教育基地，为建设绿水青山的美好生活展现核能的魅力，推动了城乡精神文明建设，标志着海盐“核电游”迈入了“2.0时代”。

核电科技馆坐落在秦山街道核电小镇的核心区内，是新时代海盐的地标性建筑，堪称中国最美核电科技馆。

就在核电科技馆开馆的前一年，也就是2016年，秦山街道的核电小镇，被光荣地列入浙江省首批特色小镇。

名字叫小镇，其实，核电小镇不是镇，它位于海盐中国核电城的核心区，实际上就是秦山街道的核电关联产业园。

秦山街道位于杭州湾北岸，海盐县东南部，区域面积为58.67平方公里，辖5个行政村、7个社区，常住人口3.45万人。2022年，实现地区生产总值39.36亿元，一般公共预算收入2.4亿元，农村居民人均可支配收入44886元，同比增长5.9%。

秦山街道属地是秦始皇观海之地，也是民间艺术之乡，更是人人钦羡的中国核电之源。丰厚的秦山文化是核电小镇建设发展的内在动力。秦山有国家级非物质文化遗产——海盐滚灯，还有塘工号子、老虎嗒蝴蝶、丰山脱力药、秦始皇传说等多项省级、市级非遗项目。近年来，随着杭州湾跨海大桥、嘉绍大桥的建成通车，以及通苏嘉甬高铁的建设，根本性地改变了海盐的区域交通条件。秦山街道依托这一地理优势，也实现了半小时即达的经济圈，为打造核电小镇夯实了基础。尤其是通苏嘉甬高铁站点的建立，将大大减少出行时间和出行成本，在项目和人才的招引、科创以及公共资源的共享上给秦山未来的发展带来积极影响，核电小镇的生产、生活即将步入“高铁时代”。

由核而生，因核而盛。正是因为秦山拥有其独特的经济、社会、文化、科技和工业基础，核电小镇自创建以来，形成了核电发源地、产业特色强、区位优势足、人才素质优、平台能级高、政策力度大、文旅品质佳等7大优势。2020年，核电小镇顺利通过浙江省人民政府命名和验收。按照设计规划，核电小镇的面积约为3.3平方公里，其中核心区域面积约1平方公里，拥有国内配套最完善的核电关联产业基地，是中国唯一的核电特色小镇，也是3A级国家旅游景区。为实现品质新城的建设，核电小镇大规模实施产城融合战略，从出行、乐活、民生三个角度出发，大力建设内外通达的交通体系、层次清晰的公共服务设施体系，配套完善的市政民生智慧小镇体系，全面融入长三角一体化发展。

秦山街道坐拥海盐核电关联产业创新服务综合体的特色优势，立足核电关联产业发展特色，整合G60科创走廊创新服务资源优势，依托高新区、特色小镇、新型孵化器、专业化众创空间等新型载体，着力打造集“创意设计、技术创新、政产学研用协同创新、公共创新服务、科技成果交易、知识产权保护、创新创业孵化、科技金融服务、产业创新生态”等9大体系为一体的一站式综合服务平台，为核电关联产业中小企业提供全生命周期服务。为服务好核电关联企业，综合体构建了“一城三区六园”的总体战略布局和功能布局，可满足“促进核电关联产业新旧动能转换、向高端产业和产业高端辐射、产业规模效益跃上新台阶、企业研发机构实现高增长、公共平台服务实现新提升”等5大目标任务。

随着这颗“蕴含能量的宝石”核电科技馆的正式运行，核电小镇的旅游业如虎添翼。当你漫步在这宽阔、干净、整洁的核电大道上，你可以看到高楼林立，现代化的厂房仿佛一个个魔方，矗立在你的面前，令人目不暇接。马路两侧以蓝色为主色调的标牌设计，处处都与核电科技有着千丝万缕的联系，散发着核能高科技给人们带来的无限魅力、活力和想象力。

根据国际原子能机构报告预测，2020年至2030年全球核电将迎来加速发展期。在政策支持、数据支持、时机支持的今天，核电小镇的发展自然也面临着千载难逢的历史机遇，将构建“一核两区”的空间布局结构和未来发展的“四大定位”。此外，核电小镇立足秦山街道资源禀赋，将打造“文溪探幽”“北团问农”“丰山溢水”等一批精品美丽乡村，形成“乡村旅游+核电科技馆”的“美丽乡村游”“红色核电科技游”两条精品线，年接待游客超过40万人次。其中，永兴村获评国家级“美丽宜居示范村”、北团村获评“全国文明村”，秦山街道也因此荣获第二批嘉兴市乡村振兴示范镇（街道）。

进入新时代，秦山街道着力打造核电小镇的三大功能区：一是核电运行服务与展示中心，为核电站提供建设和运行管理服务；二是生活配套服务区，包括一个生活服务中心和两个居住社区，致力打造成核电小镇行政、商业、居住、文化新中心；三是核电关联产业区，包括两个工业组团和一个产业服务节点。依托核电关联产业区，核电小镇全力打造四大主导产业，已形成核电建运产业链、核电运维全过程产业链两条完整的产业链，初步形成了较为完整的产业体系。

与此同时，核电小镇根据创新、协调、绿色、共享的发展理念，精确瞄准秦山核电的“清洁能源示范基地（核能综合利用）”“同位素生产基地（同位素研发、生产及后端产品开发）”“核工业大数据基地（建设核电大数据中心）”“核电人才培养基地（建设核电学院）”这“四大基地”建设，努力打造在全国有较大影响力的核电关联产业集聚区和国家级核能特色产业示范基地。目前，核电小镇依靠秦山核电的大力扶持，拥有核级许可证企业4家，进入中核集团合格供应商企业48家，38家企业获非核级许可证。

历史和现实反复证明，核电小镇的发展离不开党建引领。新时代以来，秦山街道以“党建强、人才强、发展强”为目标，坚持“红色动力、绿色发展”的思路，通过“三联六领”打造核电产业党建高地。他们成立了“核”谐家园党群联盟，构建“大党群”工作模式，致力推动核电央企与地方经济和谐发展。近年来，核电小镇还通过开展“三服务”“村企结对”“党群结对”等活动，使政府、企业、群众的距离逐渐拉近。2019年还建立了小镇“三定”服务企业工作站，邀请金融、税务等机构定期开展服务，为企业解决难题，使小镇营商环境、群众满意率得到了大幅度提升。

在招商方面，秦山街道着力加大“走出去、请进来”，积极参加“产业合作恳谈会”“核电工业展览会”等各类经贸洽谈会活动，千方百计推介宣传核电小镇，扩大在国内外核电行业的影响力。他们紧跟时代步伐，锚定“县域核电特色经济新增长极”目标，依托融核优势，深入实施产业链招商，发布网上“招商图谱”，积极对接中核集团、上海核电办公室、法中电力协会等国内外机构，坚持以核技术应用（同位素）产业主体不动摇，招引产业链中上市民营、专新特精关联企业，储备更多优质项目，加快形成产业集群，为实现共荣招商目标而努力。

核电小镇，希望之城。一个“三生（生产、生活、生态）融合”的核电小镇，正在以崭新的面貌、优雅的姿态、奋进的雄心、实干的步伐，步履铿锵地踏上新征程，这座全国唯一的、拥有“蕴含能量的宝石”的核电小镇，必将发出更加灿烂的光芒！

60　企地融合的“邻喜”典范

2020年，秦山核电与海盐县分别荣获“全国文明单位”和“全国文明城市”称号，秦山街道所属的北团村还荣获了“全国文明村”称号。

三喜临门！这是党和国家对秦山核电与海盐携手并进、企地融合、“核谐邻喜”的褒奖。

秦山核电为什么能够做得这么好？

海盐为什么能够做得这么好？

当你走进海盐，走进秦山核电基地，翻开秦山核电与海盐40年来企地共融的历史，看一看海盐秦山这一片热土上拔地而起的高楼大厦，听一听海盐人和“老秦人”赞不绝口的“国之光荣”，你就会找到你需要的答案。

回到2006年1月4日，时任浙江省委书记习近平来海盐调研，为全县干部上党课，要求海盐各项工作“走在前列，当好示范”。徐浏华回忆说：“海盐干部群众牢记领袖嘱托，更加注重创新核电与公众沟通的有效方式，努力探索与中国核电和谐发展‘邻喜蓝本’。既将秦山核电作为海盐最大的经济社会共同体，大事好事喜事同享，难事急事突发事同当，与秦山核电‘核’‘城’融合。同时简单地从‘向核要鱼’，转为‘联核育渔’，通过培育一大批上下游核电关联企业，造就一支从心底里以核为友、以核为荣的拥核喜核大军，让秦山核电在海盐土地上‘惠风核畅’。”

核能是安全、高效、清洁、环保的能源，已经得到世界公认，但普通公众并不一定认可。尤其是在苏联切尔诺贝利核事故和日本福岛核事故发生之后，公众对核能项目的敏感度不断提高，因公众反对核污染而发生的群体性“邻避”事件有所增多，在西方国家表现尤为突出。这既反映出公众环保意识、权益意识的增强，也警示核电建设者们确实应该树立安全至上的理念，同时折射出政府部门公众沟通能力的欠缺。事实证明，重大邻避项目大多是全局性、战略性极强的项目，关系到国家的战略安全、核心竞争力与可持续发展。这类项目经过科学研判、慎重决策后，如果不能落地建设，不单影响相关发展目标的实现，更会对党和政府的执政能力、执政形象带来极大的负面影响。

海盐是中国大陆核电的发源地，长期重视核电公众沟通和科普宣传，创新核电公众沟通理念，不断探索核电公众沟通方式。在立体式沟通、平等式沟通、自发式沟通基础上，通过创建中国核电城模式，在核电站周边建立起庞大的核电关联全产业链，形成拥核联核、喜核保核的共享式沟通，成功打造了核电站周边友邻“核谐邻喜”的海盐样本。这对全国已运行、在建、筹备的核电项目所在地的政府部门做好公众沟通工作，具有示范作用。

当然，海盐与秦山核电共建“核谐邻喜”的实践也不是一开始就顺顺利利的，也经历了一个从“怕核”到“拥核”、从“避核”到“爱核”、从“用核”到“喜核”的漫漫征程。对于这一过程，被中国核工业勘察设计协会授予“个人特别奉献奖”的徐浏华最有发言权。他为海盐率先提出“接轨核电，发展核电关联产业，建设中国核电城”的战略设想贡献了智慧，数十年如一日默默开展核电科普工作，让公众了解核电知识。

20多年前，嘉兴有一位同志调到海盐担任领导职务，市级机关的同事在送行时就跟他提议说：你自己可以去海盐工作，但无论如何也不能把儿子带到海盐去上学。为啥？因为海盐有核电站，既不安全，又有辐射，对孩子身体不利。2015年，上海《新民晚报》的一位女记者接到去秦山核电采访报道的任务，出发前，她的同事听说后，都倒吸了一口凉气，悄悄地露出安慰的神色，默默地安慰她“保重”。

核电站，因为离我们平常人的日常生活遥远，觉得它很神秘。核电站是否真的那么可怕呢？它到底会不会直接危害身体呢？对这个人们经常提出的问题，徐浏华总是满面笑容，然后现身说法，把秦山核电职工包括退休职工在海盐安居乐业作为“风向标”，向公众举例说明。他说：“就拿秦山核电退休干部职工来说吧，他们在科学技术的认知上、对核电安全性的了解上比我们要多得多。第一代核电人，他们从祖国的大漠戈壁、深山老林来到了秦山，为了核电事业，奉献终身，有些还把子女送到了核电。如今，他们退休了，依然把家安在海盐。如果核电不安全，那么他们早就跑掉了，对不对？”

的确，秦山核电退休员工和他们的孩子们，大都生活在海盐县城核电新村、核电南苑、枫叶村等小区，这些社区曾被评为全国绿色社区、省级文明社区、省级卫生单位、嘉兴市科普示范社区。他们不仅安心扎根在海盐，生儿育女，将“核一代”“核二代”甚至“核三代”留在了海盐。中国核电人在海盐县城安家落户，有力地推动海盐县县城建设，催生城镇品位不断提升发展，核电生活区面积虽然不是很大，但规范管理为地方生活小区建设树立了样板。现在，核电系统在海盐的常住人口有1.3万人，占比11%；获得中级职称的有1275多人，占比达18%；获得高级职称的有1490多人，占比达45%。众多的海盐本地人也参与到核电建设中，一大批核电人也以“海盐人”自居，“核电人”与“海盐人”的身份已经由重合变成了融合。人文上的互动，有力推动了海盐的城市建设，秦山核电员工的认同感和幸福感也在不断提高。

40年来，海盐一直重视核电与公众沟通的规划及实施，核电知识科普实行全覆盖，重点针对全县公务员、离退休老领导、两代表一委员、厂长经理、教师、学生、医师、“网络大V”、烟羽区干部群众等十类重点人群，还与秦山核电共同开展科普进校园、进社区、进机关等活动。他们在8所学校共建核电科普教育基地，在社区共建100多个核电图书角，发放资料达10万余份；共同开展“核电走进海盐”“海盐对接核电”等系列活动，在互动中增进共识、消除隔阂。

我们知道，在秦山核电基地整个建设过程中，接连遭遇世界性核事故的舆情冲击。面对全球三大核事故的负面影响，如何在第一时间消除人民群众“恐核”心理，引导人民群众走出“核灾”阴霾？海盐秉持“主动沟通让公众安心，友好相处让公众放心，融合发展让公众暖心”的理念，与时俱进，不断完善核电与公众沟通的方法，针对不同时期、不同对象，分别采用自发式沟通、立体式沟通、平等式沟通，作为化解“邻避”危机的基础性工作。

作为亲历者，徐浏华举例说：“比如，我们连续多年向每家每户免费赠送宣传年画、年历，重点告知生态环境部的网址和中核集团的网址，引导公众查看网站上公布的秦山核电周围环境空气质量数据，让全县千家万户男女老少都可以通过正确的官网网址及时查询秦山核电周围的实时数据信息，稳定公众情绪。在日本福岛核事故发生以后，据海盐网络舆情信息反映，当年3至5月，发布核电相关主题帖54个，引发网民回帖1372个，累计点击94636次。我们设立核安全信息发布平台和发言人，及时发布相关信息，迅速印发上万册核应急及核安全宣传资料，举办20多次核安全讲座，避免各种谣言的传播。”

在核电科普工作上，秦山核电开创共建、共融、共赢、共进的发展模式，在系统化、科学化和规范化上下功夫，编写出版了《核电——安全清洁的能源》小册子，开展了“清洁核能助力‘两富’浙江”“海盐核电科普三年行动计划”等各种活动，并使之常态化、品牌化。同时，与时俱进强化公众沟通形式，催生了“核电小苹果”等一批特色鲜明的核电沟通品牌，构建整个行业的核电科普宣传样本，形成具有秦山特色的卓著、引领、可复制的核电科普理论和实践经验，成为中国核电科普宣传示范基地，先后被评为“全国青少年科技教育基地”、第一批“全国科普教育基地”和“军工文化教育基地”。

几十年来，秦山核电对其他核电项目在公众沟通方面的借鉴作用也彰显出示范红利，先后对福建漳州、辽宁徐大堡、宁波金七门等核电项目顺利落地和开工建设发挥了积极影响和独特价值。成千上万的来自新建核电站所在地的公众代表走进秦山核电基地，实地感受了核电之美，从而使得公众对核电由担心变为放心、由避核变为亲核，支持核电事业的发展。据不完全统计，秦山核电已累计接待公众30余万人次，接待来自40多个国家和地区的外宾1万多名。

未雨绸缪，善作善成。海盐县与秦山核电的关系是“鱼水关系”，不是“油水关系”。大家共画同心圆，认真做好核电事故场内外应急体系的落实工作，完善落实核应急响应和救援能力的保障措施，化被动为主动，让公众共同参与核应急保障。2012年起，海盐县还先后派出10批次20多位干部赴各核电企业挂职，为签约项目进行跟踪式服务。每年举办地方与核电高层联席会议2至3次，商讨解决涉及海盐县经济社会发展大局和核电事业发展中的共性事宜。2017年3月，针对急需建设核电场外核应急道路问题，双方高层联席会议商定，由秦山核电投资5.58亿元，与海盐县共建“核电专用公路”。2019年1月，在原海盐县支援秦山核电重点工程办公室的基础上，海盐县成立核电产业发展服务局，通过建立日常协调机制、主任联席会议制度、每周信息报送制度，及时发现、及时沟通、及时化解各种矛盾。

说起海盐的这些“邻喜”举措，徐浏华如数家珍，娓娓道来。他说：“海盐县核电事故场外应急委员会有29家成员单位，7个专业行动组组成，拥有6600平方米的应急指挥中心，设立了14个紧急撤离集合点和3个撤离安置点，规划33条撤离路线，建成应急道路53公里。一旦出现核电事故应急响应，能有效地将应急烟羽区内2万多人按照‘村对村、户对户’的方法实施有序撤离并安置。同时，建立县核事故医疗后援中心，储备20万份碘片。定期开展核应急开放日活动，不定期组织‘军地协同’‘场内外联动’等综合性演习，不断完善核应急机制，提高核电事故场外应急响应能力，努力做到有备无患，让公众眼见为实信任核电，从‘避核’到‘爱核’。”

一句话，核电好不好，老百姓说了算！如今的秦山脚下，美丽乡村如雨后春笋。登上秦山鸟瞰，在核电站围墙之外，阡陌交错，田野之上一座座现代化农庄错落有致，有千亩菜园和葡萄、草莓种植基地，有文溪坞、澉东村的“五味村”和“万奥农庄”大型农场。这些农业观光旅游景点还是浙江省美丽乡村建设示范基地，每年都有几十万上海、杭州、苏州等地的游客来这里观光旅游，参加亲子“农家乐”活动，参加“八鲜”水果采摘活动。“全国文明村”北团村的“北团八景”——晴湾迎日、鲍郎晒海、翁金叠翠、丁山听籁、武亭荷月、靶上风云、盐村秋稼和长澉雪霁，欢迎着八方来客。2022年，秦山核电在北团村“连心馆”设立“党性教育基地”，并向嘉兴首家样板“红旗书屋”捐赠图书728册。

秦山街道与北团村联合建设企地融合促共富项目——“同心共富，核谐一家”蔬菜基地，以需求侧为导向，建立共富组织。由村党总支牵头成立“盐•禾蔬菜合作社”，搭建“红色先锋大棚”，吸纳农户112户，建成蔬菜基地20亩，解决了北团村部分耕地抛荒，部分村民卖菜难、收入不稳定的问题，建立起稳定共赢的蔬菜供应体系，让“菜篮子”变成致富“钱袋子”、村集体增收“好路子”。走进“秦核农场”，只见青翠欲滴的青菜、清香鲜嫩的萝卜已经成熟待采，大蒜、包心菜长得正旺，一片绿油油的喜人景象。北团村党支部书记张振华说：“我们的‘共富蔬菜基地’将来会扩展到70亩，不仅扶持集体经济发展，增加农民收入，还能一年四季采摘到新鲜的蔬菜，大大满足核电基地食堂的蔬菜需求，还可以将这些蔬菜赠送给孤寡老人、相对困难户食用，贡献我们的一份爱心。在保障供应的基础上，我们还将开发秦核农场研学基地，引入‘田园思政课堂’，以田园研学为驱动，打造以现代农业、环保主题教育、农业自然科普、农场创意集市为一体的多功能、复合型、创新型的田园综合体。”

40年来，秦山核电秉承“开放、合作、共赢”的理念，与地方政府相互信任、相互尊重，在追求安全高效发展的同时，积极融入地方经济社会发展，主动承担企业社会责任，创造了良好的经济效益和社会效益，被誉为企地融合的典范，成为国家重大项目建设与地方经济社会和谐发展的范本和风向标。截至2023年底，累计投资858亿元、纳税568亿元，年缴税费约37亿元。其中，教育费附加、城建税各约1亿元。

秦山核电用安全、优秀的业绩呵护海盐的绿水青山，加快推动了海盐道路交通、城市建设、生态环境等基础设施建设。积极参与县域卫生应急体系建设，建立了县核事故紧急医学救援中心，组建了公共卫生事件处理小组，促进了海盐县卫生应急能力和水平快速提升；为海盐美丽校园建设提供“硬核”，海盐的中、小学校软硬件设施完备，师资力量雄厚，教学条件良好，连续十年高考上线率居嘉兴市第一，先后获得全国义务教育发展优质均衡县、全国首批基本实现教育现代化县光荣称号。

有了秦山核电这艘中国核电“红船”的领航，“核电福地”海盐经济增长日趋强劲，多次位列国家统计局发布的“全国百强县”行列，2020年还成功入选“中国工业百强县”，书写了企地融合的“海盐样本”。

与此同时，秦山核电更进一步履行国企责任，积极参与脱贫攻坚战和乡村振兴，先后与浙江缙云县大源镇稠门村、高畈村以及平阳县进士村开展结对帮扶，坚持“扶志”和“扶智”并举，“造血”和“输血”同进，“口袋”和“脑袋”共富。据不完全统计，秦山核电2012年至2023年开展结对帮扶、慈善捐赠以及各类公益捐赠投入经费2500余万元，提前并超额完成浙江省结对帮扶工作的考核目标。秦山核电通过积淀40年的科普宣传资源、经验和品牌优势，立足秦山、深耕海盐、面向浙江、辐射全国，形成了品牌性的全国示范效应和可复制路径模式。黄潜说：“在企地融合发展方面，我们打造了全国核电的典范，各地新建核电项目都会到秦山来‘取经’。”

秦山不高，因核出名；海盐虽小，由核闻名。有着“钱江潮源、改革之源、核电起源”之称的海盐，用“核”心建“核”城，历经了与“核”结缘、依“核”发展、谋“核”腾飞的三级跳，到构建“核谐邻喜”的命运共同体。千年古县海盐，这个以农业、纺织、棉纱等轻工业为主的滨海小城，已经从20世纪80年代的“小家碧玉”，转身为富有国际范儿的“美丽佳人”。而海盐与秦山核电40年的关联发展、和谐发展，使海盐名副其实地成为中国核电和谐发展的典范之地。而秦山核电基地的品牌优势、技术优势与地方政府的政策优势、决策优势紧密结合，迸发的“化学反应”催生出中国核电产业集群的这一朵奇葩，将进一步向产业链齐全、技术能力一流，辐射全国、影响世界的“零碳未来城”迈进！

大海可以作证。

秦山可以作证。

第十七章

成就是秦山最美的同位素

61 伽马刀装上了“中国芯”

在开始本章叙事之前，我们先来看看两则新闻。

——第一则新闻发布时间是2022年10月28日，标题为《我国最大同位素生产基地启动建设》。消息称：中核秦山同位素生产基地建设项目在浙江海盐正式开工建设。项目建成投产后，将成为国内最大的同位素生产基地。同位素是进行医疗诊断、探索外太空所必需的材料。比如，钴-60、碘-131、氙-133、铱-192、锝-99m等主要用于放射性治疗和诊断显影；钚-238用来制造空间探索用的同位素电源。中核秦山同位素生产基地建设项目位于浙江省海盐县核技术应用（同位素）产业园内，项目总投资4.6亿元，规划建设五条同位素生产线，包括钴-60、碳-14、碘-131和锶-89等同位素。项目一次规划、分期建设，一期工程建设包括钴-60、碳-14在内的多条同位素生产线，将切实增强我国同位素国产化生产能力。中国大陆核电从秦山起步，秦山核电拥有国内唯一的商用重水堆核电机组，在同位素生产方面具有独特优势，其长期保持高功率稳定运行，可以大批量持续供应同位素。自2009年起辐照生产工业钴源、2017年起辐照生产医用钴源以来，秦山核电积累了丰富的经验，培养了一支熟悉相关技术研发和实施的人才队伍。此外，医用放射性核素一般为短寿命核素，出堆以后衰减迅速，近距离生产、快速运输尤为重要。秦山核电地处长三角经济带核心位置，无论是供应到华东地区还是辐射全国，交通上都极为便利，具有极佳的区位优势。

——第二则新闻发布时间是2023年12月11日，标题为《中核集团：秦山核电产业化生产医用同位素项目进入实施阶段》。消息称：据中核集团官博消息，秦山核电与上海核工院、中核北方核燃料元件有限公司（简称“中核北方”）近日在海盐召开同位素辐照生产装置制造与安装（准备）启动会，标志着秦山核电产业化生产医用同位素项目正式进入实施阶段。

两则新闻，相隔仅仅一年时间。

同位素——这个对寻常老百姓来说十分遥远的名词，实则与人们生活、健康息息相关的物质，一次次地把秦山核电推上新闻热搜，进入大众的视野。

什么是同位素?

学过化学的人都知道，质子数相同而中子数不同的同一元素的不同核素互称为同位素。例如：氢有三种同位素，氕（H）、氘（D，重氢）、氚（T，超重氢）；碳有多种同位素，碳-12、碳-13和碳-14（有放射性）等。同位素在元素周期表上占有同一位置，化学性质几乎相同（氕、氘和氚的性质有些微差异），但原子质量或质量数不同，从而其质谱性质、放射性转变和物理性质（例如在气态下的扩散能力）有所差异。在自然界中天然存在的同位素被称为天然同位素，人工合成的同位素被称为人造同位素。

同位素可分为放射性同位素和稳定同位素。有的同位素很稳定，不会发生变化，被称为稳定同位素。如果某个同位素不稳定，会通过释放粒子的方式变为稳定状态，这种同位素被称为放射性同位素。放射性同位素原子核放射出粒子后变成另一种元素的现象称为衰变。衰变后，不稳定的放射性同位素变得较为稳定，衰变过程放出的粒子或能量（电磁波）统称为辐射，辐射的粒子可以是 α 粒子、β 粒子、γ 射线或中子。放出 α 粒子、β 粒子、中子可分别称为 α 衰变、β 衰变、中子衰变，放出 γ 射线称为 γ 辐射。有些放射性同位素是自然界中存在的，有些则是用核粒子，如质子、α 粒子或中子轰击稳定的原子核而人为产生的。

一般而言，稳定同位素主要用来作为制备人工反射性同位素的靶料，最终可用于核磁检测、医药制造、半导体制造、幽门螺杆菌诊断、代谢示踪、肿瘤诊断、惯性导航、中微子探测、空间堆燃料棒组件涂层、核电池制造、核医学治疗、量子测量（原子钟、芯片钟、碱金属原子磁力仪）等。对于放射性同位素，人类既可以利用其自身带有放射性易于探测的特性作为微量和超微量物质分析的重要手段，也可利用放射性同位素辐射粒子的能量，为制作特种能源、加工特种材料、杀死特定细胞提供全新思路。放射性同位素应用早已进入人类生活的方方面面，在农业、医疗健康、军事、航天探索、核仪表、辐射加工、无损检测等领域，都可以看到它的身影。

相比于传统的以实验堆作为放射性同位素生产平台的生产方式，秦山核电开展放射性同位素规模化生产的核心优势来自两台坎杜重水堆。1995年，秦山三期从加拿大引进两台70万千瓦级的坎杜6型重水堆，堆芯设计显著区别于压水堆，堆芯的热中子通量更高，慢化剂处于低温常压水平，采用在线换料方式，加之机组年稳定运行时间较长，使得重水堆在同位素生产方面优势显著，具备生产种类多且产量大等特点，长短半衰期同位素均能生产。

1995年7月，秦山三期抽调一批资深专家集中研究加拿大原子能有限公司提供的合同技术描述初稿，为工程项目合同的谈判进行准备。当了解到重水堆可以将堆芯21根不锈钢调节棒组件替换为钴调节棒组件，从而可以大批量生产钴-60时，专家组立即意识到这对于中国核技术应用产业发展的重要意义。

1995年底至1996年初，在中加双方第一轮技术谈判中，中方就提出了引进重水堆核电站应能同步引进钴-60生产，加方当时表示支持，并通过技术谈判达成一致意见，将钴-60生产列为工程主合同的设计变更项目。但是，在进入工程合同价格谈判阶段时，加方却有意取消了钴-60生产的出口。当时，为了确保项目谈判成功，秦山核电不得不暂时放弃引进钴-60生产这个子项目。1997年2月，秦山三期（重水堆）核电工程项目主合同经中加两国政府批准正式生效。

1998年，秦山三期在组织开展初步设计审查时，专家们又提出要为将来实施同位素生产做好准备。这一次，秦山作了“两手准备”：一方面再次联系加方，寻求增加钴-60生产合作；另一方面委托上海核工院、中国原子能科学研究院等对利用重水堆进行钴-60的生产技术及实施做可行性研究。

谁知，加拿大原子能有限公司以钴-60生产的知识产权为加拿大MDS Nordion公司所有，拒绝了秦山三期的请求。的确，MDS Nordion公司掌握着加拿大8台重水堆机组生产的钴-60资源。为了垄断市场，加方公司根本不想将技术卖给中方。他们说：“我们有足够的钴-60资源，对秦山三期增加钴-60生产不感兴趣。”

秦山三期依然没有放弃，就通过加拿大原子能有限公司继续联系。1999年，秦山与MDS Nordion公司进行直接谈判。谈判中，MDS Nordion公司傲慢地提出了一次性收费和多余的中间产品低价包销的条件。价格极其昂贵，条件极其苛刻，简直是漫天要价，欺人太甚。秦山三期显然不能接受，不得不终止谈判。

多次寻求国际合作未果，加之当时秦山三期正忙于工程项目建设，错失了同时建成机组与研发钴-60生产能力的时机。但是，“老秦人”始终未放弃同位素钴-60生产的目标。2000年，秦山三期和加方签署了钴-60生产的堆内改造部分的设计变更令，在机组建造期间完成与钴-60生产相关的三项重要改造，为机组运行期间开发钴-60 生产技术奠定了坚实的基础。

秦山三期为什么下如此大的决心要生产钴-60呢?

原因其实很简单，那就是钴-60放射源在工业和医疗两个领域有着十分广泛的用途，应用范围包括食品保鲜、辐照育种、医疗器械消毒、工业探伤、材料改性和肿瘤的放射治疗等。两个领域应用的钴-60在结构和比活度水平上有不同的要求，因此一般称工业用的钴-60为工业钴-60，医疗领域用的钴-60为医用钴-60。秦山采用了先工业钴-60后医用钴-60生产的开发策略。

改革开放以来，我国的钴-60辐射加工产业获得迅猛发展，2001年，随着中国加入世贸组织，国内的辐射加工产业迅猛发展，工业钴-60放射源需求从1998年约200万居里，到2005年增长到了700万至800万居里，2015年前后增长到1000万至1200万居里。加拿大和阿根廷早已投入多台重水堆机组生产，产品基本垄断了国际市场，国内进口的钴-60放射源也多为重水堆生产的。利用国内2台商用重水堆生产钴-60，可以填补国内空白，符合建立节约型社会和可持续协调发展的要求。为确保钴-60生产能够成功实施，秦山核电同步开展技术引进和自主化探索，做了两手准备。

在消化吸收坎杜核电站技术的基础上，依靠国内的技术力量来开发打造具有自主知识产权的生产钴-60辐射源品牌，这是国家核技术应用产业和辐射加工事业的需要，符合国家可持续发展战略。1998年6月到1999年3月，秦山三期联合上海核工院、中国原子能科学研究院进行了利用重水堆生产钴-60的可行性研究，研究结果显示用钴调节棒组件替代不锈钢调节棒组件在技术上是能够实现的，不会影响核电厂的运行安全和发电能力。1999年6月至10月，国家核安全局对可行性研究报告进行了初步审评。此次审评，增强了参研各方自主开发的信心和决心，明确了总体开发思路。

2003年7月24日，秦山三期工程提前112天全面建成投入商业运行，电站管理全部由加方移交到中方手中。2003年11月，中核集团组织专家讨论会，会议确定了“以我为主”的方针，启动自主设计、研制和生产。2004年2月，中核集团决定由中国同位素公司具体组织实施利用重水堆生产钴-60项目，并要求秦山协助同位素公司完成反应堆修改的安全分析申请。同年，项目被国家发展和改革委员会列入国家高技术产业发展项目计划。上海核工院受托开展靶件设计和生产的安全论证，中核北方受托开展靶件研制，中国原子能科学研究院受托开展封装生产，中核同兴（北京）核技术有限公司进行销售。

说起来容易，做起来难。自主研发谈何容易？这是一个巨大的挑战！没有什么事情，能够随随便便、轻轻松松成功。“老秦人”选择了接受挑战。

这时，里里外外传来了不少质疑和反对的声音。

——有人说：“引进的核电站是由外国人设计的，我们自己有这种变更的设计能力吗？”

——有人说：“安全分析能够通过安全当局的审评吗？”

——有人说：“相对于秦山三期的生产发电，钴-60生产是小菜一碟，没有必要！”

——有人说：“电站的主业是安全发电，搞好安全运行就行了！钴-60生产会给我们带来一定的风险，何必惹这个麻烦！”

你一言，我一语，有赞成的，也有反对的。

秦山三期领导层充分认识到钴-60生产项目具有巨大的社会效益，责无旁贷，只能前进，不能后退！必须成功，不能失败！

这是一次艰辛的跋涉。钴-60生产研发专项组成立了，囊括公司主管副总经理、副总工程师以及技术处、维修处、燃料操作处、保健物理处、核安全处、商务合同处、设备管理处、质保处以及运行处等职能部门，各路精兵强将齐上阵，一条心，一盘棋，共同参加项目开发。

没有图纸，没有样品，没有经验，自主研发的过程中就像在充满迷雾的沼泽中前行。在引进的大型核电站上进行堆芯重大设计变更，这在中国核电的历史上尚属首次。风险犹存，责任重于泰山！

要知道，秦山三期核电工程只是容量引进，加方仅向中方移交两台建成的重水堆机组，不提供设计工具、设计模型和相关的设计人员培训。而中国本身在重水堆方面的技术积累很少，自主研发能依据的只有加方提供的少量设计文件。国外对重水堆生产钴-60相关技术完全封锁，设计文件中找不到任何信息，公开发表的文献中也只能找到只言片语。因此，只能靠研发团队在深入消化吸收重水堆核电站技术的基础上，从头做起，包括设计能力和体系建立、研制能力和体系建立、安全分析能力建立、更换工艺和更换能力建立，等等。

如何才能完成这项艰巨的任务呢？

摆在面前的第一项工作就是自主设计，也就是说，“重水堆可以将堆芯21根不锈钢调节棒组件替换为钴调节棒组件，从而可以大批量生产钴-60 ”，那么就必须首先要做到新设计的钴调节棒组件能够等效替代原来的21根不锈钢调节棒组件，以保证替代前后的堆芯功率分布基本一致，原有的安全分析不变。

毫无疑问，这完全是“核”级设计，也是真正的“核心”设计，标准更高，要求更严。当时，面临的最大问题在于核设计程序不全，也无法获得国外的全套设计程序系统，必须自己搭建，计算的准确性成为大家关注的焦点。“老秦人”没有单干、蛮干，而是对此进行反复比对校核，适时引入上海交通大学、西安交通大学等高校的技术支持，并利用秦山三期1号机组首次大修的机会，开展不锈钢调节棒反应性价值测量试验验证。经过不断讨论、反复迭代完善，完成了计算程序系统建立，实现了钴棒配置优化以及组件结构定型。

钴调节棒组件结构定型了，接下来就是靶件的研制。这项工作由中核北方承担，秦山三期与其一道进行探索和研制。为确保最终产品可用，设计人员采用了结构设计与试制相结合的方式，技术要求从严掌握，关键设计参数反复迭代产生，并顺利建成专用钴调节棒组件生产线，将试制的产品运往加拿大进行检测。研发团队前后完成了300份质保体系文件的编制，建立了完善的质量保证体系。2008年8月至11月，正式生产出第一批合格的钴调节棒组件。随后，秦山核电开始对钴调节棒组件进行严密科学的安全分析，对堆内三维温度场和流场进行模拟。同时，研发团队进行了操作规程的准备，并根据操作规程开发出专用的工具，设计制作了模拟操作台架，模拟真实环境进行操作演练，培训了一批具有实践能力的合格操作人员，确保了实施中所有环节一次成功。

秦山核电和中国同位素公司、上海核工院、中核北方、中国原子能科学研究院、上海交通大学、西安交通大学等单位携手合作，完全依靠国内技术力量完成自主设计和研制，历时6年多，终于打通了全产业链技术。2006年6月，提交国家核安全局审查。2008年6月，经国家核安全局四轮审查和对话，获正式批准。2009年1月，首批钴调节棒组件装入秦山三期重水堆1号机组。2009年底，第二批钴调节棒开始换入2号机组进行生产，两次更换均是一次成功。两次入堆均进行了全面的、严格的验证试验，均是一次通过。至此，秦山核电两台重水堆开始持续投入工业钴-60生产。

2010年5月，中国第一条万居里级热室生产线建成。

2010年6月，首批辐照完成的钴调节棒组件出堆。中国首次实现百万居里级钴-60辐照生产能力和万居里级钴-60放射源分装能力，产品质量达到国际领先水平，一跃成为全球三大钴-60供应国之一。

2013年，利用重水堆生产钴-60的辐照—分装生产线正式投产，“钴-60生产项目”被中国核学会列入“2011—2013年中国十大核科技进展”之一，荣获国防科学技术进步奖二等奖。

但是，“老秦人”没有停下优化改进的脚步，始终坚持“一次比一次做得更好”的工作理念，在两台核电机组首次更换不锈钢调节棒操作成功的基础上，前后进行了10多项技术改进，确保操作更为顺畅，更换工期不断缩短，从最初的18天，缩短到12天；防护更为严密，更换操作人员的个人和集体剂量也逐年降低到一个很低的水平。

在2010年前，我国的工业钴-60放射源全部依赖进口，2010年秦山核电建成投产国产钴-60生产技术以后，逐渐形成以国产为主、引进为辅的供应局面，满足国内70%左右的市场需求，并从2018年开始规模化出口海外市场，连续数年每年向国际市场出口钴-60百万居里。2020年，新冠疫情期间，国内使用钴-60等核技术对医用一次性防护服进行消毒灭菌，将消毒时间从7至14天降低到1天左右，极大缓解了疫情防控期间防护服紧张的局面，为抗疫赢得了宝贵时间。

然而，在钴-60生产项目上，这只是完成了梦想的第一步。

因为结构和放射性比活度问题，工业钴-60不能应用于医学的肿瘤治疗设备上。在解决了工业钴-60规模化生产的问题以后，医用钴-60规模化生产又摆上了“老秦人”的桌面。

1951年，瑞典Leksell研制出了世界上第一台伽马刀设备，以无创伤摧毁病灶而闻名。直至20世纪90年代末，中国才实现设备国产化。目前，国内现有的300多台伽马刀中有95%为国产，达到国际先进水平，并已出口10多个国家。但是，高比活度医用钴-60原料——伽马刀的“芯”，仍需从国外进口。21世纪初，由于加拿大的生产堆退役和阿根廷的重水堆翻新，医用钴-60原料供应出现短缺，曾一度制约了中国伽马刀设备的使用及国产设备的生产和出口。

关键时刻，秦山核电扛起国企之责，站了出来，领衔医用钴-60的生产，向梦想的第二步进军。

2015年，秦山核电携手中国同辐股份有限公司（简称“中国同辐”）、成都中核高通同位素股份有限公司（简称“中核高通”）、中核北方和上海核工院，再度合作，攻关医用钴-60工业化生产技术。

2016年，医用钴-60项目被列入中核集团“龙腾2020”科研项目。

2017年4月，仅仅经过两年多的努力，在顺利完成了相关技术研发后，首批医用钴-60靶件装入秦山核电重水堆1号机组。

2019年4月，在堆芯辐照两年后，首批医用钴源靶件出堆。同年9月转运到热室进行封装。秦山核电生产的医用钴-60

完全满足国内医用要求，为伽马刀设备装上了充足的“中国芯”。伽马刀产业发展不再受制于西方原料供应，为全世界的癌症患者带来了福音。

2019年，医用钴-60生产技术研发和量产实施项目与5G商用、第一艘国产航母交付、嫦娥四号登月等项目一起被评选为“中央企业2019年度十大创新工程”，又为“国之光荣”增了光添了彩。

62　不信邪！彻底丢掉“洋拐棍”

有人说，21世纪是化学的世纪。作为一个文科生，笔者在这个问题上没有发言权。但是，在我们的生活中，的确时时处处都离不开化学。比如，在秦山核电，笔者就看到了这样一个公式，根本不懂它到底是个什么东西。

$$^{3}H \rightarrow {}^{3}He+\beta$$

的确，如果不解释，估计很少有人能够读懂上面这个公式是什么意思。在与秦山核电专项工程处（同位素专项）处长李世生的对话中，笔者终于找到了答案。原来，上述公式是同位素“氚”衰变的方程式。

然而，“氚”到底又是一个什么样的同位素呢？

我们知道，在元素周期表中，氢排在第一位，是最轻的元素，也是宇宙中含量最多的元素，大约占据宇宙质量的75%。但在地球的大气和地壳中，游离态的氢却比较少，大多数氢以化合物的形式存在。如果按质量计算，地壳中的氢只占总质量的0.88%，而如果按原子百分数计算，则占17%，石油、天然气、动植物体都含有氢。氢有三种天然同位素，分别为氕（H）、氘（D）和氚（T）。它们的原子中都含有一个质子，但中子数分别是0、1和2。在自然界中，氕大约占99.9844%，氘大约占0.0156%，而氚的含量仅为1×10^{-15}%。

氚是一种放射性同位素。它的拉丁文名为tritium，原意为“第三”，又称超重氢。1934年，英国剑桥大学研究组在加速器上用加速的氘核轰击氘靶，通过核反应发现了氚。在氚被发现后的一段时间内，人们对氚的放射性没有认知，甚至连卢瑟福都以为氚是稳定核素。你肯定会问：卢瑟福是谁？卢瑟福是英国物理学家、诺贝尔化学奖获得者，担任过英国皇家学会院士、会长。他在1898年最早报告了铀辐射中α射线和β射线的存在，并首先提出了放射性半衰期的概念，证实放射性涉及从一种元素到另一种元素的嬗变。1911年，他根据α粒子散射现象提出了原子核式结构模型，创建了卢瑟福模型（行星模型）。1919年，他做了用α粒子轰击氮核的实验，把从氮核中打出的一种粒子命名为质子。1932年，他指导詹姆斯•查德威克发现了中子。

直到卢瑟福病逝两年后，也就是1939

年，人们才通过实验验证了氚的放射性。正如上述公式所示，氚会发射β射线而衰变成氦-3（^3He），其半衰期大约为12.5年。依据爱因斯坦的质能方程，可以计算得出衰变的最大能量为18.6keV[18]。由于β粒子与反冲的氦-3核有多种不同的角度，所以氚的平均衰变能量为5.7keV。

第二次世界大战以后，人们开始认识到宇宙射线中的高能中子与大气上层化学元素的原子核发生核反应可能是自然氚的来源，通过大气沉降物降落到地球表面，参与水的自然循环。但氚的大规模生产和工程技术发展，同热核武器的研制是分不开的。1952年和1953年，美国和苏联先后进行了基于氘氚聚变反应的氢弹试验，使冷战升级。军事应用的需求促使氚的反应堆生产、提取、氢同位素净化和分离等工程技术全面发展，短短30年时间，6万多枚核弹头的生产导致地球的氚储量提高了几十倍。但是，单一的需求、严密的技术封锁，扭曲了氚的技术发展，阻碍了核能聚变和其他科学领域的拓展应用。

冷战结束之后，这一现象有所缓解。随着托卡马克装置的发明，美国热核聚变实验堆（TFTR）以及国际热核聚变实验堆（ITER）等设施相继问世，相关领域国际合作广泛开展。中国也在2007年竣工了全球第一台全超导托卡马克装置——东方超环（EAST），开启了我国可控核聚变工程。2020年，中国环流器二号M装置（HL-2M）在中核集团西南物理研究院建成并开始试验，我国聚变堆的研究已部分达到国际领先水平。

氚的用途十分广泛，在生命科学的许多研究工作中，氚标记化合物是必不可少的研究工具。例如，酶的作用机理和分析、细胞学、分子生物学、受体结合研究、放射免疫分析、药物代谢动力学，以及癌症的诊断和治疗等，都离不开氚标记化合物。利用氚的放射性特点，加上特制的闪烁剂，通过β衰变达到发光的效果，还可以制造出很多种类的发光产品。例如，潜水手表和氚灯，可应用于深海、机场跑道等场所。

这就是科学的神奇所在。

然而，对秦山核电来说，两台重水堆机组如何除掉氚，却是一道必须解决的技术难题。

这又是为啥呢？且听笔者慢慢讲来。

我们知道，秦山核电是拥有中国唯一商用重水堆的核电站，采用从加拿大引进的坎杜6型重水堆核电技术。与一般的压水堆使用

[18] keV即1000电子伏特，是使电子加速通过1000伏电压差所需要的能量。

轻水（H_2O，氚占比约0.015wt%）作冷却剂不同，重水堆利用重水（D_2O，氘占比99.85wt%以上）作为慢化剂和冷却剂。重水经中子辐照产生氚，主要以氚化水（DTO）的形式存在，极易通过呼吸和皮肤渗透进入体内。尽管核电站采取了大量有效措施用于氚的防护和减少氚的排放，但氚的不断产生和积累还是增加了电站的运营风险和管理成本，并且不能从根本上消除高氚运行的风险。

此外，依照重水堆的设计，寿期中需要进行全堆的压力管更换。随着运行堆年的增加，秦山三期两台重水堆机组慢化剂中的氚比活度逐年增长，工作人员的内照射剂量增加的风险逐年升高。如果不及时采取除氚措施，更换压力管期间的慢化剂系统冲洗工作将可能导致氚排放超过我国环境排放限值要求。秦山核电重水堆的高氚问题也引起了生态环境部的关注。尤其在日本福岛核事件后，国家对氚的排放管理越来越严。为了给全堆压力管更换工作创造便利条件，减少更换期间的人员内照射剂量，从根本上解决机组高氚运行状态，参考世界上其他重水堆核电站，需要建设重水除氚设施来降低机组慢化剂重水的氚比活度。

时不我待，迫在眉睫。秦山核电重水堆如何除氚呢？

国际上实现工程化应用的成熟除氚技术有汽相催化交换加低温精馏和液相催化交换加低温精馏，这些技术由加拿大、法国和韩国等少数国家所垄断，受到核保障限制无法引进。秦山核电经过多方调研和比较，在2016年锁定了重水堆原设计方加拿大坎杜能源公司提供的联合电解催化交换加贮存，最终产品为浓缩DTO的技术方案，并和加拿大坎杜能源公司开展了合同谈判。

核心技术的谈判谈何容易？！

30多年来，“老秦人”始终都懂得独立自主的不容易，更懂得自力更生的珍贵！关键核心技术是要不来、买不来、讨不来的！

由于核心技术上被“卡脖子”，在历时2年多的合同谈判期间，加拿大坎杜能源公司始终不愿承担关键设备供货责任和担保，双方虽经多轮谈判，但仍然无法达成一致意见。关键设备无成熟的设计和制造经验，设计和供货责任不明确，给项目的建设带来较大风险。另外，如果项目的核心技术受制于人，则项目建设受外部环境因素影响也越大。因此，秦山核电下定决心开展重水除氚项目的国产化研发和建设工作，独立自主掌握核心科技。

如何打破西方的垄断，实现重水堆除氚工艺的国产化？

面对技术封锁，“老秦人”想起了伟人毛泽东的那句经典语录：“封锁吧！封锁十年八年，中国的一切问题都解决了！”历史已经证明并将继续反复地证明：只要我们坚定不移地走自己的路，封锁只会让我们更加自立自强。

一把钥匙开一把锁。四处找钥匙的“老秦人”，一开始并没有想到钥匙其实就在自己的手中——“最宝贵的试验资源不就在我们身边吗？”

有一天，“老秦人”终于发现了这个秘密——这“最宝贵的试验资源”就是秦山三期重水堆机组中配套的重水升级塔系统。

重水升级塔系统原本设计是用于处理

核电站日常运行过程中产生的降级重水，将D_2O从H_2O中“精馏”出来。这两者的沸点差1.43℃，分离系数较大，比较容易分离。如果通过升级塔系统进行D_2O和DTO的分离，验证重水精馏的可行性，就可以为重水除氚工艺项目的国产化提供一个可行的工艺验证。

真可谓是“踏破铁鞋无觅处，得来全不费工夫”。然而，在处于运行状态的重水堆机组上开展验证试验，并没有得到所有人的赞同。为什么？

——有人认为：这样的试验会有排放异常的风险。

——有人认为：虽然理论可行，但升级塔能力有限，可能达不到分离的效果。

——有人认为：虽然理论可行，但因为需要在高真空下运行，设备难以承受。

——有人认为：秦山三期重水升级塔系统由苏尔寿公司设计，以“交钥匙”的方式建设，分析计算、填料的性能等关键信息都是“黑匣子”，国内又没有DTO与D_2O分离的经验可供借鉴，缺乏试验的指导信息，很难成功。

面对担心，面对质疑，面对不自信，是时候作出最后的决策了，优柔寡断永远没有创新的出路！

时任中核核电运行管理有限公司总经理邹正宇力排众议，斩钉截铁地宣布：“我们只有做了才能验证我们的想法，只有迈出第一步才有国产化的可能！”

就这样，专项工程处牵头，运行、维修、技术等多个部门联合起来，成立了以邹正宇为试验总指挥、熊小红为技术总负责人的专项试验团队。通过周密的试验前准备，在完成了安全、环境排放、设备可靠性、对机组的影响等一系列分析工作之后，秦山核电于2019年上半年开始，在重水升级塔上开展了多轮重水除氚的试验。

重水除氚，对“老秦人”来说不是一个简简单单的工作，而是一项工程！

作为秦山三期重水堆第一批技术骨干，熊小红有着丰富、娴熟的重水堆运行管理经验。他介绍说：“重水对氚的分离浓集属于氢同位素分离体系，D_2O和DTO的沸点差只有不到0.05℃，分离度极低。以现有升级塔的填料高度为例，在处理H_2O和D_2O时，可以达到底部出料为进料重水浓度的10倍以上，全回流（无进出料）工况下塔顶底的浓度比更是可以达到数千倍。但处理D_2O和DTO时，预计全回流工况下塔顶底仅有几倍的差距，还需要在正确的运行参数条件下才能实现。”

难题就像一块绊脚石，横在了前进的道路上。

这个时候，秦山核电的重水除氚专项试验团队邀请了天津大学化学工程学院的张旭斌、蔡旺锋和吴松海等教授，协助他们对氘氚分离的条件进行理论计算，找到较为合理的真空和温度区间，指导试验期间升级塔的运行参数设置，使之更适合氘和氚的分离。在试验执行期间，试验团队也不断通过对实际分离情况的分析，进一步搜索最优的分离参数设置。最终，通过不断的尝试和努力，在升级塔全回流的情况下，塔底的氚比活度达到了进料的数倍，实现了氘和氚的分离，专项试验取得了圆满成功。

就这样，重水除氚专项试验达到了既定的分离目标和排放目标，充分验证了精馏技术进行DTO处理的可行性，实现了从0到1的突破，填补了DTO体系的气液相平衡数据空白，建立了DTO精馏分离的理论计算方法。这项试验的成功为后续项目技术成熟度评价、项目工艺设计和建造奠定了良好基础，同时收集了国内第一手重水除氚和氚自辐照分解的宝贵数据。

在现场验证试验取得预期成果的基础上，秦山核电与中国核电工程有限公司、天津大学建立“小核心、大协作”的产学研融合创新体系，组成重水除氚科研团队，申报了中核集团“创新2030”工程集中研发项目，正式拉开重水除氚项目国产化研发、设计和建设的帷幕。

不怕压、不信邪的“老秦人”也正式中断了与加拿大坎杜能源公司的谈判，彻底丢掉了“洋拐棍”。

2020年4月，重水除氚项目建议书获批。同年7月，中核集团“创新2030”工程集中研发科研任务书下达。由秦山核电作为承研单位，科研团队负责开展重水除氚项目中关键参数、精馏工艺设计和高性能填料、分布器等11项课题的研发工作。至此，秦山重水除氚设施项目正式翻开了新的篇章。

下一步就是进行高性能除氚填料的国产化研发工作了。

“老秦人”知道，虽然在升级塔的试验取得了成功，但离转为工程化设施还有很长的路要走。熊小红介绍说：“其中最关键的科研课题就是高性能填料的研发，填料的性能是决定项目成败的关键。表征填料性能的理论塔板数也是研发的关键，理论塔板数高了，塔的高度就可以降低，整个项目的工艺和成本就可以得到优化。”

这个时候，科研团队邀请到了清华大学费维扬院士对填料研发进行指导。作为国内最早研究同位素生产的专家之一，费维扬对氢同位素精馏的填料生产加工有着非常丰富的经验。在研究讨论过程中，他强调说：“重水除氚属于特殊的氢同位素分离体系，与普通化工中常用的不锈钢填料、陶瓷填料和塑料填料不同，这个体系所使用的填料需要使用特殊的金属作为原料，采取合理的编织方式加工成丝网填料，再进行表面的氧化改性，才能满足氢同位素分离的需求。”

什么叫指点迷津？费维扬的这个指导性意见，为科研团队在填料材料选择上指明了方向，帮助科研团队少走了很多弯路。

为了验证科研团队自行研发和制造的改性填料性能，秦山核电研发团队又到石家庄寻求河北科技大学张向京教授的帮助。在张向京的指导下，建造了一座高12米的精馏试验塔，用以测试科研填料的性能。谁知，在第一次尝试时，填料的性能测试结果很不理想，填料的理论塔板数不到3理论板/米，未能达到重水除氚设施的设计要求。但是，科研团队并未因此意志消沉，继续迎难而上，从多个维度开展研究，探索影响填料性能的因素。

通过科研团队近一年的不断摸索和数百次的取样分析，对填料材质选择、丝网编织方式和氧化层改性方式等多项工艺进行改进和优化，填料的制造工艺不断迭代翻新，填料的理论塔板数也从最初的不足3理论板/米，逐步攀升到7理论板/米，最终达到20理论板/米以上。这一数值已经超过了国外填料在升级塔上的表现，虽然还需要工程化的进一步验证，但已经取得了国内填料的重大突破。

随后，在历时近2年的研发过程中，

科研团队又先后3次邀请费维扬院士、苏州大学王殳凹教授、天津大学李鑫钢教授和浙江大学王丽军教授等国内行业专家对重水除氚设施的工艺设计和高性能填料研发成果进行评审。专家们对科研团队的研发提出了很多宝贵意见，帮助科研团队在重水除氚设施的工艺设计方面更加完善，填料制备工艺和性能不断取得突破。2022年11月，高性能填料通过鉴定，专家一致认为研发的高性能重水除氚填料已具备工程化应用条件。

因为在高性能除氚填料研发上获得重大技术突破，精馏塔的设计也从原先的11座塔减为9座，节省了项目部分设备投资。国产化工艺路线与之前拟引进的加拿大坎杜能源公司的技术方案相比节省了约1亿元的投资。同时，项目建设工期和设备采购周期等影响项目进度的关键路径也大大缩短。

核电工程无小事，安全工作无小事。回顾重水除氚工艺研发的艰难历程，李世生话里话外都显得不轻松。他说："采用精馏技术进行除氚在国内外属于首次，国家核安全局对秦山重水除氚项目环评和安全分析的审评非常谨慎和严格。中国核电工程有限公司作为项目环评和安全分析报告的编制单位，与秦山核电共同发挥各自在安全分析计算和重水堆运行经验上的优势，在秦山重水除氚设施对重水堆机组安全运行、环境排放和事故后影响等核心问题上进行了细致全面的分析，并先后与核安全局及审评中心开展了十多轮正式和非正式的对话，对百余项问题进行了翔实、缜密的回答，为环评和安全分析获批奠定了坚实基础。"

现在，秦山重水除氚设施项目已经完成初步设计，项目的环境影响评价和安全分析报告也已获批，项目正式进入了建设阶段，这标志中国重水堆重水除氚技术国产化已取得阶段性的成果。根据计划，秦山重水除氚设施项目将于2025年建成投产。项目建成投产后，可有效防范高氚事故风险并降低向环境的放射性排放，降低高氚运行风险。预计可使电站工作人员内照射剂量下降50%，产生良好的社会效益和生态效益。秦山核电重水除氚设施的国产化技术研发和工程建设，不仅填补了国内重水处理技术领域的空白，后续还可以向压水堆处理含氚废水、燃料后处理除氚和氦-3生产等多个领域进行扩展性研究探索，带动中国核电其他产业的发展，创造更广泛的价值。

彻底丢掉"洋拐棍"，打破西方技术垄断，"老秦人"以自己的勤奋、智慧和创造，再一次证明了中国核工业人的志气、勇气和底气，也以实际行动再一次印证了中国古话："有志者事竟成，破釜沉舟，百二秦关终属楚；苦心人天不负，卧薪尝胆，三千越甲可吞吴。"

63 解决“卡脖子”，挑战全球第一

走近秦山，才知道秦山之高；走进秦山，才懂得秦山之美。

秦山之高，在于科技；秦山之美，在于创新。

我们的生活与“碳”密切相关。碳（Carbon）的化学符号为C，作为一种非金属元素，它以多种形式广泛存在于大气、地壳和生物之中。它是宇宙中第四大丰富的元素，也是人体中仅次于氧的第二大丰富的元素，在常温下具有稳定性。因此，碳是人类最早利用的元素之一，伴随着人类文明的整个发展史。碳对于现有已知的所有生命系统都是不可或缺的。没有它，生命就不可能存在。碳是“元素之王”，迄今为止已形成近千万种化合物，包括有机、无机和有机金属化合物。比如，碳是生铁、熟铁和钢的成分之一，它能与铁形成合金；碳纤维显示出优异的机械性能，在航空航天和土木工程中很流行，而不同碳同素异形体的物理性质使其可用于电池、电子产品和纳米材料。碳的同位素被广泛用于放射性碳年代测定（碳-14），分子结构和医学研究（碳-13）。

接下来我要讲述的，就是“老秦人”与同位素碳-14的故事。

作为地球上最常见的元素之一，自然界中的碳元素主要有碳-12、碳-13和碳-14三种同位素，但它们的比度分别为98.89%、1.11%和0.00000000010%。在这“碳氏三兄弟”中，前两个是稳定核素，唯有碳-14为β衰变放射性核素，其产生方式可以为氮-14核素发生（n，p）反应，其衰变方式为一个中子衰变为质子和电子，放出的电子形成β射线。放射性同位素碳-14是1936年被发现的，因碳-14属于自然界中最常见的碳元素，又为弱放射性核素、易于防护，一般用于时间测量和示踪[19]。

作为示踪核素，碳-14的用途比较广泛。其中一种非常重要的用途，就是我们比较熟悉的考古学经常用到的时间测量，即碳-14定年法，这是利用碳-14作为标记物，确定历史上曾经存活过的动植物年代的一种方法。碳-14作为碳的一种同位素，广泛存在于大气、海洋和所有的生命组织中。当动植物死亡后，其体内不断衰变的碳-14因无法得到外界补充而数量逐渐减少，于是可以通过测定死亡样品中残余碳-14的含量获知样品的死亡时间。碳-14定年法就像一把时间

[19] 示踪是指显示特定物质的行踪。通常需要在生物活性分子上引入示踪剂，通过对示踪剂的检测，间接反映生物活性分子的代谢规律。

的尺子，拨开黑暗的迷雾，揭露隐藏的秘密，考古学家在缺少有效信息的情况下借助它可以判断文物的大致年代，对于考古学具有极其重要的意义。因此它的发现者威拉德•利比获得了1960年的诺贝尔化学奖。

随着科学技术的进步，同位素碳-14在医药学和环境监测领域也具有极大的用途，具体包括以下三个方面。

一是用于幽门螺杆菌检测。为明确患者有无幽门螺杆菌（Hp）的感染，临床上需要一种敏感性高、特异性强、快速、简单、安全、廉价的Hp诊断方法，这就是碳-14呼气试验[20]。该检查具有无痛、无创、快速简便、无交叉感染的优点，被国内外专家一致推荐为诊断Hp的“金标准”，在临床上已被广泛应用。

二是用于药代动力学研究。国际上多数小分子药物在I—III期临床阶段，必须有一次使用碳-14标记做药代动力学实验。我国的药品评审中心公布“药物非临床药代动力学研究技术指导原则”和国家出台的新农药研发政策都推荐或要求用碳-14等标记化合物开展药代动力学研究，国内在这方面的碳-14需求和用量也将快速增长。

三是用于β射线环境监测系统。β射线环境监测系统利用低能量碳-14作为β射线源，根据β射线穿过清洁滤纸和采集有颗粒物的滤纸时的变化量来计算滤纸上采集到的颗粒物质量，继而求得空气中的颗粒物浓度，广泛适用于测量环境空气中的颗粒物浓度，如PM10、PM2.5等。2020年，生态环境部发布了《环境空气中颗粒物（PM10和PM2.5）β射线法自动监测技术指南》（HJ 1097-2020），规范自动测定环境空气中颗粒物（PM10和PM2.5）的β射线法。

正因为同位素碳-14有如此重要而广泛的用途，它的供应常常会被“卡脖子”。据测算，2009年国际上碳-14的市场年需求量为1000至2000居里，自2010年起，碳-14放射源供应出现缺口，6年间价格上涨5至10倍；另一方面，碳-14标记的市场需求日益增大，例如包括中国在内的很多国家开始要求新型药物甚至仿制药品都必须进行碳-14药代动力学分析。

目前，国际上具有工业化生产碳-14放射源能力的国家主要有加拿大和俄罗斯。其中，加拿大乔克河实验室NRU反应堆已于2018年退役，同位素生产停止。俄罗斯MAYAK公司的生产堆产量较低，且主要用于其国内市场。目前，主要依靠加拿大的存货及俄罗斯MAYAK公司的少量产品供应市场，整体处于紧缺状态。

新的时代给了秦山核电新的历史机遇。

[20] 碳-14呼气试验的原理：Hp可产生高活性的尿素酶。当病人服用碳-14标记的尿素胶囊后，如患者的胃内存在Hp感染，胃中的尿素酶可将尿素分解为氨和碳-14标记的CO_2，碳-14标记的CO_2通过血液经呼气排出，定时收集呼出的气体，通过分析呼气中碳-14标记的CO_2的含量即可判断患者是否存在幽门螺杆菌感染。

作为拥有国内唯一的商用重水堆机组的核电基地，秦山核电在碳-14辐照生产方面具有显著优势。与目前生产碳-14主要依靠的研究堆相比，秦山核电重水堆机组辐照生产碳-14具有独特的优势：一是中子通量高、产量大；二是长期保持高功率稳定运行，可以保证放射性核素的稳定供应；三是在安全稳定发电的同时生产碳-14，生产成本相对较低。因此，在秦山核电同位素基地建设规划中，将碳-14辐照生产作为第一个落地的项目。

但是，迄今为止，国际上还没有采用商用堆辐照生产碳-14的先例。

这时，“老秦人”关注的第一个问题就是，并网发电运行中的重水堆是否适合进行碳-14辐照生产？

要知道，重水堆上慢化剂和冷却剂分离，而且慢化剂的空间很大，导致堆芯的热中子通量远高于快中子通量。国际上广泛采用（n, p）反应进行碳-14辐照生产，也就是靶材料吸收一个中子，释放一个质子，像这种释放带电粒子的反应通常需要在某一阈能以上才会发生。

经广泛查询资料，秦山核电碳-14生产技术研发项目组与专家们进行了深入沟通，最后确认了辐照生产碳-14的（n, p）反应可以由热中子引发，确认重水堆是适合进行碳-14辐照生产的。

2020年11月，在明确重水堆辐照生产碳-14原理上没有问题的情况下，秦山核电项目组在上海和上海核工院、中核北方就项目开发进行了一轮深入探讨。现在，摆在大家面前的第一个问题是辐照靶件如何设计，这需要兼顾制造、辐照安全以及后端处理便利性等问题。

要利用商用重水堆辐照生产同位素碳-14，首要的任务就是要设计辐照靶件，并论证所设计的靶件装入堆芯后是安全的。

核电无小事，更何况这件事是前无古人的事。

答案，从来不会从天上掉下来。

在上海，大家在充分讨论之后，感到还有许多技术性问题需要进一步解决。项目组和上海核工院组织专家团队，立即赶到北京，和中国同辐的相关技术人员进行了一轮对接交流，了解了中国同辐当前在碳-14分离方面的技术进展以及他们在处理前端进口原料方面的一些需求，靶件设计的概念逐渐清晰。

在靶件设计方面，尽管之前国内外有碳-14辐照生产经验，但都是针对研究堆的，秦山需要结合商用重水堆机组技术现状进行改进。项目组联合设计院，经过对国内外相关生产经验的调研交流，综合考虑前端制造厂技术水平、重水堆安全稳定运行需要、后端热室处理技术，最终确定了以氮化铝粉末作为靶材、以锆作为包壳的靶件设计方案。氮化铝粉末含氮量高、极为稳定，可以保证辐照期间的稳定性；锆包壳为反应堆经常使用的常规材料，有丰富的堆内使用经验，较为可靠且更能保证核安全。靶件的封装密度也是一个难题，太松会导致装料太少，且不利于传热，太紧则不利于后端处理。通过多次讨论，最终确定了最佳值。靶件的技术方案获得了包括设计方、制造方、电站运营、核安全监管、后端用户等各方面的认可。

由于秦山核电围绕重水堆机组开展了大量的研发和技术改进工作，包括将原37R结构的燃料变更为37M结构的燃料以提升机组运行裕量，将反应堆内的不锈钢调节棒更换为钴调节棒以辐照生产钴-60，并同时放置工业钴源和医用钴源两种靶件，且医用钴靶件数量可根据市场情况进行调节。项目负责人孟智良说："这些情况综合起来，导致堆芯情况极为复杂，梳理下来有数十种可能的堆芯状态，针对这些堆芯状态要逐一进行分析计算，分析论证的工作任务极为繁重。秦山核电联合设计院不厌其烦，针对每种情况均进行了分析计算，全方位论证靶件堆内辐照期间的复杂性，确保后续碳-14辐照生产工作不会影响反应堆安全稳定运行。要知道，堆芯结构改变会引起反应堆区域超功率保护系统（ROP）停堆整定值（TSP）的变化。这确实是一项事关反应堆安全，不得不做、不能不做的工作。"

作为秦山核电同位素生产基地建设的首个医用同位素生产项目，碳-14同位素生产技术属于国内首创，几乎没有任何借鉴经验，一切都需要从"零"开始。

谈及往事，孟智良介绍说："项目涉及堆芯改动，必须慎之又慎，并且分析论证结果需要核安全局的审评认可。一个全新的事物，又面临着许多意想不到的技术难题，其进度存在很大不确定性。然而，公司上下提早解决国内碳-14供应问题的意愿又特别迫切，定下了在2022年3月份获得国家核安全局许可、2022年4月份靶件入堆的工作目标。按照以往经验，几乎不可能在这么短的时间内完成研发工作。"

项目组就这样，被逼入了绝境。

"两弹一艇"，哪一个不是逼出来的呢?!

绝境激发出了"老秦人"破釜沉舟、背水一战的勇气！一代代的"老秦人"就是坚持靠独立自主、靠自力更生、靠艰苦奋斗，走到了今天。

没有比人更高的山，没有比脚更长的路。新一代"老秦人"下定决心，要靠自己的技术力量来完成这项艰巨的工作。于是，秦山核电堆芯燃料处技术人员从消化以往计算报告开始，讨论工作思路、学习程序使用；随后，认真准备程序输入文件，通过复现以往计算结果确认掌握了计算能力；接着，针对新调节棒堆芯依次开展756种堆芯状况的堆芯功率分布计算、老化后堆芯的CCP计算、不确定度计算、TSP计算等一系列计算过程……最终，年轻的项目团队依靠自己的力量完成了新堆芯的ROP系统的TSP计算。

然而，面对碳-14辐照生产项目时间紧张、缺少经验、协调面广、技术难度大的困难，又适逢中核集团"精细化管理年"，工作标准之高、要求之严、压力之大，真可谓前所未有。

项目组决定从实际出发，按照"主动优化，持续改进"的精细化管理提升工作安排，不慌不忙地将精细化要求落实到项目的每一项具体工作中，保证项目按时间节点完成，为同位素基地建设开好局，以"核力量"推动"健康中国"建设，以全球首创的科研成果"建功新时代、喜迎二十大"。

首先，项目组以"后墙不倒"为原则，倒排工作计划，并细化工作计划，进行量化管理。他们将庞大复杂的项目一层一层地分解为具体的工作任务，多次组织项目组成员、公司内部各专业专家讨论完善分解后的工作任务，保证每项任务可执行、不遗漏。之后，针对每一项工作任务，均制订工作标准、明确完成时间、落实责任人，尤其是针对每项任务的启动和完成时间，能往前提的尽量往前提，以天为单位能提早一天是一天。

通过化繁为简地分解项目工作，一个庞大复杂的项目分解为一个个可以分步实现的小目标，明确了责任人和工作计划。项目经理樊申说："化繁为简，打消了工作人员的畏难情绪，计划明确保证了项目的协调推进。后来的执行过程表明，在项目启动之初花大力气制订好计划是十分有效的，这个持续一年多的项目，提交核安全审评申请报告、获得国家核安全局批准、靶件研制启动与完成等里程碑节点与原定时间节点相差均未超过五天。"

在碳-14生产技术研发过程中，项目组针对各种可能性做好应对方案，以确保最小的代价获得最大的成果。项目成功实施，一方面核安全论证工作要通过审评，另一方面也要开展必要的现场实施准备工作，两者都完成才能保证工作最终顺利完成。原计划2022年4月前获得核安全监管当局的许可，但是国内安全分析力量能否论证清楚核安全问题、项目推进过程中是否存在较大的技术难题，这些方面均存在很大的不确定性，因此就存在无法按时获得批准的可能性。而同步现场准备工作也存在做无用功、影响大修进度的风险，如果等审批通过后再开展现场工作，时间上又来不及。

隐形的矛盾一个接着一个，潜在的问题也可能一个不会少。

项目组经过研究，大胆决定接受现场准备工作可能是做无用功的风险，同步推进现场实施准备工作和核安全审评工作。最终，在最后时刻获得了国家核安全局的批准，首批靶件得以顺利入堆。

碳-14同位素生产技术是一项集体的事业，事关国家战略、事关人民健康。秦山核电项目组与设计院、靶件制造商组成一个大力协同的团队，中核集团内部兄弟企业也给予了大力支持，多方通过坦诚开放的合作共同推进项目，共同解决了遇到的各种技术难题。在确定技术方案的过程中，由于设计院及秦山核电在同位素生产方面经验欠缺，核动力院、中国同辐及其下属的中核高通给予了极大的帮助，分享了其在数十年研发过程中积累的经验，在靶材参数确定、靶件设计、制造工艺等方面提供了帮助和指导。

团结就是力量，团结才能胜利！这是被中国革命和建设事业所证明的真理！在项目进行核安全审评时，为了向国家核安全局审评专家说明项目采用的技术是成熟、可靠的，项目组技术人员与设计方技术人员一起，每天上班时间联系国内的技术人员广泛了解国内同类工作经验，经常工作到凌晨。他们从多个国内外文献的只言片语中找支撑材料，对各自找到的资料进行充分的讨论、交流，再汇总编制论证报告。最终，这份凝聚了项目组全体成员心血的辐照方案，以翔实的论据、丰满的数据，充分说明了靶件入堆的安全性与成熟性，获得了审评人员的认可，为项目最终获得国家核安全局的许可奠定了技术基础。

工作中，当了解到锆管供应成为项目推进的限制因素时，秦山核电项目组人员与中核北方、上海核工院的工作人员一起到锆管生产厂家，讨论如何压缩生产与供货周期，加快工作进度。后期，中核北方的工作人员干脆常驻生产企业国核宝钛锆业股份公司（简称“国核锆业”），在农历新年的前一天从厂家将锆管背到了中核北方，保证靶件原材料能够按时保质供应。在锆管研制过程中，国核锆业、上海核工院给予大力支持与协助，评估已有管材能否满足使用要求，同时积极协调安排另一型号的锆管生产。

后来，他们又接到了靶件材料采购遇到困难的消息。项目组人员立即与中核北方技术人员一起，联系全国每一家潜在的材料供应商，了解其产品参数，再与技术规格要求逐项对照，最终筛选了几家满足条件的厂商反馈给中核北方作为潜在供应商。考虑到正常途径发货需要更多时间，中核北方派遣技术人员直接到厂家拿货，现场见证、测量后背回，节省运输时间。

中核北方之前未曾使用过氮化铝这种原材料，而该项目对氮化铝的成分要求极高。在接到技术文件后，中核北方人员迅速着手查找相关资料，寻找适合氮化铝中游离铝的检测方法。在查阅大量文献后，他们并未找到相应方法，试验一度步入瓶颈期。但是，检测团队科研人员并没有放弃，又组建攻坚团队，继续攻关。在那段日子里，攻坚团队的会议室是整栋大楼最后关灯的地方。黑夜里，正是那一道光，始终温暖、鼓舞着项目组的每一个人。

没有爬不过的坡，没有越不过的坎。攻坚团队经过反复讨论后，最终决定从化学反应基本原理出发，采用置换法，将游离态铝转变为离子态铝，继而使用质谱进行检测。思路定下后，试验人员便立即开展试验，根据金属活动性顺序，选择活动性弱于铝的置换盐将游离态铝转变为铝离子。由于可供选择的置换盐较多，需要一一进行试验，才能找到效果最好的那一种，因而加班加点成了常态。苦心人，天不负。检测科研团队终于在年底前完成了游离态铝方法的建立并通过了评审，为及时完成原料粉末检测提供了可靠的方法。

氮化铝、锆材等原材料备齐以后，留给靶件生产的时间已经不多了。

“事业高于一切”，对科技工作者来说，从来都不是一句空话。2022年春节期间，中核北方的靶件研制团队发扬核工业精神，统筹规划各工序和检测的衔接，按照靶件生产任务合理安排计划，利用春节假期完成了原材料的复验和焊接工艺的合格性鉴定以及端塞与包壳的加工等工作。节后，靶盒装粉和焊接人员立即全身心地投入紧张的生产工作中。在首批次靶件的批量生产中，他们通过设计制作专用防护工装、控制装粉操作等方式，迅速、及时地攻克了靶盒装粉过程中对损伤管口造成焊接合格率较低的问题。检验人员更是在焊接人员每天半夜完成焊接后连夜配合进行靶盒和靶棒的检验，确保了任务的完成。

谁也没有想到的是，就在碳-14靶件生产进入关键环节的时刻，包头发生了新冠疫情，被划为中高风险区域。项目组技术人员不惧疫情风险，毅然来到生产车间，与中核北方的工作人员对照技术规格书仔细核对产品的每一项检测参数，确保合格后才能进入下一生产环节。在出厂验收时，由于疫情原因实在无法前往现场，不得不采取线上验收的方式，项目组人员通过电话和视频与中核北方工作人员核对每一条记录，并通过视频全程检查产品抽检过程，保证出厂产品符合技术规格要求。最终，首批靶件经过检测及入堆后试验工作，确认其满足使用要求。

现在，所有的困难都被一一克服了，胜利在望。

2022年4月，秦山核电获得国家核安全局碳-14靶件入堆的批复，正在大家欢欣鼓舞之时，意想不到的难题又摆在了面前。原来，靶件制造厂需要先将靶件、靶材分别运到核电厂，然后再由靶件制造厂的人员负责组装、检查合格后交付使用。但是，当时由于国内新冠疫情多点出现，在靶件和组装人员出发前一刻，突然接到疫情防控组的通知，只能将靶件、靶材运输到核电厂，靶件组装人员无法抵达秦山参与现场组装工作。考虑到长途运输可能会造成颠簸，要求靶件制造厂完成靶件组装再运输，显然也不可行。

事发紧急，到底如何处理？

沧海横流，方显本色。这时，秦山核电项目组负责人经过一番深思熟虑，勇敢地站出来，提出“在靶件制造厂的指导下由核电厂人员自行负责组装”的方案。随后，他与靶件制造厂、秦山核电有关部门进行了沟通，了解到靶件组装的具体步骤、由核电厂人员组装的可行性、组装人员培训授权要求、质量控制及质保要求、组装工器具是否具备等具体情况，并针对沟通过程中的不确定事项，坦诚说明需要与其他部门核实后再行反馈。在充分掌握各自反馈信息的基础上，他又召开专题会议，会议前先梳理形成了需要讨论的事项及建议方案，在会议上与各方逐项敲定了组装全过程要求，会议结束后立即形成组装实施方案，向公司主管领导进行了汇报并得到认可，然后经各方会签实施。本着“做一名有高度责任心的核电工作者”的工作理念，秦山核电项目组的技术人员认真参加中核北方组织的远程培训，一丝不苟地对待每一个工作环节，各方共同协作，高质量完成了现场组装任务，有效确保了首批靶件按期入堆辐照。

就这样，秦山核电利用重水堆辐照生产碳-14项目，从2019年开始进行可行性论证，2020年12月正式启动，经秦山核电、上海核工院和中核北方3家单位共同努力，仅用一年多时间就完成了靶件设计、方案论证、核安全审评、靶件研制等一系列工作，取得一系列创新成果；2022年4月11日取得国家核安全局入堆许可，4月21日完成靶件组装、具备入堆条件，4月26日全球首批商用堆碳-14辐照生产靶件入堆，开始辐照生产碳-14。一个个看似不可能完成的任务一一变为现实。“老秦人”又创造了一个世界第一。

2022年9月，秦山核电碳-14同位素生产入选“近年来核技术应用领域十件大事”。

2024年4月，秦山核电碳-14生产靶件顺利出堆，足够满足国内需求，提前超额完成国家原子能机构等八部委发布的《医用同位素中长期发展规划（2021—2035）》中提出的碳-14生产目标。中国碳-14同位素供应长期依赖进口的局面成为历史。

64 创造美好生活，助力“健康中国”

没有人怀疑，那是一次充满意义的“国之大者”的对话。

没有人怀疑，那是一次畅想秦山核电未来的思想碰撞。

当时光老人的脚步走进2019年，秦山核电基地9台机组已全面建成投产4年。在此期间，秦山核电的机组能力因子实现了四连增，达到91.69%；年发电量实现四连增，达到520.38亿千瓦时。秦山核电的管理层深知，确保9台机组安全和运行业绩提升是今后一项长期而艰巨的重要任务，同时也看到，9台机组的发电潜力已经接近天花板。如何进一步为企业创造价值，为股东创造利润，为员工创造幸福，为社会创造财富，为国家贡献“核”力量，秦山核电有必要寻求新的发展机会和方向，实现“再造一个新秦山”的宏大目标，成为秦山核电党委和总经理部日思夜想的重大课题。

这年5月的一个下午，时任中核核电运行管理有限公司总经理邹正宇、中国核能电力股份有限公司总经理张涛、海盐县人民政府副县长陈峰，共赴海盐县澉浦镇，现场踏勘核电厂址。站在山顶，俯瞰长山厂址，远眺秦山核电，三个人情不自禁地谈起了秦山核电的未来。当前，虽然通过挖潜增效，9台机组年发电量实现年年递增，但已逐渐逼近天花板。秦山核电今后发展方向在哪？海盐核电关联产业如何继续做大做强？企地如何共融发展？

这一个个问题，看似纵论未来发展，其实是摆在“老秦人”面前的紧迫现实。

三个人在山顶的对话，是一场扎根现实心忧未来的“华山论剑”，也是“老秦人”优良传统和工作作风的传承和体现。

陈峰当即表示海盐地方大力支持核电发展，并将积极配合做好长山厂址保护工作，同时也希望核电继续扶持并进一步带动海盐地方核电关联产业发展。

如何充分发挥并深入挖掘秦山核电人才、技术及丰富的堆型资源等优势，引领秦山核电在新时代转型升级，成为秦山核电党委班子成员脑海中时刻在思考的一个问题。

在南北湖山顶“华山论剑”后不久，陈峰来到邹正宇的办公室进行拜访交流，又一次讨论了海盐核电关联产业怎样发展的问题。邹正宇提出，只要有海盐地方的大力支持，我们可以共同“再造一个新秦山”。

听邹正宇这么说，陈峰感到很纳闷：是否要再造一个核电基地？

经过一番交流之后，陈峰明白了邹正宇的想法并非如此。原来，随着这一段时间的深入思考与研究，邹正宇看到了核技术应用，尤其是同位素产业，未来具有极其广阔的市场前景和巨大的发展潜力。因为，同位素产业具有科技含量高、产业层次高、附加值大等特点，如果海盐能够支持并发展好同位素产业，未来产值将超过千亿级规模。

听了邹正宇的介绍后，陈峰感到十分兴奋，认为这是为海盐找到了一条未来发展之路。

谈话结束后，陈峰当即将秦山核电的设想向时任海盐县委书记陈玲芳、县长王碎社作了汇报。海盐县两位主要领导非常重视，要求陈峰牵头立即对核技术应用（同位素）产业进行深入调研，谋划产业发展。从此，海盐地方产业发展开始从核电关联走向了核技术应用，“再造一个秦山核电”也有了重要的支撑与抓手。

秦山核电是否可以在同位素技术研发的道路上阔步迈进呢？没有调查就没有发言权。邹正宇立即找到专项工程处重水堆研发科，要求拿出可行性分析报告。随后，任务落到时任研发科副科长孟智良的身上。让人没有想到的是，孟智良利用20天的时间就完成了这个报告，为秦山核电党委决策提供了参考。

2019年9月25日，秦山核电党委学习习近平总书记关于核工业创建60周年的重要指示精神，积极响应习近平总书记关于“健康中国”的系列重要指示精神，以及中核集团、中国核电安全发展创新发展战略规划，并就秦山核电如何落实战略规划展开深入研讨，提出要进一步传承“两弹一星”精神和核工业精神，推进企业改革发展，激发企业的活力、创新力，提升公司核心竞争力，助力战略规划的实现。

为落实上述要求，会议提出了几项具体任务，其中一项就是“利用秦山核电基地开展核素生产的可行性研究，探讨是否可以利用秦山核电基地的反应堆辐照生产锶-89、碳-14等放射性同位素”。会议决定，该项工作安排由专项工程处牵头，堆芯燃料处、化学处以及秦三厂的运行、维修、技术和保健物理等部门配合。

从理论到实际，从文件到实践，工作实施起来并不容易，有一段很长很长的路要走。为什么？因为涉及的核素种类很多，每种核素生产涉及一个产业链，产业链上的每一个环节都会决定是否能够生产。秦山核电有CNP300、CNP600、CNP1000和CANDU-6等四种机型，各机型的设计参数有较大差异，要搞清楚哪些机组能够生产，必须对这些机型的堆芯设计都熟悉。所以，整个研究过程中有点像盲人摸象，如果没有摸到全部，就有可能给公司造成方向误导。

对“老秦人”来说，这确实又是一次巨大的挑战！当然，也是创造历史的机遇。

2019年底，陈峰再次来到秦山核电，专门与秦山核电领导共同探讨如何发挥优势助推企地共融发展。双方从国家“双碳”减排、核技术应用（同位素）产业发展、企业数字化管理转型、共圆“大学梦”等契机出发，经过一番头脑风暴，提出了打造“四个基地”的设想，即清洁能源示范基地、同位素生产基地、核工业大数据基地、核电人才培养基地。于是，同位素生产技术开发在秦山核电党委班子成员的脑海中深深地扎下了根。

的确，医用同位素的开发、研究、生产和应用，与人民群众的生命健康密切相关。本书前面已经讲到医用钴-60和碳-14的医药学价值。回顾历史，人类发现、利用同位素并进入医学领域已经有100多年的历史。

1923年，海韦希应用天然的放射性

同位素铅-212研究植物不同部位中的铅含量，后来又利用磷-32研究磷在活体中的代谢途径。同位素正是凭借这两个方面在医学领域赢得一席之地，并逐渐发展核素治疗和核素诊断两大方向。放射性同位素从被发现之时便开始被用于医学治疗。1898年居里夫妇成功提炼出镭-226和钋-218。1901年，法国医师当洛和布洛克便将镭盐放置在皮肤表面以治疗皮肤的结核损伤，开创了放射性同位素治疗人类疾病的先河。但是，到20世纪30年代，人工生产放射性同位素才真正为放射性同位素打开了医学应用的大门。人工生产提供了一条经济的、稳定的放射性同位素供应途径。截至目前，人类已发现2000多种放射性同位素，人工放射性同位素就超过1600种，但并不是所有放射性核素都能用于医学领域。1938年，美国化学家利文古德和西博格发现碘-131，并很快将其用来治疗甲状腺癌。此外，随着人工放射性同位素生产范围的扩大、放射性标记方法以及制药工艺的不断进步，大大拓展了放射性同位素在临床疾病诊断与治疗的应用范畴，核与医学的紧密结合，形成现代医学领域中的一个重要分支。1971年核医学被美国医学会正式确认为一个独立学科。

核医学就是利用放射性同位素的两大特性进行显像诊断和靶向治疗的最具时代特色的专业学科。利用核素探测灵敏度高的特点，核医学可以在分子层面反映人体组织的生理、病理和功能的变化，对尚未出现形态结构改变的病变实现早期诊断，同时也可以利用放射性能量杀死病灶组织，实现病灶的精准消除，达到较好的治疗效果，具有精准、高效、副作用小等优势，在疾病精准诊断和疗效精准评价中发挥重要的作用。目前，精准治疗和诊疗一体化是整体医学领域奋斗的目标，核医学在这个过程中具有无可替代的地位，核医学已成为提高人民健康水平不可或缺的重要手段。

当前，世界各国生产的放射性同位素有80%以上应用于医学领域，大多是制备成核药用于疾病的诊断和治疗。全球范围内，同位素的生产一直主要依托核研究机构的反应堆如荷兰NRG的HFR、比利时IRE的BR2、南非NTP的SAFARI-1等进行医用同位素生产，这些反应堆运行时间大多超过40年，面临关停或退役问题，钼-99、锶-89、碘-131、镥-177等医用同位素供给能力面临严峻挑战。以钼-99为例，市场预测2030年医用钼-99全球需求为13000居里/周，由于HFR等4座反应堆将在2030年前陆续退役，预计2030年将会产生6500居里/周的市场缺口。

20世纪六七十年代，中国原子能科学研究院研发了碘-131、磷-32等医用放射性同位素生产技术，并使用重水研究堆（即101堆）生产并供应少量同位素。20世纪80年代初，核动力院利用高通量工程试验堆开展辐照钼-99的生产研究，针对辐照钼-99开发了凝胶型发生器。同时，中国原子能研究设计院基于裂变钼-99研制了裂变型发生器，两种发生器持续供应了一段时间。同时，碘-131、钴-60等放射性同位素生产均间歇开展，可以基本满足当时的市场需求。

经过几十年的发展，中国的核药市场已达到了一定的规模，但是和发达国家相比，无论是药品种类还是人均消耗均有较大差距，发展空间巨大。21世纪初，随着市场经济的发展和部分单位的改制，国内放射性同位素的品种和产量越来越少，2008年后国内放射性同位素生产几乎全部停止，几乎全部的放射性同位素都要依赖进口，不仅供应无法保障，且价格昂贵，尤其是医用短寿命放射性同位素供应的短缺，影响了我国核医学产业的发展和人民健康水平的提升。更重要的是，过度依赖国外进口，存在供应链受全球公共卫生事件或者政治因素影响而中断的风险。此外，医用同位素多为半衰期很短的核素，无法长时间存储，必须随产随用。

毫无疑问，对秦山核电来说，建设同位素生产基地是一次开启新征程的重大决策，是实现高质量发展的战略部署。

打造中国最大的同位素生产基地，秦山核电为什么有如此的魄力和战略眼光呢？黄潜有理有据地说出了秦山核电的“四大优势”。他说：“秦山核电开展同位素生产，具有独特优势，也因此赢得了政府部门、上下游企业、科研院所等的广泛支持。一是反应堆资源优势。秦山核电堆型最多，尤其是国内独一无二的两台重水堆机组，具有中子通量高、慢化剂系统低温常压、可不停堆换料等优势，是最佳的辐照生产同位素的商用反应堆，其长期保持高功率稳定运行，可以大批量持续供应同位素。二是人才优势。两台重水堆机组自2009年起辐照生产工业钴源、2017年起辐照生产医用钴源以来，积累了丰富的经验，培养了一支熟悉相关技术研发和实施的人才队伍，有信心、有能力完成后续技术开发工作。三是区位优势。医用放射性同位素一般为短寿命同位素，出堆以后衰减迅速，近距离生产、快速运输尤为重要。秦山核电地处长三角经济带核心位置，无论是供应到华东地区还是辐射全国，都极为便利。四是企地融合优势。地方政府对发展同位素相关产业具有浓厚兴趣，现已规划建设核技术（同位素）产业园，为同位素生产与供应提供优质的政策和环境支持。”

客观上有了优势，不等于你就成了行业的优等生。况且，对“老秦人”来说，对同位素技术的研发，那时候除了对重水堆堆芯设计熟悉之外，其他都是零积累，必须对相关情况进行全面摸索。

大家开始加班加点，开展信息收集和可行性评估。网上找不到商用堆生产医用同位素的文献，其他反应堆生产的文献也比较零乱，并且部分文献的描述语焉不详，还有前后数据对不上的，杂乱无章，让人眼花缭乱。在甄别收集来的信息上，“老秦人”花了大工夫。

随着信息收集的一步步深入，一个新的问题逐渐浮出了水面，除党委会议决定研发的锶-89、碳-14、磷-32之外，其他一些经济价值和社会效益较高的同位素是否也应纳入考虑呢？经衡量后，专项工程处综合团队的意见，暂时决定在原有同位素的基础上又增加了钼-99、镥-177和铱-192等同位素。

回想起当初的决策过程，邹正宇说：“商用堆上进行同位素生产首先需要找到可用的生产位置。这一点和研究堆有所不同，研究堆上辐照孔道都已预留好了，甚至辐照装置都已经具备。商用堆在设计上是用来发电的，因此堆芯内除燃料组件和反应性控制保护装置外，没有事先设计和安装好的辐照孔道。对此，大家在秦山核电基地所有的四种机型的堆芯范围内进行了搜索。毫无例外的是，商用堆堆芯设计时考虑了良好的中子经济性，使得堆芯外围的中子通量较低，不适合同位素辐照生产，因此，还得到堆芯内部来找。对压水堆和重水堆的堆芯内部锁定了4个潜在位置，压水堆1个，重水堆有3个。综合比较来看，重水堆在同位素生产方面优势显著。后来着重对重水堆进行评估，提出生产方案，评估产品性能和产能，分析生产的关键技术问题和开展初步经济性评价。经过不懈的努力，终于在2019年10月下旬完成初步可行性评估。从总的结果来看，在重水堆上生产同位素技术近期可实施，同时产能可观，经济和社会效益较好。为统筹生产，我们提出打造3个辐照平台，分阶段实施的开发思路。在随后三个月内对初步可行性研究报告进行了持续完善，最终报告获得了公司内专家的审评认可。”

作为一名作家，对核电这样的高科技行业，说句实在话，笔者是一无所知。即使在来秦山核电之前，也抽时间做了一些“充电”的准备，如饥似渴地“补课”，然而在抵达了现场之后，似乎还是走进了一座迷宫。尤其面对这样一个机型、堆型丰富的核电基地，采访和创作经常在专业性问题上遇到一头雾水的尴尬。直至现在，笔者依然对本书的写作如履薄冰，如临深渊。

笔者的写作如此，而秦山核电的科技工作者们更是如此。他们每天都在各自的领域、各自的岗位上从事着点亮万家灯火的事业，从事着挽救人类生命的事业。他们时时刻刻都把“事业高于一切、责任重于一切、严细融入一切、进取成就一切”的“四个一切”核工业精神，记在心上、扛在肩上、顶在头上！

到了2020年初，为进一步确认同位素生产方案不存在颠覆性问题，为后续研发提供指导，秦山核电最终选择了6种同位素，其中5种医用同位素和1种工业同位素，委托上海核工院开展生产的可行性专题论证。

2020年8月，上海核工院完成论证，并发布相关评估报告，证实秦山核电进行上述同位素生产的方案确实不存在颠覆性问题。

2020年，是一个不同寻常的年份，口罩、防护服等医疗物资极度紧缺。利用秦山核电辐照生产的钴源对医疗用品进行消毒灭菌，将原本7天的流程压缩到1天之内，有效缓解了周边医疗用品供应短缺的问题。秦山核电在2月中旬向海盐县红十字会捐赠600套防护服，向嘉兴市红十字会捐赠4000套防护服，供疫情防控一线的医护人员使用，得到了社会的广泛好评。钴-60在疫情防控中发挥了重要作用，这让秦山核电与海盐进一步认识到了同位素产业具有重要的社会意义和经济效益。

2020年底，秦山核电在内部论证的基础上，编制并发布了《秦山核电同位素生产基地建设发展规划》，纳入《秦山核电“十四五”高质量发展规划》中，统筹推进重要医用同位素产业化生产技术研发和能力建设，全力确保在“十四五”期间实现钼、镥、锶、碳、碘等多种同位素的产业化生产。

2021年初，中核集团组织专题会议，在进行充分讨论后，将秦山核电的医用同位素生产纳入集团的实施方案中。

一切从实际出发，实事求是，是中国共产党人干事创业的思想武器和精神力量。也就在这一年，秦山核电提出了利用小孔道开展同位素辐照实验的想法。为什么？因为秦山核电地处华东地区，周边200公里范围以内没有合适的材料辐照装置和开发的放化实验室。为推进新同位素开发，秦山核电需要开展小批量的材料辐照，积累辐照数据，为后续产业化生产奠定技术基础。基于现实需要，因地制宜，秦山核电根据自身堆芯特点，利用堆上的小仪表孔道来建立一个这样的辐照平台和辐照能力。

医用同位素是核医学发展的“粮食”和“能源”。我国在医用同位素规模化生产方面还是一片空白。医用放射性同位素的稳定供应，事关人民群众身体健康，其日益严峻的供应形势引起广泛关注。

事实证明，秦山核电想在了前面，走在了前列。

2021年6月24日，为推动核医疗产业高质量发展，保障医用同位素和核药的稳定供应，国家原子能机构联合科技部、公安部、生态环境部、国家卫生健康委、国家医疗保障局、国家药品监督管理局等八部委正式发布《医用同位素中长期发展规划（2021—2035年）》（简称《规划》），明确了指导思想、主要原则、发展目标、重点任务及保障措施，为我国核医疗产业和医用同位素生产供应产业发展指明了方向。《规划》要求：要坚持国家引导、市场主导的原则，推动资源互通共享；要坚持问题导向、需求牵引的原则，瞄准医用同位素生产、放射性药物研制和临床诊疗需求，加快建立稳定自主供给体系；要坚持统筹协调、有序推进的原则，新建和利旧结合，合理安排医用同位素生产，确保核设施安全的前提下，提升发展质量与效益，扭转受制于人的局面；要坚持立足自主、开放发展的原则，加强医用同位素研发、生产与应用技术研究，增强自主可控水平。

这是中国政府首个针对核技术应用在医疗卫生应用领域发布的纲领性文件，对提升医用同位素相关产业能力水平、保障“健康中国”战略实施具有重要意义，吹响了建立稳定自主的医用同位素供应保障体系的号角。虽然运行发电是公司的主业，但秦山核电拥有国内唯一的两台重水堆核电机组，充分利用这一资源，在确保核电机组安全环保经济稳定运行的前提下高效率进行医用同位素生产，凭借产量大、年生产时间长（超过300天）的特点，有望在我国的医用同位素供应保障体系中扮演重要角色。秦山核电将同位素生产上升到公司战略高度，全力以赴推进相关技术研发和生产能力建设，力争早日建成投产，造福于民。

2022年，秦山核电整合公司所有同位素生产资源和项目，与时俱进地重新完善了《秦山核电同位素生产基地建设发展规划》，在原有同位素生产的基础上，扩充了同位素生产范畴。至此，秦山核电在同位素生产方面的利用三种资源、开发四条技术路线、打造六个生产平台的总体开发思路基本定型。

当前，秦山核电已实现工业和医用钴-60大规模辐照生产，正在不影响机组运行发电的基础上开发重水堆的同位素生产能力，推动核电和核技术应用产业协同融合发展，保障同位素的国产供应。在彻底丢掉“洋拐棍”自主完全掌握重水除氚工艺核心技术、自主解决“卡脖子”实现全球首批商用堆碳-14靶件入堆之后，秦山核电继续在同位素生产技术上跑出了“加速度”，又完全自主掌握了在废树脂中碳-14的提纯技术，继续推动钇-90、镥-177、锶-89、碘-131和钼-99等同位素的产业化生产技术开发，确保“十四五”期间实现批量化生产与供应，带动同位素应用产业链发展，力争成为全国核技术应用产业示范基地。

除了堆照生产碳-14同位素外，秦山核电重水堆还有一个现成的碳-14“宝藏”——放射性废树脂。根据重水堆工艺系统的特点和运行方式，碳-14主要以气态通过烟囱排放，只有极少量通过液态途径释放到环境中。大部分碳-14均通过慢化剂的树脂吸附并贮存在废树脂地坑里。据测算，重水堆经过20年的商业运行，废树脂中累积储存的碳-14能满足国内几十年的碳-14需求，可谓是名副其实的“宝藏”。

储存的废树脂越来越多，如果处理不当，会有向环境释放的风险。但如果将碳-14提取出来，不仅可以将高放射性废物转化为中低放射性废物，还可以变废为宝，带来可观的社会效益和经济效益。

怎样才能实现变废为宝呢？

细心的“老秦人”爱琢磨。在对重水精馏工艺进行调研和交流期间，秦山核电项目组接触到了一家以生产氟-18医药产品为主的民营企业——苏州思萃同位素科技有限公司。在交流重水除氚工艺时，提到了核电厂废树脂中含有碳-14，秦山核电以及其他重水堆运营单位，均在积极寻找合适的处置办法和变废为宝的工艺途径。双方决定加强相关方面工艺的研究和交流，各自发挥优势，当条件成熟的时候，在碳-14的提纯方面进行合作研发。这就是机缘巧合。

制鞍的在找马，骑马的在找鞍，好马配好鞍，天作之合。正是通过这次当时看来极为普通的交流活动，促成了秦山核电重水堆废树脂中碳-14提纯科研试验的合作。随后，经过双方更为深入的探讨和研究，发现当时国内碳同位素分离，尤其是碳-14的分离与浓缩研究比较少。中国辐射防护研究院开展了放射性废石墨的焚烧处理技术研究，上海化工研究院对碳同位素的低温精馏过程进行了模拟。但这些研究尚未应用于工程化的碳同位素分离。参照已有的稳定同位素碳-13分离技术和方法，能用于碳同位素分离的主要有离心法、低温精馏法和交换法。

经过反复研究、比较，秦山核电决定另辟蹊径，在国际上同位素分离领域较少研究的交换法领域开展创新探索，开展碳-14提纯小试相关研究。由创新来引领研发工作，掌握自主知识产权，为较大规模的碳-14的分离提纯装置提供理论依据和设计参考。随后，经充分调研和协商，秦山核电与苏州思萃同位素科技有限公司签订了交换法的小试研发合同，组成联合科研团队，采用交换法进行碳-14的分离富集小试研究。

科学的大门始终向善于创新、喜欢创新的科技工作者敞开着。经过近8个月的研发，联合科研团队筛选出了高分离效率的填料，并进一步对该填料进行了改性研究，基本明确了以有机溶剂为基础的合适的催化交换试剂，以及分离操作的优化工艺参数和优化策略。同时，开发出了一套操作简便易行的碳-14原料气纯化工艺和装置，并进行了试验研究，构建并验证采用交换法实现碳-14高效分离的技术路线及小型装置。最后，确认了碳-14同位素分离的可行性。

2021年10月24日，“碳-14产业发展研讨会暨交换法提纯小试项目专家审查会”在江苏省常熟市召开。会议邀请到了中国科学院院士费维扬、国家同位素工程技术研究中心主任罗志福、苏州大学教授王殳凹等专家学者组成审评组。专家审评组对碳-14交换法提纯小试项目成果进行了审评，认为小试项目成果达到科研目标，具备进一步中试条件。

2022年，秦山核电启动了《重水堆废树脂中碳-14资源化回收利用处理设施项目建议书》的编制工作，正式拉开了工程项目设计阶段的帷幕。碳-14交换法项目建成投产后，可将废树脂中的碳-14进行资源化分离回收处理，并将其转化为可利用的核素资源，不仅可消除废树脂中碳-14可能导致的辐射安全、环境保护风险，降低运行维护费用，而且将在“十五五”期间实现碳-14的批量化生产，为解决世界碳-14短缺的问题作出重要贡献。

“大海从鱼跃，长空任鸟飞。”科研的大门一经打开，想象力就比万花筒还要五彩缤纷。

有数据统计显示，中国每年肝癌新发病例达40万例，约占全球肝癌新发病例的47.6%。目前，原发性肝癌是我国常见恶性肿瘤第4位及肿瘤致死病因第2位。多数患者发现时已是中晚期，仅有20%至30%的肝癌患者可以通过手术切除，但5年内复发率仍有60%至70%。介入治疗是中晚期肝癌患者的最优选择，而钇-90微球选择性内放射治疗（SIRT）是完美融合介入和精准内照射治疗的典范。

钇-90微球是什么呢？

钇-90是一种高能量纯β放射性同位素，不释放γ射线。钇-90微球是由含有钇-90的树脂/玻璃/炭微球构成的。利用钇-90微球进行选择性体内放射治疗，称为放射性栓塞。钇-90微球作为针对肝癌晚期的特效药，在美国、欧洲等地区上市多年，在50多个国家累计治疗超过10万人次，显著延长患者的生存期，明显改善其生存质量。

在中国，自2017年起，历次版本的《原发性肝癌诊疗规范》都将钇-90微球疗法作为一种局部治疗肝癌的方法列入。2022年1月30日，随着国家对钇-90放射性微球的临床试验或上市使用的批准，钇-90玻璃微球、钇-90树脂微球逐步在中国内地应用到临床，全国各地越来越多的肝脏恶性肿瘤患者接受钇-90微球精准介入手术治疗，并取得显著疗效，我国肝癌治疗进入“钇”时代。

2021年9月，董家鸿院士带领的北京清华长庚医院多学科医疗团队，在海南省实施了我国首例特许准入钇-90树脂微球治疗肝癌手术。该患者经过治疗后，肿瘤持续缩小，门静脉癌栓完全消退。2023年3月，该患者在北京清华长庚医院接受了肝部肿瘤切除手术，获得了晚期肝癌的最终治愈。董家鸿表示，钇-90微球是针对肝部肿瘤进行精准内放疗的“核武器”。对于中晚期的原发性肝癌，钇-90微球有缩瘤、降期、转化的功效，可以将我国高发的大肝癌、巨大肝癌，转化为可以切除的肿瘤，并实现治愈。

2022年5月24日，海南省肿瘤医院介入科主任牛惠敏教授团队和中国科学院院士、东南大学附属中大医院院长滕皋军团队及博鳌超级医院医护团队共同实施了我国首批两例钇-90玻璃微球临床治疗。在当天下午召开的新闻发布会上，专家团队证实，两例治疗均达到了预期治疗目标。

当前，钇-90微球有三种技术产品，分别是玻璃微球、树脂微球和炭微球。

钇-90玻璃微球技术掌握在波士顿科学公司手中。该产品于2017年4月1日提交注册申请，2017年9月获批进入准临床阶段。2021年3月5日，该公司与成都纽瑞特医疗科技股份有限公司签署股权投资、技术转移与本土化生产合作协议。

钇-90树脂微球技术主要由Sirtex Medical Limited公司创建和推广。2018年，远大医药有限公司以95亿元的价格收购了该技术。2020年6月12日，远大医药提交了药品注册申请，2020年8月获得药物临床试验批准通知书。经过一年多的临床试验后，于2022年2月9日获批正式上市。

钇-90炭微球由成都纽瑞特医疗科技股份有限公司自主研发。2022年7月，钇-90炭微球注射液获国家药品监督管理局批准临床试验。

尽管我国通过收购或自主研发已经掌握了钇-90树脂微球等的制备技术，但构成微球最核心的钇-90元素需要由锶-90/钇-90发生器制备，而锶-90核素仍然只能依赖进口，导致价格昂贵且供应无法保障。钇-90玻璃微球前端制备钇-89玻璃微球的工艺较易实现，国内有单位开展相关研究，同时秦山核电两台重水堆机组拥有优越的辐照生产条件。因此，秦山核电策划联合相关单位启动钇-90玻璃微球的生产工作。

为确保钇-90玻璃微球项目方向和研发策略正确，秦山核电组织了钇-90玻璃微球研发专家会，邀请中国科学院院士滕皋军、新加坡核医学会主席颜学先、中国同辐总工程师杜进、西安交通大学附属第一医院核医学科主任杨爱民等国内外专家指导秦山核电钇-90玻璃微球研制工作。与会专家高度评价秦山核电在同位素生产开发工作方面的进展，希望秦山核电尽快推进相关研发项目，早日生产出合格的钇-90玻璃微球，保障国内供应、造福肝癌患者。

精诚所至，金石为开。项目启动后，首要任务是开发一套装置，以便将靶件装入和卸出堆芯。钇-90辐照时间一般为7天左右，由于半衰期短，为了能持续稳定供货，要求在反应堆运行时克服现场情况复杂、存在辐射和影响反应堆运行等风险的情况下，将靶件装入和卸出堆芯。项目组人员曾与设计院讨论过几版装置方案，但都不甚满意。在与开展钒探测器更换的技术人员交流时，了解到钒探测器更换装置的基本结构，项目组眼前一亮，决定以此为基础开发靶件装卸装置。随后，项目组、设计院及公司内部维修技术人员一起经过多次的讨论交流，技术方案越来越成熟，其可行性获得了公司内外专家的认可。

作为一项新开发的同位素生产技术，在推进过程中也同样遇到很多难题，比如靶件所用的毛细锆管缺少制造经验、毛细锆管的焊接国内尚属首次、现场空间局促导致无法充分布置辐射防护设备等。项目组与上海核工院（设计方）、中核北方（靶件制造方）、苏州江锦自动化科技有限公司（装置制造方）、国核锆业（锆管厂家）等一起，全力推进确保项目如期实现。经过充分论证和原理样机试验，终于有充足的资料证明这套装置不会影响反应堆安全稳定运行。2023年4月3日，国家核安全局正式批准秦山核电进行小批量钇-90微球的辐照生产。

尚宪和说："钇-90玻璃微球制备工艺研发、靶件制造工艺研究均已完成，很快可实现第一批小批量钇-90玻璃微球的生产。别小看这个小玻璃球，作用可大了。一般情况下，肝癌患者只需要注射两个针剂。但是现在注射一针的价格十分昂贵，需要30万元左右。秦山核电实现国产化批量生产后，预计它的价格会下降至10万元。我们最终的目标是将它的价格继续降低，直至将其纳入国家医保范围，为肝癌患者带来福音。"

"日出江花红胜火，春来江水绿如蓝。"毫无疑问，同位素产业是一个朝阳产业，有利于企业可持续发展、有利于人民生命健康、有利于国家能源安全。秦山核电攻克"卡脖子"技术，抢占前沿技术制高点，在正确的时间用正确的方法做了一件正确的事情，这是一项功在当代、利在千秋的宏伟事业。

深化企地合作，瞄准未来发展方向，紧盯同位素发展趋势，聚焦产业落地，构建产业体系，是秦山核电同位素产业实现可持续发展的关键环节。在这里，我们不妨回顾一下秦山核电与海盐县医用同位素产业战略合作的时间表和路线图。

——2019年下半年，经过对同位素产业逐步深入调研与可行性评估，秦山核电与海盐县逐步明确了新的发展路径与产业方向，提出要充分发挥优势，把握我国核技术应用产业的发展机遇与巨大市场，加快发展核技术应用（同位素）产业。

——2020年10月，海盐县以产业规划为主线，以空间规划为蓝图，以数字规划为展望，批复《海盐核技术应用（同位素）产业园专项规划》，推动核技术应用（同位素）产业在海盐的发展。

——2021年3月，为进一步鼓励核电关联及核技术应用产业科技创新、人才培育、项目招引，充分发挥涉核央企的主动性和积极性，推进"四个基地"建设，促进核电产业高质量发展，海盐县出台《关于进一步扶持核电关联及核技术应用产业发展的若干意见》，重点支持核技术应用、核医疗、核电装备制造、核电生产性服务业、核电信息科技等领域。

——2021年7月，秦山核电与中国同辐、海盐县政府共同签订同位素产业合作框架协议，目标是在海盐核技术应用（同位素）产业园中打造国际先进的同位素研发生产基地。

——2021年7月，秦山核电与海盐县共同主办了第七届全国同位素制备及应用研讨会。会议邀请到了中国工程院院士欧阳晓平、中国科学院院士赵红卫、中国原子能科学研究院院长薛小刚等行业内近300名顶级专家学者代表参加。

——2021年12月，为高标准、高质量地推动海盐核技术应用（同位素）产业园的建设，提出规划管理及相关控制标准以保证本区域合理有序地进行建设，经海盐县人民政府批准，发布了《海盐核技术应用（同位素）产业园控制性详细规划》。同位素产业园近期规划面积约1900亩，目标是打造集核素研究与制备、同位素标记化合物合成与应用、放射性药物研发与生产、核医学基础研究与临床转化、核应急救援为一体的全国医用同位素产业示范基地。到2025年，力争园区内集聚同位素产业关联企业25家，总产值达到100亿元，初步形成以同位素国产化为主导、高新技术为助推的产业体系雏形。到2035年，力争全区集聚产业关联企业100家，总产值达到1000亿元，形成以同位素应用产业为核心的核技术应用产业集群。

——2021年12月31日，中核秦山同位素有限公司正式设立。该公司由秦山核电与中国同辐、海盐县联合投资设立，承担中核秦山同位素生产基地建设项目的投资、建设及后续运营管理。中核秦山同位素生产基地建设项目位于海盐县核技术应用（同位素）产业园内，一次规划、分期建设。一期工程用地44亩，总投资4.6亿元，将建设5条同位素生产线，打造一个高标准、高质量、国际先进的同位素生产基地，实现碳-14、锶-89、碘-131核素和钴-60放射源的批量化生产，为解决国内同位素产品严重依赖进口的“卡脖子”问题做出贡献。中核秦山同位素有限公司的成立是落实“健康中国”战略和《医用同位素中长期发展规划（2021—2035年）》的具体举措，也是秦山核电“1+1+2+4”发展思路的重要抓手，更是进一步深化企地共生、共赢、共荣发展的重大举措。

——2022年3月7日，为充分发挥秦山核电利用堆照技术大规模稳定生产同位素的独特优势，聚焦高质量打造千亿新产业平台，扎实推进核技术应用（同位素）产业园建设，秦山核电与海盐县双方共同组建了核电关联及核技术应用（同位素）产业专班。由海盐县人大常委会副主任、专班班长陈峰牵头，与秦山核电一道，全身心投入同位素产业发展的谋划，围绕同位素产业链上中下游产业发展开展调研工作，就如何发挥海盐与秦山核电独特的核技术应用资源和优势，布局建设同位素产业园，做长做优同位素全产业链进行了深入的研究与思考，锚定布局建设同位素生产基地、核药生产基地、核技术创新中心、核医学中心。

在调查研究过程中，以秦山核电黄国炤、周萍和李世生等为代表的一批专业人员深度参与了产业园的谋划布局，积极为产业发展建言献策。同位素产业专班积极研究谋划，先后与浙江大学、山西医科大学、中国同辐、清华大学、中华医学会核医学分会、浙江大学医学院附属第一医院、核工业总医院等就核医学中心建设深入交流，认为在海盐打造全国最大的集放射性同位素研究与生产、放射性药物研发与生产、核医学基础研究、临床与医疗为一体的核医学中心，是未来最具前景的项目。随后，海盐县明确决定将核医学中心纳入核技术应用（同位素）产业园建设，认为该项目是打造“千亩千亿”同位素产业，实现产业链高附加值不可或缺的环节。

——2022年3月，海盐县发布《海盐县“十四五”核电关联及核技术应用产业发展规划》，成为指导海盐县“十四五”时期核电关联及核技术应用产业发展的纲领性文件，是核电关联及核技术应用产业有关项目实施的主要依据之一。与此同时，海盐县相继研究制定了《海盐县发展医用同位素产业扶持政策（试行）》，重点支持同位素研发与制备、放射性药物研发与生产、同位素标记化合物合成与应用、核医学基础研究与临床转化、同位素相关的医疗器械等领域。以充分发挥医用同位素产业引领作用，加快构建医用同位素创新高地，进一步完善产业生态体系，夯实高质量产业支撑，打造医用同位素产业集群。

——2022年9月，在秦山核电与海盐县共同努力下，成功举办了同位素技术及产业发展高峰论坛。参加此次论坛的专家学者、企业、科研院所、医疗机构代表共约200人，包括中国工程院院士赵宪庚，中国科学院院士柴之芳，中国核学会理事长王寿君，中华医学会核医学分会主任委员、山西医科大学校长李思进等行业顶级专家，并吸引了科研院所、医疗机构、同位素企业近百家，共同探索与推动海盐同位素产业高质量发展。

——2022年10月28日，中核秦山同位素生产基地建设项目开工动员大会在海盐举行。项目投产后，将成为国内最大的同位素生产基地。中核秦山同位素有限公司的设立与项目开工建设，标志着秦山核电与海盐县合作在中国核电从秦山起步的基础上，接续推进核技术应用（同位素）产业在海盐发展壮大的新征程迈出关键一步。

——2023年6月20日，为全面贯彻落实习近平总书记关于“健康中国”的重要指示精神和党的二十大精神，加快推动落实2022年浙江省政府与中核集团签订的战略合作协议中关于加强核技术应用全面合作、在海盐共建“中核—浙江”省级核技术应用产业园相关要求，秦山核电与海盐县人民政府签订战略合作协议，共同打造全国核技术应用产业示范基地，积极推动同位素应用产业链发展，解决核技术应用领域关键问题，助力“健康中国”建设，为再铸新时代的“国之光荣”贡献海盐智慧和中核力量，树立企地融合发展的新典范。

在海盐县与秦山核电共同努力下，海盐同位素产业发展思路越发清晰，道路越走越宽，吸引力也越来越强。海盐县在同位素产业化上已具备一定基础，截至2023年底，海盐县引进核素、核药研发生产等项目16个，项目总投资近60亿元，在谈重点招引项目10余个。

经过近40年的持续合作，秦山核电与海盐县的发展已相互融为一体。随着海盐核技术应用（同位素）产业园逐步建设，秦山核电与海盐县之间和谐共进的企地关系将再上新台阶。人们有理由期待，在《医用同位素中长期发展规划（2021—2035年）》指导下，在企地共同努力下，海盐将成为我国实现同位素自主供应、核医学产业蓬勃发展的出发地、示范地，并推动我国同位素技术、制备和应用领域不断取得新进展，创造新成果，对于建立自主的同位素生产供应体系，加速破解我国医用同位素长期依赖进口的“卡脖子”困局，为“健康中国”建设，为人民日益增长的美好生活需要提供“核”保障。

真是喜讯连连！就在本书书稿修改完毕即将付梓的时候，秦山核电又传来了好消息！

2024年6月，继碳-14生产靶件顺利出堆不到两个月，秦山核电与中国原子能科学研究院合作，利用反应堆辐照自主研制的低浓铀靶件，生产出满足医用要求、核纯度99%的钼-99样品，并顺利通过现场验收，为我国自主工程化生产医用裂变钼-99奠定了技术基础。要知道，在核医学应用上，锝-99m被誉为“诊断专家”，可用于身体脏器的显像和功能检查，在恶性肿瘤、心血管疾病等诊断方面起到十分重要的作用。据统计，全球每年超4000万人次使用锝-99m进行医疗诊断，而医用钼-99正是获得锝-99m的最佳来源。此项成果标志着秦山核电在同位素开发研究上再次实现重大突破，可谓是用核能新质生产力赋能中国核电高质量发展的生动实践。

核素，创造美好生活。秦山核电医用同位素生产技术开发是一项集体的、光荣的、崇高的事业，许许多多的人在幕后默默无闻地做了许许多多的事，他们严守安全成就事业、勇担国任成就光荣、自主创新成就跨越、开放合作成就典范、超越自我成就梦想，谱下了“国之大者”的奉献之歌，是真正的无名英雄。在秦山，我没有机会看见他们，也没有时间与他们对话，也不知道他们的姓名，但他们的故事已经写进了历史……

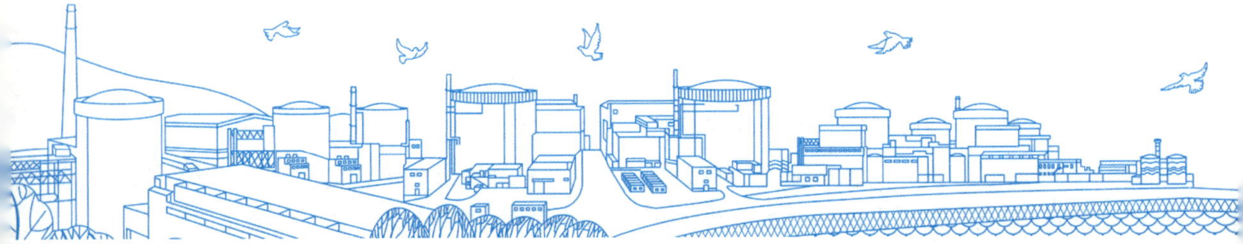

第十八章

从“国之光荣”到“国之名片”

65 核电“红船”何以勇做“领跑者”

1991年12月15日，来自浙江海盐的一声喜报，宣告了中国和平利用核能的重大突破，中国由此成为世界上第7个能够自主设计、建造核电站的国家。

从1985年3月20日开工建设到1991年12月15日安全发电，秦山核电站用6年多的时间，实现了“零的突破”。在此之前，中国的核事业主要是围绕着国防、军事相关的任务开展，核能真正民用，从某种意义上来说就是从秦山一期开始的，因此秦山核电享有“国之光荣”“中国核电从这里起步”的盛誉，在中国核电发展史上具有里程碑意义，是一块金光闪闪的金字招牌，播下了中国核电事业蓬勃发展的红色火种。因为浙江嘉兴是中共一大闭幕会议召开的红船所在地，而秦山地处嘉兴海盐，因此秦山核电又被誉为中国核电事业的“红船”。

党和国家历届领导人都高度重视秦山核电的建设发展。习近平总书记在浙江工作期间也曾3次到秦山核电基地视察指导。

2021年，在庆祝中国共产党建党一百周年前夕，秦山核电基地写信向习近平总书记汇报了30多年来，特别是2003年视察秦山核电作出重要指示以来，秦山核电在党中央的坚强领导和关心关怀下取得的成绩以及未来发展规划，得到了习近平总书记的批示鼓励。秦山核电全体员工备感振奋、备受鼓舞！

40年来，秦山核电坚持安全发展、创新发展，持续提升核心竞争力，创造了卓越业绩。基地现有9台机组，是目前国内机组数量最多的核电基地，堆型种类也最丰富，从30万千瓦、60万千瓦、70万千瓦到100万千瓦级，总装机容量666万千瓦，年发电量约520亿千瓦时。目前，秦山核电运行业绩跻身世界一流梯队。

2023年，在秦山核电9台机组中，有8台机组WANO综合指数达到满分。而在全世界现有的430多台核电运行机组中，WANO综合指数满分的只有约20%。作为一个自主设计、自主建造且机组数量多、堆型种类丰富的核电基地，运营管理起来难度很大，能够获得这个成绩是极不容易的。中核集团要求秦山核电把良好的实践总结提炼成核电行业标准，并且向国际推广。现在，秦山核电已经发布了2项ISO国际标准。每一项国际标准的认证都不是一件容易的事情，需要几十个国家同意。

中国核能电力股份有限公司党委书记、董事长卢铁忠说："作为中核集团下属的专业化公司，中国核电正是在吸收、集成、发挥秦山核电多年来积累的宝贵的技术、人才、管理等先发优势基础上，逐步成长、壮大起来的。从取得中国大陆核电'零的突破'到自主三代核电'华龙一号'在福清核电投入商运，再到特定市场多用途堆乃至快堆等先进反应堆堆型的开发和建设等多个成就，秦山核电创造了多个中国核电发展史上的第一，支撑起中国核电事业的半壁江山。"

从蹒跚起步到并跑前进，秦山核电的40年是中国核电从无到有、从小到大、走出国门、参与世界核电技术竞争的40年，也是见证中国核电事业发展历程的40年。在40年的创业征程中，作为中国核电控股的明星企业，秦山核电始终发挥着"领头羊"和"顶梁柱"作用，体现了干在实处、走在前列、勇立潮头的卓越品质，旗帜效应日益彰显。秦山核电创立了中国首个自主知识产权商用核电品牌，实现了"从30万千瓦到100万千瓦"自主发展的跨越，也为中国核电事业掌握技术、锻炼队伍、总结经验打好了基础，在很多领域为中国核电的蓬勃发展起到了开创作用。中国核电的运行业绩取得如今的成就，很多都离不开秦山核电安全高效运行业绩的支撑及其经验积累。另一方面，秦山核电的良好运行也为中国核电技术出口作出了很大贡献。1991年首次并网发电15天后，中巴就签订了恰希玛项目合同。2015年，中国第三代自主核电技术"华龙一号"作为国家名片，在巴基斯坦卡拉奇开工建设，这也得益于秦山核电大量良好的运行经验积累。

要知道，核电产业链的各个环节都具有丰富的科学、技术和工程内涵，是国家科技创新体系的重要组成部分，能够有效带动并提升国家重大装备及关键材料等领域的创新发展，进而提高整个核电产业链的核心竞争力和国家的综合实力。

秦山一期作为原型堆，先后有18个部委参与决策、组织、协调管理，100多个科研单位参与，600多个制造厂提供设备和材料，10多个施工单位承担施工任务，建立了22个重要试验装置，开展了400多项科研试验，15项非标主设备中有9项由国内自主制造。

秦山二期之所以选择建60万千瓦而不是100万千瓦机组，就是由当时国内汽轮机制造水平决定的。但它作为"九五"计划期间开工建设的唯一国产化、自主化核电站，国内核电装备制造业的产业化发展借此得到进一步推进。通过对核电站300多个系统、20多万台设备、上百万张设计图纸的研究、实践，取得包括核心技术在内的300多项技术创新和改进，其中55项关键设备中有47项基本实现国产化。中国核电领域形成了自己的知识产权，单位千瓦造价仅为引进的三分之二。

方家山核电项目是中国百万千瓦级核电机组自主化、国产化程度最高的核电站之一，实现了核电“从30万千瓦到百万级千瓦”自主发展的历史跨越，设备综合国产化率达到80%，进一步推动了主泵、应急柴油机设备国产化，为百万千瓦级核电站机组总承包和整机出口积累了经验。

通过秦山核电发展建设，人们可以看到中国核电相关行业的发展轨迹。秦山核电极大地带动了我国核工业整体科技水平的提高、核燃料工业和核应用技术产业的发展，促进了核电装备制造业升级，壮大了一批与核电配套的装备和零部件生产企业，形成了以中国一重、中国二重和上重铸锻为产业龙头的大型铸锻件制造基地，以东方电气、上海电气和哈电集团为产业龙头的核电设备制造基地，以沈阳鼓风机集团、中核苏阀和大连大高阀为代表的核级泵阀制造基地，核电装备制造能力达到国际先进水平，掌握了核岛和常规岛关键设备设计、制造的核心技术。国内核电装备制造业产品供应链已经全面覆盖国内建设的各类核电堆型，后续三代核电工程项目设备国产化率均可达到85%以上，并形成了年产8至10台（套）三代核电设备供货能力。

与此同时，在秦山核电和其他核电项目的带动下，中国铀矿地质勘查及天然铀生产水平和能力获得较大提升，铀浓缩技术系统完成了技术升级换代。核电燃料元件制造产业不仅实现了国产化、系列化，还能够满足国内所有在役核电站高性能燃料组件的生产需求，为提高中国核电经济性创造了条件，也为中国核燃料产业参与国际竞争，提供从核电建设到燃料元件保障等一揽子服务打下了基础。核反应堆设计也获得较大跨越，为中国核电自主发展，实现核电“走出去”发展战略提供了坚实保障。

秦山核电见证了中国从“核大国”向“核强国”的迈进，无愧于“国之光荣”的称号！

在国际上，群堆管理被视为提高核电站效益的利器。秦山核电9台核电机组中包括2种堆型、4种机型。放眼世界，从没有一个核电基地囊括了如此丰富的堆型和机型。在秦山，群堆管理被赋予了新的内涵。黄潜说：“秦山核电群堆管理难度比统一堆型的核电基地要复杂得多。在这种情况下，管理要规范化，必须将经验总结提升成为标准。”

秦山核电积极探索，逐渐形成了具有秦山特色的群堆管理模式。进入新时代以来，秦山核电通过发挥群堆管理优势，建立健全联动机制，有效整合运行、维修、技术等领域优势资源，及时将良好管理经验共享，不断提升安全运行管理水平。习近平总书记指出，法治意识、忧患意识、自律意识、协作意识是核安全文化的核心，要贯穿到每位从业人员的思想和行动中，使他们知其责、尽其职。秦山核电人坚持“理性、协调、并进”的核安全观，始终牢记“安全第一，质量第一”的方针，人人当好最后一道屏障，把安全的主动权时刻掌握在自己手上。“老秦人”都有一本《卓越核安全文化十大原则》的小册子。在这本“口袋书”中，我们可以看到中国核电十大原则及其释义，主要内容为：核安全人人有责、认识核技术的独特性、秉持质疑的态度、沟通关注安全、领导做安全的表率、决策体现安全第一、营造和谐的氛围、保持对安全的忧患意识、识别并解决问题、践行学习型组织。

中国核能电力股份有限公司总经理邹正宇是在秦山核电成长起来的精英人才，毕业于上海交通大学动力机械工程系核反应堆专业的他，是国家能源局核电厂操纵人员资格审查委员会委员。他持有压水堆和重水堆核电厂高级操纵员执照，是少有的双料“黄金人”，参与过秦山一期、恰希玛和秦山三期的调试、运行、管理。他长期从事核电厂运行管理工作，具有丰富的核电管理经验，开创性地提出了“核职业领导力”的概念，并主编著作《核职业领导力》，从理论和实践上积极倡导、培育、践行和提升核安全文化，激励、指导、影响、塑造核电从业人员追求卓越的七种能力和习惯，即：建立卓越愿景、培育率先垂范的核安全文化、有效沟通与及时反馈、激励员工前进、促进团队协同、培养领导能力、推动持续改进。

如何追求卓越，提升核职业领导力，从而提升核电站安全运行管理水平呢？邹正宇说：“经济性要在保障安全的前提下，自然而然地达到。秦山核电时刻牢记‘抓好安全和质量，核电才有基础，才有前途’。”秦山核电按照核安全法规的要求，仅单台机组就制定了多达200多份管理程序，对电站的生产管理和安全管理作出了明确规定；9台机组高达上万份的运行、检修操作程序，做到每项工作都有章可循、有人负责、有人监督、有据可查。同时，秦山核电还持续接受着来自外界的监督，1995年起就加入了世界核电运营者协会（WANO），并随时接受国际原子能机构（IAEA）的检查监督和指导。

40年来，秦山核电基地始终“视安全为生命”，没有发生任何核安全事故，未发生任何对环境产生影响的事件。进入新时代，秦山核电建立了以“运行质量保证大纲”为核心，以质量、环境、职业安全健康管理体系为辅助，以内控关系体系、工业化和信息化融合管理体系、合规管理体系、全面风险管理体系、信息安全管理体系、保密体系、采购质保管理体系等为支撑的全方位的管理体系，全面导入卓越绩效模式，持续稳妥地开展管理体系的优化，制订了《秦山核电管理体系总论》，开启了多管理体系整合。秦山核电作为中国核电安全运行的典范，为核电是安全、清洁、高效的能源提供了最好印证。对此，邹正宇深有感慨地说：“秦山核电是国内第一个达到安全发电30年的核电基地。在这看似顺理成章的里程碑背后，是无数运行、维修、技术、管理人员30年如一日在背后默默支撑的结果。秦山核电做到了‘对自己负责、对国家负责、对世界负责’。”

秦山核电基地这艘核电“红船”，为什么能够行稳致远呢？秦山为什么能？秦山为什么行？这些问号，就像一个个藏在秦山里的秘密，对所有怀着尊敬的目光来到秦山参观的人们来说，既充满着神秘的向往，也怀揣着神奇的想象，渴望着能够打开这座中国核电的精神富矿，真正走进秦山核电的灵魂深处。幸运的是，黄潜早就给我们准备好了答案。这位1987年大学毕业就来到秦山核电从事检修工作的“老秦人”，经历过秦山早期建设的曲折和困难，更加懂得独立自主、自立自强的不易，为建立和形成一套行之有效的核电管理体系，作出了自己的贡献。

在秦山采访的日子里，黄潜谈得最多的就是安全。在他简单、直接又朴素的言谈中，我既体会到了他的压力，也能感受到他的自信。他深情地告诉笔者："40年来，秦山核电的成长是国家发展、民族振兴的缩影，也是顺应时代发展，让发展和安全两个目标有机融合，做好核安全风险管控的有力例证。秦山核电始终秉承'安全是核工业的生命线'理念，始终坚持安全发展、创新发展、坚持和平利用核能，始终围绕'实现更高水平核安全'这一'不变'的目标，做好丰富核安全文化体系建设的变革、创新，奋力从跟跑、并跑走向领跑，形成并践行'六个突出'的核安全文化基本经验。"

"六个突出"究竟"突出"了哪六个方面呢？我们不妨来看一看。

一是突出安全第一，时刻牢记核安全是最大的政治责任。秦山核电始终心怀核安全"国之大者"，打造了展示中国核电安全发展的"重要窗口"。从2019年起，每年由公司主要领导开展"新年安全第一课"，面向全员、包括承包商传达安全期望。

二是突出价值认同，持续激活全员守护核安全的内驱力。秦山核电首创核职业领导力建设，聚焦提升"管理者"领导力，该项目获全国学习设计大赛金奖；提炼了"做一名有高度责任心的核电工作者"的核安全文化价值理念，开发"责任心之梯""责任心矩阵"，制定"责任心管理办法"，推动全员争做"国之光荣"的坚定捍卫者和发扬者。

三是突出技术赋能，持续强化安全保障能力。秦山核电持续开展技术改造，大幅提高电厂本质安全，积极打造"智慧电厂"，筑牢数字化建设、网络安全、运行维护和数据四重保障，让数据"跑腿"、让数据"说话"，为安全发展注入更强动力。

四是突出制度建设，不断提升安全管理体系现代化水平。秦山核电构建基于岗位、区域、设备的全员安全生产责任制，确立"上援下推"的核安全文化推进原则，发布安全风险管控"五步十法"，导入卓越绩效管理模式，优化安全生产标准化体系和激励约束体系。制定并发布《核安全文化推进工作计划》，编制《中核运行评估发现问题警示录》，同时以状态报告为抓手持续打造报告文化，通过培训和观察指导等持续提升全体员工的行为绩效。

五是突出责任落实，不断创造卓越的安全生产绩效。秦山核电全面压实安全生产主体责任，健全安全生产责任体系；开展党员进班组活动，发挥党员先锋模范作用，推动参建处室、协作单位和核心承包商班组安全生产工作走深走实。构建包括1个标准规范、1个沟通平台、1套评价体系、1个激励基金的"四个一"承包商安全管理机制。建立由供应商资格评价、人员培训与授权、安全监督及绩效评价等管理环节组成的承包商闭环管理流程，形成推进全员安全质量管理水平提升的合力。

六是突出共建共享，合力打造核安全命运共同体。秦山核电携手生态环境部华东核与辐射安全监督站共同打造"五同五共"党建联建品牌，推动以核安全内部监督为主、内外监督相互促进的"一体化监督”机制落地生效。开展国内首次核安全文化评估，拉开了利用专项评估推进我国核电行业核安全文化的序幕。开创了国际上多堆型、多机组统一进行WANO同行评估的先河，被WANO东京中心评价为其他区域中心开展多机组统一评估的典范。主动参与WANO全球首批增强型业绩监测试点工作，获WANO增强型绩效监测最高评级。

秦山核电牢牢将卓越核安全文化融入各个工作环节，通过提升领导力——文化之基、培育全员核安全文化意识——内化于心、完善安全管理体系制度——固化于制、培养人员安全行为——外化于行、开展核安全文化监测与改进——监测改进，让核安全文化如春雨般润物细无声，滋润着每一个“老秦人”的心田。“人人都是最后一道安全屏障”的核安全文化观，已经在秦山落地生根，长成了参天大树。

秦山核电这艘核电“红船”为什么这么“红”？他们为什么能勇做新时代核电安全“领跑者”？黄潜说：“秦山核电牢记嘱托、勇当国任，始终把‘牢记初心使命、坚持安全发展、坚持创新发展、坚持绿色发展、助力建设“核电大省”、奋力谱写“国之光荣”崭新篇章’的‘六个根本遵循’作为行动指南，走出了一条高质量的、具有示范意义的、可复制推广的核能发展之路，形成了新时代的‘秦山经验’，加速核电新质生产力形成，奋力推动新时代核能事业高质量发展。”

2023年6月28日，“溯源新思想•中国式现代化下的核能高质量发展之路”理论研讨会在海盐县召开。会议深入总结中核集团、中国核电和秦山核电在推动核能安全发展、创新发展、践行“八八战略”中的成果和经验启示，并首次发布了“自主创新、融合发展”的秦山经验，其主要内涵为“忠诚践行国家使命、主动构建机会窗口、大力协同创新体系、始终确保绝对安全、深度打造融合样板、积极弘扬优良传统”。

“秦山经验”，是在长期实践中总结形成的关于推动核能高质量发展的宝贵经验，不仅具备充分的核能行业特征，还有效融入地域特色、有力借鉴国际经验，并与社会和时代发展相匹配，为新时代积极安全有序发展核电提供了借鉴和参考。

忠诚践行国家使命。秦山核电坚决履行“强核强国、造福人类”的神圣使命，实现我国核电众多“零的突破”，不断推出开创性举措、取得重大突破，联合推动核能多场景综合利用并走在全国前列，为推动核能高质量发展扛起“秦山担当”。

主动构建机会窗口。秦山核电紧抓改革开放、核工业“二次创业”等战略机遇期，建成我国机组数量最多的核电基地和浙江省最大的清洁能源基地，为确保我国能源安全、实现“双碳”目标作出了重要贡献。秦山核电在安全、技术、管理等方面不断提出更高水平目标，牵引安全体系、技术体系、管理体系全面持续升级。主动对接并持续构建市场导向，高质量开展同位素生产、核能供热等五大业务，为实现“健康中国”“美丽中国”提供“秦山方案”。

大力协同创新体系。实现核电全

面“领跑”，必须基于核电目前基本情况，完整、准确、全面贯彻新发展理念，坚持大规模、多样化的主体协同，坚持对外开放、不断吸收先进技术和经验，坚持企地和产业链协同联动和集智攻关，坚持“人才是第一资源”培养自主化的人才，为推动我国科技自立自强贡献“秦山智慧”。

始终确保绝对安全。安全是核工业的生命线。秦山核电在我国核电事业发展中发挥重要示范作用，最重要的就是始终把安全和质量放在首位，着眼全过程全寿期安全，建立了一套严格的质量、安全保障系统，培育了深厚底蕴的核安全文化，始终保持着良好的核安全纪录。在新时代，更要切实增强底线思维、统筹发展和安全，奋力建设核安全文化新高地，树立安全管理新标杆，为贯彻总体国家安全观、强化核安全保障体系建设作出“秦山表率”。

深度打造融合样板。企地融合发展是推动核能高质量发展的重要路径。秦山核电与浙江各级地方政府携手深入挖掘核电科技、人才、产业、资金等资源，大力培育发展核电关联及核技术应用产业，形成了重大项目建设与地方经济社会发展良性互动的局面，实现“与核共生”“因核而盛”“融核发展”，成为企地融合发展的范本。秦山核电不断推动业务多元化，拓展人员培训、核特有技术、核电信息化等五大业务，加快谋划强链补链、促进核电关联集聚，为高质量构建产业体系贡献“秦山力量”。

积极弘扬优良传统。秦山核电始终保持自力更生、艰苦奋斗、严细认真、安全至上、创新奉献、为国争光的精神状态，积极传承和弘扬“伟大建党精神”、“红船精神”、“两弹一星”精神、“四个一切”核工业精神、“强核报国，创新奉献”的新时代核工业精神，并与浙江人特有的善于“闯”、勇于“试”、敢于“冒”的精神特质相融合，为丰富核工业优良文化传统贡献“秦山实践”。

“秦山经验”的六个方面相互统一、相互联系，核心是“自主创新、融合发展”。秦山核电发挥了我国核电自主发展一面旗帜的作用，也印证了“创新是第一动力”这一原则必须深入贯彻下去。融合发展，展示了核能国际化和开放性、公共性的特点，必须牢牢把握行业发展特点、社会经济发展需求和积极安全有序发展核电的要求，全方位推进核能产业融合、企地融合、理念融合，切实推动核能高质量发展。

秦山核电这艘“红船”为何能够行稳致远，答案就在“秦山经验”的六个方面和“自主创新、融合发展”这八个字中。

当这部长篇报告文学作品写到这里的时候，笔者很想跟读者朋友们打个招呼，本书的故事，我没有或者很少花功夫去雕琢，更没有粉饰，或许你也可以批评我欠缺文学艺术的能力。说句实在话，我对这些材料也感到棘手，但是，这部书，它不是写一个人、写一件事，也不是写好人好事，那不是本书写作的目的。很显然，笔者写作本书的目的，就像这部书的书名一样，希望让每一个人都来看一看“秦山里的中国”。

笔者时常在想：文学是什么？在写作本书的过程中，我越来越觉得，文学是引导人们在进行价值建构和精神生长的过程中，对生存意义的自我发现、自我认识、自我确证，并发现、认识和确证他者和世界，进而从物质世界跃升至精神境界的文化之旅。这是我对文学的定义，也是写这部作品的终极目的。我希望读者朋友们从秦山核电基地的建设发展史和一代代的“老秦人”身上吸取创业的经验、工作的方法、创新的智慧、做人的方式，发现存在于我们内心却又被我们不小心忽略的人性的真善美，从而唤醒自己，激发正能量，不忘初心、牢记使命、永远奋斗。文学即人学，或许也基于此。

生活就是文学，经验也是文学，原汁原味，仔细琢磨，它才会深刻起来。

秦山就是一本书，“老秦人”也是一本书，“秦山里的中国”是这个样子，而不是其他什么样子。这就是真实的力量，其本身就是文学的力量，更是秦山给我的启示。

66 秦山为始，创新在先

第一次见到王慧波的时候，觉得她就像一个邻家小妹，朴实无华，很难想象她是一位已在核电行业工作20多年的科技工作者，也很难把《傅里叶红外光谱法测定重水浓度》国际标准的编制者与她联系在一起。

1975年出生于山西长治的王慧波，成长于一个革命军人家庭，家乡红色的革命文化给了她无穷的滋养。1997年，她从兰州大学现代物理系放射化学专业毕业后入职到秦山三期。那时，中加合作的重水堆核电站建设如火如荼，反应堆的厂址已经开挖了两个大坑。在北京完成培训后，她先是参与了加拿大原子能有限公司在秦山现场的支持工作，而后进入公司化学部门，经历了秦山三期的整个建设过程。善于学习、敢于创新的她不断提升技术和管理能力，逐渐成长为核电化学领域的行家里手，是秦三厂化学实验室从无到有的参与者、贡献者和见证者。

从事秦山核电重水堆化学管理工作的王慧波，现任化学处化学分析三科科长，自称是“秦山化学人”，在实际工作中真正做到了“干一行，爱一行”。她说：“个人价值和组织利益是密不可分的。我们年轻同志们除了完成本职工作外，还应该放眼全局，勇挑重担，主动为组织和企业解决问题，这样才能在奋斗中实现更高的社会价值和社会责任，逐步成为组织的中坚力量。”

作为秦山核电化学分析三科化学实验室的技术负责人，王慧波积极接轨ISO17025实验室认可准则，创新优化实验室管理。根据实验室认可准则，她开启了质量控制计划为龙头的实验室质量控制模式，细化各项技术要求，确保化学分析仪器设备最大程度可信可靠。通过内审和管理评审，不断提高实验室的管理水平。2008年，秦山三期化学实验室作为国内核电首家化学实验室获得了中国合格评定国家认可委员会（CNAS）认可。同时，她带领实验室技术人员练好电厂化学工作的基本功，组织内外部实验室比对分析交流，提升分析人员的技术能力，在化学检测分析技术方面进行了多项改进。在流出物实验室并入化学部门管理后，王慧波与处室其他技术人员一起，认真完成各项流出物检测方法验证，流出物实验室也纳入CNAS管理体系。化学分析三科化学实验室在与国内几十家检测实验室间的数百次测量比对中始终保持一次结果满意率100%的好成绩，得到CNAS多名实验室认可评审专家的好评。2019年，秦山核电成立的化学和流出物检测中心成为中国核电行业第一家获得CNAS认可的实验室和多地点检测中心。2021年，秦山核电化学和流出物监测中心获得了"电力行业电力企业标杆实验室"荣誉称号，保持了秦山核电化学领域在内外部交流中的品牌优势。

2016年5月，王慧波起草编制了中核集团企业标准《红外光谱法测定重水浓度》，这是她在繁忙的日常工作中第一次尝试标准编制。经过国内技术专家的三轮评审，该企业标准于2017年12月26日正式发布。在编制企业标准的过程中，王慧波了解到国内目前没有该标准方法，同时在ISO、ASTM等国际网站也没有查到相关方法标准。随着中国核电"走出去"日渐成熟，王慧波认识到已在秦山三期化学实验室成熟使用多年的重水浓度分析方法具备申请成为国际标准的潜质。

重水浓度是重水堆核电站重要化学控制参数之一。那时，重水堆浓度的分析方法主要掌握在加拿大人手中。在工作和研究中，王慧波在查阅国际标准化组织（ISO）、美国（国际）材料实验协会（ASTM）以及其他相关国际标准网站时，发现了一个问题，那就是国外核电站基本上都使用红外光谱法进行重水浓度分析，但详细的分析方法参数设置不一致，一直以来也缺少可以参照的方法标准。

"既然世界核电行业还没有这个标准，那么我们中国人为啥不能来填补这个空白？"从那时起，王慧波决定要做那"第一个吃螃蟹的人"，她大胆地提出了自己的设想，单位领导和同事给予了积极响应和支持。于是，她带领同事们对"红外光谱法测量重水浓度"分析方法进行了更加深入的探索和研究，优化了红外积分区间，完善了技术细节，提高了分析方法的准确性。但是，申请国际标准难度之大、标准之高、程序之复杂却超过了他们的想象。ISO国际标准草案在获得国内专家评审通过后，需要经过ISO专门委员会各成员国的投票通过才能立项。而立项后，还要通过至少4次以上的成员国投票，最少历时3年才能完成一个国际标准的发布。

王慧波知道，心急吃不了热豆腐，必须一步一步地向前走，一个台阶一个台阶地向上攀登。

2017年3月，恰逢秦山核电科技创新处征集国际标准的编写任务，在处室领导的支持下，王慧波迅速响应，通过科技创新处向核工业标准化研究所提交了《傅里叶红外光谱法测定重水浓度》国际标准的英文标准初稿和ISO国际标准的立项申请。

在中核集团科技与信息化部以及核工业标准化研究所的大力支持下，经过数轮答辩，该标准被国家标准委员会认可并准予向ISO提出立项申请。

时任秦山核电化学处处长游兆金亲自挂帅，组建了国际标准攻坚团队，组织开展有关标准申请、技术准备和联系沟通工作。

作为最早“吃螃蟹”的人，申请国际标准没有现成的经验可供参考。王慧波认真研读了两本厚厚的英文版ISO标准申请和文本编写指南，多次参加国际标准化组织的国际会议向国外同行推荐标准方案，利用扎实的技术积累，深入探索检测方法的技术细节，组织国内权威化学实验室开展红外光谱法测定重水浓度的实验室间比对检测，确定检测方法国际标准的技术指标和标准文本。一份份国际标准草案，一次次国际间化学专家的技术交流和沟通，一次次严谨的科学比对试验，凝结了王慧波及团队夜以继日的拼搏奋斗。

要获得ISO国际标准的编写立项，需要获得所有参与国的一致投票通过。2017年5月，王慧波在多伦多参加坎杜电厂化学交流会议期间，利用会议间隙与加拿大乔克河实验室化学专家进行了初步的交流，并在后续进行了长达半年的详细的邮件交流，争取到了加拿大乔克河实验室专家的支持。与此同时，标准编写组积极拓展国际交流平台，主动联系并争取到了巴基斯坦、俄罗斯技术专家对该国际标准编写的支持。2018年5月，在芬兰参加ISO会议期间，王慧波进一步向来自各国的专家和官员积极推介《傅里叶红外光谱法测定重水浓度》国际标准项目，最终获得了美国资深专家迈克尔·布里森的支持，韩国、印度等国家的专家也纷纷跟进，表示支持该项国际标准的建设。至此，《傅里叶红外光谱法测定重水浓度》国际标准项目的推进取得突破性进展。

2018年6月28日，《傅里叶红外光谱法测定重水浓度》国际标准项目通过了ISO核能委员会TC85分委员会各成员国的投票，获得了ISO组织的立项审批，成为中核集团首批获得ISO立项的三个国际标准之一。7月11日，项目负责人游兆金接到了ISO的发文，《傅里叶红外光谱法测定重水浓度》国际标准正式进入编写阶段。

针对标准起草过程中专家的意见，化学处党支部组成党员突击队开展重点攻坚。游兆金、王慧波充分调研国内外温控液体池使用情况，开展温度变化对重水测量精度的影响试验，并对测量结果进行验证；牛鹏、卢丹组织了国内首次重水浓度分析比对，自主设计并验证在常规液体池上增加温控测量装置的可行性，开创性探索出在1/3波峰而非全波峰的测量方法，为《傅里叶红外光谱法测定重水浓度》国际标准的建立奠定了坚实基础。

为了能够提供实验室间的比对测量结果，王慧波带领攻坚团队克服了重水样品难以保存等种种困难，自主配制重水标准样品，编制比对方案，组织了国内首次重水浓度的测量比对，邀请包括北京原子能研究院在内的6个实验室参与比对活动，结果十分好。王慧波说：“事非经过不知难，得知点滴却艰辛。从撰写国际标准工作组草案到最终拟定标准文稿，共收集到各国专家的意见61条，回复英文邮件350余封，参加2次线下ISO国际标准工作会议，5次国际专家视频会议，项目组成员召开会议18次，6次修订标准文本，前后历时3年，到最终发布标准，经历4个阶段的国际标准投票。”

国际标准ISO 23468《傅里叶红外光谱法测定重水浓度》已到了最后冲刺阶段。然而，事情并没有想象的那么顺利。

在编写过程中，通过王慧波等人员的大量工作和前期沟通解释，包括美国、加拿大在内的大部分专家已经认可秦山核电编写的《傅里叶红外光谱法测定重水浓度》国际标准，但俄罗斯的核电专家却坚持己见，对标准中的样品温度控制提出了不同的意见，并接连2次投出了反对票，为项目最终通过蒙上了一层阴影。

要知道，一项国际标准的通过只有4次投票机会。也就是说，如果俄罗斯或者其他国家的代表再投一次反对票，该国际标准可能将被延期或不能正常发布。

“越是艰难，越要坚持！”攻坚团队发扬“强核报国，创新奉献”的新时代核工业精神，主动作为，齐心协力，攻坚克难，创新设计并制作了常规液体池的温度测量装置，很快就完成了不同温度对测量的影响试验。同时，在田湾核电站俄语专家的帮助下，通过视频会、电话和邮件的方式，与这位俄罗斯专家进行了3次沟通，详细解答了俄罗斯专家的问题和疑惑，说服了俄罗斯专家。王慧波深有体会地说：“坚持自主发展，处理好‘以我为主’与‘中外合作’的关系。在自力更生的基础上扩大对外开放合作，是我们必须长期坚持的原则。核心技术是要不来、买不来、讨不来的，必须把立足点放在依靠自己力量的基础上。要有自主创新的志气和骨气，对‘卡脖子’的难点做好应对，增强科技创新能力。”

“山重水复疑无路，柳暗花明又一村。”攻坚团队创新改进总结的重水堆重水分析方法的使用经验，通过自主设计制作液体池温度测量装置、采用不包含最大波峰积分计算结果等创新方法，使重水浓度分析精度大幅提高，编制的《傅里叶红外光谱法测定重水浓度》国际标准赢得了国际同行的高度认可。

2021年8月11日，《傅里叶红外光谱法测定重水浓度》国际标准在ISO投票中获得全票通过并予以发布，为秦山核电“国之光荣”再添光彩。王慧波出色的工作也给她的团队和个人带来了不少荣誉，她所带领的化学分析三科多次获评公司“工人先锋号”，并获得“浙江省工人先锋号”等荣誉称号。她个人也被中核集团授予集团公司“质量领域质量工作先进个人”，被浙江省推选为中国科学技术协会第十次全国代表大会一线女性科技工作者代表，在北京人民大会堂光荣参加了中国科学技术协会第十次全国代表大会。

坐在秦山核电综合楼窗明几净的会议室里，身着蓝色工装的王慧波大大方方、利利索索，但并不十分健谈。这种性格是典型的科技工作者的样子。因为时间有限，笔者无法与更多像王慧波这样工作、战斗在企业一线的科技工作者见面，但从她身上已经看到了核工业人“强核报国，创新奉献”的新时代核工业精神。当她或者他们坐在你的面前，你就能感觉到他们身上自带光芒，那是一种自信和担当。

现在，秦山核电的化学和流出物管理始终保持世界核电行业的领先水平。至2023年底，9台机组化学指标已连续8年全部达到WANO先进值水平，放射性流出物排放达标率100%，未发生放射性流出物超限值排放和失控排放事件。秦山核电还积极进行化学新技术创新，开展核电厂二回路热力系统乙醇胺-氨协同控制技术的应用研究，成为国内第一个落实该国家重大专项技术的核电厂。开展的设备冷却水系统缓蚀剂替换研究、蒸汽发生器排污水净化系统改进、一回路及其辅助系统核级树脂使用改进等技术，对核电厂降低运行成本、减少对环境的影响都有重要意义。正在开展的一回路加锌技术研究，将对降低一回路辐射场、有效减少辐射剂量发挥积极作用。

在技术管理上，秦山核电始终坚持夯实基础、自主创新，实现技术引领。

比如在设备管理上，秦山核电以设备可靠性为中心开展设备管理工作。对设备进行分级管理，通过对关键设备的识别和重点管理，防止出现关键设备的非预期故障，确保系统设备能实现核安全功能，提高电力生产的经济性。同时建立系统设备性能准则，通过在役检查和试验、设备监督和分析，掌握系统设备的实际状态和性能趋势，以及系统设备的薄弱环节，及时采取纠正措施，避免设备失效。秦山核电始终将对核电厂安全和效益影响最大的关键敏感设备（SPV设备）作为设备管理的重中之重。从SPV设备的敏感部件识别到缓解策略分析，以设备监督、故障诊断、预防性维修、新技术应用为手段，重点开展关键敏感设备管理。对于识别出的SPV设备和部件，从预防性维修、性能监测、维修规程、试验规程、备件、变更改造、质量控制、巡检、物理隔离和运行方式等多个方面进行缓解策略分析，查找薄弱点，识别剩余风险，以消除或尽量减少SPV设备故障的风险。

秦山核电积极推进机组减少非计划停机停堆管理创新实践，建立了一套聚焦核电机组关键非计划停机停堆风险点有效管控的管理方法，核电厂关键重要设备缺陷的数量呈现逐年下降的趋势，2022年，首次实现商运发电以来年度零次非停的佳绩。同时，他们还建立了技术问题TOP10制度，以期能更有效地利用内外部资源集中力量攻克技术难题。2021年至今，秦山核电通过十大技术问题管理方式处理各级技术问题共262项，其中公司级38项，如：秦一厂关键电机设备停产/断供、秦二厂主给水泵组可靠性提升、秦三厂停堆系统可靠性提升、方家山主泵可靠性提升等重大技术问题。经过多年不断加强设备可靠性管理，秦山核电设备可靠性指标EQP得到了稳步提升，2023年底达到94.39分，机组平均能力因子96.80%，世界排名第一。2023年，秦山核电取得中国设备管理协会设备管理与技术创新一等奖，获评中国核能行业协会企业创新示范工程、中国电力设备管理协会全国电力行业唯一核电标杆工程。

秦山核电的堆芯燃料管理工作始终保持行业领先水平，机组能力因子呈稳步上升趋势，压水堆机组燃料可靠性指标连续多年达到WANO先进值水平，大修关键路径启动物理试验时间屡创纪录。先后完成了先进堆芯物理计算软件系统ORIENT、动态刻棒、标准核燃料管理系统N1-NMS、国产燃料组件考验、压水堆核电站燃料组件辐照后池边检查技术等重要研发工作。

核心技术能力建设取得显著成效，掌握多项自主知识产权，并实现成果转化。后续将重点开展重水堆37M燃料改进、重水堆燃料包壳管自主化、乏燃料干法贮存、长循环优化等重大专项工作。作为燃料物理领域的先行者，秦山核电已完成能源标准体系研究项目“压水堆核电厂燃料管理标准体系研究”，并牵头起草多项能源行业NB标准。其中，已发布NB标准5份，分别为《压水堆核电厂辐照燃料组件池边检查》《压水堆核电厂堆芯临界硼浓度监督》《重水堆堆芯过剩反应性计算方法》等。此外，秦山核电还统一规划与管理反应堆物理与核燃料方面的对外服务项目，及时响应市场需求，建立标准的对外服务产品，积极发掘新的对外服务点、开拓对外服务市场。他们还联合浙江大学共建“先进核能理论和应用重点实验室”，通过产学深度合作，进一步开展核能领域基础研究、关键技术研发和创新成果转化，推进核能产业和新一代数字技术深度融合，为全球核能创新发展贡献更多智慧。

秦山核电紧跟时代步伐，勇于创新，直面国内核电领域共性问题，在材料管理领域率先开展各类先进技术融合创新，如：核电厂安全壳视频检查技术、数字射线技术（CR）、高温管道在线检测等7大科研创新项目齐头并进。其中，数字射线技术实践应用，填补了核电领域数字化射线技术应用空白，成为国内核电材料性能监督的开拓者。秦山核电成功开发的稳压器安全端异种钢焊缝堆焊、稳压器电加热元件更换成套技术、秦一厂驱动机构欧米伽焊缝堆焊维修等多项材料性能老化特种维修技术，打破了国际垄断。其中稳压器电加热元件更换成套技术已成功应用于海南核电和福清核电，为公司创造了约850万元的经济收入。驱动机构欧米伽焊缝堆焊维修也于2020年成功在江苏核电和红沿河核电开展对外服务。面对机组大修期间共性材料缺陷，秦山核电统筹管理，主动开展国内首创反应堆压力容器检查优化，采用BOSS焊缝返修工艺优化技术、主蒸汽主管道射线插塞工艺优化技术，缩短大修工期，为机组顺利通过定期安全评审（PSR）及WANO能力因子的提升奠定了坚实的基础，保障了机组的安全稳定运行，达到国际一流水平，成为材料特种维修技术的探路者。

就像秦山核电化学处攻坚团队敢于创新，完成《傅里叶红外光谱法测定重水浓度》国际标准一样，秦山核电积极开发国际标准，为国际同行贡献大智慧，贡献给世界核电的第一项国际标准是《核电站管道冰塞冷冻技术ISO 23467:2020》。秦山核电是国内冰塞隔离技术先驱者，拥有20多年冰塞辅助隔离的实战经验。该项目是中核集团首批ISOTC85三项国际标准之一，也是中国核电首个发布的国际标准。通过该项目，中国在超低温工况下核电材料脆性研究、不同材料界面相容性研究以及低温材料微观组织变化研究中取得丰硕成果，是中国核电技术标准化、全球化工作的重大突破。秦山核电建立了完整的冰塞隔离操作培训体系，配备齐全的培训教具及教案。目前冰塞项目团队成员30人，其中高级职称10人，拥有丰富的现场冰塞隔离经验和强大的技术能力，具备冰塞现场风险评估和方案制订的能力，不仅保障了秦山核电安全、稳定、可靠运行，而且开展了多次紧急对外支援。

如果说戈壁沙漠原子弹试爆的蘑菇云奠定了中国的大国地位，那么东海之滨中国大陆第一座核电站建成则开启了中国核电科技创新自立自强的新局面。

秦山为始，创新在先。

创新是企业生存意识、危机意识、发展意识的集中体现，是企业发展的灵魂，也是秦山核电实现卓越的不竭动力。秦山核电健全创新机制，以目标和问题为导向，形成立项、审查、实施、成果孵化、申报、推广应用的一体化管理创新运作。持续优化公司管理创新流程、考核和奖励机制，加快成果转化，将管理创新落到实处，打造创新主体协同互动、创新要素顺畅流动、创新资源高效配置的良好生态。公司领导以身作则，全面思考企业管理要素，对于企业的发展战略、发展模式做出关键决策，创新实践“最多跑一次”理念，推进开展“五个一”品牌建设，即“最多退一次、最多跑一次、最多跑一地、综合查一次、综合签一次”。企业营造开放包容的创新环境，让每一位员工享受到创新管理的成果，激发员工认同感、凝聚力、创造力。

秦山核电倡导事事创新，开展一年一度管理创新大赛，集中展现管理新办法、新途径、新思想，是公司提升管理水平、实现高质量发展的重要环节，也是吸引和培养创新人才的舞台，主创人展开激烈的角逐，创新人才脱颖而出。秦山核电鼓励人人创新，每年开展金点子合理化建议评比，人人都可以微创新，每一位员工在最普通的事务性工作中，提出的有效小改善、小发明、小创意等，提高了工作效率，落实了人性化管理。

长期在生产一线从事核电仪控检修和管理工作的陆乾杰，是一名“90后”，也是土生土长的海盐人。自2017年进入班组以来，他深度专注于重水堆核电机组电站控制系统的研究，面对极其精密的系统设计、晦涩难懂的操作程序和现场复杂的技术难题时，总能沉下心来认真学习，迅速梳理问题的脉络和解决方向，为科学决策提供技术支撑。他主动承担紧急抢修、变更技改、科技研发等急难险重任务，曾多次主持秦三厂控制计算机系统大修专项，积累了丰富的重水堆控制系统的检修和故障排查经验，先后获得“优秀师徒”“优秀青工”“大修之星”等荣誉，被公司授予“消缺积极分子”“维修标兵”称号，并被委任秦山核电仪控电源标准化组副组长、中国核电仪控电源组组员、秦山核电设备管理委员会DCS专业组组员和秦三厂技术委员会仪控组组员，出任中国核电工程管理部主管。

“刀在石上磨，人在事中练。”正是平时的埋头实干，才磨砺了一身的本领。陆乾杰始终把科技创新落实在具体工作中，以技术突破作为核心，积极创新。入职这些年，他先后承担和参与《秦二厂通用一回路泄漏率计算软件》《维修作业安全风险识别软件》《可视化氚水平显示软件》《秦三厂十大技术问题除氧器液位控制性能提升》《秦山核电十大技术问题DCC可靠性提升》等项目，曾荣获中央企业熠星创新创意大赛三等奖、第三届中核集团职业技能竞赛第二名，拥有实用新型专利1项、软件著作4项、发明专利2项，发表专业技术论文5篇。作为《秦山核电仪控低压电源标准化》项目负责人，他不断研究核电电源的指标、特点和验证要求，努力填补国内核电电源标准的行业空白。一分耕耘一分收获。陆乾杰先后荣获“全国技术能手”“中核集团青年岗位能手”、海盐县“十大杰出青年”、嘉兴市第二批“嘉兴青年工匠”。在他的身上，不仅看到了年轻的秦山核电人扎实的岗位技能和求真务实的科创精神，更展现了新时代中国核电青年勇于创新、敢于担当的优秀品质。

“青年是祖国的前途，民族的希望，创新的未来。”青年英才始终是勇立潮头、敢于担当、创新奉献的生力军。在秦山核电，有一支勇做新时代核电领跑者的“青年铁军”，先后荣获中核集团和浙江省“青年文明号”“浙江省部属企业工人先锋号”，2019年被命名为“全国青年文明号”，2022年被复核认定为“一星级全国青年文明号”，2023年9月成功升级为首批“二星级全国青年文明号”——它就是运行二处1号主控室。

运行二处1号主控室是方家山100万千瓦核电机组的运行控制中心，可谓机组的“大脑中枢”，现有员工39名。特别令人佩服的是，他们全部取得国家核安全局颁发的操纵员和高级操纵员执照，是名副其实的“黄金人”集体。其中，35周岁及以下的青年员工23名，占总人数的58.97%；共产党员28名，占总人数的71.79%，是一个政治可靠、苦干实干的青年创新集体。

“高技能、高责任、高风险”是核电站主控室的工作特性，要求主控室运行团队必须是一支技能经验丰富、知识储备全面、心理素质过硬、沟通协调高效的高素质队伍。为打造这样一支“青年铁军”，运行二处1号主控室坚持践行“敬业、协作、创优、奉献”的共同理念，从2013年方家山核电工程进入调试阶段，运行二处1号主控室开始争创“青年文明号”，至今已超过10年。他们以“立足岗位、文明从业、业务一流、追求卓越”为目标，创新开展了“每日一条政治学习”理论学习制度，创建优化了《青年文明号文明公约》，实施了“T-1”横向到边、纵向到底的五重风险管理体系，同时开展了操纵员模拟机技能比武、操纵员知识竞赛、岗位大练兵等富有成效的创建活动。

“路虽远行则将至，事虽难做则必成。”运行二处1号主控室勇做新时代核电领跑者，始终将打造世界一流核电运行业绩作为工作目标，通过建立机组核心指标精细化管理方案，和同行先进电厂对标等，以工作业绩体现创建成效，自2018年以来，方家山1号机组连续6年取得WANO综合指数100分，并列世界第一的优秀业绩，实现了“零人因、零工伤、零偏差”的卓越目标。2021年，方家山机组获评“电力行业年度示范智慧电厂”“电力行业年度标杆核电机组”。他们积极响应“一带一路”倡议，承担对外服务专项任务，先后有10余人奔赴巴基斯坦卡拉奇核电项目现场进行海外“华龙一号”首堆调试工作，将文明服务朋友圈拓展到国外，助力卡拉奇2号、3号核电机组顺利实现商业运行。他们还围绕机组大修等急难险重新任务，专门成立了“大修青年突击队”，助力创造中国核电M310机组最短大修工期纪录。先后荣获中国核电、公司“金牌青年突击队”称号，2021年获首届全国核能系统核反应堆运行值班员职业技能竞赛团体季军。形成了以号长丁言锋、高级操纵员邵闯为代表的运行人才队伍，涌现出3名中核集团“岗位技术能手”、2名“嘉兴青年工匠”、3名公司“十大杰出青年”、30多名公司“运行之星”。

创新发展，从来没有完成时，永远都在进行时。秦山核电不断深化推进产业工人队伍改革，大力弘扬劳模精神、劳动精神、工匠精神，以建设清洁低碳、安全高效的核电能源体系为目标，主动创新创效，倾心尽力打造一线工人创新工作室，其中倪伟创新工作室、范伟丰创新工作室、侯志华创新工作室、“笃砺运四”创新工作室、“一直向前”创新工作室等5个创新工作室，2024年5月获评“中国核电劳模与工匠人才创新工作室”殊荣，形成了独具秦山特色的自主优秀品牌团队，助力发展核电新质生产力，为核电事业高质量发展贡献智慧和力量。

创新是引领发展的第一动力。

作为中核集团旗下中国核电控股的明星企业，秦山核电始终坚持敢于创新、敢于担当，始终致力于弘扬“做一名有高度责任心的核电工作者”的核安全文化价值理念，始终坚持创造世界一流的运行业绩，始终发挥着“领头羊”和“顶梁柱”的作用，成为享誉全国乃至世界的核电金字招牌。

67 零碳未来城，守护绿水青山

“零碳未来城”是真的吗?

世界上有“零碳未来城”吗?

第一次听到“零碳未来城”的概念，觉得应该是科幻大片里的城市，令人惊喜又好奇，充满着人们对美好生活的向往，未来感十足。

然而，来到秦山核电基地才发现，“零碳未来城”不是科幻大片的场景，而是中国核电人已经规划、正在建设、逐渐落地的愿景，梦想正在照亮现实。

的确，如果是在30年前或者20年前，让人们把海盐这座千年古城与“零碳未来城”这个时髦概念链接在一起，十有八九没有人能够相信。新时代的海盐从当年鲜为人知、缺少工业的江南小城，蜕变成了“中国工业百强县”“国家生态文明建设示范市县”。为什么?就是因为秦山核电坐落在这里，当年籍籍无名的小城已经变成了闻名中外的新兴工业城市，而“零碳未来城”这个概念也与它契合。30多年来，秦山核电已累计安全发电8100亿度，减排二氧化碳7.5亿吨，相当于植树造林约512个西湖景区，为改善电力供给结构、推进大气污染防治作出了积极贡献。

因为秦山核电，海盐县实现了与“核”结缘、依“核”发展、谋“核”腾飞的三级跳。海盐县工商联副主席姚冬明充满感情地说:“海盐本是个江南古城。核电来了，一下子打响了海盐的全国知名度。核电站的税收为海盐当地经济作出了巨大贡献，公共福利事业、基础设施建设、学校教育都跟上了，还带动了当地就业，大家的收入增长了，消费水平也上去了。”

2020年9月22日，在第七十五届联合国大会一般性辩论上，习近平总书记向国际社会作出中国碳排放的庄严承诺，中国将提高国家自主贡献力度，采取更加有力的政策和措施，二氧化碳排放力争于2030年前达到峰值，努力争取2060年前实现碳中和。2020年12月12日，习近平总书记在气候雄心峰会上进一步宣布，到2030年，中国单位国内生产总值二氧化碳排放将比2005年下降65%以上，非化石能源占一次能源消费比重将达到25%左右。我国能源结构亟待长期深度脱碳转型。如今，应对气候变化、绿色低碳转型已成为“保护地球家园”的全球共识。

能源是经济增长的重要支柱。由于资源禀赋的特点，我国的能源结构长期以化石能源为主。据统计，2019年我国一次能源消费总量高达49亿吨标准煤，其中煤炭消耗占比57.7%，石油消耗占比19%，天然气消耗占比8%，非化石能源占比15.3%。以煤为主的能源消费结构和长期以来高污染高耗能的产业布局，使我国年碳排放量达100亿吨，环境承载和国际舆论等方面都承受了巨大压力。

从国际上看，欧美的能源结构调整主要经历了从煤炭到油气，再到低碳能源的两次更迭。欧洲在20世纪90年代二氧化碳排放达到峰值，美国在2007年二氧化碳排放达峰，而后随着经济社会的自然发展，碳排放缓慢下降。我国由于油气储量相对匮乏，在碳达峰碳中和的背景下，必须大力发展低碳能源，创新实现能源结构从化石能源到低碳能源的跨越式转变。核能具有清洁低碳、能量密度大、换料周期长、出力稳定、供给可靠性强等特点，不仅可以提供基荷电力，而且通过综合利用技术，可以稳定提供工业生产需要的热、冷、压空、氢等综合能源，在推动能源生产与消费革命的转型中具有突出优势。随着核能利用技术不断发展，核能应用场景增多，除发电外，核能供热、供汽、制氢等逐步得到应用。然而目前的核电选址往往距离人口密集的城区较远，将核电站富余的热水、蒸汽等能源输送到城市区域往往面临着高昂的管网建设成本和较大的管网输配损失。因此，围绕核电站打造综合功能区，在安全范围内，布局和配套工业区、生态区以及居住区等，可实现能源的高效利用。

中国能源资源相对匮乏，而且对外依存度持续攀升，煤炭、石油和天然气进口量逐年增长并占有较高比例。从保障能源安全的角度出发，要考虑减少进口能源的比例，自身必须有可靠的能源予以替代，核能无疑是一个非常好的选择。作为负责任的核大国，我国提出了世界上第一个核安全概念，率先将核安全纳入国家安全体系，并通过立法保障核安全，体现了我国对核安全的高度重视和确保核安全的坚定信心。经过长期建设，我国在核事故预防与应急、提高公众理性认知等方面已处于世界前列。

当今世界正处于百年未有之大变局，新一轮科技革命和产业变革蓬勃兴起，国际环境日益复杂多变，保护主义上升，叠加新冠疫情等突发性公共卫生事件的全球化、长期化影响，世界经济低迷，全球市场萎缩。面对重重困难和挑战，我国逐步形成以国内大循环为主体、国内国际双循环相互促进的新发展格局。2021年3月10日，欧洲议会通过了设立碳边界调节机制的原则性决议。按照时间表，2026年，欧盟地区将全面实行“碳关税”政策。该政策一旦落地，将对我国的出口产生严重冲击，全面影响出口商品的价值链，包括原材料成本、生产工艺的能耗要求以及产品的碳足迹管理等。核能作为清洁能源，一方面可提供零碳电力供应；另一方面可通过核能综合利用提供冷、热、汽、氢等零碳综合能源，保障出口型企业的生产过程中使用零碳能源，助力其更好打开国际市场，实现国内循环和国际循环相互促进的良性互动。

居安思危。作为世界最大的能源消费国，如何有效保障国家能源安全、有力保障国家经济社会发展，始终是我国能源发展的首要问题。作为中国核电的“旗帜”，秦山核电虽有30余年的辉煌历史，但要想保持持久竞争力，必须与时俱进，把握新一轮科技革命和产业变革机遇，积极应对各种风险挑战，赢得创新发展的主动权，推动能源科技实现高水平自立自强。在新时代这个宏阔的国际和国内背景下，秦山核电主动深入研判，响应国家碳达峰碳中和目标，以大视野和高格局统筹发展与安全，构建核电发展新模式，第一时间提出了与海盐县当地经济进一步融合、依托秦山核电基地携手打造“零碳未来城”的战略规划。

2020年9月，中核集团党组书记、董事长余剑锋，时任总经理顾军拜访了浙江省主要领导。双方在会晤中交流了秦山核电配合地方政府打造零碳未来城的规划设想，并达成初步共识。同年年底，秦山核电与海盐县正式签署战略合作协议，将零碳未来城纳入战略合作项目。

2020年12月26日，在顾军与嘉兴市主要领导的见证下，秦山核电与海盐县签署了《关于进一步深化合作，打造企地共融、高质量发展的“全国样本”战略合作协议》。根据合作协议，面向“十四五”，秦山核电与海盐县将充分发挥各自优势，全面融入长三角一体化发展国家战略，不断探索新的合作模式，持续拓展新的合作领域，高水平建设中国核电城、高质量发展核电关联及核技术应用产业，共同谋划和推进“四个基地”建设。

2021年1月，“围绕核电基地探索建设零碳未来城（园）”列入浙江省第十三届人民代表大会第五次会议通过的《浙江省国民经济和社会发展第十四个五年规划和二〇三五年远景目标纲要》。

2月，秦山核电向嘉兴市发展和改革委员会专题汇报零碳未来城规划方案。

3月，《零碳未来城战略研究》递交至浙江省能源局电力处。同月，海盐县与秦山核电召开工作联席会，秦山核电向海盐县汇报零碳未来城规划情况，时任县委书记陈玲芳表示，该规划“站位高，思路宽，谋划远”，与海盐的经济社会发展有着紧密的联系，海盐县将大力支持。

4月，海盐县成立核电相关项目领导小组及包括零碳未来城专班在内的6个工作专班，与秦山核电密切配合，深化合作，努力打造企地共荣、高质量发展的“全国样本”。

5月，浙江省委、省政府召开全省碳达峰、碳中和工作推进会，会议指出，围绕秦山核电基地开展零碳未来城建设，鼓励开展核能综合利用，延伸产业链，提高附加值。同月，“围绕探索建设零碳未来城”先后纳入《浙江省能源发展“十四五”规划（征求意见稿）》与《浙江省电力发展“十四五”规划（征求意见稿）》。

6月，余剑锋带领中核集团党组成员一行实地察看了零碳未来城展示中心，要求进一步加强地方沟通，积极争取将零碳未来城列入浙江省和国家规划，强化系统思维，推进规划项目全面落地。同月，秦山核电与清华大学能源环境经济研究所签署了战略合作协议，聘请何建坤教授担任顾问，共同开展零碳园区评价体系研究建设。

7月，国资委规划局听取了中核集团关于零碳未来城等项目的工作汇报。同月，零碳未来城先导项目核能供暖工程正式开工。

8月，浙江省能源局电力处在秦山核电组织召开零碳未来城规划推进会，协调推进零碳未来城上报事宜。

经过近一年的研究谋划，零碳未来城已完成由1个战略研究加7个专题研究构成的零碳未来城研究体系，相关研究报告通过四个轮次的专家评审，并在此基础上形成零碳未来城发展规划，计划下一步开展省级、国家级试点申报工作。

何谓“零碳未来城”？简单来说，就是“零碳能源＋产业之城＋科创之城＋生态之城”，即围绕核电基地，开展核能综合利用，充分发挥核能“零碳”排放优势和秦山核电人才技术优势，打造核能发电、集中供热、供汽制冷等零碳能源平台，吸引先进制造业集群、同位素医药研发及应用、核能制氢、核电教学研等产业。黄潜以“说文解字”的方式，从“零碳”“未来”“城”三个维度，向我们就“零碳未来城”的总体方案作了详细又生动的解释。他说：“零碳未来城以绿色、生态、零碳为导向，可以解构为零碳、未来和城三个方面的概念内涵。零碳，以零碳核能为基础，指生态、绿色以及温室气体的零排放，要求建设生态城市、发展绿色产业，且实现二氧化碳等温室气体的净零排放。未来，指高新化、高端化、高质化以及数字化、智慧化，是对产业及城的要求，意为面向未来、引领时代。城，指产业新城，零碳未来城本质上是一座产业新城，承载着区域对赶超发展、创新提升、美好生活的向往。也就是说，零碳未来城就是依托秦山核电基地，采用企地共建模式，投资千亿、产值千亿，深入践行习近平总书记‘绿水青山就是金山银山’的理念。”

那么，如何建设“零碳未来城”呢？“零碳未来城”又是一个什么模样呢？

在秦山核电基地采访，在中国核电科技馆参观，“零碳未来城”的概念已经深入人心，备受期待。在海盐，在秦山，人们对“零碳未来城”已经有了一个清晰的轮廓，那是一个庞大又精细的体系，包括一个核心目标、五大特征、五大场景。

一个核心目标：打造国内首个、国际领先的核能零碳高质量发展示范区。

五大特征：零碳示范、产城融合、科创引领、企地共建、智慧互联。

零碳示范即聚焦碳达峰和碳中和，以零碳的核能为基础构建完善的能源供应体系，实现全领域零碳化。产城融合即把规划区域城市建设和产业发展有机结合，实现共生、共利。科创引领即抓住科技和产业革命新机遇，推动科研院所和高等学校落地，推动全方位高质量发展。企地共建即推动新时代央企与地方深度融合发展，实现互惠共赢。智慧互联即推动智慧园区、智慧工厂、智慧交通和智慧社区的深度融合，在规划区域内实现智慧互联。

五大场景：零碳能源、低碳产业、零碳生活、未来治理和未来景观。

零碳能源即充分利用核能零碳优势，以核为基础，积极推进核能零碳电力、热力、压缩空气等综合供应，开展化石能源替代，探索数字能源变革，加快构建以核能为中心的零碳、清洁、安全、韧性、智慧的综合能源系统，为全球探索零碳能源治理提供中国方案。低碳产业即聚焦国际国内“双循环”，依托零碳化、智能化、集约化的超级工厂，重点发展核电及关联产业链，谋划发展新能源新材料、高端装备制造、数字经济产业链，使得园区内的产品具有零碳绿色的特征，拥有国际竞争优势。零碳生活即推动零碳生活方式和零碳生态旅游发展，积极推行更高标准的绿色建筑，形成空间布局混合紧凑、长江以南核能集中供暖先行先试、生态环境友好的零碳型未来社区样板。未来治理即推进城市大脑和城市神经元设施建设，创新开发融合型应用场景，打造实现物理空间与虚拟数字空间交相辉映的数字孪生城市；建成城市神经元设施感知网，实现城市数据交换和智能决策的快速响应。未来景观即全域山、海、湖、城相依相融，科技与生态、现实与未来完美结合；依托绿水青山，加快培育文创、康养、休闲、培训等经济业态。

“零碳未来城”项目总规划面积约28平方公里，将打造“双核驱动、一镇提升”的总体布局，建设北部未来产业核、南部未来科教核与核电小镇升级版。

——北部未来产业核，位于草鞋滩，规划面积约15平方公里，聚焦“生产+生态”，在空间布局上形成“一带五区”的发展格局。其中，生命健康产业区建设同位素生产基地，打造全国重要的核技术应用基地；高端装备制造产业区重点发展新型智能装备制造产业；新能源新材料产业区积极发展新能源和储能相关装备与材料产业；零碳中央商务区主要提供绿色金融和高端商务等服务；生态湿地景观带着力打造生态海岸带示范段标志性工程。

——南部未来科教核，位于南北湖东侧，规划面积约7平方公里，融合科教、人居和生态功能，在空间布局上形成“两区多组团”的发展格局。核电学院组团建设中国核电学院，重点培养核电高端人才队伍；科研院所组团积极吸引国内外各类高精尖科研院所入驻，打造零碳科技创新策源地；康养中心组团利用同位素生产基地优势，发展同位素治疗及康养创新服务；未来社区组团重点建设零碳型未来社区样板，打造“零碳”生活新风尚；承包商营地组团将为核电承包商提供住宿、商业和休闲一体化的综合体项目。

——核电小镇升级版，规划面积约6平方公里，以“一心两区”的功能布局，打造零碳改造提升先行示范。

“零碳未来城”围绕“零碳能源”发展目标，以核能为基础，光伏、风电等可再生能源为补充，建立以区域电网、蒸汽管网、供暖/制冷管网、压缩空气管网、除盐水管网等能源分配综合网络体系。综合考虑零碳未来城居民生活、公共建筑、工业园区的用能需求，供应冷、热、电、氢、除盐水、压缩空气等多种能源和介质，实现多种异质能源子系统之间的协调规划、优化运行、协同管理、交互响应和互补互济。构建以核能为基础的绿色低碳、安全韧性、开放共享、智慧高效的零碳综合能源供应系统。

在产业发展上，“零碳未来城”以“国际国内双循环”为使命，围绕零碳能源，构建“2+3+1”产业体系，打造长三角绿色科创高地。重点发展核电及关联、核技术应用这2个产业，谋划发展新能源新材料、高端装备制造、数字经济这3个产业，着力培育科创产业，增添产业发展原动力。建设零碳超级工厂，探索零碳能源交易中心，争取国家能源低碳研发中心或实验室落地，承担国家重大科技项目，推广低（零）碳技术集聚、示范、应用，打造零碳高端制造业产业集群，为出口型企业打破国际贸易碳税壁垒提供核力支持。

“零碳未来城”聚焦生态友好绿色发展，规划区域除了能源生产清洁零碳外，在产业引进方面综合考虑清洁化和循环化的基本要求，使其在建设和生产过程中把对环境的影响降低到最小。周边景区开发与园区开发兼容互补，将未来工厂与景区生态完全融合。生态岸线和自然湿地是未来景观的重要组成部分，通过生态修复、绿植覆盖和环境治理形成绿色和谐的示范项目，并增加自然碳汇。

蓝图已经绘就，号角已经吹响，奋进正当其时。黄潜说：“我们计划经过5至15年的努力，打造出一个以零碳能源为基底、零碳产业为支撑、零碳生活为风尚的‘零碳未来城’，以综合能源供应平台为基础，开展零碳核能集中供电、供汽、供热、供氢等，提供零碳核能的一体化解决方案，树立生态、生产、生活三位一体，环境、经济、社会效益并举的标杆，以打造国内首个、国际领先的零碳高质量发展示范区为核心目标，助力构建‘双循环’新发展格局，致力打造全球零碳示范高地、长三角绿色科创高地、央地融合发展高地和零碳国际合作高地。”

“零碳未来城”是“中国核电城”新时代的升级版和创新版。姚冬明说：“‘零碳未来城’项目将吸引大规模的投资，创造可观的产值和税收，同时每年可直接减少二氧化碳排放3000万吨以上，创造良好的经济效益、社会效益和生态效益，将有力助推海盐县实现‘核电共享梦’，再创秦山核电‘国之光荣’新辉煌。”

“零碳未来城”的建设分“三步走”，一步一个脚印。尚宪和充满信心地说：“在政策的支持和各方的努力下，预计到2025年，零碳未来城形象可以初步呈现：人们生活在拥有‘三化九场景’的未来社区，使用着清洁的能源和便利的交通网架，享受着冬季核能供热的温暖；同位素生产基地基本建成，填补我国同位素产业链市场空白；国内首个核电学院建成，圆海盐的大学梦。预计到2030年，可以进一步做大做强，建成高质量的‘零碳未来城’，并逐步将范围扩大至海盐县：积极谋划高温堆等技术应用，全县的电力、热力等均实现零碳供应；扩大同位素产业链，推动产业升级，从此核药不再是难题，连医院康养都是‘一条龙’服务；基本实现区域内二氧化碳零排放，成为长三角重要的产业平台和具有国际影响力的零碳区域。预计到2035年，零碳能源供给范围进一步扩大，全力打造零碳嘉兴，‘再造一个新秦山’的愿望若得以实现，核能发电、供热、制氢等综合利用将得以全面发展，形成零碳社区、零碳工业区、零碳产业聚集区、零碳城市等系列零碳示范，打造具有全球影响力的零碳、创新、智慧的新兴城市，守护我们的绿水青山，守护我们的蓝天碧海。”

在“十四五”期间，秦山核电计划分阶段集中力量先行建设同位素生产基地、核能供暖项目、核工业数据中心等项目，形成“零碳未来城”示范带动效应，打响“零碳未来城”品牌。

同位素生产基地主要开展碘-131、锶-89、碳-14等同位素的研发生产，有力带动辐照加工、核特色医疗、核技术装备制造、核药制备、诊断医疗等同位素应用产业链发展，打造全国核技术应用产业示范基地。

核工业数据中心计划建设总建筑面积26000平方米、总装机容量为2000个标准机柜、达到A级标准的核电信息中心，2022年底完成工程验收。

2023年12月7日，新华社发布了一则有关秦山核电核能供热的消息，引起众人关注：12月4日，2023碳达峰碳中和创新创造大会在海南博鳌举办，经过为期两个月的征集与评定工作，2023“双碳”创新示范案例在各方专家学者、行业领军企业的见证下在大会上发布。中核集团中国核电秦山核电核能供热入选2023“双碳”杰出贡献案例。

核能作为清洁低碳安全有效的能源形式，是联合国可持续发展目标的“关键支柱”，在为人类提供电力资源的同时，也可为工业和民用提供热源。如今，核能供热技术已经成熟，国家近年来出台了《能源技术革命创新行动计划（2016—2030年）》《2018年能源工作指导意见》《2030年前碳达峰行动方案》等多项政策支持核能供热。

核能供热是怎么实现的呢？安全性、可靠性又如何呢？

核能供热就是将核电厂产生的热量传递给热力公司，再经过供热管网送至终端用户的过程。这个过程是通过实施核电机组热电联产技术改造，由5个回路完成的。首先，一回路核反应产生的热量通过蒸汽发生器将二回路的水加热产生高温高压蒸汽，通过抽取部分蒸汽加热核电厂内换热站的水，加热后的水经过三回路管网，传送至热力公司换热站，依次加热四、五回路供热管网内的水，从而实现用核电厂产生的热量为千家万户集中供暖的目的。核能供热采用多次表面换热，整个过程只有热量交换，没有介质交换。也就是说在换热过程中，只有热能的传递，不存在任何与水或其他介质的直接接触。用户接触到的是通过层层隔离过的充分安全的水，并通过三回路与二回路的压差设计、设置高精度监测装置等措施，实现多重屏障防御，确保核能供暖的安全性和可靠性。

核能供热项目是“零碳未来城”在“十四五”期间的示范项目之一，就是秦山核电利用机组冬季剩余热功率，在不影响机组原有发电量和安全性能的前提下，通过热水循环供暖，向海盐县公建设施、居民小区及工业园区提供约15万千瓦时的安全、零碳、低廉的核能供热。

2021年6月，秦山核电与海盐县国资委达成协议，成立浙江零碳热力有限责任公司，注册资本6000万元，分别由海盐县城市投资有限公司、海盐县水务投资集团有限公司与秦山核电共同出资，海盐国资委占股51%，秦山核电占股49%。项目总投资约9.4亿元，从核电厂内延伸至海盐县城区，秦山核电设换热首站，实现热水循环供暖。公司的愿景是将自身发展融入碳达峰碳中和的伟大进程中，以绿色、低碳的清洁能源和优质、高效、专业的供热服务，不断增强在供热及能源领域的影响力，成为长三角地区集中供热行业的领军企业。作为中国首批核能综合集中供热试点单位，2021年，秦山核电与海盐县共同启动核能供热节能项目，开启了中国南方核能供热的历史。

2021年7月28日，核能供热项目第一阶段工程正式开工。9月28日15时，随着最后一个功能模块的安装就位，全国首台模块化核能供热集成装置在秦山核电安装就位。12月底，通过全长22公里的供热主管道，实现了海盐城区3个居民小区45.9万平方米和海盐县老年公寓0.5万平方米的核能集中供暖，打造了“江南核能供暖示范窗口”，为破解我国南方供暖难题提供了“秦山方案”。

2022年12月15日，核能供热项目第二阶段正式建成投用，完成了我国首个核能工业供热项目，有效实现节能降耗。截至2024年3月，浙江海盐核能供热示范工程已顺利完成三个采暖季任务。

核能供热具有十分显著的环境效益。根据测算，本项目全部建成后，年供热量将达到70.4万吉焦，相对于燃煤火电机组，每年可减少燃用标煤约2.4万吨，相应地每年减排二氧化硫204吨、氮氧化物177.6吨、二氧化碳6.3万吨。

一到冬天，尤其是寒冬，南方人在感受过北方冬天的暖气之后，大多心生羡慕、念念不忘。暖气已经成为北方居民在冬季的基本生活需求和保障。目前，我国秦岭—淮河以北实行以政府为主导的冬季集中供暖，这也是我国消耗煤炭和产生碳排放的重要领域。在北方，随着城市化进程的推进，集中供暖面积逐年扩大，而目前我国集中供暖的热源以热电联产和区域锅炉房为主，使用的燃料仍以煤炭为主，每年消耗煤炭数亿吨，给我国实现碳达峰碳中和目标带来巨大挑战。在南方，城市集中供暖由于供暖期短、热负荷小、供暖设施建设和运维能力不足、工程建设规模大周期长等问题，受到重重制约，一般使用空调、电暖器取暖，这种分户式供暖严重浪费电力资源，同样不利于节能减排。因此，核能作为一种安全、高效的绿色能源，无疑是破解南方供暖瓶颈，实现清洁供暖的理想替代能源。在国内，山东海阳核电供热示范工程在2019年11月实现了海阳区75万平方米的供暖，2021年又实现了居民供热450万平方米。在国外，全世界400余台在线运行的核反应堆有超过十分之一的机组实行了热电联供，主要分布在寒冷的东欧、北欧和北美地区。

“核能供热在江南地区尚属首例，从拓展核能综合开发利用和倡导居民零碳生活方式两个方面，本项目均能起到示范作用。”时任秦山核电驻浙江零碳热力有限责任公司负责人陈鹂鹂说，“过去，南方冬季多采用电取暖，如果产生1度电需要3度热量，那么直接用这3度热量供暖，相当于提升了300%的效率。经过测算，该核能供热项目，相对于燃煤火电机组每年可减少燃用标煤约2.4万吨，具有明显的环境效益。但是项目推进起来，并不那么容易。”

为啥？具体分析起来主要有两个原因，一个是普通民众对核能供热不了解、不信任，另一个是在老旧小区和居民住宅中铺设管道成本比较高。的确，祖祖辈辈已经习惯于没有暖气的冬季生活，火盆、火桶，棉衣、棉被，电热器、电热毯和空调，各种传统和现代的取暖方式基本上能够满足普通百姓家的需求。因此核能供热的推进在新建城区和工业园区相对比较容易，对乡村和老旧城区的老百姓来说，“碳排放”和“碳中和”距离他们的生活似乎很遥远。

但是，我们也能看到，核能供热技术路线成熟、市场前景广阔、发展潜力巨大，除了可应用于学校、医院、养老院等公共设施和工业园区外，还可广泛用于金属工艺处理、恒温厂房、超声波清洗、产品烘干、电镀工艺、洗涤消毒等。目前，浙江零碳热力有限责任公司与浙江威迩钠科技有限公司、浙江超博尔五金股份有限公司等开展了核能供热合作。

能源是推进碳达峰碳中和的主战场。在“双碳”目标引领下，秦山核电正积极打好核能综合利用的主动仗，继续推动核能供热的多元化发展，探索核能供热在公益、公建、农业、商业等领域的应用，推进核能供热在海盐居民小区推广，通过联通新建小区的供热设施和推进学校、商场、已建成小区的核能供热改造，将核能温暖送到千家万户。同时，利用沿海核电余热，秦山核电还将把供暖范围由沿海延伸至腹地，契合各类应用场景，将热能转化为电能或直接提供高温工艺热，将核能从“单一型选手”转向“全能型选手”，为绿色低碳发展贡献更多“核”力量。黄潜说：“建设‘零碳未来城’是秦山核电在碳达峰碳中和战略大背景下履行企业社会责任的发展理念和创新之举，其带来的将是一系列利政利民之举。我们还会通过促进核电关联产业发展、让渡市场化电价等形式助力地方招商引资，并让进驻产业园的各方企业得到诸如碳税减免之类的实惠，互利共赢，共享发展成果。”

“零碳未来城”为中国核电的发展提供了新思路、新方向，形成可复制、可推广的发展模式，它不仅着眼于秦山核电自身的高质量发展道路，更重要的是让海盐地方政府、企业、百姓得到真正的实惠，共享发展成果，形成命运共同体，而且为国家“双碳”目标实现提供更多解决方案，助推国家从核电大国走向核能强国。

零碳未来，未来已来！

68 “国之大者”再造一个新秦山

2024年1月1日，在新年钟声敲响的时刻，秦山核电基地又传来“开门红”捷报——9台核电机组2023年度平均能力因子达到96.8%！根据WANO公布的数据，该业绩在全球6台机组及以上核电基地中位列第一，创造了同类基地安全稳定运行的世界新纪录。

机组能力因子是指某段时间内可获得的发电量与参考发电量的比值，是国际核电业界公认的最能体现核电安全管理水平和衡量机组安全发电能力的重要指标之一，主要用来衡量核电机组的可用程度及监测核电站是否能维持高机组可靠性。此外，多机组核电基地受核电运营单位多机组大修计划安排、资源合理分配等多方面因素影响，平均能力因子更能考验核电厂的运营管理水平。

作为人类迄今为止最复杂的能源系统，核电的运行管理始终是标杆级的存在，能力因子达到90%，乃至95%的数据也已屡见不鲜。那么，秦山核电9台机组平均达到96.8%，它意味着什么，又突破在哪里呢？

“对核电机组而言，一年365天就是365个连续不断的24小时，能力因子96.8%意味着这9台机组停机、停堆进入大修的时间必须‘卡’在280个小时以内，剩下的8000多个小时只有一个选择，那就是‘几乎没有任何差池，持续安全稳定运行’。”吴炳泉把核电站运行时间分成两个“时区”来解读这一数据，“96.8%验证的不只是这一年的秦山核电运行的优秀，也证明了秦山核电已经成功走出了一条核电国产化的路子。这个‘质’的飞跃是我们一直以来致力于提升运营管理水平的整体体现。”

的确，稳定塑造了优秀，而唯有持续稳定才能缔造卓越。

一说起“大修”，核电人是“又爱又恨”。这个核电运维管理的关键领域，也是唯一停止反应堆运行、为确保机组和设备良好状态来进行检修的“时间窗口”。说通俗一点儿，卓越的大修不仅意味着给机组出力腾出“时间”，更要有效地解决机组问题，保证后续的稳定运行。但是，不可否认的是，“大修”是任务最集中、涉及范围最广、协调因素最多、管理要求最高、高风险工作最密集的工作，一般要在20至40天内集中完成6000至10000个工单。

功夫在诗外。大修的功夫也往往下在大修之外。秦山核电大修工作之所以做得好，那是因为做到了战略先发、理念先行、准备优先。优化电厂的管理策略，制订全寿期大修规划，9台机组清晰的计划安排一直延伸至2055年——最后一台机组退役；6年推动了31次大修实践的迭代优化，建立了百余个数据模型；仅2023年一年，就发起了337份生产相关管理程序的升版；针对保障重大设备状态的追踪机制“减非停专项工作”尚在持续当中，一项预判重大设备隐患并提前进行介入的SPV缓解措施又已提上日程……如果没有巨大的热情，如何能做到？

尚宪和介绍说："早在2017年，秦山核电就前瞻性地规划设计了大修数字化赛道，目前iDaxiu数字管理平台已经形成了以大修为龙头，其他专业为一体的大修管理生态系统。基于数字化优势，秦山核电又创新性地提出了卓越工期迭代方法，对标国内同类型机组建立0版卓越工期作为大修计划编制依据。24个月的单台机组大修准备，确保装卸料机可靠性提升、汽动辅助给水泵机超保护优化、压力容器在役检查工器具改进等一系列技改项目紧密实施。我们的大修业绩逐年提升的趋势相当明显，目前与国际标杆EXLON相比，已经不相上下了。可以说，我们树立了中国核电ABC类大修业绩的新标杆。"

精准的管理网格覆盖的不仅仅是特殊的"大修"时区，更是渗透到秦山核电机组运维管理的各个领域。尚宪和说："围绕能力提升而持续地进行管理、技术改进是我们每一个秦山人的日常。盯紧卓越运行，我们的管理触角遍布这9台机组的每一个角落。近四年来，秦山核电共30台次机组WANO运行综合指数达满分，其中2023年度共有8台机组达满分，并列世界第一，运行业绩稳定处于世界先进水平。"大至战略层面，比如长达4年时间的长燃料循环改造。从2014年开始，秦山核电第一台65万千瓦机组从12个月循环运行提升至18个月循环运行，到2018年完成6台M310机组全部长燃料循环运行，2台重水堆机组实现24个月大修。这番改造是实现机组平均负荷因子90%以上的关键一步。小至机组运维管理的方方面面：持续推进隐患排查标准化，涵括秦山核电4个生产单元的9台机组所有生产区域设置共100条检查路线；持续优化工作流程，对关键过程开展全面风险分析，确保所有风险防范和应对措施都进入工作规程；连续三年，稳扎稳打推进减非停专项工作，动态梳理关键设备并进行恒定、持续追踪。

"没有人比我们更相信一件事：成事在人。"尚宪和如是说。机组是"死"的，数据也是"死"的，而其中的变量唯有人。在庞大的核电系统运行中，最为难得的是秦山核电的工作人员始终把自己锻造成一颗精准的"螺丝钉"，时时刻刻"焊"进每一个接口处的缝隙。

能源是工业的粮食、国民经济的命脉，关系到国计民生和国家安全。习近平总书记强调，能源保障和安全事关国计民生，是须臾不可忽视的"国之大者"。要加快推动关键技术、核心产品迭代升级和新技术智慧赋能，提高国家能源安全和保障能力。铿锵话语，殷殷嘱托，激励着"老秦人"担当作为、奋勇争先，全力保障能源安全可靠供应。

2023年，面对能源保供的新形势，秦山核电坚持央企责任担当，以"强核报国，创新奉献"为己任，落实"三新一高"[21]要求，深入贯彻国家能源战略要求，稳步推进全年安全生产再优化、再提升，顺利完成全年生产、大修及保供电任务，以实际行动彰显"国之光荣"的责任担当，坚持安全发展、创新发展、绿色发展，蹄疾步稳，捷报频传。

——5月11日，作为"2023中国品牌日系列活动"之一，新华社、浙江省政府、中国品牌建设促进会、中国资产评估协会等在浙江德清联合发布“2023中国品牌价值评价信息”，秦山核电以238.1亿元的品牌价值位列核电行业首位。

——12月1日，中国质量协会年会暨第二届全球追求卓越大会在北京召开，会上正式揭晓第二十届全国质量奖获奖名单，秦山核电荣获第二十届全国质量奖。

——12月31日，秦山核电2023年度累计安全发电超555亿千瓦时，再创历史新高，实现自全面建成投产以来的年度发电量“九连增”，能力因子和负荷因子创造了连续7年实现双“90”的卓越运行业绩。

秦皇驻跸山，核电起步地。“秦山、秦山，那一片海滩上高高的山冈，你的名字从历史走来”；“昨日的坎坷、历史的悲怆，化作今天万顷烟波浩荡，从这里起步、从这里出发，秦山的名字，在历史的天空下亘古荣光。”就像这部“老秦人”喜欢的原创音乐剧《国之光荣》所歌唱的那样，它唱出了“老秦人”的初心梦想，唱出了“老秦人”的薪火相传，唱出了“老秦人”的奋发昂扬。

没有中国共产党的领导就没有秦山核电，就没有秦山核电的发展，秦山核电的血脉里天然融入了红色基因，安全第一、自力更生、艰苦奋斗、国家荣耀，就像一盏盏指路明灯，从一开始就照亮了前进的道路。

进入新时代，秦山核电积极主动贯彻“三新一高”要求，突出思想政治建设、基层组织建设、党风廉政建设、干部人才队伍建设、宣传文化建设、群团组织建设，不断提升党建“六力”（高质量发展引领力、融入中心战斗力、拒腐防变免疫力、干事创业向心力、品牌形象影响力、职工群众凝聚力），以高质量党建引领保障公司高质量发展。吴炳泉说：“秦山核电共有43个党（总）支部，自2019年开始，我们在各基层党（总）支部中开展‘党建特色品牌’创建工作。编制‘一支部一品牌’创建标准，明确品牌名称、品牌理念、创建机制等6个方面具体要求并指导各党（总）支部编制创建方案。总结提炼‘三个引领（思想引领、文化引领、宣传引领）、四个保障（组织保障、人才保障、机制保障、作风保障）’，结合各处室实际情况实施精准指导。连续四年开展评选表彰活动，共评选出‘重水堆安全运行先锋’‘四维智造’等25个‘党建特色品牌’，有效激发了基层党建工作活力，促进了中心工作高质量完成。”

作为全国爱国主义教育示范基地，秦山核电党建创新入选全国

㉑“三新一高”是以习近平同志为核心的党中央洞察世情国情党情，着眼实现中华民族伟大复兴提出的重大战略思想、作出的重大战略部署，具体是指新发展阶段、新发展理念、新发展格局、高质量发展。

企业“党建创新优秀案例”，“一支部一品牌”荣获中核集团首批党建融入中心优秀品牌案例。与此同时，秦山核电坚持开展“青”字号品牌创建活动，67个青年集体争创“青年文明号”，190个青年集体争创“青年安全生产示范岗”，成立134支“青年突击队”，在公司“急难险重新”任务中主动发力、勇于担当。维修五处静机二班被命名为“全国青年安全生产示范岗”，运行二处1号主控室被命名为“全国青年文明号”，77个青年集体和个人荣获浙江省、中核集团等省部级荣誉。

一代人有一代人的使命，一代人有一代人的精神。从20世纪70年代到1991年，我国成功自主设计、建造了秦山核电站，实现“中国核电从这里起步”，秦山核电人展现出艰苦创业、刻苦攻关、为国争光的精神特质，形成“严细、求实、团结、奉献”的精神。从20世纪90年代到2011年，坚持“以我为主，中外合作”，相继建成秦山二期、秦山三期工程，秦山核电人展现出“安全到永远”的安全文化观和“坚守责任、安全运营，情系核电、创新发展”的价值追求。从2012年到2015年，秦山核电人努力践行“追求卓越，超越自我”的价值观，做强做优，专业运行，全面建成秦山核电基地。以习近平总书记对核工业创建60周年作出重要批示为标志，中国核工业进入新的发展阶段，秦山核电人坚守“责任、安全、创新、协同”的核心价值观，实现安全发电和经济效益9连增。

秦山核电凭什么创造了中国核电乃至世界核电的奇迹？“老秦人”凭什么战胜一个个困难创造一个个辉煌的成绩？到底是什么样的精神在指引着秦山核电这艘核电“红船”乘风破浪？到底是什么样的情怀在激励着“老秦人”勇立潮头奋勇前行？

时间是最好的磨刀石，时间也是最好的试金石。当曾经的质疑变成今日的赞叹、当旧岁的彷徨化为现在的坚定、当过去的迷茫换成未来的希望，“老秦人”在前进的道路上也在思考、追寻和总结着自己的答案。

“伟大事业孕育伟大精神、伟大精神引领伟大事业。”2021年，时值中国共产党建党百年，恰逢秦山核电并网发电、安全运行30周年，秦山核电党委决定在公司开展“新时代秦山精神”群众性征集活动。他们向全体员工征集，向离退休老同志问计，向了解秦山核电的专家咨询……这是一次总结历史的群英会，这是一次面向未来的誓师会，大家各抒己见，集思广益，直抒胸臆，头脑风暴，反馈的结果都围绕着这样一些关键词：创新、奉献、光荣、安全、责任、卓越、奋斗、自主……

瞧！这都是自带光芒的汉字！多么鲜活、蓬勃、生动而富有情怀！

瞧！这都是蕴含思想的词汇！多么深刻、睿智、磅礴而富有力量！

回望历史，成长不易；眺望未来，任重道远。阔步走在新时代新征程上的“老秦人”坚信贯穿秦山核电来路并锚定未来方向的，正是“自力更生、艰苦奋斗，严细认真、安全至上，创新奉献、为国争光”——这些萦绕于脑际、铭记于心田的最朴素、最平实、最日常的词汇，却又是最能体现、验证和说明自己价值的所在，这些通俗易懂又深入浅出的语言正是秦山精神的所在，这就是秦山核电安全发电30年的精神密码，也是照亮未来高质量发展的力量之源。

黄潜2006年离开秦山，先后到田湾核电、霞浦核电和中国核电任职，但不管走到哪里，一听到“老秦人”这个词，他总是会热血沸腾，生出一种天生的亲近感。他说：“在秦山为30万千瓦机组拼搏的日子历历在目，秦山教给我的‘艰苦奋斗’‘自力更生’‘大力协同’‘安全第一’等理念一直指导着我。以振兴民族工业为己任，自力更生，艰苦创业，从无到有，从小到大，秦山核电不负党中央、国务院重托，取得了卓越的安全运行业绩和良好的社会、经济与生态效益。过去30多年来那些激励‘老秦人’的精神信念依然是我们宝贵的财富。”

一代人有一代人的使命，一代人有一代人的作为。“十三五”期间，秦山核电先后跨越安全发电4000亿千瓦时、5000亿千瓦时、6000亿千瓦时三个重要台阶，累计安全发电超过6600亿千瓦时，9台运行机组先后16次WANO综合指数排名世界第一，利润总额占中核集团三分之一强，占中国核电年度60%以上，是中核集团名副其实的经济“压舱石”。

秦山的未来，历史性地落在了黄潜这一代人的肩头。黄潜也在想，秦山核电建设发展的使命是什么？面对未来，怎么办？怎么干？

黄潜说：“50年前，周恩来总理亲自主持审定了30万千瓦核电站工程的建设方案，并强调‘建设第一座核电站的目的不仅在于发电，更重要的是通过这座核电站的研究、设计、建设、运行，掌握核电技术，培训人员，积累经验，为今后的发展打好基础’。我认为，这就是我们建设30万千瓦级机组的初心和使命；建设秦山60万千瓦级机组，我们把推动核电设备国产化和跨越发展作为使命，‘走出了一条我国核电自主发展的路子’；建设秦山70万千瓦级机组，我们把实现工程管理与国际接轨作为使命，书写了‘杭州湾畔中国人成功的故事’；建设方家山100万千瓦级机组，我们进一步推动设备国产化和发展进程，为百万千瓦级核电机组总承包和整机出口积累了经验，实现‘从30万千瓦到100万千瓦’自主发展的历史跨越。”

“科技兴则民族兴，科技强则国家强。”科技决定能源未来，科技创造未来能源。走进新时代，如何规划秦山核电这位中国核电“元老”的新未来？

秦山核电提出了一个响亮的目标，那就是“再造一个新秦山”。黄潜说：“进入新时代，秦山核电面临新的发展使命和任务。我想，全体秦山核电人要充分发挥秦山核电的先发优势，扛起‘强核强国、造福人类’的使命，继续在核电运行业绩、技术创新、标准输出、品牌形象等各方面作出新示范。要保持坚定理想、百折不挠的奋斗精神，新时代再出发，全力再造一个新秦山；要保持初心、坚守使命，为筑牢国家安全和经济社会发展基石倾情奉献。这应该成为我们新时代发展的定位。”

历史总是要前进的，历史从来不等待一切犹豫者、观望者、懈怠者、软弱者。只有与历史同步伐、与时代共命运的人，才能赢得光明的未来。“再造一个新秦山”，那么“新秦山”与老秦山有何区别？“新秦山”到底是一个什么样子呢？

不忘本来才能开辟未来，善于继承才能更好创新。黄潜说：“2020年9月，习近平总书记向世界作出了‘中国将力争2030年前实现碳达峰，2060年前实现碳中和’的庄严承诺，为助力实现‘3060’目标，核电作为零碳能源责无旁贷，秦山核电作为‘国之光荣’更加责无旁贷。为此，‘十四五’期间我们将坚定不移地实施‘一体两翼’发展战略，按‘1+1+2+4’发展思路统筹推进实现高质量发展。”

如今，秦山核电“一体两翼”战略又有了与时俱进的内容：“一体”，是秦山核电的生存之基，即以“强核强国，造福人类”为使命，奉献安全高效能源、创造清洁低碳生活，持续保持9台机组的安全稳定经济环保运行，推动数字型管理建设，抢占智慧核电高地，创造世界一流的运营业绩，成为世界核电运营管理的领跑者。“两翼”，一个是发展之翼，即按照国家能源革命的战略要求，融合中核集团发展战略和长三角一体化等区域规划，调动一切内外部资源，推动在浙核电新厂址开发，推动两个“零碳城”和“四个基地”建设，全力再造一个新秦山；另一个是服务之翼，就是依托秦山核电40年的深厚历史积淀形成的核心竞争力，加强科技创新，集成开发面向市场的产品，继续推进高质量的对外服务，提升秦山核电品牌影响力。

什么是“1+1+2+4”发展思路？

一个秦山核电，即持续保持9台机组安全稳定经济环保运行。

一个“新秦山”，即争取“十四五”期间实现一个新厂址落地。

两个“零碳城”，即围绕核电基地建设零碳未来城和绿色石化核能一体化园区。

“四个基地”，即“清洁能源示范基地”“同位素生产基地”“核工业大数据基地”“核电人才培养基地”。

好消息终于来了！

2023年12月29日，中央广播电视总台《新闻联播》报道：经国务院常务会议审议，决定核准浙江金七门等核电项目，秦山核电“再造一个新秦山”取得重大突破。金七门核电站项目将采用我国自主知识产权三代核电技术“华龙一号”。在浙江省与中核集团的密切协同下，秦山核电联合各层级、各部门通力协作、紧密合作，历时一年零九个月，创造了核电新厂址核准申请的新纪录。这是秦山核电认真贯彻党中央关于“积极稳妥推进碳达峰碳中和”“积极安全有序发展核电”重大决策，以时不我待、只争朝夕的奋斗姿态，真抓实干、大力协同，高速高效推进项目取得的重要成果。

自2021年以来，秦山核电积极践行“一体两翼”发展战略和“1+1+2+4”发展思路，持续投入资源接续开展前期工作，为金七门核电项目核准奠定了坚实基础。他们成立了综合管理处、工程计划处、项目开发处等9个处室，从人、财、物等方面全面支持项目推进；牵头负责公众参与工作，创新性一体推进环境影响评价公众参与、社会稳定风险评估、公众沟通三大任务，先后组织70批3500人来海盐考察，形成了《环境影响评价公众参与说明》《社会稳定风险评估报告》《公众沟通工作总结》三大成果，创造了“金七门速度”。

“金七门核电项目于2021年起交由秦山核电托管，很荣幸与各位金电建设者们同舟共济、团结奋斗了932天。”2023年7月21日，在中核浙能新一届领导班子宣布会上，黄潜最后一次以中核浙能董事长身份主持会议，饱含深情地说道，“从最开始的项目开发处20余名同志，到今天11个处室260余名干部职工在这里坚守奋战，我们共同经历了项目列入规划时的欢欣、上报项目建议书时的期待、取得国家‘路条’时的振奋、62天完成项目公参的焦虑、260余次取文晚例会的坚守等，金电项目正是因为大家的这种敢于斗争、善于斗争、敢为人先、团结奋斗的精神，才得以稳步、高效、有序推进。与大家共同奋斗的这932天，也是我人生中最为难忘的一段幸福经历。”

在全国核电项目前期推动中，极少能有一个项目，像金七门核电这样的推动力度，由公司一把手主持，每晚9点组织召开取文日例会，听取当天工作进展，随时协调解决遇到的问题。黄潜常说：“文不出，人不离开所在部门。”他本人也是以真抓实干践行了“四千精神”，在军事、用海等关键、困难的取文工作上亲力亲为，在争取地方支持上下大力气，促成省市县项目专班成立并深入参与各级专班工作。

“全力再造一个新秦山，金电项目凝聚着秦山人的希望，欢迎大家常回秦山看看。”黄潜满面春风，一脸憨厚的微笑。

有人问：“再造一个新秦山”，凭什么？“老秦人”的回答是——自力更生、艰苦奋斗——这是秦山核电实施“一体两翼”发展战略、“再造一个新秦山”需要保持的精神状态。新时代，秦山核电人要始终发扬核工业优良传统，保持“老秦人”的奋斗本色，发挥先发优势，坚持独立自主，干在实处、走在前列、勇立潮头，努力打造中国核电的“红船”，成为世界核电运营管理的领跑者。

有人问：“再造一个新秦山”，靠什么？“老秦人”的回答是——严细认真、安全至上——这是秦山核电人坚持安全第一、筑牢国家安全基石需要坚守的实践要求。安全是核工业的生命线，秦山核电人要始终确保核安全，以严之又严、细之又细、实之又实的作风，将严细融入一切，把安全贯穿于每个环节，落实在行为习惯中，融合在文化自觉里，认真做好每一件事，全力筑牢国家安全的基石。

有人问：“再造一个新秦山”，为什么？“老秦人”的回答是——创新奉献、为国争光——这是秦山核电人崇尚荣誉、忠诚事业所追求的奋斗方向。创新是推动发展的第一动力，奉献是核工业的光荣传统，为国争光是秦山核电人的使命传承。秦山核电人要牢记“国之大者”，始终激扬“国之光荣”荣誉感、使命感，勇做新时代核电领跑者，奋力抢占创新制高点，奉献安全高效能源、创造清洁低碳生活，为服务好“三新一高”争取更大光荣。

作为世界最大的能源消费国，如何有效保障国家能源安全、有力保障国家经济社会发展，始终是我国能源发展的首要问题。尤其是，在“两个大局”加速演进并深度互动的时代背景下，保障能源安全至关重要。看国际，当今世界不稳定、不确定因素增加，不断冲击全球能源供应链产业链稳定，能源市场波动加大，能源供应短缺加剧。看国内，现在我国人均能源消费水平仅为经合组织（OECD）国家平均水平的2/3左右，未来一段时间我国能源需求还将保持刚性增长，保障能源安全的艰巨性和复杂性前所未有；同时，我国作为制造业大国，要发展实体经济，能源的饭碗必须端在自己手里。

党的二十大报告把核电技术作为创新型国家的一个重要标志，提出要积极稳妥推进碳达峰碳中和，积极安全有序发展核电。进入新时代，围绕“双碳”目标，各行各业及各省都出台了“双碳”相关的规划和行动方案。金七门项目已顺利核准，秦山核电立足浙江、放眼全国，把战略的目光又瞄向新业态，围绕新质生产力做文章，推动高质量发展。

作为基础性产业，石化化工行业肩负着支撑国民经济发展的重要责任。随着国家“双碳”战略纵深推进，石化行业的发展环境也发生着深刻变化。实现石化行业的绿色发展，推动行业低碳转型，是降低企业生产碳成本、保障石化行业实现高质量发展的必然选择。经过调研发现，石化产业是浙江省重点发展的优势特色产业，也是浙江省经济发展的主要承载平台和增长引擎。但是，石化行业也是浙江省资源能源消费的主体，是落实“双碳”战略的主战场。从能源消费总量看，浙江省石化园区能源消费总量大，能源安全保供压力大。从能源消费结构看，化石能源消费占比较高，仅部分电力为非化石能源，且热力供应接近100%来源于高碳的化石能源。从碳排放总量看，浙江省2021年石化和化工行业碳排放分别约占规模以上工业碳排放和全社会消费侧碳排放的34%和18%，碳减排压力大。从碳壁垒形势看，美欧等国家地区将石化产品纳入碳关税已提上日程，届时将极大削减我国石化产品出口竞争力。因此，石化产业能源的安全供应、低碳供应事关浙江省世界先进石化产业集群建设，是浙江省石化产业能走多远的关键影响因素之一。

如何实现核电产业与石化产业的深度融合发展？敢于担当的“老秦人”有了自己的新思路、新动能。核能具有清洁、低碳、稳定等优点，随着第四代核电技术高温气冷堆、第三代核电技术华龙一号的快速发展，核能应用场景逐渐由单一的核能发电向核能供热、核能制氢、海水淡化等方面拓展。基于核能各项优点和技术进步，利用核能对大型石化化工基地供应电力、热力、氢能等综合能源，实现多能联供，拓展核能综合利用场景，引导核能与石化行业耦合发展，是浙江省石化化工行业面临能源稳定供应与清洁低碳转型双重挑战下的优选方案。

2023年，作为浙江省人大代表，黄潜在浙江省第十四届人民代表大会上提出了《关于推进高温气冷堆与石化化工基地耦合开发，助力浙江省高质量发展的建议》。立足浙江省资源禀赋条件，结合浙江省宏伟的石化化工产业发展规划及核能的良好发展基础，通过实地考察、访问交流、课题研究等深入调研浙江省石化化工行业发展面临的问题、高温气冷堆等先进堆型最新发展状况及高温堆与石化化工基地耦合发展存在的困难，积极探索和提出高温堆与浙江省石化化工基地耦合发展方案，以此助力浙江省核能新厂址开发和中核集团核能产业高质量发展。该议题在浙江省人大代表中产生热议，大家纷纷建言献策，并得到了浙江省发展和改革委员会的积极回复，高度认可核能在浙江省发展的重要性，并对高温堆与石化基地耦合发展提出了研究对策。

为进一步推动浙江省核能新厂址选址

工作及核能与石化化工耦合开发，秦山核电积极挖掘地方发展需求，搭建政企沟通桥梁，深耕区域市场，积极引入政府、行业、企业等相关联的高端智库，大力协同石化化工头部企业，建立战略合作关系，拓展“核能耦合朋友圈”，通过优势互补、合作共赢，共同加强核能与石化化工在规划布局、产业协同、政策配套等方面的深度耦合，助力浙江省加快培育以核能为源动力的新质生产力平台，为浙江省营造良好的“绿色发展生态圈”。

通过努力，秦山核电已在浙江省多个沿海重点区域新厂址开发取得较大突破，为实现集团公司“核能新厂址是命根子”的战略要求和“十五五”在浙江落实新的核电厂址的战略任务打下了坚实基础。“老秦人”为实现“再造一个新秦山”的梦想，又迈出了新步伐，开辟了新天地。

“于高山之巅，方见天地广阔；于凌云之上，更觉长风浩荡。”征途漫漫，唯有奋斗，才能披荆斩棘，走过千山万水；唯有奋斗，才能所向披靡，创造更加灿烂的辉煌！新时代秦山精神是“老秦人”在新时代传承和践行“两弹一星”精神、“四个一切”核工业精神和“强核报国，创新奉献”新时代核工业精神的生动实践，也是秦山核电坚持以我为主、锻造核心能力、保持奋斗本色的精神之基、力量之源。

今日的秦山核电，持续保持9台机组安全稳定经济运行，全力“再造一个新秦山”，统筹建设两个“零碳城”和“四个基地”，正处于“升级再造”“腾笼换鸟”“爬坡上坎”的关键时期。机遇前所未有、挑战前所未有。如今，“再造一个新秦山”的崭新画卷已经徐徐铺展，新时代秦山精神就是“老秦人”以愚公移山的志气，以滴水穿石的毅力，以“敢为、敢闯、敢干、敢首创”的气概，踔厉奋发、勇毅前行，创新优化、团结奋斗，勇立潮头、敢为人先的强核报国之志，也是秦山核电以“国之大者”立于世界核电之林的响亮回答。

“雄关漫道真如铁，而今迈步从头越。”艰苦辉煌载史册，昂首向前从未歇。秦山核电作为中国最“老”的核电基地，在中国核电从“并跑”向“领跑”转变的关键时刻，正以前所未有的青春活力绽放着茁壮的勃勃生机。一张蓝图绘到底，撸起袖子加油干。如今，在“老秦人”雄心勃勃的发展蓝图中，未来的布局已不再仅仅局限于海盐局限于秦山。黄潜说：“站在新的历史起点上，秦山核电在保持与三代核电并跑水平的同时，未来将在实现‘领跑’上持续发力，通过不断推动‘一体两翼’发展战略，不断向着更新更高目标前进。秦山核电将继续发挥优势、走在前列、当好示范，奉献安全高效能源，创造清洁低碳生活，打造世界一流的核电基地，为‘国之光荣’再添新的荣光。”

进入新时代，中国核电发展迎来了新的重要战略机遇期。党的二十大报告指出，“核电技术等取得重大成果，进入创新型国家行列”，并强调要“贯彻总体国家安全观，强化核安全保障体系建设”，要“积极稳妥推进碳达峰碳中和”“积极安全有序发展核电”，为新时代我国核电发展指明了方向。

壮阔东方潮，创新报国路。

勇做领跑者，谱写新华章。

40年如一日，艰苦奋斗，独立自主，从无到有，从小到大，从落后到领跑，“老秦人”创新、突破，掌握了一系列重大核心技术，打造企地共融高质量发展的“全国样本”，助推绿色发展、助推“健康中国”，保障国家能源安全，保障国家经济社会发展，服务“一带一路”，助推中国跻身和平利用核能的世界第一方阵。

40年如一日，勇立潮头，砥砺前行，“老秦人”传承发扬“两弹一星”精神、“四个一切”核工业精神和新时代核工业精神，胸怀“国之大者”，铸造“国之重器”，擦亮“中国创造”这张金色的“国之名片”，为中国式现代化高质量发展不断注入“核动力”，不断创造更加美好更有价值的“核未来”，开创属于自己的“硬核时代”。

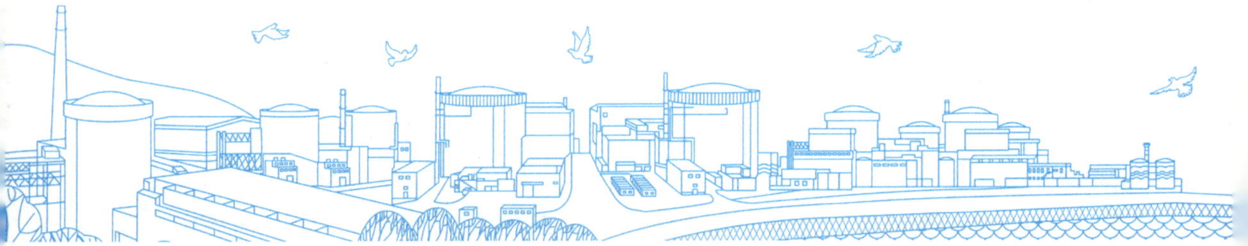

后记

比万家灯火还要亮

如果你要问我，这本书是谁写的？

我的回答是：这是“老秦人”写的。是一代又一代的“老秦人”用他们辛劳的汗水、泪水甚至血水写就的，是“老秦人”用他们的才气、志气和勇气写就的，是“老秦人”用他们的智慧、情怀和精神写就的。在本书中，我只是一个记录者、重述者、传播者。

对秦山核电，我花了一年多的时间做调查、研究和思考。在秦山，我生活了12天。时间很短，情深意长。临别时，秦山核电党群工作处的同志们送我一套秦山核电蓝色工作服。我很喜欢。这是一份非常贵重的礼物，沉甸甸的。我知道，它不仅仅是一份礼物，更是一份嘱托，一份信任，秦山把我当作自己人了。穿上它，我感觉我从此就是“老秦人”中的一分子了。

关于秦山核电的历史，我相信经过我的努力，基本上都写在这本书中了。然而，关于“老秦人”的故事却还有许许多多没有记录下来。虽然我在书中写了许许多多没有见过的“老秦人”，但依然还有许许多多的“老秦人”我连他们的名字都不知道。显然，这是一个遗憾。但是，秦山核电，永远是一项集体的事业。在我的心中，他们就像头顶上星汉灿烂的银河，所有的星星都在闪闪发光，照耀着自己，也照亮了别人……

当然，对我来说，要写好秦山核电的创业发展史，并不是一件容易的事情。而且，采访、研究越深入，越感觉艰难。真的，这绝对不是我矫情。尽管秦山核电的历史并不遥远，但是获得的资料数据也足足有5吉字节，上千万字，要写出“老秦人”的精、气、神是多么的艰难！在酝酿构思的过程中，我曾经想过许许多多的书名，比如《中国硬核》《大国硬核》，也有朋友建议叫《国之光荣》《垦荒者》。但是，在采访归来之后，在点灯熬油的艰苦写作过程中，我开始思考一个问题，那就是秦山核电自力更生、艰苦奋斗的创业史给我们带来了什么？或者说，我写的这部书要让读者从秦山核电看到什么？是的，这个问题非常重要，它直接决定了我写作的立场、方法和价值判断，以及结构和叙事方式。

正因此，我在苦思冥想、深思熟虑之后有了灵光一现，那就是这部书的书名——《秦山里的中国》！是的，我在秦山看到了中国！我也想让我的读者在一代代“老秦人”在秦山核电自力更生、艰苦创业、勇立潮头、敢于创新的故事里看到我们伟大的中国，看到我们中国人的精、气、神！

——在秦山，我看到了“国之光荣”。秦山核电一期，是中国自主设计建造的第一座原型压水堆核电站，牢记周恩来总理的嘱托，以“728工程”命名。1985年3月20日正式开工建设，1991年12月15日首次并网发电，装机容量30万千瓦，设计负荷因子65%，设计寿命30年。在“要不来、买不来、讨不来”的情况下，自己设计，掌握技术；自己研发，制造大国重器；自己安装调试，实现6个“一次成功”，赢得“中国核电从这里起步”的美誉。2021年9月3日，经国家核安全局批准，秦山核电厂1号机组运行许可证获准延续，有效期至2041年7月30日，是中国大陆首座运行许可证获批延续的核电机组，填补空白，勇创第一。你说，这怎能不是“国之光荣”！

——在秦山，我看到了“国之硬核”。秦山核电二期，是中国自主设计、自主建造、自主运营、自主管理的第一座国产化商用核电站。1号、2号机组作为我国引进大亚湾核电站后“消化吸收再创新”的核电站，实现了自主建设原型堆向商用堆的重大跨越，装机容量60万千瓦，设备国产化率55%；3号、4号机组67万千瓦，设备国产化率77%，先后于2002年4月15日、2004年5月3日、2010年10月5日和2011年12月30日投入商业运行，核电站整体设计实现标准化再上新台阶，核心技术堆芯设计从引进迈向自主，核电关键材料技术控制获得突破，实现核电国产化重大跨越，走出了一条核电国产化路子。你说，这怎能不是“国之硬核”！

——在秦山，我看到了“国之大者”。秦山核电三期，是中国唯一一座商用重水堆核电站，国家“九五”重点工程，中加两国最大经济合作项目，采用加拿大坎杜6重水堆核电技术，装机容量2×70万千瓦，两台机组分别于2002年12月31日和2003年7月24日投入商业运行，实现“核电工程管理与国际接轨”，被誉为“中加合作的成功典范”。进入新时代，深度挖掘同位素“优质矿藏”，彻底丢掉“洋拐棍”，钴-60为癌症克星伽马刀装上“中国芯”，自主攻克重水除氚工艺，自主研发辐照生产碳-14、钇-90等同位素，打破西方垄断，解决“卡脖子”问题，为人类生命健康带来福音，助力“健康中国”。你说，这怎能不是“国之大者”！

——在秦山，我看到了“国之名片”。方家山核电项目，是中国百万千瓦级核电机组自主化、国产化程度最高的核电站之一，实现核电“从30万千瓦到100万千瓦”自主发展的历史跨越，装机容量2×108.9万千瓦，1号、2号机组分别于2014年12月15日、2015年2月12日正式投入商业运行。设备综合国产化率达到80%，进一步推动了设备国产化（主泵、应急柴油机等），为百万千瓦核电机组总承包和整机出口积累了经验；其技术反馈至同类机组和“华龙一号”的后期项目设计中，为中国核电“走出去”，助力“一带一路”，为推动构建全球核能发展命运共同体，贡献了智慧和经验。你说，这怎能不是“国之名片”！

——在秦山，我看到了“国之骄傲”。浙江是习近平新时代中国特色社会主义思想的重要萌发地，是孕育伟大建党精神的红船起航地。秦山核电作为中国核电的“红船”，作为中国核电事业的开拓者和引领者，经过40年的建设与发展，形成了“自主创新、融合发展”的秦山经验，已经成为新时代推动中国核电高质量发展的宝贵资源。在“双碳”目标提出后，有效落实“一体两翼”发展战略和“1+1+2+4”发展思路，9台机组安全、稳定、经济、环保运行，推动数字型管理建设，抢占智慧核电的高地，力争成为世界核电运营管理的领跑者；坚持企地融合发展，推动“零碳未来城”建设，聚力提升核电新质生产力，再造一个新秦山，努力打造“全国样本”，实现基业长青。你说，这怎能不是“国之骄傲”！

——这就是秦山里的中国！这是一个充满光明的中国，这是一个充满希望的中国，这是一个生机勃勃的中国，这是一个向往美好的中国！这是一个充满“核”能量的中国！

——这就是中国的秦山！今日的秦山，不仅仅是海盐的秦山，不仅仅是浙江的秦山，也不仅是中国的秦山！今日的秦山，属于中国，也属于世界！

从“国之光荣”到“国之名片”，从“国之重器”到“国之大者”，秦山里的中国——就是中国核工业人践行“热爱祖国、无私奉献，自力更生、艰苦奋斗，大力协同、勇于登攀”的“两弹一星”精神和“事业高于一切、责任重于一切、严细融入一切、进取成就一切”的核工业精神，以及“强核报国，创新奉献”的新时代核工业精神的风格、风采和风貌，就是广大科技工作者的爱国主义精神和仰望星空、科技报国的信仰、信念和信心。

张爱萍曾经饱含深情地说：“核电是放光发热的，我期待着秦山核电厂放出万丈光芒！”截至目前，秦山核电累计安全发电超过8100亿度，把光明、温暖和健康送到了千家万户，创建了中国式核电“卓越运行模型”，跻身世界一流。就像一支火炬点亮了另一支火炬，世界才变得更加明亮。秦山核电就是中国民族工业的一支大火炬，不仅照亮了自己，也照亮了他人。在这个从摇篮到旗帜的地方，我从它辉煌的历史、优良的作风、高贵的精神里看见了，一代代的“老秦人”就是“国之光荣”中那个追光的人！

——因此，点亮万家灯火的秦山，比万家灯火还要亮！

——因此，追光的人，终会光芒万丈！

秦山里的中国，是一个拼搏向上的中国，是一个创新发展的中国，是一个壮丽美好的中国，是一个万家灯火的中国，是一个光芒万丈的中国，是一个在中国式现代化道路上奋力向前奔跑的中国！

在这里，我还想与读者朋友们分享的是，《秦山里的中国》是科技题材，也是工业题材，是科学和文学的一次跨界，是历史与现实的一次跨界，也是科普与艺术的跨界。显然，对我来说，这是一个完全陌生的领域，是一次极有难度的写作，是一次具有挑战性的写作。秦山归来，我迟迟不敢动笔。唯其艰难，方知勇毅；唯其磨砺，始得玉成；唯有挑战，才有可能遇见最美的自己。现在，我把《秦山里的中国》呈现在读者诸君的面前，希望你们从秦山核电强核报国创业史的“起”“承”“转”“合”之中，遇到最美的秦山，看到最美的中国。

不是所有的故事都能成为历史。我完全没有想到，《秦山里的中国》最后的字数竟然是当初计划的2倍。我知道我要写的不仅仅是秦山，这是一部中国核工业二次创业史，是中国核电建设发展史。遗憾的是，因为篇幅有限和技术条件限制，还有许许多多的人和事都没有写进来，尤其是第二代、第三代“老秦人”的故事，只能在这里说声抱歉和遗憾了。当然，书中或许还有叙述不够准确、不够贴切的地方，也请大家批评和谅解，以期再版时勘正。

本书的采访写作，得到了秦山核电基地、嘉兴市委宣传部、嘉兴市文联、海盐县委宣传部、海盐县文联、海盐县文旅局、秦山街道的大力支持和帮助！感谢黄潜、尚宪和、吴炳泉、刘崇都、于洪福、姚启明、林德舜、张怀麟、方诗经、宋建国、吴兆远、吴明亮、朱晓斌、李世生、原勇、张录、戚宏昶、陈鹂鹂、王慧波、徐浏华、徐世民、姚冬明、曹杰、袁胜利、张振华、彭存利、陈诚等同志接受采访，感谢张东和、王登峰、姚建新、黄国强、杨自强、杨波、钟晓燕、王晓欢、陈峰、徐胜娟、朱建妹、周玲、郭凤雨、陈双虎、杜洋、陈林飞、郭佳瑶、袁建康、宋利军、杨月娥等同志提供帮助，感谢朱向军、杨志平、王奇文、张建成、于英民、许佳、罗路红、何少华、李旭宁、卫毓卿、田桂红、陆伟娟、吕铭、邵帅、常强、刘洪迪、梁晨刚、卢燕灵、夏建军、陶奇伟、彭喆、姚婕、凌犇、张诗洁、毛瑞宏、曾为民、徐雪霞、常丹亚等同志在采访和创作期间的积极协助。感谢浙江教育出版社周俊、王凤珠、江雷、骆珈、洪滔等同仁的精诚友好合作。谢谢在本书采访、创作和出版过程中给予指导、帮助和鼓励的师友们！

凡是过往，皆为序章。

致敬秦山！祝福秦山！

2024年端午于北京平安里

浙江嘉兴海盐秦山·中国核电科技馆

本书主要参考书目和资料来源

1.《国之光荣：秦山核电站建设者之歌》，李鹰翔主编，中国原子能出版社，1992

2.《追赶太阳的人们》，张万谷著，浙江文艺出版社，1992

3.《秦山核电工程》，欧阳予主编，中国原子能出版社，2000

4.《起步到发展：李鹏核电日记》，李鹏著，新华出版社，2004

5.《一个女记者和中国核电》，丁燕著，浙江摄影出版社，2005

6.《话说秦山》，中核集团秦山核电公司宣传部编，中国原子能出版社，2006

7.《中国核电从这里起步：记为核电建设拼搏奉献的勇士们》，秦山核电基地党委宣传部编著，北京十月文艺出版社，2008

8.《秦山核电有限公司志》，秦山核电有限公司编，中国原子能出版社，2011

9.《书写辉煌：秦山核电基地开工建设30周年口述实录》，李大宽主编，中国原子能出版社，2015

10.《秦山足迹——〈中国核工业报〉秦山核电30年报道汇编》，李大宽主编，内部资料，2015

11.《百问核电》，中国电力发展促进会核能分会编著，中国电力出版社，2016

12.《徐主任讲核电》，徐浏华著，中国原子能出版社，2017

13.《中国核电科普手册》，中国核能电力股份有限公司组织编写，中国原子能出版社，2017

14.《徐主任谈“核”容易》，徐浏华著，吴越电子音像出版社，2020

15.《中国核电从这里起步：亲历者口述秦山核电》，黄潜主编，浙江科学技术出版社，2021

16.《秦山核电——中国民族工业的骄傲》，黄潜编著，中国原子能出版社，2021

17.《秦山故事》，原勇编著，中国原子能出版社，2021

18.《核韵秦山：小石头精神》，秦山核电编，内部资料，2021

19.《核职业领导力》，邹正宇编著，中国原子能出版社，2022

20.《时代楷模·2021——彭士禄》，中共中央宣传部宣传教育局编，学习出版社，2022

21.《秦山核电二期工程的起源与发展》，方诗经编写，内部资料，2022

22.《核素创造美好生活——秦山核电同位素开发纪实》，秦山核电同位素项目组编写，浙江科学技术出版社，2024

中國核電從
這里起步

1978年7月8日，第二机械工业部组建728工程筹建处筹备小组。图片为原址现貌。

1985年3月20日，秦山核电站正式开工建设。

秦山一期蒸汽发生器安装场景。

1991年12月15日0时15分，我国第一座自行设计建造的核电站——秦山核电站成功并网发电，实现中国大陆核电“零的突破”。

1994年4月1日，秦山一期投入商业运行。

1996年6月2日，秦山二期1号机组正式开工。

1998年6月8日，秦山三期1号机组正式开工。

2002年4月15日,秦山二期1号机组投入商业运行，实现核电国产化的重大跨越。

2003年7月24日，秦山三期2号机组投入商业运行，实现核电工程管理与国际接轨。

2006年4月28日，秦山二期通过国家竣工验收，扩建工程开工建设。

秦山二期建造场景。

2006年，在国外厂商努力未果的情况下，秦山三期机组出力提升8兆瓦。

2008年12月26日，方家山核电工程1号机组正式开工。

方家山核电工程建造场景。

2008年11月1日，中国大陆首批核电操纵员相聚秦山核电。

2009年1月3日，秦山核电成功修复巴基斯坦恰希玛核电站1号机组反应堆堆内构件，填补国内核电水下检修领域空白。

2010年5月27日，首批钴-60同位素靶件从秦山三期1号机组出堆，成功打破了国外长期垄断。

2010年10月5日，秦山二期3号机组投入商业运行。

2015年2月12日，方家山核电工程2号机组投入商业运行，秦山核电基地9台机组全面建成投产。

2016年1月28日，中核集团自主研制的先进核燃料元件（CF3）在秦山核电完成首个燃料循环堆内辐照考验，为我国自主三代核电技术“华龙一号”走出去提供有力支撑。

2017年9月14日，恰希玛4号机组竣工，巴基斯坦恰希玛核电工程全面建成。

2017年9月19日，我国最大的核电科普展馆中国核电科技馆开馆试运行。

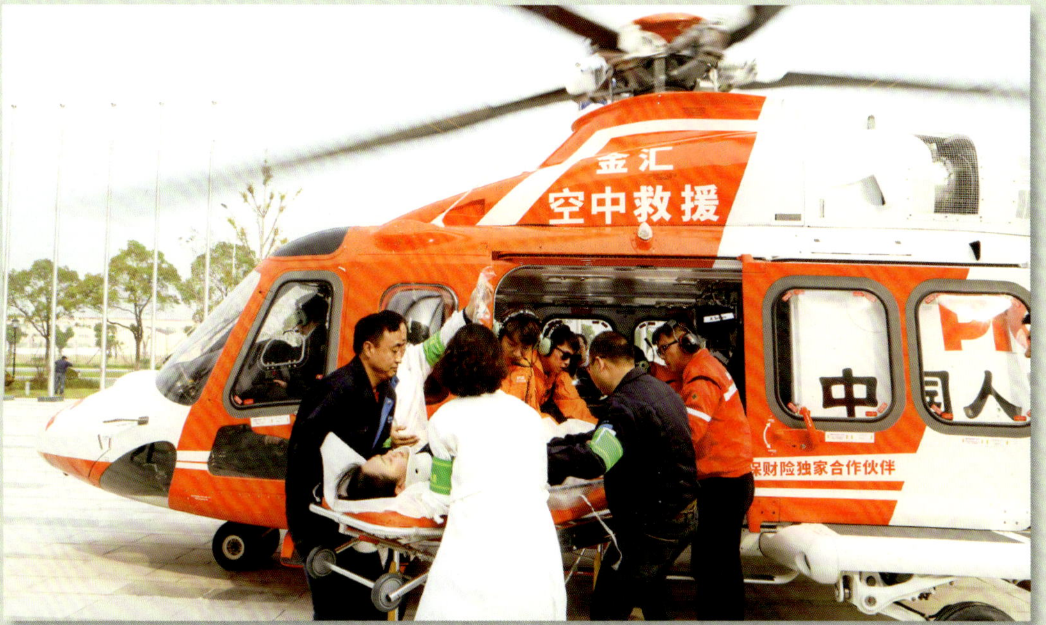

2018年12月1日，秦山核电举行国内首次多机组严重事故核电应急演习。

2019年4月1日，国内首批医用钴-60同位素靶件在秦山三期1号机组出堆，打破医用钴-60同位素全部依赖进口的局面，伽马刀实现装备“中国芯”。

2021年5月20日，秦山核电参与调试的“华龙一号”海外首堆——巴基斯坦卡拉奇核电2号机组投入商业运行，助力“一带一路”建设。

2021年9月3日，经国家核安全局批准，秦山核电厂1号机组运行许可证有效期限获准延续20年，有效期至2041年7月30日。

2021年12月3日，我国南方地区首个核能供热项目——浙江海盐核能供热示范工程（一期）正式投运。

2022年10月28日，我国最大同位素生产基地在浙江海盐开工建设。

2022年12月15日，我国首个核能工业供热项目在浙江海盐建成投用。

2023年6月28日，秦山核电召开“溯源新思想 · 中国式现代化下的核能高质量发展之路”理论研讨会，总结发布了“自主创新、融合发展”的秦山经验。

2024年1月1日，秦山核电基地9台机组2023年度平均能力因子达到96.8%，创造了6台以上机组核电基地安全稳定运行的世界纪录。

2024年4月20日，首批碳-14同位素靶件在秦山三期2号机组出堆，我国首次实现利用商用重水堆生产碳-14同位素。

2024年5月1日，秦山核电在线辐照生产医用同位素装置全面建成，标志着我国掌握了批量化在线辐照生产同位素的关键技术。

國之光荣